KB033225

파인더스
키퍼스

파인더스
찾은 자가 갖는다
키퍼스

FINDERS KEEPERS

스티븐 킹 장편소설 | 이은선 옮김

황금가지

STEPHEN KING

FINDERS KEEPERS
by Stephen King

차례

일러두기

1. 본문 중 스티븐 킹이 의도한 행 바뀜 혹은 어긋난 표기법이 있습니다.
2. 고딕체, 이탤릭체 등은 가급적 원작자의 의도에 맞게 반영되었습니다.

존 D. 맥도널드를 추억하며

"우리는 심연 속으로 침몰해야 인생의 보물을 되찾을 수 있다."

—조지프 캠벨

"개 같은 일은 개무시하는 거다."

—지미 골드

1부
묻혀 있는 보물

1978년

"일어나시지, 천재 씨."

로스스타인은 일어나고 싶지 않았다. 그는 정말 행복한 꿈을 꾸고 있었다. 첫 번째 부인이 그와 결혼하기 몇 달 전, 그러니까 머리끝에서부터 발끝까지 완벽했던 열일곱 살 시절의 모습으로 등장했다. 알몸이었고 광채가 났다. 두 사람 다 알몸이었다. 그는 열아홉 살이었고 손톱 밑이 기름때투성이였지만 그녀는 상관하지 않았다. 적어도 그 당시에는 그랬다. 그의 머릿속은 꿈으로 가득했고 그녀가 중요하게 생각하는 것은 그것이었다. 그녀는 그보다 훨씬 더 꿋꿋하게 꿈을 믿었고 그녀의 판단은 옳았다. 꿈속에서 그녀는 웃으며 그의 몸 중에서 가장 잡기 쉬운 부위를 향해 손을 내밀었다. 로스스타인이 좀 더 깊숙이 들어가려는 순간, 누군가가 그의 어깨를 잡고 흔들자 꿈이 비눗방울처럼 터져 버렸다.

그는 더 이상 뉴저지의 방 두 개 달린 아파트에 사는 열아홉 살짜리가 아니었다. 여든 번째 생일을 6개월 앞두고 있으며, 유언장에 그의 묘지로 지목해 둔 뉴햄프셔의 농장에서 사는 노인이었다. 그의 방 안에 남자들이 있었다. 다들 스키용 마스크를 쓰고 있었다. 한 명은 빨간색, 한 명은 파란색, 한 명은 개나리색이었다. 그는 이 광경을 보고 다른 꿈을 꾸는가 보다고 생각하려 했지만 — 달콤한 꿈이 가끔 악몽으로 돌변할 때도 있지 않은가 — 누군가가 그의 팔을 놓고 이번에는 어깨를 붙잡아서 그를 바닥으로 내동댕이쳤다. 그는 머리를 부딪히며 비명을 질렀다.

"그만해." 노란 마스크를 쓴 남자가 말했다. "기절시킬 참이야?"

"저것 좀 봐." 빨간 마스크를 쓴 남자가 손가락질을 했다. "이 노인네, 섰어. 끝내주는 꿈을 꾸고 있었나 봐."

이어서 로스스타인을 잡고 흔들었던 파란 마스크가 말했다.

"그냥 쉬가 마려워서 꼴린 거야. 저 나이가 되면 뭘 해도 서지 않아. 우리 할아버지만 해도……"

"조용히 해." 노란 마스크가 말했다. "너희 할아버지한테는 아무도 관심 없으니까."

아직 잠결이라는 너덜너덜한 커튼 속을 헤매고 있어서 정신이 멍했지만 그래도 로스스타인은 난처한 상황이 벌어졌다는 것을 알 수 있었다. 주택 무단 침입이라는 세 단어가 그의 머릿속에 떠올랐다. 자신의 방에 들이닥친 삼인조를 올려다보는데 나이를 먹을 만큼 먹은 머리는 욱신거렸고(먹고 있는 혈액 응고 방지제 덕분에 오른쪽에 커다란 멍이 잡히게 생겼다.) 벽이 위태로운 수준으로 얇아진 심장은 왼쪽

갈비뼈 안에서 두근거렸다. 섬뜩한 방한모 밑에 격자무늬 가을 재킷을 걸치고 손에 장갑을 낀 세 남자가 우뚝 서 있었다. 집에 도둑이 들었는데 그의 집에서 8킬로미터는 가야 읍내가 나왔다.

로스스타인은 잠기운을 떨치며 최대한 정신을 수습하고 그래도 다행스러운 점이 한 가지 있다고 속으로 중얼거렸다. 얼굴을 가린 것으로 보아 이들은 그를 살려둘 생각이 있는지도 몰랐다.

어쩌면.

"형씨들." 그는 입을 열었다.

노란 마스크가 웃음을 터뜨리며 그를 향해 엄지손가락을 들어 보였다.

"출발이 좋아, 천재 씨."

로스스타인은 그 말이 칭찬이라도 되는 양 고개를 끄덕였다. 그는 새벽 2시 15분을 알리는 침대 옆 시계를 흘끗 확인하고 리더일지 모르는 노란 마스크 쪽으로 다시 시선을 돌렸다.

"돈은 몇 푼 안 되지만 다 가져가도 좋아. 나를 해치지만 않는다면 말이야."

바람이 불자 가을 낙엽이 집 서쪽 면에 부딪히며 바스락거렸다. 로스스타인도 알다시피 올해 들어 처음으로 불을 땐 날이었다. 불과 얼마 전까지만 해도 여름이었건만.

"우리가 입수한 정보에 따르면 몇 푼이 아니라고 하던데?"

빨간 마스크가 한 말이었다.

"쉿." 노란 마스크가 로스스타인을 향해 손을 내밀었다. "일어나시지, 천재 씨."

로스타인은 그가 내민 손을 잡고 비틀거리며 일어나 침대에 걸터앉았다. 그는 가쁜 숨을 몰아쉬면서도 자신이 지금 어떤 모습일지 지나치게 의식했다(자의식은 한평생 그에게 내린 저주이자 축복이었다.). 머리칼이라고는 귀 위쪽으로 팝콘 같은 솜털만 남은, 헐렁한 파란색 잠옷 차림의 노인네. 존 F. 케네디가 대통령으로 취임한 해에 '존 로스타인, 미국의 은둔 천재'라는 제목으로《타임》표지를 장식했던 작가의 현주소였다.

일어나시지, 천재 씨.

"숨 좀 돌리시지." 노란 마스크가 말했다. 배려하는 듯한 말투였지만 로스타인은 믿지 않았다. "그러고 난 다음에 보통 사람들이 의논이라는 걸 할 때 쓰는 거실로 자리를 옮기자고. 천천히 해. 진정이 될 때까지."

천천히 깊은 숨을 쉬자 로스타인의 심장이 조금 잠잠해졌다. 그는 페기의 찻잔만 한(작지만 완벽했던) 젖가슴과 길고 보드라운 다리를 떠올리려고 애를 써 봤지만, 그에게 받은 돈으로 파리에서 지내는 할망구가 되어 버린 페기처럼 꿈도 영영 물 건너간 이야기가 되어버렸다. 결혼이라는 행복을 향한 두 번째 시도를 함께했던 욜랜드는 죽고 없어서 그나마 더 이상 이혼 수당을 부담할 필요가 없었다.

빨간 마스크가 방 밖으로 나가고 잠시 후, 그가 서재를 뒤지는 소리가 들렸다. 뭔가가 쓰러졌다. 서랍들이 열렸다가 닫혔다.

"괜찮아졌나?" 노란 마스크는 그렇게 물었고 로스타인이 고개를 끄덕이자 말을 이었다. "그럼 나가 볼까?"

로스타인은 왼쪽으로 파란 마스크, 오른쪽으로 노란 마스크의 호위를 받으며 조그만 거실로 건너갔다. 서재에서는 수색 작전이 계속 이어지고 있었다. 조만간 빨간 마스크가 벽장문을 열고 두 벌의 재킷과 세 벌의 스웨터 뒤에 숨겨진 금고를 찾아낼 것이었다. 피할 수 없는 현실이었다.

괜찮아. 공책들만 건드리지 않으면 돼. 공책을 뭐하러 들고 가겠어? 이런 깡패들은 돈에나 관심이 있지.《펜트하우스》에 실린 편지보다 더 수준 높은 글은 읽지도 못할 거야.

다만 노란 마스크는 장담할 수 없었다. 그 녀석은 고등 교육을 받은 듯했다.

거실로 건너가 보니 전등이라는 전등은 죄다 켜져 있고 블라인드는 젖혀져 있었다. 아직 잠자리에 들지 않은 이웃이라면 작가의 집에서 무슨 일이 벌어지고 있는지 궁금해할 테지만…… 큰 고속도로를 타고 3킬로미터를 달려야 가장 가까운 이웃집이 나왔다. 그는 친구도 없고 손님도 없었다. 이따금 찾아오는 외판원은 내쫓았다. 로스스타인은 그렇게 특이한 늙은이였다. 전직 작가. 은둔자. 그는 세금을 꼬박꼬박 납부하며 홀로 지냈다.

파란 마스크와 노란 마스크가 거의 켜는 일이 없는 텔레비전 앞에 놓인 안락의자로 그를 데려갔다. 그가 당장 자리에 앉지 않고 머뭇거리자 파란 마스크가 주저앉혔다.

"살살 해!"

노란 마스크가 쏘아붙이자 파란 마스크는 살짝 뒷걸음질을 치며 뭐라고 중얼거렸다. 과연 노란 마스크가 우두머리였다. 그가 두목이었다.

그는 코듀로이 바지 무릎에 손을 얹고 로스스타인의 위로 몸을 숙였다.

"진정할 수 있게 마실 거라도 좀 줄까?"

"술을 말하는 거라면 20년 전에 끊었다. 의사의 명령으로."

"잘했군그래. 중독자 모임에도 참석하고 그러면서?"

"중독자라니 말도 안 되는 소리!"

로스스타인은 발끈했다. 이런 상황에서 발끈하다니 정신 나간 짓이었지만…… 정말 그게 정신 나간 짓이었을까? 한밤중에 여러 색상의 스키 마스크를 쓴 남자들에게 침대 밖으로 끌려나오면 어떤 반응을 보여야 하는 걸까? 그는 자신이라면 이런 장면을 어떤 식으로 묘사했을지 상상해 보았지만 전혀 알 수가 없었다. 그는 이런 상황이 등장하는 작품을 쓴 적이 없었다.

"알았어, 알았다고." 노란 마스크가 말했다. 팩팩거리는 아이를 달래는 투였다. "그럼 물?"

"아니, 됐어. 내가 바라는 건 너희 셋이 나가 주는 것뿐이니까 솔직하게 얘기하기로 하지." 그는 노란 마스크가 인간들이 나누는 대화의 가장 기본적인 규칙을 알고 있을지 궁금해졌다. 누군가가 이제부터 솔직하게 얘기하겠다고 할 때는 달리는 말보다 더 빠른 속도로 거짓말을 할 준비가 되어 있다는 뜻으로 해석하면 십중팔구 맞는다는 것을 말이다. "내 지갑은 침실 서랍장 안에 있어. 안에 들어 있는 돈이 80달러가 조금 넘을 거다. 그리고 벽난로 선반에 도자기 찻주전자가 있는데……."

그는 손으로 가리켰다. 파란 마스크는 고개를 돌려서 쳐다보았지만 노란 마스크는 아니었다. 재미있어하는 눈빛으로 로스스타인을 계속 유심히 관찰할 따름이었다. 소용없겠어. 로스스타인은 그런 생각이 들었지만 그래도 밀어붙였다. 표정으로 드러내면 안 된다는 것을 알고 있었지만, 정신을 차리고 보니 겁이 나는 한편으로 화가 났다.

"그 안에 생활비가 들어 있어. 50에서 60달러 정도. 이 집 안에 있는 건 그게 전부야. 그걸 들고 가 줬으면 좋겠다."

"뺑치시네." 파란 마스크가 말했다. "그보다 돈이 훨씬 더 많잖아. 다 알고 왔다고. 진짜야."

이 희한한 연극에서 그 대사가 큐라도 되는 것처럼 서재에서 빨간 마스크가 외쳤다.

"빙고! 금고 찾았다! 엄청 커!"

로스스타인은 빨간 마스크가 금고를 찾을 줄 알고 있었지만, 그래도 심장이 철렁 내려앉았다. 집 안에 현금을 두다니 바보 같은 짓이었지만, 신용카드나 가계수표나 주식이나 주식 매매증서처럼 으리으리하고 결국에는 인간을 망가뜨리는 미국의 대출 소비 구조에 사람들을 옭아매는 온갖 솔깃한 쇠사슬을 그는 워낙 싫어했다. 하지만 현금이 그의 구세주가 될 수 있었다. 현금은 얼마든지 대체할 수 있으니까. 반면에 150권이 넘는 공책은 그렇지가 않았다.

"번호." 파란 마스크가 말하면서 장갑 낀 손가락을 튕겼다. "얼른 불어."

로스스타인은 욜랜드의 주장에 따르면 분노를 기본 세팅으로 깔고 태어난 사람답게("당신은 우라질 신생아 시절부터 그랬을 거야."라고 했다.) 화가 나서 하마터면 거부할 뻔했지만 피곤하고 무섭기도 했다. 반항하면 저들이 폭력을 동원해서라도 알아낼 것이었다. 그러다 다시 심장마비라도 일으키면 이번에는 목숨을 부지할 가능성이 거의 없었다.

"번호를 알려 주면 안에 든 돈을 들고 그만 가 주겠나?"

"로스스타인 씨." 노란 마스크가 진심처럼 느껴지는(그래서 섬뜩한) 다정한 목소리로 그의 이름을 불렀다. "당신은 지금 흥정할 입장이 아니야. 프레디, 가서 가방 들고 와."

프레디라고 불린 파란 마스크가 로스스타인을 지나서 부엌 문 밖으로 나가자 훅 하고 차가운 바람이 불어 들어왔다. 노란 마스크는 다시 미소를 지었다. 로스스타인은 벌써부터 그의 웃는 얼굴이 싫었다. 그 빨간 입술이 싫었다.

"자, 천재 씨. 번호를 알려 주실까? 얼른 시작해야 얼른 끝내지."

로스스타인은 한숨을 쉬고 서재 벽장 안에 있는 가달 사 다이얼식 금고의 비밀번호를 읊었다.

"왼쪽으로 두 번 돌려서 3, 오른쪽으로 두 번 돌려서 31, 왼쪽으로 한 번 돌려서 18, 오른쪽으로 한 번 돌려서 99, 그럼 다음 원래대로 0에 맞춰."

노란 마스크는 빨간 입술을 활짝 벌리고 이를 드러내며 웃었다.

"그럴 줄 알았어. 당신 생일이잖아."

노란 마스크가 벽장 안으로 들어간 친구에게 번호를 알려 주는 동안 로스스타인은 불쾌하지만 분명한 결론을 내렸다. 파란 마스크와 빨간 마스크의 목적은 돈이고 노란 마스크도 자기 몫을 챙길지 모르지만, 그를 계속 *천재 씨*라고 부르는 그의 주목적은 돈이 아니었다.

그의 결론을 뒷받침이라도 하려는 듯 파란 마스크가 바깥의 찬 공기를 훅 하고 들이며 다시 등장했다. 그는 빈 더플백을 한쪽 어깨에 두 개씩 짊어지고 있었다.

"저기." 로스스타인은 노란 마스크의 눈을 똑바로 쳐다보며 말문을 열었다. "이러지 마. 돈 말고 금고 안에 값나가는 건 없어. 나머지는 그냥 심심할 때 끼적인 낙서 뭉친데 나한테는 소중한 물건이야."

서재에서 빨간 마스크가 외쳤다.

"맙소사, 모리! 대박이야! 아이구, 현금이 어마어마해! 은행에서 주는 봉투째로! 그런 봉투가 수십 개야!"

로스스타인은 못해도 60개는 될 거라고, 어쩌면 80개까지 될지 모른다고 알려 줄 수 있었다. '봉투 안에는 400달러씩 들어 있지. 담당 회계사 아널드 에이블이 뉴욕에서 보내 준 돈이고. 지니가 수표를 쓸 만큼 현금으로 바꿔서 봉투에 담아 오면 내가 금고에 넣어 두지. 그런데 나는 돈을 쓸 데가 별로 없어. 굵직한 금액은 아널드가 뉴욕에서 처리하거든. 가끔 지니한테 용돈을 주거나 크리스마스 때 집배원에게 팁을 줄 때 말고는 현금을 쓸 일이 거의 없지. 몇 년 전부터 계속 이런 식이었는데 왜 그랬을까? 아널드는 돈을 어디에 쓰느냐고 절대 묻지 않아. 내가 콜걸을 한두 명 정기적으로 부르는가 보다고 생각할 수도 있지. 로킹엄에서 경마를 하는가 보다고 생각할 수도 있고.'

그런데 재미있는 게 뭔지 아느냐고 그는 (모리라고 불린) 노란 마스크에게 물을 수도 있었다. '나도 이유를 궁금해하지 않았다는 거야. 공책을 계속 채우는 이유를 궁금해 하지 않은 것처럼. 살다 보면 그

냥 하는 일도 있는 법이거든.'

그는 이런 말들을 건넬 수 있었지만 잠자코 있었다. 무슨 소리인지 노란 마스크가 이해하지 못할 것 같아서가 아니라 다 안다는 듯이 미소를 머금고 있는 빨간 입술을 보면 무슨 소리인지 이해할 것 같았기 때문이었다.

그리고 아랑곳하지 않을 것 같았기 때문이었다.

"또 뭐가 있는데?" 노란 마스크가 물었다. 그의 시선은 로스스타인의 눈에 고정되어 있었다. "상자는? 원고 상자. 내가 어느 정도 크기일지 얘기했지?"

"상자는 없고 공책만 있어." 빨간 마스크가 보고했다. "우라질 금고 가득 공책투성이야."

노란 마스크는 계속 로스스타인의 눈을 쳐다보며 미소를 지었다. "손으로 쓴 거? 당신은 그런 식으로 작업하지, 천재 씨?"

"부탁할게." 로스스타인이 말했다. "공책은 손대지 말아 줘. 누구 보여 주려고 쓴 게 아니야. 전부 다 미완성이라고."

"그리고 죽을 때까지 미완성으로 남겠지. 내가 생각하기에는 그렇거든. 당신 잼임병이 좀 지독해야 말이지." 이제 그는 좀 전과 다르게, 장난꾸러기처럼 눈을 반짝이지 않았다. "그리고 당신이 지금 뭘 꼭 출간해야 하는 것도 아니잖아? 그래야 할 경제적인 필요성이 없잖아. 『러너』로 받는 인세가 있으니까. 『러너, 전쟁에 나서다』로 받는 인세도 있고. 『러너, 속도를 늦추다』로 받는 인세도 있고. 그 유명한 지미 골드 삼부작. 아직까지도 꾸준히 출간되고 있지. 위대한 이 나라 전역의 대학교에서 교재로 쓰이고 있고. 당신과 솔 벨로(캐나다

22

태생의 유태계 미국 소설가. 1976년 노벨 문학상을 수상했다. ─ 옮긴이)를 신처럼 떠받드는 문학 강사 패거리 덕분에 학부생들이 포로처럼 붙들려서 당신 작품을 사주고 있잖아. 그래서 남부러울 게 없지? 그러니 순금처럼 단단한 당신의 명성에 흠집을 낼 만한 작품을 뭐 하러 출간하겠어. 여기 숨어서 다른 세상은 아예 존재하지도 않는 것처럼 살 수 있는데." 노란 마스크는 고개를 저었다. "전혀 새로운 차원의 완벽주의가 뭔지 보여 주는 친구라니까?"

파란 마스크가 문 앞에서 계속 얼쩡거리고 있었다.

"나는 뭐할까, 모리?"

"커티스 도와줘. 그 안에 있는 거 전부 다 들고 나와. 더플백으로 모자라면 여기저기 찾아봐. 아무리 이렇게 쥐새끼처럼 숨어 사는 작자라도 여행 가방이 하나는 있을 테니까. 돈 세느라 시간 낭비하지 마. 되도록 빨리 이 집에서 나가고 싶으니까."

"알았어." 파란 마스크, 일명 프레디는 밖으로 나갔다.

"이러지 마."

로스스타인은 말문을 열었다가 떨리는 자신의 목소리에 질겁했다. 그는 가끔 자기 나이를 깜빡할 때도 있었지만 오늘 밤에는 아니었다.

모리라고 불린 남자의 노란 마스크에 뚫린 구멍 사이로 초록빛이 도는 회색 눈이 드러났다. 그가 빤히 쳐다보며 로스스타인을 향해 허리를 숙였다.

"한 가지 궁금한 게 있는데. 솔직하게 대답하면 공책은 남겨 둘지도 몰라. 솔직하게 대답해 주겠나, 천재 씨?"

"노력해 보지. 그리고 너도 알다시피 나 스스로 천재 운운한 적은 없었어.《타임》에서 나더러 천재라고 했지."

"하지만 항의 편지를 보내지도 않았잖아?"

로스스타인은 아무 대꾸도 하지 않았다. 속으로만 개새끼라고 생각했다. '잘난 척하는 개새끼. 내가 뭐라고 대답하든 아무것도 남김없이 다 들고 갈 거잖아?'

"내가 궁금한 건 뭔가 하면…… 도대체 왜 지미 골드를 가만히 내버려두지 않았느냐는 거야. 왜 너처럼 진흙탕에 얼굴을 처박게 만들었냐 이거지."

워낙 예상치 못했던 질문이라 로스스타인은 지미 골드가 그의 가장 유명한 피조물이었음에도 불구하고,(무언가로 기억이 된다면) 그는 지미 골드로 기억될 작가임에도 불구하고 처음에는 모리가 무슨 소리를 하는 건지 전혀 알아들을 수가 없었다. 로스스타인을 천재로 묘사했던 그《타임》에서는 지미 골드를 '풍요로운 이 땅의 미국식 절망의 아이콘'으로 규정했다. 헛소리였지만 덕분에 책이 팔렸다.

"『러너』로 끝냈어야 한다는 뜻이라면 그렇게 생각하는 사람들이 너 말고도 많아."

하지만 그는 하마터면 이렇게 덧붙일 뻔했다. 『러너, 전쟁에 나서다』 덕분에 그는 미국의 권위 있는 작가로 입지를 다질 수 있었다고. 『러너, 속도를 늦추다』 덕분에 작가로서 정점을 찍었다고. 호평이 꽃다발처럼 쏟아졌고《뉴욕 타임스》 베스트셀러 목록에 62주 동안 올랐다. 그가 직접 참석해서 수상하지는 않았지만 전미도서상도 받았다. '전후 미국의 『일리아드』'라는 것이 선정 이유였는데 마지막 작품이 아니라 삼부작 전체를 두고 한 말이었다.

"『러너』로 끝냈어야 한다는 얘기가 아니야. 『러너, 전쟁에 나서다』는 좋았어. 아니, 어떻게 보면 전작보다 더 훌륭했지. 진실했으니까. 문제는 3권이야. 맙소사, 똥밭도 그런 똥밭이 있을까. 광고회사? 아니, *광고회사라고?*"

이러고 나서 노란 마스크가 보인 행동에 로스스타인의 목이 막히고 심장이 철렁 내려앉았다. 사색에 잠긴 사람처럼 천천히 노란색 복면을 벗어서 보스턴에 사는 전형적인 아일랜드 청년의 얼굴을 드러낸 것이었다. 빨간 머리, 초록빛이 도는 눈, 햇볕에 화상만 입을 뿐 절대 까무잡잡해지지 않는 창백한 피부. 거기에 섬뜩하게 빨간 입술.

"근교의 주택? 진입로에 주차된 포드 세단? 아내와 두 명의 *아이들?* 누구라도 신념을 버릴 수 있다, 그걸 얘기하고 싶었던 건가? 누구라도 독약을 삼킬 수 있다는 걸?"

"공책을 보면……"

그는 공책을 보면 지미 골드가 등장하는 작품이 두 개 더 있다고, 그로써 서클이 완성된다고 얘기하고 싶었다. 첫 번째 작품에서 지미는 근교 생활의 공허함을 깨닫고 가족, 직업, 코네티컷의 안락한 주택을 버린다. 배낭과 옷가지만 짊어진 채 두 발로 길을 나선다. 학교를 중퇴하고, 돈밖에 모르는 가족을 등지고, 술에 취해서 주말 내내 뉴욕을 배회하다가 입대하기로 결심했던 어린 시절의 그로 돌아간다.

"공책을 보면 뭐? 뭔데, 천재 씨. 말을 해. 왜 지미를 쓰러뜨려서 뒤로 넘어지게 만들 수밖에 없었는지 얘기해 보라고."

로스스타인은 그가 『러너, 서부로 떠나다』에서 다시 원래 모습으로 돌아간다고 얘기하고 싶었다. 그의 본래 모습으로 돌아간다고.

하지만 얼굴을 드러낸 노란 마스크가 이제 격자무늬 재킷 오른쪽 앞 주머니에서 권총을 꺼내고 있었다. 그는 슬퍼하는 듯한 표정이었다.

"당신은 미국 문학사상 가장 위대한 인물을 창조해 놓고 똥칠을 했어. 그런 짓을 하는 인간은 살아 있을 필요가 없지."

달콤한 깜짝 선물처럼 분노가 다시 치밀어 올랐다.

"그렇게 생각한다면 내가 쓴 글을 한 단어도 제대로 이해하지 못 했다는 뜻이로군."

존 로스스타인은 이렇게 말했다.

모리는 권총을 겨누었다. 총구가 까만 눈 같았다.

로스스타인은 관절염에 걸린 마디 굵은 손가락을 총이라도 되는 것처럼 들어서 맞대응하고, 모리가 눈을 깜빡이며 살짝 움찔하자 흡족해했다.

"내 앞에서 바보 같은 문학 비평은 늘어놓지 마. 그런 거라면 네 가 태어나기 훨씬 전부터 배 터지도록 들었으니까. 그나저나 너 지 금 몇 살이냐? 스물둘? 스물셋? 문학은커녕 인생에 대해서 네가 아 는 게 뭐야?"

"이 세상에는 신념을 버리지 않는 사람도 있다는 걸 알 정도는 돼." 로스스타인은 아일랜드 출신 특유의 두 눈에 맺힌 눈물을 보고 놀랐다. "지난 20년 동안 독 안에 든 쥐처럼 숨어 지내 놓고 내 앞에 서 인생 어쩌고 하는 설교 늘어놓을 생각은 하지 마."

어떻게 *감히* 문호의 반열에서 이탈할 수 있느냐는 해묵은 비판에 로스스타인은 머리끝까지 분노가 치밀었고 — 페기와 욜랜드라면 익히 알겠지만 유리잔을 던지고 가구를 부술 만한 분노였다―그래서 기뻤다. 비굴하게 구걸하다 죽느니 노발대발하다 죽는 편이 나았다.

"내 작품으로 어떻게 돈을 벌 작정인가? 생각은 해 봤나? 해 봤겠지. 차라리 헤밍웨이의 공책이나 피카소의 그림을 훔쳐서 파는 게 더 낫다는 것도 알 테고. 그런데 네 친구들은 너보다 무식하잖아, 그렇지? 말투를 들어 보니 알겠더군. 그 친구들도 네가 아는 걸 아나? 분명 모를 테지. 하지만 너는 그 친구들을 속였어. 그림의 떡을 보여 주면서 각자 한 조각씩 나눠 먹자고 했지. 내가 보기에 너는 그럴 만한 능력이 있어. 마음만 먹으면 얼마든지 청산유수가 될 수 있지. 하지만 깊이는 없을 거야."

"입 닥쳐. 꼭 우리 엄마처럼 얘기하고 있구만."

"어이 친구, 너는 평범한 도둑이야. 그런데 얼마나 멍청하면 팔지도 못할 물건을 훔치나?"

"입 닥쳐라, 천재 씨. 경고했다."

로스스타인은 생각했다. 녀석이 방아쇠를 당기면 어떻게 될까? 더 이상 약을 먹을 필요가 없겠지. 과거에 대해서, 찌그러진 자동차처럼 망가진 인간관계에 대해서 후회할 필요도 없겠지. 숲길 여기저기 흩뿌려져 있는 토끼 똥더미처럼 공책을 쌓아 가며 강박적으로 글을 쓸 필요도 없겠지. 어쩌면 머리에 총알이 박히는 것도 그리 나쁜 일은 아닐 수 있었다. 암이나, 그처럼 평생 번뜩이는 기지로 먹고산 사람들이 가장 두려워하는 알츠하이머보다 나았다. 물론 헤드라인으로 소개될 테고 그 빌어먹을 《타임》 기사 이전부터 헤드라인이라면 신물이 났지만…… 녀석이 방아쇠를 당긴다면 이번에는 내 기사를 내 눈으로 확인할 필요가 없겠지.

"너는 *바보*야." 로스스타인이 말했다. 그는 갑자기 황홀경에 빠졌다. "너는 네가 다른 두 친구보다 똑똑한 줄 알겠지만 아니야. 그 친구들은 최소한 돈은 쓸 수 있는 물건이라는 걸 알잖아." 그는 몸을 앞으로 내밀고 주근깨가 여기저기 박힌 그 창백한 얼굴을 빤히 쳐다보았다. "그거 아나? 너 같은 녀석 때문에 책 읽는 사람들이 괜히 욕을 먹는다는 거."

"마지막 경고다."

"경고 좋아하시네. 엿이나 먹어라. 날 쏘든지 아니면 내 집에서 나가라."

모리스 벨러미는 그를 쏘았다.

2009년

소버스 집안에서 돈 문제를 놓고 처음으로 싸움이 벌어진 것은— 적어도 아이들 귀에 그 소리가 들린 것은— 4월의 어느 날 저녁이었다. 큰 싸움은 아니었지만 엄청난 폭풍도 가벼운 산들바람에서 시작되는 법이다. 피트와 티나는 거실에 있었다. 피트는 숙제를 하고 티나는 「스폰지 밥」 DVD를 보고 있었다. 수도 없이 본 DVD였지만 질리는 법이 없었다. 그래서 다행이었던 것이, 그 당시에 소버스 가족은 '카툰 네트워크' 채널을 볼 수 없었다. 아버지 톰 소버스가 두 달 전에 케이블을 해지했기 때문이었다.

톰과 린다 소버스는 부엌에 있었다. 톰은 낡은 배낭에 파워바, 잘게 썬 채소를 가득 담은 밀폐용기, 물 두 병, 콜라 한 캔을 넣고 단단히 동여매고 있었다.

"당신 지금 제정신이 아니야." 린다가 말했다. "당신 성격이 A 타입(성취 지향적이고 공격적이며 급한 성격 — 옮긴이)인 거야 전부터 알고 있었지만 이건 너무 심하잖아. 알람을 5시에 맞추는 정도면 좋다 이거야. 토드를 태우고 6시에 시티 센터에 도착하면 1등일 거 아냐."

"나도 그랬으면 좋겠네." 톰이 말했다. "토드가 그러는데 지난달에 브룩 공원에서 채용박람회가 열렸을 때는 사람들이 전날부터 줄을 섰대. *전날부터!*"

"토드가 하는 얘기가 어디 한두 개야? 당신은 또 그걸 다 귀담아듣지. 토드가 예전에 피트하고 티나가 몬스터 트럭 잼 어쩌고를 보면 *환장할* 거라고 했던 거, 당신도 기억……"

"이건 몬스터 트랙 잼도 아니고 공원에서 열리는 콘서트도 아니고 불꽃놀이도 아니야. 우리 *밥줄이* 걸린 문제라고."

피트는 숙제를 하다 말고 잠깐 여동생의 눈을 쳐다보았다. 티나는 어깨를 으쓱하는 것으로 말을 대신했다. *엄마, 아빠들이 원래 그렇잖아.* 그는 다시 수학 숙제로 돌아갔다. 네 문제만 더 풀면 하위의 집에 놀러갈 수 있었다. 가서 하위가 새로 산 만화책이 없는지 알아볼 수 있었다. 피트는 바꿔 볼 만한 게 없었다. 그의 용돈도 케이블 텔레비전과 같은 운명을 맞이했기 때문이었다.

부엌에서는 톰이 이리저리 서성이기 시작했다. 린다가 그를 따라가서 슬그머니 팔을 붙잡았다.

"우리 밥줄이 걸린 문제라는 거 나도 알아."

그녀는 나지막이 속삭였다. 아이들이 듣고서 불안해할까 봐 그런 것도 있었지만(피트는 벌써부터 불안해하고 있을 게 뻔했다.) 그보다는 흥분을 가라앉히기 위해서였다. 그녀는 톰의 심정을 알았기 때문에 안쓰러웠다. 마음을 졸이는 것만으로도 힘들 텐데, 자신의 가장 중요한 책무라고 생각하는 가장 노릇을 제대로 하지 못했을 때 따라오는 굴욕감은 그보다 더 심각했다. 굴욕감은 알맞은 단어도 아니었다. 그가 느끼는 감정은 수치심이었다. 그는 레이크프론트 부동산에서 10년 근무하는 내내 최우수 영업사원으로 뽑혀서 그의 웃는 얼굴이 담긴 사진이 업소 전면에 걸려 있곤 했었다. 그녀가 3학년 아이들을 가르치고 받는 돈은 케이크 위에 얹힌 장식 격이었다. 그러다 2008년 가을에 경제가 붕괴하자(2008년 세계 금융위기 — 옮긴이) 소버스네 집은 외벌이 가정이 되었다.

톰은 정리해고 대상자라 상황이 좋아지면 다시 복직할 가능성이 있는 것도 아니었다. 레이크프론트 부동산은 이제 벽이 낙서로 뒤덮이고 전면에 '매매 혹은 임대' 간판이 걸린 빈 건물이 되었다. 아버지에게 사업을 물려받은 리어던 형제(아버지는 그의 아버지에게서 물려받았다.)는 주식에 거금을 투자했다가 시장이 폭락하자 거의 전 재산을 날렸다. 린다의 입장에서 일말의 위안이 있다면 톰의 가장 친한 친구인 토드 페인도 같은 신세라는 점이었다. 그녀가 보기에 토드는 머저리였다.

"일기예보 봤어? 나는 봤어. 추울 거래. 오전에 호수에서 안개가 밀려오고 진눈깨비가 내릴 수도 있대. *진눈깨비래, 톰.*"

"잘됐네. 진눈깨비가 내렸으면 좋겠어. 그럼 사람들 숫자가 줄어서 확률이 높아질 거 아냐." 톰은 아내의 팔뚝을 살짝 잡았다. 아직은 그녀를 흔들거나 고함을 지르지 않았다. 그건 나중 일이었다. "내가 무슨 일이라도 해야 하잖아, 린. 올봄에 열리는 채용 박람회가 나로서는 가장 좋은 기회야. 지금까지 여기저기 기웃거리고 다녔지만……"

"나도 알아……"

"일거리가 전혀 없어. 0이야. 물론 부둣가에서 할 수 있는 일이 몇 가지 있고 공항 근처에 쇼핑 센터 공사장도 있지만, 내가 그런 일을 하는 거 상상할 수 있겠어? 몸무게는 14킬로그램 초과고 20년 동안 이 꼴로 지냈는데. 상황이 조금 나아지면 올여름에 시내에서 사무직이나 뭐 그런 걸로 취직할 수 있을지 모르지만…… 그런 일은 보수도 얼마 안 되고 아마 임시직일 거야. 그래서 토드하고 자정에 만나서 내일 아침에 문이 열릴 때까지 줄을 서서 기다리겠다는 거야. 돈이 될 만한 일거리를 물어오겠다고 약속할게."

"어쩌면 세균밖에 못 물어올 수도 있지. 그렇더라도 먹는 걸 아끼면 병원비를 감당할 수 있어."

그때부터 그는 점점 화를 내기 시작했다.

"나도 돕고 싶어서 이러는 거잖아."

"톰, 왜 이래. 나는 그냥……"

하지만 그녀의 말이 끝나기도 전에 부엌문이 열렸다가 닫혔다. 그가 담배를 피우러 뒷마당으로 나가 버린 것이었다. 이번에 피트가 고개를 들었을 때 티나는 심란해하면서 걱정하는 표정을 짓고 있었다. 이러니저러니 해도 그녀는 이제 겨우 여덟 살이었다. 피트는 웃으며 윙크를 날렸다. 티나는 우물쭈물 미소를 지어 보이고, 아빠들은 일자리를 잃거나 언성을 높이지 않고 아이들은 용돈이 끊기지 않는 '비키니 시티(「스폰지 밥」의 무대가 되는 도시 — 옮긴이)'라는 바닷

속 왕국에서 벌어지는 일들 쪽으로 시선을 돌렸다. 물론 그곳에서도 못된 아이들은 용돈이 끊기겠지만.

톰은 그날 밤에 집을 나서기 전에 딸을 침대에 눕히고 굿나잇 뽀뽀를 했다. 티나가 좋아하는 비즐리 부인 인형에게도 뽀뽀를 했다. 그의 말에 따르면 행운을 빌기 위해서라고 했다.

"아빠. 전부 다 괜찮아지는 거죠?"

"물론이지, 우리 공주님." 그 말은 티나의 기억에 남았다. 그의 목소리에서 풍기던 자신감도 기억에 남았다. "전부 다 괜찮아질 거야. 이제 코 자."

그는 평소처럼 걸어 나갔다. 그 모습도 그녀의 기억에 남았다. 왜냐하면 그렇게 걷는 그의 모습을 본 것이 그때가 마지막이기 때문이었다.

말버러 가에서 시티 센터 주차장으로 향하는 가파른 진입로 꼭대기에 도착했을 때 톰이 외쳤다.

"워, 잠깐. 차 세워!"

"뒤따라 오는 차들은 어쩌라고." 토드가 말했다.

"잠깐이면 돼."

톰은 휴대전화를 꺼내서 줄지어 선 사람들을 찍었다. 이미 100명은 됨직했다. 최소한 그 정도였다. 강당 출입문 위에 1000개의 일자리 보장!이라고 적힌 현수막이 걸려 있었다. 그리고 '시민들과 함께 하는 **랠프 킨슬러 시장**.'

토드 페인의 녹슨 04년식 스바루 뒤에서 누군가가 경적을 울렸다.

"토미, 네가 이 멋진 순간을 기념하는 와중에 분위기를 깨긴 싫지만……"

"출발해, 출발해. 찍었어." 토드가 주차장으로 들어가 보니 강당에서 가장 가까운 곳은 이미 자리가 없었다. "사진을 린다한테 얼른 보여주고 싶네. 린다가 뭐라 그랬는지 알아? 6시에 와도 1등일 거래."

"어이, 내가 얘기했잖아. '토드스터'는 거짓말을 하지 않는다고."

'토드스터'는 차를 세웠다. 스바루는 방귀를 뀌고 숨을 쌕쌕거리다 잠잠해졌다. "동이 틀 때쯤이면 한 2000명은 될걸? 카메라도 출동할 거야. 모든 방송국에서. 「시티 앳 식스」, 「모닝 리포트」, 「메트로스 캔」. 우리 인터뷰도 나갈지 모르겠다."

"나는 취직으로 만족하련다."

린다가 한 말 가운데 한 가지는 맞아서 날이 눅눅했다. 공기에서 호수 냄새가 났다. 특유의 희미한 하수구 냄새가 느껴졌다. 그리고 입김이 보일 정도로 쌀쌀했다. '건너지 마시오'라고 적힌 노란색 테이프 기둥이 설치돼서 구직자들이 인간 아코디언 주름처럼 차곡차곡 포개졌다. 톰과 토드는 맨 끝 기둥 사이로 가서 섰다. 그들 뒤로 당장 줄이 이어졌다. 대부분 남자들인데 두툼한 플리스 작업복을 입은 사람들이 있는가 하면, 이제 막 덥수룩해지기 시작한 회사원용 헤어스타일을 하고 회사원용 외투를 입은 사람들도 있었다. 톰이 보기에는 동이 틀 무렵이면 줄이 주차장 끝까지 이어질 것 같았는데 문이 열리려면 아직 네 시간이 남았다.

가슴팍에 아기를 매달고 있는 여자가 그의 눈에 들어왔다. 몇 줄 앞에 서 있는 여자였다. 톰은 얼마나 절박하면 이렇게 춥고 눅눅한 날 밤에 갓난쟁이를 데리고 나왔을까 하는 생각이 들었다. 아기는 부대자루처럼 생긴 아기띠 안에 앉아 있었다. 여자가 침낭을 어깨에 짊어진 덩치 큰 남자와 대화를 나누고 있어서 세상에서 가장 어린 테니스 관람객처럼 아기의 시선이 이쪽에서 저쪽으로 계속 번갈아 움직였다. 일견 재미있는 광경이었다.

"토미, 몸 좀 데울래?"

토드가 가방에서 꺼낸 벨스 위스키 병을 그에게 내밀었다.

톰은 그의 뒤통수에 대고 린다가 쏘아붙인 말—술 냄새 풍기면 서 들어올 생각은 하지도 마—을 떠올리며 됐다고 하려다 병을 받아들었다. 이렇게 추운데 한 모금 정도야 어쩌랴 싶었다. 위스키가 목젖과 위장을 후끈 달구며 내려가는 게 느껴졌다.

'채용 상담 받기 전에 입을 헹궈야지.' 그는 다짐했다. '술 냄새를 풍기는 사람을 채용할 회사가 어디 있겠어.'

2시쯤 됐을 때 토드가 다시 한 모금 권하자 톰은 사양했다. 하지만 3시에 그가 다시 권했을 때는 병을 받아들었다. 남은 양으로 보건대 토드스터가 상당히 아낌없이 추위에 대비한 듯했다.

알 게 뭐람. 톰은 이렇게 생각하며 이번에는 한 모금보다 훨씬 많이 마셨다. 크게 한입 들이켰다.

"좋았어." 토드는 살짝 혀가 꼬인 듯했다. "막나가 버려."

구직자들이 몰고 온 차가 점점 짙어져 가는 안개를 뚫고 끊임없이 들이닥쳤다. 인간 띠가 기둥이 설치된 지점을 훌쩍 넘어서 이제는 지그재그가 아니라 한 줄로 이어졌다. 톰은 이 나라가 처한 경제적인 어려움을 이해한다고 자신했었는데 — 그도 직장을, 그것도 아주 번듯한 직장을 잃지 않았던가? — 계속 밀려오는 자동차와 계속 늘어나는 줄을 보고 있으려니 점점 무서워지면서 관점이 달라졌다. 어쩌면 *어려움*은 알맞은 표현이 아닐 수 있었다. *재앙*이라고 해야 더 알맞은 표현일 수 있었다.

그의 오른편으로 어두컴컴한 강당 출입문까지 이어지는 기둥과 테이프의 미로 속에서 아기가 울음을 터뜨렸다. 톰이 돌아보니 엄마('맙소사.' 톰은 생각했다. '아직 스무 살도 안 된 것 같은데.')가 아기를 꺼낼 수 있도록 침낭을 짊어진 남자가 아기띠 양옆을 잡아주고 있었다.

"이게 먼 소리래?" 토드가 한층 혀가 꼬인 소리를 내며 물었다.

"아기가 있어. 어떤 여자가 아기를 데리고 왔어. 스무 살도 안 돼 보이는 애가."

토드는 빤히 쳐다보았다.

"아이고 하느님. 이 무슨…… 이 무슨…… 책임감 없는 걸 머라고 하더라?"

"취했나?"

린다는 토드의 좋은 면을 보지 못했기 때문에 그를 싫어했는데, 이제는 톰의 눈에도 그의 좋은 면이 보이지 않았다.

"살짝. 문이 열릴 때쯤이믄 갠차나질 거야. 박하사탕도 챙겨왔어."

톰은 시뻘건 토드스터의 눈을 보고 안약도 챙겨 왔느냐고 물을까 하다가 관두기로 했다. 그는 여자가 우는 아이를 안고 서 있었던 쪽으로 다시 시선을 돌렸다. 처음에는 아이와 엄마가 자취를 감춘 줄 알았다. 하지만 시선을 떨궈 보니 여자가 아이를 안고서 덩치 큰 남자의 침낭 속으로 기어 들어가고 있었다. 둘이 들어갈 수 있도록 덩치 큰 남자가 배낭 입구를 잡아주고 있었다. 갓난쟁이는 계속 미친 듯이 울어 댔다.

"그 아기 조용히 좀 시켜요!" 어떤 남자가 외쳤다.

"사회복지과에 연락해야겠네." 어떤 여자가 거들었다.

톰은 그 나이대의 티나를 이렇게 춥고 안개가 낀 날 새벽에 데리고 나왔다면 어땠을지 상상을 하면서 남자와 여자에게 입 닥치라고 말하고 싶은 걸 참았다. 어떤 식으로든 돕고 싶은 걸 참았다. 이러니저러니 해도 그들은 운명 공동체였다. 운이 나빠서 인생을 조진 사람들이었다.

울음소리가 잠잠해지더니 멎었다.

"젖을 물렸나 보네." 토드가 말했다.

그는 자기 가슴을 누르며 몸으로 흉내를 냈다.

"그러게."

"토미."

"응?"

"엘런도 잘린 거 알지?"

"맙소사, 아니. 그건 몰랐는데."

그는 토드의 얼굴에 어린 공포를 못 본 척했다. 촉촉해진 그의 두 눈도 못 본 척했다. 술에 취했거나 추워서 그런 것일 수 있었다. 그게 아닐 수도 있었지만.

"상황이 나아지면 다시 부르겠다고 했지만 우리 회사에서도 그랬는데 내가 지금 반 년째 백수로 지내고 있잖아. 해지한 보험금으로 연명하면서. 그마저도 바닥났어. 우리 통장에 남은 돈이 얼만지 알아? 500달러야. 크로거스에서 파는 빵 한 덩어리가 1달러인데 500달러로 얼마나 버틸 수 있는지 알아?"

"얼마 못 버티겠지."

"염병, 그렇겠지. 그러니까 여기서 뭐라도 하나 잡아야 해. 그래야 한다고."

"그럴 수 있을 거야. 우리 둘 다 그럴 수 있을 거야."

토드는 안에 들어간 여자와 아이를 실수로 밟는 사람이 없도록 침낭 입구를 지키고 서 있는 것처럼 보이는 덩치 큰 남자를 턱으로 가리켰다.

"저 두 사람, 부부일까?"

톰은 거기까지 생각해 보진 않았는데 그 말을 듣고서 생각하게 됐다.

"아마 그렇겠지?"

"그럼 둘 다 잘린 모양이네. 안 그러면 둘 중 한 명은 애랑 같이 집에 있었을 거 아냐."

"아기를 데리고 나오면 일자리를 얻을 가능성이 높아질 거라고 생각했을 수도 있어."

그러자 토드의 표정이 밝아졌다.

"동정심 유발! 그거 괜찮은 작전인데?" 그는 위스키 병을 내밀었다. "한 모금 할래?"

톰은 한 모금을 마시며 생각했다. '내가 안 마시면 토드가 마실 테니까.'

톰은 위스키에 취해서 깜빡 졸다가 누군가가 우렁차게 외치는 소리를 듣고 깼다.

"다른 별에서 생명체가 발견됐네요!"

실없는 농담에 사람들이 웃으며 박수를 보냈다.

두리번거리던 톰의 눈에 햇빛이 보였다. 안개로 덮여서 희미하기는 했지만 그래도 햇빛은 햇빛이었다. 일렬로 늘어선 강당 출입문 너머에서 회색 작업복을 입은 남자 ― 직업이 있는 운 좋은 남자였다 ― 가 걸레 든 양동이를 밀며 로비를 가로지르고 있었다.

"왜?" 토드가 물었다.

"아냐." 톰이 대답했다. "청소부가 보이길래."

토드는 말버러 가 쪽을 빤히 쳐다보았다.

"맙소사, 아직도 밀려오고 있네."

"그러게."

톰은 맞장구치고 생각했다. 만약 내가 린다의 말을 들었더라면 클리블랜드 중간까지 이어진 이 줄의 맨 끝에 섰겠지. 자기 판단이 맞는 걸로 밝혀지면 늘 기분이 좋아지는 법이라 그런 생각을 했더니 기분이 좋아졌지만 토드의 위스키는 사양할 걸 그랬다. 입안이 모래라도 씹은 것처럼 깔깔했다. 뭘 먹은 것도 아닌데…….

몇 줄 앞에서 ― 침낭 근처에서 ― 누군가가 물었다.

"저거 벤츠 아니야? 벤츠 같은데."

말버러 가에서 올라오는 진입로 꼭대기에 노란 안개등을 번쩍이며 서 있는 기다란 차체가 톰의 시야에 들어왔다. 꿈쩍이지 않고 그자리에 가만히 서 있었다.

"무슨 생각으로 저러는 걸까?" 토드가 물었다.

바로 뒤차 운전자도 똑같은 생각이 들었는지 경적을 울렸다. 짜증이 섞인 경적 소리가 길게 이어지자 사람들이 웅성거리고 투덜거리며 주위를 두리번거렸다. 노란 안개등을 켠 차는 잠깐 그 자리에서 꼼짝하지 않았다. 그러다 잠시 후 앞으로 돌진했다. 이제 꽉 차다 못해 미어터지려고 하는 주차장이 있는 왼쪽이 아니라 테이프와 기둥으로 이루어진 미로 속에 갇혀 있는 사람들을 향해 곧장 달려왔다.

"이봐요!" 누군가가 외쳤다.

인파가 파도처럼 뒤로 휘청 흔들렸다. 톰에게 떠밀린 토드가 엉덩방아를 찧었다. 톰은 균형을 잡는데 거의 성공했지만 바로 앞 사람이 고함을 지르며, 아니, *비명*을 지르며 엉덩이를 톰의 사타구니 사이로 밀어넣고 팔꿈치로 그의 가슴을 찍었다. 톰이 친구 바로 위로 쓰러지자 벨스 병이 둘 사이 어딘가에서 깨지는 소리가 들렸고 남아 있던 위스키가 보도 위로 쏟아지는 냄새가 코를 찔렀다.

'얼씨구, 이제 내 몸에서 토요일 밤 술집 냄새가 나게 생겼네.'

그가 비틀거리며 일어난 순간, 자동차 ─ 과연 이 안개 낀 새벽을 닮은 회색의 큼지막한 벤츠였다 ─ 가 인파를 헤집으며 달리자 사람들이 포물선을 그리며 튕겨져 나갔다. 라디에이터 그릴에서 피가 뚝뚝 흘렀다. 발이 미끄러진 여자가 손을 뻗은 채 맨발로 보닛 위를 데굴데굴 굴렀다. 여자는 앞 유리창에 부딪치면서 와이퍼를 붙잡았지만 금세 놓치고 한쪽 옆으로 떨어졌다. '건너지 마시오'라고 적힌 노란색 테이프들이 끊겼다. 기둥이 땡그랑거리며 큼지막한 세단의 옆면에 부딪쳤지만 그래도 녀석은 속도를 조금도 늦추지 않았다. 톰은 벤츠 앞바퀴가 침낭과, 한쪽 손을 올리고 침낭을 보호하듯 그 위로 몸을 웅크리고 있었던 덩치 큰 남자를 타고 넘는 광경을 보았다.

이제 그 차가 톰을 향해 곧장 달려오고 있었다.

"토드!" 그는 외쳤다. "토드, 일어나!"

그는 토드의 한쪽 손을 잡고 끌었다. 누군가와 부딪치는 바람에 그는 다시 무릎을 꿇으며 주저앉았다. 전속력으로 회전하는 폭주 차량의 엔진 소리가 들렸다. 이제 지척이었다. 기어서 피하려고 했지만 어딘가에서 날아온 발이 그의 관자놀이를 가격했다. 눈앞에서 별이 왔다 갔다 했다.

"톰?" 토드가 그의 뒤에 있었다. 어떻게 된 영문일까? "톰, 이게 뭔 *지랄*이래?"

누군가가 그에게로 쓰러지고 또 다른 무언가가 그 위를 덮치자 엄청난 무게 때문에 그의 몸이 문드러지려고 했다. 허리에서 뚝 소리가 났다. 말린 칠면조 뼛조각에서 나는 소리 비슷했다. 잠시 후 압박감이 사라졌다. 그 대신 등장한 고통이 자기만의 방식으로 그를 짓눌렀다.

톰은 간신히 고개를 들고 안개 사이로 점점 멀어져 가는 미등을 바라보았다. 깨진 위스키 병조각들이 반짝였다. 토드가 대자로 반듯하게 누워 있는데 머리에서 흘러나온 피가 도로 위에 고였다. 시뻘건 타이어 자국이 희부연 안개 속으로 이어졌다.

그는 생각했다. '린다 말이 맞았네. 그냥 집에 있을걸.'

그는 생각했다. '이렇게 죽는구나. 어쩌면 이게 최선일지 몰라. 나는 토드 페인처럼 보험을 해지하지 않았으니까.'

그는 생각했다. '머지않아 해지할 수밖에 없었겠지만.'

그리고 어둠이 찾아왔다.

톰 소버스가 48시간 뒤에 병원에서 눈을 떠 보니 린다가 옆을 지키고 있었다. 그의 손을 꼭 잡고 있었다. 그는 자기가 목숨을 부지한 거냐고 물었다. 그녀는 웃는 얼굴로 그의 손을 꼭 쥐며, 애인을 걸고 맹세해도 된다고 했다.

"나, 마비됐어? 솔직하게 얘기해 줘."

"아냐. 그런데 뼈가 아주 많이 부러졌어."

"토드는?"

그녀는 입술을 깨물며 시선을 돌렸다.

"혼수상태인데 언젠가는 깨어날 거래. 뇌파인지 뭔지를 보면 알 수 있대."

"차가 달려오지 뭐야. 피할 수가 없었어."

"알아. 당신뿐만이 아니야. 미친놈이 그랬나 봐. 아직까지 체포하지 못했대."

톰은 메르세데스 벤츠를 몰던 남자가 잡히든 말든 상관없었다. 마비가 되지 않았다니 다행이었다. 하지만……

"내가 얼마나 심하게 다친 거야? 헛소리 말고 솔직하게 얘기해 줘."

그녀는 그의 눈을 똑바로 쳐다보았지만 이내 시선을 돌렸다. 그녀는 서랍장 위에 놓인 병문안 카드들을 다시 한 번 바라보며 말문을 열었다.

"당신은…… 그게. 다시 걸을 수 있으려면 시간이 좀 걸릴 거래."

"얼마나?"

그녀는 심하게 긁힌 그의 손을 들어서 입을 맞추었다.

"병원에서도 모른대."

톰 소버스는 눈을 감고 흐느껴 울었다. 린다는 잠깐 듣고 있다가 견딜 수 없는 지경에 이르자 허리를 숙여서 모르핀 펌프에 달린 버튼을 눌렀다. 모르핀이 더 이상 나오지 않을 때까지 계속 눌렀다. 그 무렵 그는 이미 잠이 들었다.

모리스는 침실 옷장 맨 윗칸에서 꺼낸 담요로 머리 꼭대기가 날아
간 채 안락의자에 대자로 삐딱하게 뻗은 로스스타인을 덮었다. 지미
골드와 여동생 에마와 자기들밖에 모르고 알코올중독자나 다름없었
던 그의 부모 — 모리스의 부모와 흡사했다 — 의 탄생지였던 로스스
타인의 뇌는 이제 벽지 위에서 말라가고 있었다. 모리스는 사실 충
격을 받지는 않았지만 놀라기는 했다. 피가 좀 나고 눈 사이에 구멍
이 뚫릴 거라고 생각했을 뿐, 연골과 뼈가 이런 식으로 요란하게 사
방으로 튈 줄은 몰랐기 때문이었다. 아무래도 상상력이 부족해서 그
런 거였다. 그가 미국 현대 문학계의 거장들의 작품을 *읽을* 수는 있
지만 — 읽고 음미할 수는 있지만 — 거장이 되지는 못하는 이유도
그 때문이었다.

프레디 다우가 불룩한 더플백을 양쪽 어깨에 하나씩 짊어지고 서

재에서 나왔다. 뒤따라 나온 커티스는 고개를 숙이고 있는데 손에 아무것도 없었다. 그가 갑자기 프레디를 지나서 부엌으로 쏜살같이 달렸다. 바람에 닫힌 뒷문이 쾅 소리를 내며 집의 옆면을 때렸다. 뒤를 이어서 구역질하는 소리가 들렸다.

"속이 좀 안 좋은가 봐."

프레디가 말했다. 그는 빤한 소리를 하는 재주가 있었다.

"너는 괜찮아?" 모리가 물었다.

"응."

프레디는 뒤도 돌아보지 않고 앞문 밖으로 나갔고 나가는 길에 현관 의자에 세워 놓은 쇠지렛대를 집었다. 문을 따고 들어오려고 했더니 앞문이 잠겨 있지 않았다. 부엌문도 마찬가지였다. 로스스타인은 가달 사 다이얼식 금고만 철석같이 믿은 모양이었다. 상상력이 그 정도로 부족했다니.

모리스는 서재로 들어가서 로스스타인의 깔끔한 책상과 덮개를 씌워 놓은 타자기를 쳐다보았다. 벽에 걸린 사진들도 둘러보았다. 50년대 특유의 복장과 헤어스타일을 하고 웃고 있는, 젊고 아름다운 두 전처의 사진도 걸려 있었다. 자기가 작업하는 동안 쳐다볼 수 있는 곳에 내팽개친 여자들을 걸어 두었다니 흥미로웠지만 모리스는 그 부분에 대해서 고민할 겨를이 없었다. 아무리 좀이 쑤셔도 작가의 책상 서랍 속에 뭐가 들었는지 내용물을 뒤질 겨를도 없었다. 하긴 그렇게 뒤질 필요가 있을까 싶긴 했다. 어쨌거나 공책을 입수하지 않았는가. 작가의 *머리* 속에 들어 있었던 내용물이 그의 수중에 있었다. 작가가 18년 전에 출간을 중단한 이래 집필한 원고가 전부

다 그의 수중에 있었다.

돈 봉투들은 프레디가 1차로 챙겨서 나갔지만(프레디와 커티스가 아는 건 돈뿐이었으니 두말하면 잔소리였다.) 공책들은 금고 선반에 아직 잔뜩 남아 있었다. 헤밍웨이도 썼던 몰스킨 공책이었다. 모리스도 소년원에서 그런 공책에 글을 쓰는 상상을, 작가가 되는 상상을 했었다. 하지만 리버뷰 소년원에서 1주일 동안 지급되는 종이는 싸구려 블루 호스 다섯 장이 전부였기에 위대한 미국 소설의 서두를 시작하기에도 넉넉지 않았다. 더 달라고 애걸복걸해 봐야 소용없었다. 배급품을 관리하는 엘킨스에게 종이를 열 몇 장 더 주면 입으로 빨아 주겠다고 했다가 얼굴만 얻어맞았다. 거기서 9개월 복역하는 동안 보통은 무릎을 꿇고, 몇 번은 지저분한 그의 속옷을 입에 물고 비자발적으로 몸을 대준 게 몇 번이었는지 생각하면 조금 웃기는 일이었다.

그가 그런 식으로 성폭행을 당한 게 전적으로 어머니 탓은 아니었지만 어느 정도 책임은 있었다. 헨리 클레이 프릭에 대해 쓴 책으로 퓰리처상 후보에 오른 바 있는 그 유명한 역사학과 교수 애니타 벨러미. 워낙 유명해서 미국 현대문학에 대해서조차 모르는 게 없다고 자부했던 그녀. 그가 어느 날 밤에 화가 나서 집 밖으로 뛰쳐나가 술을 마시기로 결심했던 것도 골드 삼부작을 둘러싸고 벌어진 말다툼 때문이었다. 그는 미성년자였고 누가 봐도 미성년자인 게 티가 났는데도 술을 마셨다.

술은 모리스와 잘 맞지 않았다. 그는 술을 마시면 나중에 기억하지 못하는 짓을 저질렀는데, 좋은 짓을 저지른 적은 한 번도 없었다.

그날 밤에는 남의 집에 무단 침입해서 기물을 파손했고, 경찰이 출동할 때까지 그를 붙잡아 놓으려고 했던 옆집 경비원과 싸웠다.

거의 6년 전에 있었던 일이지만 아직도 기억에 생생했다. 정말이지 머저리 같은 짓이었다. 차를 훔쳐서 신나게 타고 다니다 (계기판 곳곳에 오줌을 싸놓고) 버리는 것과는 차원이 달랐다. 한심한 짓이기는 해도 운이 좋으면 그 정도는 무사히 넘어갈 수 있었다. 하지만 슈거하이츠의 어느 집을 무단 침입하다니. 천하의 머저리 같은 짓이었다. 그는 그 집에서 갖고 싶은 게 *아무것도* 없었다(적어도 나중에 기억하기로는 그랬다.). 그런데 그가 정말로 갖고 싶은 게 생겼을 때는 어떻게 됐던가? 저질 블루 호스 종이를 몇 장만 주면 입으로 빨아 주겠다고 했을 때 어떻게 됐던가? 얼굴을 얻어맞았다. 그래서 지미 골드라면(어른이 돼서 자칭 누런 돈에 눈이 멀어 배신하기 이전의 지미라면) 이랬을 거라는 판단 아래 웃었더니 무슨 일이 벌어졌던가? 얼굴을 좀 전보다 더 세게 얻어맞지 않았던가. 코가 둔탁하게 부러지는 소리가 들리자 그는 울음이 터졌다.

지미였다면 절대 울지 않았을 텐데 말이다.

그가 몰스킨 공책들을 탐욕스러운 눈빛으로 바라보고 있었을 때 프레디 다우가 남은 더플백 두 개를 들고 다시 들어왔다. 여기저기 긁힌 큼지막한 가죽 가방도 들고 왔다.

"이게 식료품 저장실에 있더라. 콩이랑 참치 캔 수십억 개랑 같이. 이해가 안 되지? 희한한 인간이야. 지구가 망하기라도 기다렸나? 뭐해, 모리. 서둘러야지. 그 총소리를 들은 사람이 있을지 모르잖아."

"근처에 집도 없는데, 뭐. 3킬로미터는 가야 제일 가까운 농장이 나오잖아. 긴장 풀어."

"교도소에 가 보면 긴장 풀었던 인간들로 넘쳐난다고. 얼른 빠져 나가야 해."

모리스는 공책을 한 줌 집었다가 유혹을 견디지 못하고, 확인하는 차원에서 책장을 들추었다. 로스스타인은 *실제로* 희한한 인간이었 기 때문에 언젠가는 쓰고야 말겠다고 다짐하며 빈 공책을 금고 안에 쌓아 두었을 가능성도 없지 않았다.

하지만 아니었다.

적어도 이 공책만큼은 처음부터 끝까지, 이쪽 끝에서 저쪽 끝까지 실오라기만 한 여백만 남겨둔 채 로스스타인의 작고 깔끔한 글씨로 빼곡하게 덮여 있었다.

……왜 그런 데 신경이 쓰이는지, 그를 싣고 어디인지 모를 시골을 지나서 캔자스시티와 그 너머의 잠이 든 땅으로, 평소처럼 밤이라는 이불 아래에서 쉬고 있는 미국의 부른 배로 향하는 이 야간 화물열차의 텅 빈 칸 안에서 왜 잠을 이루지 못하는지 알 수 없는 일이었지만, 지미의 상념은 자꾸만……

프레디가 그의 어깨를 살살이라고 할 수 없게 쳤다.

"그만 보고 얼른 싸. 한 명이 창자가 뒤집히도록 구역질을 해대서 이미 쓸모없게 돼 버렸잖아."

모리스는 공책을 더플백에 넣고 아무 말 없이 양손으로 다시 한 움큼씩 집었다. 머릿속이 일말의 가능성으로 환하게 밝아 왔다. 그는 담요로 덮어 놓은 거실의 처참한 풍경을 잊었다. 뒷마당에서 자라는 장미인지 백일홍인지 피튜니아인지 뭔지 모를 꽃 위로 토악질을 하고 있는 커티스 로저스도 잊었다. 지미 골드! 그가 화차를 타고 서부로 향하고 있다니! 결국 로스스타인이 그를 잊지 않았군!

"더플백이 꽉 찼네." 그는 프레디에게 말했다. "이거 들고 나가. 나머지는 내가 슈트케이스에 챙길게."

"그 가방을 그렇게 부르나?"

"아마 그럴걸?" 그가 알기로는 그랬다. "가. 거의 다 끝났어."

프레디는 더플백 끈을 어깨에 둘러메고서는 꾸물거렸다.

"이 공책들 진짜 괜찮겠어? 로스스타인 말로는……"

"자기가 꿍쳐 놓은 걸 뺏기지 않으려고 무슨 말이든 했을 거야. 가."

프레디가 나갔다. 모리스는 남은 몰스킨을 여행 가방 안에 넣고 벽장에서 나왔다. 커티스가 로스스타인의 책상 옆에 서 있었다. 마스크를 벗은 상태였다. 세 사람 모두 그랬다. 그는 얼굴이 백짓장처럼 하얬고 충격으로 눈가에 검은 그늘이 졌다.

"죽일 필요는 없었잖아. 죽이지 않기로 했으면서. 계획에 없었던 일이잖아. 왜 그랬어?"

'나를 바보 취급했기 때문이지. 우리 어머니를 욕했는데 그건 내가 할 일이기 때문이지. 나를 꼬맹이라고 불렀기 때문이지. 지미 골드를 저들과 한 패거리로 만들었으니 벌을 받아 마땅하기 때문이지. 무엇보다 그만 한 재능의 소유자는 세상을 등지고 숨을 권리가 없기 때문이지.' 하지만 커티스는 그게 무슨 소리인지 이해하지 못할 것이다.

"공책을 팔면 더 많은 돈을 받을 수 있을 테니까." 공책을 팔더라도 그가 모든 낱말을 한 마디도 남김없이 읽은 다음이 되겠지만 커티스는 왜 그래야 하는지 이해하지 못할 테고 알 필요도 없었다. 프레디도 마찬가지였다. 그는 짜증을 누르며 애써 논리적인 목소리로 포장했다. "앞으로 존 로스스타인의 작품은 우리 손 안에 있는 이걸로 끝이야. 그러니까 미출간 원고가 더 진가를 발휘하게 되지. 무슨 소리인지 알겠지?"

커티스는 핏기 없는 한쪽 뺨을 긁었다.

"뭐…… 응…… 아마도."

"그리고 이제는 원고가 공개되더라도 그자가 위작이라고 주장할 수도 없잖아. 살아 있다면 분명 심통이 나서 위작이라고 주장할 텐데 말이지. 커티스, 내가 그 인간과 관련된 글이라면 거의 전부 다 읽었거든. 그런데 얼마나 악독한 새끼였는지 몰라."

"흠……"

모리는 너처럼 덜 떨어진 녀석이 고민하기에는 너무 심오한 주제라고 말하고 싶은 것을 참았다. 그 대신 여행 가방을 내밀었다.

"받아. 그리고 차에 탈 때까지 장갑 벗지 마."

"우리랑 의논을 했어야지, 모리. 우리는 너의 파트너잖아."

커티스는 발걸음을 옮기다 말고 뒤를 돌아보았다.

"궁금한 게 있어."

"뭔데?"

"뉴햄프셔에 사형 제도가 있을까?"

그들은 2차 도로를 타고 뉴햄프셔의 좁은 굴뚝처럼 생긴 지역을 지나서 버몬트로 진입했다. 낡고 평범한 셰비 비스케인을 프레디가 몰았다. 모리스는 랜드 맥널리 지도를 무릎에 펼쳐 놓고 조수석에 앉아서 가끔 실내등을 켜고 미리 정해 놓은 경로에서 이탈하지 않았는지 확인했다. 프레디에게 과속하지 말라고 잔소리할 필요는 없었다. 프레디 다우는 전에도 로데오를 뛴 적이 있었다.

커티스는 뒤에 드러눕더니 금세 코 고는 소리를 냈다. 모리스는 다행이라는 생각이 들었다. 좀 전에 겁에 질려서 토한 눈치였던 것이다. 모리스도 어느 정도 시간이 지난 다음에서야 다시 단잠을 잘 수 있을 것 같았다. 벽지를 타고 질질 흐르던 뇌가 계속 눈앞에서 아른거릴 것 같았다. 그의 마음에 걸리는 부분은 살인이 아니라 엎질러져 버린 재능이었다. 평생 갈고 닦아 왔던 재주가 눈 깜빡할 새 산산조각 났다. 그 많은 이야기와 그 많은 이미지들이 담겨 있었던 곳인데 막상 터져나온 것을 보니 오트밀과 다를 바 없었다. 이렇게 허무할 수가.

"그자가 쓴 책을 정말로 팔 수 있을 거라고 생각하는 거야?" 프레디가 물었다. 또 그 얘기였다. "정말 돈을 받고 팔 수 있을 거라고?"

"응."

"뒤탈 없이?"

"그렇다니까, 프레디. 확실해."

프레디 다우는 한참 동안 말이 없었고 모리스는 그렇게 정리가 된 줄 알았다. 하지만 그가 다시 얘기를 꺼냈다. 이번에는 단 두 마디였다.

"과연 그럴까?"

나중에 또다시 철창신세를 지게 되었을 때—이번에는 소년원이 아니었다.—모리스는 이런 생각을 할 것이다. '그때 그 녀석들을 죽이기로 마음을 먹었지.'

하지만 샤워장에서 비누를 묻히고 항문 성교를 하느라 똥구멍이 미끄럽고 화끈거려서 잠이 오지 않는 밤이면 사실은 그게 아니었다고 실토할 것이었다. 그는 처음부터 알고 있었다고 말이다. 그들은 바보 같았고 범죄를 밥 먹듯 저질렀다. 조만간 다른 건으로 잡히면 이날 밤에 있었던 범행에 대해서 부는 대신 감형이나 심지어 무죄 방면을 받고 싶은 유혹을 느낄 가능성이 있었다.

'그 녀석들은 처치하는 수밖에 없었지.' 그는 미국이라는 배부른 나라가 밤이라는 예의 그 이불 아래에서 휴식을 취하는 밤이 되면 독방에서 그런 생각을 했다. '불가피한 조치였어.'

날이 아직 밝지는 않았지만 어두컴컴한 지평선 뒤로 새벽빛이 비치기 시작했을 무렵, 그들은 뉴욕 북부에서 92번 도로를 타고 서쪽으로 달렸다. 92번 도로는 90번 고속도로와 대충 평행하게 이어지다가 일리노이에 다다르면 남쪽으로 방향을 틀어서 록퍼드라는 산업 도시에서 소멸했다. 육중한 트럭이 왼쪽의 고속도로를 달리는 소리는 들렸지만(그리고 가끔 보이기도 했지만) 그 시각에 92번 도로는 인적이 없다시피 했다.

휴게소 전방 2킬로미터라고 적힌 표지판을 지나자 모리스는 『맥베스』가 생각났다. 해치워야 할 일이라면 얼른 해치우는 편이 좋을 것이다. 백 퍼센트 정확하게 옳은 건 아닐지 몰라도 얼추 비슷했다.

"저기서 쉬었다가 가자." 그는 프레디에게 말했다. "방광 좀 비우게."

"자판기도 있을지 모르겠다." 뒷자리에서 토쟁이가 말했다. 이제 일어나서 앉은 커티스는 머리에 까치집을 얹고 있었다. "땅콩버터 크래커가 당기네."

모리스는 휴게소에 다른 차가 있으면 포기해야 한다는 것을 알고 있었다. 이 일대를 지나는 차량들은 대부분 90번 고속도로로 유입됐지만 날이 밝으면 차를 몰고 이 마을에서 저 마을로 털털거리며 이동하는 동네 주민들이 많아질 것이었다.

지금은 휴게소에 아무도 없었다. 밤샘 주차 금지라고 적힌 표지판 덕분이기도 했다. 그들은 차를 세우고 내렸다. 나무 위에서 새들이 쩍쩍거리며 간밤에 있었던 일들을 이야기하고 오늘의 계획을 세웠다. 낙엽이 몇 장 떨어져서—이 지역에서는 이제 막 단풍이 들기 시작했다—주차장 너머로 흩날렸다.

커티스는 자판기가 있는지 살피러 갔고 모리스와 프레디는 남자 화장실로 향했다. 모리스는 별로 긴장이 되지 않았다. 처음이 어렵지 그 다음부터는 쉬워진다는 말이 맞을 수도 있었다.

그는 프레디가 들어올 수 있도록 한 손으로 문을 잡아 주고 다른 손으로 재킷 주머니에서 권총을 꺼냈다. 프레디는 주변을 살피지도 않은 채 고맙다고 했다. 모리스는 잡고 있던 손을 놓아서 문을 닫은 다음 총을 들었다. 프레디 다우의 뒤통수에 총구를 바짝 대고 방아쇠를 당겼다. 타일이 깔린 화장실 안에서 요란한 총성이 터졌지만 멀리에서는 90번 고속도로를 요란하게 지나는 오토바이 소리처럼 들릴 것이었다. 걱정되는 쪽은 커티스였다.

그런데 걱정할 필요가 없었다. 커티스는 로드사이드 오아시스라고 적힌 녹슨 간판이 달린 스낵 코너의 나무 차양 아래에 서 있었다. 한 손에 땅콩버터 크래커 상자를 들고 있었다.

"아까 그 소리 들었어?" 그가 모리스에게 물었다. 그러더니 총을 보고는 어리둥절한 목소리로 물었다. "그건 뭐 하러 들고 있어?"

"너한테 쓰려고." 모리스는 이렇게 말하고 그의 가슴을 쏘았다.

커티스는 쓰러졌지만 놀랍게도 죽지 않았다. 심지어 죽기 일보 직전도 아니었다. 인도 위에서 꿈틀거렸다. 낙엽 하나가 그의 코앞에서 재주넘기를 했다. 그의 아래로 피가 번지기 시작했다. 그런데도 계속 크래커를 쥐고 있었다. 그는 떡이 진 까만 머리로 눈앞을 가린 채 고개를 들었다. 장막 같은 나무들 뒤에서 트럭 한 대가 동쪽으로 92번 도로를 달리고 있었다.

모리스는 커티스를 다시 쏘고 싶지 않았다. 여기서는 총성이 웅웅 거리는 엔진 소리처럼 들리지 않을뿐더러 언제라도 누군가가 등장할 수 있었다.

"치워야 할 일이라면 얼른 해치우는 편이 좋지."

그는 이렇게 말하면서 한쪽 무릎을 꿇고 앉았다.

"날 쐈어." 커티스는 놀라워하는 목소리로 숨을 헐떡였다. "네가 씨발 나를 *쐈어*, 모리!"

그는 자기가 모리라는 애칭을 얼마나 싫어하는지 생각하며 — 그는 평생 그 애칭을 혐오했는데 그러면 안 되는 선생님들조차 그를 모리라고 불렀다 — 총을 거꾸로 돌려서 개머리로 커티스의 머리를 내리치기 시작했다. 세 번을 힘껏 내리쳐도 성과는 미미했다. 기껏해야 38구경이라 중상을 입힐 수 있을 만큼 묵직하지가 않았다. 커티스의 머리카락 사이로 새어 나온 핏줄기가 까칠한 뺨을 타고 흐르기 시작했다. 그는 신음 소리를 내며 파란 눈을 들어 필사적으로 모리스를 올려다보았다. 그러면서 한손을 힘없이 내저었다.

"그만해, 모리! 그만해, *아프잖아!*"

젠장. 젠장, 젠장, *젠장.*

모리스는 총을 다시 주머니에 넣었다. 피와 머리카락이 묻어서 개머리가 미끈거렸다. 그는 재킷에 대고 손을 닦으며 비스케인으로 갔다. 운전석 문을 열었다가 열쇠가 꽂혀 있지 않은 것을 보고 나지막이 *씨발*이라고 중얼거렸다. 기도처럼 중얼거렸다.

두세 대의 자동차에 이어서 갈색 UPS 트럭이 92번 도로를 지나갔다.

그는 터벅터벅 남자화장실로 가서 문을 열고 무릎을 꿇고 앉아서 프레디의 주머니를 뒤졌다. 자동차 열쇠는 왼쪽 앞주머니에 들어 있었다. 그는 일어나서 얼른 스낵 코너로 달려갔다. 점점 교통량이 많아져서 지금쯤은 자동차나 트럭이 휴게소로 들어왔을 테고 모닝 커피를 소변으로 내보내야 하는 사람이 분명 생겼을 텐데 그럼 그 사람도, 그 이후에 들어온 사람도 죽여야 했다. 하나로 연결된 종이 인형이 머릿속에 떠올랐다.

그런데 아직 아무도 없었다.

그는 정식으로 구입했지만 지금은 훔친 메인 주 번호판을 달고 있는 비스케인에 올라탔다. 커티스 로저스는 양손과 한쪽 발로 힘없이 몸을 밀어서 달팽이처럼 핏자국을 남겨 가며 시멘트 보도 위를 느릿느릿 기어가고 있었다. 모리스는 장담할 수 없지만 그가 남자화장실과 여자화장실 사이에 달린 공중전화기까지 갈 수도 있을지 모르겠다는 생각이 들었다.

그는 시동을 걸며 이러면 안 되는 거였다는 생각을 했다. 충동적으로 바보 같은 짓을 저지르는 바람에 어쩌면 체포될 수도 있었다. 막판에 로스스타인이 했던 말이 떠올랐다. *"그나저나 너 지금 몇 살이냐? 스물둘? 스물셋? 문학은커녕 인생에 대해서 네가 아는 게 뭐야?"*

"내가 변절자가 아니라는 건 알아. 그 정도는 안다고."

그는 비스케인의 기어를 D로 바꾸고 시멘트 보도를 기어가는 남자를 향해 천천히 다가갔다. 그는 얼른 도망치고 싶었고 그의 머리도 얼른 도망치라고 *성화*를 부렸지만 신중하게, 필요 이상으로 지저분하지 않게 처리해야 하는 일이었다.

커티스는 뒤를 돌아보더니 경악하며 떡이 져서 정글처럼 시야를 가리고 있는 머리카락 사이로 눈을 휘둥그레 떴다. 그는 *멈추라는* 듯이 힘없이 한손을 들었지만 보닛에 가려져서 모리스의 눈에는 더 이상 그가 보이지 않았다. 그는 조심스럽게 핸들을 돌리며 찔끔찔끔 앞으로 움직였다. 앞바퀴가 덜커덩거리며 턱을 넘었다. 백미러에 달린 소나무향 방향제가 좌우와 위아래로 흔들렸다.

아무 느낌도 없고⋯⋯ 계속 아무 느낌도 없다가⋯⋯ 앞바퀴가 다시 어딘가에 부딪쳤다. 조그만 호박이 전자레인지 안에서 터지듯 조그맣게 뻑 하는 소리가 들렸다.

모리스가 핸들을 왼쪽으로 꽉 틀어서 다시 주차장으로 향하는 동안 비스케인이 또 무언가에 부딪쳤다. 백미러로 확인해 보니 커티스의 머리가 날아가고 없었다.

아니, 그건 아니었다. 날아간 건 아니었다. 달려 있기는 한데 납작하게 짜부라졌다. 으스러졌다. '저 머리는 곤죽이 되었어도 아까운 재능이 날아갔다고 아쉬워할 필요가 없겠군.' 모리는 그런 생각을 했다.

그는 출구로 향했고 도로가 텅 빈 것을 확인한 뒤에 속도를 냈다. 차를 세우고 앞면을, 특히 커티스의 머리를 밟고 지나간 타이어를 살펴야 했지만 그보다 먼저 30킬로미터를 달려야 했다. 최소한 30킬로미터는 달려야 했다.

"세차장과 함께하는 나의 미래가 보이네." 이렇게 말해 놓고 보니 웃겨서(프레디나 커티스는 무슨 뜻인지 모를 단어를 쓰자면 과도하게 웃겼다.) 한참 동안 큰 소리로 웃었다. 그는 속도 제한을 정확하게 지켰다. 그러면서 주행거리계의 숫자가 바뀌는 것을 지켜보았는데, 시속 80킬로미터로 달려도 숫자가 바뀔 때까지 5분은 걸리는 것처럼 느껴졌다. 출구를 빠져나왔을 때 바닥에 핏자국이 남았겠지만 지금쯤 지워졌을 것이었다. 오래전에 지워졌을 것이었다. 그래도 이제 다시 2차 도로로, 아니면 3차 도로로 빠져나가야 할 시점이었다. 차를 세우고 공책을 전부 다 ─ 현금까지 ─ 숲속에 버리면 현명한 선택이 될 것이다. 하지만 그는 그럴 생각이 없었다. 절대 그럴 생각이 없었다.

'확률은 50대50이야.' 그는 속으로 중얼거렸다. '어쩌면 그보다 더 높을지 몰라. 무엇보다 차를 본 사람이 아무도 없었잖아. 뉴햄프셔

에서도 그랬고 휴게소에서도 그랬고.'

그는 문을 닫은 식당으로 들어가서 옆쪽 주차장에 차를 세우고 비스케인의 전면과 오른쪽 앞 타이어를 살폈다. 대체적으로 양호해 보였지만 앞 범퍼에 피가 조금 묻어 있었다. 그는 잡초를 한 움큼 뜯어서 핏자국을 닦아냈다. 그런 다음 다시 차에 올라타서 서쪽으로 달렸다. 검문에 대비해서 마음의 준비를 했지만 부질없는 짓이었다.

고완다에서 펜실베이니아 주 경계선을 넘자 자동세차장이 나왔다. 북북 문질러 주는 솔과 분사되는 물줄기를 통과하자 차가 반짝반짝 깨끗해졌다. 위아래 모두 깨끗해졌다.

모리스는 오대호의 보석이라고 불리는 조그맣고 지저분한 그의 주소지를 향해 서쪽으로 달렸다. 당분간 몸을 사릴 필요가 있었고 오랜 친구도 만나야 했다. 그리고 로버트 프로스트의 복음에 따르면 집이야말로 찾아온 가족을 받아 줄 수밖에 없는 곳이라고 하지 않았던가. 돌아온 탕자에게 욕을 퍼부을 사람이 없는 집이라면 더더욱 그럴 수밖에 없었다. 아빠는 몇 년째 떠돌아다니고 있고 엄마는 가을 학기 동안 프린스턴에 초청돼서 악덕 자본가를 주제로 강연을 하고 있었으니 시커모어 가의 집에는 아무도 없을 것이었다. 한때 퓰리처상 후보로 지명된 바 있는 고매하신 교수에게는 어울리지 않는 집이었지만 그건 아빠 탓이었다. 게다가 모리스는 거기 생활이 싫지 않았다. 그 집을 놓고 분개한 사람은 엄마였지, 그가 아니었다.

모리스는 뉴스를 들어보았지만 《타임》 커버스토리에 따르면 "침묵의 50년대에 태어난 아이들에게 일어나서 언성을 높이라고 울부짖는다"던 소설가의 살인 사건은 다루어지지 않았다. 라디오에서 감감무소식인 것은 좋은 징조였지만 예상하지 못했던 일은 아니었다. 소년원에서 접촉한 정보원에 따르면 로스스타인의 집에는 가정부가 일주일에 한 번만 온다고 했다. 허드레꾼은 연락이 있을 때만 왔다. 모리스와 이제는 고인이 된 파트너들은 그 정보에 맞춰서 날을 잡았으니 앞으로 6일이 지난 다음에서야 시신이 발견될지 모른다고 생각할 만한 이유가 있었다.

그날 오후에 오하이오에서 그는 오래된 창고를 그냥 지나쳤다가 유턴했다. 잠깐 둘러보다 중고 트렁크를 20달러에 샀다. 낡았지만 튼튼해 보였다. 모리스가 보기에는 땡 잡은 거나 다름없었다.

2010년

피트 소버스의 부모는 요즘 들어 말다툼이 잦았다. 티나는 말다툼을 악기-빽기라고 불렀다. 피트가 보기에는 일리가 있는 표현이었다. 말다툼이 시작되면 악-악-악, 빽-빽-빽, 이러는 것처럼 들렸기 때문이다. 가끔 피트는 계단 꼭대기로 달려 올라가서 그만하라고, 제발 그만하라고 소리를 지르고 싶어질 때도 있었다. '애들이 무서워하잖아요.' 그는 이렇게 외치고 싶었다. '이 집에는 애들이 산다고요, 애들이요, 바보처럼 둘 다 잊어버린 거예요?'

피트는 그때 집에 있었다. 점심시간 이후에 남은 수업이 오후 자율학습과 특별 활동밖에 없는 우등생들은 일찍 하교할 수 있기 때문이었다. 방문을 열어 놓았기에 어머니의 차가 진입로로 들어서자마자 아버지가 목발을 짚고서 쿵쾅거리며 잽싸게 부엌을 가로지르는 소리가 그의 방까지 들렸다. 오늘의 축제는 '맙소사, 오늘따라 일찍 퇴근했잖아' 하는 아빠의 말로 시작될 거라고 피트는 장담할 수 있었다. 그러면 엄마는 수요일마다 일찍 퇴근하는데 아직도 기억을 못하느냐고 말할 것이었다. 그러면 아빠는 노스필드의 나무 이름으로 불리는 동네가 아니라 가장 깊숙하고 가장 어두컴컴한 로타운으로 강제 이주라도 당한 것처럼, 여기서 사는 게 여전히 적응이 안 된다고 대꾸할 것이었다. 이런 식으로 몸을 풀고 나면 본격적으로 악기-빼기를 시작할 것이었다.

피트도 노스사이드를 딱히 좋아하지는 않았지만 *끔찍한* 곳은 아니었고, 열세 살밖에 안 된 그가 아버지보다 집안의 경제 상황을 더 잘 이해하는 듯했다. 그는 아버지처럼 하루에 네 번씩 옥시콘틴(효과가 모르핀과 비슷한 진통제 — 옮긴이)을 먹지 않아서 그런 것일 수도 있었지만 말이다.

그들이 이곳으로 이사한 이유는 어머니가 근무했던 그레이스존스 중학교가 시의회에서 추진한 경비 절감 정책의 일환으로 폐교됐기 때문이었다. 그레이스존스의 교사들은 대부분 실직 상태였다. 그래도 린다는 노스필드 초등학교의 사서 겸 자습실 감독관으로 취직이 됐다. 그녀가 수요일마다 일찍 퇴근하는 이유는 그날 도서관이 정오면 문을 닫기 때문이었다. 학교 도서관들은 전부 다 그랬다. 그 역시 경비 절감 정책의 일환이었다. 피트의 아빠는 시의원들의 연봉은 삭감되지 않았다며 머리에 똥만 든 빌어먹을 위선자들이라고 분개했다.

피트는 그게 무슨 소리인지 알지 못했다. 요즘 들어 톰 소버스가 모든 일에 분개한다는 것만 알 수 있을 따름이었다.

이제 그 집의 유일한 자가용이 된 포드 포커스가 진입로에 멈추어서고, 엄마가 낡아서 여기저기 긁힌 서류가방을 들고 차에서 내렸다. 그녀는 앞쪽 현관의 홈통 밑으로 항상 얼음이 맺히는 그늘진 부분을 빙 돌았다. 오늘은 티나가 소금을 뿌릴 차례였는데 늘 그렇듯 깜빡한 것이었다. 엄마는 어깨를 축 늘어뜨리고 천천히 계단을 걸어 올라왔다. 피트는 엄마가 벽돌 자루라도 짊어진 것처럼 그렇게 걷는 게 싫었다. 그러는 동안 아빠의 목발은 구보하는 속도로 거실 바닥을 두드렸다.

앞문이 열렸다. 피트는 기다렸다. *안녕, 여보, 오전 시간 잘 보냈어?* 이 비슷한 기분 좋은 소리가 들리면 얼마나 좋을까 싶었다.

언감생심.

그는 악기-빽기를 딱히 엿듣고 싶은 마음이 없었지만 집이 작다 보니 전략적으로 후퇴를 하지 않는 이상 엿듣지 않을 수가 없었다. 그는 올겨울 들어서 점점 더 자주 전략적으로 후퇴를 하고 있었지만 가끔은 그 집안의 장남으로서 듣고 있어야 하는 게 아닐까 하는 *책임감*이 느껴질 때도 있었다. 제이코비 선생님은 역사 시간에 아는 게 힘이라고 입버릇처럼 얘기했는데, 피트가 점점 격해지는 부모님의 말싸움을 감시해야 할 것 같은 생각이 드는 이유도 그 때문일 수 있었다. 악기-빽기가 한 번 벌어질 때마다 결혼이라는 끈이 점점 얇아져서 언젠가는 끊어질 게 분명했다. 마음의 준비를 하고 있는 편이 좋았다.

그런데 뭐에 대비한 마음의 준비일까? 이혼? 그것이 가장 가능성 높은 결론이기는 했다. 부모님이 갈라서면 오히려 나을 수도 있었지만—피트는 의식적으로 그렇게 단정 짓지는 않았지만 그럴 것 같은 예감이 점점 더 강해졌다— (이번에도 제이코비 선생님이 애용하는 표현을 빌자면) 실제 현실 속에서 이혼은 정확히 어떤 의미일까? 누가 남고 누가 나갈까? 만약 아빠가 나간다면 제대로 걷지도 못하는데 차도 없이 무슨 수로 생활할 수 있을까? 그건 둘째 치고 둘 중 한 사람이 무슨 수로 이 집에서 나갈 수 있을까? 이미 파산 지경인데.

그나마 오늘은 티나가 부모님의 열띤 의견 교환을 들을 필요가 없었다. 아직 학교에서 오지 않았기 때문인데, 의견 교환이 끝난 직후까지 오지 않을 수도 있었다. 저녁을 먹을 때까지 오지 않을 수도 있었다. 그녀는 드디어 엘런 브릭스라는 친구를 사귀었다. 시커모어와 엘름이 만나는 네거리에 사는 뻐드렁니의 소유자였다. 피트가 보기에 엘런은 뇌의 용량이 햄스터에 버금갔지만 이제는 티나가 집 안을 우울하게 서성이며 예전에 사귀었던 친구들을 그리워하다가 가끔 눈물을 흘리지 않아서 다행이었다. 피트는 티나가 우는 게 싫었다.

아무튼 여러분, 이제 휴대전화를 진동으로 바꾸고 삐삐를 꺼주시기 바랍니다. 조명이 꺼지면서 「우리 집안 난리 났네」 오늘 오후분이 곧 시작될 예정이니까요.

톰: "일찍 퇴근했네?"

린다: (기운 없는 목소리로) "여보, 오늘……"

톰: "수요일이지, 그렇지. 도서관이 일찍 문 닫는 날."

린다: "또 집 안에서 담배 피웠구나. 냄새 나잖아."

톰: (점점 더 부루퉁한 목소리로) "딱 한 대 피웠어. 부엌에서. 창문 열

고. 뒷계단에 얼음이 얼어서 구르면 큰일이잖아. 피트가 또 소금 뿌리는 걸 깜빡했다고."

피트: (객석을 향해)"집안일을 배분하는 책임자로서 아버지도 아셔야 하는 부분일 텐데 이번 주는 티나가 소금을 뿌릴 차례랍니다. 옥시콘틴은 단순한 진통제가 아니라 사람을 바보로 만드는 약이에요."

린다: "그래도 냄새가 나. 집주인이 계약서에 분명하게……"

톰: "그래, 알았어, 알겠다고. 다음부턴 구르건 말건 밖에 나가서 피울게."

린다: "단순히 계약서 때문에 그러는 게 아니야, 여보. 간접흡연이 애들한테 얼마나 안 좋은데. 이미 했던 얘기잖아."

톰: "이미 했던 얘기고, 이미 했던 얘기고……"

린다: (공격의 수위를 높여서)"그리고 요즘 담배 한 갑에 얼마야? 4달러 50센트? 5달러?"

톰: "망할, 나 일주일에 한 갑 피운다!"

린다: (그의 방어를 연산이라는 장갑차로 뭉개며)"한 갑에 5달러라고 치면 한 달에 20달러가 넘어. 그리고 그 돈은 다 내 월급에서 나가지. 왜냐하면 내가 이 집의 유일한……"

톰: "또 시작이로군……"

린다: "……수입원이니까."

톰: "그건 몇 번을 강조해도 절대 질리지 않는 모양이지? 내가 일부러 차에 치였다고 생각할 수도 있겠어. 집 안에서 빈둥거리려고 그랬다고 말이야."

린다: (긴 정적 이후에)"집에 와인 남은 거 있어? 반 잔만 마시고 싶

은데."

피트: (객석을 향해)"있다고 해요, 아빠. 있다고 해요."

톰: "없어. 내가 목발 짚고 조니스까지 가서 한 병 사다 줄까? 내 용돈은 당연히 가불해 줄 거지?"

린다: (울지는 않지만 금방 울음을 터뜨릴 것 같은 목소리로)"당신, 꼭 나 때문에 그런 사고를 당한 것처럼 굴더라?"

톰: (고함을 지르며)"어느 누구 탓도 할 수 없으니까 내가 미치겠는 거야! 모르겠어? 범인을 잡지도 못하고 있잖아!"

이 시점에 이르면 피트는 더 이상 못 참겠다는 결론을 내렸다. 이건 한심한 드라마였다. 부모님은 모를지 몰라도 그는 알 수 있었다. 그는 문학 교재를 덮었다. 원래는 그날 저녁에 숙제로 지정된 작품 — 존 로스스타인이라는 작가가 쓴 책이었다 — 을 읽을 계획이었다. 하지만 나가서 조용하게 바람이나 쐬어야겠다는 생각이 들었다.

린다: (잠잠하게)"그래도 죽지는 않았잖아."

톰: (이제는 완전히 연속극 주인공처럼)"차라리 죽는 게 나았겠다는 생각이 들 때도 있어. 내 꼴 좀 봐. 옥시콘틴을 달고 사는데도 통증은 여전하잖아. 거의 죽을 만큼 쓰지 않으면 효과가 없어서. 마누라 월급으로 연명하는데 우라질 위선자들 때문에 그 월급마저 1000달러 줄었고……"

린다: "말 조심……"

톰: "집? 없어졌어. 전동 휠체어? 없어졌어. 저금? 거의 바닥이야.

그런데 이제는 우라질 담배마저 피울 수가 없잖아!"

린다: "넋두리를 늘어놓으면 문제가 해결될 것 같으면 마음대로 해. 하지만……"

톰: (목청껏)"이게 넋두리라고? 넋두리가 아니라 현실이야. 바지를 벗어서 내 다리가 어떻게 됐는지 보여 줄까?"

피트는 양말바람으로 살금살금 1층으로 내려갔다. 계단 바로 앞이 거실이지만 그들은 그를 보지 못했다. 서로 마주 보고 아무도 관심 없는 저질 드라마를 찍느라 여념이 없었다. 목발로 거구를 지탱하고 있는 아버지는 눈에 핏발이 섰고 수염이 텁수룩했고, 어머니는 방패처럼 핸드백을 앞으로 들고서 입술을 씹고 있었다. 이 끔찍한 광경 속에서 가장 끔찍한 건 뭔가 하면 그들이 사랑하는 부모님이라는 사실이었다.

그의 아버지가 언급하지 않은 부분이 있다면, 이 도시에 딱 하나 남은 신문사에서 시티 센터 대학살 사건이 벌어지고 한 달 뒤부터 3개 지역 방송국과 공조 아래 긴급 기금을 지원하기 시작했다는 것이었다. 브라이언 윌리엄스도 「NBC 나이틀리 뉴스」에서 그 기금에 대해 다룬 적이 있었다. 불굴의 이 조그만 도시에 재앙이 닥치자 인정 넘치고 어쩌고저쩌고 한 주민들이 원조를 자청하고 나섰는데요, 우리 후원업체의 이야기를 들어 보겠습니다. 긴급 기금 덕분에 모두들 한 6일 정도 행복해했다. 언론에서 간과한 부분은 뭔가 하면 자선 걷기 대회, 자선 자전거 대회, 「아메리칸 아이돌」 본선 진출자들의 콘서트까지 열렸음에도 불구하고 조성된 기금이 얼마나 보잘것 없었는가 하는 것이었다. 긴급 기금의 액수가 이렇게 빈약했던 이유는 너나 할 것 없이 힘든 시기였기 때문이었다. 그리고 두말하면 잔소리지만 그렇게 조성된 기금을 나누어 받아야 할 인원이 워낙 많았다. 소버스 가족은 맨 처음에 1200달러짜리 수표를 받았고, 그 다음에는 500달러, 그 다음에는 200달러짜리 수표를 받았다. 지난달에는 마지막 지원금이라고 찍힌 50달러짜리 수표를 받았다.

대박이었다.

피트는 살그머니 부엌으로 들어가서 부츠와 재킷을 챙기고 밖으로 나갔다. 그가 가장 먼저 알아차린 사실이 있다면 뒤쪽 계단이 얼음으로 덮이지 않았다는 것이었다. 아버지가 새빨간 거짓말을 한 거였다. 날이 따뜻해서 적어도 볕이 비치는 곳은 얼음이 얼지 않았다. 봄이 오려면 아직도 6주나 남았지만 거의 일주일째 이렇게 포근한 날이 계속돼서 뒷마당에 남은 눈이라고는 나무 밑에 딱딱하게 뭉쳐져 있는 몇 덩이뿐이었다. 피트는 뒷마당을 가로질러서 울타리 문을 열고 나갔다.

노스사이드의 나무 이름으로 불리는 동네에 살아서 좋은 점이 있다면 시커모어 뒤편의 미개발지였다. 도시로 치면 한 블록 정도 될 텐데, 덤불과 관목으로 뒤덮인 2만 제곱미터의 땅이 언덕을 지나서 얼어붙은 개울까지 이어졌다. 피트의 아버지 말로는 오래전부터 그랬다고, 그 땅의 주인은 누구이며 위에 뭘 지을 수 있는지를 놓고 끝없는 법정 싸움이 이어지고 있기 때문에 앞으로도 더 오랫동안 그런 상태로 방치될 가능성이 크다고 했다.

"결국에는 변호사들만 좋은 거야." 그가 피트에게 한 말이었다. "그걸 명심해라."

피트가 생각하기에는 정신적인 건강을 위해 부모님에게서 잠깐 벗어날 필요가 있는 아이들에게도 좋은 일이었다.

헐벗은 겨울나무들 사이로 난 오솔길은 대각선으로 구불구불 이어지다 버치 스트리트 레크리에이션 센터로 이어졌다. 이 레크리에이션 센터는 오래전에 건립된 노스필드 청소년 회관인데 조만간 문을 닫게 생겼다. 따뜻한 날에는 상급생들이 오솔길 주변에서 담배를 피우고, 약을 하고, 맥주를 마시고, 여자친구와 떡을 쳤지만 요즘 같은 계절에는 아니었다. 상급생이 없으니 골치 아픈 일이 생길 가능성도 없었다.

어머니와 아버지의 싸움이 심각해지면 ― 요즘 들어 그런 경우가 점점 늘었다 ― 가끔 피트는 여동생까지 데리고 나섰다. 레크리에이션 센터에 가서 농구를 하거나 비디오를 보거나 체커를 했다. 레크리에이션 센터가 문을 닫으면 여동생을 데리고 어디로 가면 좋을지 알 길이 없었다. 조니스라는 편의점 말고는 갈 데가 없었다. 혼자 나왔을 때는 개울까지 걸어가서 물이 녹았으면 그 속으로 돌멩이를 던졌고 물이 얼었으면 돌멩이가 얼음에 부딪쳐서 튕겨져 나오는 것을 구경했다. 구멍을 낼 수 있을지 가늠하며 정적을 즐겼다.

악기-빼기만으로도 끔찍했지만 그가 가장 두려워하는 사태는 옥시콘틴 때문에 늘 흥분 상태인 아버지가 언젠가 어머니에게 주먹을 날리는 것이었다. 그러면 아슬아슬하게 이어지던 결혼이라는 끈이 끊어질 게 거의 분명했다. 만약 끊어지지 않으면? 어머니가 맞고도 참으면? 그게 더 끔찍했다.

'절대 그럴 일은 없을 거야.' 피트는 속으로 중얼거렸다. '아빠가 그럴 리 없을 거야.'

하지만 만약 그런다면?

그날 오후에도 개울에 아직까지 얼음이 남아 있었지만 상태가 안 좋아 보였고, 길을 가던 거인이 그 위에다 볼일을 보기라도 한 것처럼 군데군데 누런색의 큼지막한 얼룩이 있었다. 피트는 그 위로 걸어갈 엄두가 나지 않았다. 깊이가 발목 정도밖에 안 돼서 얼음이 깨지더라도 빠져 죽거나 그럴 일은 없었지만 집으로 돌아갔을 때 바지와 양말이 왜 젖었는지 해명하고 싶은 생각은 없었다. 그는 쓰러진 통나무에 앉아서 돌멩이를 몇 개 던지다(작은 녀석들은 튕겨져 나와서 굴렀고 큰 녀석들은 누런 얼룩을 뚫고 들어갔다.) 잠깐 하늘을 올려다보았다. 겨울보다 봄에 어울림직한 큼지막하고 폭신한 구름들이 서쪽으로 동쪽으로 흘러가고 있었다. 등에 혹이 난(아니면 배낭일 수도 있겠다.) 할머니처럼 생긴 구름도 있었다. 토끼도 있었다. 용도 있었다. 그리고 저건……

왼쪽에서 탁 하고 뭔가가 무너져 내리는 소리가 조그맣게 들렸다. 고개를 돌려보니 불룩 튀어나와 있었던 둑의 일부분이 일주일 동안 녹은 눈 때문에 내려앉으면서 이미 아슬아슬하게 기운 나무의 뿌리가 드러났다. 흙이 무너지면서 동굴 비슷한 공간이 생겼는데 그가 잘못 본 게 아니라면—그냥 그림자일 수도 있었다—그 안에 뭔가가 있었다.

피트는 나무 앞으로 걸어가서 헐벗은 가지를 붙잡고 허리를 숙여서 들여다보았다. 안에 분명 뭔가가 들어 있는데 크기가 제법 컸다. 상자인가?

그는 부츠 뒤축으로 진흙을 파서 임시 계단을 만들어 가며 둑을 내려갔다. 흙이 무너진 지점에 도착하자 쭈그리고 앉았다. 쩍쩍 갈라진 까만색 가죽과 리벳이 박힌 금속 띠가 보였다. 끝에 안장 등자만 한 손잡이가 달려 있었다. 트렁크였다. 누군가가 트렁크를 여기다 묻어 놓은 것이었다.

흥분한 동시에 호기심이 생긴 피트는 손잡이를 잡고 당겼다. 트렁크는 꿈쩍도 하지 않았다. 아주 단단히 박혀 있었다. 피트는 다시 한번 잡아당겼지만 어디까지나 형식적인 절차였다. 그런 식으로 해서는 꺼낼 수 없었다. 도구가 필요했다.

그는 쭈그리고 앉을 수 있는 시절이 끝나기 전에 아버지가 종종 그랬던 것처럼 허벅지 사이로 양손을 늘어뜨린 채 쭈그리고 앉았다. 뿌리로 뒤엉킨 시커먼 흙 밖으로 고개를 내민 트렁크를 물끄러미 바라보았다. 이 상황에서 『보물섬』을 떠올리면(그리고 작년 영어 시간에 읽었던 「딱정벌레」를 떠올리면) 말도 안 되는 짓일지 몰라도 그는 그 작품을 떠올리고 있었다. 그리고 정말 말도 안 되는 짓일까 싶었다. 진짜 그럴까? 제이코비 선생님은 아는 게 힘이라고 하면서 논리적인 사고방식의 중요성을 강조했다. 안에 귀중품이 들어 있기 때문에 누군가가 트렁크를 숲속에 묻은 거라고 보아야 논리적으로 맞지 않을까?

게다가 묻힌 지 한참 된 가방이었다. 보면 알 수 있었다. 가죽이 갈라져서 곳곳이 검은색이 아니라 회색이었다. 피트는 손잡이를 너무 세게 계속 당기면 부러질지 모른다는 생각이 들었다. 고정하는 역할을 하는 금속 띠가 칙칙하고 녹이 슬어서 얼룩덜룩했다.

그는 결정을 내리고 오솔길을 달려서 집으로 돌아갔다. 대문을 지나서 부엌으로 들어가며 귀를 쫑긋 세웠다. 말소리가 전혀 들리지 않았고 텔레비전도 꺼진 상태였다. 아버지가 방에 들어가서(아버지가 이제는 계단을 오르내리기 불편해했기 때문에 부모님은 작아도 1층에 있는 방을 썼다.) 낮잠을 자는 모양이었다. 두 분은 가끔 그런 식으로 화해를 했기에 어머니가 같이 누워 있을 수도 있었지만, 서재로도 쓰이는 세탁실에서 이력서를 다듬고 온라인으로 입사지원서를 접수하고 있을 가능성이 더 컸다. 아버지는 포기했을지 몰라도(피트도 인정하다시피 그럴 만한 이유가 있었다.) 어머니는 달랐다. 어머니는 꼭 돈 때문이 아니더라도 다시 정교사로 일하고 싶어 했다.

본채에서 조금 떨어진 곳에 작은 차고가 있었지만 눈보라 예보가 있지 않은 한 어머니는 포커스를 그 안에 넣지 않았다. 이 조그만 셋집에는 공간이 부족해서 예전 집에서 쓰던 물건들을 그곳에 잔뜩 쌓아 놓았다. 아버지의 공구상자도 거기 있었고(톰이 공구들을 '크레이그리스트'인가 뭔가에 내놓았지만 원하는 가격에 사겠다는 사람이 없었다.) 티나와 그가 어렸을 때 가지고 놀았던 장난감, 숟가락이 딸린 소금통, 정원 손질 용품들이 뒷벽에 놓여 있었다. 피트는 삽을 꺼내서 받들어 총 자세를 취한 병사처럼 들고 오솔길을 달렸다.

그는 좀 전에 만들어 놓은 계단을 딛고 물가까지 수월하게 내려갔고, 흙이 무너지면서 트렁크가 드러난 지점에 이르자 작업을 개시했다. 떨어진 흙을 삽으로 떠서 나무 아래에 생긴 구멍을 최대한 메웠다. 울퉁불퉁한 뿌리가 보이는 곳까지 메우지는 못했지만 트렁크를 덮을 수는 있었다.

당분간은 그걸로 충분했다.

저녁을 먹는 시간에도 악기-빽기가 벌어졌지만 심하지는 않았고 티나는 신경 쓰지 않는 눈치였다. 하지만 피트가 막 숙제를 끝냈을 때 그녀가 그의 방으로 들어왔다. 꼬질꼬질한 잠옷을 입고 가장 마지막까지 애지중지했던 비즐리 부인 인형을 들고 있었다. 마치 다섯 살로 돌아간 듯한 모습이었다.

"잠깐 오빠 침대에 누워 있다 가면 안 돼? 나쁜 꿈을 꿨어."

그는 네 방으로 가라고 말을 하려다 (묻어 놓은 트렁크가 퍼뜩 떠오르자) 그런 소리를 했다가는 재수 옴 붙을지 모른다는 결론을 내렸다. 게다가 그녀의 예쁜 눈 밑에 생긴 다크서클을 감안했을 때 그러면 못된 오빠이기도 했다.

"응, 그래, 잠깐 누워 있어. 하지만 습관처럼 그러면 안 된다?"

엄마가 자주 하는 말이었다.

티나는 침대 위를 총총히 가로질러서 벽에 들러붙었다. 밤새 거기서 버틸 작정이라도 한 것처럼 그 자리를 선택했다. 피트는 지구과학 책을 덮고 그녀의 옆에 앉았다가 움찔했다.

"티나, 인형 주의보. 비즐리 부인이 내 똥꼬를 찌르고 있어."

"내 발 옆으로 구겨 넣을게. 자. 됐어?"

"그러다 숨 막혀 죽으면 어쩌려고?"

"바보, 원래 숨도 안 쉬잖아. 인형인걸. 그리고 엘런이 그러는데 조만간 애한테 싫증이 날 거래."

"머저리 같은 엘런이 뭘 알겠냐?"

"내 친구야." 그의 말에 반박하는 건 아니라는 사실을 깨닫고 피트는 일말의 호기심을 느꼈다. "하지만 엘런 말이 맞을지도 몰라. 다들 나이를 먹으면 달라지니까."

"너는 아니야. 너는 언제까지고 내 꼬맹이 여동생일 거야. 그리고 잠들면 안 돼. 5분 있으면 네 방으로 가야 하니까."

"10분."

"6분."

티나는 고민하는 눈치였다.

"알았어."

1층에서 나지막한 신음 소리와 함께 쿵쿵거리는 목발 소리가 들렸다. 피트가 소리를 따라서 부엌으로 들어가 보면 아버지가 앉아서 담배에 불을 붙이고 연기를 뒷문 밖으로 내뱉고 있을 것이다. 그러면 보일러가 돌아갈 텐데, 어머니의 주장에 따르면 보일러는 기름이 아니라 돈을 먹는 하마라고 했다.

"엄마아빠, 이혼하시겠지?"

피트는 이중으로 충격을 받았다. 첫 번째로는 질문 그 자체에 충격을 받았고 두 번째로는 어른처럼 담담한 말투에 충격을 받았다. 그는 아니라고, 그럴 리 없다고 대답하려다 어른들이 아이들에게 거짓말을 하는 영화를 볼 때마다 ─ 그런 영화가 한두 편이 아니었다 ─ 얼마나 싫었는지 생각이 났다.

"글쎄. 아무튼 오늘 밤에는 아니야. 법원이 문을 닫았으니까."

그녀는 키득거렸다. 어쩌면 좋은 징조였다. 그는 그녀가 다른 말을 하길 기다렸다. 하지만 그녀는 아무 말도 하지 않았다. 피트는 개울 둑의 그 나무 밑에 묻혀 있는 트렁크가 또 생각났다. 숙제를 하는 동안에는 그 생각을 멀찌감치 떨어뜨려 놓고 있었는데…….

아니다. 트렁크는 계속 그의 머릿속을 맴돌고 있었다.

"티나? 잠들면 안 돼."

"응…….' 하지만 목소리를 들어 보니 잠들기 직전이었다.

"너 만약 보물을 찾으면 어떻게 할래? 보석이랑 금화가 잔뜩 들어 있는 보물 상자를 찾으면?"

"금화가 뭐야?"

"옛날에 쓰던 동전."

"엄마아빠 드릴 거야. 더 이상 싸우지 않게. 오빠는?"

"나도. 이제 네 방으로 가. 안아서 옮기기 싫으니까."

톰 소버스는 보험 약관상 이제 일주일에 두 번만 치료를 받을 수 있었다. 그는 매주 월요일과 금요일 9시에 데리러 오는 특수 밴을 타고 가서 수(水)치료를 받고, 장기 손상과 만성 통증에 시달리는 환자들과 동그랗게 모여 앉아서 대화를 나눈 다음 오후 4시에 돌아왔다. 그러니까 월요일과 금요일에는 일곱 시간 동안 집이 빈다는 뜻이었다.

목요일 저녁에 피트는 목이 아프다고 하면서 방으로 들어갔다. 다음 날 아침에 일어났을 때는 목이 계속 아프고 이제는 열도 나는 것 같다고 말했다.

"정말 뜨겁네." 린다는 손목 안쪽으로 그의 이마를 짚고 나서 이렇게 말했다. 피트가 침대 맡의 스탠드와 5센티미터 간격을 두고 얼굴을 대고 있다가 1층으로 내려왔으니 그럴 만도 했다. "내일까지 낫지 않으면 병원에 가 봐야겠다."

"좋은 생각이야!" 톰은 스크램블드에그를 쑤시면서 외쳤다. 잠을 한숨도 자지 못한 듯했다. "전문병원에 가야지! 내가 쇼티한테 연락할게. 롤스로이스는 테니스 수업을 받으러 갈 때 티나가 타야 하지만 타운카는 괜찮을 거야."

티나가 키득거렸다. 린다는 톰을 노려보았지만 그녀가 뭐라고 대꾸를 하기 전에 피트가 그 정도로 심각하지는 않다고, 집에서 하루 쉬면 나을 거라고 말했다. 그래도 안 되면 주말 동안 쉬면 된다고 했다.

"그렇겠지?" 그녀는 한숨을 쉬었다. "뭐 먹고 싶은 거 있니?"

피트는 먹고 싶은 게 있었지만 목이 아프다고 한 마당에 멍청하게 그렇다고 대답할 수는 없었다. 그는 손으로 입을 가리고 일부러 기침을 했다.

"주스나 좀 마실까 봐요. 주스 마시고 제 방으로 올라가서 눈 좀 붙일게요."

먼저 집을 나선 티나가 춤을 추며 길모퉁이로 걸어갔다. 거기서 스쿨버스를 기다리는 동안 엘런과 함께 아홉 살배기 특유의 별의별 괴상망측한 주제를 놓고 이러쿵저러쿵할 것이다. 그러고 나서 이번에는 엄마가 포커스를 타고 학교로 출발했다. 마지막으로 아버지가 목발을 짚고 기다리고 있는 밴을 향해 걸어갔다. 피트는 자기 방 창문 너머로 그 광경을 바라보며 이제는 아버지가 작아 보인다는 생각을 했다. 그라운드호그스 모자 밖으로 삐져나온 머리도 희끗희끗해지기 시작했다.

밴이 사라지자 피트는 주섬주섬 옷을 갈아입고 엄마가 식료품 저장실에 두는 재활용 장바구니를 들고 창고로 건너갔다. 아버지의 공구상자에서 망치와 끌을 꺼내 장바구니에 넣었다. 삽을 들고 나갔다가 다시 들어와서 쇠지렛대까지 챙겼다. 그는 보이스카우트 활동을 한 적이 없었지만 준비의 힘을 믿었다.

그날 아침은 입김이 보일 만큼 추웠지만, 피트가 이제 트렁크를 한번 잡아당겨 봐도 되겠다 싶을 만큼 땅을 팠을 무렵에는 기온이 영상으로 훌쩍 올라가서 외투 안으로 땀이 흘렀다. 그는 외투를 벗어서 낮은 가지에 걸고 여전히 아무도 없는지 확인하느라 주위를 두리번거렸다(벌써 몇 번째였다.). 확인이 끝나자 타석에 나갈 준비를 하는 타자처럼 흙을 집어서 손바닥에 대고 비볐다. 그런 다음 부러질 경우에 대비해야 한다는 생각을 하며 트렁크 한쪽 끝에 달린 손잡이를 잡았다. 둑을 데굴데굴 굴러 내려가는 사태만큼은 피하고 싶었다. 개울에 빠지면 정말 병이 날 수 있었다.

오래돼서 좀이 슨 옷가지 말고는 아무것도 없을 수 있었지만…… 낡은 옷가지가 잔뜩 든 트렁크를 뭐 하러 땅에 묻겠는가? 그냥 태워버리거나 사회적 기업인 굿윌에 기증하는 게 낫지 않았을까?

확인할 방법은 딱 한 가지뿐이었다.

피트는 숨을 가슴 속 깊이 들이마신 후 멈추고 손잡이를 당겼다. 트렁크는 나올 생각을 하지 않았고 낡은 손잡이는 위험한 수준으로 삐걱거렸지만 그래도 희망적이었다. 이제는 트렁크를 좌우로 조금씩 움직일 수 있었다. 손잡이를 잡고 좌우로 움직이다 보니, 티나의 젖니가 저절로 빠질 생각을 하지 않자 아빠가 거기다 실을 묶고 홱 잡아당겼던 때가 생각났다.

그는 무릎을 꿇고 앉아서(나중에 청바지를 직접 빨던지 옷장 깊숙이 숨겨 놓아야 한다고 다짐했다.) 구멍 안을 들여다보았다. 뿌리 하나가 사람의 팔처럼 트렁크 뒤편을 감싸고 있었다. 그는 트렁크 손잡이를 단단히 잡고 삽으로 뿌리를 찍었다. 뿌리가 워낙 두툼해서 몇 번 숨을 돌려야 했지만 마침내 잘라낼 수 있었다. 삽을 내려놓고 다시 손잡이를 잡았다. 이제 헐렁해진 트렁크가 막 나오려고 했다. 손목시계를 확인했다. 10시 15분이었다. 그의 상태를 확인하려고 엄마가 쉬는 시간에 전화를 할지 모르겠다는 생각이 들었다. 전화를 받지 않으면 자나 보다고 생각할 테니 문제될 건 없었지만, 집에 가면 자동응답기를 확인하기로 다짐했다. 그는 삽을 집어서 가방 주변의 흙을 파고 좀 더 작은 뿌리를 몇 개 잘라냈다. 그런 다음 다시 손잡이를 잡은 후 가방에 대고 말했다.

"야, 이 자식아. 이번에는 꼭 부탁한다."

그는 손잡이를 당겼다. 트렁크가 어찌나 갑작스럽게 쑥 빠지는지 다리를 넓게 벌리고 있었기 망정이지 하마터면 뒤로 벌러덩 넘어질 뻔했다. 구멍 밖으로 고개를 내민 가방 윗면은 흙덩이와 흙가루로

덮여 있었다. 공원들이 들고 다니는 도시락처럼 앞면에 구식 걸쇠가
달려 있었다. 그리고 큼지막한 자물쇠도 있었다. 그가 다시 손잡이
를 잡자 이번에는 탁 소리를 내며 부러졌다.

"이런 망할."

피트는 중얼거리며 자기 손을 내려다보았다. 빨갰고 욱신거렸다.

한번 시작한 일은 끝장을 봐야지(이것도 엄마가 자주 하는 말이었다.).
트렁크 양옆을 어정쩡하게 끌어안고 발뒤꿈치에 힘을 주며 몸을 뒤
로 젖혔다. 이번에는 트렁크가 숨어 있던 구멍에서 완전히 빠져나와
서 부속품마다 녹이 슬고 축축하니 지저분한 골동품으로 변한 자태
를 오랜만에 처음으로 만천하게 공개했다. 길이는 75센티미터, 깊이
는 최소 45센티미터는 되어 보였다. 어쩌면 그보다 더 될 수도 있었
다. 피트가 한쪽 끝을 들어 보니 무게는 최대 27킬로그램쯤 나갈 듯
했다. 그의 몸무게의 절반쯤 되는 셈이었는데, 그 중에서 내용물은
몇 킬로그램이고 가방 자체는 몇 킬로그램인지는 알 수 없었다. 아
무튼 금화가 들어 있지는 않았다. 만약 금이 가득 들어 있었다면 트
렁크를 들기는커녕 구멍 밖으로 꺼내지도 못했을 터였다.

걸쇠를 위로 올리자 흙가루가 조금 쏟아졌다. 피트는 망치와 끌로
부술 생각을 하며 허리를 숙이고 자물쇠를 들여다보았다. 자물쇠를
부숴도 소용없으면—그럴 가능성도 있었다—쇠지렛대를 동원할
작정이었다. 하지만 먼저…… 혹시 모르니까……

뚜껑을 잡고 올리자 지저분한 경첩들이 악을 쓰는 소리와 함께 뚜
껑이 열렸다. 중고 트렁크였던 모양이라고, 아마 열쇠가 없어서 싸
게 샀을 거라고 나중에 미루어 짐작하겠지만 지금은 멀뚱멀뚱 쳐다

보기만 할 따름이었다. 손바닥에 잡힌 물집도, 쑤시는 허리와 허벅지도, 흙먼지를 뒤집어쓴 얼굴 위로 흐르는 땀방울도 느끼지 못했다. 그의 어머니도, 아버지도, 여동생도 생각나지 않았다. 적어도 그때만큼은 악기-빽기도 생각나지 않았다.

가방 안쪽은 습기가 차지 않도록 깨끗한 비닐로 덮여 있었다. 그 아래에 공책처럼 보이는 물건들이 차곡차곡 포개져 있었다. 그는 손바닥 옆면을 차창 와이퍼처럼 활용해서 비닐에 맺힌 물방울을 부채꼴 모양으로 쓸어냈다. 정말 공책이었다. 진짜 가죽 표지가 달린 고급 공책이었다. 한 권에 100달러는 됨직했다. 하지만 그게 전부가 아니었다. 엄마가 수표를 현금으로 바꾸면 집에 들고 오는 봉투 비슷하게 생긴 녀석들도 있었다. 피트는 비닐을 치우고 반쯤 찬 가방 안을 들여다보았다. 봉투에는 '고향 친구와도 같은 그래닛 주립 은행(뉴햄프셔의 별명이 그래닛 주다 ― 옮긴이)'이라고 찍혀 있었다. 그는 엄마가 콘 신탁은행에서 받아오는 봉투와 생김새가 다르다는 것 ― 이메일 주소도 없고 현금 인출시에는 자동화기기를 애용해 달라는 문구도 없었다 ― 을 나중에는 알아차리겠지만 지금은 멀뚱멀뚱 쳐다보기만 할 따름이었다. 심장이 어찌나 심하게 두근거리는지 심장이 뛸 때마다 눈앞에서 검은 점들이 어른거렸고 이러다 기절하는 게 아닐까 싶었다.

'웃기지 마. 기절은 계집애들이나 하는 거지.'

그럴지도 모르지만 확실히 머리가 어지러웠다. 생각해 보니 트렁크를 연 이래 숨을 참고 있어서 그런 면도 없지 않았다. 그는 숨을 깊이 들이마셨다가 훅 내쉬고 다시 들이마셨다. 발가락까지 숨이 닿

는 느낌이었다. 머리는 맑아졌지만 심장은 전보다 더 미친 듯이 쿵
쾅거렸고 손이 부들부들 떨렸다.

빈 봉투일 거야. 너도 알잖아. 책 아니면 영화에서나 사람들이 땅
속에 돈을 묻어두지 실제 현실에서 그럴 리 있겠냐?

그런데 빈 봉투처럼 보이지 않았다. *두툼해 보였다.*

그는 봉투를 집으려고 손을 내밀었다가 개울 저편에서 부스럭거
리는 소리가 들리자 숨을 참았다. 휙 고개를 돌려 보니 일주일에 걸
쳐 녹은 얼음을 보고 봄이 왔다고 생각했는지 다람쥐 두 마리가 죽은
낙엽 위에서 까불고 있었다. 꼬리를 실룩이며 나무 위로 질주했다.

피트는 다시 트렁크 쪽으로 고개를 돌려서 은행 봉투를 하나 집
었다. 밀봉이 되어 있지 않았다. 그는 기온이 4도 정도로 올랐을 텐
데도 아무 감각이 느껴지지 않는 손가락으로 덮개를 젖혔다. 봉투를
벌려서 안을 들여다보았다.

돈이 들어 있었다.

20달러와 50달러짜리들이었다.

"하느님 맙소사 어머니 아버지." 피트 소버스는 중얼거렸다.

지폐를 꺼내서 세어 보려고 했지만 손이 너무 부들부들 떨려서 떨
어뜨리고 말았다. 잡초 위에서 펄럭이는 지폐들을 주우려는데, 뇌가
과열이 돼서 그런지 한 지폐에 찍힌 율리시스 그랜트가 그를 보고
진짜 윙크를 한 것처럼 느껴졌다.

얼마인지 세어 보았다. 400달러였다. 이 봉투에만 400달러가 들어
있고 그런 봉투가 수십 *개*였다.

그는 지폐를 다시 봉투 안에 쑤셔 넣었지만 말년의 프레드 할아버

지보다 손을 더 심하게 떨었기 때문에 쉽지 않았다. 그는 봉투를 트렁크에 넣고 부릅뜬 눈으로 주위를 살폈다. 전에는 잡초로 뒤덮인 이 주변을 지나는 차량들의 소음이 희미하고 멀고 하찮게 느껴졌었는데 지금은 가깝고 위협적으로 느껴졌다. 여기는 보물섬이 아니었다. 100만 여 명의 사람들이 사는 도시였고 대부분 실직 상태라 이 트렁크 안에 든 물건을 보면 침을 흘릴 게 분명했다.

'머리 좀 쓰자.' 피트 소버스는 속으로 중얼거렸다. '제발 머리 좀 쓰자. 지금까지 너한테 이보다 더 중요한 사건은 벌어진 적이 없었고 앞으로도 이보다 더 중요한 사건은 없을 텐데 열심히 좋은 방법 좀 생각해 보자.'

맨 처음 떠오른 것은 벽에 딱 들러붙어서 그의 침대에 누워 있던 티나의 모습이었다. "너 만약 보물을 찾으면 어떻게 할래?" 그는 이렇게 물었었다.

"엄마아빠 드릴 거야." 동생의 대답이었다.

하지만 엄마가 주인에게 돌려주라고 하면?

중요한 문제였다. 아빠라면 절대 그럴 리 없었다. 피트도 아는 바였다. 하지만 엄마는 달랐다. 엄마는 옳고 그른 일에 대한 기준이 분명했다. 만약 그가 부모님에게 이 트렁크와 그 안에 든 물건을 보여 드리면 사상 최악의 악기-빼기가 벌어질 수 있었다.

"게다가 누구한테 돌려주라는 거야?" 피트는 중얼거렸다. "은행에?"

말도 안 되는 소리였다.

그런데 정말로 말도 안 되는 소리일까? 범인이 해적이 아니라 은행 강도일 뿐, 정말로 이 돈이 훔친 보물이라면? 하지만 그렇다면 은행에서 찾은 돈처럼 봉투에 들어 있는 이유가 뭘까? 까만 공책들은 뭐고?

나중이라면 이런 문제들을 놓고 고민할 시간이 있을지 몰라도 지금은 아니었다. 지금 필요한 것은 행동이었다. 손목시계를 확인해 보니 벌써 10시 45분이었다. 아직은 시간이 있었지만 그걸 제대로 활용해야 했다.

"안 그러면 나만 손해지."

피트는 중얼거리며 망치와 끌을 담아온 장바구니에 그래닛 주립 은행 봉투를 챙겼다. 그런 다음 장바구니를 둑 꼭대기에 올려놓고 자기 재킷으로 덮었다. 비닐을 트렁크 안에 다시 쑤셔넣은 뒤에 뚜껑을 닫고 트렁크를 구멍 안으로 힘껏 밀어 넣었다. 흙과 땀으로 번들거리는 이마를 훔친 다음 삽을 들어서 미친 사람처럼 흙을 떠서 옮겼다. 트렁크가 흙으로 덮이자 ─ 조금 보이기는 했다 ─ 그는 장바구니와 재킷을 집고 집까지 달려갔다. 장바구니는 일단 옷장 깊숙이 숨겨 놓고 자동응답기에 어머니가 남긴 메시지가 있는지 확인할 작정이었다. 엄마 쪽에 아무 문제가 없으면(그리고 아빠도 치료를 일찍 마치고 집으로 돌아오지 않으면 ─ 만약 그런 사태가 멀어지면 큰일이었다.) 다시 개울가로 가서 좀 더 완벽하게 트렁크를 숨길 작정이었다. 나중에 공책들을 훑어볼 수 있을지 몰라도 햇살이 화창하던 2월의 그날 아침에 집으로 달려가는 동안에는 공책들 사이에 아니면 밑에 돈봉투가 좀 더 있을지 모른다는 생각뿐이었다.

그는 생각했다. '샤워를 해야 해. 그런 다음 아파서 누워 있어야

할 시간에 밖에서 뭘 했느냐고 엄마한테 추궁을 당하지 않게 욕조를
깨끗이 씻어야지. 만전을 기해야 하고 아무한테도 얘기하면 안 돼.
절대.'

샤워를 하는 동안 좋은 생각이 떠올랐다.

1978년

집이란 돌아온 가족을 받아 줄 수밖에 없는 곳이지만 모리스가 시
커모어 가에 있는 집에 도착했을 때는 어둑어둑한 저녁을 밝히는 불
빛 하나 없었고 문 앞까지 나와서 맞아 주는 사람 한 명 없었다. 그
럴 사람이 있을 이유가 없었다. 그의 어머니는 뉴저지에서 19세기
사업가들이 어떤 식으로 미국을 털려고 했는지를 주제로 학생들을
가르치고 있었다. 하지만 그녀의 강의를 들은 대학원생들은 나중에
누런 돈 사냥에 나서면 뭐든 닥치는 대로 털고 다닐 가능성이 다분
했다. 모리스도 뉴햄프셔에서 누런 돈을 사냥하지 않았느냐고 말할
사람들도 있을 게 분명하지만 그건 아니었다. 그의 목적은 돈이 아
니었다.

그는 비스케인을 차고에 꽁꽁 감추고 싶었다. 비스케인을 아예 처
분하고 싶었지만 지금 당장은 불가능했다. 급선무는 폴린 멀러였다.

시커모어 가에 사는 사람들은 대부분 텔레비전에 푹 빠져서 황금 시간대가 시작되면 UFO가 자기 집 마당에 착륙해도 모를 테지만 멀러 부인은 아니었다. 벨러미의 옆집에 사는 그녀는 염탐을 예술의 경지로 끌어올린 장본인이었다. 그래서 그는 그 집부터 들렀다.

"어머나, 이게 누구니!" 그녀는 모리스가 집 앞 진입로로 들어섰을 때 부엌 창밖으로 내다보았으면서 문을 열며 이렇게 외쳤다. "모리스 벨러미! 진짜 모리스구나! 인물이 더 훤해졌네!"

모리스는 최대한 수줍은 척 미소를 지었다.

"잘 지내셨어요, 멀러 아주머니?"

그녀가 끌어안자 모리스는 사양하고 싶었지만 고분고분 몸을 맡겼다. 잠시 후에 그녀는 고개를 돌리더니 늘어진 턱살에 힘을 주고 큰 소리로 외쳤다.

"버트! *버티!* 모리스 벨러미가 왔어!"

거실에서 3음절의 웅얼거림이 들렸다. 안녕, 잘 지내지인 듯했다.

"들어와라, 모리! 들어와! 커피 끓일게! 집에 또 뭐가 있는지 아니?" 그녀는 부자연스러우리만치 시커먼 눈썹을 꼬리 치듯 흉측하게 꿈틀거렸다. "새러 리 파운드케이크도 있단다!"

"말씀은 감사하지만 제가 지금 보스턴에서 오는 길이라서요. 한시도 쉬지 않고 달려왔더니 많이 피곤하네요. 옆집에 불이 켜진 걸 보고 경찰에 신고하실까봐 들른 거예요."

그녀는 원숭이처럼 꺅꺅대며 웃었다.

"생각이 참 깊기도 하지! 하긴 네가 예전부터 그랬잖니. 엄마는 잘 지내시지?"

"네."

그는 사실 알 도리가 없었다. 열일곱 살 때 소년원 신세를 지고 스물한 살 때 시티 대학을 자퇴한 이래 모리스와 애니타 벨러미의 관계는 어쩌다 한 번씩 전화 통화를 하는 수준으로 전락했다. 통화 분위기는 냉랭했지만 깍듯했다. 그가 무단 침입 및 기타 등등으로 체포됐던 날 밤에 마지막으로 대판 싸운 뒤에는 기본적으로 서로를 포기했다.

"근육이 좀 생겼네." 멀러 부인이 말했다. "여자애들이 보면 *좋아하겠다.* 예전에는 워낙 말라깽이였잖니."

"집 짓는 일을 하다 보니……"

"*집*을 지었다고? 네가? 어머나! 버티! 모리스가 집 짓는 일을 *했대!*"

거실에서 다시 몇 마디 중얼거리는 소리가 들렸다.

"그런데 일감이 떨어져서 돌아온 거예요. 엄마가 세를 놓기 전까지 여기서 지내도 좋다고 했는데 아마 오래 있지는 않을 거예요."

이 얼마나 그럴듯한 설명인가.

"거실로 들어가자, 모리. 버트한테 인사하자."

"나중에 할게요." 그는 멀러 부인이 더 이상 졸라대지 못하게 큰소리로 외쳤다. "안녕하세요, *버트 아저씨!*"

다시 중얼거림이 들렸지만 *다시 만나서 반가워요, 코터*라는 멘트에 이은 웃음소리에 덮여서 알아들을 수가 없었다.

"그럼 내일 다시 오렴." 멀러 부인은 눈썹을 다시 꿈틀거리며 말했다. 그루초(미국의 코미디언 — 옮긴이) 흉내를 내는 것처럼 보일 정도였다. "파운드케이크 남겨놓을게. 시간되면 *휘핑 크림*도 만들고."

"네."

멀러 부인이 오늘 안에 심장마비로 죽을 것 같지는 않았지만 가능성이 없지는 않았다. 어느 위대한 시인도 말했다시피 인간의 가슴속에서 희망은 영원히 샘솟는 법이다.

집과 차고 열쇠는 늘 그렇듯 현관 오른쪽 처마에 달려 있었다. 모리스는 비스케인을 차고에 넣고 골동품 가게에서 산 트렁크를 콘크리트 바닥에 내려놓았다. 지미 골드 4편을 얼른 읽고 싶어서 좀이 쑤실 지경이었지만 공책들이 뒤죽박죽인 데다 로스스타인의 깨알 같은 글씨를 한 페이지라도 읽었다가는 사팔뜨기가 될 수도 있었다. 그 정도로 피곤했다.

'내일 읽자.' 그는 속으로 다짐했다. '이걸 어떻게 처분했으면 좋겠는지 앤디하고 의논한 다음 공책을 순서대로 정리해서 읽는 거야.'

그는 아버지가 쓰던 낡은 작업대 밑으로 트렁크를 밀어 넣고 구석에서 찾은 비닐 조각으로 덮었다. 그런 다음 안으로 들어가서 정든집을 둘러보았다. 예전 그대로 엉망진창이었다. 냉장실에는 피클 한병과 베이킹소다 한 상자밖에 없었지만 냉동실에 '헝그리 맨' 냉동식품이 몇 가지 있었다. 그는 하나를 꺼내서 오븐에 넣고 다이얼을 180도로 돌린 다음 2층에 있는 그의 방으로 올라갔다.

'성공이야. 내가 해냈어. 존 로스스타인이 18년 동안 집필한 미출간 원고가 지금 내 손에 있잖아.'

그는 너무 피곤했기 때문에 기뻐서 미치기는커녕 즐거워할 기운

조차 없었다. 샤워를 하면서 하마터면 잠이 들 뻔했고 진짜 쓰레기 같은 미트로프와 인스턴트 감자를 먹으면서 다시 한 번 잠이 들 뻔했다. 그래도 꾸역꾸역 해치우고 터벅터벅 다시 2층으로 올라갔다. 그는 베개에 머리를 댄 지 40초 만에 잠이 들었고 다음 날 아침 9시 20분이 되어서야 일어났다.

햇살이 한 줄기 쏟아지는 어린 시절 침대에서 푹 자고 일어났더니 모리스는 *이제* 기뻐서 미칠 것 같았고 그 기쁨을 나누고 싶어서 좀이 쑤셨다. 같이 나누고 싶은 대상은 앤디 홀리데이였다.

그는 옷장에서 카키색 바지와 상태 좋은 면 셔츠를 찾아 입고 머리를 매만진 뒤 별 이상 없는지 확인차 차고를 잠깐 들여다보았다. 그런 다음 박력 있어 보이길 바라며 (또다시 커튼 사이로 내다보고 있는) 멀러 부인에게 손을 흔들어주고 버스 정거장까지 걸어갔다. 10시 직전에 시내에 도착한 그는 한 블록을 걸어가서 분홍색 우산 밑으로 야외 테이블이 설치되어 있는 해피 컵이 보일 때까지 엘리스 가를 눈으로 훑었다. 아니나 다를까, 앤디는 쉬는 시간을 틈타서 커피를 마시고 있었다. 게다가 모리스를 등지고 있어서 몰래 다가갈 수 있었다.

"부가 부가!"

그는 그렇게 외치며 앤디가 입고 있는 낡은 코듀로이 재킷의 어깨를 잡았다.

그의 오랜 친구 — 이 도시를 떠도는 무식한 농담을 빌자면 그의 유일한 친구이기도 했다 — 는 화들짝 놀라면서 휙 하니 몸을 돌렸다. 잔이 엎질러져서 커피가 쏟아졌다. 모리스는 뒷걸음질을 쳤다. 앤디를 놀라게 할 작정이기는 했지만 그 정도로는 아니었다.

"어, 미안……"

"너 무슨 짓을 저지른 거냐?" 앤디가 쉰 목소리로 나지막이 물었다. 모리스가 전부터 변장 수단일 거라고 생각했던 뿔테 안경 뒤에서 그의 눈이 이글거렸다. "씨발, 무슨 짓을 저지른 거냐고."

모리스가 기대했던 환영 인사는 아니었다. 그는 자리에 앉았다.

"우리가 예전에 얘기했던 거."

그는 앤디의 안색을 살폈지만 그의 친구는 평소와 다르게 잘난 척 재미있어하는 표정을 짓고 있지 않았다. 앤디는 두려워하는 것 같았다. 모리스가 두려운 걸까? 그럴 수도 있었다. 자기 안전이 걱정되는 걸까? 거의 백 퍼센트였다.

"나, 너랑 같이 있는 거 아무한테도 들키……"

모리스는 부엌에서 챙긴 갈색 종이가방을 들고 있었다. 그는 거기 담긴 로스스타인의 공책을 한 권 꺼내서 엎질러진 커피에 닿지 않도록 조심해 가며 테이블 위에 내려놓았다.

"샘플이야. 이런 게 엄청 많아. 최소한 150권은 돼. 아직 세 보지는 못했지만 완전 대박이야."

"그거 치워!" 앤디는 저질 스파이 영화에 등장하는 인물처럼 계속 속삭이고 있었다. 좌우를 끊임없이 살피는 시선이 마지막으로 향하는 곳은 그 공책이었다. "로스스타인 살인사건이 《뉴욕 타임스》 1면이랑 텔레비전의 모든 채널을 장식했단 말이다, 이 바보야!"

이 소식은 충격이었다. 그의 계산에 따르면 최소 3일, 최대 6일이 지난 다음에 그의 시신이 발견돼야 맞는 거였다. 앤디의 반응은 그보다 더 충격적이었다. 궁지에 몰린 쥐처럼 보였던 것이다.

모리스는 앤디가 평소에 짓던 '내가 어찌나 똑똑한지 나조차 질릴 정도야' 미소와 최대한 가까운 미소를 지어 보였다.

"진정해. 이 동네에서는 너도나도 공책을 들고 다니잖아." 그는 길 건너편의 거번먼트 광장을 가리켰다. "저기도 한 녀석이 공책을 들고 가네."

"몰스킨 공책은 아니잖아! 로스스타인이 어떤 공책을 썼는지 가정부가 알고 있었고 그의 침실 금고가 완벽하게 털렸다고 신문에 실렸다고! 그거…… 얼른…… *치워!*"

모리는 커피에 닿지 않도록 계속 신경을 쓰면서 오히려 앤디 쪽으로 공책을 밀었다. 앤디한테 점점 짜증이 났지만 ─ 지미 골드 같았으면 뚜껑이 열렸다고 했을 것이다 ─ 공책이 마치 병균이 가득 담긴 유리병이라도 되는 것처럼 안절부절못하는 녀석을 보고 있으려니 변태처럼 재미있기도 했다.

"자, 읽어 봐. 이건 대부분 시야. 내가 버스 안에서 훑어봤는데……"

"버스 안에서 훑어봤다고? **미쳤냐?**"

"……그냥 그렇더라." 모리스는 못 들은 척하던 이야기를 계속했다. "그래도 그의 작품이니까. 돈 주고도 못 살 만큼 귀한 육필 원고. 너랑 나랑 얘기했잖아. 몇 번씩이나. 얼마나……"

"얼른 *치*우라니까!"

모리스는 앤디의 피해망상증에 전염이 됐다고 시인하고 싶지는 않았지만 사실이 그랬다. 그는 공책을 다시 종이가방에 넣고 골이 난 얼굴로 오랜 친구를(유일한 친구를) 쳐다보았다.

"내가 이걸 길거리에서 팔자고 그러는 것도 아니잖아."

"나머지는 어디 뒀어?" 그는 이렇게 묻고 나서 모리스가 뭐라고 대꾸도 하기 전에 다시 말했다. "됐다. 알고 싶지도 않아. 이 공책들이 얼마나 핫이슈가 됐는지 알아? *네가* 얼마나 핫이슈가 됐는지 알아?"

"나는 못 느끼겠는데." 모리스는 이렇게 대답했지만 몸에서는 반응이 왔다. 두 뺨과 뒷덜미가 당장 뜨끈해졌다. 앤디는 세기의 범죄를 성사시켰다기보다 바지에 똥 싼 사람처럼 굴었다. "나를 로스스타인이랑 연관 지을 사람은 아무도 없을 테고 *장담하지만* 머지않아 개인 소장가한테 팔아넘길 수 있을 거야. 나도 바보는 아니라고."

"개인 소장가한테 팔아넘기겠다고? 지금 너 제정신이냐?"

모리스는 팔짱을 끼고 친구를 빤히 쳐다보았다. 한때는 그의 친구였던 남자를 빤히 쳐다보았다.

"너 꼭 우리 둘이서 이런 얘기한 적 없는 것처럼 군다? 우리 둘이서 계획한 적 없는 것처럼."

"우리가 뭘 계획했다고 그래! 그냥 우리끼리 한 얘기였잖아. 너도 그렇게 생각하는 줄 알았더니!"

모리스도 알다시피 앤디 홀리데이는 그가 체포되면 경찰에 곧이곧대로 이야기할 인간이었다. 그리고 앤디는 그가 체포되길 *바랐다.* 모리스는 앤디가 그를 실존주의적인 불법 행위에 끌어들이고 싶어하는 지적 거인이 아니라 남들과 똑같은 겁쟁이에 불과하다는 사실을 난생처음 의식선상에서 깨달았다. 그는 모리스보다 기껏해야 몇 살 많은 서점 직원일 따름이었다.

"내 앞에서 바보 같은 문학 비평은 늘어놓지 마." 죽기 2분 전에 로스스타인은 모리스에게 이렇게 말했다. *"어이 친구, 너는 평범한 도둑이야."*

그의 관자놀이가 욱신거리기 시작했다.

"내가 진작 알아차렸어야 하는 건데. 개인 소장가, 영화배우, 사우디 왕자, 어쩌고저쩌고 했던 건 다 허풍이었구만. 너는 그냥 허풍쟁이였어."

그건 결정타였다. 누가 봐도 알 수 있는 결정타였다. 모리스는 그걸 느꼈고, 마지막으로 대판 싸우면서 어머니에게 한 번인가 두 번 결정타를 날렸을 때 그랬던 것처럼 그래서 기뻤다.

앤디는 벌게진 얼굴을 하고 몸을 앞으로 숙였지만 그가 뭐라고 말을 꺼내기 전에 웨이트리스가 냅킨을 들고 등장했다.

"엎지르신 거 치워 드릴게요."

그녀는 이렇게 말하고 냅킨으로 커피를 닦았다. 그녀는 젊었고 은빛이 도는 천연 금발이었고 창백하니 예쁘장하게 생겨서 어떻게 보면 미인이라고 할 수 있었다. 그녀가 앤디를 보며 미소를 지었다. 그는 짜증스럽게 인상을 쓰며 몰스킨 공책을 보고 그랬던 것처럼 그녀를 피했다.

'이 자식 호모잖아.' 모리스는 이런 생각을 하며 놀라워했다. '빌어먹을 호모잖아. 내가 왜 그걸 몰랐을까? 어쩌다 지금까지 못 느꼈을까? 이마에 써 붙이고 다닐 것이지.'

하긴 앤디에 대해서 지금까지 못 보고 지나친 부분들이 너무 많았다. 모리스는 주택 건설 현장에서 어느 인부가 입버릇처럼 했던 말이 생각났다. 총만 있고 총알이 없네.

웨이트리스가 사라지고 그녀와 더불어 여자라는 유독한 환경이 제거되자 앤디는 앞으로 몸을 숙였다.

"개인 소장가들이 있긴 해. 그림, 조각, 초판본을 모으는 게 취미인 사람들이. 텍사스의 어느 석유업자는 100만 달러 상당의 초창기 왁스 실린더 음반을 소장하고 있고 1910년에서부터 1955년 사이에 출간된 서부, SF, 펄프 잡지를 전권 소장한 사람도 있어. 그런 게 전부 다 합법적으로 사고 팔릴 거라고 생각해? 웃기시네. 소장가들은 원래 제정신이 아니고, 자기가 원하는 물건을 입수할 수만 있으면 장물이건 아니건 상관하지 않는 사람들이 그중에서도 최악이야. 그리고 대부분 소장품을 혼자서만 감상하려고 하고."

전에도 들은 적 있는 장황설이었다. 모리스의 속마음이 표정을 통해서 드러났는지 앤디는 몸을 한층 더 앞으로 숙였다. 이제 두 사람의 코가 거의 닿을 지경이었다. 잉글리시 레더 냄새가 맡아지자 모리스는 호모들이 그 애프터셰이브를 좋아하나 생각했다. 비밀 신호 같은 걸까.

"하지만 그런 사람들이 *내* 이야기에 관심이라도 보일 것 같냐?"

이제 새로운 시각에서 앤디 홀리데이를 보게 된 모리스 벨러미는 아닐 거라고 대답했다.

앤디는 아랫입술을 비죽 내밀었다.

"하지만 언젠가는 보이게 될 거야. 암. 내가 내 이름으로 가게를 내고 고객망을 구축하면. 하지만 그러려면 몇 년은 걸릴 거다."

"5년 얘기했었잖아."

"5년?" 앤디는 웃음을 터뜨리며 상체를 일으켰다. "5년 안에 내 가게를 차릴 수는 있을지 몰라. 레이스메이커 레인에 점 찍어 놓은 조그만 가게가 있거든. 지금은 포목점이 있는데 장사가 잘 안 되는 눈치야. 하지만 돈 많은 고객을 유치하고 신뢰를 쌓으려면 5년으로는 안 되지."

'안 되는 이유가 많기도 하군.' 모리스는 생각했다. '예전에는 *하지만*이라는 소리를 한 적이 없었는데.'

"얼마나 걸리는데?"

"21세기가 시작될 때까지 가지고 있으면 그때 나한테 연락을 주지 그러냐? 내 손에 오늘 당장 연락할 수 있는 개인 소장자 명단이 있다 한들 그중에서 최고의 또라이도 이런 핫이슈는 건드리지 않을 거다."

모리스는 말문이 막혀서 그를 빤히 쳐다보았다. 그러다 마침내 이렇게 말했다.

"우리가 맨 처음에 계획했을 때만 해도 그런 소리는 없었……"

앤디는 양손을 옆통수에 갖다 대고 지그시 눌렀다.

"우리가 뭘 계획했다고 그래! 그리고 나한테 뒤집어씌울 생각은 하지도 마! 절대! 나는 너를 알아, 모리. 너는 팔려고 그 공책을 훔친 게 아니야. 적어도 다 읽어 보기 전에는 팔 생각이 없어. 나중에 적당한 가격을 부르는 사람이 나타나면 일부를 세상에 공개할 수도 있겠지. 하지만 너는 기본적으로 존 로스스타인에 미친 개또라이야."

"그런 식으로 말하지 마."

그의 관자놀이가 전에 없이 심하게 욱신거렸다.

"사실을 있는 그대로 말하는데, 뭐. 너는 지미 골드에 미친 개또라이기도 하지. 네가 감옥에 간 이유도 그 때문이잖아."

"내가 감옥에 간 건 어머니 때문이야. 차라리 자기 손으로 직접 나를 어디 다른 데 감금했더라면 좋았을 텐데."

"아무튼. 그건 지나간 일이잖아. 이건 현재고. 재수 없으면 경찰이 수색 영장을 들고 조만간 너를 찾아갈 거야. 경찰에서 찾아왔을 때 네 수중에 이 공책이 있으면 끝장이라고."

"경찰에서 나를 찾아올 이유가 없잖아? 목격자도 없고 공범들로 말할 것 같으면……" 그는 윙크를 했다. "죽은 자는 말이 없다고만 해두지."

"뭐…… 뭐라고? 죽인 거야? 공범들까지 죽인 거야?"

앤디의 표정은 경악 그 자체였다.

모리는 괜한 소리를 했다는 것을 알았다. 하지만 — *하지만*이라는 단어가 계속 등장하다니 우스웠다 — 앤디가 워낙 밥맛없게 굴었다.

"로스스타인이 살던 동네 이름이 뭐였더라?" 앤디는 총을 든 경찰들이 지금 당장 들이닥치기라도 할 것처럼 다시 사방을 흘끗거리기 시작했다. "탤벗 코너스였지?"

"응. 하지만 농장밖에 없어. 그 사람들이 코너스라고 부르는 곳도 국도 두 개가 만나는 지점에 식당, 슈퍼, 주유소가 있는 사거리고."

"거기 몇 번이나 다녀왔어?"

"다섯 번쯤?"

사실은 1976년부터 1978년까지 거의 열댓 번 다녀왔다. 처음에는 혼자 갔고 나중에는 프레디나 커티스나 아니면 둘 다 데리고 갔다.

"거기 갔을 때 그 동네에 사는 최고의 유명인사에 대해서 물어본 적은 없겠지?"

"당연히 물어봤지. 한두 번. 그게 뭐 어때서? 그 식당을 찾은 사람이면 전부 다 물어봤을……"

"아니, 그건 너의 착각이야. 외지인들은 대부분 존 로스타인에 대해서 눈곱만큼도 관심이 없어. 그들이 뭘 물어본다 한들 사슴 사냥 시즌이 언제 시작되느냐, 그 동네 호수에서는 어떤 고기가 잡히느냐 그런 거겠지. 네 생각에는 『러너』의 저자에 대해서 궁금해한 낯선 사람이 없었느냐고 경찰이 탐문 수사를 할 때 동네 주민들이 너를 기억하지 못할 것 같지? 여러 번 찾아와서 이것저것 물어본 낯선 사람이 없었느냐고 물을 텐데. 게다가 너는 전과도 있잖아, 모리!"

"소년 법원에 남은 거야. 조회 안 돼."

"이 정도로 엄청난 사건이 벌어졌는데 아닐 수도 있지. 그리고 공범들은? 둘 중 한 명이라도 전과가 있었냐?"

모리스는 아무 대꾸도 하지 않았다.

"목격자가 있었을 수도 있고, 공범들이 얼마나 엄청난 범행을 저지를 작정인지 떠벌리고 다녔을 수도 있잖아. 너는 오늘 당장 체포될 수도 있어, 이 바보야. 체포됐는데 내 이름을 들먹이면 나는 이런 이야기를 나눈 적도 없다고 딱 잡아뗄 거다. 하지만 내가 충고 하나 할게. *저것부터 치워.*" 그는 갈색 종이봉투를 가리키며 말했다. "그거랑 나머지 전부 다. 다른 데 숨겨. 땅을 파고 묻어! 그러면 다른 뾰족한 수가 없을 때 말발로 어찌어찌 모면할 수 있을지 몰라. 너희가 지문이나 뭐 그런 건 남기지 않았다는 가정 하에."

'안 남겼어.' 모리스는 생각했다. '그런 바보짓은 하지 않았다고. 그리고 나는 큰 소리나 뻥뻥치는 겁쟁이 호모 아니야.'

"나중에 다시 얘기하든지 하자. 훨씬 뒤에, 네가 잡히지 않았을 때 말이지." 앤디는 자리에서 일어났다. "그때까지는 나를 찾아오지 마. 안 그러면 내 쪽에서 경찰에 연락할 거야."

그는 고개를 숙이고 뒤도 돌아보지 않은 채 총총히 사라졌다.

모리스는 그 자리에 앉아 있었다. 예쁘장한 웨이트리스가 다시 와서 주문을 하겠느냐고 물었다. 모리스는 고개를 저었다. 그녀가 가자 그는 공책이 든 종이가방을 들고 일어나서 반대 방향으로 발걸음을 옮겼다.

그는 날씨가 사람의 감정을 반영한다는 것이 지극히 한심한 착각이며 분위기를 조성하려고 할 때 이류 작가들이나 써먹는 싸구려 수법이라는 것을 알았지만, 그날만큼은 정말 그렇게 느껴졌다. 오전의 화창한 햇살은 그의 환희를 고스란히 반영하며 증폭시켰지만 정오가 되자 태양은 칙칙한 구름으로 덮인 희미한 동그라미로 전락했고, 걱정이 태산 같아진 그날 오후 3시에는 날이 점점 어두워지더니 빗방울이 떨어지기 시작했다.

그는 경찰차가 보이지 않는지 끊임없이 확인하며 비스케인을 공항 근처 쇼핑몰로 몰고 갔다. 에어라인 대로에서 경찰차 한 대가 파란불을 번뜩이며 요란한 소리와 함께 뒤편에서 등장하자 그는 뱃속이 얼어붙었고 심장이 목젖을 눌렀다. 경찰차가 전속력으로 그의 옆을 지나가도 마음이 놓이지 않았다.

그는 BAM-100 뉴스를 들었다. 첫 번째 뉴스는 캠프 데이비드에서 열리는 사다트와 베긴의 평화 회담이었지만('잘도 성공하겠다.' 모리스는 멍하니 생각했다.) 두 번째 뉴스가 미국이 낳은 유명한 작가 존 로스스타인이 살해당한 사건이었다. 경찰에서는 '강도 일당'의 소행이라며 몇 가지 단서를 추적 중이라고 밝혔다. 물론 대외 홍보용 헛소리였다.

아닐 수도 있었지만.

모리스는 앤디야 어떻게 생각할지 몰라도 텔벗 코너스의 여미 다이너에 죽치고 있었던, 죽을 날이 얼마 남지 않은 영감들을 통해 그의 꼬리가 밟힐 걱정은 없을 거라고 믿어 의심치 않았지만 그보다 더 심각한 고민거리가 있었다. 그와 프레디와 커티스는 댄버스와 노스베벌리에 집을 짓는 도너휴 건설회사 직원이었다. 직원들은 두 팀으로 나뉘었는데 모리스는 16개월 근무하는 동안 대부분 댄버스에서 널빤지와 못을 날랐고 커티스와 프레디는 8킬로미터 떨어진 다른 현장에서 일을 했다. 하지만 잠깐 동안 한 팀으로 근무한 적이 있었고 팀이 갈린 뒤에도 종종 점심을 같이 먹었다.

그리고 그랬다는 것을 아는 사람들이 많았다.

그는 JC 페니가 있는 쪽의 수많은 차량들 틈바구니에 비스케인을 주차하고 그의 손이 닿았던 부분을 전부 다 닦은 뒤에 열쇠를 꽂은 채로 내렸다. 그런 다음 옷깃을 세우고 인디언스 모자를 푹 눌러쓴 채 종종걸음을 쳤다. 쇼핑몰 정문 벤치에 앉아서 기다리다가 노스필드행 버스가 오자 50센트를 요금함에 넣었다. 빗방울이 점점 더 거세어져서 돌아가는 데 시간이 많이 걸렸지만 상관없었다. 덕분에 생각할 시간이 생겼다.

앤디는 잘난 척하는 겁쟁이였지만 한 가지 부분에 있어서는 그의 말이 맞았다. 미출간 지미 골드 소설부터 시작해서 모든 원고를 읽고 싶어서 미칠 것 같아도 지금 당장 공책들을 감추어야 했다. 경찰이 들이닥쳤을 때 그의 수중에 공책이 없으면 그들은 아무 조치도 취할 수 없을 것이다. 그들에게 있는 것이라고는 심증뿐일 것이다.

그렇지 않을까?

옆집 커튼 사이로 내다보는 사람이 아무도 없었다. 덕분에 멀러 부인과 다시 대화를 나누며 차를 팔았다고 둘러댈 필요가 없었다. 비가 폭우로 발전한 것도 다행스러운 일이었다. 비가 이렇게 오는데 시커모어와 버치 사이의 미개발지를 어슬렁거리는 사람이 있을까. 해가 진 뒤에는 더욱 그럴 것이다.

그는 공책을 들여다보고 싶어서 폭발할 것 같은 욕구를 눌러 가며 중고 트렁크에 담았던 것들을 전부 다 꺼냈다. 한번 시작했다가는 그만둘 수 없을 것이었기에 아무리 읽어보고 싶은 마음이 굴뚝같아도 참아야 했다. 나중으로 미루자고 그는 생각했다. '참을 줄도 알아야지, 모리.' 좋은 충고였지만 어머니의 목소리였고, 어머니의 목소리가 들리자 머리가 다시 지끈거리기 시작했다. 오래 참을 필요는 없을 것이다. 3주 동안 — 길어야 한 달 — 경찰에서 아무 움직임이 없으면 긴장을 풀고 작품 연구에 돌입할 수 있을 것이다.

그는 안에 습기가 차지 않도록 비닐을 깐 다음 앤디에게 보여 주었던 공책까지 전부 다 다시 안에 넣었다. 돈 봉투는 맨 위에 얹었다. 그는 가방을 닫고 잠깐 고민하다가 다시 열었다. 비닐을 치우고 한 봉투에서 이삼백 달러를 꺼냈다. 경찰이 수색에 나서더라도 그 정도 금액을 너무 많다고 생각할 리 없었다. 퇴직금이나 뭐 그런 거라고 말하면 그만이었다.

차고 지붕을 때리는 빗방울 소리가 신경을 건드렸다. 뼈만 남은 손가락으로 두드리는 소리처럼 들려서 두통이 더 심해졌다. 그는 전조등과 번쩍이는 파란색 섬광등이 집 앞 진입로를 비추지 않을까 싶어서 차가 지나갈 때마다 얼어붙었다. '쓸데없는 걱정을 내 머릿속에 심어놓은 앤디 홀리데이가 나쁜 새끼지. 그 새끼도 그렇고 붙어먹는 호모 새끼도 그렇고 뒈져 버려라.'

그런데 쓸데없는 걱정이 아닐 수 있다는 게 문제였다. 오후가 황혼으로 저물어 가자 경찰에서 커티스와 프레디를 모리스 벨러미와 함께 엮을 가능성이 점점 크게 느껴졌다. '염병할 휴게소! 시신들을 최소한 숲 속으로라도 옮겨놨어야 하는 건데!' 휴게소로 들어온 누군가가 핏자국을 보고 911에 신고했을 테니 그런다고 경찰의 추격 속도가 늦추어지지는 않았을 것이다. 경찰견들이 있을 테고…….

"게다가." 그는 트렁크에 대고 말했다. "내가 좀 급했어야 말이지. 안 그래?"

그의 아버지가 쓰던 손수레가 녹이 슨 곡괭이 한 자루, 녹이 쓴 삽 두 자루와 함께 한쪽 구석에 세워져 있었다. 모리스는 트렁크의 한쪽 끝을 기울여서 수레에 싣고 끈으로 고정한 다음 차고 창밖을 내다보았다. 아직 너무 환했다. 공책과 돈을 처분하기 직전 단계에 이르자─그는 당분간이라고, 일시적인 조치라고 자기 자신을 달랬다—경찰들이 조만간 들이닥칠 것 같은 느낌이 점점 더 강해졌다. 그가 수상한 행동을 한다고 멀러 부인이 신고를 했으면 어떤다? 그녀는 머리가 돌보다 더 안 돌아가는 사람이라 그랬을 가능성은 없어 보였지만, 아무도 모르는 일이었다.

모리스는 저녁으로 또 냉동식품을 꾸역꾸역 넘겼다. 두통이 가라앉지 않을까 싶어서 먹은 거였는데 오히려 더 심해졌다. 아스피린이나 애드빌을 찾아서 어머니의 약 선반을 뒤졌지만…… 아무것도 없었다. '엄마, 엿 같네요. 진짜. 진심으로. 엿 같네요.'

미소를 짓는 그녀의 모습이 눈에 선했다. 갈고리처럼 한쪽 입꼬리를 보일락 말락 하게 비튼 미소였다.

7시인데도 아직 환했지만—빌어먹을 서머타임 때문이었다. 그런 제도는 어떤 천재가 생각해낸 걸까?—옆집은 계속 컴컴했다. 다행스러운 일이었지만 모리스도 알다시피 멀러 부부는 지금 당장이라도 귀가할 수 있었다. 게다가 너무 초조해서 더 이상 기다릴 수가 없었다. 그는 현관 앞 신발장을 뒤져서 판초를 찾아냈다.

차고 뒷문으로 나와서 수레를 밀며 뒷마당을 가로질렀다. 잔디는 축축하고 땅은 질척질척해서 전진하기가 쉽지 않았다. 어렸을 때 숱하게 지나다녔던 오솔길—주로 버치 스트리트 레크리에이션 센터에 갈 때 애용했던—은 나무로 덮여 있어서 좀 더 수월했다. 한 블록에 달하는 이 불모지를 대각선으로 가로질러 흐르는 조그만 개울가에 도착했을 무렵에는 해가 완전히 진 뒤였다.

그는 들고 온 손전등을 잠깐 비추어 오솔길에서 멀찌감치 떨어진 개울가의 알맞은 후보지를 물색했다. 땅이 물러서 쉽게 파지는가 싶더니 둑 위로 튀어나온 나무의 뒤엉킨 뿌리가 등장했다. 장소를 옮길까 생각도 해보았지만 이미 트렁크가 거의 들어갈 정도로 구멍이 넓게 파진 데다 임시 조치에 불과한데 처음부터 다시 시작했다가는 욕이 나올 것 같았다. 그는 뿌리 쪽을 비출 수 있게 손전등을 구멍 속 바위 위에 얹고 곡괭이로 뿌리를 팼다.

트렁크를 구멍에 넣고 흙을 떠서 얼른 주변을 덮었다. 그런 다음 삽의 납작한 부분으로 꾹꾹 눌렀다. 아무 문제 없을 것 같았다. 개울 가에 풀이 우거지지도 않아서 맨흙이 눈에 띄지도 않을 것이었다. 중요한 건 집 안에서 다른 데로 공책을 옮겼다는 사실이었다.

그렇지 않은가.

수레를 끌고 오솔길을 되짚어 오는데 일말의 위로도 느껴지지 않았다. 계획대로 된 게 하나도 없었다. 사악한 운명의 여신이 로미오와 줄리엣처럼 그와 공책의 사이를 갈라 놓은 듯했다. 로미오와 줄리엣이라니 어처구니없으면서도 딱 맞는 비유였다. 그는 사랑에 빠진 연인이었다. 우라질 로스스타인이 『러너, 속도를 늦추다』로 그를 배신하기는 했지만 그런다고 상황이 달라지지는 않았다.

그의 사랑은 진심이었다.

몇십 년이 흐른 뒤에 피트 소버스라는 소년이 바로 그 나무가 서 있는 개울가를 다녀온 뒤에 바로 이 욕실에서 그랬듯이, 그도 집에 도착하자마자 곧바로 샤워를 했다. 손끝이 쭈글쭈글해지고 온수가 바닥날 때까지 씻은 다음 몸을 닦고 침실 옷장에서 새 옷을 꺼내 입었다. 유치하고 유행에 뒤떨어져 보였지만 그래도 (거의) 맞았다. 흙이 묻은 청바지와 트레이닝 스웨터는 세탁기에 넣었는데, 이것 역시 몇십 년 뒤에 피트 소버스가 똑같이 따라할 행동이었다.

모리스는 텔레비전을 켜고 아버지의 낡은 안락의자에 앉아서—그의 어머니가 말하길 또다시 멍청한 짓을 저지를 것 같으면 정신을 차리려고 남겨 둔 거라고 했다—여느 때처럼 이어지는 무의미한 광고의 행렬을 감상했다. 지미 골드가 만든 광고도 있을지 모른다는 생각이 들자(폴짝폴짝 뛰는 설사약병, 몸단장을 하는 엄마, 노래하는 햄버거) 머리가 더 심하게 지끈거렸다. 그는 조니스에 가서 애너신을 사오기로 마음을 먹었다. 맥주도 한두 병 사오면 어떨까. 맥주 정도는 괜찮을 것이다. 문제가 되는 건 독한 술이었고 그런 술에 대해서라면 이미 교훈을 터득한 바 있었다.

그는 애너신을 샀지만 읽고 싶지 않은 책들로 가득하고 보고 싶지 않은 텔레비전이 있는 집에서 맥주를 마실 생각을 하자 우울해졌다. 정말로 읽고 싶은 원고는 미치도록 가까이에 있었으니 더욱 애가 탔다. 모리스는 술집에서 술을 마신 적이 거의 없었지만 나가서 사람들과 어울려 빠른 음악을 듣지 않으면 미쳐 버릴 것 같았다. 이렇게 비가 내리는 밤에는 춤을 추고 싶어 하는 아가씨가 분명 있을 것이다.

그는 진통제 값을 치르고 카운터를 지키는 직원에게 거의 지나가는 투로 버스를 타고 갈 만한 라이브 바가 있느냐고 물었다.

직원은 있다고 했다.

2010년

린다 소버스가 금요일이었던 그날 오후 3시 30분에 퇴근해 보니 피트가 식탁에서 코코아를 마시고 있었다. 샤워를 해서 머리가 아직 축축했다. 그녀는 뒷문 옆 고리에 외투를 걸고 손목 안쪽으로 그의 이마를 다시 짚어 보았다.

"열은 다 내렸구나. 몸 좀 괜찮아졌니?"

"네. 티나 왔을 때 땅콩버터 크래커 만들어 줬어요."

"착하네. 티나는 어디 있는데?"

"엘런네 집이지, 어디겠어요."

린다가 눈을 부라리자 피트는 웃음을 터뜨렸다.

"어머나, 이거 건조기 돌아가는 소리니?"

"네. 바구니에 빨래가 좀 있길래 세탁기 돌렸어요. 걱정 마세요, 뚜껑에 적힌 대로 잘 따라했으니까 괜찮을 거예요."

그녀는 허리를 숙이고 그의 관자놀이에 입을 맞추었다.

"이렇게 착실한 일벌이 또 어디 있을까."

"노력 중이에요."

그는 손바닥에 잡힌 물집을 감추느라 오른손 주먹을 꽉 쥐었다.

일주일도 지나지 않아서 눈비가 내리던 목요일에 첫 번째 봉투가 배달됐다. 수신인 난에 '시커모어 가 23번지 토머스 소버스 씨께'라고 찍혀 있었다. 오른쪽 상단 모서리에는 호랑이의 해를 상징하는 44센트짜리 우표가 붙어 있었다. 왼쪽 상단에 발신인 주소는 없었다. 소버스 가족 중에서 유일하게 대낮에 집을 지키고 있었던 톰은 독촉장 아니면 연체 통지서이겠거니 생각하며 현관에서 봉투를 뜯었다. 요즘 들어 그런 우편물이 수도 없이 날아왔다. 그런데 독촉장도 아니고 연체 통지서도 아니었다.

돈이었다.

들고 있던 다른 우편물 — 그들의 능력으로는 살 수 없는 값비싼 물건들을 소개하는 카탈로그, '세대주님' 앞으로 배달된 광고 전단 — 들이 떨어져서 발치로 흩어지는데도 그는 느끼지 못했다. 톰 소버스는 으르렁거림에 가까운 목소리로 나지막이 중얼거렸다.

"염병할. *이게 도대체 뭐지?*"

린다가 퇴근해 보니 식탁 한가운데 돈이 놓여 있었다. 톰은 깍지 낀 손 위에 턱을 얹고 차곡차곡 포개어 놓은 지폐 다발 앞에 앉아 있었다. 작전을 고민하는 장군 같은 모습이었다.

"그게 뭐야?" 린다가 물었다.

"500달러." 그는 계속 지폐를 쳐다보았다. 50달러짜리 여덟 장, 20달러짜리 다섯 장이었다. "우편으로 배달됐어."

"누구한테서?"

"나도 몰라."

그녀는 서류가방을 내려놓고 식탁으로 가서 지폐 다발을 집었다. 그리고 돈을 세어 보더니 눈을 휘둥그레 뜨고 그를 쳐다보았다.

"맙소사, 토미! 편지에는 뭐라고 쓰여 있었어?"

"편지는 없었어. 돈만 들어 있었지."

"하지만 도대체 누가……"

"나도 몰라, 린. 하지만 확실하게 아는 건 하나 있어."

"그게 뭔데?"

"써도 된다는 거."

"와 쩐다."

그들의 얘기를 들었을 때 피트는 이렇게 대꾸했다. 그는 늦게까지 교내 배구 시합을 하고 저녁을 먹을 시간이 다 돼서야 집으로 들어갔다.

"그런 말 쓰지 마." 린다가 멍하니 말했다.

돈은 계속 식탁 위에 놓여 있었다.

"얼만데요?" 아버지가 얼마인지 알려 주자 그는 다시 물었다. "누가 보낸 거예요?"

"좋은 질문이로군요." 톰이 말했다. "점수가 확 바뀔 수 있는 더블

제퍼디(미국에 「제퍼디!」라는 퀴즈 프로그램이 있다 ─ 옮긴이) 찬스입니다."

오랜만에 들어 보는 아버지의 농담이었다.

티나가 들어왔다.

"아빠를 돕는 요정이 보낸 거야. 난 그렇게 생각해. 엄마, 아빠! 내 손톱 좀 봐요! 엘런이 반짝이 매니큐어 생겼다고 발라 줬어요."

"잘 어울리네, 우리 공주님." 톰이 말했다.

농담에 이어서 이번에는 칭찬이었다. 피트는 올바른 선택이었다는 확신이 들었다. *더할 나위 없이* 올바른 선택이었다. 부모님은 그 돈을 돌려줄 방법이 없었다. 발신인 주소도 모르는데 무슨 수로 돌려줄 수 있겠는가. 게다가 아빠가 티나를 '우리 공주님'이라고 부르다니 얼마만인가.

린다는 날카로운 눈빛으로 아들을 바라보았다.

"너는 전혀 모르는 일이지, 그렇지?"

"네. 그래도 저 좀 주시면 안 돼요?"

"꿈 깨." 그녀는 허리춤을 양손으로 짚고 남편을 돌아보았다. "톰, 누군가가 분명 실수로 보낸 걸 거야."

톰은 곰곰이 생각을 하다가 말문을 열었는데 악을 쓰며 빽빽거리지 않았다. 목소리가 차분했다.

"그런 것 같지는 않아."

그는 봉투를 그녀 쪽으로 밀어서 그의 이름과 주소를 손끝으로 톡톡 두드렸다.

"맞아. 하지만……"

"하지만은 없어. 우리는 정유회사에 진 빚이 있고 그걸 갚기 전에 당신 마스터카드 대금부터 막아야 해. 안 그러면 앞으로 못 쓰게 될 거야."

"맞아. 하지만……"

"신용카드를 뺏기면 신용등급이 떨어지지." 그는 여전히 악을 쓰며 빽빽거리지 않았다. 침착하고 논리정연했다. 설득력이 있었다. 피트의 눈에는 그의 아버지가 고열에 시달리다 이제 막 열이 내린 사람처럼 느껴졌다. 심지어 미소까지 지었다. 미소를 지으며 그녀의 손을 토닥였다. "지금으로서는 당신 신용등급 말고는 우리한테 남은 게 없으니까 그걸 지켜야 해. 게다가 티나 말이 맞을지 몰라. 나를 돕는 요정이 보낸 걸 수도 있지."

'아니에요.' 피트는 생각했다. '아빠를 돕는 아들이 보낸 거예요.'

순간 티나가 입을 열었다.

"잠깐! 누가 보낸 건지 알겠어요."

그들은 그녀를 돌아보았다. 피트는 갑자기 온몸이 후끈거렸다. 티나가 알 리 없었다. 알 도리가 없었다. 그가 감추어져 있는 보물 어쩌고 했다고……

"누가 보낸 건데?" 린다가 물었다.

"긴급 기금인가 거기서요. 돈이 좀 더 생겨서 나눠주고 있는 거예요."

피트는 조용히 숨을 내뱉었다. 그러고 난 다음에서야 그때까지 숨을 참고 있었다는 것을 알았다.

톰은 그녀의 머리칼을 헝클어뜨렸다.

"그쪽에서는 현금을 보내지 않아, 공주님. 수표를 보내 주지. 그리고 서명할 서류 뭉치랑."

피트는 스토브 앞으로 갔다.

"코코아 만들 건데. 드실 분?"

전부 다 마시겠다고 했다.

봉투가 계속 배달됐다.

우표 값은 올랐지만 액수는 변함없었다. 1년에 대략 6000달러 정도 가욋돈이 생기는 셈이었다. 엄청난 금액은 아니었지만 비과세였고 빚에 빠져서 허우적거리지 않도록 소버스 가족을 붙잡아 줄 정도는 됐다.

아이들에게는 함구령이 내려졌다.

"티나는 절대 비밀을 지키지 못할 거야." 어느 날 밤, 린다가 톰에게 말했다. "당신도 알지? 그 바보 같은 친구한테 얘기할 테고, 그러면 엘런 브릭스가 동네방네 떠들고 다닐 거야."

하지만 티나는 비밀을 지켰다. 영웅처럼 떠받드는 오빠가 비밀을 폭로하면 자기 방에 두 번 다시 오지 못할 줄 알라고 엄포를 놓았기 때문이기도 했지만 악기-빽기를 기억하는 이유가 더 컸다.

피트는 자기 방 벽장의 헐거워진 굽도리 널 뒤편에, 거미줄로 뒤덮인 그곳에 돈 봉투를 숨겼다. 4주에 한 번 정도 500달러를 꺼내서, 실무 실습실에서 컴퓨터로 미리 뽑아 놓은 봉투와 함께 가방에 챙겼다. 늦은 오후에 교내 시합이 끝나고 실습실에 아무도 없는 틈을 타서 만들어 놓은 봉투였다.

그는 범죄의 대가처럼 교묘하게 곳곳의 우체통을 이용해서 시커모어 가 23번지에 사는 토머스 소버스 씨에게 봉투를 보냈다. 그의 행적을 알아차린 엄마가 (맹렬하게) 쌍지팡이를 짚고 나서서 모든 게 수포로 돌아갈지 모른다는 두려움이 그의 머릿속을 떠날 줄 몰랐다. 지금도 모든 게 완벽하지는 않았고 여전히 어쩌다 한 번씩 악기-빽기가 벌어졌지만, 닉 앳 나이트 채널에서 방송되는 그 옛날 시트콤이 아닌 이상 완벽한 가족은 없을 거라는 생각이 들었다.

그들은 이제 닉 앳 나이트와 카툰 네트워크와 MTV와 기타 등등을 볼 수 있었다. 왜냐하면 에헴, 케이블을 *다시* 연결했기 때문이었다.

5월에 또 한 가지 좋은 일이 생겼다. 아빠가 새로 설립된 부동산 회사에서 '사전 조사원'으로 아르바이트를 할 수 있게 된 것이었다. 피트는 그게 뭐 하는 직업인지 알 수 없었지만 눈곱만큼도 상관없었다. 집에서 전화와 컴퓨터로 할 수 있는 일이고 푼돈이나마 벌 수 있다니 그거면 된 거였다.

돈 봉투가 배달되기 시작한 뒤로 중요한 일이 두 가지 더 벌어졌다. 아빠의 다리가 호전되기 시작했다는 것이 그중 하나였다. (이른바 시티 센터 대학살 사건의 범인이 마침내 체포된) 2010년 6월부터 톰은 가끔 목발 없이 걸을 수 있었고 분홍색 알약의 복용량도 점차 줄였다. 나머지 하나는 말로 설명하기 힘든 부분이지만 피트는 분명히 느꼈고 티나도 마찬가지였다. 아빠와 엄마가…… 그러니까…… 고*마움*을 알게 되었기 때문에, 그러다 그들에게 찾아온 정체불명의 행운이 날아가 버릴 수도 있겠다는 생각이 드는지 이제는 옥신각신할 때 화를 내다가도 찔리는 듯한 표정을 지었다. 그래서 종종 사태가

110

심각해지기 전에 말싸움을 멈추고 화제를 돌렸다. 주로 돈 봉투 얘기를 꺼내면서 누가 보내는 걸까 궁금해했다. 그러면 왈가왈부가 흐지부지 끝났고 그래서 다행이었다.

'들키지 않을 거야.' 피트는 속으로 중얼거렸다. '들키면 안 되고, 들키지 않을 거야.'

그해 8월의 어느 날, 엄마와 아빠는 동물들을 직접 만질 수 있는 해피데일 농장이라는 동물원에 티나와 엘런을 데려갔다. 손꼽아 기다렸던 기회였기에 피트는 그들이 사라지자마자 여행 가방 두 개를 들고 개울가를 다시 찾았다.

그는 주위에 아무도 없는 것을 확인한 뒤에 둑에 묻어 놓은 트렁크를 꺼내서 공책들을 여행 가방에 담았다. 그런 다음 트렁크를 다시 묻고 전리품과 함께 집으로 돌아갔다. 2층 복도로 올라가서 사다리를 내리고 여행 가방들을 다락으로 옮겼다. 다락은 낮고 좁은데 겨울에는 춥고 여름에는 찜통 같았다. 그래서 거의 쓰질 않았다. 안 쓰는 가재도구는 아직도 차고에 보관되어 있었다. 여기 있는 몇 안 되는 유물은 예전에 시커모어 가 23번지에 살았던 가족들이 남기고 간 것들이었다. 한쪽 바퀴를 딛고 기우뚱하게 서 있는 지저분한 유모차도 있었고, 갓에 열대 새들이 그려진 스탠딩 램프도 있었고, 노끈으로 묶어 놓은 묵은 「레드북」과 「굿 하우스키핑」 잡지도 있었고, 구역질나는 냄새를 풍기는 곰팡이 핀 담요 더미도 있었다.

피트는 공책들을 저쪽 구석에 차곡차곡 쌓아 놓고 담요로 덮었지만, 먼저 아무 거나 하나 집어서 두 개가 달렸지만 하나밖에 불이 안 들어오는 백열전구 아래에서 펼쳐들었다. 필기체이고 깨알 같았지만 또박또박 쓴 글씨라 읽기 쉬웠다. 가위표가 하나도 없는 게 피트로서는 인상적이었다. 공책 맨 첫 장을 펼쳤는데도 맨 위에 482라고 적혀 있는 걸 보면 한 권이 아니라 아무리 못해도 대여섯 권과 연결된 작품이었다.

27장

드로버의 밀실은 5년 전과 똑같았다. 그때처럼 케케묵은 맥주 냄새가 가축 사육장의 구린내, 광활하고 공허한 네브래스카의 이쪽 절반을 마주 보고 있는 트럭 차고의 알싸한 기름 냄새와 뒤섞여 있었다. 스튜 로건도 예전 그대로였다. 흰색 앞치마, 수상쩍게 까만 머리, 심지어 불그스름한 목을 조이고 있는 앵무새와 마코앵무 무늬 넥타이마저 똑같았다.

"아니 이게 누구야. 지미 골드 아닌가." 그는 이렇게 말하면서 예전처럼 '우리 서로 별로 좋아하지는 않지만 좋아하는 척하자'는 의미가 담긴 보기 싫은 미소를 지었다. "빚을 갚으러 오셨나?"

"맞아."

지미는 이렇게 말하고 권총을 넣어 둔 뒷주머니를 건드렸다. 제대로, 용감하게 활용하면 모든 빚을 갚을 수 있는, 조그맣고 결정적인 무기처럼 느껴졌다.

"그럼 들어오지 그래." 로건이 말했다. "술 한잔해. 먼 길 온 것 같은데."

"맞아." 지미는 말했다. "그리고 술이랑

길거리에서 경적이 울렸다. 피트는 글을 읽고 있었던 게 아니라

손장난이라도 치고 있었던 것처럼 화들짝 놀라며 죄인처럼 주위를 흘끗거렸다. 머저리 같은 엘런이 멀미를 하거나 뭐 그래서 일찍 온 거면 어쩐다? 공책을 쌓아 놓고 여기 있다가 들키면 어쩐다? 공든 탑이 무너질 수 있었다.

그는 읽고 있던 공책을 오래된 담요 밑으로 쑤셔넣고(으윽, 냄새) 뚜껑문 앞까지 기어가서 여행 가방들을 흘끗 쳐다보았다. 지금은 그 가방들을 치울 시간이 없었다. 사다리를 내려가 푹푹 찌던 다락에서 8월의 정상적인 기온으로 돌아가자 몸이 으스스 떨렸다. 피트는 사다리를 접어서 넣었고, 녹이 슨 스프링 때문에 뚜껑문이 끼이익 소리를 내며 쾅 하고 닫히자 움찔했다.

그는 자기 방으로 들어가서 집 앞 진입로를 살그머니 내다보았다.

아무도 없었다. 허위 경보였다.

하느님 감사합니다.

그는 다시 다락으로 올라가서 여행 가방을 회수했다. 가방들을 1층 벽장에 다시 가져다 놓고 샤워를 한 다음(이번에도 욕조 청소를 잊지 않았다.) 새 옷으로 갈아입고 침대에 누웠다.

그는 생각했다. '아까 그건 소설이야.' 장수가 그렇게 많은 걸로 봐서 소설일 수밖에 없었다. 한 권이 아닐 수도 있었다. 소설 하나로 그 많은 공책을 채울 수는 없었다. 성서라도 그렇게 길지는 않을 것이었다.

게다가…… 흥미진진했다. 피트는 공책들을 전부 다 뒤져서 1권을 찾아내고 싶었다. 정말 괜찮은 작품인지 확인하고 싶었다. 한 쪽만 읽고서는 소설이 괜찮은지 어떤지 알 수가 없지 않은가.

피트는 눈을 감고 낮잠의 세계로 빠져들었다. 평소에는 낮잠을 즐기지 않았지만 오늘은 바쁜 오전 시간을 보낸 데다 아무도 없어서 집 안이 고요했으니 편안하게 쉬어보기로 했다. 안 될 것도 없었다. 지금 당장은 모든 게 아무 탈 없는 것도 그의 덕분이었다. 그는 낮잠을 잘 자격이 있었다.

하지만…… 지미 골드라는 이름이 마음에 걸렸다.

어디에선가 들어 본 이름이라고 장담할 수 있었다. 수업시간에 들었나? 스위드로브스키 선생님이 수업시간에 배운 작가의 배경 정보를 설명하면서 들먹인 이름이었나? 그럴 수도 있었다. 그녀는 그런 것을 좋아했다.

'나중에 인터넷에서 검색해 봐야지. 그럼 되잖아. 그럼……'

그는 잠이 들었다.

1978년

모리스는 지끈거리는 머리를 숙이고 주황색 옷을 입은 허벅지 사이로 두 손을 늘어뜨린 채 철제 침대에 앉아서 오줌, 토사물, 소독약 냄새가 뒤섞인 유치장의 공기를 들이마셨다. 납덩이 같은 위장이 부풀어올라서 사타구니에서부터 울대뼈까지 가득 채운 듯한 느낌이었다. 눈동자가 지끈거렸다. 입 안이 썼다. 배가 아팠고 얼굴이 욱신거렸다. 코가 막혔다. 어디에선가 자포자기한 듯 흥얼거리는 쉰 목소리가 들렸다.

"나의 미친 마음을 달래 줄 애인이 필요해-애, 나의 미친 마음을 달래 줄 애인이 필요해-애. 나의 *미친* 마음을 달래 줄 애인이 필요해-애……"(존 멜런캠프의 노래 「I Need a Lover」 중 ─ 옮긴이)

"입 닥쳐!" 누군가가 외쳤다. "너 때문에 내가 돌아 버리겠다, 이 썩을 놈아!"

잠깐 정적. 그리고.

"나의 *미친* 마음을 달래 줄 애인이 필요해-애!"

모리스의 뱃속에 들어 있던 납덩이가 녹아서 부글거렸다. 그는 침대에서 스르르 미끄러져 내려와서 무릎으로 바닥을 찧고(머릿속에서 다시금 번개가 쳤다.) 철제로 된 간이 변기에 대고 입을 벌렸다. 처음에는 아무것도 나오지 않았다. 그러다 온몸이 옥죄어 오면서 그의 입에서 5리터는 되어 보이는 누런 치약이 뿜어져 나왔다. 순간 머리가 너무 아파서 이러다 깨지는 게 아닌가 싶었고 차라리 깨졌으면 좋겠다는 생각이 들었다. 아픈 걸 멈출 수만 있다면 뭐든 상관없었다.

그는 죽는 대신 또다시 속을 게웠다. 이번에는 5리터가 아니라 500밀리리터 수준이었지만 목구멍이 얼얼했다. 그 다음번에는 아무것도 나오지 않았다. 아니, 전혀 아무것도 안 나오지는 않았다. 걸쭉한 점액질이 거미줄처럼 입에 매달려서 앞뒤로 흔들렸다. 그래서 닦아내야 했다.

"어떤 인간이 느끼고 있네!" 어디에선가 외치는 소리가 들렸다.

그의 기습 공격에 여기저기서 고함을 지르고 폭소를 터뜨렸다. 모리스는 동물원에 갇혀 있는 듯한 기분이 들었다. 여기에는 인간들이 갇혀 있다는 것만 다를 뿐 사실 동물원일 수 있었다. 그가 입고 있는 주황색 점프 슈트를 보면 알 수 있었다.

어쩌다 이런 신세가 된 걸까?

그는 기억이 나지 않았다. 어쩌다 슈거하이츠에서 난장판을 벌였는지조차 기억이 나지 않았다. 기억 속에 남은 것이라고는 시커모어가에 있는 그의 집뿐이었다. 그리고 트렁크도. 트렁크를 묻은 것도.

존 로스스타인에게서 뺏은 200달러가 주머니에 있었고 그는 머리가 아프고 외로워서 맥주를 사러 조니스에 갔었다. 점원에게 뭐라고 말을 걸었던 건 분명한데 무슨 대화를 나누었는지는 기억이 나지 않았다. 야구 얘기를 했나? 그건 아니었을 것이다. 그에게는 그라운드호그스 야구모자가 있었지만 야구에 대한 관심은 거기까지가 한계였다. 그 이후로는 거의 아무것도 기억이 나지 않았다. 뭔가가 잘못돼도 단단히 잘못됐다는 것만 알 수 있을 따름이었다. 주황색 점프슈트를 입고 눈을 뜨면 누구라도 쉽게 내릴 수 있는 결론이었다.

그는 침대로 기어가서 그 위로 올라가 무릎을 가슴에 대고 끌어안았다. 유치장 안이 추웠다. 그의 몸이 부들부들 떨리기 시작했다.

그 점원한테 좋아하는 술집이 있느냐고 물어봤을지 몰라. 버스를 타고 갈 수 있는 데가 있느냐고. 그리고 거기 갔겠지, 안 그래? 가서 퍼마셨겠지. 그러면 어떻게 되는지 뻔히 알면서. 그냥 몇 잔 마신 것도 아니고 일어나려고 했다가 고꾸라지면서 얼굴을 갈아먹을 정도로 마셨겠지.

분명 그랬겠지. 그러면 어떻게 되는지 뻔히 알면서. 그것만으로도 심란한데 그 뒤로 어떤 미친 짓거리를 벌였는지 기억이 나질 않으니 더욱 심란했다. 그는 세 잔 마시고 나면(두 잔 만에 그렇게 될 때도 있었다.) 시커먼 구멍 속으로 추락해서 다음 날 숙취는 있지만 정신은 멀쩡하게 깨어날 때까지 밖으로 기어나오지 못했다. 이른바 필름이 끊기는 것이었다. 그리고 필름이 끊기면 십중팔구…… 깽판을 쳤다. 그는 깽판을 치다 리어뷰 소년원 신세를 졌고, 여기 신세를 지게 된 것도 분명 그 때문일 것이었다. 여기가 어딘지는 알 수 없었지만.

깽판.

빌어먹을 깽판.

모리스는 또 어느 집을 무단 침입한 게 아니라 술집에서 고릿적처럼 푸근한 쌈박질을 벌인 것이었길 바랐다. 다른 말로 표현하자면 슈거하이츠 모험을 재현한 게 아니길 바랐다. 이제는 미성년자도 아니라 소년원으로 끝나지 않을 것이기 때문이었다. 하지만 잘못을 저질렀다면 대가를 달게 받을 작정이었다. 미국이 낳은 천재적인 작가가 살해당한 사건과 아무 관계가 없는 잘못이기만을 두 손 모아 기도할 따름이었다. 만약 그 사건과 연관선상에 있는 잘못을 저지른 거라면 한참 동안 상쾌한 공기를 마실 수 없을 것이다. 어쩌면 영원히 마시지 못할 수도 있었다. 로스스타인만 그렇게 된 게 아니지 않은가. 이 시점에서 떠오른 기억이 하나 있었다. 커티스 로저스가 뉴햄프셔에 사형제도가 있느냐고 물은 거였다.

모리스는 침대에 누워서 온몸을 부들부들 떨며 생각했다. 그 사건 때문에 내가 잡혀 온 건 아닐 거야. 그럴 리 없어.

과연 그럴까?

그는 아예 가망성이 없는 얘기는 아니라고 시인할 수밖에 없었다. 휴게소의 시신들을 보고 경찰에서 그를 지목했다기보다 어느 술집이나 스트립쇼 극장에 들어간 그의 모습이 눈앞에 그려졌다. 대학 중퇴생 겸 자칭 미국 문학 전문가, 버번을 들이켜며 유체 이탈 현상을 경험 중인 모리스 벨러미. 누군가가 은둔 중이이었던 미국의 위대한 *천재* 작가 존 로스스타인이 살해당한 이야기를 꺼내자 그 사람을 돌아보며 내가 머리를 날려 버렸을 때는 별로 천재 같아 보이지 않던데 하고 말하는 모리스 벨러미. 코가 비뚤어지도록 취해서 평소에는 우리 속에 잘 가두어 놓는 그 엄청난 분노라는, 노란 눈 달린 검은 짐승이 풀려나온 그.

"*절대 그랬을 리 없어.*" 그는 속삭였다. 머리가 전에 없이 지끈거렸고 얼굴 왼쪽도 이상했다. *화끈거렸다.* "*절대 그랬을 리 없어.*"

하지만 그가 무슨 수로 장담할 수 있겠는가. 그는 술에 취하면 어느 날이건 '무슨 일이든 벌어질 수 있는 날'로 변신했다. 그 검은 짐승이 등장했다. 십 대 때는 그 짐승이 슈거하이츠의 그 집을 쑥대밭으로 만들어 놓았고 무음 도난 경보에 반응해 출동한 경찰에게 야경봉으로 맞아서 기절할 때까지 반항했었다. 경찰에서 그의 주머니를 뒤지자 보석들이 뭉텅이로 나왔는데 대부분 싸구려 가짜였지만 안주인의 금고 밖에 아무렇게나 놓여 있었던 엄청난 고가의 보석들도 있었으니 '안녕, 우리 리버뷰로 갈까? 거기 가면 싱싱하고 야들야들한 똥꼬도 뚫고 재미있는 친구들도 새로 사귈 수 있는데.' 이런 수순을 밟을 수밖에 없었다.

그는 생각했다. '그 정도로 난장판을 벌일 수 있는 사람이라면 술에 취했을 때 지미 골드의 창작자를 죽였다고 얼마든지 떠벌일 수 있지 않겠어?'

하지만 경찰에 체포된 것일 수도 있었다. 경찰 측에서 그의 신원을 파악해서 지명 수배를 한 거였다면 말이다. 그랬을 가능성도 없지 않았다.

"나의 *미친* 마음을 달래 줄 애인이 필요해-애!"

"입 다물어!"

이번에는 모리스가 한 말이었는데 그는 고함을 지르려고 했지만 토사물이 엉겨붙어서 쉰 소리로 꺽꺽대는 게 고작이었다. 아, 머리가 아팠다. 그리고 얼굴도 아팠다. 그는 왼쪽 뺨을 손으로 더듬고 손바닥에 묻어 나온 마른 피딱지들을 바보처럼 멍하니 바라보았다. 다시 한 번 더듬어 보니 긁힌 곳이 최소 세 군데였다. 손톱에 긁힌 상처인데 깊었다. 여러분, 이걸 보면 뭘 알 수 있을까요? 대개 — 어느 법칙이나 예외는 있지만 — 남자들은 주먹을 날리고 여자들은 손톱으로 할퀴죠. 여자들이 손톱을 쓰는 이유는 길고 뾰족해서 할퀴기에 안성맞춤일 때가 많기 때문이고요.

　내가 갑자기 마음이 동해서 수작을 걸었더니 상대 여자가 손톱을 동원해서 거부한 걸까?

　모리스는 열심히 기억을 더듬었지만 아무 생각도 나지 않았다. 비, 판초, 뿌리를 비춘 손전등은 기억이 났다. 곡괭이도 기억이 났다. 시끄럽고 빠른 음악을 듣고 싶어서 조니스 고마트 직원에게 물었던 것도 어렴풋이 기억이 났다. 그 이후로는? 온통 시커멨다.

　그는 생각했다. '어쩌면 그 차가 원흉일지 몰라. 빌어먹을 비스케인 말이지. 오른쪽 앞 범퍼에 피 칠갑을 하고서 92번 도로 휴게소에서 빠져나오는 걸 누가 봤을지 모르고, 내가 사물함에 뭘 두고 내렸을지 몰라. 내 이름이 적힌 뭔가를.'

　하지만 그랬을 가능성은 없어 보였다. 린의 어느 술집에서 술에 취해 해롱대는 계집년한테 셋이 모은 돈을 주고 그 차를 넘겨받은 사람은 프레디였다. 그녀는 서류에 서명을 하고 해럴드 파인먼에게 차를 팔았는데 『러너』에 나오는 지미 골드의 절친 이름이 해럴드 파인면이었다. 거래가 이루어지는 동안 멀찌감치 떨어져 있었기 때문에 그녀는 모리스 벨러미를 본 적이 없었다. 게다가 모리스는 쇼핑몰에 그 차를 세워두고 나오면서 앞 유리창에 비누로 '제발 훔쳐가주세요'라고 쓰지만 않았을 뿐 그렇게 한 거나 다름없었다. 지금쯤 비스케인은 차축만 덩그러니 남은 채 로타운이나 호숫가 어딘가의 공터에 주차되어 있을 것이다.

그럼 내가 어쩌다 이런 신세가 됐을까? 바퀴를 돌리는 쥐처럼 다시 원점으로 돌아왔다. 어떤 여자가 손톱으로 내 얼굴을 할퀴었다면 내가 그 여자를 덮치기라도 했던 걸까? 그 여자의 턱이라도 날린 걸까?

끊긴 필름 저편에서 희미한 종소리가 들렸다. 만약 그런 거라면 그는 폭행죄로 기소될 테고 그러면 웨인스빌에 수감될 수 있었다. 창문에 철조망이 달린 초록색의 큼지막한 버스를 탈 수 있었다. 웨인스빌이라니 끔찍할 테지만 어쩔 수 없다면 폭행죄로 몇 년 감옥살이를 하는 것쯤이야 견딜 수 있었다. 살인에 비하면 폭행은 아무것도 아니었다.

'제발 로스스타인 건은 아니게 해 주세요.' 그는 생각했다. '안전한 데서 나를 기다리고 있는 원고가 많다고요. 솔깃한 건 또 뭔가 하면 그러는 동안 먹고살 돈도 충분하다는 거예요. 20달러와 50달러짜리 무기명 지폐로 2만 달러가 넘게 있으니까요. 아껴 쓰면 그걸로 한참 동안 버틸 수 있을 거예요. 그러니까 제발 살인 사건은 아니게 해주세요.'

"나의 *미친* 마음을 달래 줄 애인이 필요해-애!"

"야 이 씨발놈아!" 누군가가 소리를 질렀다. "한 번만 더 부르면 똥구멍을 찢어서 입 밖으로 꺼내 버린다!"

모리스는 눈을 감았다.

그는 정오 무렵이 되자 상태가 좀 괜찮아졌지만 점심이라고 나온 꿀꿀이죽은 사양했다. 피를 넣어서 끓인 듯한 국물 위로 국수 가락이 둥둥 떠다녔다. 이후에 2시쯤 됐을 때 교도관 4인조가 철창 사이 복도를 걸어왔다. 한 명이 클립보드를 들고서 이름을 외쳤다.

"벨러미! 할로웨이! 맥기버! 루스벨트! 팃가든! 앞으로 나와!"

"티가든인데요, 교도관님."

모리스의 옆방에서 덩치 큰 흑인이 대꾸했다.

"존 Q라도 내 알 바 아니야, 씹새야. 국선변호사를 만나고 싶으면 앞으로 나와라. 아니면 거기 앉아서 좀 더 죽때리고 있든지."

호명된 여섯 명의 수감자가 앞으로 나왔다. 이 복도에서는 마지막 남은 인원이었다. 간밤에 체포된 나머지는(고맙게도 존 멜런캠프를 욕보이던 작자까지) 석방이 되었거나 오전에 법원으로 불려갔다. 그들은 잡범이었다. 모리스도 알다시피 오후에 공소 재판을 받는 치들이 좀 더 심각한 부류였다. 그는 슈거하이츠에서 깜찍한 모험을 벌였을 때도 오후에 공소 재판을 받았다. 판사는 부코스키라는 년이었다.

유치장 문이 열리는 순간 모리스는 믿지도 않는 신에게 기도했다. '폭행으로요, 하느님, 네? 가중 폭행 말고 단순 폭행요. 살인만 아니게 해 주세요. 뉴햄프셔나 뉴욕 주 북부의 어느 휴게소에서 있었던 일은 아무도 모르게 해 주세요. 그래 주실 수 있죠?'

"나와라." 클립보드를 든 교도관이 말했다. "나와서 우리 쪽을 보

122

고 서. 앞 사람이랑 팔 길이만큼 거리를 두고. 앞 사람 바지를 잡아서 올리거나 주요 부위를 더듬지는 말기 바란다. 말썽 안 부리면 우리도 거기에 걸맞은 대접을 해주마."

그들은 소규모 가축 떼를 태워도 될 만큼 넓은 엘리베이터를 타고 내려간 다음 다시 복도를 지나서—다들 슬리퍼에 주머니도 없는 점프 슈트를 입고 있는데 왜 그래야 하는지 아무도 모를 일이었지만—금속 탐지기를 통과했다. 금속 탐지기를 지나자 도서관 개인 열람실처럼 칸막이가 달린 면회실이 여덟 칸 나왔다. 클립보드를 든 사내가 모리스를 3번 방에 배정했다. 모리스는 자리에 앉아서 손자국이 아무리 묻어도 닦는 법이 없는 플렉시 유리를 사이에 두고 국선 변호사와 대면했다. 자유인 쪽은 머리를 쥐가 파먹은 것처럼 잘랐고 비듬 문제가 있는 얼간이였다. 한쪽 콧구멍 아래가 헐었고 닳고 닳은 서류가방을 무릎에 얹고 있었다. 기껏해야 이제 열아홉 살쯤 되어 보였다.

'이게 내 죗값이로군.' 모리스는 생각했다. '맙소사, 이게 내 죗값이야.'

변호사는 모리스 쪽 벽에 달린 수화기를 손으로 가리키고 서류가방을 열었다. 거기서 서류 한 장과 필수품이라 할 수 있는 노란 메모지를 꺼냈다. 그는 준비물을 자기 앞 카운터에 얹은 다음에서야 가방을 내려놓고 자기 쪽 수화기를 집었다. 일반적인 애송이처럼 고음으로 머뭇거리지 않고, 걸레 같은 자주색 넥타이로 새가슴을 덮은 작자치고는 너무 우렁차게 들리는 허스키한 저음으로 자신만만하게 이야기를 시작했다.

"지금 아주 난처한 상황에 처하셨어요." 그는 노란색 메모지 위에 얹은 서류를 확인했다. "벨러미 씨. 아무래도 주립 형무소에서 한참 있다가 나올 각오를 하셔야겠습니다. 흥정거리가 있으면 이야기가 달라지겠지만요."

모리스는 생각했다. '공책들이랑 맞바꾸자는 거로군.'

악귀들이 밟고 지나가기라도 하는 것처럼 그의 팔을 타고 냉기가 올라왔다. 만약 이들이 로스스타인 살인범으로 그를 체포한 거라면 커티스와 프레디의 살인범으로 그를 체포한 것이기도 했다. 그렇다면 그의 여생에 가석방은 없었다. 그 트렁크를 회수해서 지미 골드의 최후를 확인할 방법도 없었다.

"똑똑." 변호사는 개를 상대하듯 말했다.

"내가 누구랑 얘기하고 있는 건지 이름이라도 알려 주시죠."

"임시로 당신의 변호를 맡은 엘머 캐퍼티라고 합니다. 앞으로……" 그는 양복보다 더 싼 티 나는 타이맥스 손목시계를 확인했다. "30분 뒤에 공소 재판이 열릴 거예요. 부코스키 판사님이 워낙 일처리가 빠르시거든요."

숙취와는 전혀 상관없는 통증이 모리스의 머리를 번쩍 갈랐다.

"안 돼! 그 여자는 안 돼요! 이럴 수가! 구석기 시대 할망구인데!"

그러자 캐퍼티가 미소를 지었다.

"전에도 부코스키 판사님과 엮인 적이 있나 봐요?"

"서류 보면 알잖아요." 모리스는 멍하니 대꾸했다.

기록이 없을 수도 있었다. 그가 앤디에게 장담했던 것처럼 슈거하이츠 사건은 봉인됐을 것이었다.

'염병할 앤디 홀리데이. 이건 나 때문이라기보다 그 자식 때문에 벌어진 일인데.'

"호모 새끼."

그러자 캐퍼티가 얼굴을 찌푸렸다.

"뭐라고요?"

"아니에요. 말씀 계속하세요."

"내 서류에는 어젯밤에 체포된 기록만 남아 있는데요. 좋은 소식이 있다면 정식 재판은 다른 판사한테 받게 된다는 거예요. 그보다 더 좋은 소식이 있다면, 적어도 내 입장에서는 그런데요, 정식 재판을 받을 때는 변호사가 다른 사람으로 바뀐다는 거예요. 나는 아내와 함께 덴버로 이사할 거라서 벨러미 씨는 추억 속의 인물로 남게 되거든요."

덴버로 가건 지옥으로 가건 모리스로서는 아무 상관없었다.

"내 죄목이 뭡니까?"

"기억이 안 나세요?"

"필름이 끊겼어요."

"그러시군요."

"진짜예요."

생각만 해도 가슴이 아팠지만 어쩌면 공책을 내줄 수도 있었다. 하지만 검찰 측에서 — 아니면 캐퍼티를 통해서 — 제안을 한다 한들 그들이 공책의 중요성을 이해할 수 있을까? 그럴 것 같지 않았다. 변호사는 학자가 아니었다. 검사가 생각하는 대문호는 얼 스탠리 가드

너(페리 메이슨 탐정 시리즈로 유명한 미국의 변호사 겸 작가—옮긴이)일
수 있었다. 그리고 이 주의 법정 대리인이 그 공책의 진가를, 그 아
름다운 몰스킨의 진가를 알아본다 한들 그걸 내주고 모리스가 얻는
수확은 무엇일까? 종신형 세 번을 한 번으로 줄일 수 있을까? 야호,
신난다.

무슨 일이 있어도 안 된다. 못 한다.

앤디 홀리데이는 잉글리시 레더를 입고 다니는 호모일지 몰라도
모리스의 범행 동기에 관한 한 제대로 알아맞혔다. 커티스와 프레디
의 목적은 돈이었다. 그 노인네가 잘하면 100만 달러를 꼬불쳐 뒀을
지 모른다고 한 모리스의 말을 믿었다. 로스스타인의 작품은? 그 머
저리들에게 1960년 이후에 출간된 로스스타인의 작품의 값어치는
사라진 금광처럼 막연하게 느껴졌을 것이다. 그 작품에 관심을 보인
쪽은 모리스였다. 만약 상황이 다르게 흘러갔더라면 그는 커티스와
프레디에게 자기 몫의 돈 대신 원고를 갖겠다고 했을 테고, 그러면
두 사람은 좋다고 했을 것이다. 이제 와서 그 원고를 포기하면—가
뜩이나 지미 골드 대하소설의 후속편도 있는데—지금까지 기울인
모든 노력이 헛수고로 돌아갈 것이었다.

캐퍼티가 수화기로 유리창을 두드리더니 다시 자기 귀에 갖다 댔다.

"벨러미, 캐퍼티다. 벨러미, 캐퍼티다. 응답하라, 벨러미."

"미안해요. 생각 좀 하느라."

"이제 와서 그러기에는 좀 늦은 것 같지 않아요? 내 말에 귀 기울
여 줄래요? 당신은 세 가지 죄목으로 공소 재판을 받을 거예요. 하나
씩 차례대로 혐의를 부인하는 것이 당신이 해야 할 일이고요. 나중

에 공판이 열렸을 때 혐의를 인정하는 편이 유리하겠다 싶으면 그렇게 바꿔도 돼요. 보석은 꿈도 꾸지 마요. 그러면 부코스키가 그냥 웃는 게 아니라 마녀 헤이젤처럼 깔깔거릴 테니까."

모리스는 생각했다. '이야말로 가장 우려했던 사태로군. 로스스타인, 다우 그리고 로저스. 세 건의 일급 살인.'

"벨러미 씨? 시간 없어요. 나는 점점 짜증이 나려고 하고요."

수화기가 아래로 축 늘어지자 모리스는 간신히 귀에 다시 갖다 댔다. 이제는 모두 다 소용이 없는데 얼굴은 순진한 리치 커닝햄처럼 생겨 놓고 목소리는 희한하게 중년 아저씨처럼 저음인 변호사는 그의 귀에 대고 계속 뭐라고 지껄였고, 어느 시점에 이르자 그가 하는 말이 머리에서 접수가 되기 시작했다.

"검찰 측에서는 가벼운 죄목에서부터 차례대로 나열할 거예요, 벨러미 씨. 첫째, 체포 불응. 공소 법정에서는 혐의를 부인해야 해요. 둘째, 가중 폭행. 상대 여성뿐 아니라 수갑이 채워지기 전에 맨 처음 출동한 경찰을 상대로 저지른 것까지예요. 이것도 혐의를 부인해요. 셋째, 가중 성폭행. 나중에 살인 미수 혐의가 추가될지 모르지만 지금 당장은 단순히 성폭행이에요……. 성폭행을 단순하다고 말할 수 있을지 모르겠지만. 그것도……"

"잠깐만요." 모리스가 말했다. 뺨에 난 상처를 손으로 더듬는데…… 희망이 느껴졌다. "내가 성폭행을 했다고요?"

"그렇다니까요." 캐퍼티는 좋아하는 목소리였다. 의뢰인이 드디어 자기 말을 귀담아 듣는 눈치를 보여서 그런 것일 수도 있었다. "상대는 코라 앤 후퍼 양이었고……" 그는 가방에서 서류를 한 장 꺼내서 확인했다. "후퍼 양이 웨이트리스로 일하는 식당에서 퇴근한 직후에 벌어진 일이었죠. 로어 말버러에 있는 버스 정거장으로 걸어가는 그녀를 당신이 슈터스 태번 옆 골목길로 끌고 들어갔다고 합니다. 당신은 슈터스 태번에서 몇 시간 동안 잭 대니얼스를 마시고 주크박스를 발로 차다가 쫓겨난 참이었고요. 후퍼 양은 핸드백에 넣고 다니던 휴대용 경찰 호출기를 눌렀어요. 당신의 얼굴을 할퀴기도 했고요. 당신은 그녀의 코를 부러뜨리고 제압해서 목을 조른 다음 당신의 존스 홉킨스를 그녀의 새라 로렌스에 삽입했죠. 필립 엘렌턴 경관이 끌어냈을 때에도 여전히 합체 상태였다고 하는군요."

"성폭행이라니. 내가 왜……"

어리석은 질문이었다. 그가 슈거하이츠의 그 집에서 오뷔송 카펫에 볼일을 볼 때만 잠깐 숨을 돌리고 장장 세 시간 동안 닥치는 대로 깨부순 이유는 뭐였겠는가.

"나야 모르죠. 내 생활방식 상 성폭행은 낯선 분야니까요."

'나도 그런데.' 모리스는 생각했다. '평소에는. 하지만 잭 대니얼스를 마시고 뻑이 갔으니.'

"몇 년 형을 받을까요?"

"검찰에서는 종신형을 구형할 겁니다. 공판에서 유죄를 인정하고 선처를 호소하면 25년으로 감형될 가능성이 있고요."

모리스는 공판에서 유죄를 인정했다. 자기가 저지른 짓을 뉘우친다고 했다. 술 때문이라고 했다. 선처를 호소했다.

그리고 종신형을 받았다.

피트 소버스는 고등학교 2학년 때 이미 진로를 결정했다. 위생 관념이 아니라 문학을 신과 동급으로 여기는 뉴잉글랜드의 명문 대학에 진학하는 것이었다. 그는 인터넷으로 검색하고 브로셔를 수집하기 시작했다. 에머슨이나 보스턴이 가장 유력한 후보였지만 잘하면 브라운도 가능했다. 어머니와 아버지는 기대가 크면 실망도 큰 법이라고 했지만 그는 들은 척하지 않았다. 어렸을 때 꿈과 희망이 없으면 나중에 쫄딱 망한다는 것이 그의 지론이었다.

전공은 무조건 영문학이었다. 이렇게 굳은 결심을 한 데는 존 로스스타인과 지미 골드 소설이 기여한 부분이 없지 않았다. 피트가 아는 한 시리즈의 마지막 두 권을 읽은 사람은 전 세계를 통틀어 그한 명뿐이었는데 그로 인해 그의 인생이 달라졌다.

2학년 때 영어를 가르친 하워드 리커 선생님도 인생의 전환점이었다. 사랑과 평화 셔츠와 나팔바지를 좋아해서 히피 리키라고 아이들에게 놀림을 당했지만(흥분하면 머리 위로 손을 흔드는 습관이 있어서 피트의 여자친구 글로리아 무어는 그를 리키 목사님이라고 불렀다.) 그의 수업을 빼먹는 아이는 거의 없었다. 그는 재미있고 열정적이었고 ― 대부분의 교사와 다르게 ― "신사 숙녀 여러분"이라고 불러 가며 학생들을 진심으로 좋아하는 눈치를 보였다. 아이들은 복고풍 의상과 쇠를 긁는 듯한 웃음소리에 눈을 흘겼지만…… 옷차림에는 펑키한 매력이 있었고 웃음소리는 특이하지만 정겨워서 들으면 덩달아 웃고 싶어졌다.

2학년 첫 영어 수업 시간에 그는 시원한 바람처럼 들이닥쳐서 환영 인사를 건네더니 피트 소버스가 죽을 때까지 잊지 못할 문장을 칠판에 적었다.

바보 같아!

"이게 뭘까, 신사 숙녀 여러분? 이게 도대체 무슨 뜻일까?"

아무도 말이 없었다.

"그럼 내가 알려 주마. 『베오울프』 발췌본으로 시작해서 레이먼드 카버로 끝나는 수업을 접했을 때 너희 또래의 젊은 신사 숙녀들이 가장 흔하게 보이는 반응이다. 교사들은 가끔 이런 개론 수업을 걸작을 가르는 질주라고 부르지."

그는 꺅꺅대며 우가우가 스타일로 손을 어깨 높이에서 흔들었다. 대부분의 아이들이 덩달아 웃음을 터뜨렸고 피트도 그중 한 명이었다.

"조너선 스위프트의 『겸손한 제안』을 접했을 때 학생들의 반응은? 바보 같아! 너새니얼 호손의 『젊은 굿맨 브라운』을 접했을 때 학생들의 반응은? 바보 같아! 로버트 프로스트의 『담장 고치기』를 접했을 때 학생들의 반응은? 살짝 바보 같아! 『모비딕』 발췌본을 접했을 때 학생들의 반응은? 완전 바보 같아!"

다시 웃음꽃이 피었다. 『모비딕』을 읽은 아이는 없었지만 어렵고 지루하다는 건, 그러니까 다르게 표현해서 바보 같다는 건 다들 알고 있었다.

"그리고 가끔은!" 리커 선생님은 한 손가락을 들어서 칠판에 적힌 문장을 호들갑스럽게 가리키며 큰 소리로 외쳤다. "가끔은 말이다, 신사 숙녀 여러분, 그게 *정곡을 찌르는 평가*일 때도 있어. 내가 맨얼굴로 이 자리에 서서 고백하지만 어떤 골동품은 나도 가르치기가 싫다. 너희들의 눈빛이 총기를 잃으면 내 영혼이 신음하거든. 그래! *신음을 하지!* 그런데도 계속 밀어붙이는 이유는 내가 가르치는 작품들이 대부분 바보 같지 않다는 걸 알기 때문이야. 지금도 그렇고 나중에도 그렇고 이게 도대체 나랑 무슨 상관일까 싶은 골동품들도 읽다 보면 깊은 공감대가 저절로 형성되거든. *바보 같지 않은 작품과 바보 같은 작품을 구분하는 방법을 알려 줄까?* 그 엄청난 비법을 공개할까? 수업시간은 40분이나 남았는데 함께 머리를 맞대고 뭔가로 만들어 낼 재료가 없으니 그 얘기나 해야겠네."

그가 몸을 앞으로 숙여서 책상을 손으로 짚자 넥타이가 진자처럼 움직였다. 리커 선생님은 피트가 그의 집 다락방 담요 더미 밑에 감추어 놓은 엄청난 비밀을 알기라도 하는 것처럼—아니면 직감이라도 하는 것처럼 — 그를 똑바로 쳐다보았다. 그곳에는 돈보다 훨씬 중요한 비밀이 숨겨져 있었다.

"이 수업을 듣다 보면, 어쩌면 오늘 저녁에라도 너희들은 어려운 작품, 일부분밖에 이해가 안 되는 작품을 읽을 테고 그러면 바보 같다는 평가를 내리게 될 것이다. 다음 날 너희들이 그런 의견을 밝히면 내가 과연 반론을 제기할까? 내가 왜 그렇게 쓸데없는 짓을 하겠나. 내가 너희들이랑 보내는 시간은 짧아. 겨우 34주밖에 안 되는데 그걸 이 단편이나 저 시의 장점이 뭔지를 놓고 티격태격하며 흘려보낼 생각은 없다. 그런 의견들은 모두 주관적인 것이라 최종 결론을 절대 내릴 수도 없는데 말이지."

몇몇 아이들은 — 글로리아도 그중 한 명이었다 — 그 말을 듣고 어리둥절한 표정을 지었지만 피트는 리커 선생님, 그러니까 히피 리키가 무슨 뜻에서 하는 말인지 정확하게 이해했다. 공책을 뒤적이기 시작한 뒤로 존 로스스타인을 다룬 평론을 수십 편 읽었기 때문이었다. 평론가들은 대부분 존 로스스타인을 피츠제럴드, 헤밍웨이, 포크너, 로스에 버금가는 20세기 최고의 미국 작가로 꼽았다. 하지만 일부는 — 소수라도 목소리가 큰 소수였다 — 허울만 좋은 이류라고 주장했다. 피트가 읽은 《살롱》에서 어떤 평론가는 로스스타인을 일컬어 "말장난의 대가이자 바보들의 수호신"이라고 했다.

"시간이 정답이다." 피트의 2학년 첫 수업시간 때 리커 선생님은 이렇게 말했다. 그는 고풍스러운 나팔바지를 휘날리고 가끔 팔을 휘저어 가며 왔다 갔다 성큼성큼 걸었다. "그렇고말고! 시간이 지나면 *바보 같지 않은* 작품들 사이에서 *바보 같은* 작품들은 잔인하게 도태

되지. 자연스러운 진화의 과정이랄까. 그레이엄 그린의 소설은 아무 서점에나 있지만 서머싯 몸의 소설은 그렇지 않은 이유도 그 때문이다. 물론 아예 사라져 버린 건 아니지만 읽고 싶으면 주문을 해야 하지. 그의 작품에 대해서 알아야 주문도 할 수 있는데 요즘 독자들은 대부분 잘 몰라. 서머싯 몸 들어본 사람 있으면 손 들어봐. 이름의 철자는 내가 가르쳐 주마."

아무도 손을 들지 않았다.

리커 선생님은 고개를 끄덕였다. 피트가 보기에는 다소 엄숙한 표정이었다.

"시간이 흘러서 그레이엄 그린은 한심하지 않은 작가로 판명이 났지만 서머싯 몸은…… 뭐, 한심하다고 할 정도는 아니지만 잊어도 될 만한 작가로 판명이 났지. 내 생각에 몇 편의 장편은 아주 수준급이고—『달과 6펜스』는 걸작이다, 신사 숙녀 여러분. 걸작이야—훌륭한 단편도 많지만 너희 교재로는 한 권도 채택되지 않았다.

그렇다고 내가 슬퍼할까? 분노하고 주먹을 흔들며 부당하다고 외칠까? 아니. 나는 그러지 않을 거다. 그런 식의 도태는 자연스러운 과정이거든. 너희들도 그 과정을 겪을 거다, 신사 숙녀 여러분. 그때쯤 나는 머나먼 과거 속의 인물이 될 테지만. 어떤 식으로 진행되는지 알려 줄까? 너희는 수업시간에 어떤 작품을 읽게 될 거다. 윌프레드 오웬의「달고 영광스럽도다」. 이 작품을 예로 들어 보자. 안 될 거 없잖아?"

이윽고 리커 선생님이 좀 더 굵은 목소리로 우렁차게 외치자 피트의 등줄기를 따라 소름이 돋았고 목이 메었다.

"'우리는 부대자루를 멘 늙은 거지들처럼 몸을 구부리고, 휘청거리고, 노파들처럼 콜록거리고, 욕을 하며 진흙을 헤치고 나아갔다……' 기타 등등. 어쩌고저쩌고. 너희들 중에 몇 명은 이렇게 얘기하겠지. *바보 같아.* 나는 오웬 선생의 시를 제1차 세계대전 때 발표된 작품들 중에서 가장 훌륭하다고 생각하지만 그렇다고 해서 약속을 깨고 너희들과 설전을 펼칠까? 천만의 말씀! 그건 내 의견에 불과하고 의견이란 건 똥구멍과 같다. 누구나 가지고 있다는 점에서."

신사 숙녀 모두 이 말에 폭소를 터뜨렸다.

리커 선생님은 가슴을 펴고 똑바로 섰다.

"나는 수업을 방해하는 학생이 있으면 방과 후에 남으라고 할 수도 있고 눈 하나 깜빡 않고 기합도 주는 사람이지만, 너희들의 의견을 무시하는 일은 절대 없을 것이다. 그럼에도 불구하고! 그럼에도 불구하고!"

그는 손가락을 치켜세웠다.

"시간은 흐른다! 템푸스 푸짓(시간은 흐른다는 뜻의 라틴어 — 옮긴이)! 오웬의 시가 너희들의 머릿속에서 지워진다면 *바보 같은 작품*이라는 너희들의 평가가 맞았던 걸로 입증이 되겠지. 적어도 그런 사람들에 한해서는. 하지만 다시 생각나는 경우도 있을 거다. 다시 생각나고. 또다시 생각나고. 그럴 때마다 꾸준히 숙성된 세월과 더불어 그 공감대도 깊어질 거다. 그 시가 슬금슬금 떠오를 때마다 전보다 덜 바보 같고 더 생동감 넘치게 느껴질 거다. 더 의미심장하게 느껴질 거다. 그러다 찬란하게 빛날 거다, 신사 숙녀 여러분. 찬란하게 빛날 거란 말이다. 이것으로 내 첫 인사는 갈무리하고 『언어와 문학』이라는, 세상에서 가장 훌륭한 교재의 16쪽을 펼쳐주기 바란다."

그해에 리커 선생님이 선정한 작품에는 D. H. 로렌스의 『흔들 목마를 탄 우승자』가 있었고 두말하면 잔소리지만 리커 선생님의 신사 숙녀 여러분들은 대다수(여기에는 글로리아 무어도 들어 있었다. 정말 끝내주는 젖가슴의 소유자였지만 피트는 그녀에게 점점 싫증이 났다.)가 그 작품을 바보 같다고 생각했다. 피트는 그렇게 생각하지 않은 이유가 있었다면 살면서 겪은 일들 덕분에 나이보다 훨씬 더 어른스러웠기 때문이었다. 2013년이 2014년 — 중서부 이북의 모든 용광로가 최고 속도로 돌아가며 지폐를 다발로 태운 그 유명한 극소용돌이(엄청난 한파를 유발하는 거대 한랭 소용돌이 기류 — 옮긴이)의 해였다 — 으로 저물어 가는 동안에도 그 이야기는 종종 생각이 났고 그럴 때마다 공감대가 점점 더 깊어졌다. 그러고 나면 또다시 생각이 났다.

그 작품 속에 등장하는 가족은 아쉬울 게 없어 보였지만 그렇지가 않았다. 사람의 욕심은 끝이 없는 법이라 주인공인 폴이라는 소년의 귀에는 항상 그 집이 속삭이는 소리가 들렸다.

"돈이 더 많아야 해! 돈이 더 많아야 해!"

피트 소버스가 짐작컨대 아이들은 그 부분을 바보 같다고 생각하는 듯했다. 다들 팔자가 좋아서 내야 할 청구서나 담뱃값 때문에 밤마다 계속되는 악기-빽기를 들을 필요가 없었기 때문에 그런 거였다.

로렌스의 이야기에 등장하는 어린 주인공은 돈을 벌 수 있는 초능력이 생겼다. 장난감 흔들 목마를 타고 환상 속 행운의 나라로 떠나면 현실 세계에서 경마 우승자를 알아맞힐 수 있었다. 그는 수천 달러를 벌었지만 그런데도 그 집은 계속 속삭였다.

"돈이 더 많아야 해!"

폴은 마지막으로 일확천금을 노리고 마지막으로 열심히 목마를 타다가 떨어져서 뇌출혈인가 뭔가 하는 걸로 죽었다. 피트는 묻혀 있었던 트렁크를 발견한 이래 두통조차 앓은 적이 없었지만 그 트렁크가 그에게는 흔들 목마라고 할 수 있었다. 그렇다. 그것이 그의 흔들 목마였다. 하지만 리커 선생님을 만난 2013년에 흔들 목마는 달리는 속도가 점점 느려졌다. 트렁크 안에 들어 있었던 돈이 거의 다 바닥이 난 것이었다.

그 돈 덕분에 그의 부모님은 힘들고 두렵던 시기를 버틸 수 있었다. 그게 없었더라면 두 분의 결혼 생활은 와르르 무너져서 잿더미로 변할 수 있었다. 피트는 그걸 알기에 수호천사 역할을 했던 것에 대해서 한 번도 후회한 적이 없었다. 흘러간 노래의 가사에도 나오다시피 트렁크 안에 들어 있었던 돈은 힘든 세상을 건너는 다리가 되어 주었고 그 다리를 건너자 상황이 많이 — *훨씬 많이* — 나아졌다. 최악의 쪼들림이 끝났다. 어머니는 이제 정교사가 돼서 연봉이 전에 비해 3000달러 늘었다. 아버지는 조그만 사업을 시작했다. 부동산은 아니고 부동산 검색 사업이었다. 시내의 몇 군데 중개업체가 고객이었다. 피트는 어떤 사업인지 완벽하게 이해하지는 못했지만 실질적인 수익이 있고, 주택시장이 계속 상승곡선을 그리면 수입이 늘 수도 있다는 건 알았다. 아버지가 직접 중개하는 매물도 있었다. 무엇보다 좋은 건 아버지가 약을 끊었고 걷는 데 별 불편함이 없다는 사실이었다. 목발은 1년이 넘도록 벽장에 처박아 두고 비나 눈이 와서 뼈와 관절이 시큰거리는 날에만 지팡이를 짚었다. 모든 게 좋았다. 사실 모든 게 훌륭했다.

그럼에도 불구하고. 리커 선생님이 수업시간에 한 번 이상 반복하는 말처럼 그럼에도 불구하고.

티나 문제가 아주 엄청난 *그럼에도 불구하고*였다. 영웅처럼 떠받들었던 바브라 로빈슨을 비롯해서 웨스트사이드에 살았을 때 티나가 사귀었던 친구들은 대부분 채플 리지에 진학할 예정이었다. 채플 리지는 명문대 진학률이 높은 사립 고등학교였다. 어머니는 티나에게 그녀도 그렇고 아빠도 그렇고, 중학교를 졸업하고 무슨 수로 곧바로 그 학교에 다닐 수 있다고 생각하는지 모르겠다고 얘기했다. 형편이 나아지면 2학년 때 전학을 갈 수 있을지는 몰라도 당장은 무리라고 했다.

"하지만 그때 전학하면 아는 애가 한 명도 없을 거잖아요."

티나는 울음을 터뜨렸다.

"바브라 로빈슨이 있잖아." 피트가 (옆방에서) 들어 보니 엄마도 울기 직전이었다. "힐다하고 벳시도 있고."

하지만 티나는 그 아이들보다 나이가 살짝 어렸고 피트도 알다시피 웨스트사이드 시절에 여동생과 정말 가깝게 지냈던 친구는 바브라뿐이었다. 힐다 카버와 벳시 드윗은 아마 그녀를 기억조차 하지 못할 것이었다. 1~2년이 지나면 바브라도 그렇게 될 가능성이 컸다. 어머니는 고등학교가 얼마나 중요한 곳인지, 고등학교에 입학하면 꼬맹이 시절의 친구는 얼마나 금세 기억에서 지워지는지 잊어버린 모양이었다.

티나는 피트가 하고 있던 생각들을 놀라운 솜씨로 간단명료하게 요약했다.

"그렇겠죠. 하지만 걔들은 *나*를 기억 못 할 거예요."

"티나……"

"그 돈 있잖아요!" 티나는 울부짖었다. "매달 날아오는 뭔지 모를 그 돈! 그 돈으로 채플 리지 가면 안 돼요?"

"불경기의 여파가 아직 남아 있거든."

이 말에 티나는 아무 대꾸도 하지 못했다. 사실이기 때문이었다.

그의 대학 진학 역시 또 하나의 *그럼에도 불구하고*였다. 피트도 알다시피 몇몇 친구들에게, 어쩌면 그들 대다수에게 대학은 태양계의 다른 행성만큼 까마득한 얘기였다. 하지만 정말로 좋은 대학에 가고 싶으면(*브라운*, 그의 머리는 계속 속삭였다. *브라운 대학교 영문학과*) 3학년 1학기에 조기 전형을 준비해야 했다. 조기 전형에 응시하려면 돈이 들었고, 수능에서 수학을 670점 이상 받고 싶으면 들어야 하는 여름학기 수업에도 돈이 들었다. 그는 가너 스트리트 도서관에서 아르바이트를 했지만 35달러의 주급으로는 턱도 없었다.

아버지의 사업이 잘 돼서 시내에 사무실을 낸 것도 세 번째 *그럼에도 불구하고*였다. 임대료가 적은 고층이었고 현장에 있어야 앞으로도 도움이 되겠지만—그걸 말로 표현하는 사람은 없어도—피트도 알다시피 아버지는 뭔지 모를 그 돈으로 불안정한 시기를 버틸 속셈이었다. 다들 뭔지 모를 그 돈을 바라보고 있는데 그 돈은 2014년 중으로 바닥난다는 사실을 피트만 알고 있었다.

그리고 맞다, 그가 쓴 돈도 있었다. 금액이 많지는 않았지만—그러면 의심을 살 테니까—여기 100달러, 저기 100달러 그런 식이었다. 워싱턴으로 수학여행을 갔을 때 산 재킷과 로퍼, CD 몇 장, 그리고 책. 그는 공책들을 읽은 이래 책 바보가 되었고 존 로스스타인과 사랑에 빠졌다. 필립 로스, 솔 벨로, 어윈 쇼(우라지게 환상적인『젊은 사자들』이 왜 고전의 반열에 오르지 않았는지 이해가 되지 않았다.)처럼 로스스타인과 동시대에 활동한 유대인 작가들로부터 시작해서 점점 범위를 넓혀 나갔다. 늘 페이퍼백을 샀지만 요즘은 페이퍼백도 중고가 아닌 이상 권당 12 아니면 15달러씩 했다.

『흔들 목마를 탄 우승자』에 공감할 수 있었던 이유는, 그것도 엄청나게 공감할 수 있었던 이유는 피트의 귀에도 *돈이 더 많아야 한다*는 이 집의 속삭임이 들리는데 조만간 바닥이 나게 생겼기 때문이었다. 하지만 트렁크에 들어 있던 것이 돈이 전부는 아니었잖은가.

그것이 또 하나의 *그럼에도 불구하고*였다. 시간이 지날수록 점점 더 피트 소버스의 머릿속에 자주 떠오르는 *그럼에도 불구하고*였다.

피트는 리커 선생님의 걸작을 가르는 질주 수업의 기말 보고서로 열여섯 쪽짜리 지미 골드 삼부작 보고서를 제출했다. 다양한 서평을 발췌하고 로스스타인이 뉴햄프셔의 농가로 은퇴해서 활동을 영영 중단하기 전에 했던 몇 안 되는 인터뷰 내용을 곁들였다. 그리고 끝으로 지미 골드 1편을 출간하기 전 4년 동안 로스스타인이《뉴욕 헤럴드》기자로 독일의 포로수용소를 순회 방문한 것에 대해 언급했다.

"그것이야말로 로스스타인의 인생에서 가장 중요한 사건이 아니었을까." 피트는 이렇게 썼다. "작가로서의 인생에서 말이다. 삶의 의미를 찾으려는 지미의 노력은 늘 로스스타인이 수용소에서 보았던 광경으로 연결되고, 지미가 평범한 미국인처럼 살려고 할 때 줄곧 공허함을 느낀 이유도 그 때문이다. 그런 그의 심정이 가장 잘 드러난 부분은 『러너, 속도를 늦추다』에서 그가 텔레비전을 향해 재떨이를 집어 던지는 장면이라고 생각한다. 홀로코스트를 다룬 CBS 뉴스 스페셜을 보던 도중에 재떨이를 집어던지지 않는가 말이다."

리커 선생님이 보고서를 돌려주었을 때 어니스트 헤밍웨이와 함께 레스토랑 사디스에 앉아 있는 젊은 시절 로스스타인의 사진을 스캔해서 꾸민 표지에 A$^+$라는 글씨가 휘갈겨져 있었다. A$^+$ 아래에는 "수업 끝나고 잠깐 보자."라고 적혀 있었다.

아이들이 모두 떠난 교실에서 리커 선생님이 어찌나 뚫어져라 쳐다보는지 피트는 가장 좋아하는 선생님에게 표절을 했다고 혼이 나는 건 아닌가 싶어서 잠깐 겁이 날 정도였다. 잠시 후에 리커 선생님은 미소를 지었다.

"내가 지금까지 28년 동안 아이들을 가르쳤지만 그렇게 잘 쓴 보고서는 처음이었다. 그렇게 자신만만하고 깊이 있는 보고서는 처음이었어."

좋아서 피트의 얼굴이 화끈 달아올랐다.

"고맙습니다. 진심으로요. 정말 감사합니다."

"하지만 네가 내린 결론에 대해서는 짚고 넘어가야겠다." 리커 선생님은 의자에 기대고 앉아서 뒤통수에 대고 손깍지를 끼며 말했다. "지미를 '허클베리 핀과 같은 숭고한 미국의 영웅'으로 보는 시각은 삼부작의 마지막 작품과 맞아떨어지지 않잖아. 그가 텔레비전 화면을 향해서 재떨이를 던지긴 하지만 그건 영웅주의에 입각한 행동이 아니야. CBS의 로고가 눈이라서 진실을 보는 그의 심안을 멀게 하려는 의식이지. 내가 생각한 건 아니다. 존 크로 랜섬이 쓴 「러너, 고개를 돌리다」라는 평론을 그대로 인용하다시피 한 거야. 레슬리 피들러도 『미국 소설 속의 사랑과 죽음』에서 비슷한 이야기를 했고."

"하지만……"

"네가 틀렸다는 게 아니야, 피트. 어떤 책을 읽더라도 증거가 가리키는 방향을 그대로 따라가야 하고 너의 논지에 어긋나더라도 결정적인 사건들을 건너뛰면 안 된다는 뜻에서 하는 말이지. 그가 텔레비전에 재떨이를 집어 던진 걸 보고 부인이 그 유명한 대사를 하지. '나쁜 사람, 아이들이 이제 미키 마우스를 못 보잖아.' 그 말을 듣고 지미가 어떻게 했니?"

"나가서 텔레비전을 새로 한 대 사오죠. 하지만……"

"그냥 텔레비전이 아니라 그 동네에서 처음으로 컬러 텔레비전을 사지. 그런 다음에는?"

"더지-두 청소용 세제 광고를 만들어서 히트를 치죠. 하지만……"

리커 선생님은 눈썹을 쫑긋 세우고 그 뒤로 이어질 말을 기다렸다. 하지만 1년 뒤에 지미가 성냥과 등유가 담긴 통을 들고 어느 늦은 밤에 광고회사로 잠입한다는 이야기는 할 수 없었다. 로스스타인은 지미가 지른 불로 광고의 성지로 불리던 건물이 거의 다 타 버리는 설정을 통해 반전 시위와 민권 운동에 대한 복선을 깔았다는 이야기는 할 수 없었다. 그가 마치 허클베리 핀과 톰 소여처럼 가족을 저버린 채 뒤도 돌아보지 않고 히치하이크로 뉴욕을 탈출했다는 이야기는 할 수 없었다. 그건 열일곱 권의 공책에 빽빽이 적혀서 30여 년 동안 낡은 트렁크 속에 묻혀 있었던 『러너, 서부로 떠나다』에 나오는 내용이었다.

"뭐가 '하지만'인지 얘기해 봐." 리커 선생님은 차분한 목소리로 말했다. "맞상대가 될 만한 사람과 벌이는 문학 토론만큼 좋아하는 것도 없으니까. 스쿨버스는 이미 놓쳤을 테고 내가 집까지 기꺼이 태워다 주마." 그는 큼지막한 마티니 잔을 들어서 건배하는 조니 R과 어니 H, 미국 문단의 쌍둥이 거인 사진으로 꾸민 피트의 보고서 표지를 손끝으로 두드렸다. "근거 없는 결론을 제시해서 그렇지—극도로 암울한 마지막 작품의 끝에서 빛을 발견하고 싶은 감정의 발로라고 생각한다만—그것만 빼면 아주 훌륭한 보고서야. 아주 훌륭해. 그래서 뭐가 하지만인지 듣고 싶다."

"아니에요. 선생님의 말씀이 맞을 수도 있겠네요."

하지만 아니었다. 『러너, 서부로 떠나다』 말미에서는 지미 골드가 과연 과거와 결별할 수 있을지 아직 미심쩍을지 몰라도 시리즈의 마지막 권이자 분량이 가장 많은 『러너, 깃발을 들다』에 다다르면 의구심이 일거에 해소됐다. 피트는 『러너, 깃발을 들다』보다 더 훌륭한 소설을 읽은 적이 없었다. 그보다 더 슬픈 소설도 읽은 적이 없었다.

"로스스타인의 최후에 대해서는 자세히 소개하지 않았더구나."

"네."

"왜 그랬는지 물어봐도 될까?"

"주제에서 벗어난 이야기라서요. 그리고 보고서가 너무 길어질 테고요. 그리고…… 음…… 한심한 강도 손에 죽다니 실망스럽기도 했고요."

"집 안에 현금을 두는 바람에 그렇게 됐지." 리커 선생님은 부드럽게 말했다. "그 사실을 아는 사람도 많았고. 그렇다고 너무 몰아붙이지는 마라. 돈에 관한 한 어리석고 한 치 앞을 보지 못하는 작가들이 많거든. 찰스 디킨스는 아버지를 비롯해서 게으름뱅이 일가족을 먹여 살렸지. 새뮤얼 클레멘스는 부동산에 잘못 손을 댔다가 거의 망하다시피 했고. 아서 코난 도일은 사이비 영매에 수천 달러를, 사이비 혼령 사진에 수천 달러를 날렸어. 그래도 로스스타인이 대표작은 발표하고 죽었잖니. 물론 다르게 생각하는 사람들도 있지만……"

피트는 손목시계를 확인했다.

"저기, 리커 선생님. 지금 뛰어가면 버스를 탈 수 있겠는데요."

리커 선생님은 우가우가 스타일로 우스꽝스럽게 손을 흔들었다.

"가라, 얼른 가. 그렇게 훌륭한 보고서를 읽게 해줘서 고맙다는 인사와 함께…… 도움이 될 만한 충고를 하고 싶었을 뿐이니까. 내년에 ─ 대학에서 ─ 이런 보고서를 쓸 때는 착한 천성 때문에 비판적인 시선이 흐려지면 안 돼. 비판적인 시선은 항상 냉정하고 명료해야 한다."

"알겠습니다." 피트는 대답하고 달려 나갔다.

존 로스스타인의 목숨을 앗아간 도둑들이 돈과 함께 미출간 원고 뭉치도 들고 갔다가 무용지물이라는 판단 아래 태워 버렸을지 모른다는 대화를 리커 선생님과 나눌 생각은 눈곱만큼도 없었다. 피트는 뭔지 모를 그 돈의 출처가 들통 날 가능성이 농후해지지만 그래도 공책을 경찰에 넘겨야 하는 게 아닐까 고민한 적이 한두 번 있었다.

이러니저러니 해도 그 공책들은 문단의 보물인 동시에 범행의 증거였다. 하지만 *해묵은* 범행이고 지나간 이야기였다. 건드리지 않는 편이 나았다.

그렇지 않은가.

물론 스쿨버스는 이미 출발했고 그는 집까지 3킬로미터를 걸어가야 했다. 그래도 상관없었다. 리커 선생님에게 칭찬을 들은 덕분에 아직까지 흥분이 가라앉지 않았고 생각할 거리가 많았다. 대부분 로스스타인의 미출간 원고에 대한 생각이었다. 단편들은 들쭉날쭉해서 정말 괜찮다 싶은 작품은 손에 꼽을 정도였고 그가 써보려고 한 시들은 미천한 피트가 보기에도 변변찮았다. 하지만 지미 골드 시리즈의 마지막 두 권은…… 훌륭했다. 여기저기 흩어져 있는 증거들로 판단하건대 지미가 워싱턴 평화 행진에서 불길에 휩싸인 깃발을 드는 마지막 권은 1973년 무렵에 완성된 듯했다. 닉슨이 아직 대통령인 것으로 이야기가 마무리되기 때문이었다. 피트는 로스스타인이 출간하지 않은 골드 시리즈의 마지막 두 편을 생각하면(그리고 남북전쟁을 다룬 또 다른 작품도) 심란해졌다. 정말 걸작이었는데!

피트는 몰스킨 공책을 한 번에 한 권씩 들고 내려와서 문을 닫고, 집 안에 다른 식구가 있으면 불시에 들이닥칠 경우에 대비해 귀를 쫑긋 세운 채로 읽었다. 다른 책을 준비해 놓았다가 발소리가 들리면 공책을 매트리스 밑에 숨기고 준비해 놓은 책을 펼쳤다. 그러다 딱 한 번 걸린 적이 있었는데, 상대는 맨발로 걸어 다니는 습관이 있는 티나였다.

"그거 뭐야?" 그녀가 문 앞에서 물었다.

"암것도 아니야." 그는 대답하고 공책을 베개 밑에 넣었다. "엄마나 아빠한테 입 벙긋하면 내 손에 죽을 줄 알아."

"포르노야?"

"아니야!"

로스스타인 씨가 노인네치고 제법 야한 장면에 소질을 보이기는 했다. 예컨대 지미와 히피 여자 둘이……

"그런데 왜 숨겨?"

"남한테 보여 줄 거 아니니까."

그녀는 눈을 반짝였다.

"오빠 거야? 오빠, 책 써?"

"모르지. 쓰면 어쩔 건데?"

"멋지다! 무슨 내용인데?"

"달에서 떡치는 벌레들 얘기야."

그녀는 키득거렸다.

"포르노 아니라더니. 다 쓰면 내가 읽어 봐도 돼?"

"생각해 볼게. 주둥이나 닫고 있어. 알았지?"

그녀는 알았다고 했다. 티나에 대해서 한 가지 인정해야 하는 부분이 있다면 약속을 어기는 일이 거의 없다는 것이었다. 그게 2년 전의 일이라 이제는 잊어버렸을 거라고 피트는 장담할 수 있었다.

빌리 웨버가 반짝이는 10단 변속 자전거를 몰고 등장했다.

"야, 소버스!" 대부분의 다른 사람들처럼(리커 선생님은 예외였다.) 빌리 역시 그를 소-버스가 아니라 소버스(Sobbers, 흐느껴 우는 사람들이라는 뜻이다 — 옮긴이)라고 불렀지만 뭐 어쩌랴. 이렇게 부르든 저렇게 부르든 개떡 같은 이름이었다. "이번 여름방학 때 뭐하냐?"

"가너 스트리트 도서관에 나가야지."

"거기 계속 다녀?"

"1주일에 20시간씩 나가겠다고 했어."

"염병. 야, 벌써부터 임금의 노예 생활이냐?"

"괜찮아." 피트는 이렇게 대답했고 진심이었다. 도서관으로 출근하면 다른 특전들도 많지만 감시당할 걱정 없이 마음대로 컴퓨터를 쓸 수 있었다. "너는?"

"메인에 있는 여름 별장에 갈 거야. 차이나 호수 근처. 비키니 입은 깜찍한 여자애들이 얼마나 많이 오는지 아냐? 그리고 매사추세츠 애들은 뭘 알아요."

'그럼 걔네들한테 좀 배워라.' 피트는 속으로 빈정거렸지만 빌리가 손바닥을 내밀자 하이파이브를 쳐주고, 멀어져 가는 친구를 살짝 부러운 눈빛으로 바라보았다. 엉덩이 아래에는 10단 변속 자전거. 발에는 비싼 나이키 운동화. 메인 주에 있는 여름 별장. 어떤 사람들은 이미 불경기의 여파에서 벗어난 모양이었다. 아니면 불경기를 아예 비켜갔든지. 소버스 가족은 그러지 못했다. 이제 그럭저럭 잘 살고는 있었지만……

'돈이 더 많아야 해.' 로렌스의 소설에서 집은 이렇게 속삭였다. 돈이 더 많아야 해. 이 얼마나 공감이 되는가.

그 공책들을 돈으로 바꿀 수 있을까? 방법이 있을까? 피트는 공책들을 내주는 생각조차 하고 싶지 않았지만 다락방에 감추어 두는 것

146

이 얼마나 잘못된 판단인지도 알았다. 로스스타인의 작품, 그중에서도 특히 지미 골드 시리즈의 마지막 두 편은 전 세계 독자들과 공유할 만한 가치가 있었다. 그 작품들이 출간되면 로스스타인에 대한 평가가 달라질 거라고 피트는 장담할 수 있었다. 하지만 지금도 그에 대한 평판은 나쁘지 않은 편이었고 중요한 건 그게 아니었다. 그 두 편은 사람들이 좋아할 만한 작품이었다. 피트 같은 사람들은 좋아 죽을 만한 작품이었다.

한 가지 문제가 있다면 육필 원고는 20달러나 50달러짜리 지폐와 다르게 추적이 가능하다는 점이었다. 피트는 체포돼서 감옥에 들어갈 것이다. 무슨 죄로 기소될지는 모르겠지만—그걸 취득한 게 아니라 발견한 것에 불과했으니 장물 취득죄는 분명 아니었다—자기 것이 아닌 물건을 팔려는 행위는 일종의 범죄일 수밖에 없었다. 로스스타인의 모교에 기증하는 것도 하나의 방편이었지만 익명이라야 했다. 신원을 밝혔다가는 아들이 살해당한 사람이 도난당한 돈으로 그들을 먹여 살렸다는 사실을 그의 부모님이 알게 될 것이다. 게다가 익명 기증으로 얻을 수 있는 것은 아무것도 없었다.

기말 보고서에는 로스스타인의 살인 사건에 대해서 언급하지 않았지만 피트는 주로 도서관의 컴퓨터실에서 관련 자료를 모조리 섭렵했다. 그래서 로스스타인이 '처형 스타일'로 총살됐다는 것을 알았다. 앞마당에서 발견된 서로 다른 종류의 발자국으로 보았을 때 범인은 둘 아니면 셋 아니면 심지어 네 명이었고 남자일 가능성이 크다는 것도 알았다. 경찰 측의 추측에 따르면 그중 두 명은 사건 직후에 뉴욕의 어느 휴게소에서 살해됐다.

작가의 첫 번째 부인인 마거릿 '페기' 브레넌은 사건 직후 파리에서 인터뷰에 응했다.

"그이가 살았던 그 조그만 시골 마을에서는 전부 다 그이 얘기를 했죠. 그것 말고는 할 얘기가 뭐가 있었겠어요? 소 얘기를 하겠어요? 어떤 농부가 새로 들인 비료 살포기 얘기를 하겠어요? 그이는 그 마을에서 주요 인사였어요. 다들 작가가 은행 임원만큼 돈을 많이 번다고 착각을 해서 다 쓰러져가는 그 농가에 수십만 달러를 숨겨 놓은 줄 알았고요. 외지인이 그 소문을 들은 거예요. 입이 무거운 양키는 무슨! 마을 사람들도 범인들 못지않게 죄가 크다고 생각해요."

로스스타인이 현금과 더불어 원고까지 감추어 두었을 가능성이 제기되자 페기 브레넌은 담배에 찌든 쇳소리로 키득거렸다.

"그것도 헛소문이에요. 조니가 세상 밖으로 사라진 이유는 딱 하나였어요. 모든 에너지를 소진했는데 그걸 인정하자니 자존심이 허락하질 않았던 거죠."

'아는 척하시긴.' 피트는 생각했다. '로스스타인은 그 담배에 찌든 쇳소리로 키득거리는 데 질려서 당신하고 이혼을 했겠군.'

신문과 잡지에서 여러 추측이 난무했지만 피트는 리커 선생님이 말한 '오컴의 면도날 법칙'이 마음에 들었다. 그 법칙에 따르면 가장 단순하고 가장 명백한 답이 정답일 때가 많다고 했다. 범인은 세 명이었고 그 중 하나가 전리품을 독차지하려고 공범들을 살해한 것이었다. 범인이 그런 이후에 이 도시로 온 이유나 트렁크를 묻은 이유는 알 길이 없었지만 한 가지만큼은 분명했다. 살아남은 범인이 돌아와서 트렁크를 회수할 가능성은 없었다.

피트는 수학을 잘하지 못했지만 ─ 여름학기 보강수업을 들어야 하는 이유도 그 때문이었다 ─ 간단한 연산과 가능성 산정은 아인슈타인이 아니라도 할 수 있었다. 살아남은 범인이 1978년에 서른다섯 살이었다면 ─ 피트가 짐작하기에는 그 정도였지 않을까 싶었다 ─ 피트가 트렁크를 발견한 2010년에는 예순일곱 살, 지금은 일흔 살 정도 됐을 것이다. 일흔 살이면 노령이었다. 전리품을 찾으러 나서더라도 보행 보조기를 동원해야 할 것이다.

피트는 시커모어 가로 들어서며 미소를 지었다.

범인이 트렁크를 찾으러 오지 않은 이유는 셋 중 하나인데, 세 가지 모두 그럴듯했다. 첫째, 다른 범행으로 체포돼서 수감됐다. 둘째, 죽었다. 그리고 첫째와 둘째를 합쳐, 감옥에서 죽었다. 이유가 뭐가 됐건 범인을 걱정할 필요는 없을 듯했다. 하지만 공책은 달랐다. 걱정할 거리가 많았다. 그걸 깔고 앉아 있는 것은 누구에게도 팔 수 없는 훔친 명화를 한 무더기 깔고 앉아 있는 거나 다름없었다.

아니면 다이너마이트가 가득 든 나무 상자를 깔고 앉아 있는 거나 다름없었다.

2013년 9월 ─ 존 로스스타인이 살해된 날에서 거의 정확하게 35년 뒤였다 ─ 에 피트는 마지막 돈을 아버지의 이름이 적힌 봉투에 넣었다. 액수는 340달러였다. 그리고 희망 고문은 잔인한 것이라고 생각했기에 한 줄짜리 쪽지를 넣었다.

이게 마지막입니다. 더 드리지 못해서 미안합니다.

그는 시내버스를 타고 버치힐 몰로 갔다. 가전제품 할인매장과 요거트 가게 사이에 우체통이 있었다. 그는 주위를 살펴서 아무도 없는 것을 확인하고 봉투에 입을 맞추었다. 그런 다음 봉투를 우체통에 넣고 발걸음을 옮겼다. 지미 골드처럼 돌아보지 않았다.

새해가 밝고 1~2주가 지났을 때 피트가 부엌에서 땅콩버터와 젤리를 바른 샌드위치를 만들고 있는데 부모님이 거실에서 티나에게 하는 이야기가 들렸다. 채플 리지에 대한 이야기였다.

"나는 잘하면 될 줄 알았어." 아버지가 말했다. "나 때문에 네가 괜히 기대했다면 정말 미안하다, 티나."

"뭔지 모를 그 돈이 끊겨서 그런 거죠? 그렇죠?"

티나의 물음에 어머니가 대답했다.

"그 이유도 있지만 백 퍼센트 그것 때문만은 아니야. 아빠가 은행에서 융자를 받으려고 했는데 거부당했거든. 은행에서 아빠 회사의 실적을 검토하고 또 뭔가를 했는데……"

"2년 예상 수익 산정." 아버지가 말했다. 사고를 당한 직후에 자주 쓰던 빈정거리는 말투가 목소리에서 느껴졌다. "칭찬은 많이 하더라. 칭찬하는 데는 돈이 안 드니까. 회사가 5퍼센트 이상 성장하면 2016년에는 융자가 가능할 수도 있겠대. 아무튼 올해는 이 빌어먹을 극소용돌이 때문에 난방비가 예산 초과야. 메인에서부터 미네소타까지 전부 다 그래. 이런 소리 들어봐야 위로가 안 되겠지만."

"정말, 정말 미안해." 어머니가 말했다.

피트는 티나가 있는 대로 짜증을 부릴 줄 알았는데 — 문제의 열세 살이 코앞으로 다가오자 짜증이 점점 더 심해졌다 — 그러지 않았다. 이해한다고, 채플 리지는 속물들이나 다니는 학교일지 모른다고 했다. 그러더니 부엌으로 건너와서 맛있어 보인다며 피트에게 자기도 샌드위치를 만들어달라고 했다. 그는 샌드위치를 만들어서 여동생과 함께 거실로 들어갔고 네 식구는 같이 텔레비전 앞에 모여 앉아서 「빅뱅 이론」을 보며 몇 번 웃었다.

하지만 그날 저녁에 그는 티나가 방문을 닫아 놓고 우는 소리를 들었다. 기분이 처참해졌다. 그는 자기 방으로 들어가서 매트리스 밑에 숨겨 둔 몰스킨을 하나 꺼내 『러너, 서부로 떠나다』를 다시 읽기 시작했다.

그는 그 학기에 데이비스 선생님의 문예창작 수업을 듣고 있었는데, 제출한 과제에 A를 받기는 했지만 2월이 되자 자기가 소설가는 될 수 없음을 깨달았다. 언어에 감각이 있다는 건 데이비스 선생님에게 듣지 않아도 아는 바였지만(그래도 그녀는 종종 강조했다.) 그에게는 번뜩이는 창의력이 없었다. 그의 관심사는 소설을 *읽고* 작품을 분석하고 더 넓은 그림에 짜맞추는 것이었다. 이런 식의 탐정 놀이에 맛을 들이게 된 것은 로스스타인을 주제로 보고서를 쓰면서부터였다. 그는 가너 스트리트 도서관을 뒤진 끝에 리커 선생님이 언급했던 피들러의 『미국 소설 속의 사랑과 죽음』을 찾았는데, 어찌나 재미있게 읽었는지 마음에 드는 구절은 형광펜으로 칠하고 여백에 자기 생각을 적으려고 한 권 구입했을 정도였다. 그는 영문학을 전공해서 리커 선생님처럼 학생들을 가르치다가(고등학교가 아니라 대학교에서) 어느 시점에 이르면 피들러처럼 전통적인 문학 평론가들의 면면을 파헤치고 그들의 정형화된 시각에 문제를 제기하는 책을 쓰고 싶은 마음이 굴뚝같았다.

그럼에도 불구하고!

돈이 더 많아야 했다. 진학 상담을 하는 펠드먼 선생님은 그에게 전액 장학생으로 아이비리그 대학에 진학할 수 있는 가능성이 '다소 낮다'고 했지만 피트는 다소 낮은 정도도 못 된다는 것을 알고 있었다. 그는 도서관에서 아르바이트를 하고 학보나 연감 만들기처럼 평범하고 별 볼일 없는 특별활동을 한, 중서부의 별 볼일 없는 고등학교 학생에 불과했다. 어찌어찌 합격을 한다 한들 티나 생각도 해야 했다. 그녀는 대부분의 과목에서 B나 C를 받으며 하루하루를 말 그대로 터덜터덜 흘려보냈고, 요즘은 학교보다 화장이나 구두, 대중가요에 더 관심이 많은 듯했다. 그녀에게는 변화가, 완벽한 단절이 필요했다. 그는 열일곱 살도 안 된 나이에도 채플 리지가 해결책은 될 수 없다는 걸 알았지만…… 어쩌면 해결책이 될 수 있을지 몰랐다. 가뜩이나 티나는 완전히 망가지지 않았다. 아직까지는.

'계획이 필요해.' 이런 생각이 들었지만 사실 피트에게 필요한 것은 계획이 아니었다. 그에게 필요한 것은 이야기였다. 그는 로스스타인 씨나 로렌스 씨처럼 위대한 소설가는 될 수 없을지 몰라도 이야기를 구상할 수는 있었다. 그가 지금 해야 하는 것이 구상이었다. 하지만 이야기를 구상하려면 아이디어가 있어야 하는데 그 분야에서 계속 소득이 없었다.

그는 커피 값이 저렴하고 신간이라도 페이퍼북은 30퍼센트 할인이 되는 워터 스트리트 북스에서 진을 치기 시작했다. 3월의 어느 날 오후에는 조지프 콘래드의 작품을 건질 수 있을까 하는 생각에 도서관으로 아르바이트를 하러 가던 길에 들른 적이 있었다. 몇 개 안 되는 인터뷰에서 로스스타인이 콘래드를 가리켜 '대표작은 1900년 이전에 쓰였지만 20세기 최초의 위대한 작가'라고 했기 때문이었다.

야외 차양 밑으로 긴 테이블이 설치되어 있었다. **봄맞이 폭탄 세일.** 팻말에 이렇게 적혀 있었다. **테이블 위의 전 제품 70% 할인!** 그리고 그 아래에. 어떤 보물이 묻혀 있는지 찾아보세요! 이 문구 옆에 농담이라는 뜻에서 노란색의 큼지막한 스마일 얼굴이 그려져 있었지만 피트는 농담으로 받아들이지 않았다.

마침내 좋은 수가 생각났다.

1주일 뒤에 그는 방과 후에 리커 선생님을 찾아갔다.

"얼굴 보니까 반갑구나. 피트." 리커 선생님은 통 넓은 소매가 달린 페이즐리 무늬 셔츠에 사이키델릭한 넥타이를 매고 있었다. 피트는 그 조합을 보면서 사랑과 평화 시대가 어쩌다 망했는지 시사하는 바가 크다는 생각을 했다. "데이비스 선생님이 네 칭찬을 많이 하시더라."

"좋으세요. 배우는 것도 많고요."

사실 그렇지는 않았고 같은 수업을 듣는 아이들도 마찬가지일 거라는 생각이 들었다. 그녀는 좋은 선생님이었고 재미있을 때가 많았지만 피트는 문예창작이라는 것은 가르친다고 되는 게 아니라 스스로 터득해야 한다는 결론을 내리기에 이르렀다.

"내가 뭘 도와줄까?"

"셰익스피어의 육필 원고는 값어치가 얼마나 되겠느냐고 얘기하셨던 거 기억하세요?"

리커 선생님은 씩 웃었다.

"주중에 수업 분위기가 늘어진다 싶으면 그 얘기를 꼭 꺼내지. 아이들을 정신 차리게 만드는 데 탐욕을 살짝 자극하는 것만큼 좋은 방법도 없거든. 왜? 2절판이라도 찾은 게냐, 말볼리오(「십이야」에 등장하는 집사 — 옮긴이)?"

피트는 미소로 깍듯하게 장단을 맞추었다.

"그건 아니지만 2월 방학 때 클리블랜드에 있는 필 삼촌 댁에 갔다가 차고에서 오래된 책들을 뭉텅이로 발견했거든요. 대부분 톰 스위프트 책이었어요. 그 어린이 발명가 말이에요."

"나도 톰이랑 그 친구 네드 뉴턴을 생생하게 기억한다. 『톰 스위프트와 오토바이』, 『톰 스위프트와 요술 카메라』……. 어렸을 때는 친구들이랑 『톰 스위프트와 전기 할머니』를 놓고 농담 따먹기도 하고 그랬지."

피트는 또다시 미소로 깍듯하게 장단을 맞추었다.

"트릭시 벨던이라는 여학생 탐정이 주인공인 책도 열 몇 권 있었고 낸시 드루라는 또 다른 여학생 탐정이 주인공인 책도 있더라고요."

"네가 이런 이야기를 꺼낸 이유를 알겠는데 실망시켜서 미안하다만 어쩔 수가 없구나. 톰 스위프트, 낸시 드루, 하디 보이스, 트릭시 벨던…… 전부 다 지나간 시절의 흥미진진한 유물이고, 이른바 '청소년 문학'이 지난 80년 동안 얼마나 달라졌는지 판단할 수 있는 훌륭한 척도가 될 수는 있지만, 아무리 상태가 좋아도 금전적인 가치는 거의 또는 아예 없다고 볼 수 있거든."

"저도 알아요. 나중에 '파인 북스'라는 블로그에서 찾아봤거든요. 그런데 제가 그 책들을 뒤적이는 동안 필 삼촌이 차고로 나오더니 제가 더 관심 있어 할 만한 다른 게 있다는 거예요. 제가 존 로스스타인에 푹 빠졌다고 말씀을 드린 적이 있거든요. 친필 사인이 있는 『러너』 하드커버였어요. 헌사는 없고 그냥 사인만 있는 거요. 필 삼촌 말로는 포커 게임에서 10달러 빚을 진 앨이라는 사람한테 받은 거라고 했어요. 거의 50년 전에 받은 거랬는데 판권 페이지를 봤더니 초판이더라고요."

리커 선생님은 의자에 기대고 있다가 쿵 소리와 함께 벌떡 일어나 앉았다.

"와우! 로스스타인이 자기 책에 사인을 별로 하지 않았다는 거, 너도 알지?"

"네. '흠 잡을 데 없는 책의 외관을 훼손하는 행위'라고 했죠."

"그렇지. 그런 점에서 레이먼드 챈들러하고 비슷했어. 그리고 저자가 사인한 책은 사인만 있을 때 더 비싸게 팔린다는 거 아니? 헌사가 없을 때?"

"네. 파인 북스에서 봤어요."

"로스스타인의 대표작의 초판 서명본이라니 값이 아마 상당할 거다."리커 선생님은 잠깐 생각에 잠겼다. "다시 생각해 보니까 아마라는 단어는 빼도 되겠어. 상태가 어떠니?"

"좋았어요."피트는 얼른 대답했다. "표지 뒷면이랑 속표지가 변색된 게 전부였어요."

"제법 연구를 한 모양인데?"

"삼촌이 로스스타인의 책을 보여 주신 뒤로 더 열심히 했죠."

"이 엄청난 책이 지금 네 수중에 있지는 않겠지?"

'그보다 훨씬 더 대단한 게 있죠. 알면 뒤로 넘어가실걸요?'

피트는 알고 있는 사실에 따르는 부담감, 거짓말에 따르는 부담감이 느껴질 때가 있었는데 오늘이 최고였다.

'어쩔 수 없이 거짓말을 하는 거야.' 그는 속으로 되뇌었다.

"네. 하지만 삼촌이 가지고 싶으면 주겠다고 하셨어요. 저는 생각해 보고 말씀드린다고 했고요. 왜냐하면 삼촌이…… 그러니까……"

"그게 얼마나 귀한 건지 모르는 눈치라서?"

"네. 그러다 혹시나 하는 생각이 들었는데요……."

"혹시나라니?"

피트는 뒷주머니에서 접은 종이를 꺼내서 리커 선생님에게 건넸다.

"이 동네에 초판본을 사고파는 서점이 있는지 인터넷에서 찾아봤더니 이 세 군데가 있더라고요. 선생님도 책을 수집하시니까……"

"대단한 수준은 아니야. 내 월급으로는 제대로 수집할 여력이 못되니까. 하지만 시어도어 로스케 서명본은 아이들에게 물려줄 생각이다. 『깨어남』. 아주 훌륭한 시집이지. 커트 보니것 서명본도 있는데 그건 값이 얼마 안 돼. 로스케하고는 다르게 커트 옹은 사인을 남발했거든."

"아무튼 선생님께서 아는 서점이 있는지, 있다면 어디가 제일 괜찮은지 궁금해서요. 삼촌한테 그 책을 받기로 하면…… 팔 생각이거든요."

리커 선생님은 종이를 펴서 흘끗 쳐다보더니 다시 피트 쪽으로 시선을 돌렸다. 예리하면서도 동정이 깃든 눈빛 때문에 피트는 불편해졌다. 어쩌면 형편없는 발상이었고 그는 정말이지 이야기를 지어내는 거라면 젬병이었지만 이왕 일을 벌였으니 어떻게든 마무리를 지어야 했다.

"마침 세 군데 다 아는 서점이네. 그런데 나는 네가 로스스타인을 얼마나 애지중지하는지도 알아. 작년에 네가 제출한 보고서도 그렇고 애니 데이비스 선생님이 그러는데 네가 문예 창작 시간에도 로스스타인 얘기를 자주 꺼낸다고 하더구나. 골드 삼부작이 너에게는 성전이라고."

맞는 말이었지만 피트는 자기가 얼마나 떠벌리고 다녔는지 지금까지 모르고 있었다. 그는 로스스타인 이야기를 너무 자주 하지 않기로 마음을 먹었다. 위험할 수 있었다. 만에 하나 사람들이 기억을 더듬어서 생각을 해낸다면……

만에 하나.

"존경하는 작가가 있으면 좋아, 피트. 대학에서 영문학을 전공할 생각이라면 더욱 그렇지. 네가 존경하는 작가는 로스스타인이고 ─ 지금 당장으로서는 말이다 ─ 그 책이 네 소장본의 첫 권이 될 수도 있어. 그런데도 정말 팔고 싶니?"

사실 관건은 서명본이 아니었지만 이 질문에 대해서만큼은 솔직하게 대답할 수 있었다.

"네. 요즘 집안 사정이 좀 어려워서……"

"너희 아버지가 시티 센터에서 어떤 일을 겪으셨는지 나도 알고 엄청 안타깝게 생각한다. 또다시 못된 짓을 저지르기 전에 그 사이코를 잡았으니 얼마나 다행이냐."

"아빠는 괜찮으셨고 엄마랑 두 분 다 이제 다시 일을 하세요. 다만 대학에 가려면 돈이 필요할 것 같아서……"

"이해한다."

"하지만 지금 당장은 그보다 더 큰 문제가 있어요. 여동생이 채플리지에 가고 싶어 하는데 부모님이 최소한 올해에는 보낼 수가 없다고 하셨거든요. 감당하실 수가 없대요. 아슬아슬하게 안 되겠다고. 그런데 제가 보기에는 여동생한테 그런 학교가 필요한 것 같아요. 요즘 뭐랄까…… 뒤처지고 있어서요."

뒤처진 학생들을 많이 알 수밖에 없는 리커 선생님은 심각한 표정으로 고개를 끄덕였다.

"하지만 티나가 열심히 노력하는 아이들과 어울리면 — 특히 바브라 로빈슨이라고, 저희가 웨스트사이드에 살았을 때 친하게 지낸 친구가 있거든요 — 상황이 달라질 수도 있잖아요."

"동생의 미래까지 생각하다니 기특하구나, 피트. 심지어 숭고한데?"

피트는 자기 자신을 숭고하다고 생각해 본 적이 없었다. 숭고하다는 단어에 눈이 저절로 깜빡여졌다.

당황하는 기색을 느꼈는지 리커 선생님은 다시 명단 쪽으로 관심을 돌렸다.

"좋아. 테디 그리섬이 아직 살아 있었다면 그리섬 북스가 최고의 선택이 되었겠지만 지금은 아들이 물려받았는데 그 아들이 좀 구두쇠야. 정직하긴 한데 박해. 자기 말로는 시절이 달라져서 그런 거라지만 천성이 그런 것도 있지."

"그렇군요……"

"상태 좋은 『러너』 초판 서명본이 얼마 정도 하는지 인터넷에서 검색해 봤겠지?"

"네. 2000~3000달러였어요. 채플 리지 1년 학비는 안 되지만 첫 학기 등록금은 돼요. 저희 아버지 표현을 빌자면 계약금이요."

리커 선생님은 고개를 끄덕였다.

"대충 그 정도 하겠지. 테디 2세는 맨 처음에 800달러를 부를 거야. 그걸 1000달러까지 끌어올릴 수는 있을지 몰라도 거기서 더 달라고 조르면 화를 내면서 꺼지라고 할 거다. 그 다음으로 바이 더 북은 사장이 버디 프랭클린이지. 그 친구도 괜찮지만―정직하다는 뜻이야―20세기 소설에 별로 관심이 없어. 브랜슨파크와 슈거하이츠에 사는 부잣집 나리들한테 오래된 지도와 17세기 지도책을 파는 게 주요 업무거든. 하지만 버디한테 감정을 받은 다음 그리섬으로 테디 2세를 찾아가면 1200달러까지 받을 수 있을지 몰라. 꼭 그렇다는 게 아니라 그럴 수 있을지 모른다는 소리야."

"레어 에디션스의 앤드루 홀리데이는 어떤데요?"

리커 선생님은 미간을 찌푸렸다.

"나라면 홀리데이는 멀리하겠다. 레어 에디션스는 레이스메이커 레인, 그러니까 로어 메인 가 바로 옆의 그 쇼핑몰에 있는 조그만 가게야. 가로로는 열차 객차 정도밖에 안 되는데 세로로는 거의 한 블록이 될 만큼 길지. 장사는 제법 잘 되는 눈친데 수상한 냄새가 나. 출처를 따지지 않는 상품도 있다고 들었거든. 출처가 뭔지 알지?"

"소유권의 계보요."

"맞아. 그 끝을 완성하는 게 팔려는 물건의 합법적인 주인이 나라고 명시된 서류야. 그런데 한 15년쯤 전에 홀리데이가 제임스 에이지의 『이제 유명 인사들을 찬양합시다』 교정본을 판 적이 있는데 알고 보니 브룩 애스터의 저택에서 도난당한 물건이었던 거야. 브룩 애스터는 뉴욕에 사는 돈 많은 노파였는데 사업을 관리해 주는 손버릇이 나빴나 봐. 홀리데이가 영수증을 제시했고 교정본을 입수하게 된 경위가 그럴 듯했기 때문에 조사는 일단락됐지. 하지만 영수증은 얼마든지 위조가 가능하잖니. 나라면 홀리데이는 멀리하겠다."

"고맙습니다, 리커 선생님."

피트는 대답하고, 만약 이 계획을 강행하게 되면 앤드루 홀리데이의 레어 에디션스를 제일 먼저 찾아가야겠다고 생각했다. 하지만 아주, 아주 신중하게 접근해야 했고 홀리데이 씨가 현금 거래를 하지 않겠다고 하면 그대로 거래 중단이다. 게다가 그는 어떠한 경우라도 피트의 이름을 알 도리가 없었다. 어쩌면 변장을 하는 것이 좋을 수도 있었다. 너무 유난을 떨 필요는 없겠지만.

"별말씀을. 그런데 피트, 솔직히 말하자면 나는 어째 예감이 안 좋다."

피트도 그 심정을 이해할 수 있었다. 그 역시 예감이 좋지 않았던 것이다.

그는 한 달 뒤에도 여전히 고민 중이었지만 이 공책을 한 권이라도 팔려고 했다가는 소득 없이 위험부담만 너무 크겠다고 거의 결론을 내린 참이었다. 개인 소장가 — 가끔 책에서도 읽었다시피 비싼 그림을 사서 밀실에 걸어 놓고 자기 혼자 감상하는 그런 사람들 — 의 손에 넘어간다면 별문제 없을 것이었다. 하지만 그렇게 될 거라고 장담할 방법이 없었다. 그는 뉴욕대학교 도서관이나 그 비슷한 곳에 익명으로 기증하자는 쪽으로 점점 더 마음이 기우는 중이었다. 그런 곳의 큐레이터라면 공책의 진가를 분명 알아차릴 것이었다. 하지만 조금 만천하에 드러나는 일이라 찜찜하다는 게 문제였다. 돈이 든 봉투를 아무도 모르는 길모퉁이 우체통에 넣는 것과는 차원이 전혀 달랐다. 우체국에서 그를 보고 기억하는 사람이라도 생긴다면 어쩔 것인가.

그러다 2014년 4월 말의 어느 비오는 날 저녁에 티나가 다시 그의 방으로 찾아왔다. 비슬리 부인은 이미 오래전에 사라지고 없었고 꼬질꼬질한 잠옷은 클리블랜드 브라운스 미식축구팀의 큼지막한 셔츠로 바뀌었지만 피트의 눈에는 우울했던 시절에 어머니와 아버지가 이혼하느냐고 물었던 그 수심 가득한 아이와 크게 다를 게 없었다. 머리를 하나로 묶고 엄마가 허락한 옅은 화장을 지웠더니(학교에 가면 그 위로 덧바르지 않을까 싶었지만) 조만간 열세 살이 되는 게 아니라 열 살에 가까워 보였다. 그는 생각했다. '티나가 이제 곧 고등학생이라니.' 믿기지가 않았다.

"잠깐 들어가도 돼?"

"그럼."

그는 침대에 누워서 필립 로스가 쓴 『그녀가 아름다웠을 때』라는 소설을 읽고 있었다. 티나는 책상 의자에 앉아서 끌어내린 잠옷 셔츠로 정강이를 덮고, 여기저기 희미하게 여드름이 고개를 내밀기 시작한 이마를 덮은 몇 가닥의 머리카락을 입으로 불어서 날렸다.

"무슨 고민 있어?" 피트가 물었다.

"음…… 있어." 하지만 더 이상 말이 없었다.

그는 그녀를 보며 콧잔등을 찡그렸다.

"뭔데? 말해 봐. 좋아하게 된 남자애가 너더러 꺼지래?"

"그 돈, 오빠가 보낸 거지? 그렇지?"

피트는 화들짝 놀라서 그녀를 빤히 쳐다보았다. 무슨 말이든 하려고 했지만 할 수가 없었다. 그녀가 그렇게 물었을 리 없다고 자기 자신을 설득하려고 했지만 그마저도 되질 않았다.

그녀는 그가 시인이라도 한 것처럼 고개를 끄덕였다.

"그러네, 오빠가 보낸 거 맞네. 표정을 보니까 알겠다."

"내가 보낸 거 아니야. 놀라서 그런 거지. 내가 그런 돈이 어디서 나겠냐?"

"그건 모르겠지만, 오빠가 예전에 밤에 나더러 보물을 찾으면 어떻게 할 거냐고 물었던 건 기억나."

"내가 그랬나?" 피트는 그렇게 말해 놓고 생각했다. '넌 그때 비몽사몽이었잖아. 그걸 기억할 리가 있나.'

"금화 어쩌고 했잖아. 옛날에 쓰던 동전이라면서. 나는 더 이상 싸우지 않게 아빠랑 엄마 드리겠다고 대답했고 오빠는 정말로 그렇게 했어. 해적들이 숨겨 놓은 보물이 아니라 그냥 돈이었다는 것만 달랐지."

피트는 책을 내려놓았다.

"엄마아빠 앞에서 그런 소리하지 마. 혹시 믿으실라."

그녀는 심각한 눈빛으로 그를 쳐다보았다.

"절대 안 해. 하지만 오빠한테 물어야겠어……. 그 돈 정말 다 떨어졌어?"

"마지막 봉투에 담긴 쪽지에 그렇다고 적혀 있었잖아." 피트는 조심스럽게 대답했다. "그리고 그 뒤로 봉투가 끊겼으니까 다 떨어진 거 아닐까?"

그녀는 한숨을 쉬었다.

"그래. 나도 그럴 거라고 생각했어. 하지만 확인하고 싶어서."

그녀는 나가려고 일어섰다.

"티나?"

"응?"

"채플 리지랑 이런 거, 저런 거 나도 정말 안타깝게 생각해. 돈이 남았으면 좋았을 텐데."

그녀는 다시 의자에 앉았다.

"오빠가 엄마랑 나 사이의 비밀을 지켜 주면 나도 오빠의 비밀을 지켜 줄게. 어때?"

"좋아."

"작년 11월에 엄마가 나를 데리고 챕 ― 우리끼리는 그렇게 불러 ― 구경을 갔었거든. 아빠가 알면 노발대발할 거라며 아빠한테는 비밀로 했는데 그때만 해도 엄마는 어쩌면 감당할 수 있을지 모른다고 생각했어. 특히 사회 배려자 장학금을 받으면. 그게 뭔지 알지?"

피트는 고개를 끄덕였다.

"그때만 해도 돈이 계속 배달되고 있었고 12월이랑 1월에 폭설이 내리고 이상하게 춥고 그러기 전이었거든. 우리는 몇 군데 교실이랑 과학 실험실을 구경했어. 컴퓨터가 어마어마하게 많더라. 엄청 넓은 체육관도 봤고 샤워실도 봤지. 마구간 칸막이처럼 생긴 노스필드 샤워실하고는 다르게 1인 탈의실도 있더라. 최소한 여학생 샤워실은 그랬어. 우리가 갔을 때 가이드가 누구였는지 알아?"

"바브라 로빈슨?"

그녀는 미소를 지었다.

"다시 만나니까 정말 반갑더라고." 하지만 그녀의 미소는 잠시 후에 희미해졌다. "나한테 인사하고 끌어안으면서 다들 잘 지내느냐고 물었지만, 나를 거의 기억하지 못한다는 걸 알 수 있었어. 뭐 하러 기억하겠어, 안 그래? 걔랑 힐다랑 벳시랑 그때 친하게 지냈던 다른 몇몇 애들이 라운드 히어 콘서트에 갔던 거 알아? 아빠를 친 범인이 폭파하려고 했던 거기 말이야."

"응."

피트는 바브라 로빈슨의 오빠가 그녀와 그녀의 친구들과 수천 명에 달할지 모르는 다른 사람들을 구하는 데 일조했다는 것도 알고 있었다. 덕분에 훈장인가 이 도시 열쇠인가 뭔가를 받았다. 훔친 돈을 부모님에게 몰래 부치는 게 아니라 그런 게 진짜 영웅에게 어울리는 행동이라고 할 수 있다.

"걔들이 그날 저녁에 나한테도 같이 가자고 했던 거 알아?"

"뭐? 설마!"

티나는 고개를 끄덕였다.

"나는 아파서 못 간다고 했지만 거짓말이었어. 엄마가 표 살 돈이 없다고 했거든. 그러고 나서 몇 달 뒤에 우리는 이사를 했지."

"맙소사, 하마터면 큰일 날 뻔했잖아?"

"응. 덕분에 재미있는 구경을 놓쳤지."

"그래서 학교 구경해 보니까 어땠어?"

"좋았는데 아주 훌륭하거나 뭐 그렇지는 않아. 노스필드 다녀도 괜찮을 거야. 내가 오빠 동생이라는 거 알면 등록금을 면제해 줄지도 몰라. 오빠가 우등생이잖아."

피트는 갑자기 울고 싶을 만큼 슬퍼졌다. 다정한 성격이야말로 이마 여기저기에 난 보기 싫은 여드름과 더불어서 티나의 변함없는 특징이었다. 그녀가 여드름 때문에 놀림을 받고 있는지 궁금해졌다. 아직은 아니더라도 나중에는 받게 될 것이었다.

피트는 팔을 벌렸다.

"이리 와." 티나가 다가오자 그는 으스러져라 동생을 끌어안았다. 그런 다음 그녀의 어깨를 잡고 단호한 눈빛으로 쳐다보았다. "하지만 그 돈은…… 내가 보낸 거 아니야."

"그래, 알았어. 그럼 그때 읽고 있었던 공책 사이에 돈이 꽂혀 있었나? 그랬을 것 같은데." 그녀는 키득거렸다. "그날 밤에 나한테 들켰을 때 오빠 완전 죄 지은 사람 같았거든."

그는 눈을 부라렸다.

"가서 자라, 난쟁아."

"알았어." 문 앞에서 그녀는 뒤를 돌아보았다. "그래도 그 1인용 탈의실은 좋더라. 그리고 마음에 들었던 게 또 하나 있었는데. 뭐였는지 말해 줄까? 희한하다고 생각하겠지만."

"뭔데? 말해 봐."

"거기 학생들은 교복을 입거든. 여학생들은 회색 치마에 흰색 블라우스, 흰색 니삭스야. 원하면 그 위에 스웨터를 입고. 치마랑 똑같은 회색을 입기도 하고 예쁜 짙은 빨간색을 입기도 하는데 ─ 바브라 말로는 그 색을 헌터 레드라고 부른다고 하더라."

"교복이라." 피트는 멍하니 중얼거렸다. "교복이 마음에 들었단 말이지."

"희한하다고 생각할 줄 알았어. 남자들은 여자들의 심리를 몰라. 여자애들은 옷을 이상하게 입거나 심지어 제대로 된 옷이라도 너무 자주 입으면 얼마나 들볶이는지 알아? 화요일이랑 목요일에 다른 블라우스를 입거나 다른 운동화를 신고 헤어스타일을 바꿔도 못된 애들은 나한테 점퍼가 세 벌, 학교에 입고 다닐 만한 치마가 여섯 벌밖에 없는 걸 금세 알아차려서 수군거린다고. 하지만 전부 다 날마다 똑같은 옷을 입으면…… 스웨터만 다른 색을 입으면……" 그녀는 다시 이마를 덮은 몇 가닥의 머리카락을 입으로 불었다. "남자들은 그런 고민 없지?"

"진심으로 이해가 된다." 피트가 말했다.

"아무튼 엄마가 옷 만드는 법을 가르쳐 준다고 했으니까 조만간 옷이 많아질 거야. 심플리시티랑 버터릭 패턴으로. 그리고 이제는 친구도 있어. 많아."

"예를 들면 엘런 같은 친구?"

"엘런이 뭐 어때서."

'그리고 고등학교를 졸업하면 웨이트리스나 드라이브스루 식당 점원처럼 당장 돈을 벌 수 있는 일자리로 뛰어들겠지.' 피트는 이런 생각을 했지만 입 밖으로 얘기하지는 않았다. '그것도 열여섯 살에 임신이나 하지 않으면.'

"걱정하지 말라는 뜻에서 한 얘기야. 혹시 오빠가 걱정할까봐."

"걱정 안 해. 너 잘 지낼 거라는 거 알아. 그리고 그 돈, 내가 보낸 거 아니야. 진짜로."

그녀가 서글픈 미소를 짓자 어린아이 같았던 모습이 완전히 사라졌다.

"알았어. 그렇게 알고 있을게."

그녀는 나가서 등 뒤로 살그머니 문을 닫았다.

피트는 그날 밤, 한참 동안 잠을 이루지 못했다. 그리고 얼마 후에 인생 최대의 실수를 저질렀다.

모리스 랜돌프 벨러미는 1979년 1월 11일에 종신형을 선고받았고 잠깐 동안은 모든 게 빠르게 지나가더니 속도가 느려졌다. 천천히. 천천히. 그는 선고를 받은 날 저녁 6시에 웨인스빌 주립 교도소에 입소했다. 그리고 소등이 되고 45분 뒤에 같은 감방의 로이 올굿이라는 기결 살인범에게 처음으로 성폭행을 당했다.

"어이, 움직이지 말고 내 고추에 똥 싸지 마." 그는 모리스의 귀에 대고 속삭였다. "말 안 들으면 코를 잘라 버릴 거다. 그럼 악어한테 씹힌 돼지처럼 보이겠지?"

전에도 성폭행을 당해 본 적 있었던 모리스는 비명을 참으려고 팔뚝을 물어뜯으며 가만히 있었다. 누런 돈을 찾아 헤매기 이전의 지미 골드를 생각했다. 아직 명실상부한 영웅이었던 시절의 그를 생각했다. 좋은 일들은 끝나기 마련이라고 했던 지미의 고등학교 친구

해럴드 파인먼도 생각했다(모리스에게는 고등학교 친구가 없었다.). 그렇다면 역도 성립이 되는 거라서 나쁜 일들도 끝나기 마련이었다.

이 나쁜 일은 한참 동안 반복됐고 그럴 때마다 모리스는 『러너』에서 지미가 왼 주문을 속으로 중얼거렸다. *개 같은 일은 개무시하는 거다. 개 같은 일은 개무시하는 거다. 개 같은 일은 개무시하는 거다.* 도움이 됐다.

조금이나마.

그 뒤로 몇 주 동안 그는 올굿에게 어떤 날 밤에는 엉덩이로, 또 어떤 날 밤에는 입으로 성폭행을 당했다. 대체로 맛을 느끼지 못하는 엉덩이로 견디는 쪽이 나았다. 어느 쪽이 됐건 필름이 끊긴 그에게 습격을 당했던 코라 앤 후퍼라는 여자가 보았더라면 완벽한 정의 실현으로 간주했을 거라는 생각이 들었다. 그녀는 원치 않는 습격을 딱 한 번만 견디면 그만이었지만.

웨인스빌에는 부설 의류 공장이 있었다. 육체노동자들이 입는 청바지와 셔츠를 만드는 공장이었다. 염색공장에 출근한 지 5일째 되던 날, 올굿의 친구 하나가 모리스의 손목을 잡고 3번 통 뒤로 데려가더니 바지를 벗으라고 했다.

"너는 그냥 가만히 있기만 하면 돼. 나머지는 내가 알아서 할 테니까." 볼일이 끝났을 때 그가 다시 말했다. "나는 호모도 아니고 뭣도 아니지만 남들처럼 나도 살아야 하잖아. 내가 호모라고 말하고 다니면 확 죽여 버린다."

"아무 소리 안 할게." 모리스가 말했다.

'개 같은 일은 개무시하는 거다.' 그는 속으로 중얼거렸다. '개 같

은 일은 개무시하는 거다.'

  1979년 3월 중순의 어느 날, 울뚝불뚝한 근육에 문신을 새긴 폭주족 타입이 운동장에서 어슬렁어슬렁 모리스에게 다가왔다.

  "너, 글 잘 쓴다며?" 그는 누가 봐도 심한 남부 사투리를 썼다. "사람들이 그러던데."

  "응, 잘 써."

  이쪽으로 걸어오던 올굿이 모리스와 나란히 걷고 있는 사람의 정체를 파악하더니 저쪽 끝에 있는 농구장 쪽으로 방향을 트는 것이 그의 눈에 들어왔다.

  "나는 워런 덕워스다. 대부분 덕이라고 부르지."

  "나는 모리스 벨……"

  "알아. 글 제법 잘 쓰는 거 맞지?"

  "응."

  모리스는 망설이지도 않았고 겸손한 척 빼지도 않았다. 로이 올굿이 갑자기 다른 데로 발길을 돌린 이유를 알아차린 것이었다.

  "내 마누라한테 보낼 편지 좀 써줄래? 뭐라고 쓸 건지는 내가 알려 줄게. 너는 뭐냐, 좀 근사한 말로 바꿔 주기만 하면 돼."

  "얼마든지 가능하고 나도 써주고 싶지만 사소한 문제가 하나 있는데."

  "뭘 말하는지 알아." 그의 새로운 친구는 말했다. "내 마누라가 읽고 좋아할 만한 편지를 써주면, 그래서 이혼 얘기도 끊기면 좋겠지만, 아무튼 편지만 써주면 네 방의 그 삐쩍 마른 호모 새끼하고 더 이상 아무 문제도 없을 거야."

'내 방의 삐쩍 마른 호모 새끼는 난데.' 모리스는 이런 생각이 들었지만 일말의 희망을 느꼈다.

"선생님, 사모님께서 평생 받아 본 적 없을 만큼 아름다운 편지를 써드리겠습니다."

그는 덕워스의 굵직한 팔뚝을 쳐다보며 자연을 소개하는 프로그램에서 보았던 장면을 떠올렸다. 악어의 입속에 살면서 턱에 낀 음식물 찌꺼기를 쪼아서 없애 주는 대가로 하루하루 목숨을 연명하는 새가 있다고 했다. 모리스는 그런 새치고 제법 괜찮은 계약이라는 생각이 들었다.

"종이가 있어야겠는데."

큼지막한 펄프 덩어리들이 암으로 발전하기 전 단계의 반점처럼 군데군데 박힌 형편없는 블루 호스 다섯 장이 전부였던 소년원이 생각나서 한 말이었다.

"종이는 구해다 줄게. 필요한 건 뭐든. 너는 편지를 쓰기만 해. 맨 끝에 전부 다 내가 한 말이고 너는 받아 적기만 했다고 하고."

"알았어. 그럼 부인이 무슨 소리를 들으면 제일 좋아했는지 얘기해 줘."

덕은 고민에 잠겼다가 표정이 환해졌다.

"떡을 진짜 잘 친다고 하면 좋아했는데."

"그건 이미 알고 있을 테고." 이번에는 모리스가 고민할 차례였다. "바꿀 수만 있다면 몸의 어딜 바꾸고 싶다고 했어?"

덕은 미간을 잔뜩 찡그렸다.

"글쎄, 계속 자기 엉덩이가 너무 크다고 그랬는데. 하지만 그 소리는 하면 안 돼. 상황이 좋아지기는커녕 더 나빠질 테니까."

"아니, 그 위에다 손을 얹고 움켜쥐면 얼마나 기분이 좋았는지 모른다고 쓸 거야."

덕은 미소를 지었다.

"조심해라. 안 그러면 내가 널 따먹는 수가 있어."

"좋아하는 드레스 있어? 드레스가 있나?"

"응. 초록색. 실크로 된 거. 작년에 내가 여기 들어오기 직전에 엄마한테 받은 거야. 춤추러 나갈 때 입었는데." 그는 땅바닥을 쳐다보았다. "이제는 춤 안 췄으면 좋겠지만 추고 있겠지. 나도 알아. 내가 우라질 이름 석 자밖에 못 쓸지 몰라도 바보는 아니라고."

"그녀가 그 초록색 드레스를 입었을 때 엉덩이를 움켜쥐면 얼마나 기분이 좋았는지 모른다고 쓰면 되겠다, 어때? 보아하니 그 생각만 해도 흥분이 되는 모양인데."

덕은 모리스가 웨인스빌에 수감된 이래 처음 접하는 눈빛으로 그를 바라보았다. 존경하는 눈빛으로 그를 바라보았다.

"오, 괜찮은데?"

모리스는 계속 머리를 쥐어짰다. 여자들은 남자들을 떠올릴 때 섹스 생각만 하지 않았다. 섹스는 로맨스가 아니었다.

"부인 머리는 무슨 색이야?"

"지금은 무슨 색일지 모르겠는데. 염색 안 하면 갈색이야."

갈색이라니 적어도 모리스에게는 노래가 될 수 없었지만 그런 부분들은 은근슬쩍 넘어갈 방법이 있었다. 그는 광고 회사에서 제품을 홍보하는 것과 아주 비슷하다는 생각이 들자 얼른 떨쳐 버렸다. 생존은 생존이었다. 그가 말했다.

"특히 아침에 그녀의 머리칼이 햇빛을 받고 반짝이면 얼마나 보기 좋았는지 모른다고 쓸게."

덕은 아무 대꾸도 없었다. 숱 많은 눈썹을 찡그린 채 모리스를 빤히 쳐다보기만 했다.

"왜? 별로야?"

덕이 모리스의 팔을 붙잡자 모리스는 죽은 나뭇가지처럼 자기 팔을 부러뜨리려는 게 아닌가 싶어서 순간 가슴이 철렁했다. 덩치의 손마디에는 HATE라는 문신이 새겨져 있었다. 덕이 나직이 속삭였다.

"완전 시 같잖아. 종이는 내일 구해다 줄게. 도서관에 많아."

그날 밤에 모리스가 3시부터 9시까지 하는 청바지 염색을 마치고 감방으로 돌아가 보니 아무도 없었다. 로이 올굿이 의무실로 옮겨졌다고 옆방의 롤프 벤지아노가 알려 주었다. 다음 날 돌아온 올굿은 양쪽 눈 주변이 시커멨고 코에 부목을 대고 있었다. 그는 침대에서 모리스를 쳐다보더니 몸을 굴려서 벽을 마주 보았다.

워런 덕워스가 모리스의 첫 번째 고객이었다. 그 뒤로 36년 동안 그의 고객은 한두 명이 아니었다.

가끔 잠이 안 오면 모리스는 감방에 반듯하게 누워서(90년대 초반부터 책꽂이에 손때 묻은 책들이 꽂혀 있는 독방을 썼다.) 지미 골드를 처음 만났을 때를 떠올리며 마음을 달랬다. 혼란과 분노로 점철됐던 어두컴컴한 사춘기 시절을 비춘 한 줄기 서광이 지미 골드였다.

그 무렵 그의 부모님은 마주치기만 하면 싸웠고 그는 양쪽 모두를 이가 갈리도록 증오하게 됐지만, 어머니 쪽이 세상을 방어하는 능력이 더 뛰어났기 때문에 그녀처럼 입꼬리를 비틀어서 냉소를 지으며 거기에 걸맞게 잘난 척 남의 잘못을 조목조목 지적하는 노선을 선택했다. 그는 (마음이 내킬 때만) A를 받는 영어 한 과목만 빼면 모든 과목이 C였다. 그래서 애니타 벨러미는 성적표를 흔들며 광분하곤 했다. 그에게 친구는 없고 적은 많았다. 학교 폭력을 경험한 전적은 세 번이었다. 두 번은 그의 전반적인 태도를 못마땅하게 여긴 남학생들에게 당한 것이었지만 그중 한 남학생의 불만 사항은 구체적이었다. 피트 워맥이라는 덩치가 큰 선배 미식축구 선수였는데, 점심시간에 구내식당에서 그의 여자친구를 쳐다보는 모리스의 눈빛이 마음에 들지 않았다는 것이었다.

"뭘 그렇게 쳐다보냐, 쥐새끼야?"

워맥이 묻자 모리스 혼자 앉아 있던 테이블 주변이 조용해졌다.

"저 여학생요."

그는 겁이 났고 제정신일 때는 겁이 나면 쥐꼬리만큼이나마 자제심을 발휘할 수 있었지만 구경꾼의 유혹을 이긴 적은 한 번도 없었다.

"그만 쳐다보는 게 좋을 텐데."

워맥이 조금 우물쭈물하게 말했다. 그에게 기회를 주려는 것이었다. 자기는 185센티미터에 100킬로그램인 반면 비쩍 마른 몸으로 혼자 앉아 있는 빨간 입술의 신입생 나부랭이는 167센티미터에 물에 쫄딱 젖어 봐야 63킬로그램도 될까 말까 하다는 사실을 의식했는지도 모를 일이었다. 게다가 당황한 기색이 역력한 그의 여자친구를 비롯해서 구경꾼들도 이런 덩치의 차이를 느끼고 있을 것이었다.

"남들이 쳐다보는 게 싫으면 옷을 왜 저렇게 입고 다녀요?"

모리스는 칭찬이라고 한 말이었는데(물론 어설픈 칭찬이기는 했다.) 워맥의 생각은 달랐다. 그는 주먹을 들고 테이블을 돌아서 돌진했다. 모리스는 주먹을 딱 한 방 날렸지만 제대로 날려서 워맥의 눈에 시커멓게 멍이 들었다. 물론 그런 다음에는 제대로 혼쭐이 났고 그렇게 당해도 할 말이 없었지만 그 한 방이 그에게는 새로운 깨달음을 주었다. 그도 싸움을 할 줄 알았다. 그렇다는 것을 알게 돼서 기분이 좋았다.

둘은 모두 정학을 당했고 그날 저녁에 모리스는 소극적인 저항을 주제로 어머니에게 20분 동안 강의를 들었다. 어머니는 *구내식당에서 몸싸움*을 벌인 전적은 일류 대학들이 입학 원서를 심사할 때 보고 좋아할 만한 과외활동이 아니라는 신랄한 소견도 곁들였다.

아버지는 그런 그녀의 뒤에서 마티니 잔을 들고 그를 향해 윙크를 날렸다. 조지 벨러미가 대개는 부인의 엄지손가락과 보일락 말락 한 미소에 눌려서 지내지만 특정 상황이 닥치면 그 역시 싸울 수 있음을 암시하는 행동이었다. 하지만 친애하는 아버지의 기본 방침은 여전히 줄행랑이었기에, 모리스가 노스필드에서 1학년 2학기 생활을 하고 있었을 때 그는 벨러미 집안의 통장 잔고를 깨끗하게 털어서 도망쳐 버렸다. 그가 자랑했던 투자금은 처음부터 존재하지 않았거나 공중분해가 됐거나 둘 중 하나였다. 애니타 벨러미는 청구서 더미와 반항적인 열네 살짜리 아들과 함께 남겨졌다.

남편이 미지의 곳으로 떠난 뒤에 남은 재산은 두 가지뿐이었다.

하나는 그녀의 저서가 퓰리처상 후보작으로 선정되었음을 알리는 통지서를 담은 액자였다. 나머지 하나는 모리스가 자란 집이었다. 노스사이드에서도 살기 좋은 동네에 있었던 그 집에 융자금이 없었던 이유는 그녀가 놓치면 안 되는 투자 기회를 운운하는 남편의 열띤 연설에 면역이 생긴 뒤로 그가 집으로 들고 온 은행 서류에 몇 번이고 연서를 거부한 덕분이었다. 그가 사라지자 그녀는 그 집을 팔고 아들과 함께 시커모어 가로 이사했다.

"쫄딱 망했네." 그녀는 1학년에서 2학년으로 넘어가는 여름방학 때 모리스 앞에서 시인했다. "하지만 저금통은 다시 채워질 거야. 그리고 최소한 백인들이 사는 동네잖아." 그녀는 말을 멈추고 좀 전의 발언을 되새김질하더니 이렇게 덧붙였다. "내가 무슨 편견이 있는 건 아니고."

"그럼요, 어무니." 모리스는 대꾸했다. "누가 어무니더러 편견이 있다고 하겠어요?"

그녀는 평소에 어무니라고 불리는 걸 싫어해서 번번이 짚고 넘어갔지만 그날은 아무 소리도 하지 않았고 그래서 기분 좋은 날이었다. 그녀를 뭉갤 수 있으면 기분 좋은 날이었다. 그럴 기회가 워낙 없었다.

1970년대 초반만 해도 노스필드에서는 2학년 영어시간에 독서 감상문이 필수였다. 학교에서 복사한 추천 도서 목록을 학생들에게 나누어 주었다. 모리스 눈에는 대부분 쓰레기처럼 보였고 그는 평소처럼 자기 생각을 조금도 거리낌 없이 공개했다.

"이것 좀 봐!" 그는 뒷줄 자기 자리에서 외쳤다. "40가지 맛의 아메리칸 오트밀이네!"

아이들 몇 명이 웃었다. 그는 아이들을 웃길 수 있었다. 그를 좋아하게 만들 수는 없었지만 그건 전혀 상관없었다. 그들은 막장 결혼과 막장 일자리를 향해 가는 막장 인생이었다. 막장 아이들을 키우고 막장 손자들을 어르다 막장 병원과 양로원에서 막장을 맞이해 자기들은 아메리칸 드림을 살았고 예수님이 환영의 꽃마차를 타고 천국 입구에서 자기들을 맞아 줄 거라고 믿으며 어둠 속으로 돌진할 것이었다. 모리스는 그보다 더 훌륭한 미래를 맞이할 운명이었다. 그게 어떤 건지 아직 모를 따름이었다.

토드 선생님 ─ 아마 모리스와 공범들이 존 로스스타인의 집에 침입했을 때와 비슷한 나이였을 것이다 ─ 이 그에게 방과 후에 남으라고 했다. 모리스는 방과 후에 남는 벌을 섰다는 경고장이나 주겠지 생각하며 다른 아이들이 나가는 동안 다리를 쩍 벌리고 책상 앞에 누워 있다시피 했다. 수업시간에 떠들었다고 경고장을 받은 적은 전에도 여러 번 있었지만, 영어 시간에는 처음이라 그게 유감스러울 따름이었다. 아버지의 목소리로 어떤 생각 하나가 희미하게 떠올랐다가 ─ *너 지금 너무 이판사판으로 나가고 있다, 모리* ─ 연기처럼 사라졌다.

토드 선생님(얼굴이 예쁘지는 않았지만 몸매가 끝내줬다.)은 경고장을 주기는커녕 불룩한 책가방 안에서 빨간색 표지의 페이퍼백을 꺼냈다. 벽돌담에 기대서 담배를 피우는 남자아이가 표지에 노란 스케치로 그려져 있었다. 그 아이 위로 제목이 보였다. 『러너』.

"너는 잘난 척할 기회가 오면 절대 놓치지 않지?"

토드 선생님이 물었다.

그녀는 맞은편 책상에 앉았다. 그녀의 치마는 짧았고 허벅지는 길었고 스타킹은 반질거렸다.

모리스는 아무 대꾸도 하지 않았다.

"이번 같은 일이 벌어질 줄 예상하고 있었어. 그래서 오늘 이 책을 들고 왔지. 뻐기기 좋아하는 친구야, 좋은 소식이랑 나쁜 소식이랑 섞여 있는데 말이지. 너는 경고장은 받지 않겠지만 선택도 할 수 없어. 이 책을 읽어야만 해. 교육 위원회 추천 도서 목록에는 없고 너한테 이 책을 줬다가 내가 난처해질 수도 있지만 손톱만큼일지 몰라도 네 안 어딘가에 착한 천성이 있다고 믿고 싶다."

모리스는 책을 흘끗 쳐다본 다음 관심 있는 눈빛을 노골적으로 드러내며 토드 선생님의 다리를 훑어보았다.

그녀는 그의 시선이 향한 방향을 알아차리고 미소를 지었다. 순간 모리스는 두 사람의 미래가 그려졌다. 침대에서 뒹구는 시간이 대부분인 미래였다. 그는 실제로 그런 경우도 있다고 들었다. *방과 후에 성교육 수업을 받을 남학생을 찾는, 맛있게 생긴 여교사.*

상상의 풍선은 약 2초 만에 터져 버렸다. 그녀가 미소를 머금은 얼굴로 그 풍선을 터뜨렸다.

"너하고 지미 골드는 죽이 잘 맞을 거야. 냉소와 자기혐오로 가득한 재수 없는 녀석이거든. 꼭 너처럼 말이야." 그녀가 책상에서 일어섰다. 치맛자락이 무릎 위 5센티미터인 원래 자리로 돌아갔다. "독서 감상문 잘 써 봐. 그리고 나중에 또 여자 치마 속을 들여다보고 싶으면 마크 트웨인이 한 말을 기억하는 게 좋을 거야. '머리 자를 때가 지난 게으름뱅이는 *쳐다보는* 것만 할 수 있다.'"

모리스는 화끈거리는 얼굴을 달래며 슬그머니 교실을 빠져나왔
다. 이번만큼은 주제 파악을 한 정도가 아니라 한 방 제대로 맞아서
코가 납작해졌다. 그는 시커모어와 엘름이 만나는 모퉁이에서 버스
에서 내리자마자 책을 하수구에 처박아버리고 싶은 충동을 느꼈지
만 참았다. 방과 후에 남는 벌이나 정학이 두려워서 그런 건 아니었
다. 추천 도서 목록에도 없는 책인데 그녀가 무슨 짓을 할 수 있겠는
가. 그가 참은 이유는 표지에 그려진 남자아이 때문이었다. 담배 연
기 사이로 보이는, 피곤하고 불손해 보이는 그 아이 때문이었다.

*냉소와 자기혐오로 가득한 재수 없는 녀석이거든. 꼭 너처럼 말
이야.*

그의 어머니는 집에 없었고 10시는 되어야 들어올 것이었다. 가욋
돈을 마련하느라 시티 대학에서 성인 교육 강좌를 가르치고 있었다.
모리스도 알다시피 그녀는 자기 능력에 한참 못 미치는 일거리라고
생각했기 때문에 그 강좌를 질색했지만 그는 알 바 아니었다. '찌그
러져 있어요, 어무니.' 그는 생각했다. '거기 찌그러져 있으라고요.'

텔레비전에서 파는 냉동식품들이 냉동실에 쟁여져 있었다. 그는
아무거나 골라서 오븐에 쑤셔넣고 익히는 동안 책이나 읽어야겠다
고 생각했다. 저녁을 먹고 나면 2층으로 올라가서 침대 밑에 숨겨
놓은 아버지의 《플레이보이》(우리 영감님한테 물려받은 유산이지. 그는
가끔 이렇게 생각했다.)나 하나 꺼내서 잠깐 손장난이나 칠까 싶었다.

그는 스토브 타이머 맞추는 걸 깜빡하는 바람에 꼬박 90분이 지난
다음에야 쇠고기 스튜가 타는 냄새를 맡고 퍼뜩 정신을 차렸다. 100쪽

까지 읽고 났더니 전후에 지어진 규격형 주택들로 도배가 된, 나무 이름으로 불리는 동네가 아니라 지미 골드와 함께 뉴욕의 길거리를 헤매고 있었다. 그는 꿈을 꾸는 아이처럼 부엌으로 들어가서 오븐용 장갑을 끼고 엉겨 붙은 덩어리를 꺼내 쓰레기통에 버리고 다시 『러너』를 읽기 시작했다.

'다시 읽어야겠어.' 그는 생각했다. 살짝 열이 나는 듯한 느낌이 들었다. 형광펜 들고. 줄을 긋고 외워야 할 부분이 너무 많았다. 너무 많았다.

책을 좋아하는 사람들은 자기가 책을 좋아한다는 사실을 깨달은 순간을, 살면서 가장 짜릿했던 순간으로 꼽을 수 있을 것이다. 단순히 책을 읽는 수준을 넘어서 책을 사랑한다는 사실을 깨달은 순간, 대책 없이 푹 빠져 버린 순간을 말이다. 맨 처음 그런 느낌을 선물한 작품은 평생 잊히지 않고 페이지를 넘길 때마다 다시금 뜨겁고 강렬한 깨달음이 찾아온다. *그래! 그렇지! 맞아! 나도 느꼈어!* 그리고 두말하면 잔소리지만. *내 생각도 그래! 내 느낌도 그렇다고!*

모리스는 『러너』를 주제로 열 쪽짜리 독서 감상문을 썼다. 토드 선생님은 A⁺를 주면서 한 줄짜리 코멘트를 덧붙였다.

네가 좋아할 줄 알았다.

그는 좋아한 게 아니었다고 얘기하고 싶었다. 그건 사랑이었다. 진정한 사랑이었다. 그리고 진정한 사랑은 결코 시들지 않는 법이었다.

『러너, 전쟁에 나서다』도 『러너』만큼 좋았지만, 지미는 이제 뉴욕이 아니라 유럽의 이방인으로 독일을 진격하며 죽어 가는 친구들을 목격하다 결국 공포를 초월한 멍한 눈빛으로 어느 포로 수용소의 철조망 너머를 바라보게 되었다. *피골이 상접한 모습으로 배회하는 생존자들을 보며 지미는 몇 년 전부터 품어 왔던 의구심이 맞았다는 확신을 얻었다. 로스스타인은 이렇게 썼다. 이건 전부 다 잘못된 일이었다.*

모리스는 이 문장을 로만 고딕체로 따고 스텐실로 찍어서 자기 방문에 압정으로 꽂았다. 나중에 피터 소버스라는 소년이 쓰게 될 방이었다.

그의 어머니는 방문에 걸린 스텐실을 보고 입꼬리를 비틀며 냉소만 날렸을 뿐 아무 말도 하지 않았다. 적어도 그 당시에는 그랬다. 지미 골드 삼부작을 둘러싸고 말다툼이 벌어진 것은 2년 뒤, 그녀도 그 작품들을 완독한 다음이었다. 그 말다툼으로 인해 모리스는 술에 취했다. 그로 인해 주택 무단 침입과 일반 폭행을 저질렀다. 그로 인해 리버뷰 소년원에서 9개월을 보냈다.

하지만 그 이전에 『러너, 속도를 늦추다』가 등장했고 책장을 넘길수록 모리스의 경악은 점점 더 극에 달했다. 지미는 괜찮은 여자와 결혼했다. 광고회사에 취직했다. 살이 찌기 시작했다. 지미의 아내가 골드 삼남매의 첫째를 임신했고 그들은 근교로 이사했다. 지미는 그곳에서 친구들을 사귀었다. 그들 부부는 뒷마당에서 바비큐 파티를 열었다. 지미는 셰프는 항상 옳다고 적힌 앞치마를 두르고 그릴을 맡았다. 지미가 바람을 피우자 부인도 당장 맞바람을 피웠다. 지미는 위산 과다로 알카 셀처를 복용했고 숙취로 밀타운인가 뭔가를 복용했다. 그리고 무엇보다 누런 돈을 좇았다.

모리스는 더해가는 실망감과 치밀어오르는 분노를 달래며 이 끔찍한 전개 과정을 목도했다. 자기 손 안에 있다고 믿었던 남편이, 냉소와 과잉 교육으로 무장한 그 얼굴에 손찌검 한 번 하는 법 없이 그녀가 시키는 대로 이리저리 뛰어다니는 와중에도 통장의 돈을 야금야금 빼내고 있었다는 사실을 알게 됐을 때 그의 어머니가 이런 기분을 느끼지 않았을까.

모리스는 지미가 정신을 차려주길 바랐다. 자기가 어떤 사람인지 — 적어도 어떤 사람이었는지나마 — 알아차리고 어리석고 공허한 삶을 박차고 나와주길 바랐다. 하지만 『러너, 속도를 늦추다』는 공전의 히트를 친 광고 — 무려 더지-두 광고였다! — 의 성과를 자축하며 *내년을 기대하라*고 까르르거리는 장면으로 막을 내렸다.

모리스는 소년원에서 정신과 의사에게 매주 상담을 받아야 했다. 의사의 이름은 커티스 라슨이었다. 아이들은 그를 *개떡 같은 커드*라고 불렀다. 개떡 같은 커드는 상담 말미에 항상 똑같은 질문을 했다.

"네가 여기 있는 게 누구 때문일까, 모리스?"

대부분의 아이들은, 대재앙이라고 볼 수 있을 만큼 멍청한 아이라도 정답을 알았다. 모리스도 알았지만 정답을 얘기하지 않았다.

"어머니요." 질문을 받을 때마다 이렇게 대답했다.

형기 만료를 앞두고 마지막 상담을 하는 시간에 개떡 같은 커드는 깍지 낀 손을 책상 위에 올려놓고 몇 초라는 긴 시간 동안 아무 말 없이 모리스를 쳐다보았다. 모리스도 알다시피 그가 시선을 떨굴 때까지 기다리는 것이었다. 그는 시선을 떨구지 않았다.

"우리 업계에서는 말이다." 마침내 개떡 같은 커드가 입을 열었다. "너와 같은 반응을 지칭하는 용어가 있거든. 비난 회피. 네가 계속 비난을 회피하면 또다시 여기로 끌려 들어오게 될까? 그럴 가능성은 거의 없을 거다. 몇 개월만 지나면 열여덟 살이 되니까 다음번에 대박을 터뜨리면 — 반드시 그럴 날이 올 텐데 — 성인으로 재판을 받게 될 거야. 네가 달라지지 않으면 말이다. 그러니까 마지막으로 묻겠다. 네가 여기 있는 게 누구 때문일까?"

"어머니요." 모리스는 주저 없이 대답했다.

이건 비난 회피가 아니라 진실이었다. 누가 봐도 명백한 논리였다.

모리스는 열다섯 살 때부터 열일곱 살 때까지 밑줄을 긋고 주석을 달아 가며 삼부작의 처음 두 권을 강박적으로 읽었다. 『러너, 속도를 늦추다』는 딱 한 번 다시 읽었고 그마저도 겨우 마쳤다. 어떤 내용인지 알기 때문에 그 책을 집어들 때마다 뱃속에 납덩이가 생겼다. 시간이 지나면 지날수록 지미 골드 창작자에게 점점 더 분노가 치밀었다. 로스스타인, 지미를 그런 식으로 짓밟아 놓다니! 그를 영광의 빛속으로 사라지게 하지 않고 목숨을 *부지하게* 하다니! 타협하게 하고, 원칙을 무시하게 하고, 암웨이를 하는 한 동네 걸레와 자는 것도 일종의 반항이라고 착각하게 하다니!

모리스는 로스스타인에게 편지를 보내서 해명을 부탁할까 — 아니, 요구할까 — 생각도 해보았지만 《타임》 커버스토리를 보아하니 그 개새끼는 답장은커녕 팬레터를 읽어보지도 않는다고 했다.

히피 리키가 몇십 년 뒤에 피트 소버스에게도 이야기하다시피 대부분의 청춘 남녀는 특정 작가 — 보니것, 헤세, 브라우티건, 톨킨 — 의 작품에 반하더라도 결국에는 새로운 영웅을 발견한다. 『러너, 속도를 늦추다』에서 환멸을 느꼈으니 모리스도 그렇게 될 수 있었다. 그런데 자기 인생을 망친 남자를 마음대로 주무르지 못하게 되자 그의 인생을 망가뜨리기로 작정한 여자와 맞장을 뜨고 말았다. 퓰리처상 후보 통지서를 액자에 보관하고, 염색한 금발에 스프레이를 뿌려서 돔처럼 얹고 다니며, 입꼬리를 비틀어서 냉소를 짓는 애니타 벨러미하고 말이다.

그녀는 1973년 2월 방학 때 지미 골드 시리즈 세 권을 하루 만에 독파했다. 그것도 그의 방 책꽂이에 꽂혀 있던 *그의* 책을, 그의 *개인* 소장본을 슬쩍해서 읽었다. 학교를 마치고 집에 돌아가보니 책들이 커피 테이블 위에 흩어져 있는데 와인 잔에 맺힌 물방울 때문에 『러너, 전쟁에 나서다』 표지에 동그랗게 자국이 남았다. 사춘기로 들어선 이래 그런 적이 별로 없었건만 모리스는 할 말을 잃었다.

애니타는 아니었다.

"1년이 넘도록 하도 이 작품에 대해서 떠들어 대길래 뭐가 그렇게 대단한지 내 눈으로 직접 확인해 봐야겠다 싶더라." 그녀는 와인을 홀짝였다. "마침 일주일 동안 학교도 쉬겠다, 그래서 읽어 보기로 했어. 하루는 더 걸릴 줄 알았는데 *내용*이랄 게 별로 없네. 안 그러니?"

"지금……" 모리스는 잠깐 목이 멨다. "지금 내 방에 들어갔다는 거예요?"

"침대 시트를 갈아 주거나 깨끗하게 빨아서 갠 옷을 넣어 주느라 들락거릴 때는 군소리 없더니? 그런 자질구레한 일들은 빨래의 요정이 해주는 줄 알았니?"

"그 책들은 내 거예요! 내가 책꽂이에 따로 꽂아 놓은 거라고요!

184

엄마는 그걸 들고 나올 권리가 없어요!"

"기꺼이 도로 갖다 놓을게. 그리고 걱정 마, 침대 밑에 있는 잡지들은 건드리지 않았으니까. 사내녀석들한테는…… 오락거리가 필요하다는 걸 알거든."

그는 죽마처럼 느껴지는 다리로 걸어가서 갈고리처럼 느껴지는 손으로 책들을 주섬주섬 챙겼다. 빌어먹을 와인 잔 때문에 젖어 버린 『러너, 전쟁에 나서다』 뒷표지를 보는데 『러너, 속도를 늦추다』가 아니라 왜 이 책인지 모르겠다는 생각이 들었다.

"흥미진진한 결과물이라는 건 인정할게." 그녀는 강의실에나 어울림직한 목소리로 운을 뗐다. "다른 건 몰라도 미미하게나마 재능이 있는 작가의 성장한 모습을 보여주긴 하더라. 물론 1, 2편은 읽기 괴로울 정도로 단순하기는 해. 『허클베리 핀』에 비교하면 『톰 소여』가 단순한 것처럼. 하지만 마지막 3편에서는 — 『허클베리 핀』 수준은 아니지만 — 성장한 모습을 보여주긴 하더라."

"마지막 편은 순 쓰레기예요!" 모리스는 소리를 질렀다.

"언성 높일 필요 없다, 모리스. 고함지를 필요 없어. 그러지 않아도 얼마든지 반론을 펼칠 수 있잖아." 그가 혐오해 마지않는, 너무나 희미하고 너무나 예리한 그 미소가 또다시 등장했다. "우리 지금 토론 중이잖니."

"개뼈다귀 같은 토론은 필요 없어요!"

"하지만 *해야* 해!" 애니타는 미소를 머금은 얼굴로 이렇게 외쳤다. "현재 모든 과목에서 평균 C를 받고 있는, 자기중심적이고 다소 허세가 있는 똑똑한 아드님을 이해하느라 내가 하루를 할애 — 허비

했다고는 하지 않을게 — 했거든."

그녀는 그의 대꾸를 기다렸다. 그는 아무 대꾸도 하지 않았다. 사방이 함정이었다. 그녀는 마음만 먹으면 얼마든지 그보다 월등한 능력을 발휘할 수 있었는데 지금이 바로 그런 때였다.

"처음 1, 2편은 하도 읽어서 제본이 풀릴 정도로 너덜너덜하더구나. 밑줄을 그은 부분도 많고 주석도 방대한데 몇 군데는 날카로운 평론가의 싹 — 꽃이라고는 하지 않을게. 그 정도는 아니니까. 아직은 — 이 보이고. 하지만 3편은 거의 새 책이고 밑줄을 그은 부분도 전혀 없었어. 그에게 나타난 변화가 마음에 안 드는 거지? 성인이 된 이후의 지미 — 작가로 전이해도 논리적으로 무리가 없겠다만 — 는 싫은 거지?"

"변절했잖아요!" 모리스는 주먹을 쥐었다. 그날 간이식당에서 모두가 지켜보는 가운데 워맥이 그에게 시비를 걸었을 때 그랬던 것처럼 얼굴이 화끈하고 욱신거렸다. 하지만 모리스는 선방을 제대로 날린 전적이 있었고 이번에도 제대로 날리고 싶었다. 그래야만 했다. "로스스타인이 그를 변절자로 만들었잖아요! 그걸 보지 못하는 사람은 바보 아니에요?"

"아니야." 미소는 어느덧 사라지고 보이지 않았다. 그녀는 그를 계속 쳐다보며 몸을 앞으로 숙여서 와인 잔을 커피 테이블에 내려놓았다. "그게 결정적으로 네가 오해한 부분이야. 훌륭한 소설가는 등장인물들을 선도하지 않아. 그냥 따라가지. 훌륭한 소설가는 사건을 만들어내지 않아. 벌어지는 사건을 주시하다가 목격한 그대로 기록하지. 훌륭한 소설가는 자기가 신이 아니라 비서라는 걸 알아."

"그건 지미가 아니었어요! 빌어먹을 로스스타인이 변질시켰어요! 지미를 어이없는 인간으로 만들어 놨어요! 그를…… 그를 아무 데서나 볼 수 있는 인간으로 만들어 버렸다고요!"

모리스는 논리가 빈약하게 들리는 것이 싫었다. 뇌의 용량은 남들 절반이고 감정이라고는 아예 없는 사람이 봐도 알 만하기 때문에 반론을 펼칠 필요도 없는 문제인데 어머니의 꼬드김에 넘어가는 바람에 반론을 펼치게 된 것도 싫었다.

"모리스." 그녀는 아주 부드러운 목소리로 말했다. "나도 지금 지미가 되고 싶어 하는 너처럼 한때는 여자판 지미가 되고 싶었던 시절이 있었어. 지미 골드, 아니면 그 비슷한 인물은 대부분의 청소년들이 어린이에서 성인으로 넘어가는 과정에 잠깐 거쳐가는 유배의 섬 같은 거야. 네가 깨달아야 하는 사실은 뭔가 하면 — 로스스타인이 세 권 만에 드디어 깨달은 사실이기도 한데 — 우리들은 대부분 아무 데서나 볼 수 있는 인간이 된다는 거야. 나는 분명 그런 인간이 됐지." 그녀는 주위를 두리번거렸다. "그렇지 않고서야 우리가 시커모어 가의 이 집에서 사는 이유가 뭐가 있겠니?"

"바보처럼 아버지한테 뒤통수를 맞는 바람에 그렇게 된 거죠!"

그녀는 그 말에 움찔했지만(한 방 먹었습니다, 정통으로 한 방 먹었습니다. 모리스는 환호했다.) 다시 입꼬리를 비틀며 냉소를 지었다. 얼굴이 마치 재떨이에서 태운 종잇장 같았다.

"일말의 진실을 인정하는 수밖에 없겠다만 그럴 수밖에 없는 상황으로 몰고 가다니 매정하네. 하지만 네 아빠가 우리 뒤통수를 친 이유에 대해서는 생각해 봤니?"

모리스는 아무 말도 하지 않았다.

"왜냐하면 어른이 되길 거부했기 때문이야. 네 아빠는 침대에서 팅커벨 역할을 맡아 줄 자식뻘 되는 나이의 여자를 찾은 배불뚝이 피터 팬이거든."

"내 책들은 다시 꽂아 놓든지 쓰레기통에 던지든지 마음대로 하세요." 모리스의 입에서 흘러나온 목소리는 누구 목소리인지 거의 알아들을 수 없을 정도였다. 경악스럽게도 아버지의 목소리와 비슷했다. "어떻게 하든 상관없어요. 나는 이 길로 나가서 다시는 돌아오지 않을 생각이니까."

"아니, 돌아올 거야." 그녀의 말은 맞았지만 거의 1년이 지난 다음의 일이 될 테고, 그즈음이면 그녀는 그의 속내를 더 이상 알지 못할 것이었다. 알았던 적이 있기는 했던가 싶지만. "그리고 이 3편은 몇 번 더 읽어 보는 게 좋겠다."

그녀는 마지막 몇 마디를 말할 때 언성을 높여야 했다. 눈앞이 거의 안 보일 정도로 격렬한 감정에 휩싸인 그가 복도로 뛰쳐나갔기 때문이었다.

"연민을 느껴 봐! 로스스타인 씨는 그랬잖니. *그게 마지막 3편의 장점이야!*"

현관문이 쾅 하고 닫히는 소리가 그녀의 말허리를 잘랐다.

모리스는 고개를 숙인 채 인도까지 걸어갔고 거기에서부터 달리기 시작했다. 세 블록 가면 나오는 쇼핑몰에 주류 판매점이 있었다. 목적지에 도착한 뒤에는 하비 테리픽 앞에 설치된 자전거 거치대에 앉아서 기다렸다. 처음 두 남자는 그의 부탁을 거절했지만(웃으며 거절한 두 번째 남자는 면상을 날려버리고 싶었다.) 세 번째 남자는 중고매장에서 건진 옷을 입고 누가 봐도 왼쪽으로 삐딱하게 걷고 있었다. 그는 2달러를 주면 500밀리리터짜리를, 5달러를 주면 1리터짜리를 사다 주겠다고 했다. 모리스는 1리터를 선택해서 시커모어와 버치가 사이의 미개발지를 흐르는 개울 옆에서 마시기 시작했다. 그 무렵에는 해가 뉘엿뉘엿 지고 있었다. 그는 훔친 차를 몰고 슈거하이츠에 간 기억이 없었지만 슈거하이츠에 도착하자 개떡 같은 커드가 대박이라고 표현한 짓을 저지른 것만큼은 분명했다.

네가 여기 있는 게 누구 때문일까?

미성년자에게 1리터짜리 위스키를 사다 준 주정뱅이 잘못도 있지만 대부분은 어머니의 잘못이었고 덕분에 좋은 점이 한 가지 생겼다. 그의 형이 확정되자 냉소가 흔적도 없이 사라졌다. 마침내 그의 손으로 말끔하게 지운 것이었다.

교도소 감방이 폐쇄되면(적어도 한 달에 한 번씩은 그런 사태가 벌어졌다.) 모리스는 깍지 낀 손으로 뒤통수를 받치고 침대에 누워서 지미 골드 4편에 대해 생각하며 『러너, 속도를 늦추다』 책장을 덮었을 때 그가 갈구해 마지않았던 구원이 이루어졌을지 궁금해했다. 지미가 예전의 꿈과 희망을 되찾을 수 있었을까? 예전의 열정도? 이틀만 더 있었더라면! 아니, 하루만 더 있었더라면!

아무리 존 로스스타인이라도 그런 과정을 설득력 있게 포장할 수 있을까 싶었다. 모리스가 관찰한 바에 따르면(그의 부모님이 가장 손꼽히는 본보기였다.) 보통은 열정이 식으면 영영 끝이었다. 하지만 달라지는 사람들도 있기는 했다. 그는 점심시간을 틈타서 앤디 홀리데이와 숱하게 토론을 벌였던 시절에 그럴 가능성도 있을지 이야기를 꺼낸 적이 있었다. 장소는 앤디가 근무한 그리솜 북스에서 조금만 걸어가면 나오는 해피 컵이었고, 모리스가 고등교육이라는 것이 우라지게 무의미하다는 판단 아래 시티 대학을 자퇴하고 얼마 안 됐을 때였다.

"닉슨은 달라졌잖아." 모리스가 말했다. "공산주의라면 질색하더니 중국이랑 통상관계를 맺었잖아. 그리고 린든 존슨은 시민권 법안을 의회에서 통과시켰고. 존슨처럼 인종차별로 똘똘 뭉친 하이에나도 입장을 바꾸는 마당에 뭐든 가능하지 않을까?"

"정치인들이잖아." 앤디는 악취라도 맡은 것처럼 코를 킁킁거렸다. 그는 짧게 친 머리에 비쩍 마른 친구로, 모리스보다 기껏해야 몇 살 더 많았다. "그들은 이상이 아니라 편의에 따라 달라지지. 평범한 사람들은 그러지 않아. 그러지 못하지. 올바르게 처신하지 않으면 벌을 받으니까. 벌을 받고 나면 네, 선생님, 알겠습니다, 하면서 착한 일벌처럼 프로그램에 순응하게 되고. 베트남 전쟁에 반대했던 시위자들이 어떻게 됐는지 봐. 대부분 중산층으로 살고 있잖아. 살찐 몸으로 행복하게, 공화당 후보를 찍어 가면서. 말을 듣지 않았던 사람들은 감옥에 있고. 아니면 캐서린 앤 파워처럼 도망다니거나."

"어떻게 지미 골드를 평범하다고 할 수 있어?"

모리스는 큰소리로 외쳤다.

앤디는 가르치려 드는 눈빛으로 그를 쳐다보았다.

"어휴, 왜 이러시나. 그의 이야기 자체가 예외주의 탈출기 아니냐.

규범 창출이 미국 문학의 목적이야, 모리스. 그러니까 특이한 사람들을 틀에 맞추어야 한다는 건데 지미가 그런 경우지. 결국 *광고회사*에 들어가잖아. 이 염병할 나라에서 그보다 더 강력한 규범의 대리인이 어디 있겠냐? 그게 로스스타인이 말하려는 핵심이지." 그는 고개를 저었다. "낙천주의를 느끼고 싶으면 할리퀸 로맨스를 사서 읽어라."

모리스는 앤디가 기본적으로 반론을 위한 반론을 제기하는 거라고 생각했다. 꺼벙해 보이는 그의 뿔테 안경 뒤에서 광신도 같은 눈빛이 이글거렸지만 모리스는 당시에도 그의 됨됨이를 파악하고 있었다. 그가 열의를 불사르는 대상은 상품으로서 책 자체일 뿐, 그 안에 담긴 이야기나 사상이 아니었다.

그들은 보통 해피 컵 아니면 가끔 그리솜 맞은편 거번먼트 광장의 벤치에서 일주일에 두세 번씩 점심을 같이 먹었다. 앤드루가 존 로스스타인이 작품을 계속 쓰고 있는데 자기가 죽으면 모든 작품을 태워달라고 유언장에 명시했다는 소문이 있다는 이야기를 맨 처음 꺼낸 것도 그렇게 점심을 같이 먹던 도중이었다.

"안 돼!" 모리스는 소리를 질렀다. 진심으로 가슴이 아팠다. "정말 그렇게 되지는 않겠지? 설마?"

앤디는 어깨를 으쓱했다.

"유언장에 그렇게 적혀 있다면 그가 은둔 생활을 하며 쓴 작품들은 잿더미나 다름없다고 봐야겠지."

"형이 지어낸 말 아니야?"

"유언장에 관련된 부분은 그냥 소문에 불과할 수도 있어. 그건 인정할게. 하지만 로스스타인이 꾸준히 작품 활동을 하고 있다는 건 도서판매업계에서는 정설이야."

"도서판매업계라." 모리스는 반신반의하며 중얼거렸다.

"우리도 나름대로 정보망이 있거든, 모리스. 로스스타인의 가정부가 쇼핑을 대신한단 말이지. 그런데 먹을거리만 사다 주는 게 아니에요. 한 달이나 6주에 한 번씩, 근처에서 그나마 소도시에 가장 가까운 벌린의 화이트리버 북스에 가서 그가 전화로 주문해 놓은 책을 챙겨오거든. 가정부가 거기 직원들한테 로스스타인이 날마다 새벽 6시부터 오후 2시까지 글을 쓴다고 얘길 했어. 그러면 그 서점 사장이 보스턴 도서전에서 만난 다른 업자들한테 말을 전하고, 그런 식으로 소문이 퍼지는 거야."

"맙소사!" 모리스는 탄성을 내뱉었다. 그런 대화를 나눈 때는 1976년 6월이었다. 로스스타인의 마지막 작품 「완벽한 바나나 파이」는 1960년에 출간됐다. 앤디의 말이 맞는다면 존 로스스타인이 16년 동안 새로운 소설을 쟁이고 있다는 뜻이었다. 하루에 800단어씩만 썼다고 쳐도 합산하면…… 모리스는 암산이 되지 않았지만 아무튼 어마어마했다.

"맙소사라고 할 만한 상황이지."

"자기가 죽었을 때 진심으로 그 작품들을 다 태워 버릴 생각이라면 *미친 거* 아니야?"

"대부분의 작가들이 그래." 앤디는 농담을 하려는 듯이 웃으며 몸을 앞으로 숙였다. 어쩌면 농담일 수도 있었다. 적어도 그의 입장에서는 그럴 수 있었다. "그래서 말인데—구조 작전을 개시해야 하는

거 아니야? 네가 나서면 어때, 모리스? 이러니저러니 해도 네가 일
등 팬이잖아."

"아니야. 지미 골드를 그렇게 만들어 놨는데 팬은 무슨."

"워워. 뮤즈를 따라갔다고 욕하면 되냐?"

"안 될 게 뭐야."

"그럼 그걸 훔쳐." 앤디는 계속 웃는 얼굴로 말했다. "영문학계를
대신해서 항의하는 차원의 절도라고 하자. 훔쳐서 나한테 들고 와.
그럼 내가 묵혀 두었다가 팔게. 치매에 걸린 노인네가 횡설수설하는
게 아니면 100만 달러까지 받을 수 있을 거야. 그 돈은 우리 둘이서
나누어 갖자. 50대 50으로 똑같이."

"잡힐 텐데."

"아닐걸." 앤디 홀리데이는 이렇게 대답했다. "여러 가지 방법이
있거든."

"어느 정도 기다리면 팔 수 있을까?"

"몇 년." 앤디는 몇 시간이면 된다는 듯이 손사래를 쳤다. "5년
쯤?"

시커모어 가의 생활에 진심으로 염증이 난 데다 그 원고 생각에
사로잡힌 모리스는 그로부터 한 달 뒤에 낡아 빠진 볼보를 몰고 보
스턴으로 건너갔고, 근교의 두세 군데 택지에 공사를 진행 중인 하
청업체에 취직했다. 처음에는 죽을 것 같았지만 근육이 생기자(그런
다고 덕 덕워스처럼 될 가능성은 없었지만) 그럭저럭 괜찮아졌다. 심지어
친구들도 사귀었다. 그들이 바로 프레디 다우와 커티스 로저스였다.

한번 그가 앤디에게 전화로 물어본 적이 있었다.

"로스스타인의 미출간 원고를 정말로 팔 수 있을 거라고 생각해?"

"당연하지." 앤디 홀리데이는 이렇게 말했다. "전에도 얘기했다시피 지금 당장은 아니지만 뭐 어때? 우리는 젊잖아. 그는 아니고. 시간은 우리 편이야."

맞는 말이었다. 그리고 그 시간 동안 로스스타인이 「완벽한 바나나 파이」 이후에 집필한 모든 원고를 읽을 수도 있었다. 수입은—아무리 50만 달러에 육박한다 한들—부수적인 문제였다. '나는 돈독 오른 사람이 아니야.' 모리스는 속으로 중얼거렸다. '누런 돈에는 관심 없다고. 개 같은 돈은 개무시할 수 있어. 먹고사는 데 지장이 없으면—보조금 같은 걸 받아서—그걸로 충분해.'

'나는 학자야.'

그는 주말에 뉴햄프셔의 탤벗 코너스로 찾아가기 시작했다. 1977년에는 커티스와 프레디까지 데려가기 시작했다. 계획이 점점 구체화되었다. 단순해서 훌륭한 계획이었다. 진열장을 깨서 물건을 들고 나오는 기본적인 방식이었다.

철학자들은 수 세기에 걸쳐서 인생의 의미를 논했지만 같은 결론을 내린 적이 거의 없었다. 모리스도 수감 생활을 하는 동안 같은 주제를 놓고 고민했지만 그의 고민은 거창하다기보다 현실적이었다. 법적인 관점에서 종신의 의미를 알고 싶었던 것이다. 그가 알아본 결과에 따르면 상당히 일관성이 없었다. 어떤 주에서는 종신형이 말 그대로 종신형을 의미했다. 가석방될 가망 없이 죽을 때까지 수감되어 있어야 하는 거였다. 어떤 주에서는 고작 2년 뒤부터 가석방 논의가 이루어졌다. 또 어떤 주에서는 5년, 7년, 10년 아니면 15년 뒤부터였다. 네바다에서는 복잡한 채점 제도에 따라 가석방 허가가 나고 안 나고 했다.

미국의 수감 제도에서 종신형의 평균 기간은 2001년도 기준으로 30년 4개월이었다.

모리스가 형기를 보낸 주에서는 의회 의원들이 인구 통계를 근거로 아무도 이해할 수 없는 종신의 의미를 창조했다. 모리스가 종신형을 선고받은 1979년에는 미국 남성의 평균 수명이 70세였다. 모리스는 그 당시 스물세 살이었기에 사회에 진 빚을 47년 동안 갚는다고 생각해야 했다.

가석방이 되지 않는다면 말이다.

그는 1990년에 처음으로 가석방 신청 자격이 생겼다. 코라 앤 후퍼가 공판정에 출두했다. 그녀는 파란색의 깔끔한 정장을 입고 있었다. 희끗희끗해진 머리를 하나로 묶었는데 어찌나 세게 당겼는지 끼이익 하는 소리가 날 것 같았다. 무릎 위에는 까만색의 큼지막한 가죽 핸드백이 얹혀 있었다. 그녀는 슈터스 태번 뒷골목을 지났을 때 모리스 벨러미가 어떤 식으로 그녀를 낚아채서 "살점을 뜯어버리겠다"고 했는지 이야기했다. 핸드백 속에 넣고 다녔던 경찰 호출기를 누르자 그가 어떤 식으로 주먹을 날려서 그녀의 코를 부러뜨렸는지 다섯 명의 가석방 심의 위원에게 설명했다. 입에서 술 냄새를 풍겼고 손톱으로 그녀의 배를 찌르며 속옷을 잡아 뜯었다고 말했다. 도착한 엘러턴 경관이 끌어내는 와중에도 그녀의 목을 조르고 그의 생식기로 상처를 주었다고 전했다. 그녀는 1980년에 자살을 시도했고 지금도 정신 상담을 받고 있었다. 예수 그리스도를 구세주로 받아들이면서 좀 나아졌지만 그래도 악몽을 꾸었다. 결혼은 하지 않았다고 했다. 성관계를 생각하기만 해도 공황 발작이 생겼다.

가석방은 기각됐다. 그날 저녁에 철장 사이로 몇 가지 사유가 적힌 초록색 서류가 그에게 전달됐지만 가석방 심의 위원회에서 가장 중요하게 감안한 부분은 맨 첫 번째 이유였다. *피해자가 여전히 고통을 호소함.*

'개 같은 년.'

후퍼는 1995년에도, 2000년에도 출두했다. 1995년에는 예전의 그 파란색 정장을 입고 나왔다. 새천년이 시작되는 해에는—그 무렵에는 살이 아무리 못해도 18킬로그램은 찐 듯했다—갈색 정장을 입었다. 2005년에는 회색 정장이었고 점점 불거져 나오는 젖가슴 위에 하얀색의 큼지막한 십자가를 걸고 있었다. 매번 똑같아 보이는 그 큼지막한 핸드백이 무릎에 얹혀 있었다. 경찰 호출기가 그 안에 들어 있지 않을까 싶었다. 어쩌면 치한 퇴치용 스프레이까지. 그녀는 출두 명령을 받고 나온 게 아니었다. 자진해서 나왔다.

그러고는 자신의 사연을 늘어놓았다.

가석방은 기각됐다. 초록색 서류에 적힌 가장 큰 이유는: *피해자가 여전히 고통을 호소함.*

'개 같은 일은 개무시하는 거다.' 모리스는 속으로 중얼거렸다. '개 같은 일은 개무시하는 거다.'

어쩌면 맞는 말일 수도 있지만 *정말이지* 그녀를 죽여 버리고 싶었다.

가석방 신청이 세 번째로 기각됐을 무렵에는 여기저기서 모리스를 찾았다. 웨인스빌이라는 조그만 세계 안에서 그는 잘 나가는 작가였다. 그는 부인과 여자친구들에게 러브레터를 써서 보냈다. 수감자의 아이들에게도 편지를 써서 보냈다. 감동적인 문구로 산타클로스의 존재를 몇 번 입증한 적도 있었다. 사이버대학 강의를 듣거나 고졸 검정고시를 준비하는 경우에는 입학 원서를 작성해 주었다. 교도소 출입 변호사는 아니었지만, 가끔 재소자들을 대신해서 실제 변호사들에게 해당 사건의 개요를 논리적으로 설명하고 재심 청구의 근거를 제시하는 편지를 대필해 주기도 했다. 가끔 편지에 감동을 받아서 — 부당 구금 소송에서 승소하면 생기는 수입도 감안했겠지만 — 재심을 맡아 주는 변호사들도 있었다. 상소심에서 DNA가 가장 중요한 요소로 부각되기 시작하자 이노센스 프로젝트(DNA 검사를 통해 무죄를 입증할 수 있도록 도와주는 미국의 인권단체 — 옮긴이)를 설립한 배리 셰크와 피터 노이펠트에게도 종종 편지를 보냈다. 그 편지 가운데 한 통이 본업은 자동차 정비고 부업이 절도였던 찰스 로버슨이 웨인스빌에 수감된 지 27년 만에 석방되는 결과로 이어졌다. 로버슨은 자유를 얻었고 모리스는 로버슨의 무한한 감사 말고는 얻은 게 없었지만…… 나날이 높아져 가는 그의 명성은 절대 아무것도 아니라고 할 수 없었다. 성폭행도 옛날 이야기가 되었다.

2004년에 모리스는 네 번의 수정을 거쳐서 최고의 걸작을 완성했다. 편지 수신인은 코라 앤 후퍼였다. 그는 과거의 잘못을 엄청나게 후회하고 있으며, 만약 가석방이 된다면 술에 취해서 필름이 끊겼을 때 저지른 그 한 번의 폭행을 평생 회개하면서 살겠다고 약속했다.

"저는 여기서 일주일에 네 번씩 알코올중독자 모임에 참석하고 있습니다." 그는 이렇게 썼다. "대여섯 명의 알코올중독자와 약물중독자의 재활을 돕고 있고요. 출소하면 노스사이드의 세인트패트릭 사회 복귀 훈련소에서 봉사활동을 계속할 생각이에요. 저는 영적으로 새로운 세상에 눈을 뜨고 예수님을 영접했습니다. 이게 얼마나 의미 있는 일인지 당신도 아실 테지요. 당신도 예수 그리스도를 구세주로 받아들였으니까요. '우리가 우리에게 죄 지은 자를 사하여 준 것 같이 우리 죄를 사하여 주옵시고.' 예수님은 이렇게 말씀하셨죠. 후퍼양도 당신에게 지은 저의 죄를 사하여 주시지 않으시렵니까? 저는 이제 그날 밤에 당신에게 심한 상처를 입혔던 그 사람이 아닙니다. 영혼의 개조를 경험했어요. 부디 답장해 주시길 기도합니다."

그는 열흘 뒤에 기도의 응답을 받았다. 봉투에 발신인 주소는 없고 덮개에 C. A. 후퍼라고만 인쇄체로 또박또박 적혀 있었다. 모리스는 덮개를 손수 뜯을 필요가 없었다. 재소자들에게 배달된 우편물을 확인하는 교도관이 벌써 뜯어 놓았다. 안에는 우둘투둘하게 뜯긴 편지지가 한 장 들어 있었다. 오른쪽 위와 왼쪽 아래 모서리에 회색 실뭉치를 가지고 노는 복슬복슬한 새끼고양이가 그려진 편지지였다. 인사말은 없었다. 중간쯤에 인쇄체로 한 문장이 적혀 있었다.

그 안에서 썩길 바란다.

그년은 고탄력 스타킹을 신고 얌전한 구두 위로 발목 살을 출렁이며 이듬해에도 또 공판정에 출석했다. 법정이 카피스트라노(매년 봄마다 제비 축제를 벌이는 캘리포니아의 도시 ─ 옮긴이)라도 되는 것처럼 잊지 않고 찾아오는, 복수심에 불타는 뚱뚱한 제비 같았다. 그녀는 이번에도 자신의 사연을 늘어놓았고 가석방은 이번에도 기각됐다. 모리스는 모범수였기에 이번에 초록색 서류에 적힌 이유는 딱 한 줄 뿐이었다. *피해자가 여전히 고통을 호소함.*

모리스는 개 같은 일은 개무시하는 거라고 속으로 중얼거리며 감방으로 돌아갔다. 1.8미터 곱하기 2.4미터밖에 안 되는 공간이라 펜트하우스라고 할 수는 없었지만 그래도 책이 있었다. 그에게는 책이 탈출구였다. 책이 자유였다. 그는 침대에 누워서, 못 박는 기계를 들고 코라 앤 후퍼와 단둘이 15분만 보내면 얼마나 즐거울지 상상했다.

모리스는 그 무렵 도서관에서 근무하고 있었다. 놀라운 발전이었다. 교도관들은 그가 쥐꼬리만 한 예산을 어디에 쓰는지 거의 관심이 없었기 때문에 아무 문제없이 《미국 서지학 회보》를 정기 구독할 수 있었다. 전국의 희귀도서 매매업자들이 무료로 발간하는 카탈로그도 몇 개 입수했다. 존 로스스타인의 작품은 종종 매물로 나왔고 가격은 가파른 상승곡선을 그렸다. 모리스는 일부 재소자들이 스포츠 팀을 응원하듯 그의 작품을 응원했다. 대부분의 작가들은 사후에 몸값이 떨어지지만 소수의 행운아는 인기가 올랐다. 로스스타인이 그중 한 명이었다. 어쩌다 한 번씩 로스스타인 서명본이 카탈로그에 소개될 때가 있었다. 2007년 크리스마스에 바우먼이 출간한 카탈로그에는 하퍼 리에게 선물한 『러너』 서명본 — 이른바 수택본이었다 — 이 실렸는데 호가가 1만 7000달러였다.

모리스는 수감 생활을 하는 내내 지역 일간지를 예의 주시했고 21세기와 더불어 과학기술의 변화가 찾아오자 여러 웹사이트를 챙겼다. 시커모어 가와 버치 가 사이의 그 땅은 모리스가 원하는 대로 아직까지 법적인 분쟁이 해결되지 않았다. 그는 결국 석방이 될 테고 그의 트렁크는 둑 위로 튀어나온 나무뿌리에 단단히 엉킨 채 그 자리에 묻혀 있을 것이었다. 지금쯤 천문학적인 숫자에 달할 공책의 값어치는 점점 더 그의 관심 밖으로 사라졌다.

젊었을 때라면 그도 다리 튼튼하고 거시기 튼실한 젊은 남자들이 욕심을 낼 만한 것들을 좋아했지 모른다. 여행과 여자, 차와 여자, 슈거하이츠의 그런 대저택과 여자. 하지만 이제 그는 그런 것들을 거의 꿈꾸지 않았고 그와 마지막으로 성관계를 맺은 여자는 결정적인 족쇄 역할을 하고 있었다. 이 얼마나 얄궂은 상황인지 그도 느낄 수 있었다. 하지만 상관없었다. 세상의 이런저런 것들이 무너지고, 몸 놀림이 둔해지고 눈이 나빠지고 염병할 일렉트릭 부갈루(1970년대에 탄생된 스트리트 댄스 — 옮긴이)를 추지 못하게 된다 해도 문학은 영원한 법이었고 그를 기다리고 있는 게 바로 그 문학이었다. 창조자 말고는 아직 아무도 보지 못한 지형. 그는 일흔 살이 될 때까지 그 지형을 보지 못한대도 상관없었다. 게다가 돈도 있었다. 봉투에 든 돈도 있었다. 절대 거액은 아니었지만 쏠쏠한 비상금이었다.

'나는 인생의 목적이 있어.' 그는 속으로 중얼거렸다. '여기서 그렇다고 말할 수 있는 사람이 몇이나 될까? 가뜩이나 허벅지는 축 늘어지고 거시기는 볼일 볼 때나 서는 마당이라면.'

모리스는 이제 정말 사장님이 된 —《미국 서지학 회보》를 통해 알게 된 소식이었다 — 앤디 홀리데이에게도 몇 번 편지를 보냈다. 그는 옛 친구가 도난당한 제임스 에이지의 대표작을 판매하려다 큰코 다칠 뻔했는데 아슬아슬하게 모면한 적이 있다는 것도 알았다. 안타까운 소식이었다. 향수를 뿌리고 다니는 그 호모가 웨인스빌에 입소했다면 모리스가 끔찍하게 환영해 주었을 텐데. 이곳에는 모리 벨러미의 부탁이라면 그를 손봐 줄 악당들이 차고 넘치는데. 하지만 한낱 몽상이었다. 앤디는 기소되더라도 벌금형에 그쳤을 것이다. 최악의 경우라도 화이트칼라 절도범들이 수감되는 이 주 서쪽 끝의 컨트리 클럽으로 이송됐을 것이다.

앤디는 모리스의 편지에 답장을 보낸 적이 없었다.

2010년에 그만을 위한 제비가 자기 장례식 준비라도 하는 양 또다시 검은색 정장을 입고 카피스트라노를 찾았다. 살을 빼지 않으면 조만간 정말로 장례식 치를 준비를 해야겠다고 모리스는 못된 생각을 했다. 코라 앤 후퍼의 턱살은 두툼한 팬케이크처럼 목 양옆으로 축 늘어졌고, 눈은 비계 주머니에 묻힌 거나 다름없었고, 살색은 누리끼리했다. 검은색 핸드백만 파란색으로 바뀌었을 뿐 모든 게 똑같았다. 악몽! 끊임없는 상담 치료! 그날 밤 골목길에서 튀어나온 짐승 덕분에 망가진 인생! 어쩌고저쩌고, 구시렁구시렁.

'그 한심한 성폭행 사건을 아직도 극복 못 했나?' 모리스는 생각했다. '그만 잊고 정리할 생각이 절대 없는 모양이지?'

모리스는 개 같은 일은 개무시하는 거라고 생각하며 감방으로 돌아갔다. 개 같은 일은 개무시할 가치조차 없었다.

그해에 그는 쉰다섯 살이 되었다.

2014년 3월의 어느 날, 모리스가 메인 데스크에 앉아서 『미국의 목가』(필립 로스의 대표작이라고 할 수는 없다는 게 모리스의 생각이었다.)

를 세 번째로 읽고 있었을 때 간수가 찾아왔다. 행정실에서 그를 찾는다는 것이었다.

"왜요?"

모리스는 자리에서 일어나며 물었다. 행정실에서 찾는다고 하면 보통은 희소식이 아니었다. 경찰에서 어떤 사람에 대한 정보를 원하는데 협조를 거부하면 온갖 더러운 협박에 시달려야 한다는 뜻일 때가 많았다.

"가석방 공판 때문이라던데."

"설마요. 잘못 알고 있는 거 아니에요? 내년은 되어야 공판이 열리는데."

"들은 이야기를 그대로 전달하는 거다. 벌점 먹기 싫으면 다른 녀석 불러다가 앉혀놓고 쌩하니 다녀오시지?"

가석방 심의 위원회 — 이제는 남자 셋, 여자 셋이었다 — 가 회의실에 소집되어 있었다. 법률 고문 필립 다운스까지 합해서 럭키 세븐이었다. 그가 코라 앤 후퍼가 보낸 편지를 낭독했다. 놀라운 편지였다. 그 나쁜 년이 암에 걸렸다고 했다. 그것만 해도 희소식인데 그 뒤로 더 엄청난 희소식이 기다리고 있었다. 모리스 벨러미의 가석방에 반대했던 입장을 철회한다는 것이었다. 그러면서 너무 오랫동안 기다리게 해서 미안하다고 했다. 다운스는 이어서 MAC이라고 불리는 중서부 문화예술센터에서 보낸 편지를 낭독했다. 그곳에서는 오래전부터 웨인스빌에서 가석방된 전과자들을 숱하게 채용했는데 가석방 승인이 떨어지면 5월부터 모리스 벨러미를 임시직으로 고용해서 문서 정리와 컴퓨터 관리를 맡기고 싶다고 했다.

"35년 동안 깨끗했던 자네의 수감 전적과 후퍼 양의 편지를 감안했을 때 1년 앞당겨서 가석방 심의 위원회를 소집하는 것이 맞겠다는 생각이 들더군. 후퍼 양의 말로는 남은 시간이 많지 않다고 하니 이 문제를 얼른 매듭지어 주길 바랄 테고." 다운스는 위원회 사람들을 돌아보았다. "어떻게들 생각하십니까?"

모리스는 그들이 뭐라고 말할지 이미 알고 있었다. 그렇지 않은 이상 그가 여기로 불려올 일이 없었다. 투표 결과는 6대 0으로 가석방 승인이었다.

"심정이 어떤가, 모리스?" 다운스가 물었다.

평소에는 입담이 좋은 모리스였지만 어안이 벙벙해서 아무 말도 하지 못했고 사실 꼭 무슨 말을 해야 하는 것도 아니었다. 그는 울음을 터뜨렸다.

그는 2개월 뒤에 의무 사항인 출소 전 상담을 받고 MAC에서 일을 시작하기 직전에 A 출입문을 통해 자유로운 세상으로 돌아갔다. 주머니에는 35년 동안 염색 공장, 가구 공방, 도서관에서 일을 하며 모은 돈이 들어 있었다. 전부 다 해서 2700 몇 달러에 육박했다.

로스스타인의 공책이 드디어 사정권 안에 들어왔다.

2부

옛 친구들

1

커밋 윌리엄 호지스 ─ 친구들 사이에서는 빌이라고 불리는 ─ 는
창문을 내리고 라디오에서 들리는 밥 딜런의 「잇 테이크스 어 랏 투
래프, 잇 테이크스 어 트레인 투 크라이」를 따라부르며 에어포트 로
를 달린다. 그의 나이 이제 예순여섯 살로 영계는 아니지만 심장마
비 생존자치고는 상태가 제법 괜찮다. 혈관이 막혔던 이후로 체중을
18킬로그램 줄였고, 한 입 먹을 때마다 수명을 조금씩 갉아먹었던
인스턴트 음식도 끊었다.

"일흔다섯 살까지 살고 싶으세요?" 심장 전문의가 물었다. 심박
조율기를 삽입하고 2~3주 지나서 처음으로 정밀 검사를 받은 때였
다. "그러고 싶으시면 돼지 껍데기랑 도넛을 포기하세요. 샐러드를
친구처럼 여기고요."

네 이웃을 네 몸과 같이 사랑하라 못지않은 충고는 아니었지만 그

래도 호지스는 새겨들었다. 그의 옆자리에 놓인 하얀색 종이봉투에는 샐러드가 들어 있다. 올리버 매든의 비행기가 정시에 도착한다면 샐러드를 해치우고 다사니 생수로 입가심하기에도 충분할 만큼 시간적으로 여유가 있다. 매든이 와주기만 한다면 말이다. 홀리 기브니는 매든을 태운 비행기가 이륙했다고 장담했지만—에어트래커라는 사이트에서 비행 스케줄을 확인했다고 했다—그가 얼마든지 수상한 냄새를 맡고 다른 쪽으로 방향을 틀었을 수 있다. 워낙 한참 동안 지저분한 짓을 저지르고 다녔던 녀석인데 그런 녀석들은 냄새를 잘 맡는다.

호지스는 메인 터미널과 단기 주차장으로 향하는 샛길을 그대로 지나쳐서 에어 화물, 시그니처 에어라고 적힌 표지판을 통과한다. 토머스 제인 항공사라고 적힌 마지막 표지판에 이르러서야 방향을 튼다. 자가용 비행기를 운행하는 독립 항공사인데 훨씬 큰 바로 옆 시그니처 에어 FBO(항공지원센터)의 그늘에—말 그대로—웅크리고 있다. 손바닥만 한 주차장은 금이 간 아스팔트 사이로 잡초가 자라고 앞줄만 채워져 있다. 그 앞줄은 열두어 대 정도 되는 렌터카의 차지다. 소형차와 중형차 한복판에 창문을 선팅한 까만색 링컨 내비게이터가 우뚝 서 있다. 호지스가 보기에는 좋은 징조다. 그의 표적은 쓰레기 같은 인간답게 폼생폼사다. 그리고 1000달러짜리 양복을 입고 다닐지 몰라도 쓰레기는 쓰레기다.

주차장을 그대로 지나친 호지스는 입구 쪽의 수화물 하역장으로 진입해서 하역 전용이라고 적힌 표지판 앞에 차를 세웠다.

지금 표적을 싣고 있으면 얼마나 좋을까.

그는 손목시계를 확인한다. 11시 15분 전이다. 중요한 약속이 있을 때는 꼭 일찌감치 가 있으라는 어머니의 잔소리가 생각나서 미소가 지어진다. 그는 허리춤에 찼던 아이폰을 꺼내서 사무실로 전화한다. 벨은 딱 한 번 울리고 끝이다.

"파인더스 키퍼스입니다." 홀리는 누가 전화를 걸든 회사 이름을 밝힌다. 그것이 그녀의 귀여운 틱이다. 그녀의 귀여운 틱은 그것 말고도 많다. "도착했어요, 빌? 공항에 도착했어요? 네?"

귀여운 틱만 빼면 이 홀리 기브니는 이모의 장례식 참석차 4년 전에 이곳으로 건너와서 그를 처음 만났을 때에 비해 좋은 쪽으로 많이 달라졌다. 하지만 담배는 다시 몰래 가끔 피우는 눈치다. 입에서 냄새가 난다.

"도착했어요. 운이 좋을 거라고 얘기해 줘요."

"이건 운하고 전혀 상관없어요. 에어트래커가 얼마나 훌륭한 사이트라고요. 현재 미국 상공을 비행 중인 항공기가 육천하고 사백하고 열두 대예요. 신기하지 않아요?"

"진짜 엄청나네요. 매든이 탄 ETA가 도착하는 시간은 변함없이 11시 30분이에요?"

"정확히 말하면 11시 37분요. 책상 위에 탈지유를 두고 갔더라고요. 내가 냉장고에 다시 넣었어요. 날이 더우면 탈지유가 금방 상하거든요. 아무리 지금처럼 에어컨을 틀어도 말이죠."

호지스는 그녀의 잔소리에 지쳐서 에어컨을 설치했다. 홀리는 마음만 먹으면 아주 훌륭한 잔소리꾼이 될 수 있다.

"물 좀 마셔 가면서 얘기해요, 홀리. 다사니 생수 있는데."

"고맙지만 됐어요. 내가 들고 온 다이어트 콜라 마시고 있어요. 바브라 로빈슨이 전화했었어요. 당신하고 통화하고 싶다면서. 목소리가 아주 심각하던데. 이따 오후에 다시 전화하라고 했어요. 아니면 당신이 나중에 전화할 거라고." 그녀는 슬금슬금 불안한 투로 바뀐다. "괜찮겠죠? 당신이 당분간 전화를 쓰고 싶지 않아 할 것 같아서 그랬는데."

"잘했어요, 홀리. 바브라가 뭣 때문에 그렇게 심각한지 얘기했어요?"

"아뇨."

"바브라한테 전화해서 이 일이 끝나는 대로 내가 연락할 거라고 전해 줘요."

"조심할 거죠?"

"조심은 늘 하죠."

하지만 홀리는 사실 그가 그렇지 않다는 것을 안다. 4년 전에도 그와 바브라의 오빠 제롬과 홀리가 천국으로 날아갈 뻔했고…… 홀리의 사촌은 그보다 먼저 폭탄에 목숨을 잃었다. 제이니 패터슨에게 마음을 반 이상 빼앗겼던 호지스는 지금도 그녀를 생각하며 슬퍼한다. 그리고 지금도 자책을 거듭한다. 요즘에 그는 자기 건강을 알아서 잘 챙기고 있는데 제이니가 그래주길 바랄 거라는 생각에 그런 것도 있다.

그는 홀리에게 자리를 대신 잘 지켜 달라고 당부하고 퇴직 형사로 불리기 전에는 글록을 꽂고 다녔던 허리춤에 아이폰을 다시 집어넣는다. 퇴직한 후에는 늘 깜빡하고 휴대전화를 놓고 다녔는데 그랬던 시절은 끝났다. 요즘 하는 일은 배지를 들고 다니던 시절과 다르지만 그래도 나쁘지는 않다. 사실은 상당히 마음에 든다. '파인더스 키퍼스'가 잡는 물고기는 대부분 피라미였는데 오늘은 참다랑어라서 신이 난다. 두둑한 보수가 예상되기는 하지만 중요한 건 그게 아니다. 중요한 건 할 일이 있다는 거다. 그는 올리버 매든 같은 악당을 잡으러 태어난 사람이고 더 이상 할 수 없을 때까지 그 일에 매진할 생각이다. 운이 좋으면 8~9년 더 할 수 있을 테고 그때까지 하루하루를 소중하게 여길 생각이다. 제이니도 그가 그래주길 바랐을 것이다.

그래요. 그녀가 그를 보고 특유의 우스꽝스러운 표정으로 콧잔등을 찡그리며 그렇게 얘기하는 소리가 들리는 듯하다.

바브라 로빈슨도 4년 전에 거의 죽을 뻔했다. 어머니와 친구들과 함께 운명의 그 공연장에 갔던 것이다. 바브라는 그 당시에 명랑하고 행복한 아이였는데 지금은 명랑하고 행복한 청소년이 되었다. 로빈슨 가족의 집에서 가끔 같이 식사를 할 때마다 바브라를 만났는데 제롬이 타지의 학교로 진학하면서 만날 기회가 줄었다. 제롬이 여름방학 때 집에 오려나? 이따 바브라와 통화하면서 물어봐야겠다. 호지스는 그녀가 난처한 상황에 놓인 게 아니길 바랄 따름이다. 그럴 가능성이 낮기는 하다. 그녀는 기본적으로 심성이 착해서 길을 건너는 노파가 있으면 도와주는 그런 아이다.

호지스는 샐러드 뚜껑을 열어서 저칼로리 프렌치드레싱을 뿌리고 우적우적 먹기 시작한다. 배가 고팠다. 배가 고프다는 것은 좋은 징조다. 허기는 건강하다는 증거다.

2

모리스 벨러미는 전혀 배가 고프지 않았다. 점심으로 살 수 있는 게 기껏해야 크림치즈를 바른 베이글인데 그마저도 별로 먹지 못했다. 맨 처음 출소했을 때는 돼지처럼 먹었다. 빅맥, 퍼널 케이크, 조각 피자 등 교도소에 있는 동안 먹고 싶었던 것들을 전부 다 섭렵했다. 하지만 그것도 누군가가 생각 없이 추천한 로타운의 세뇨르 타코에 갔다가 속을 다 게우기 전까지였다. 젊었을 때는 멕시코 음식을 먹어도 아무 탈이 없었고 불과 몇 시간 전까지 청춘이었던 것 같은데, 변기라는 제단 앞에 밤새도록 무릎을 꿇고 앉아서 기도를 한 결과 현실을 깨달았다. 모리스 벨러미는 노년을 앞두고 있는 쉰아홉 살이었다. 청바지를 염색하고, 웨인스빌 아울렛에서 판매할 식탁과 의자에 니스 칠을 하고, 죄수복 차림으로 끝도 없이 밀려오는, 꿈도 희망도 없는 멍청이들을 대신해서 편지를 쓰는 동안 좋은 시절은 다 지나 버렸다.

이제 그가 복귀한 뭐가 뭔지 모를 세상에서는 아이맥스라는 거대한 화면으로 영화를 감상하고, 행인들은 전부 다 귀에 전화기를 대고 있든지 조그만 화면을 들여다본다. 가게마다 내부를 감시하는 텔레비전 카메라가 있는 듯하고, 가장 일상적인 용품들마저 — 예컨대 빵만 해도 그가 입소하던 시절에는 한 덩이에 50센트였는데 — 어찌나 비싼지 비현실적으로 느껴진다. 모든 게 달라져서 눈 뜬 장님이 된 기분이다. 그는 유행에 한참 뒤처졌고 그도 알다시피 교도소 지향적인 그의 머리로는 절대 간극을 메울 수 없다. 몸도 마찬가지다.

아침에 일어나면 뻣뻣하고 밤에 자려고 누우면 욱신거린다. 관절염의 기미가 있는 듯하다. 속을 게운 그날 밤 이후로(속을 게우지 않으면 갈색 물똥을 쌌다.) 식욕이 그냥 사라져 버렸다.

적어도 음식에 대해서만큼은 그렇다. 여자들 생각은 나지만 — 젊은 여자들이 거의 알몸으로 초여름의 무더운 거리 곳곳을 활보하는데 어떻게 생각을 하지 않을 수 있겠는가 — 그 나이에는 자기보다 서른 살 어린 여자를 돈으로 사는 수밖에 없는데, 그런 여자를 살 수 있는 곳에 발을 들이면 가석방 조건 위반이다. 그러다 잡히면 저자 말고는 아무도 읽지 못한 로스스타인의 공책을 미개간지의 그곳에 그대로 묻어 둔 채 웨인스빌로 끌려갈 게 분명하다.

그는 공책들이 거기 계속 묻혀 있다는 것을 알기에 더 괴롭다. 공책을 꺼내서 마침내 소유하고 싶은 욕망이 머릿속에 박혀서 떠날 줄 모르는 노랫가락(나의 미친 마음을 달래줄 애인이 필요해-애)처럼 그를 끊임없이 괴롭히지만, 배운 대로 가석방 담당관이 긴장을 풀고 느슨해질 때까지 기다리는 중이다. 모리스가 맨 처음 가석방 조건을 갖추었을 때 워런 '덕' 덕워스가 복음처럼 들려준 이야기가 있었다.

"처음에는 무지무지 조심해야 해." 덕은 이렇게 말했다. 모리스의 첫 공판이 열리고 복수심에 불타는 코라 앤 후퍼가 처음으로 등장하기 전에 한 말이었다. "달걀 위를 걷는 것처럼. 왜냐하면 그 자식은 네가 전혀 예상하지 못한 순간에 등장하거든. 내기해도 좋아. 만약 네가 무슨 짓을 하려는데 의심스러운 행동으로 분류될 것 같다 싶으면 — 그런 항목이 있어 — 가석방 담당관이 깜짝 방문할 때까지 기다려. 그 이후에는 괜찮을 거야. 알겠지?"

모리스는 알아들었다.

그리고 덕의 충고가 맞았다.

3

자유의 몸(뭐, *절반의* 자유이기는 했지만)이 된 지 100시간도 되지 않았을 때 모리스가 그의 집이 있는 오래된 아파트 건물로 들어서는데, 현관 앞에 가석방 담당관이 앉아서 담배를 피우고 있었다. 입주민들이 벌레똥 궁궐이라고 부르는 그 건물은 낙서로 뒤덮인 시멘트와 콘크리트 블록 더미였고 갱생 중인 약물중독자, 알코올중독자, 그처럼 가석방된 전과자들로 우글거리는, 정부 보조금으로 운영되는 구치소였다. 모리스는 그날 낮 12시에 가석방 담당관을 만나서 의례적인 질문에 대답하고 *다음 주에 만나자는* 인사를 나눈 참이었다. 그런데 지금은 다음 주도 아니고 심지어 다음 날도 아닌데 그가 거기 있었다.

엘리스 맥팔랜드는 아래로 갈수록 점점 불룩해지는 거대한 배와 반짝이는 민머리가 특징인 거구의 흑인이었다. 오늘 저녁에는 대문짝만 한 청바지에 XXL 사이즈의 할리 데이비슨 티셔츠를 입고 있었다. 그의 옆에는 너덜너덜한 배낭이 놓여 있었다.

"안녕, 모리." 그는 말하고 산만 한 엉덩이 옆쪽 시멘트를 손으로 두드렸다. "와서 좀 앉지."

"안녕하세요, 맥팔랜드 경감님."

모리스는 자리에 앉는데 심장이 어찌나 두근거리는지 아플 지경이었다. '제발 의심스러운 행동 때문에 왔다고 해 주세요.' 그는 무슨 의심스러운 행동을 했는지 기억도 나지 않지만 이렇게 생각했다. '제발 돌려보내지만 마요. 이렇게 거의 다 왔는데 안 돼요.'

"어디 있다 왔어? 일은 4시에 끝나잖아. 지금은 6시가 넘었는데."

"새…… 샌드위치 먹고 왔어요. 해피 컵에서요. 해피 컵이 아직 있다니 믿기지가 않았는데 정말 있더라고요."

그는 종알거리고 있었다. 뭔가에 취한 사람들이 종알거린다는 걸 아는데도 멈출 수가 없었다.

"샌드위치를 먹는데 두 시간이나 걸렸다고? 길이가 1미터쯤 되는 거였나 보네?"

"아뇨, 그냥 평범한 샌드위치였어요. 햄이랑 치즈를 넣은 거. 거번먼트 광장의 벤치에 앉아서 먹었고 부스러기를 비둘기들한테 던져 줬어요. 예전에 친구랑 자주 그랬거든요. 그러느라…… 시간이 가는 줄 몰랐어요."

백 퍼센트 사실인데 어찌나 설득력 없게 들리는지!

"바람을 쐬었겠지." 맥팔랜드는 슬쩍 떠보았다. "자유를 만끽하면서. 대충 그런 거 아니었어?"

"맞아요."

"그런데 말이지. 아무래도 위로 올라가서 소변을 좀 받아야겠는데? 네가 엉뚱한 자유를 즐기고 있었던 건 아닌지 확인하는 차원에서." 그는 배낭을 토닥였다. "검사 도구를 여기 챙겨왔어. 소변이 파란색으로 변하지 않으면 머리카락 몇 가닥 뽑고 더 이상 귀찮게 하지 않을 거야. 이의 없겠지?"

"네." 모리스는 다행스러워서 머리가 아찔할 지경이었다.

"플라스틱 컵에 소변을 보는 동안 내가 옆을 지키고 있을 거야. 그것도 이의 없겠지?"

"네." 모리스는 35년 동안 남들 앞에서 볼일을 보았다. 그런 거라면 인이 박혀 있었다. "괜찮습니다, 맥팔랜드 경관님."

맥팔랜드는 하수구에 담배꽁초를 던진 다음 배낭을 들고 일어섰다.

"그렇다면 검사는 그냥 건너뛰기로 하지."

모리스는 입을 떡 벌렸다.

맥팔랜드는 미소를 지었다.

"잘하고 있어, 모리스. 최소한 지금까지는. 그럼 뭐라고 해야 할까?"

모리스는 순간 뭐라고 해야 하는지 알 수가 없었다. 그러다 퍼뜩 생각이 났다.

"고맙습니다, 맥팔랜드 경관님."

맥팔랜드는 자기보다 스무 살 많은 담당 전과자의 머리를 헝클어뜨리고 말했다.

"아이구, 착해라. 다음 주에 보자고."

나중에 모리스는 자기 방 안에서 몇 개 안 되는 싸구려 가구와 지옥에서 들고 나올 수 있었던 몇 권 안 되는 책들을 쳐다보고 다른 입주민들이 여기가 남학생 클럽 하우스라도 되는 것처럼 고함을 지르고 쿵쾅거리는 소리를 들으며, 어린애 응석을 받아 주듯 생색내는 말투였던 *아이구, 착해라*를 머릿속에서 반복 재생했다. 모리스가 그를 얼마나 싫어하는지 맥팔랜드는 알까 궁금해졌고 아무래도 알 것 같다는 생각이 들었다.

아이구, 착해라. 내가 낼모레면 예순인데 엘리스 맥팔랜드한테 착하다는 소리나 듣고 있단 말이지.

그는 침대에 잠깐 누워 있다가 일어나서 왔다 갔다 걸으며 딕에게 들은 충고의 나머지 부분을 떠올렸다. *만약 네가 무슨 짓을 하려는데 의심스러운 행동으로 분류될 것 같다 싶으면 가석방 담당관이 깜짝 방문할 때까지 기다려. 그 이후에는 괜찮을 거야.*

모리스는 결심하고 청재킷을 홱 걸쳤다. 그는 지린내가 나는 엘리베이터를 타고 로비로 내려가서 가장 가까운 버스 정거장까지 두 블록을 걸어갔고 목적지를 알리는 유리창에 노스필드라고 적힌 버스를 기다렸다. 이제 심장이 두 배로 두근거렸고 맥팔랜드 경관이 근처 어딘가에 있을 것만 같았다. 맥팔랜드는 이렇게 생각하고 있을 것이다. *아, 미끼를 던져 놨으니까 다시 찾아가 봐야지. 가서 저 녀석이 무슨 속셈인지 확인해야지.* 두말하면 잔소리지만 그럴 가능성은 낮았다. 맥팔랜드는 지금쯤 퇴근해서 아내와 자기만큼 덩치가 산만 한 세 아이와 저녁을 먹고 있을 것이었다. 그런데도 모리스는 떠오르는 상상을 어쩔 수가 없었다.

만약 그가 정말로 다시 찾아와서 나더러 어디 갔었느냐고 물으면 어쩐다? 예전에 살던 집을 구경하고 싶었다고 해야겠다. 그 동네에는 술집도 없고 스트립 바도 없고 편의점 두세 개, 한국전쟁 이후에 지어진 집 수백 채, 나무 이름을 딴 길거리뿐이니까. 노스필드의 그 일대는 한물간 근교 주택가였다. 거기에 끝날 줄 모르는 소송에 휘

말려서 잡초로 뒤덮인, 디킨스의 소설에나 나올 법한 한 블록 면적의 공터뿐이었다.

그는 어렸을 때 만날 틀어박혀 지냈던 도서관 근처의 가너 가에서 내렸다. 슈퍼맨이 크립토나이트를 질색하듯 그를 두들겨 팰 수도 있는 덩치 큰 아이들이 도서관이라면 질색했기 때문에 그에게는 도서관이 안전한 피난처였다. 그는 시커모어까지 아홉 블록을 걸어가서 예전에 살았던 집을 실제로 어슬렁어슬렁 지났다. 이 동네 집들이 모두 그렇듯 여전히 허름해 보였지만 잔디는 깎였고 페인트칠도 얼마 전에 한 듯했다. 그는 36년 전에 염탐꾼 멀러 부인의 눈을 피해서 비스케인을 넣어 두었던 차고를 쳐다보았다. 공책들이 축축해지지 않도록 중고 트렁크 안에 비닐을 깔았던 게 생각났다. 공책들이 그 안에 보관되어 있었던 긴 세월을 감안했을 때 탁월한 선택이었다.

23번지에는 불이 켜져 있었다. 집주인 가족—교도소 도서관에서 컴퓨터로 검색한 바에 따르면 소버스 가족이었다—이 안에 있는 모양이었다. 그는 진입로가 내려다보이는 2층 오른쪽 방 창문을 쳐다보며 그가 썼던 방에는 누가 살고 있을지 궁금해했다. 아이, 그것도 요즘처럼 타락한 시대에는 책보다 휴대전화 게임에 더 관심이 많은 아이일 것이다.

모리스는 발걸음을 옮겼고 엘름 가 쪽으로 모퉁이를 돌아서 버치 가까지 걸어갔다. 버치 스트리트 레크리에이션 센터(예산이 삭감돼서 2년째 휴관 중이라는 것도 컴퓨터 검색을 통해 알고 있었다.)에 다다르자 그는 양쪽 인도에 아무도 없다는 것을 확인한 뒤 벽돌로 된 레크리에이션 센터 옆면으로 황급히 발걸음을 옮겼다. 그 뒤로 숨은 이후에는 휘청거리며 달리는 수준으로 속도를 높여서 농구장 — 보아하니 허름해도 계속 사용 중인 듯했다 — 과 잡초로 뒤덮인 야구장을 지났다.

거의 만월에 가까운 달이 환하게 주변을 밝히자 그의 뒤로 그림자가 드리워졌다. 이제는 그의 앞으로 어지럽게 얽힌 덤불과 영역 싸움을 하느라 가지들이 서로 엉킨 난쟁이 나무들이 이어졌다. 오솔길이 어디였더라? 맞게 찾아온 것 같은데 길이 보이지 않았다. 그는 희미한 냄새를 추적하는 개처럼 야구장의 우측 외야가 있었던 근처를 왔다 갔다 움직였다. 심장이 다시 전속력으로 뛰기 시작했고 입 안은 바짝 말라서 까끌까끌했다. 예전에 살던 동네를 찾아가보는 것과 방치된 레크리에이션 센터 뒤편을 뒤지는 것은 차원이 다른 문제였다. 이것이야말로 누가 봐도 의심스러운 행동이었다.

막 포기하려는 찰나, 어떤 덤불 쪽에서 감자칩 봉지 하나가 펄럭펄럭 날아왔다. 그 덤불을 젖히자 아니나 다를까, 이제는 어렴풋하게 흔적만 남은 오솔길이 등장했다. 생각해 보니 그럴 수밖에 없었다. 그 길을 지나다니는 아이들이 여전히 있을지 몰라도 레크리에이션 센터가 문을 닫은 뒤로 숫자가 많이 줄었을 게 아닌가. 그로서는 다행스러운 일이었다. 하지만 그가 웨인스빌에 수감되어 있었던 거의 대부분의 기간 동안 레크리에이션 센터는 운영되고 있었다. 그가 묻어 놓은 트렁크 근처를 오간 인구가 이루 헤아릴 수 없을 만큼 많았을 것이다.

그는 달이 구름 뒤로 숨으면 완전히 멈추었다가 고개를 내밀면 다시 걸음을 옮기는 식으로 천천히 오솔길을 따라 움직였다. 5분이 지나자 나지막이 읊조리는 개울 소리가 들렸다. 그러니까 개울도 그대로 있다는 뜻이었다.

모리스는 개울가로 나섰다. 덮고 있는 게 아무것도 없는 데다 이제 달님이 바로 위 하늘에 걸려 있어서 개울물이 까만 비단처럼 반짝였다. 그는 그 밑에 트렁크를 묻어 놓은 저쪽 개울가의 나무를 금세 찾을 수 있었다. 나무가 자라서 개울 쪽으로 많이 기울었다. 울퉁불퉁한 뿌리 몇 개가 삐죽 튀어나왔다가 다시 흙 속으로 들어간 것만 다를 뿐, 예전과 똑같았다.

모리스는 신발이 젖지 않도록 예전 방식으로 돌을 건넜다. 주위를 한 번 살핀 다음―근처에 누가 있었다면 소리가 들렸을 테니 아무도 없다는 걸 알았지만 그래도 흘끗흘끗 훔쳐보는 것이 제2의 천성이 되었다―나무 밑으로 무릎을 꿇었다. 넘어지지 않도록 한 손으로 뿌리를 잡고 다른 손으로 잡초를 뜯는데 거칠게 쌕쌕거리는 그의 숨소리가 들렸다.

그는 조그만 원 모양으로 잡초를 뜯은 뒤 자갈과 작은 돌멩이를 옆으로 던져 가며 땅을 파기 시작했다. 손목과 팔꿈치의 중간 지점까지 파고 들어갔을 때 손끝이 딱딱하고 반질반질한 무언가에 닿았다. 그는 화끈거리는 이마를 삐죽 튀어나온 뿌리의 울퉁불퉁한 팔꿈치에 대고 눈을 감았다.

아직 있었다.

그의 트렁크가 아직 여기 있었다.

'하느님, 감사합니다.'

지금 당장은 이 정도로 충분했다. 이게 최선이었고 아, 이렇게 마음이 홀가분할 수가 없었다. 그는 흙을 떠서 구멍을 메우고 개울가에서 지난 가을에 떨어진 낙엽을 주워다 그 위에 흩뿌렸다. 잡초가 금세 자라면 — 특히 날이 따뜻하면 잡초가 금세 자랐다 — 감쪽같아질 것이었다.

좀 더 자유로운 몸이었다면 오솔길을 따라서 버스 정거장이 더 가까운 시커모어 가 쪽으로 건너갔겠지만 지금은 안 될 말씀이었다. 그 오솔길 끝이 소버스 가족이 사는 집의 뒷마당과 연결되어 있기 때문에 그 가족 중 아무라도 그를 보고 911에 연락하면 그는 내일 당장 웨인스빌로 끌려갈 테고 아마 원래 받았던 형기에 5년이 추가될 것이다.

그는 버치 가까지 왔던 길을 되짚어 갔고 양쪽 인도에 여전히 아무도 없는 것을 확인한 뒤 가너 가에 있는 버스 정거장으로 걸어갔다. 다리가 아팠고 땅을 파느라 쓸린 손이 따끔거렸지만 몸이 50킬로그램 정도 가벼워진 듯한 기분이 들었다. 아직 있었다! 그럴 줄 알았지만 실제로 확인을 했더니 기분이 *그렇게* 좋을 수가 없었다.

그는 벌레똥 궁궐로 돌아가서 손을 씻고 옷을 갈아입고 자리에 누웠다. 주변이 그 어느 때보다 시끄러웠지만 오늘처럼 보름달이 뜬 날 밤의 웨인스빌 D동만큼 시끄럽지는 않았다. 모리스는 거의 눕자마자 잠기운 속으로 빨려 들어갔다.

트렁크가 있는 걸 확인했으니까 조심해야 한다는 것이 그가 잠들기 전에 마지막으로 한 생각이었다.

그 어느 때보다 조심해야 할 일이었다.

4

거의 한 달째 그는 몸을 사리고 있다. 매일 아침마다 제시간에 정확하게 출근하고 매일 저녁마다 벌레똥 궁궐로 일찌감치 퇴근한다. 웨인스빌 출신 중에서도 모리스의 도움으로 DNA 검사를 받고 출소한 척 로버슨만 만난다. 척은 처음부터 결백했기 때문에 기존의 패거리로 간주되지 않는다. 최소한 징역형을 받은 그 사건에 관해서는 무죄였다.

MAC에서 모리스의 상사는 저 잘난 맛에 사는 돼지 새끼고 거의 컴맹이나 다름없는데 연봉이 6만 달러는 될 것이다. 최소 그 정도다. 그런데 모리스는? 시급이 11달러다. 그는 식료품 쿠폰으로 연명하며 이른바 '좋은 시절'을 보낸 감방보다 별로 크지도 않은 9층의 원룸에서 살고 있다. 그의 사무실 칸막이 자리에 도청기가 달려 있을 것 같지는 않지만 달려 있대도 그는 놀라지 않을 것이다. 요즘 미국은 온 *사방*에 도청기가 달려 있는 듯한 느낌이다.

이렇게 거지 같은 인생을 살 게 된 게 누구 때문일까? 그는 가석방 심의 위원들 앞에서는 자기 때문에 이렇게 된 거라고 일말의 망설임도 없이 여러 번 강조했다. 개떡 같은 커드와의 상담 시간을 통해 원흉 분석 게임의 요령을 터득했기 때문이었다. 자기가 잘못된 선택을 했기 때문이라고 시인하는 것이 필수 조건이었다. 그들 앞에서 *내 탓이오* 하지 않으면 암에 걸려서 예수의 환심을 사려는 나쁜 년이 편지에 뭐라고 적든 절대 출소할 수 없었다. 덕이 가르쳐주지 않아도 그 정도는 알 수 있었다. 그가 어리숙할지 몰라도 그 정도로

어리숙하지는 않았다.

하지만 정말 그 때문일까?

아니면 저기 보이는 저 밥맛 때문일까?

모리스가 먹고 싶지도 않은 베이글 조각을 들고 앉아 있는 벤치에
서 길을 건너 가게를 네 개 정도 지난 곳에서 앤드루 홀리데이 레어
에디션스를 기세 좋게 박차고 나온 대머리 뚱뚱이가 문에 걸린 팻말
을 OPEN에서 CLOSED로 바꾸고 있었다. 화요일에는 MAC에서 오
후 근무만 하기 때문에 모리스는 점심시간마다 반복되는 이 의식을
오늘로 세 번째 감상하는 중이다. 그는 1시에 출근해서 고릿적 파일
시스템을 4시까지 열심히 업데이트할 것이다. (그곳 직원들은 미술과
음악과 연극에 대해서는 해박할지 몰라도 맥 오피스 매니저에 대해서는 쥐뿔
도 모른다.) 4시가 되면 시내를 횡단하는 버스를 타고 9층의 쓰레기
같은 방으로 돌아갈 것이다.

그러기 전까지 여기 앉아 있다.

옛 친구를 구경하면서.

오늘도 지난 두 번의 화요일과 같다면 — 다를 거라고 생각할 이
유가 없었다. 그의 옛 친구는 습관의 노예였다 — 앤디 홀리데이는
레이스메이커 레인을 (뒤뚱뒤뚱) 걸어서 자메 투주르라는 카페에 갈
것이다. 아무 의미도 없는 거지같은 이름이지만 있어 보인다. 앤디
가 추구하는 바가 원래 그렇지 않았던가.

커피를 마시고 간단하게 점심을 먹으며 카뮈와 긴스버그와 존 로
스스타인을 놓고 모리스와 수도 없이 토론을 벌였던 옛 친구는 살이
못해도 45킬로그램은 쪘고, 뿔테가 디자이너 브랜드의 고급 안경으

로 바뀌었고, 모리스가 35년 동안 교도소에서 뼈 빠지게 일을 해서 모은 돈보다 더 비싸 보이는 구두를 신었지만, 속은 예전 그대로일 거라고 모리스는 장담할 수 있다. 될성부른 나무는 떡잎부터 알아본 다는 속담도 있다시피 겉멋이 든 밥맛은 영원히 겉멋이 든 밥맛일 수밖에 없다.

앤드루 홀리데이 레어 에디션스 사장은 모리스 쪽이 아니라 반대 편으로 걸어가고 있지만 그가 길을 건너서 다가온다 한들 모리스는 걱정할 필요가 없다. 그의 눈에 뭐가 보이겠는가? 어깨는 좁고 눈 아래 살은 처지고 희끗희끗한 머리는 벗어져가고 있는데, 챕터 일레븐 에서 산 싸구려 스포츠 재킷에 그보다 더 저렴한 회색 바지를 입은 초로의 남자밖에 더 보이겠는가. 옛 친구는 점점 불룩해져 가는 배 를 내밀고 그를 두 번은커녕 한 번 쳐다보지도 않은 채 그대로 지나 칠 것이다.

'나는 가석방 심의 위원들에게 그들이 원하는 대답을 했지.' 모리 스는 생각한다. '그럴 수밖에 없었으니까. 하지만 사실은 너 때문에 내가 그 긴 세월을 날린 거야, 저 잘난 맛에 사는 더러운 호모 새끼 야. 내가 로스스타인과 공범들 때문에 체포됐다면 얘기가 달라졌겠 지. 하지만 그게 아니었잖아. 로스스타인, 다우, 로저스 씨에 대해서 는 조사를 받지도 않았어. 하고 싶지도 않았던 불쾌한 성적 접촉 때 문에 그 긴 세월을 날린 거라고. 기억도 나지 않는데. 어쩌다 그런 사태가 벌어졌을까? 뭐, 잭이 지은 집이랑 비슷해(잭이 지은 집이 있는 데 그 집에는 치즈가 있고, 그 치즈를 생쥐가 먹고, 그 생쥐를 고양이가 물어 죽이고…… 내용이 이런 식으로 이어지는 「잭이 지은 집에서 도대체 무슨 일이 일어났을까?」라는 그림책에 빗대서 한 말이다 — 옮긴이). 후퍼 그년이 지나갔을 때 내가 하필이면 술집이 아니라 골목길에 있었어. 내가 술집에서 쫓겨난 이유는 주크박스를 발로 찼기 때문이지. 내가 주크박스를 발로 찬 이유는 애초에 그 술집을 찾은 이유와도 같은데 *너 한테 짜증이 났기 때문이야.'*

"*21세기가 시작될 때까지 가지고 있으면 그때 나한테 연락을 주지 그러냐?*"

모리스는 뒤뚱뒤뚱 그에게서 멀어져 가는 앤디를 쳐다보며 주먹을 불끈 쥐고 생각한다. '너는 그날 계집애 같았어. 내 차 뒷자리에 태운 후끈한 숫처녀. *응, 자기야, 응, 응, 진짜 사랑해,* 콧소리를 내다가 치맛자락이 허리 위로 올라가면 이러다 내 손목이 부러지겠다 싶을 정도로 세게 무릎을 오므리고는 *안 돼, 싫어, 그 손 치워, 날 뭘로 보는 거야?'*

'좀 더 돌려서 말할 수도 있었잖아.' 모리스는 생각한다. '네가 조금만 돌려서 말해 줬더라면 그 긴 세월을 날릴 일도 없었을 텐데. 하지만 너는 눈곱만큼도 그럴 마음이 없었지? 대단하다는 말조차 없었잖아, 그럴 용기도 없어서. 그저 *나한테 뒤집어씌울 생각은 하지 마라.'*

그의 옛 친구는 비싼 구두를 들어서 지배인이 호들갑스럽게 맞아 줄 자메 투주르 안으로 들어간다. 모리스는 베이글을 쳐다보며 마저 먹어야 한다는 생각을 하지만 — 이로 크림치즈를 긁어먹기라도 해야 한다는 생각을 하지만 — 뱃속이 뒤틀려서 엄두가 나지 않는다. 그는 포기하고 MAC으로 출근해서 발라당 누워 버린 디지털 파일 시스템을 오후 내내 정리할 것이다. 그는 여기 이 레이스메이커 레인 ― 이제는 도로가 아니라 차량 통행이 금지된 야외 고급 쇼핑 몰로 변신했다 ― 을 다시 찾으면 안 된다는 것을 알지만 다음 주 화요일에도 여기 이 벤치에 앉아 있을지 모른다는 것을 안다. 그는 그다음 주 화요일에도 그럴 것이다. 공책을 찾을 때까지 그럴 것이다. 그러다 공책을 찾으면 정신을 차릴 것이다. 그때가 되면 옛 친구에게 신경 쓸 필요가 없어진다.

그는 일어나서 들고 있던 베이글을 근처 쓰레기통에 던진다. 그러고는 자메 투주르 쪽을 쳐다보며 속삭인다.

"너는 쓰레기야, 친구, 진짜 쓰레기야. 그리고 내가 장담하는데……"

아니다.

아니다.

공책만 신경 쓰면 된다. 척 로버슨의 도움을 받으면 내일 밤에 공책을 찾으러 나갈 수 있을 것이다. 척은 도와줄 것이다. 그에게 엄청난 신세를 졌으니 갚으라고 옆구리를 찌를 참이다. 엘리 맥팔랜드가 모리스는 모범생이라는 결론을 내리고 관심을 다른 데로 돌릴 때까지 기다려야 한다는 것을 알지만 트렁크와 그 안에 든 물건의 유혹이 너무 크다. 값비싼 음식을 우적거리고 있을 돼지 새끼에게 당한 만큼 갚아주고 싶은 마음도 굴뚝같지만 복수보다 중요한 것이 지미 골드 시리즈 4편이다. 5편도 있을지 모른다! 모리스는 그럴 가능성이 낮다는 걸 알지만 가능성이 아예 없는 건 아니다. 그 공책에 쓴 글들이 많았다. 아주 많았다. 그는 버스 정거장을 향해 걸어가면서 섬뜩한 눈빛으로 자매 투주르를 한번 흘끗 돌아보며 생각한다. '너는 네가 얼마나 운이 좋았는지 죽을 때까지 모르겠지.'

'옛 친구야.'

5

모리스 벨러미가 베이글을 던지고 버스 정거장 쪽으로 걸어가고 있을 무렵, 호지스는 샐러드를 해치우며 이런 식으로 두 그릇은 더 먹을 수 있겠다는 생각을 한다. 그는 스티로폼 상자와 플라스틱 포크를 종이봉투에 다시 넣어서 봉투를 조수석 발치로 던지며 나중에 잊어버리지 말고 쓰레기를 치우자고 다짐한다. 주행거리가 아직 1만 5000킬로미터도 되지 않는 새 차 프리우스가 마음에 들어서 최대한 깨끗하고 깔끔하게 유지하려고 노력하는 중이다. 이 차를 고른 사람은 홀리였다. "연료를 덜 써서 환경에 좋잖아요." 그녀가 한 말이었다. 한때는 집 밖으로 나오지도 못했던 여자가 이제는 그의 생활 이모저모를 단속하고 있다. 남자친구가 생기면 느슨해질 것도 같은데 남자친구가 생길 가능성은 없어 보인다. 그가 남자친구에 가장 가까운 존재가 될 공산이 크다.

'홀리, 내가 당신을 좋아하는 게 다행인 줄 알아요.' 그는 생각한다. '안 그러면 당신을 죽이는 수밖에 없었을 테니까.'

비행기가 다가오는 소음이 들리기에 손목시계를 확인해 보니 11시 34분이다. 올리버 매든이 정시에 도착하려는 모양이다. 마음에 쏙 든다. 호지스도 시간을 칼같이 지키는 성격이다. 그는 뒷자리에 벗어 놓은 재킷을 들고 차에서 내린다. 앞주머니에 묵직한 물건이 들어 있어서 예쁘게 늘어뜨려지지 않는다.

출입문 위에 삼각형 모양으로 튀어나온 부분이 있는데 그 그늘 안은 아무리 못해도 5도는 더 시원하다. 호지스는 재킷 안주머니에서 새로 산 안경을 꺼내 서쪽 하늘을 훑어본다. 이제 마지막 구간으로 접어든 비행기가 깨알에서 반점을 거쳐 홀리가 출력한 사진과 비슷한 형체로 발전한다. 빨간 바탕에 까만색 테를 두른 2008년형 비치크래프트 킹에어 350이다. 누적 비행시간은 기껏해야 1200시간, 착륙은 정확히 805회. 그의 시야에 들어올 항공기의 일련 번호는 806. 정가는 400만 몇 달러.

작업복을 입은 남자가 정문을 빠져나온다. 그는 호지스의 차를 보더니 이번에는 호지스를 쳐다보며 말한다.

"저기 주차하면 안 되는데요."

"오늘은 별로 복잡하지 않은 것 같아서요."

호지스는 부드럽게 얘기한다.

"그래도 안 되는 건 안 되는 거죠."

"금방 뺄게요."

"금방이 아니라 지금 당장 빼세요. 앞쪽에는 픽업 트럭이랑 대형 화물 트럭만 댈 수 있어요. 주차장으로 옮기세요."

킹에어가 이제 활주로 끝에 다다라서 지상과의 거리가 몇십 센티미터밖에 안 된다. 호지스는 엄지손가락으로 킹에어를 가리킨다.

"저 비행기 보이죠? 엄청난 악질이 저 비행기를 몰고 있어요. 여러 사람들이 여러 해 동안 녀석을 쫓았는데 이제 등장한 거예요."

작업복을 입은 남자가 고민하는 동안 엄청난 악질이 모는 비행기는 청회색 고무 연기와 함께 착륙한다. 그들은 비행기가 제인 항공사 건물 뒤편으로 사라지는 것을 지켜본다. 잠시 후에 남자가 ─ 아마 정비공일 것이다 ─ 다시 호지스를 돌아본다.

"경찰이세요?"

"아뇨. 하지만 그 비슷한 직종이에요. 그리고 대통령들하고도 잘 아는 사이고요."

호지스는 손바닥을 위로 해서 살짝 오므린 손을 내민다. 50달러짜리 지폐가 손마디 사이로 살짝 보인다.

정비공은 손을 내밀다 말고 고민에 잠긴다.

"시끄럽고 뭐 그런 건 아니죠?"

"아니에요."

작업복을 입은 남자는 50달러를 챙긴다.

"링컨 내비게이터를 저쪽으로 옮기려던 참이었어요. 선생님이 주차한 바로 그 자리에. 그래서 한소리 한 거였어요."

생각해 보니 괜찮은 아이디어다.

"그럼 원래 계획대로 하지 그래요? 내 차 뒤로 바짝 대요. 그런 다음 15분 정도 다른 데로 자리를 피해 주면 고마울 텐데."

"A 격납고에 가면 할 일이 늘 기다리고 있죠." 작업복을 입은 남자는 맞장구를 쳤다. "저기, 총 가지고 왔거나 그런 거 아니죠?"

"아니에요."

"킹에어를 타고 온 그 남자는요?"

"그 남자도 없을 거예요."

거의 확실히 그럴 테고, 만에 하나 매든이 총을 들고 왔다 한들 가방에 넣었을 것이다. 몸에 차고 있다 한들 방아쇠를 당기기는커녕 꺼낼 겨를도 없을 것이다. 호지스는 아무리 나이가 들어도 짜릿함을 느끼고 싶은 마음이 있지만 「OK 목장의 결투」 같은 뻘짓에는 전혀 관심이 없다.

건물 쪽으로 천천히 이동하는 킹에어의 프로펠러 소리가 점점 더 크게 들린다.

"이제 내비게이터를 옮기는 게 좋겠네요. 그런 다음……"

"A 격납고로 가면 되죠? 행운을 빕니다."

호지스는 감사의 마음을 담아서 꾸벅 고개를 숙였다.

"좋은 하루 보내세요."

6

호지스는 재킷을 오른손에 쥐고 출입문 왼편에 서서 시원한 그늘과 상쾌한 여름 공기를 만끽한다. 심장이 평소보다 조금 빠르게 뛰고 있지만 걱정할 필요는 없다. 그게 정상적인 반응이다. 올리버 매든은 총이 아니라 컴퓨터를 활용하는 그런 부류의 도둑이지만(홀리가 알아낸 바에 따르면 사교성 좋은 이 후레자식이 각기 다른 이름으로 만들어 놓은 페이스북 계정이 여덟 개였다.) 너무 안일하게 생각하면 안 될 일이다. 그러다 다치기 십상이다. 킹에어의 엔진이 꺼지는 소리가 들리자 그는 레이더에 거의 잡히지 않는 이 조그만 FBO로 걸어 들어올 매든의 모습을 그려본다. 아니, 그는 그냥 걸어오는 게 아니라 성큼성큼 걸어올 것이다. 춤을 추듯이 걸어올 것이다. 데스크로 가서 터보프로펠러 엔진이 달린 비싼 비행기를 격납고에 넣어달라고 할 것이다. 연료 공급은? 오늘은 됐다고 할지 모른다. 오늘은 시내에서 볼일이 있다. 카지노 허가를 받는 문제로 이번 주 내내 바쁘다. 적어도 그가 알기로는 그렇다.

내비게이터가 멈추어 선다. 크롬 도금한 차체가 햇빛을 받고 반짝이고 조폭 분위기로 선팅을 짙게 한 차창에 건물 전면과…… 호지스가 비쳐 보인다. 이런! 그는 훨씬 더 왼쪽으로 게걸음을 친다. 작업복을 입은 남자가 차에서 내리더니 호지스를 향해 손을 살짝 흔들고 A 격납고 쪽으로 걸음을 옮긴다.

호지스는 기다리면서 바브라가 무슨 일로 전화했을지 생각한다. 친구도 많은 예쁘장한 아이가 할아버지뻘은 될 정도로 나이가 많은 남자에게 연락할 만큼 중요한 일이 뭘까. 용건이 뭐든 간에 그는 최선을 다해서 해결해 줄 것이다. 왜 아니겠는가. 그는 제롬과 홀리를 사랑하는 마음에 버금가도록 그녀를 사랑한다. 그들 넷은 함께 전투를 치른 전우다.

'그건 나중에 생각할 문제지.' 그는 속으로 중얼거린다. '지금은 매든이 우선이야. 표적을 예의 주시하라고.'

문이 열리고 올리버 매든이 걸어나온다. 휘파람을 불고 있고 아니나 다를까, 성공한 사업가답게 발걸음이 경쾌하기 그지없다. 호지스도 185센티미터로 키가 작지 않은 편인데 그가 최소한 10센티미터 더 크다. 떡 벌어진 어깨 위로 여름용 가벼운 정장을 입었고, 셔츠 맨 위 단추는 매지 않았고, 넥타이는 풀어 헤쳤다. 조지 클루니와 마이클 더글러스를 반쯤 섞어 놓은 듯 반듯하니 잘생긴 얼굴이다. 오른손에 서류가방을 들고 왼쪽 어깨에 1박 2일용 가방을 메고 있다. 1주일 전에 예약을 해야 하는 그런 데서 깎은 머리다.

호지스는 앞으로 다가간다. 지금이 아침인지 오후인지 불분명하기에 그냥 안녕하시냐고 인사를 건넨다.

매든은 미소를 지으며 인사에 화답한다.

"네, 안녕하세요. 그런데 제가 아는 분인가요?"

"그럴 리가요, 매든 씨." 호지스는 덩달아 미소를 짓는다. "저는 비행기를 수거하러 왔습니다."

미소를 짓고 있는 입꼬리가 살짝 흔들린다. 매든은 깨끗하게 손질이 된 눈썹을 찡그린다.

"네?"

"비행기요. 비치 킹에어 350 아닌가요? 10인승이고. 테일 넘버는 N114DK. 원래 주인은 텍사스 주 엘파소에 사는 드와이트 크램."

미소는 여전하지만 맙소사, 짓고 있느라 어지간히 힘이 드는 눈치다.

"사람 잘못 보셨네요. 제 이름은 매든이 아니라 맬런입니다. 제임스 맬런. 그리고 비행기로 말할 것 같으면 킹에어는 맞지만 테일 넘버가 N426LL이고 주인은 접니다. 바로 옆 시그니처 에어를 잘못 찾아오신 거 아닐까요?"

호지스는 그럴지도 모르겠다는 듯이 고개를 끄덕인다. 그런 다음 오른손은 주머니에 넣은 채 왼손을 사선으로 뻗어 오른쪽 허리춤에서 전화기를 꺼낸다.

"그럼 제가 크램 씨에게 전화를 해볼까요? 확인하는 차원에서요. 바로 지난주에 크램 씨의 목장에 다녀오셨죠? 그리고 그분에게 20만 달러짜리 수표를 드렸죠? 리노의 퍼스트 은행에서 발행된 수표를요."

"지금 무슨 말씀을 하시는 건지 모르겠네요."

그는 정색을 하고 있다.

"저기, 그분은 선생을 알던데요. 올리버 매든이 아니라 제임스 맬런으로 알고 있긴 하지만 여섯 명을 한 장에 편집한 사진을 팩스로 보냈더니 아무 문제없이 선생을 지목했어요."

매든의 얼굴에서 모든 표정이 사라지고 이제 보니 전혀 잘생긴 얼굴이 아니다. 오히려 못생긴 쪽에 가깝다. 유난히 키가 클지 몰라도 평범한 인간이다. 지금까지 연달아 사기를 저지르고 심지어 늙은 코요테처럼 교활한 드와이트 크램까지 속이고도 그럭저럭 처벌을 면할 수 있었던 것도 그 때문이다. 이제 보니 *평범한* 인간이라는 생각이 들자 불과 몇 년 전에 아이들로 가득했던 공연장을 거의 폭파시킬 뻔했던 브래디 하츠필드가 호지스의 머릿속에 떠오른다. 그의 등줄기를 타고 소름이 돋는다.

"경찰이세요?" 매든이 묻고 호지스를 위아래로 훑는다. "그래 보이지는 않네요. 경찰이라고 하기에는 나이가 너무 많아서. 만약 경찰이면 신분증을 보여 주시죠."

호지스는 작업복을 입은 남자에게 했던 말을 반복한다.

"경찰은 아니지만 그 비슷한 직종입니다."

"그럼 잘해 보세요, 그 비슷한 직종에 종사하시는 선생님. 저는 약속이 있는데 좀 늦어서요."

매든이 내비게이터 쪽으로 걸음을 옮긴다. 달리지는 않지만 속보 수준이다.

"정시에 착륙하셨던데요."

호지스는 명랑한 목소리로 말을 건네며 그를 따라 걷는다. 은퇴 직후였다면 그와 보조를 맞추기가 힘들었을 것이다. 슬림 짐(인스턴트 육포 브랜드 — 옮긴이)과 타코 칩으로 연명하던 시절이라 열 몇 발짝만 움직여도 숨이 가빴을 것이다. 하지만 지금 그는 집 밖으로 나가든지 러닝머신을 타든지 하루에 5킬로미터씩 걷고 있다.

"귀찮게 이러지 마세요. 자꾸 이러시면 진짜 경찰을 부르겠습니다."

"잠깐 저랑 얘기 좀 하시죠."

호지스는 그렇게 얘기하고 나서 '망할, 무슨 여호와의 증인이 된 것 같잖아.'라고 생각한다. 매든은 내비게이터의 뒤꽁무니를 돌아나가고 있다. 1박 2일용 가방이 진자처럼 앞뒤로 흔들린다.

"싫습니다. 이상한 사람이네."

"그런 노래 가사도 있죠." 매든이 운전석 쪽 문을 향해 손을 내미는 동안 호지스는 이렇게 대꾸한다. "가끔 내가 이상한 사람이 된 듯한 기분이 들 때도 있지, 가끔 아닐 때도 있고."

매든이 문을 연다. '계획대로 착착 잘 돼가고 있구만.' 호지스는 이런 생각을 하며 코트 주머니에서 해피 슬래퍼를 꺼낸다. 해피 슬래퍼는 발목을 묶은 양말이다. 묶은 아래쪽, 그러니까 발 부분에 볼 베어렁이 가득 들어 있다. 호지스가 휘두른 해피 슬래퍼가 올리버 매든의 왼쪽 관자놀이를 명중한다. 곰 세 마리 이야기에 나오는 골디락스가 원했던 것처럼 너무 강하지도 않고 너무 약하지도 않고 딱 알맞은 강도다.

매든은 비틀거리며 서류가방을 떨어뜨린다. 무릎이 휘청하지만 꺾이지는 않는다. 호지스는 이 도시의 경찰관 시절에 완벽하게 갈고 닦은 대로 같이 가자는 의미에서 그의 팔꿈치 위쪽을 세게 잡고 매든을 내비게이터 운전석에 앉힌다. 그는 심하게 얻어맞아서 상대가 여세를 몰아 자기를 완전히 깔아뭉개기 전에 이번 라운드가 끝나기만을 바라는 싸움꾼처럼 멍한 눈빛이다.

"아이고, 미안해라."

호지스는 이렇게 말하고, 매든의 엉덩이가 운전석의 가죽 커버에 닿자 허리를 숙여서 축 늘어진 왼쪽 다리를 들어 준다. 재킷 왼쪽 주머니에서 수갑을 꺼내 눈 깜짝할 새 매든을 운전대에 묶는다. 노란색의 큼지막한 허츠 열쇠고리에 달린 내비게이터 열쇠는 컵홀더 안에 들어 있다. 호지스는 열쇠를 챙기고 운전석 문을 쾅 소리 나게 닫은 뒤 바닥에 떨어진 서류가방을 집어서 뚜벅뚜벅 조수석 쪽으로 걸어간다. 차에 올라타기 전에 하역 전용이라고 적힌 표지판 근처 풀밭에 열쇠를 던진다. 좋은 생각이었던 것이, 벌써 정신을 차린 매든이 SUV의 시동 버튼을 계속 누르고 있다. 그가 버튼을 누를 때마다 계기판에 열쇠 감지 불가라는 메시지가 뜬다.

호지스는 조수석 문을 쾅 소리 나게 닫고 명랑한 표정으로 매든을 쳐다본다.

"자, 올리버. 우리 둘이 오붓하게 분위기가 좋네그려."

"이러면 안 될 텐데." 매든이 말한다. 만화의 한 장면처럼 새들이 아직까지 머릿속을 뱅글뱅글 날아다니고 있을 텐데, 그런 사람치고는 목소리가 제법 괜찮다. "나를 공격했다 이거지. 내가 고소하면 어쩌려고? 서류가방은 어디 있지?"

호지스는 서류가방을 들어 보인다.

"무사하니까 걱정 마라. 내가 잘 챙겼으니까."

매든이 수갑을 차지 않은 쪽 손을 내민다.

"이리 줘."

호지스는 발치에 내려놓고 발을 얹는다.

"당분간 보호감호 처분이야."

"원하는 게 뭐야?"

으르렁거리는 목소리가 돋들인 정장이나 헤어스타일과 극적인 대조를 이룬다.

"왜 이래, 올리버. 그렇게 세게 때리지도 않았구먼. 비행기 말이야. 크램의 비행기."

"그자가 나한테 팔았어. 매매계약서도 있다고."

"제임스 맬런의 이름으로 되어 있겠지."

"그게 내 이름이라니까. 4년 전에 법원에 가서 정식으로 바꿨어."

"올리버, 법원하고 그렇게 가까운 사이도 아니잖나. 아무튼 그건 중요한 게 아니고. 네 수표가 8월의 아이오와 옥수수로 만든 팝콘처럼 뻥 하고 부도 처리가 됐어."

"그럴 리가 없어." 그는 한쪽 손목에 채워진 수갑을 홱 당긴다.

"이거 풀어 줘!"

"먼저 수표 얘기부터 하고 수갑은 그 다음에 얘기하자고. 참 수법한번 교묘하더군. 리노의 퍼스트 은행은 실제로 있는 은행이고, 크램이 네 수표를 조회하려고 전화를 걸었을 때 전화번호 표시창에는 수신자가 리노의 퍼스트 은행이 맞는다고 떴지. 예의 그 녹음된 자동응답기가 안녕하십니까, 고객을 왕으로 생각하는 리노의 퍼스트 은행입니다, 어쩌고저쩌고 했고 그가 알맞은 번호를 누르자 경리부장이라고 주장하는 사람과 연결이 됐어. 아마 오늘 아침 일찍 버지니아주 필즈에서 체포된 네 처남 피터 제이미슨이 아니었을까 싶은데."

매든은 호지스가 갑자기 그의 얼굴 앞으로 손을 내밀기라도 한 것처럼 눈을 깜빡이며 움찔한다. 제이미슨은 실제로 매든의 처남이지만 아직 체포되지는 않았다. 적어도 호지스가 알기로는 그렇다.

"제이미슨은 자칭 프레드 돌링스라고 하면서 크램 씨에게 네가 리노의 퍼스트 은행의 여러 계좌에 1200만 달러의 잔고를 보유 중이라고 했지. 그의 말투도 아주 그럴듯했겠지만 전화번호 표시창이 결정타였어. 고도의 불법 컴퓨터 프로그램으로 만들어 낸 속임수였단말이지. 내 조수가 컴퓨터를 잘해서 어떤 수법인지 알아냈거든. 그 프로그램을 쓴 것만으로도 연방 교도소에서 16개월에서 20개월을 보낼 수 있겠어. 그런데 그것 말고도 한두 가지가 아니야. 5년 전에는 너와 제이미슨이 회계 감사원 컴퓨터를 해킹해서 거의 400만 달러를 빼돌렸더군."

"제정신이 아니시로군."

"다른 사람들 같으면 400만 달러를 반씩 나눠 갖는 것으로 충분했을 텐데. 너는 성공에 안주하는 스타일이 아니야. 엄청난 스릴을 즐기는 성격이지. 안 그런가, 올리버?"

"당신하고 말상대할 생각 없어. 당신은 나를 폭행했고 그걸로 철창신세를 지게 될 거야."

"지갑 줘 봐."

매튼은 진심으로 충격을 받은 사람처럼 눈을 동그랗게 뜨고 그를 빤히 쳐다본다. 자기는 지금까지 몇 명인지 모를 만큼 많은 사람들의 지갑과 계좌를 훔쳐 놓고 잊어버린 걸까. '입장이 바뀌니까 마음에 안 드는 모양이지?' 호지스는 생각한다. '딱하게 됐네 그려.'

그는 손을 내민다.

"얼른."

"놀고 자빠졌네."

호지스는 매튼에게 해피 슬래퍼를 보여 준다. 볼베어링이 가득 든 발가락이 불길한 눈물방울처럼 축 늘어져 있다.

"내놔, 이 새끼야. 싫으면 너 앞 못 보게 만들어놓고 가져갈까? 어디 맘대로 해보시지."

매튼은 호지스의 눈을 쳐다보며 진심인지 살핀다. 잠시 후에 그는 양복 재킷 안주머니에 손을 넣어서 ― 싫은 티를 내며 천천히 ― 불룩한 지갑을 꺼낸다.

"와우." 호지스가 말한다. "그거 타조 가죽인가?"

"맞아."

호지스는 매튼이 자기 쪽에서 지갑을 받으려고 손을 내밀어 주길 바란다는 것을 안다. 그는 매튼에게 운전석과 조수석 사이 콘솔에 지갑을 내려놓으라고 하려다가 생각을 바꾼다. 매든은 눈치가 없어서 이 구역의 두목이 누군지 다시 복습할 필요가 있어 보인다. 그래서 손을 내밀고, 매든이 손마디가 으스러질 정도로 세게 그의 손을 잡자 슬래퍼로 매든의 손등을 후려친다. 손마디 조이기가 당장 멈춘다.

"아야! 아야! 젠장!"

매든은 손을 입으로 가져간다. 경악한 두 눈에 아픔의 눈물이 고여 있다.

"잡으면 안 되는 걸 잡으려고 하면 쓰나."

호지스가 말한다. 그는 타조가 멸종 위기종인지 잠깐 궁금해하면서 지갑을 집는다. 위기종이든 아니든 이 꼴통은 신경도 안 쓰겠지만.

그는 문제의 꼴통을 돌아본다.

"지금까지 나를 두 번 건드렸는데 세 번은 봐주지 않아. 지금 이 건 경찰이 용의자를 신문하는 상황이 아니거든? 다시 한 번만 수작 걸면 운전대에 묶여 있거나 말거나 비 오는 날 개처럼 맞을 줄 알아. 알아들었어?"

"알았어." 아픈 걸 참느라 매든은 입술을 꾹 다문 채 대답했다.

"너, 그 GAO 사건으로 FBI에서 수배령이 내려졌어. 알고 있나?"

매든은 한참 동안 아무 대꾸 없이 슬래퍼만 훔쳐본다. 그러다 알고 있다고 대답한다.

"캘리포니아에서는 롤스로이스 실버 레이스를 훔친 혐의로 수배령이 내려졌고, 애리조나에서는 50만 달러 상당의 건설 장비를 훔쳐다 멕시코에 되판 혐의로 수배령이 내려졌고. 그것도 알고 있나?"

"당신 설마 도청기를 달고 있는 건 아니겠지?"

"아니야."

매든은 호지스의 말을 믿기로 한다.

"그래, 알아. 하지만 그 트랙터랑 불도저는 몇 푼 못 받았어. 염병할 사기를 당해 가지고."

"사기다 싶으면 제일 먼저 냄새로 알아차릴 인간이 너면서 무슨."

호지스는 지갑을 연다. 현금은 거의 없어서 도합 80달러가 될까 말까 하지만 매든은 현금이 필요 없다. 최소 여섯 가지 이름으로 발급받은 신용카드가 스무 장이 넘는다. 호지스는 진심 궁금해하는 눈빛으로 매든을 쳐다본다.

"이걸 다 무슨 수로 기억을 하나?"

매든은 아무 대꾸도 하지 않는다.

호지스는 이번에도 똑같이 궁금한 마음에 묻는다.

"부끄러워진 적은 없고?"

매든은 계속 앞을 쳐다보고 대답한다.

"엘파소에 사는 그 영감탱이는 자산이 1억 5000만 달러야. 대부분 아무 짝에도 쓸모없는 유전 임대권을 팔아서 번 돈이지. 맞아, 나는 그 인간의 비행기를 타고 달아났어. 이제 그에게 남은 건 세스나 172와 리어 35뿐이야. 딱하기도 해라."

호지스는 생각한다. '만약 이자에게 도덕의 나침반이라는 게 있다면 항상 남쪽을 가리키고 있겠군. 아무리 얘기해 봐야 소용이 없겠어…… 하긴 언제는 소용이 있었나?'

그는 지갑을 뒤지다 킹에어 명세서를 발견한다. 계약금으로 20만 달러를 지불하고 잔금은 리노의 퍼스트 은행에 예탁해 두었다가 시험 비행이 만족스러울 경우에 지급한다고 되어 있다. 실질적으로는 아무 쓸모도 없는 종잇조각이지만 — 있지도 않은 돈을 가지고 가명으로 계약했으니 — 호지스는 늘 실리를 따지는 성격이 아닌 데다 아직은 공훈을 과시하고 승리감을 만끽할 나이다.

"비행기 출입문을 잠갔나, 아니면 격납고로 옮긴 다음 잠그게 열쇠를 데스크에 맡겼나?"

"데스크에 맡겼는데."

"그래, 좋아." 호지스는 매든을 진지한 눈빛으로 쳐다본다. "이제 중요한 얘기를 할 거니까 잘 들어라, 올리버. 나는 비행기를 찾아서 넘겨받는 일을 맡은 사람이야. 그게 끝이야. 나는 FBI도 아니고 경찰도 아니고 심지어 사립 탐정도 아니야. 하지만 정보원이 빵빵해서 네가 지금 호숫가에 있는 몇 군데 카지노의 지배 지분을 매입하는 계약을 앞두고 있다는 걸 알아. 하나는 그랜드 벨 쾨르 아일랜드에 있는 카지노고, 또 하나는 프티 그랑 쾨르에 있는 카지노지." 그는 발로 서류가방을 두드린다. "이 안에 서류가 들어 있겠지만 자유인으로 남고 싶으면 거기에 절대 사인을 하면 안 돼."

"아니, 잠깐만!"

"아가리 닥쳐. 델타 터미널에 제임스 맬런의 이름으로 끊어 놓은 표가 있다. 로스앤젤레스로 가는 편도 티켓이야. 이륙 시각은……" 그는 손목시계를 확인한다. "……앞으로 약 90분 뒤. 그러니까 딱 보안 검색을 통과할 시간이 남은 거지. 그 비행기를 타지 않으면 너는 오늘 밤에 철창신세를 지게 될 거야. 알아들어?"

"그럴 수……"

"알아들었냐고."

매든 — 가명은 맬런, 모턴, 메이슨, 딜런, 캘런, 그것 말고 몇 개나 더 있을지 아무도 모른다 — 은 고민을 하다가 선택의 여지가 없다는 결론이 내려졌는지 뚱한 얼굴로 고개를 끄덕인다.

"좋아! 이제 수갑을 풀어서 챙기고 네 차에서 내려 주마. 그새를 못 참고 수작 부리면 다음 주에 깨어나게 해줄게. 알았지?"

"알았다."

"자동차 열쇠는 풀밭에 있어. 노란색 큼지막한 허츠 열쇠고리에 달려 있어서 눈에 확 띌 거야. 이제 운전대에 양손 얹어. 아빠한테 배운 대로 10시 방향과 2시 방향으로."

매든은 운전대에 양손을 얹는다. 호지스는 수갑을 풀어서 왼쪽 주머니에 다시 넣고 내비게이터에서 내린다. 매든은 꼼짝하지 않는다.

"그럼 좋은 하루 보내길." 호지스는 이렇게 말하고 문을 닫는다.

7

그는 프리우스를 몰고 제인 항공사의 수화물 하역장 끝까지 가서 차를 세우고 풀밭에서 내비게이션 열쇠를 줍는 매든을 지켜본다. 매든이 차를 몰고 그의 옆을 지나가자 손을 흔들어 준다. 매든은 그의 인사를 무시하지만 호지스는 억장이 무너지거나 그렇지 않다. 그는 공항 샛길을 따라서 바짝은 아니지만 가까운 정도로 거리를 두고 내비게이터를 따라간다. 매든이 메인 터미널 쪽으로 방향을 틀자 호지스는 작별 인사를 대신해서 전조등을 깜빡인다.

800미터쯤 더 갔을 때 그는 미드웨스트 에어모티브 자리에 차를 세우고 예전 파트너 피트 헌틀리에게 전화를 건다. 그는 "아, 빌리 선배, 잘 지내죠?" 하며 아주 깍듯하게 전화를 받지만 호들갑스럽게 반가워하지는 않는다. 호지스가 이른바 메르세데스 킬러 사건 때 독자적인 노선을 걸은 뒤부터(그 결과 심각한 법적 공방을 아슬아슬하게 피한 뒤부터) 두 사람의 사이가 냉랭해졌다. 이번 통화를 계기로 얼음이 조금 녹을지 모른다. 그는 지금 델타 터미널로 향하는 꼴통에게 거짓말을 한 것에 대해서 양심의 가책을 조금도 느끼지 않는다. 이 세상에 제 꾀에 넘어가도 싼 인간이 한 명 있다면 바로 올리버 매든이다.

"엄청나게 맛있는 칠면조 한 마리 잡을래, 피트?"

"얼마나 맛있는데요?"

여전히 냉랭하지만 이제는 호기심이 깃든 냉랭함이다.

"FBI에서 가장 잡고 싶어 하는 지명 수배범 10위 안에 드는 정도면 엄청 맛있는 거 아니야? 지금 오후 1시 45분에 LA로 출발하는 119편 델타 항공기 탑승 수속을 밟고 있어. 제임스 맬런이라는 가명을 쓸 테지만 본명은 올리버 매든이야. 5년 전에 올리버 메이슨이라는 이름으로 연방 정부 돈을 왕창 훔친 녀석인데, 이 나라 정부가 소매치기를 당하면 얼마나 싫어하는지 알지?"

그는 매든의 이력을 몇 가지 더 다채롭게 소개한다.

"지금 델타를 타려고 한다는 걸 선배가 무슨 수로 알아요?"

"내가 표를 샀거든. 나는 지금 공항을 나서는 길이야. 그 녀석 비행기를 방금 전에 회수했거든. 계약금을 부도수표로 결제했으니 그 녀석 비행기라고 할 수도 없지만. 홀리가 제인 항공사에 연락해서 자세한 내막을 설명할 거야. 그러는 걸 좋아하거든."

한참 동안 정적이 흐른다.

"끝까지 은퇴 안 할 거예요, 선배?"

조금 속이 쓰리다.

"고맙다고 하면 어디가 덧나냐?"

피트는 한숨을 쉰다.

"공항 보안실에 연락하고 내가 직접 출동할게요." 그러고 나서 잠시 후. "고마워요, *커밋 선배.*"

호지스는 씩 웃는다. 별건 아닐지 몰라도, 끊어진 정도는 아니지만 심하게 삐끗했던 관계를 회복하는 첫 걸음이 될 수도 있다.

"고맙다는 인사는 홀리한테 해. 홀리가 찾아냈으니까. 모르는 사람들 앞에서는 지금도 안절부절못하지만 컴퓨터 앞에만 앉으면 끝내주거든."

"나중에 인사할게요."

"그리고 이지한테 안부 전해 주고."

이사벨 제인스는 호지스가 물러난 뒤로 피트와 함께 일을 하고 있는 파트너다. 빨간 머리의 다혈질이고 아주 똑똑하다. 그녀가 조만간 새 파트너를 맞이하겠다는 생각이 들자 호지스는 충격에 가까운 감정을 느낀다. 피트도 은퇴할 날이 머지않은 것이다.

"그럴게요. 공항 보안실에 연락하게 이 작자의 인상착의 좀 알려 줄래요?"

"눈에 확 띌 거야. 키는 195센티미터, 갈색 양복을 입었고 지금은 살짝 멍한 표정을 짓고 있을 테니까."

"때렸어요?"

"잘 달랬지."

피트는 웃음을 터뜨린다. 그의 웃음소리를 듣자 기분이 좋아진다. 호지스는 전화를 끊고 다시 시내로 향한다. 드와이트 크램이라는 텍사스의 심통 사나운 노인네 덕분에 재산이 2만 달러 늘게 생겼다. 그는 바브라가 무슨 일로 전화했는지 알아낸 다음 크램에게 연락해서 희소식을 전할 것이다.

8

드루 홀리데이(그는 이제 몇 안 되는 친구들 사이에서 드루라고 불리는 것을 더 좋아한다.)는 평소처럼 자메 투주르의 구석 테이블에 앉아서 에그 베네딕트를 먹는다. 네 입에 다 먹어 치우고 접시를 들어서 맛있는 노란 소스를 개처럼 핥을 수도 있지만 속도를 조절해 가며 천천히 삼킨다. 그에게는 가까운 친척도 없고, 연애는 15년이 넘은 먼 옛날이야기가 되었고, 그리고 ― 솔직히 시인하건대 ― 몇 명 안 되는 친구들도 사실은 얼굴이나 아는 사이에 불과하다. 그의 요즘 관심사는 오로지 책과 음식뿐이다.

아, 아니다.

얼마 전에 새로운 게 한 가지 추가됐다.

존 로스스타인의 공책이 그의 인생에 다시 등장한 것이다.

하얀 셔츠와 몸에 꼭 맞는 까만 바지를 입은 젊은 웨이터가 스르르 다가온다. 조금 길다 싶은 짙은 금발을 단정하게 목덜미로 넘겨 묶어서 우아한 광대뼈를 드러냈다. 드루는 30년째 조그만 연극 모임의 회원으로 활약 중인데(시간이 얼마나 쏜살같이 지나가는지 생각하면 우습기 그지없지만…… 사실 우스운 일은 아니다.) 윌리엄이 연기를 할 줄만 안다면 로미오 역할에 딱 맞겠다는 생각이 든다. 그런데 훌륭한 웨이터들은 다들 조금씩은 연기를 할 줄 안다.

"더 필요하신 게 있을까요, 홀리데이 씨?"

'물론이지!' 그는 속으로 외친다. '이거 두 접시 더, 그런 다음 크렘 브륄레 두 개랑 딸기 쇼트케이크!'

"커피나 한 잔 더 할까?"

윌리엄은 완벽한 관리 말고는 아무것도 받은 적이 없는 치아를 드러내며 미소를 짓는다.

"새끼 양이 꼬리를 두 번 흔들 동안 얼른 가져다 드릴게요."

드루는 아쉬워하며 달걀노른자 국물과 홀랜다이즈 소스가 남은 접시를 옆으로 치운다. 그는 수첩을 꺼낸다. 당연히 몰스킨이고 주머니에 넣을 수 있을 만한 크기다. 지난 넉 달 동안 끼적여 놓은 내용들―주소, 메모, 여러 고객들을 대신해서 주문한 또는 주문할 책의 가격―을 훑으며 페이지를 넘긴다. 거의 끝 쪽에 한 면을 독차지하고서 이름 두 개가 적혀 있다. 첫 번째 이름은 제임스 호킨스다. 우연의 일치인지 아니면 아이가 의도적으로 선택한 이름인지 궁금해진다. 요즘 남학생들도 로버트 루이스 스티븐슨을 읽나? 드루가 판단하건대 이 아이는 읽은 것 같다. 문학 전공이라는데 짐 호킨스로 말할 것 같으면 『보물섬』의 주인공 겸 내레이터 아닌가.

제임스 호킨스 밑에 적힌 이름은 피터 소버스다.

9

별로 자랄 기회도 없었던 사춘기 특유의 우스꽝스러운 수염으로 얼굴을 가린 소버스 — 호킨스라고도 불리는 — 가 맨 처음 가게를 찾아온 것은 2주 전이었다. 그는 지미 카터가 대통령이었던 시절에 드루(그 당시는 앤디였지만)가 애용했던 뿔테 안경을 쓰고 있었다. 중고등학생들은 보통 그의 가게를 드나들지 않았고 그래도 드루는 괜찮았다. 지금도 가끔 젊은 남자에게 끌릴 때가 있을지 몰라도 — 윌리엄이 좋은 예다 — 중고등학생들은 조심성이 없어서 귀한 책을 함부로 다루고 거꾸로 꽂아 놓고 심지어 떨어뜨리기도 했다. 게다가 좀도둑질을 하는 안타까운 성향이 있었다.

이 아이는 드루가 왁 하고 소리만 질러도 몸을 돌려서 문 밖으로 뛰쳐나갈 것처럼 보였다. 날도 더운데 시티 대학 재킷을 입고 있었다. 드루는 셜록 홈즈를 읽을 만큼 읽었기에 수염과 학구적으로 보이는 뿔테를 종합한 결과, 이 아이는 희귀본을 전문으로 취급하는 서점이 아니라 시내 댄스 클럽이라도 찾은 것처럼 나이가 들어 보이길 바라는 거라고 결론을 내렸다.

'최소 스물한 살은 됐을 거라고 생각해 주길 바라겠지만 열일곱 살에서 하루라도 지났으면 내 손에 장을 지지겠다.' 드루는 생각했다. '그리고 그냥 둘러보러 온 것도 아니지? 목적이 있어서 온 거야.'

아이는 겨드랑이춤에 큼지막한 책과 마닐라 봉투를 들고 있었다. 맨 처음에 드루는 다락방에서 찾은 곰팡이가 핀 오래된 책의 감정이라도 받으려는 건가 보다고 생각했지만 콧수염의 사나이가 머뭇거리며 다가오는 순간, 책등에 붙은 보라색 딱지를 한눈에 알아보았다.

드루는 '어서 와, 학생.'이라고 말하고 싶은 충동을 느꼈지만 참았다. 대학생인 척하게 내버려 두자. 안 될 것 없지 않은가.

"안녕하세요, 손님. 무엇을 도와 드릴까요?"

콧수염의 사나이는 잠깐 아무 대꾸도 하지 않았다. 얼마 전에 기른 고동색의 수염이 창백한 두 뺨과 극적인 대조를 이루었다. 용건을 밝힐지 아니면 아니라고 중얼거리고 뛰쳐나갈지 고민하는 모양이었다. 한 마디면 그를 돌려세울 수 있었지만 드루에게는 호기심이라는, 특이하달 수 없는 지병이 있었다. 그래서 꿀이 뚝뚝 떨어지는 미소를 지으며 손깍지를 끼고 아무 말 없이 기다렸다.

"그게요……" 마침내 아이가 입을 열었다. "네."

드루는 눈썹을 추켜세웠다.

"희귀도서를 판매도 하지만 매입도 하시죠? 홈페이지를 보니까 그렇다고 하던데요."

"맞습니다. 이문을 남기고 판매할 수 있을 만한 물건이겠다 싶으면요. 그게 장사의 기본이니까요."

아이는 용기를 내서 ─ 그러는 게 드루의 눈에 보일 정도였다 ─ 고풍스러운 앵글포이즈 램프가 대충 정리해 놓은 서류들을 동

그렇게 비추는 안내 데스크로 다가왔다. 드루는 손을 내밀었다.

"앤드루 홀리데이라고 합니다."

아이는 잠깐 악수를 하더니 붙잡힐까 봐 겁이라도 나는 사람처럼 손을 뺐다.

"제임스 호킨스입니다."

"만나서 반갑습니다."

"아, 네. 저기…… 사장님께서 관심이 있을지도 모르는 물건이 있어서요. 소장가에게 팔 수 있을 만한 물건이거든요. 임자만 제대로 만나면요."

"들고 온 그 책은 아니겠죠?"

드루의 눈에 이제 제목이 보였다. 『올림포스에서 보낸 편지』. 책등에 부제는 없지만 드루는 오래전부터 가지고 있는 책이었기에 손바닥 보듯 훤했다. *미국의 문호 20인이 쓴 육필 편지.*

"아, 그럼요. 아니에요." 제임스 호킨스는 긴장한 표정으로 살짝 웃음을 터뜨렸다. "이건 비교 차원에서 들고 온 거예요."

"그렇군요. 말씀 계속하시죠."

'제임스 호킨스'는 잠깐 무슨 말을 하면 좋을지 갈피를 잡지 못하는 눈치를 보였다. 그러더니 마닐라 봉투를 겨드랑이 춤에 더욱 단단히 끼우고 포크너가 주문을 잘못 받았다고 미시시피 주 옥스퍼드의 어느 사료회사를 나무라는 쪽지, 유도라 웰티가 어니스트 헤밍웨이에게 심금을 토로하는 편지, 누가 뭘 아는지 끼적여 놓은 셔우드 앤더슨의 메모, 로버트 펜 워런이 춤을 추는 펭귄 두 마리를 그려 놓은(그중 한 마리는 담배를 피우고 있다.) 장 볼 거리 목록을 거쳐서 『올

림포스에서 보낸 편지』의 고급스러운 광택지를 허둥지둥 넘기기 시
작했다.

마침내 찾던 게 나오자 그는 데스크에 책을 내려놓고 드루를 돌아
보았다.

"이거요. 여기 이걸 보세요."

제목을 읽는 순간 드루는 심장이 철렁했다. 존 로스스타인이 플래
너리 오코너에게. 사진 속의 작품은 싸구려 줄 공책을 뜯은 거라 왼
쪽 면이 우둘투둘한 종이에 쓴 편지였다. 악필인 여타의 작가들과
다르게 조그맣고 깔끔한 로스스타인의 필체를 한눈에 알아볼 수 있
었다.

1953년 2월 19일

친애하는 플래너리 오코너에게

근사한 소설 『현명한 피』 잘 받았어요. 고맙게도 헌사까지 써주다니. 내가
그 작품을 근사하다고 말할 수 있는 이유는 출간되자마자 사서 당장 읽었기
때문이죠. 나는 서명본을 받아서 좋고, 당신은 그 한 권에 대한 인세를 챙겨서
좋게 되었군요! 다채로운 등장인물들이 전부 다 마음에 들었는데 특히 헤이
젤 모츠와 동물원 사육사 이녹 에머리는 지미 골드가 만났더라면 친구 삼고
싶게 했을 만한 인물이었어요. 오코너 양, 당신은 '그로테스크의 전문가'로 불
리지만 그건 평론가들이 타협이라고는 모르는 당신의 황당한 유머 감각을 모
르고서 하는 소리예요. 건강이 좋지 않다는 소식 들었는데 그래도 작품 속에

250

서 유머를 잃지 않길 바랍니다. <u>중요한</u> 자세거든요! 다시 한 번 감사의 인사를 전하며,

존 로스스타인

추신: 그 유명한 닭을 생각하면 지금도 웃음이 나요!!!

드루는 흥분을 가라앉히느라 편지를 필요 이상으로 오래 들여다보다 자칭 제임스 호킨스라고 한 아이를 쳐다보았다.

"어떤 맥락에서 유명한 닭을 운운했는지 아세요? 궁금하시면 설명해 드릴게요. 로스스타인이 황당하다고 표현한 유머 감각의 좋은 예라고 할 수 있는데요."

"저도 찾아봤어요. 오코너 양이 여섯 살인가 일곱 살이었을 때 — 본인의 주장에 따르면 — 뒤로 걷는 닭을 키웠다면서요? 뉴스영화사에서 찍어 가서 영화에도 나왔다고요. 그녀가 말하길 자기 인생은 그때 정점을 찍고 그 뒤로는 계속 내리막길이었다고 했죠."

"정확히 알고 계시는군요. 유명한 닭의 정체까지 파헤쳤겠다, 무슨 일로 저를 찾아오셨는지 여쭤봐도 될까요?"

아이는 숨을 크게 들이쉬고 마닐라 봉투에 달린 걸쇠를 풀었다. 그 안에서 복사본을 꺼내 『올림포스에서 보낸 편지』에 실린 로스스타인의 편지 옆에 나란히 놓았다. 드루 홀리데이는 양쪽을 번갈아 쳐다보며 계속 잔잔하게 관심을 보였지만 데스크 아래로 두 손을 어찌나 으스러져라 맞잡고 있었던지 바짝 자른 손톱이 손등을 파고들 정도였다. 그는 복사본의 정체를 한눈에 알아차렸다. 끝을 흘려 쓴

y, 항상 외따로 서 있는 b, 삐죽 고개를 내민 h, 아래로 깊게 내려가는 g. 이제 문제는 '제임스 호킨스'가 얼마나 알고 있느냐 하는 것이었다. 많이는 아닐지 몰라도 조금은 아니었다. 그렇지 않고서야 수염을 기르고 드러그스토어나 화장품 가게에서 샀음직한, 도수도 없어 보이는 안경을 쓰고 여길 찾아왔을 리 없었다.

페이지 맨 위쪽에는 동그라미 안에 44라고 쓰여 있었다. 그 밑에 시가 일부 적혀 있었다.

자살은 원 모양이라고 나는 생각한다.
당신은 생각이 다를지 모르지만
지금은 내 의견을 묵상해 보자.

해가 뜬 직후의 광장
장소는 멕시코
아니면 과테말라.
방마다 천장에 나무 선풍기가 달린 곳이라면
어디든 좋다.

파란 하늘과 맞닿은 곳까지 새하얗지만
대걸레처럼 너덜너덜한 야자나무와 장미
카페 앞에서 나온 한 소년이
꾸벅꾸벅 졸며 석탄을 씻는 그 근처만 예외다.
모퉁이에서는 첫차를 기다리는

시는 거기에서 끝이 났다. 드루는 아이를 쳐다보았다.

"그 뒤로 첫 버스에 대한 이야기가 나와요." 제임스 호킨스가 말했다. "전선에 연결된 그런 버스요. 트롤리버스라고 하던데. 스페인어로 '트롤레부스'라고 했어요. 작중 화자인 남자의 아내 아니면 여자친구가 시체로 방 한구석에 앉아 있어요. 총으로 자살을 했어요. 남자가 방금 전에 그 시체를 발견했고요."

"불멸의 역작처럼 보이지는 않네요." 드루가 말했다.

지금처럼 혼비백산한 상황에서 *생각나는* 말이 그것뿐이었다. 수준은 그렇다 치더라도 이 시는 반세기 여 만에 처음으로 공개된 존 로스스타인의 신작이었다. 저자와 이 아이와 드루 말고는 지금까지 아무도 본 사람이 없었다. 모리스 벨러미가 언뜻 들여다보았을 수도 있겠지만 훔친 공책의 권수가 어마어마하다고 했으니 그랬을 가능성은 낮았다.

'권수가 어마어마하다고 했었지.'

'맙소사, 공책 권수가 어마어마하다고 했었어.'

"네, 윌프레드 오웬이나 T. S. 엘리엇에 비할 바는 못 되죠. 하지만 중요한 건 그게 아니라고 보는데. 사장님 생각은 어떠신가요?"

드루는 그를 뚫어져라 살피는 '제임스 호킨스'의 시선을 불현듯 느꼈다. 그가 무엇을 보았을까? 너무 많은 것을 보았을 수도 있었다. 드루는 속내를 감추는 거라면 인이 박혀 있었지만 — 이 업계에서는 매도가를 부풀리는 것만큼 매입가를 후려치는 것도 중요한 기술이기에 그럴 수밖에 없었다 — 이건 마치 타이타닉 호가 대서양 수면 위로 불쑥 솟아오른 것이나 다름없었다. 여기저기 찌그러지고 녹이 슬었지만 타이타닉 호 아닌가.

'좋다, 그렇다면 인정을 하자.'

"네, 그럴 수도 있죠." 복사본과 오코너에게 보내는 편지가 계속 나란히 놓여 있었고 드루는 땅딸막한 손가락을 이쪽에서 저쪽으로 움직이며 비교 포인트를 짚지 않을 수가 없었다. "이게 만약 위조라면 솜씨가 아주 좋은데요."

"위조는 아니에요." 이 대목에서는 아이가 우물쭈물하지 않았다.

"어디에서 입수하셨나요?"

그러자 아이는 클리블랜드에 사는 필 삼촌이 돌아가시면서 소장 도서를 물려주셨는데 온갖 페이퍼백과 북클럽 선정 이달의 도서 안에 몰스킨 공책이 여섯 권 섞여 있었고, 흥미진진한 내용들 — 대부분이 시고 에세이와 단편소설도 몇 편 있었다 — 로 가득한 여섯 권의 공책이 알고 보니 존 로스스타인의 작품이더라는 둥 말도 안 되는 헛소리를 늘어놓았지만 드루는 거의 듣지도 않았다.

"로스스타인의 작품이라는 건 어떻게 아셨죠?"

"시이긴 해도 그의 스타일이 확연하게 느껴지더라고요." 호킨스가 대답했다. 예상하고 준비한 질문인 모양이었다. "제가 시티 대학에서 미국문학을 전공하고 있어서 그의 작품을 대부분 읽었거든요. 그리고 또 있어요. 예를 들어서 이 작품은 배경이 멕시코인데 로스스타인은 제대한 이후에 6개월 동안 멕시코를 여행했잖아요."

"어니스트 헤밍웨이와 베일에 둘러싸인 B. 트래번을 비롯해서 그랬던 미국의 유명 작가가 한두 명이 아닌데요."

"네, 하지만 이걸 보세요."

아이는 봉투에서 두 번째 복사본을 꺼냈다. 드루는 기다렸다는 듯이 손을 뻗으면 안 된다고 속으로 중얼거리면서…… 기다렸다는 듯이 손을 뻗었다. 그는 경력이 30여 년이 아니라 3년밖에 안 되는 사람처럼 굴고 있었지만 어느 누가 그를 나무랄 수 있겠는가? 이건 대어였다. 엄청난 물건이었다. 문제는 '제임스 호킨스'도 그걸 아는 눈치라는 것이었다.

'아, 하지만 이 아이가 모르는 것을 *나*는 알고 있지. 어디에서 난 물건인지, 그것까지. 이 아이가 모리의 *끄*나풀이라면 이야기가 달라지겠지만 모리는 웨인스빌 주립 교도소에서 썩고 있을 텐데 그럴 리가 있나.'

두 번째 복사본의 필체도 동일했지만 좀 전처럼 깔끔하지는 않았다. 시에는 줄을 그어서 지우거나 여백에 뭐라고 적어 놓은 부분이 없었는데 여기는 그런 것투성이였다.

"이건 술 취했을 때 쓴 건가 봐요. 술을 많이 마시다가 끊었잖아요. 완전히. 읽어 보세요. 그럼 무슨 내용인지 아실 거예요."

맨 위의 동그라미 안에 적힌 숫자는 77이었다. 그 아래에 적힌 문장은 중간에서부터 시작됐다.

기대한 적 없었다. 호평은 단기적으로 보면 달콤한 디저트와 같지만 장기적으로는 소화불능 ── 불면증, 악몽, 심지어 중요해 마지안은 오후 배변 활동의 어려움 ──을 유발한다. 그리고 악평보다 호평에서 한심한 발언들이 더 두드러진다. 지미 골드를 어떤 기준으로 삼거나 심지어 영웅시하는 것은 빌리 더 키드(미국의 서부개척시대에 활동한 전설적인 무법자 ── 옮긴이)를(아니면 그의 20세기 버전이라 할 수 있는 찰스 스탁웨더(미국에서 1950년대에 두 달 동안 11명을 살해한 십 대 연쇄살인범 ─ 옮긴이)를) 보고 미국의 아이콘이라고 하는 것과 마찬가지다. 내가 나이고 너는 너이듯 지미는 지미일 뿐이다. 그의 모델은 허클베리 핀이 아니라 19세기 소설을 통틀어 가장 탁월한 주인공이라고 할 수 있는 에티엔 랑티에이란 말이다! 내가 대중들의 시선에서 사라졌다면 그 시선이 오염돼서 더 이상 새로운 소제를 선보일 이유가 없기 때문이다. 지미도 입버릇처럼 얘기하다시피 "개 같은 일은

글은 거기에서 끝이 났지만 드루는 그 뒤로 무슨 말이 이어질지 알고 있었고 호킨스도 아는 게 분명했다. 지미의 그 유명한 좌우명은 오랜 세월이 지난 지금에도 가끔 티셔츠 문구로 쓰일 때가 있었다.

"'마지않은'을 잘못 썼네요."

드루가 생각할 수 있는 말은 그것뿐이었다.

"네. 그리고 소재도요. 편집자가 고치지 않은 진짜 실수죠." 아이는 눈을 반짝였다. 드루는 그런 눈빛을 종종 접했지만 그렇게 어린 녀석이 그런 눈빛을 보인 적은 없었다. "이건 *살아* 있어요. 저는 그렇게 생각해요. 살아 숨 쉬고 있다고. 에티엔 랑티에에 대해서 운운한 거 보셨죠? 에밀 졸라가 쓴 『제르미날』의 주인공이잖아요! 그리고 이건 새로워요! 모르시겠어요? 너도나도 아는 인물을 저자가 직접 새로운 관점에서 소개하잖아요! 이 글의 원본과 제가 보유한 나머지 공책을 거금에 사겠다고 나설 소장가가 있을 거예요."

"가지고 있는 공책이 도합 여섯 권이라고요?"

"네."

여섯 권이라. 백여 권이 아니란 말이지. 여섯 권이 전부라면 모리스가 장물을 쪼갰다면 모를까, 그게 아닌 이상 이 아이는 모리스의 끄나풀이 아니었다. 그리고 드루가 보기에 그의 옛 친구는 장물을 쪼갤 이유가 없었다.

"공책은 중간 사이즈이고 각각 80장이에요. 그러니까 480장이 되는 거죠. 여백이 많긴 하지만 ─ 시가 원래 그렇잖아요 ─ 시만 있는 건 아니에요. 단편소설도 있어요. 그중 하나는 지미 골드의 어렸을 때 이야기고요."

하지만 문제는 이거였다. 여섯 권밖에 없다는 아이의 말을 그, 그러니까 드루가 믿느냐는 것이었다. 이 아이가 노른자는 감추어 두고 있는 것일 수도 있을까? 만약 그런 거라면 나머지는 나중에 팔려는 걸까 아니면 아예 팔지 않으려는 걸까? 반짝이던 눈빛을 보고 판단하건대 아이가 아직은 의식하지 못하고 있을지 몰라도 후자일 가능성이 컸다.

"사장님? 홀리데이 씨?"

"미안해요. 이게 정말로 로스스타인의 신작일지 모른다는 데 적응이 안 돼서요."

"신작 맞습니다." 아이가 말했다. 백 퍼센트 자신하는 말투였다. "그럼 얼마나 받을 수 있을까요?"

"*내가* 얼마를 줄 수 있겠느냐고?" 드루는 흥정을 시작할 때가 됐으니 *학생*이라고 불러도 되겠다는 생각이 들었다. "학생, 나는 사실 돈이 그리 많지 않아. 이것들이 위조품이 아니라고 백 퍼센트 확신할 수도 없고. 장난치는 것일 수도 있잖아? 실제 원고를 봐야겠어."

호킨스는 이제 막 기르기 시작한 콧수염 뒤로 입술을 씹었다.

"사장님이 아니라 개인 소장가들이 어느 정도 금액을 생각할지 여쭈어 본 거였어요. 사장님이라면 특별한 소장품에 기꺼이 거금을 투자할 만한 사람을 아실 테니까요."

"두어 명 알긴 하지, 맞아." 사실은 열댓 명이었다. "하지만 복사한 두 쪽을 근거로 그분들한테 연락할 수는 없지. 서체 전문가에게 검증을 받는 문제는…… 위험할 수 있어. 학생도 알다시피 로스스타인은 살해당했기 때문에 이게 장물이 되거든."

"살해당하기 전에 누군가에게 주었다면 장물이 아니죠."

아이는 즉각 반박하고 나섰고, 드루는 아이가 이 경우에 대해서도 준비하고 온 모양이라고 다시 한 번 결론을 내렸다. '하지만 경험은 내가 한 수 위지.' 그는 생각했다. '경험과 기지는.'

"학생, 그랬다고 증명할 방법이 없잖아요."

"그러지 않았다고 증명할 방법도 없죠."

이로써 교착상태에 빠졌다.

아이가 갑자기 두 장의 복사지를 마닐라 봉투 안에 다시 쑤셔 넣었다.

"잠깐." 드루는 놀라서 외쳤다. "워워. 진정해요."

"아뇨, 여기로 들고 온 게 실수였어요. 캔자스시티에 재럿스 파인 퍼스츠 앤 레어 에디션스라고 있더라고요. 전국에서 규모로 손꼽히는 곳이라던데. 거기로 들고 가야겠어요."

"1주일만 기다려주면 몇 군데 연락을 해볼게요. 하지만 복사지는 두고 가야 해요."

아이는 마음을 정하지 못하고 망설였다. 그러다 마침내 말했다.

"얼마나 받을 수 있을 거라고 생각하세요?"

"거의 500장에 달하는 로스스타인의 미출간 — 게다가 아무도 구경 못 한 — 원고를? 구매하는 쪽에서는 최소한 컴퓨터 필체 분석이라도 원할 거야. 좋은 프로그램이 두어 개 있거든. 그 결과 진품으로 판정이 난다면……" 그는 터무니없지 않은 선에서 가장 낮은 액수를 불렀다. "5만 달러 정도?"

제임스 호킨스는 수긍했거나 아니면 수긍하는 척했다.

"사장님이 받으시는 수수료는 얼마나 되고요?"

드루는 예의상 웃음을 터뜨렸다.

"학생…… 제임스…… 이런 거래를 중개하고 수수료를 받는 딜러는 없어요. 창작자 — 법률 용어로는 저작권자라고 하는데 — 가 살해를 당했고 도난당한 자료일 수도 있는데. 정확하게 반으로 나누면 어떨까."

"아뇨." 아이는 당장 잘랐다. 아직은 꿈속에서 만난 폭주족처럼 근사하게 수염을 기를 수는 없을지 몰라도 그는 머리도 있고 배짱도 있었다. "70대 30이요. 제가 70이고요."

드루는 이쯤에서 양보해서 여섯 권의 공책을 25만 달러에 팔고 70퍼센트라며 아이에게 5만 달러를 줄 수도 있었지만 '제임스 호킨스'가 약간이나마 밀고 당기기를 기대하고 있을 수도 있었다. 그런데 너무 쉽게 수락하면 의심하지 않을까?

"60대 40. 마지노선이야. 물론 매수자를 찾는다는 조건 아래. 그럼 해묵은 『조스』랑 『매디슨 카운티의 다리』가 들어 있던 상자에서 찾은 물건으로 3만 달러 정도 챙기는 건데. 나쁘지 않잖아?"

아이는 체중을 이쪽 발에서 저쪽 발로 옮겨 실으며 아무 말도 하지 않았지만 고민하는 눈치였다.

드루는 다시 꿀이 뚝뚝 떨어지는 미소를 지었다.

"복사지는 두고 가. 1주일 뒤에 다시 오면 상황이 어떻게 되어가고 있는지 알려 줄게. 그리고 충고 하나 하겠는데 — 재럿의 가게에는 얼씬도 하지 마. 그 자는 학생의 주머니를 털려고 들 테니까."

"저는 현금이 좋아요."

드루는 생각했다. '누군들 안 그렇겠니.'

"학생, 너무 앞서 나가고 있는 거 아니야?"

아이는 결정을 내리고 복잡한 데스크 위에 마닐라 봉투를 내려놓았다.

"좋아요. 나중에 다시 올게요."

드루는 생각했다. '당연히 그래야지. 다시 찾아왔을 때는 내가 훨씬 유리한 입장에서 협상을 진행하게 될 거야.'

그는 손을 내밀었다. 아이는 예의에 어긋나지 않는 한도 안에서 최대한 짧게 악수를 끝냈다. 지문이라도 남을까봐 걱정하는 사람처럼 보였다. 이미 남긴 거나 다름없는데.

드루는 '호킨스'가 나갈 때까지 그 자리에 앉아 있다가 사무용 의자로 털썩 자리를 옮겨서(의자는 체념한 듯 신음 소리를 냈다.) 잠자고 있던 매킨토시를 깨웠다. 출입문 위에 달린 두 대의 보안 카메라가 레이스메이커 레인을 한쪽씩 맡고 있었다. 그는 아이가 크로스웨이가 쪽으로 모퉁이를 돌아서 사라지는 광경을 바라보았다.

『올림포스에서 보낸 편지』의 책등에 붙어 있었던 보라색 딱지, 그게 단서였다. 그건 도서관 소장본에 붙이는 딱지였고 드루는 이 도시의 모든 도서관을 알았다. 보라색이었으니 가너 스트리트 도서관의 참고 도서라는 뜻이었는데 참고 도서는 원래 대출이 되지 않았다. 아이가 시티 대학 재킷 밑에 숨겨서 들고 나오려고 했다면 보라색 스티커가 도난방지장치이기도 하기 때문에 검색대를 통과하는 순간 경보가 울렸을 것이다. 그러니까 여기에 아이의 해박한 독서 관련 지식을 보태면 또다시 홈즈처럼 결론을 내릴 수 있었다.

드루가 가너 스트리트 도서관 홈페이지에 접속하자 온갖 메뉴가 등장했다. 하계 운영 시간, 어린이 & 청소년, 다가오는 행사, 고전 영화 시리즈 그리고 마지막으로 직원 소개.

드루 홀리데이는 이 메뉴를 클릭했고 일단은 더 이상 클릭할 필요가 없어졌다. 간단한 약력 소개 위에 스물 몇 명쯤 되어 보이는 직원들이 도서관 잔디밭에 모여서 찍은 사진이 걸려 있었다. 펼친 책을 손에 들고 있는 호레이스 가너의 동상이 그들 뒤로 어렴풋이 보였다. 그 아이를 비롯해서 전부 다 웃고 있는데 그 아이는 수염도 없고 가짜 안경도 쓰지 않았다. 두 번째 줄, 왼쪽에서 세 번째. 약력에 따르면 피터 소버스 군은 노스필드 고등학교 학생으로 현재 시간제 근무 중이었다. 전공으로 영문학을, 부전공으로 도서관학을 공부하는 것이 희망사항이었다.

소버스라는 성이 흔하지가 않아서 검색하는 데 도움이 됐다. 드루는 살짝 땀이 났다. 왜 아니겠는가. 공책 여섯 권은 벌써부터 쥐꼬리만 한 장난거리처럼 느껴지기 시작했다. 그 많은 공책 — 몇십 년 전에 정신 나간 친구가 한 말이 맞는다면 지미 골드 시리즈 4편도 있을 텐데—을 쪼개서 여러 소장가에게 나눠서 팔면 최고 5000만 달러까지 받을 수 있었다. 지미 골드 4편 하나만 2000만 달러에 팔 수 있을지 몰랐다. 모리 벨러미는 감옥에 안전하게 갇혀 있으니 수염도 제대로 기를 줄 모르는 고등학생 한 명만 제거하면 끝이었다.

10

웨이터 윌리엄이 계산서를 들고 오자 드루는 가죽 폴더 안에 아메리칸 익스프레스 카드를 끼운다. 승인이 거부되는 일은 없을 거라고 장담할 수 있다. 다른 두 카드는 잘 모르겠지만 아멕스는 사업상 거래를 할 때 쓰는 카드이기 때문에 비교적 깨끗하게 관리하고 있다.

사업이 지난 몇 년 동안 왜 그렇게 지지부진했는지 아무도 모를 일이었다. 2008년부터 2012년까지 미국 경제가 싱크홀로 추락해서 회복될 기미를 보이지 않았으니 잘 됐어야 맞는 거였다. 그런 시절에는 사치품—뉴욕 증권거래소의 컴퓨터 안에서 삑삑대는 것들이 아닌 현물—의 가치가 상승하기 마련이었다. 금과 다이아몬드는 말할 것도 없고 그림, 골동품, 희귀도서까지 포함이었다. 캔자스시티의 염병할 마이클 재럿은 요즘 포르쉐를 몰고 다닌다. 그의 페이스북에서 보았다.

그의 생각은 피터 소버스와의 두 번째 만남으로 옮아 간다. 그 아이가 3차 대출에 대해서 몰랐다면 얼마나 좋았을까. 그것이 전환점이었다. 그것이 어쩌면 *결정적인* 전환점이었다.

드루의 경제적인 어려움은 제임스 에이지의 그 빌어먹을 『이제 유명 인사들을 찬양합시다』 때부터 시작됐고. 상태도 양호했고 에이지와 사진을 촬영한 워커 에번스가 공동으로 서명한, 아주 훌륭한 상품이었다. 그게 장물이었을 줄 드루가 무슨 수로 알 수가 있었을까?

좋다. 그도 어쩌면 알고 *있었을지* 모른다. 빨간 깃발이 힘차게 나부꼈으니 피했어야 맞는 거였다. 하지만 파는 쪽에서 그 책의 진가를 몰랐기에 드루가 조금 방심하고 말았다. 벌금을 내거나 철창신세를 지지는 않았고 그 부분에 대해서는 하늘에 감사할 일이었지만 여파가 오래갔다. 1999년 이후로 학회, 좌담회, 도서 경매에 참석할 때마다 어떤 *냄새*가 그를 따라다녔다. 평판이 좋은 중개상과 구매자들은 그를 피해 다니다가 ― 이게 얄궂은 부분인데 ― 급전으로 돌리고 싶은, 시시하고 살짝 구린 매물이 있을 때만 그를 찾는다. 가끔 잠이 안 올 때면 드루는 생각한다. '그들이 나를 나쁜 쪽으로 몰아가고 있어. 이건 내 잘못이 아니야. 사실 나는 피해자야.'

그래서 피터 소버스가 한층 중요해진다.

윌리엄이 심각한 표정으로 가죽 폴더를 들고 온다. 드루는 불안해진다. 그 카드마저 승인 거부인가. 하지만 그가 총애하는 웨이터는 잠시 후 미소를 짓고 드루는 참고 있던 숨을 가벼운 한숨으로 내뱉는다.

"고맙습니다, 홀리데이 씨. 뵐 때마다 영광입니다."

"이하동문이야, 윌리엄. 이하동문이고말고."

그는 호들갑스럽게 사인을 하고 ― 살짝 휘었지만 아직 부러지지는 않은 — 아멕스 카드를 다시 지갑 안에 넣는다.

길거리로 나선 그는 자기 가게를 향해 걸어가며 *상당히* 잘 끝나기는 했지만 그가 바라고 기대했던 만큼은 아니었던 아이와의 두 번째 만남을 떠올린다(자기가 뒤뚱뒤뚱 걷고 있을지 모른다는 생각은 절대하지 못한다.). 처음 만났을 때 아이는 어쩌다 발견한 귀한 원고를 저러다 없애버리는 게 아닐까 걱정이 될 정도로 불안해했었다. 하지만 눈빛을 보면, 특히 술에 취해 평론가들에 대해 횡설수설한 두 번째 복사지에 대해 이야기하면서 반짝이던 눈빛을 보면 그런 걱정은 기우라는 것을 알 수 있었다.

"이건 살아 있어요." 소버스는 그렇게 말했다. *"저는 그렇게 생각해요."*

'그런 아이가 그걸 없앨 수 있을까?' 드루는 가게 안으로 들어가서 CLOSED라고 된 팻말을 OPEN으로 바꾸며 자문한다. '못 없애지. 아무리 말은 그렇게 했어도 관계당국에 넘기지도 못할 테고.'

내일은 금요일이다. 아이는 학교가 끝나자마자 바로 올 테니 얘기를 마무리 짓자고 했다. 아이는 협상 단계로 접어들 거라고 생각한다. 자기에게 남은 카드가 있다고 생각한다. 그럴지 모르지만……드루가 쥐고 있는 패가 더 높다.

자동 응답기가 깜빡인다. 보험이나 코딱지만 한 자동차의 연장보증을 권유하는 전화일 테지만(포르쉐를 몰고 캔자스시티를 활보하는 재럿이 그려져서 잠깐 자존심이 상한다.) 확인해 보기 전에는 모를 일이다. 수백만 달러가 목전에 있지만 실제로 손에 쥐기 전까지는 평소와 다를 게 없다.

드루는 점심을 먹는 동안 누가 전화를 했는지 확인에 나서고 첫 단어를 듣는 순간 소버스의 목소리라는 것을 알아차린다.

그는 메시지를 들으며 주먹을 쥔다.

11

자칭 호킨스라고 했던 사기꾼이 금요일에 두 번째로 찾아왔을 때 콧수염은 아주 살짝 풍성해졌지만 걸음걸이는 여전히 조심스러웠다. 맛있는 미끼를 향해 다가가는 겁 많은 짐승 같았다. 그 무렵 드루는 그와 그의 가족에 대해 알아낸 정보가 많았다. 공책 복사본에 대해서도 마찬가지였다. 세 군데 컴퓨터 프로그램에서 플래너리 오코너에게 보낸 편지와 복사본의 글이 동일 인물의 작품이라는 결론을 내렸다. 두 군데 프로그램은 필체를 대조했다. 나머지 하나 — 훑어본 분량이 많지 않아서 신뢰성이 조금 떨어지기는 했지만 — 는 문체가 비슷한 부분들을 지목했는데 대부분 그 아이도 간파한 사항이었다. 이것들은 드루가 잠재 고객들에게 접근할 때를 대비해서 확보한 증거였다. 드루는 36년 전에 해피 컵의 야외 테이블에서 공책을 그의 눈으로 직접 확인한 바 있었기에 조금도 의심하지 않았다.

"안녕." 드루가 말했다. 이번에는 악수를 청하지 않았다.

"안녕하세요."

"공책 안 들고 왔네."

"금액을 먼저 듣고 싶어서요. 여기저기 알아보겠다고 하셨잖아요."

드루는 아무 데도 알아보지 않았다. 그러기에는 아직 시기상조였다.

"기억할지 모르겠지만 금액은 *이미* 알려 줬잖아. 네가 받는 몫은 3만 달러가 될 거라고."

아이는 고개를 저었다.

"그걸로는 안 되겠어요. 60대 40도 안 되겠고요. 70대 30으로 해야겠어요. 저 바보 아니에요. 제가 어떤 물건을 가지고 있는 건지 알아요."

"나도 몇 가지 알게 된 게 있는데. 네 본명은 피터 소버스라는 거. 시티 대학이 아니라 노스필드 고등학교에 다니고 가너 스트리트 도서관에서 아르바이트로 일을 하고 있다는 거."

아이는 눈을 휘둥그레 떴다. 입을 떡 벌렸다. 저러다 쓰러지는 게 아닐까 싶을 만큼 사실상 휘청거렸다.

"그걸 어떻게……"

"네가 들고 온 책이 있었잖아. 『올림포스에서 보낸 편지』. 참고문헌실 도난방지딱지가 붙어 있는 걸 봤거든. 그 뒤로는 식은 죽 먹기였지. 나는 네가 어디 사는지도 알아. 시커모어 가지?"

완벽한, 심지어 하늘이 내린 설정이었다. 모리스 벨러미가 시커모어 가의 바로 그 집에 살았다. 드루는 그 집에 간 적이 없었지만 — 모리스가 흡혈귀 같은 자기 어머니를 보여주고 싶어 하지 않았던 것 같다 — 시청 기록을 조회해 보니 맞았다. 공책이 지하실 벽이나 차고 바닥에 숨겨져 있었을까? 드루가 보기에는 둘 중 하나인 듯했다.

그는 올챙이배가 허락하는 한도 내에서 최대한 몸을 앞으로 숙이고 경악한 아이의 눈을 들여다보았다.

"그것뿐만이 아니야. 너희 아버지는 2009년 시티 센터 대학살 사건 때 중상을 입었지. 2008년 경기 침체 때 실직해서 시티 센터에 간 거였고. 2~3년 전에 어느 신문 일요일판에 생존자들이 어떻게 살고 있는지 특집 기사로 소개된 적이 있었어. 찾아서 읽어 보니까 흥미진진하던데? 아버지가 다친 뒤에 너희 가족은 노스사이드로 이사를 했으니 형편이 상당히 어려워진 셈이지만 쓰러지지는 않았어. 엄마 혼자 벌어오는 돈으로 여길 때우고 저길 메우며 살아야 했지만 그보다 더 상황이 심각했던 사람들이 얼마나 많았니. 너희는 미국의 성공 신화를 쓴 거야. 넘어졌다고? 일어나서 먼지 털고 다시 달리기 시작한다! 하지만 너희 가족이 어떻게 그럴 수 있는지 그 기사에 제대로 소개가 되지는 않았지. 안 그래?"

아이는 입술을 축이고 뭐라고 말을 하려고 했지만 말이 나오지 않자 헛기침을 하고 다시 시도했다.

"갈게요. 여길 찾아온 자체가 엄청난 실수였네요."

그는 몸을 돌렸다.

"피터, 지금 그 문 밖으로 걸어나가면 오늘 안으로 철창신세를 지게 될 테니까 각오해라. 창창한 너의 앞날을 생각하면 가슴 아픈 일이다만."

소버스는 눈을 휘둥그레 뜨고 입을 벌린 채 부들부들 떨며 그를 돌아보았다.

"내가 로스스타인 살인사건에 대해서도 알아봤거든. 경찰에서는 도둑들이 공책까지 들고 간 이유가 단순히 금고 안에 돈과 함께 들어 있었기 때문이라고 생각했지. 이 논리에 따르면 그들이 거기 침입한 목적은 보통 절도범들처럼 현금이야. 그가 살았던 동네 주민 대다수가 영감이 그 집에 돈을, 그것도 어쩌면 거액을 보관하고 있다는 것을 알았거든. 오래전부터 탤벗 코너스에 돌았던 소문이니까. 급기야 나쁜 녀석들이 진상을 밝히러 나섰고 소문은 사실로 밝혀졌지. 안 그래?"

소버스는 다시 데스크 쪽으로 돌아갔다. 천천히. 한 걸음씩.

"네가 그 집에서 도둑맞은 공책뿐 아니라 현금까지 찾았다는 게 내가 내린 결론이야. 너희 아버지가 다시 일어설 수 있을 때까지 너희 가족을 지키기에 충분한 금액이었겠지. 기사에 따르면 너희 아버지는 엄청 심하게 다쳤다던데 말 그대로 다시 일어서셨다며? 너희 부모님도 아시니, 피터? 두 분도 공범인 거야? 돈이 다 떨어지니까 엄마아빠가 공책을 팔라고 너를 보내신 거냐?"

대부분 넘겨짚은 거였지만 — 모리스가 그날 해피 컵 야외 테이블에서 돈 얘기를 했을지 몰라도 드루는 기억하지 못했다 — 그의 말한 마디, 한 마디가 강펀치처럼 아이의 얼굴과 복부를 강타했다. 드루는 단서를 제대로 추적했음을 알게 됐을 때 탐정들이 느낌직한 희열을 느꼈다.

"무슨 말씀을 하시는 건지 모르겠네요."

아이는 인간이라기보다 자동 응답기에 가까운 목소리로 말했다.

"그리고 공책이 여섯 권밖에 없다는 것도 말이 안 돼. 로스스타인은 「뉴요커」에 마지막 단편을 발표하고 1960년에 세상을 등졌어. 그리고 1978년에 살해됐고. 18년 동안 쓴 글이 겨우 공책 680쪽 분량이라니 믿을 수가 있어야지. 그보다 많겠지. *휠씬 많겠지.*"

"증거가 전혀 없잖아요."

여전히 로봇처럼 무미건조한 말투였다. 소버스는 비틀거리고 있었다. 두세 방만 더 날리면 그를 쓰러뜨릴 수 있었다. 조금 짜릿했다.

"경찰이 수색영장을 들고 너희 집을 찾아가면 뭐가 나올까, 젊은 친구?"

소버스는 쓰러지지 않고 정신을 차렸다. 존경스러운 반응이었지만 드루는 짜증이 났다.

"남 얘기할 때가 아니지 않나요, 홀리데이 씨? 아저씨도 남의 물건을 팔았다가 난처해진 적이 이미 있잖아요."

좋다. 회심의 일격이었겠지만…… 제대로 명중하지는 못했다. 드루는 명랑하게 고개를 끄덕였다.

"그래서 나를 찾아온 거잖아, 안 그래? 에이지 사건에 대한 정보를 입수하고 내 도움을 받으면 불법을 감행할 수 있겠다 싶어서. 그런데 내 손은 그때도 깨끗했고 지금도 깨끗해." 그는 손을 펴서 보여주었다. "나는 네가 팔려고 하는 물건이 진짜인지 알아보느라 시간이 걸렸고 확인이 되자마자 시민 의식을 발휘해서 경찰에 연락했다고 할 거야."

"하지만 거짓말이잖아요! 거짓말이라는 걸 아저씨도 알잖아요!"

'현실세계에 눈 뜬 것을 환영한다, 피터.' 드루는 생각했다. 그는 아무 말도 하지 않고 아이가 어떤 상자에 자기가 갇혔는지 더듬어보도록 내버려 두었다.

"태워 버리면 되겠네." 소버스는 과연 어떨지 고민하며 드루에게 하는 말이라기보다 혼잣말처럼 중얼거렸다. "집…… 아니, 숨겨 놓은 데 가서 태워 버리면 되겠네."

"몇 권이니? 80권? 120권? 140권? 흔적이 남을 거야, 학생. 재가. 안 남더라도 내 손에 복사본이 있잖아. 경찰에서는 가뜩이나 아버지가 다쳐서 병원비가 부담됐을 텐데, 엄청난 불황을 무슨 수로 그렇게 잘 헤쳐 나왔느냐고 그것부터 묻기 시작할걸? 유능한 회계사라면 너희 가족의 지출이 수입을 훨씬 능가한다는 걸 알아차릴지 모르고."

드루는 사실 그런지 알 길이 없었지만 모르기는 그 아이도 마찬가지였다. 그는 거의 공포에 질리기 직전이었고 좋은 징조였다. 공포에 질린 사람들은 절대 똑바로 생각하지 못했다.

"증거가 없어요." 소버스는 속삭이는 수준으로밖에 이야기하지 못했다. "돈이 바닥나서."

"당연히 그랬겠지. 돈이 남았으면 네가 여길 찾아왔겠니? 하지만 금융 거래는 남기 마련이야. 경찰 말고 또 어디에서 그걸 추적하는지 알아? 국세청! 탈세로 너희 어머니와 아버지까지 철창신세를 지게 될 수도 있겠다, 피터. 그러면 너희 여동생 — 이름이 티나라고 알고 있다만 — 혼자 남는데 너희들이 출소할 때까지 돌봐줄 나이 많은 이모님이 있겠지?"

"원하는 게 뭐예요?"

"바보같이 왜 그러니? 내가 원하는 건 공책이지. *전부 다.*"

"그걸 주면 나는 뭘 받을 수 있는데요?"

"홀가분한 마음. 지금의 네 상황을 감안했을 때 돈 주고도 살 수 없는 거 아니겠니?"

"*진심*이에요?"

"학생……"

"학생이라고 부르지 마요!" 아이는 주먹을 쥐었다.

"피터, 잘 생각해 봐. 나한테 그 공책들을 넘기지 않으면 내가 *너를* 경찰에 넘길 거야. 하지만 그걸 일단 넘기면 더 이상 내가 너의 약점을 쥐고 흔들지 못해. 장물을 받은 게 되니까. 너는 안전해지는 거야."

드루는 데스크 밑에 달린 무음 경보 버튼 옆에 오른쪽 집게손가락을 갖다 놓고 이야기했다. 그 버튼은 정말 누르고 싶지 않았지만 움켜쥔 주먹이 불길했다. 소버스는 공포에 질리면 드루 홀리데이의 입을 막을 다른 방법이 있다는 생각을 할 수도 있었다. 보안 카메라가 현재 그들을 촬영하고 있었지만 아이는 모르는 눈치였다.

"그리고 아저씨는 수십만 달러를 꿀꺽하고요." 소버스는 분개하는 목소리로 말했다. "어쩌면 수백만 달러일 수도 있는데."

"네 덕분에 너희 가족이 힘든 시기를 버틸 수 있었잖아." 드루는 말했다. 그런데 왜 욕심을 부리느냐고 덧붙일까 하는 생각도 들었지만 지금 이 상황에서는 조금…… 잔인하게 들릴 수도 있었다. "그걸로 만족해야지."

아이의 표정이 대답을 대신했다. *말이야 쉽죠.*

"생각할 시간을 주세요."

드루는 고개를 끄덕였지만 동의하는 의미에서 끄덕인 게 아니었다.

"네 심정이 어떤지 이해하지만 안 돼. 지금 여기서 나가면 집에 도착했을 때쯤 경찰차가 너를 기다리고 있을 거다."

"그리고 아저씨는 거금을 날릴 테고요."

드루는 어깨를 으쓱했다.

"처음 있는 일도 아닌데, 뭐."

이 정도 규모는 아니었지만 사실이었다.

"우리 아빠가 부동산 일을 하시는데. 그거 알고 있었어요?"

화제가 갑자기 바뀌자 드루는 살짝 당황했다.

"그래, 조사해 보니까 그렇다고 하더라. 조그만 회사를 하나 차렸다고. 다행이지 뭐냐. 존 로스스타인의 돈이 창업 자금의 일부로 쓰였을 것 같긴 하다만."

"내가 아빠한테 시내에 있는 서점을 전부 다 조사해 달라고 했어요. 전자책이 전통 서점에 어떤 영향을 미치고 있는지를 주제로 보고서를 쓰고 있다고 하고요. 여길 찾아오기 전, 그러니까 일을 저지를까 말까 고민하던 때였어요. 아빠 말로는 아저씨가 작년에 이 서점을 담보로 3차 대출을 받았는데 입지 덕분에 받은 거라고 하더군요. 레이스메이커 레인이 고급 상점가라서 그렇다고."

"그게 지금 우리가 하는 얘기랑 무슨 상관인지……"

"아저씨 말이 맞아요. 우리는 정말 힘든 시기를 이겨냈어요. 그런데 그거 알아요? 그러고 나면 어려운 상황에 놓인 사람을 알아보는 능력이 생긴다는 거. 심지어 어린아이라도 그래요. 어쩌면 어린아이일수록 더 그럴지도 모르죠. 보아하니 아저씨도 돈에 엄청 쪼들리는 것 같은데요."

드루는 무음 경보 버튼 근처에 두었던 손가락을 들어서 소버스를 겨누었다.

"개수작 부리지 마라, 꼬맹아."

소버스의 얼굴이 군데군데 벌게졌고 드루는 자신이 의도하지 않았고 원치도 않았던 사태가 벌어졌음을 깨달았다. 그가 아이의 성질을 건드린 것이다.

"아저씨는 나를 다그쳐서 넘겨받을 생각이겠지만 마음먹은 대로 되지 않을 거예요. 그래요, 맞아요, 나는 공책을 가지고 있어요. 백예순다섯 권이에요. 전부 다 빽빽하지는 않지만 거의 대부분 채워졌어요. 그런데 그거 알아요? 지미 골드 시리즈는 삼부작이 아니었어요. 전집이더라고요. 두 편이 더 공책에 들어 있어요. 초고이기는 하지만 제법 깔끔해요."

아이는 말하는 속도가 점점 빨라졌다. 겁에 질려서 미처 생각하지 못하길 바랐던 부분들을, 말하는 와중에 전부 다 깨달은 눈치였다.

"어디 숨겨 놨지만 아저씨 말마따나 경찰에 신고하면 찾아내겠죠. 하지만 부모님은 절대 모르는 일이었고 경찰에서도 그건 믿어 줄 거예요. 그리고 나는…… 아직 미성년자고요." 그는 이제야 그걸 깨달았다는 듯이 살짝 미소까지 지어 보였다. "나한테 엄벌을 내리지는 않을 거예요. 애초에 내가 공책이나 돈을 훔친 게 아니니까요. 그때 나는 태어나지도 않았는걸요. 아저씨는 무혐의 처리되겠지만 소득이 없긴 마찬가지겠죠. 이 가게가 은행에 넘어가고 — 아빠 말로는 조만간 넘어갈 거랬어요 — 이 자리에 오 봉 팽이 문을 열면 와서 아저씨를 생각하며 크루아상을 사먹을게요."

"아주 연설을 하는구나."

"뭐, 하고 싶은 말 다 했어요. 이제 갈게요."

"경고했는데 머저리처럼 구네."

"생각할 시간을 달라고 했잖아요."

"얼마나?"

"1주일이요. 홀리데이 씨도 생각할 시간이 필요할 거예요. 우리 둘이서 고민하다 보면 좋은 방법이 생각날 수도 있잖아요."

"그랬으면 좋겠네, 학생." 드루는 일부러 그 단어를 썼다. "안 그러면 내가 경찰에 찌를 거거든. 그냥 하는 소리 아니야."

아이의 허세가 무너졌다. 두 눈 가득 눈물이 고였다. 눈물이 떨어지기 전에 그는 등을 돌리고 걸어 나갔다.

12

그리고 지금 이 메시지를 듣는 순간 드루는 분노와 두려움을 동시에 느낀다. 아이의 목소리가 언뜻 듣기에는 아주 냉정하고 침착한데 한 꺼풀 벗겨보면 절박하기 그지없기 때문이다.

"내일 가겠다고 말씀드렸는데 못 가게 됐어요. 2학년과 3학년 임원들끼리 수련회를 가는데 제가 내년 3학년 부회장으로 뽑혀서 참석해야 하는 걸 깜빡하고 있었어요. 핑계처럼 들리겠지만 진짜예요. 아저씨한테 감옥에 보내겠다는 둥 어쩌겠다는 둥 협박을 당하고 나니까 머릿속에서 완전히 지워졌나 봐요."

'이 메시지 당장 지워야겠군.' 드루는 생각하며 손톱이 손바닥을 파고들도록 주먹을 쥔다.

"장소는 빅터 카운티에 있는 리버벤드 리조트예요. 내일 아침 8시에 버스를 타고 출발해서 — 교사 연수일이라 수업이 없거든요 — 일요일 저녁에 돌아와요. 인원은 스무 명이고요. 못 가겠다고 하려고 해도 부모님이 제 걱정을 하고 있어서요. 여동생도 그렇고요. 수련회를 빼먹으면 뭔가가 이상하다는 걸 알아차릴 거예요. 엄마는 내가 어떤 여자애를 임신시켰나 보다고 생각하는 눈치예요."

아이는 히스테릭하게 짤막한 웃음을 터뜨린다. 드루는 이 세상에 열일곱 살짜리 남자애보다 무서운 존재는 없다는 생각을 한다. 그들이 무슨 짓을 저지를지 절대 아무도 모른다.

"내일 말고 월요일 오후에 갈게요." 소버스는 말을 잇는다. "그때까지 기다려 주시면 좋은 방법이 생길지 몰라요. 타협안이요. 저한테 좋은 생각이 있거든요. 만약 제가 거짓말을 하는 것 같으면 리조트에 연락해서 예약 확인해 보세요. 노스필드 고등학교 학생회로 되어 있을 거예요. 월요일에 뵈어요. 아니면 말고요. 안녕히……"

거기서 메시지 녹음 시간 — 서부에서 영업 종료 이후에 연락하는 고객들을 위해 아주 길게 설정해 놓았다 — 이 드디어 끝난다. 삑.

드루는 의자에 앉아서(늘 그렇듯 의자가 지르는 절망적인 비명 소리는 무시한 채) 거의 1분 동안 자동 응답기를 쳐다본다. 리버벤드 리조트에 확인할 필요는 못 느낀다. 우습게도 거기서 10킬로미터 정도만 가면 원래 공책을 훔친 범인이 종신형을 살고 있는 교도소가 나온다. 드루는 소버스의 수련회 이야기가 진짜일 거라고 생각한다. 워낙 쉽게 확인할 수 있는 부분이다. 하지만 빠질 수 없는 이유에 대해서는 잘 모르겠다. 소버스가 경찰을 부를 테면 불러 보라고 배짱을 부리기로 마음먹었는지도 모를 일이다. 하지만 드루는 그냥 엄포를 놓은 게 아니었다. 그는 자기가 가지지 못하는 것을 소버스는 가지도록 내버려 둘 생각이 없다. 그 자식은 어쨌거나 공책을 내놓아야 할 것이다.

'월요일 오후까지 기다리겠어. 그 정도는 기다려줄 수 있어. 하지만 그때가 되면 상황이 이런 식으로든 저런 식으로든 정리가 될 거야. 이미 녀석한테 여지를 너무 많이 줬잖아.'

드루는 소버스와 옛 친구 모리스 벨러미가 나이상으로는 이 끝에서 저 끝일지 몰라도 로스스타인의 공책에 관한 한 많이 닮았다는 생각을 한다. 그들은 그 안에 담겨진 *내용*을 탐한다. 아이가 가장 재미없다고 판단한 여섯 권만 팔려는 이유도 그 때문이다. 반면에 드루는 존 로스스타인에 대해서 별 관심이 없다. 『러너』를 읽은 이유도 모리가 하도 난리를 부렸기 때문이었다. 그는 나머지 두 권이나 단편집은 거들떠보지도 않았다.

'어이, 그게 너의 아킬레스건이야. 소장하고 싶은 욕심이. 반면에 나의 관심사는 오로지 돈뿐이고 돈 하나면 모든 게 단순해지지. 그러니까 마음대로 해. 주말 동안 정치인 흉내 실컷 하고 와. 다녀와서 빡세게 굴러 보자고.'

드루는 올챙이배 위로 몸을 내밀어서 메시지를 지운다.

13

호지스는 시내로 돌아가려다 자기 몸에서 훅 올라오는 땀 냄새가 느껴지자 집에 잠깐 들러서 야채 버거를 먹고 얼른 샤워를 하기로 한다. 그리고 옷도 갈아입기로 한다. 하퍼 가면 별로 돌아가는 것도 아니고 청바지로 갈아입으면 훨씬 편할 것이다. 그가 생각하기에 청바지야말로 자영업의 가장 큰 특전 가운데 하나다.

문 밖으로 나서려는데 피터 헌틀리가 전화해서 올리버 매든을 잡았다고 예전의 파트너에게 알린다. 호지스가 피트에게 축하 인사를 건네고 프리우스 운전석에 막 앉았을 때 전화벨이 다시 울린다. 이번에는 홀리다.

"지금 *어디*예요, 빌리?"

호지스가 손목시계를 확인해 보니 어느새 3시 15분이다. 재미있는 일을 하고 있으면 어찌나 시간이 후딱 지나가는지 모른다.

"집이요. 이제 막 사무실로 출발하려는 참이에요."

"거기서 뭐 한 거예요?"

"샤워하려고 잠깐 들렀어요. 당신의 예민한 후각을 자극하고 싶지 않아서. 그리고 바브라한테 전화하는 것도 기억하고 있어요. 도착하자마자 전화……"

"그럴 필요 없어요. 여기로 찾아왔거든요. 티나라는 친구랑 같이. 택시 타고 왔대요."

"택시를?"

대개는 아이들이 택시 탈 생각 같은 건 아예 *하지도* 않는다. 어쩌면 바브라가 그의 짐작보다 조금 더 심각한 문제를 의논하려는 것일지도 모른다.

"네. 그래서 당신 사무실로 안내했어요." 홀리는 언성을 낮춘다.

"바브라는 그냥 걱정만 하는데 다른 친구는 겁에 질려서 어쩔 줄 몰라 해요. 난처한 일이 생겼나 봐요 가능한 한 빨리 와줘야겠어요, 빌."

"알았어요."

"제발 서둘러 줘요. 내가 격렬한 감정을 상대하는 데 재주가 없다는 거 알잖아요. 그 부분에 대해서 계속 상담을 받고 있지만 아직은 안 되겠어요."

"출발했어요. 20분이면 도착해요."

"길 건너편 슈퍼에 가서 콜라라도 사다 줄까요?"

"글쎄요." 언덕 아래 신호등이 노란색으로 바뀐다. 호지스는 속력을 높여서 쌩하니 통과한다. "당신의 판단력을 믿어보지 그래요?"

"내가 그런 게 있어야 말이죠."

홀리는 아쉬워하고, 그가 뭐라고 대꾸도 하기 전에 얼른 오라고 다시 한 번 다그친 뒤 전화를 끊는다.

14

빌 호지스가 넋이 나간 올리버 매든에게 인생의 진실에 대해 설명하고 있었을 때 드루 홀리데이는 에그 베네딕트를 먹을 채비를 하고 있었고, 피트 소버스는 노스필드 고등학교 양호실에서 편두통을 호소하며 오후 수업을 빠지겠다고 하고 있었다. 피트가 모범생이기 때문에 양호교사는 주저 없이 조퇴 허가서를 써주었다. 그는 우등생인데다 참여하는 학교 행사도 많고(운동 쪽은 하나도 없지만) 출석율도 완벽에 가까웠다. 게다가 진짜로 편두통을 앓고 있는 *것처럼* 보였다. 안색은 너무 창백했고 눈 밑에는 검게 그늘이 졌다. 그녀는 집까지 태워다 주면 좋겠느냐고 물었다.

"아니에요." 피트가 말했다. "버스 타고 갈게요."

그녀는 애드빌을 건네지만 — 두통에 처방할 수 있는 약이 그것뿐이었다 — 그는 고개를 저으며 편두통에 먹는 약이 있다고 했다. 그날만 깜빡하고 안 챙겨온 거라서 집에 가자마자 그걸 먹으면 된다고 했다. 그는 정말로 골치가 아팠기 때문에 이런 이야기를 했다고 해서 양심의 가책을 느끼지는 않았다. 실질적으로 머리가 아픈 게 아닐 따름이었다. 그의 골칫거리는 앤드루 홀리데이였고 그건 어머니의 조미그(그의 집안에서는 어머니가 편두통 환자다.)로 해결할 수 없었다.

피트도 알다시피 자기가 직접 해결해야 할 문제였다.

15

그는 버스를 탈 생각이 없다. 30분은 기다려야 다음 버스가 올 텐데 달리면 15분 내로 시커모어 가에 도착할 수 있기 때문에 달릴 작정이다. 그에게 주어진 시간이 지금 이 목요일 오후밖에 없다. 출근한 어머니와 아버지는 4시는 되어야 퇴근할 것이다. 티나는 그녀의 말로는 예전 친구 바브라 로빈슨이 불러서 티베리 가의 그 집에서 2~3일 자다 올 거라는데 불청객은 아닐지 의심스럽다. 만약 그런 거라면 여동생이 채플 리지를 다닐 수 있다는 희망의 끈을 놓지 않았다는 뜻일 수도 있다. 아직까지는 피트가 도울 수 있는 여지가 남아 있지만 그러려면 오늘 오후에 완벽한 성과를 거두어야 한다. 아주 엄청난 조건이지만 *뭐가 됐든* 조치를 취해야 한다. 그렇지 않으면 미쳐 버릴지 모른다.

그는 앤드루 홀리데이와 안면을 트는 실수를 저지른 이래 살이 빠졌고, 십 대 초반에 나던 여드름이 다시 창궐했고, 눈 밑에는 다크 서클이 생겼다. 잠을 설쳤고 잠을 자더라도 악몽에 시달렸다. 악몽을 꾸고 잠에서 깨면 — 잠옷은 땀으로 흠뻑 젖었고 태아 자세일 때가 많았다 — 피트는 뜬눈으로 밤을 지새우며 덫에서 빠져나갈 방법을 고민했다.

그는 실제로 임원 수련회를 깜빡하고 있었기 때문에 인솔 교사인 깁슨 선생님이 어제 이야기를 꺼냈을 때 놀라서 머리 돌아가는 속도가 더 빨라졌다. 이야기를 들은 게 5교시 프랑스어 수업이 끝난 다음이었는데 바로 두 칸 옆 교실에서 받는 미적분 수업에 들어가기 전에 대강의 계획이 세워졌다. 이 계획이 성공하려면 빨간색 왜건도 있어야 하고 그보다 더 중요하게는 어떤 열쇠도 있어야 한다.

학교에서 보이지 않을 만큼 멀어지자 피트는 단축 번호를 눌러서 입력하지 않았으면 좋았을 번호로 앤드루 홀리데이에게 전화를 건다. 자동 응답기가 받아 준 덕분에 이번에는 악기-빼기를 하지 않아도 된다. 남긴 메시지가 워낙 길어서 중간에 잘리지만 그래도 상관없다.

공책을 집 밖으로 치우면 경찰이 수색 영장을 들고 오건 안 들고 오건 아무것도 찾지 못할 것이다. 지금까지 그래 왔던 것처럼 부모님이 정체불명의 돈에 대해서는 함구할 게 분명하다. 피트가 휴대전화를 바지 주머니에 넣는데 1학년 라틴어 시간 때 배운 구절이 문득 떠오른다. 어느 언어로 들어도 섬뜩한 구절이지만 이 상황에는 완벽하게 들어맞는다.

알레아 약타 에스트.

'주사위는 던져졌다.'

16

피트는 집에 들어가기 전에 차고로 몰래 들어가서 티나가 예전에 가지고 놀았던 케틀러 왜건이 아직 있는지 확인한다. 예전에 살던 집에서 이사하기 전에 여러 가재도구를 창고 세일로 처분했지만 옛날식으로 옆면을 나무로 만든 이 왜건만큼은 티나가 유난을 떨어서 어머니가 차마 내놓지 못했다. 처음에는 보이지 않아서 피트의 가슴이 철렁 내려앉는다. 그러다 한쪽 구석에 있는 왜건을 보고 그는 한도의 한숨을 내쉰다. 그는 인형들을 전부 다 거기 태우고(물론 비즐리 부인을 가장 눈에 잘 띄는 자리에 앉혔다.) 잔디밭을 왔다 갔다 하며, 말 잘 듣는 아이들만 먹을 수 있는 두툼한 '햄 샘위치'와 '생각 쿠키'를 싸가지고 숲으로 '쇼풍'을 갈 거라는 둥 종알거렸던 티나를 기억한다. 좋았던 시절인데 훔친 메르세데스를 몰고 돌진한 정신병자 때문에 모든 게 달라져 버렸다.

그 이후로 '쇼풍'은 중단했다.

피트는 집 안으로 들어가서 손바닥만 한 아버지의 재택 사무실로 직행한다. 가장 중요한 대목을 앞두고 있기 때문에 심장이 미친 듯이 쿵쾅거린다. 필요한 열쇠를 찾더라도 일이 잘못될 수 있지만 열쇠를 찾지 못하면 시작해 보지도 못하고 끝장이다. 대안은 없다.

톰 소버스의 주요 업무는 부동산 검색이지만—괜찮은 매물이나 매물 후보지를 찾아서 작은 업체나 개인업자에게 알려 주는 일이다—소규모로나마 그리고 여기 이 노스사이드에서만 슬금슬금 직접 중개를 시작했다. 2012년에는 별 볼일 없었지만 지난 몇 년 동안에는 제법 두둑한 수수료를 몇 차례 챙겼고 나무 이름으로 불리는 동네에서는 열 몇 군데 매물을 독점 중개하고 있다. 그중 하나가 드보라 하츠필드와 그의 아들 브래디, 이른바 메르세데스 킬러가 살았던 엘름 가 49번지다.

"그 집을 팔려면 시간이 좀 걸릴 거야."

아버지는 어느 날 저녁을 먹는 자리에서 이렇게 말하고 웃었다.

아버지의 컴퓨터 왼쪽 벽에 코르크판이 걸려 있다. 아버지가 현재 관리 중인 여러 매물의 열쇠가 하나씩 고리에 달려서 압정에 꽂혀 있다. 피트는 코르크판을 불안한 눈빛으로 살피다 원하는 것—필요한 것—을 발견하자 허공으로 주먹을 날린다. 이 열쇠고리에는 버치 스트리트 레크리에이션 센터라는 꼬리표가 달려 있다.

"내가 그렇게 엄청난 벽돌 코끼리를 옮길 수 있는 가능성은 거의 없지." 톰 소버스는 또 다른 때 다 같이 저녁을 먹는 자리에서 이렇게 말했다. "하지만 성공만 하면 이 집하고는 바이바이하고 뜨끈한 노천탕과 BMW의 땅으로 돌아갈 수 있어."

그는 웨스트사이드를 항상 그렇게 부른다.

피트는 레크리에이션 센터 열쇠를 휴대전화가 있는 주머니에 넣고 쏜살같이 2층으로 올라가서 공책을 집으로 들고 올 때 썼던 여행 가방을 꺼낸다. 이번에는 단거리 이동에만 동원될 것이다. 그는 사다리 계단을 꺼내서 밟고 다락으로 올라가 공책들을 담는다(마음은 급하지만 조심스럽게 다룬다.). 가방을 하나씩 2층으로 옮겨서 공책들을 침대 위에 뿌리고 가방은 다시 부모님의 침실 벽장에 들여놓고 이번에는 지하실까지 달려 *내려간다*. 그러느라 땀을 비 오듯 흘려서 동물원 원숭이 우리 같은 냄새가 나겠지만 아직은 씻을 겨를이 없다. 하지만 셔츠는 갈아입어야 한다. 앞으로 하려는 일에 딱 맞는 키 클럽 폴로 셔츠가 있다. 키 클럽은 늘 사회봉사 나부랭이를 하는 단체다.

어머니는 지하실에 빈 상자를 잔뜩 모아 놓는다. 피터는 가장 큰 걸로 두 개를 집어서 2층으로 들고 올라가되 아버지의 사무실에 들러서 샤피 매직을 챙긴다.

열쇠 다시 가져다 놓을 때 매직도 잊어버리면 안 돼. 그는 속으로 다짐한다. *전부 다* 제자리에 가져다 놓아야 해.

그는 공책들을 상자에 담고 — 앤드루 홀리데이에게 팔고 싶은 여섯 권만 남긴다 — 뚜껑을 덮는다. 매직으로 상자에 큼지막하게 주방용품이라고 적는다. 손목시계를 확인한다. 아직까지는 잘 되고 있지만…… 홀리데이가 그의 메시지를 듣지 않고 경찰에 신고하면 말짱 헛일이다. 그가 그럴 가능성은 낮지만 그렇다고 아예 없는 건 아니다. 아무도 모를 일이다. 그는 방문을 나서기 전에 남은 여섯 권의 공책을 벽장의 헐거워진 굽도리널 뒤편에 숨긴다. 딱 그만큼의 공간이 있고, 모든 일이 잘 풀리면 금방 꺼낼 수 있을 것이다.

그는 상자를 차고로 들고 가서 티나의 왜건에 싣는다. 진입로를 걸어가다가 키 클럽 폴로 셔츠로 갈아입는 걸 깜빡한 게 생각나서 다시 계단을 달려 올라간다. 셔츠 구멍으로 머리를 집어넣는데 문득 떠오른 깨달음에 오싹해진다. 공책들을 진입로에 내버려두고 온 것이다. 얼마짜리인데 벌건 대낮에 아무나 지나가다 집어갈 수 있는 거기에 내팽개치다니.

'바보!' 그는 자책한다. '바보, 천치, 머저리!'

피트는 1층으로 질주하는데 갈아입은 셔츠가 이미 땀에 젖어서 등에 들러붙었다. 두말하면 잔소리지만 왜건은 그 자리에 가만히 있다. 누가 주방용품이라고 적힌 상자를 슬쩍하겠는가. 쯧쯧! 그래도 못으로 박아놓지 않은 이상 아무라도 뭐든 집어갈 수 있기에 바보 같은 짓이었고 이를 계기로 타당한 의문이 제기된다. 그가 바보 같은 짓들을 또 얼마나 저지르고 있을까.

그는 생각한다. '애초에 말려드는 게 아니었어. 돈이랑 공책을 찾았을 때 당장 경찰에 연락해서 돌려주었어야 하는 거였어.'

하지만 그는 자기 자신을 속이지 못하는 불편한 습관이 있기에(적어도 대부분의 경우 그렇다.) 예전으로 돌아가더라도 달라지는 것은 거의 없을 터임을 안다. 그의 부모님은 이혼하기 직전이었고 그는 그들을 워낙 사랑했기에 이혼을 막아 보려는 시도나마 할 수밖에 없었다.

'그리고 내 작전은 주효했지. 작전을 감행하는 동안 바보 같은 짓

을 계속 저질렀고.'

하지만.

이제는 엎질러진 물이다.

17

맨 처음에는 묻어 놓은 트렁크 안에 공책을 다시 넣을까 싶었지만 피트는 거의 당장 그건 안 될 말이라는 결론을 내렸다. 홀리데이가 협박한 대로 경찰이 수색 영장과 함께 들이닥친다면 그의 집 다음으로 어디를 뒤지겠는가. 부엌으로 들어간 그들의 눈에 뒷마당 너머의 공터가 보일 것이다. 그보다 더 완벽한 장소가 어디 있을까. 오솔길을 따라갔을 때 개울가에 얼마 전에 흙을 파헤친 흔적이 보이면 그것으로 게임 끝이었다. 아니다, 이쪽이 훨씬 낫다.

그런데 더 무섭기도 하다.

그는 티나의 왜건을 끌고 인도를 따라가다 엘름 가 쪽으로 좌회전한다. 시커모어와 엘름이 만나는 모퉁이에 사는 존 타이가 나와서 잔디를 깎고 있다. 그의 아들 빌리는 반려견에게 프리스비를 던져주고 있다. 개의 머리 위를 지난 프리스비가 왜건으로 날아와서 두 상자 사이로 떨어진다.

"던져!" 빌리가 잔디밭을 가로질러 오면서 외친다. 갈색 머리가 위아래로 들썩인다. "세게 던져!"

피트는 프리스비를 던져 주고 빌리가 다시 던지려고 하자 손사래를 친다. 버치 가 쪽으로 모퉁이를 도는데 누군가가 경적을 울리는 바람에 피트는 하마터면 펄쩍 뛸 뻔하지만 한 달에 한 번씩 린다 소버스의 머리를 만져 주는 앤드리아 켈로그다. 피트는 그녀를 향해 양쪽 엄지손가락을 들어 보이고 환하게 보이길 바라며 활짝 미소를 짓는다. '최소한 이 여자는 프리스비 던지면서 놀자고 하지는 않잖아.' 그는 이런 생각을 한다.

드디어 레크리에이션 센터가 나온다. 매물과 토머스 소버스 중개업소로 연락 바람 밑으로 아빠의 휴대전화 번호가 적힌 팻말이 전면에 걸려 있는 3층짜리 네모난 벽돌 건물이다. 아이들이 들어오지 못하게 1층 창문을 합판으로 막았지만 나머지 부분은 제법 괜찮아 보인다. 물론 벽돌에 태그(그래피티 하는 사람이 쓰는 별명이나 상징 ─ 옮긴이)가 두세 개 그려져 있지만 제대로 운영되던 시절에도 레크리에이션 센터는 태그의 본거지였다. 앞마당의 잔디는 손질이 되어 있다. 아빠의 작품이로군. 피트는 이렇게 생각하며 자부심을 느낀다. 다른 아이에게 맡겼겠지? 나한테 부탁하셨더라면 공짜로 해드렸을 텐데.

계단 입구에 왜건을 세우고 상자를 하나씩 들어서 옮기고 주머니에서 열쇠를 꺼내는데 낡아빠진 닷선이 정차한다. 이 동네에서도 야구단이 운영되던 시절에 리틀 리그 코치를 맡았던 에번스 씨다. 에번스 씨가 조니스 고마트 지브라스 코치였을 때 피트도 그 팀에서 선수로 뛴 적이 있었다.

"어이, 중견수!" 그는 몸을 기울여서 조수석 창문을 내린다.

'젠장.' 피트는 생각한다. '젠장, 젠장, 젠장.'

"안녕하세요, 에번스 코치님."

"여기서 뭐하니? 레크리에이션 센터 다시 개장한대?"

"아닐걸요." 피트는 이럴 경우에 대비해서 둘러댈 말을 생각해 놓기는 했지만 쓸 일이 없길 바랐다. "다음 주에 정치 행사가 있대요. 여성 유권자 연맹이라고 들어보셨어요? 무슨 토론을 벌인다는 것 같았는데. 저도 잘 모르겠어요."

선거철이라 2~3주 뒤에 있을 예비 선거를 앞두고 시정 관련 쟁점이 대거 쏟아지고 있기 때문에 그럴듯한 핑계다.

"토론할 거리가 많긴 하지. 그렇고말고." 에번스 씨 ― 과체중이고 다정하며 전략가는 못 되지만 팀의 사기 진작에는 일가견이 있고 경기와 훈련이 끝나면 탄산음료 돌리는 걸 좋아했던 ― 는 빛이 바래고 땀자국으로 얼룩이 진 예전의 조니 지브라스 모자를 쓰고 있다. "도와줄까?"

'아, 제발 안 돼요. *제발요.*'

"아니에요, 괜찮아요."

"왜, 도와주고 싶은데."

피트의 예전 코치는 닷선의 시동을 끄고 차에서 내리려고 육중한 몸을 움직인다.

"진짜예요, 코치님. 괜찮아요. 코치님이 도와주시면 일이 너무 일찍 끝나서 수업 들으러 가야 하잖아요."

에번스 씨는 웃음을 터뜨리더니 다시 운전대 앞에 앉는다.

"알았다." 그가 시동을 걸자 닷선의 꽁무니에서 파란 연기가 나온다. "하지만 일 끝나면 문단속 하는 거 잊지 마라, 알았지?"

"네."

땀이 난 손가락에서 레크리에이션 센터 열쇠가 미끄러지는 바람에 피트는 허리를 굽혀서 열쇠를 줍는다. 허리를 펴고 보니 에번스 씨의 차가 멀어져 가고 있다.

'고맙습니다, 하느님. 그리고 코치님이 사회 복지에 관심이 많은 아드님을 두셨다고 우리 아빠한테 전화해서 칭찬하는 일은 없게 해 주세요.'

첫 번째 열쇠는 구멍에 들어가지 않는다. 두 번째 열쇠는 들어가지만 돌아가지 않는다. 열쇠와 씨름하는 동안 쏟아진 땀이 왼쪽 눈에 들어가서 따끔거린다. 그래도 소용이 없다. 결국 트렁크를 다시 꺼내야 할지 모르겠다는 생각이 드는 순간─그러자면 다시 차고로 가서 공구를 챙겨야 한다─고집 센 자물쇠가 드디어 말을 듣는다. 그는 문을 열고 상자들을 안에 넣은 다음 다시 왜건을 가지러 간다. 계단 앞에 어쩐 일로 왜건이 세워져 있는지 궁금해하는 사람이 생기면 안 된다.

레크리에이션 센터의 널찍한 공간들은 남은 집기가 거의 없어서 더 넓어 보인다. 에어컨이 돌아가지 않아서 덥고 퀴퀴한 먼지 냄새가 난다. 창문들을 막아 놓았으니 어두컴컴하기도 하다. 보드게임을 하고 텔레비전을 보았던 넓은 대강당을 지나 주방으로 건너가는 피트의 발소리가 사방에 울린다. 지하실로 내려가는 문도 잠겨 있지만 앞문 열쇠로 열리고 아직 불은 들어온다. 손전등을 들고 올 생각조차 하지 못했으니 다행스러운 일이다.

그는 첫 번째 상자를 1층으로 옮기다 반가운 광경을 목격한다. 지하실이 잡동사니로 가득한 것이다. 카드 테이블 열 몇 개가 한쪽 벽에 쌓여 있고, 다른 쪽 벽에는 아무리 못해도 100개는 되어 보이는 접이식 의자들이 줄줄이 세워져 있고, 오래된 스테레오 컴포넌트와 비디오 게임기도 보이고, 무엇보다 그가 들고 온 것과 상당히 비슷하게 생긴 상자들이 수십 개다. 몇 개 열어 보니 예전에 받은 트로피, 1980년대와 1990년대의 교내 운동부 사진이 담긴 액자, 때 묻은 포수용 장비, 뒤죽박죽 섞인 레고들이 들어 있다. 심지어 주방이라고 적힌 상자도 몇 개 있다! 피트가 들고 온 상자를 이 사이에 내려놓자 제자리를 찾은 듯이 보인다.

'이게 내 최선이야. 누군가가 들어와서 도대체 뭐 하는 거냐고 묻기 전에 여길 빠져나갈 수만 있다면 더 바랄 나위가 없을 텐데.'

그는 지하실 문을 잠그고 사방에 울리는 자기 발소리를 들으며 대강당으로 돌아간다. 부모님이 싸우는 소리를 피해서 티나를 여기로 데려왔던 때가 생각난다. 여기로 피신하면 둘 다 그 소리를 들을 필요가 없었다.

그는 버치가 쪽을 내다보고 아무도 없는 것을 확인한 다음 티나의 왜건을 계단 밑으로 옮긴다. 다시 올라가서 앞문을 잠그고 집으로 돌아가는 길에 타이 씨에게 잊지 않고 다시 한 번 손을 흔든다. 좀 전보다 쉽게 흔들어진다. 그는 심지어 빌리 타이에게도 프리스비를 몇 번 던져 준다. 두 번째 던진 프리스비를 개가 가로채자 그들은 일제히 웃음을 터뜨린다. 버려진 레크리에이션 센터 지하실, 거기 있어야 할 상자들 사이에 공책들을 숨기고 왔더니 이제는 웃는 것도 수월하다. 피트는 몸이 20킬로그램은 가벼워진 기분이다.

아니, 40킬로그램은 가벼워진 기분이다.

18

호지스가 로어 말버러 가에 있는 터너 빌딩 7층에 위치한 방 두 개짜리 조그만 사무실의 대기실로 들어가 보니 홀리가 볼펜을 입에 물고 불안한 표정으로 맴을 돌고 있다. 그녀는 그를 보자 걸음을 멈 춘다.

"드디어 오셨군요!"

"홀리, 전화 끊은 지 15분밖에 안 됐어요."

그는 그녀가 물고 있던 볼펜을 조심스럽게 빼서 뚜껑에 찍힌 잇자 국을 살핀다.

"그보다 더 오래된 느낌이라고요. 애들은 안에 있어요. 바브라 친 구는 울고 있나 봐요. 콜라 들고 들어갔을 때 보니까 눈이 빨갛더라 고요. 들어가요, 빌. 가요, 가요, 가요."

그는 이런 상태일 때는 홀리를 건드리지 않는다. 건드리면 펄쩍 뛸 게 뻔하기 때문이다. 그래도 처음 만났을 때에 비하면 많이 나아 졌다. 제롬과 바브라의 어머니인 타냐 로빈슨의 끈질긴 지도 아래 심지어 패션 센스 비슷한 것도 생겼다.

"알았어요." 그는 말한다. "그래도 사전 정보가 있으면 좋겠는데. 무슨 일인지 알아요?"

착한 아이들이라고 해서 늘 착한 건 아니기 때문에 가능성은 무궁 무진하다. 가게에서 뭘 슬쩍 훔쳤거나 마리화나를 피웠을까. 아니면 학교 폭력이나 성추행을 일삼는 삼촌 문제일 수도 있다. 그래도 바 브라의 친구가 누굴 죽이거나 그러지는 않았을 거라고 장담할 수는

(세상에 불가능한 일은 없으므로 어느 정도까지는) 있다.

"티나의 오빠 문제래요. 바브라의 친구 이름이 티나인데 내가 얘기했죠?" 홀리는 아쉬워하는 눈빛으로 볼펜만 쳐다보느라 고개를 끄덕이는 그를 보지 못한다. 욕구가 좌절당하자 그녀는 아랫입술을 괴롭히기 시작한다. "티나 생각에는 오빠가 돈을 훔친 것 같대요."

"오빠가 몇 살인데요?"

"고등학생요. 내가 아는 건 거기까지예요. 볼펜 돌려주실래요?"

"아뇨. 나가서 담배 한 대 피우고 와요."

"이제는 안 그래요." 그녀는 시선을 들어서 왼쪽으로 옮긴다. 호지스가 경찰 시절에 숱하게 목격했던 신호다. 그러고 보니 거짓말에 있어서는 프로라고 할 수 있는 올리버 매든도 아까 한 번인가 두 번 그랬다. "담배 끊……"

"딱 한 대만. 그러면 진정이 될 거예요. 애들 먹을 거는 좀 줬어요?"

"그럴 생각을 못 했네. 미안……"

"아니에요, 괜찮아요. 길 건너편 슈퍼에 다시 가서 간식 좀 사다 줘요. 뉴트라 바나 뭐 그런 거."

"뉴트라 바는 *개가* 먹는 간식이에요, 빌."

그는 짜증을 내지 않고 말한다.

"그럼 에너지 바. 건강에 좋은 거요. 초콜릿 말고."

"알았어요."

그녀는 치맛자락과 단화를 휘날리며 문을 나선다. 호지스는 숨을 깊게 들이쉬고 사무실로 들어간다.

아이들은 소파에 앉아 있다. 바브라는 흑인이고 그녀의 친구 티나는 백인이다. 언뜻 보면 비슷하게 생긴 통에 담아 놓은 소금과 후추 같다는 재미있는 생각이 든다. 하지만 둘이 서로 비슷하지는 않다. 둘의 헤어스타일이 거의 똑같은 포니테일인 건 맞다. 올해 여학생들 사이에서 그게 유행인지, 비슷하게 생긴 운동화를 신고 있는 것도 맞다. 그리고 둘 다 그의 커피 테이블에 놓여 있던 「퍼수트」를 보고 있다. 잠적자를 수색하는 업계 사람들이 구독하는 잡지라 어린 여학생들에게 적합한 읽을거리는 아니지만 둘 다 그냥 들고만 있는 거라 상관없다.

바브라는 교복을 입었고 비교적 차분해 보인다. 다른 아이는 앞면에 나비가 아플리케 처리된 파란 티와 까만 바지를 입고 있다. 얼굴은 창백한데, 충혈된 눈을 들어서 심장을 압박하는 공포와 희망이 뒤섞인 눈빛으로 그를 쳐다본다.

바브라는 예전 같으면 서로 손마디를 부딪치며 반가워했을 텐데 이제는 벌떡 일어나서 그를 끌어안는다.

"안녕하세요, 빌 아저씨. 오랜만이죠?"

어찌나 어른스러워 보이는지, 키는 또 얼마나 컸는지. 그런데 아직 열네 살이라니. 믿기지가 않는다.

"그래, 오랜만이구나, 바브라. 제롬은 잘 지내지? 이번 여름방학 때 집에 온다던?"

제롬은 하버드 대학생이 되었고 제2의 자아 ― 허튼소리를 지껄이는 타이런 필굿 딜라이트 — 는 이제 은퇴한 눈치다. 호지스의 잡무를 처리했던 고등학생 시절에는 타이런이 단골손님이었다. 타이런은 늘 유치하기 짝이 없었기에 별로 보고 싶지 않지만 제롬은 보고 싶다.

바브라는 콧잔등을 찡그린다.

"일주일 있다가 다시 갔어요. 여자친구가 펜실베이니아인가 어디 출신인데 데리고 *코티용*(네 사람 또는 여덟 사람이 추는 프랑스 출처의 활발한 춤 — 옮긴이)에 가야 한다고. 그거, 성차별주의적인 발상 아니에요? 제가 보기에는 그런데."

호지스는 피하고 싶은 화제다.

"친구 소개 좀 부탁할까?"

"이쪽은 티나예요. 예전에 우리 집에서 모퉁이만 돌면 나오는 하노버 가에 살았던 친구예요. 내년에 채플 리지에 입학하고 싶어 해요. 티나, 이쪽은 빌 호지스 아저씨. 너를 도와주실 수 있을 거야."

호지스는 계속 소파에 앉아 있는 여학생에게 악수를 청하느라 허리를 살짝 숙인다. 아이는 움찔하다가 소심하게 악수에 응한다. 그러고는 잠시 후에 손을 놓으며 울음을 터뜨린다.

"괜히 왔어요. 피트 오빠가 알면 난리를 부릴 텐데."

'이런 젠장.' 호지스는 생각한다. 그는 책상에서 티슈를 한 움큼 뽑는데 티나에게 건네기 전에 바브라가 받아서 친구의 눈물을 닦아 준다. 그런 다음 다시 소파에 앉아서 친구를 안아 준다.

"티나." 바브라가 조금 단호한 목소리로 말한다. "나를 찾아와서 도와달라고 했잖아. 이게 내가 생각한 방법이야." 호지스는 어머니를 빼다 박은 그녀의 말투에 놀라워진다. "나한테 한 얘기를 아저씨한테 그대로 전하기만 하면 돼."

바브라는 호지스에게 시선을 돌린다.

"아저씨, 저희 부모님한테는 비밀로 해주세요. 홀리 아주머니도 그렇게 해주시고요. 저희 아빠가 아시면 티나네 아빠한테 얘기할 거예요. 그럼 얘네 오빠는 정말 큰일 나요."

"그건 나중에 생각할 문제고." 호지스는 책상 뒤편에서 회전의자를 꺼낸다. 빡빡하지만 그래도 어찌어찌 꺼낸다. 겁에 질린 바브라의 친구와 책상을 사이에 두고 마주 볼 수는 없다. 그러면 너무 교장선생님 같아 보일 것이다. 그는 의자에 앉아서 무릎 사이로 손깍지를 끼고 티나를 보며 미소를 짓는다. "먼저 성이랑 이름부터 제대로 들을까?"

"티나 아네트 소버스예요."

소버스. 어렴풋하게 들은 기억이 난다. 예전에 해결했던 사건과 관련이 있을까? 그럴지도 모른다.

"뭐가 고민이 돼서 왔니, 티나?"

"오빠가 돈을 좀 훔쳤어요." 속삭임에 가깝다. 다시 눈물이 고인다. "어쩌면 많이 훔쳤을 수도 있어요. 그런데 돌려줄 수가 없어요, 다 써버려서. 우리 아빠를 다치게 한 그 정신병자가 MAC 콘서트장에서 폭탄을 터뜨리려고 했을 때 바브라네 오빠가 그걸 막을 수 있도록 도왔기 때문에 바브라한테 얘기한 거예요. 제롬 오빠가 용감한 시민이라고 훈장도 받고 했으니까. 텔레비전에도 나왔잖아요."

"그렇지." 호지스는 말한다.

홀리에게도 출연 요청이 들어왔지만 ― 제롬 못지않게 용감했으니 방송국에서 소개하고 싶어 했다 ― 그 시절의 홀리 기브니는 텔레비전 카메라 앞에 서서 질문에 대답하느니 차라리 하수구 청소제를 마셨을 것이다.

"그런데 제롬 오빠는 펜실베이니아에 있다고 하길래 아저씨한테 말씀드리는 거예요. 예전에 경찰관이셨으니까요."

그녀는 눈물이 고인 왕방울만 한 눈으로 그를 쳐다본다.

소버스. 호지스는 생각에 잠긴다. '그래, 맞다. 이름은 생각이 나지 않지만 소버스는 쉽게 잊히지 않을 만한 성이라서 왜 어렴풋하게 들은 기억이 났는지 이제 알겠네. 소버스는 하츠필드가 일자리를 구하러 시티 센터를 찾은 구직 희망자들을 차로 밀어 버렸을 때 중상을 입은 희생자 가운데 한 명이었어.'

"처음에는 저 혼자 아저씨를 만나서 말씀드리려고 했어요." 바브라가 옆에서 거든다. "티나하고 서로 그러자고 했어요. 우리를 도울 생각이 있는지 아저씨의 속을 떠보자고. 그런데 티나가 오늘 학교로 찾아왔는데 어쩔 줄 몰라 하면서……"

"왜냐하면 상태가 더 *심각해졌거든요!*" 티나가 버럭 소리를 지른다. "무슨 일인지 모르겠지만 어처구니없는 수염을 기르고 상태가 더 *심각해졌어요.* 잠꼬대를 하고 ― 제 방까지 들려요 ― 살이 빠졌고, 보건 수업 때 선생님 말로는 스트레스 때문일 수도 있다는데 다시 여드름이 나기 시작했고…… 그리고…… 그리고 가끔 우는 것 같아요." 그녀는 이렇게 말해 놓고 오빠가 울다니 이해가 안 된다는 듯이 어리둥절한 표정을 짓는다. "오빠가 자살이라도 하면 어떻게 해요? 제가 정말로 걱정이 되는 건 그거예요. 십 대 자살이 엄청 *심각한 문제잖아요!*"

'요즘은 보건 시간에 재밌는 걸 가르치는군.' 호지스는 생각한다. '틀린 소리는 아니지만.'

"티나가 지어낸 이야기가 아니에요." 바브라가 말한다. "충격적인 사건이거든요."

"그럼 들어보자꾸나." 호지스는 말한다. "맨 처음부터."

티나는 숨을 깊이 들이쉬고 이야기를 시작한다.

20

누가 물어보면 열세 살짜리의 넋두리를 듣고 충격은커녕 놀랄 일도 없을 거라고 생각했다고 대답했을 텐데, 생각과 다르게 호지스는 충격을 받는다. 우라지게 충격을 받는다. 그리고 진위를 조금도 의심하지 않는다. 지어낸 이야기라고 하기에는 너무 말이 안 된다.

이야기를 끝냈을 무렵, 티나는 많이 진정이 된 상태다. 호지스도 익히 아는 현상이다. 고백이 정신 건강에는 좋을 수도 있고 좋지 않을 수도 있지만 마음을 가라앉히는 효과는 있다.

그가 대기실로 나가는 문을 열어 보니 홀리가 책상에 앉아서 컴퓨터로 솔리테어 게임을 하고 있다. 옆에는 에너지 바가 잔뜩 담긴 봉지가 놓여 있다. 좀비에게 포위가 되더라도 넷이서 굶어죽을 걱정이 없을 정도다.

"들어와요, 홀리. 당신이 있어 줘야겠어요. 그것도 들고 오고."

홀리는 조심스럽게 들어와서 티나 소버스의 상태를 확인하는데 보고 안심하는 눈치다. 아이들이 에너지 바를 하나씩 집어 들자 한층 더 안심하는 눈치다. 호지스도 하나 먹는다. 점심으로 먹은 샐러드는 소화된 지 한 달이 지났고 채소 버거는 간에 기별도 가지 않았다. 그는 요즘도 가끔 맥도널드에 가서 모든 메뉴를 주문하는 꿈을 꾼다.

"맛있네요." 바브라가 우적우적 씹으며 말한다. "내 건 산딸기인데. 너는 무슨 맛이야, 티나?"

"레몬. *진짜* 맛있다. 고맙습니다, 호지스 씨. 고맙습니다, 홀리 아주머니."

"바브라." 홀리가 부른다. "엄마는 네가 어디 간 줄 아셔?"

"영화 보러요. 또「겨울왕국」보러 간 줄 아세요. 이번에는 싱어롱 버전으로. 시네마 세븐에서 매일 오후에 틀어 주거든요. 몇 년째 그러고 있나 몰라요." 바브라가 이렇게 말하면서 티나를 향해 눈을 부라리자 티나도 공범처럼 눈을 부라린다. "엄마가 버스 타고 와도 되는데 아무리 늦어도 6시까지는 오라고 하셨어요. 티나는 오늘 우리 집에서 자기로 했고요."

'그러면 시간이 얼마 없군.' 호지스는 생각한다. "티나, 홀리도 들을 수 있게 아까 그 이야기 한 번 더 해주겠니? 홀리는 내 조수고 똑똑해. 그리고 비밀을 잘 지키고."

티나는 다시 한 번 되풀이하는데 진정이 돼서 그런지 설명이 좀더 자세하다. 홀리는 집중하면 늘 그렇듯 아스퍼거 증후군 비슷한 틱증상이 거의 사라진다. 보이지 않는 자판을 두드리는 것처럼 손끝으로 허벅지를 계속 두드리는 습관만 남았다.

티나의 이야기가 끝나자 홀리가 묻는다.

"2010년부터 돈이 배달되기 시작했다고?"

"2월 아니면 3월부터요. 그때 부모님이 워낙 자주 싸우셔서 기억해요. 아빠는 실업자가 됐고…… 다리는 아프고…… 엄마는 담배 피우지 말라고, 담뱃값이 얼마인지 아느냐고 아빠한테 소리를 지르고……"

"나는 소리 지르는 거 싫은데." 홀리는 덤덤하게 말한다. "누가 소리 지르면 배가 아파."

티나는 고마워하는 눈빛으로 그녀를 바라본다.

"금화 어쩌고 했던 거 말이다." 호지스가 끼어든다. "돈이 배달되기 전에 나온 얘기니 아니면 후에 나온 얘기니?"

"전에요. 그런데 오래전은 아니었어요."

그녀는 망설임 없이 대답한다.

"그리고 매달 500달러씩이었다고?" 홀리가 묻는다.

"보통은 3주였는데, 그보다 짧을 때도 있었고 그보다 길 때도 있었어요. 한 달을 넘기면 부모님은 이제 안 오나 보다고 생각했고요. 한번은 6주가 지나니까 아빠가 엄마한테 이렇게 말씀하셨던 게 기억나요. '받는 동안 좋았는데.'"

"그때가 언제였는데?"

홀리는 허벅지를 두드리던 것도 멈추고 눈을 반짝이며 몸을 앞으로 내민다. 호지스는 그녀가 그런 반응을 보이면 흐뭇해진다.

"음……" 티나는 미간을 찌푸린다. "제 생일 즈음이었어요. 열두 살이었을 때요. 오빠는 그때 없었어요. 봄방학이었는데 친구인 로리 오빠가 자기 가족이랑 디즈니 월드 같이 가자고 데려갔거든요. 우울한 생일이었어요. 오빠만 디즈니 월드에 가니까 질투가 나서……" 그녀는 말을 멈추고 바브라와 호지스를 차례대로 쳐다보다 마침내 엄마 오리로 각인이 된 듯한 홀리를 쳐다본다. "그래서 그때는 돈이 늦게 온 거였어요! 그렇죠? 오빠가 플로리다에 가는 바람에!"

홀리는 입가에 살짝 미소를 머금고 호지스를 흘끗 쳐다보다 다시 티나에게로 시선을 돌린다.

"아마 그랬을 거야. 늘 20달러와 50달러짜리였니?"

"네. 저도 여러 번 봤어요."

"그러다 언제 끊겼다고?"

"작년 9월에요. 새 학기가 시작될 무렵이었어요. 쪽지가 들어 있었는데 대충 이런 내용이었어요. '이게 마지막입니다. 더 드리지 못해서 미안합니다.'"

"그러고 나서 어느 정도 뒤에 네가 오빠한테 돈을 보낸 사람이 오빠인 것 같다고 얘기했어?"

"얼마 있다가요. 오빠는 절대 인정하지 않았지만 저는 오빠였다는 걸 알아요. 그리고 어쩌면 전부 다 저 때문에 생긴 일일지 몰라요. 제가 계속 채플 리지에 가고 싶다고 하는 바람에…… 오빠는 돈이 남아 있어서 제가 채플 리지에 갈 수 있으면 얼마나 좋겠느냐고 했거든요……. 그래서 바보 같은 짓을 저질러 놓고 이제 와서 후회하는데 이-이-이미 늦은 걸지 몰라요!"

그녀는 다시 울음을 터뜨린다. 바브라가 그녀를 끌어안고 뭐라고 속삭이며 달랜다. 홀리는 다시 손끝으로 허벅지를 두드리지만 스트레스를 받은 다른 조짐은 보이지 않는다. 자기만의 생각에 빠져 있다. 돌아가는 톱니바퀴가 호지스의 눈에 그려지는 듯하다. 그도 묻고 싶은 게 있지만 지금은 홀리에게 주도권을 맡기기로 한다.

티나의 울음이 훌쩍임 수준으로 잦아들자 홀리가 묻는다.

"어느 날 밤에 네가 방으로 들어가니까 오빠가 죄 지은 사람처럼 공책을 숨긴 적이 있었다고 했지? 베개 밑에 넣었다고."

"네."

"그게 돈이 끊길 무렵이었니?"

"그랬던 것 같아요, 네."

"학교 공책이었어?"

"아뇨. 까만색이었고 비싸 보였어요. 그리고 겉에 고무 밴드가 달려 있었고요."

"제롬 오빠한테도 그런 공책 있는데." 바브라가 말한다. "몰스킨 공책이에요. 저, 에너지 바 하나 더 먹어도 돼요?"

"실컷 먹어." 호지스가 말한다. 그는 책상 위에 있는 메모지를 집어서 몰스킨이라고 쓴다. 그러고는 다시 티나를 돌아본다. "장부였을 수도 있을까?"

티나는 에너지 바 포장을 벗기느라 미간을 찌푸리고 있다.

"네?"

"얼마를 부쳐서 얼마가 남았는지 적어 놓았던 거 아닐까?"

"그럴 수도 있지만 고급 일기장에 더 가까워 보였어요."

홀리가 호지스를 쳐다보고 있다. 그는 *계속하라*는 뜻에서 고개를 끄덕여 보인다.

"대단하다, 티나. 이보다 더 훌륭한 증인이 없겠어. 안 그래요, 빌?"

그는 고개를 끄덕인다.

"그럼, 좋아. 오빠가 언제부터 수염을 기르기 시작했니?"

"지난달이요. 4월 말부터일 수도 있어요. 엄마하고 아빠는 안 어울린다고 했고, 아빠는 건달 같아 보인다고까지 했지만, 그래도 깎지 않더라고요. 저는 잠깐 그러다 말겠거니 했거든요." 그녀는 바브라를 돌아본다. "왜, 어렸을 때 너도 해나 몬태나 따라한다고 혼자 머리 자른 적 있었잖아."

바브라는 얼굴을 찡그린다.

"그 얘긴 하지도 마." 그러고는 호지스에게 말한다. "엄마가 얼마나 노발대발했는지 몰라요."

"그런데 그 뒤로 계속 안절부절못했다, 이거지?" 홀리가 말한다. "수염을 기른 이후로."

"처음에는 그렇게 심각하지 않았어요. 조금 불안해하는 정도였지. 겁에 질린 건 2, 3주 전부터예요. 그런데 이제는 *저도* 무서워요! 무서워 죽겠어요!"

호지스는 홀리에게 남은 질문이 있는지 살핀다. 그녀는 *마이크를 넘기겠다는* 눈빛으로 그를 쳐다본다.

"티나, 기꺼이 이 일을 해결해 주고 싶다만 그러려면 먼저 네 오빠를 만나야 해. 그건 너도 알지?"

"네." 그녀는 속삭인다. 딱 한 입 먹은 에너지 바를 조심스럽게 소파 팔걸이에 내려놓는다. "아, 오빠가 정말 버럭 화를 낼 텐데."

"아닐 수도 있어." 홀리가 말한다. "누군가가 터뜨려 줬다는 걸 다 행스럽게 여길 수도 있어."

호지스도 알다시피 경험자로서 하는 말이다.

"그럴까요?" 티나가 묻는다. 목소리가 개미만 하다.

"응." 홀리는 열심히 고개를 끄덕인다.

"알았어요. 하지만 이번 주말에는 안 돼요. 리버 벤드 리조트에 가거든요. 임원 수련회인가 뭔가가 있는데 오빠가 내년 부회장으로 뽑혔어요. 내년에도 학교에 다닐 수 있을지 모르겠지만." 티나가 심란해하며 손바닥을 이마에 얹는데 어찌나 다 큰 어른 같은지 애처롭기 그지없다. "*감옥에 갈 수도 있잖아요. 절도죄로.*"

홀리도 호지스만큼 심란한 눈치지만 스킨십을 좋아하는 성격이 아니고 바브라는 너무 충격을 받아서 정신이 없다. 나설 사람이 그 밖에 없다. 호지스는 팔을 뻗어서 큼지막한 손으로 티나의 고사리 같은 손을 잡는다.

"그럴 일은 없을 거다. 그런데 피트가 도움을 받아야 할 상황인 건 맞아. 언제 돌아오니?"

"이-일요일 저녁에요."

"월요일 방과 후에 만나면 어떨까? 괜찮겠니?"

"아마도요." 티나는 진이 빠진 듯한 얼굴이다. "대개 스쿨버스를 타지만 학교에서 나올 때 잡으면 될 거예요."

"티나, 너는 이번 주말 동안 괜찮겠니?"

"제가 챙길게요."

바브라가 이렇게 말하고, 친구의 뺨에 뽀뽀를 한다. 티나는 힘없이 미소를 짓는다.

"두 사람, 이제 어떻게 할래?" 호지스가 묻는다. "영화를 보러 가기에는 너무 늦은 것 같은데."

"저희 집으로 갈게요." 바브라가 결정을 내린다. "엄마한테는 영화 안 보기로 했다고 하고요. 거짓말은 아니잖아요, 안 그래요?"

"그렇지." 호지스는 맞장구를 친다. "택시 탈 돈은 있고?"

"당신이 사무실에 있겠다면 내가 데려다 줘도 되는데요."

홀리가 말한다.

"버스 타고 갈게요." 바브라가 말한다. "우리 둘 다 교통카드 있어요. 여기 올 때는 마음이 급해서 택시를 탄 거였어요. 그렇지, 티나?"

"응." 그녀는 호지스를 보았다가 홀리 쪽으로 고개를 돌린다. "오빠 걱정이 돼서 미칠 것 같지만 부모님한테는 비밀로 해주세요. 당분간은요. 약속해 주실 수 있죠?"

호지스가 대표로 약속을 한다. 아이의 오빠가 친구들과 함께 어디 놀러간다는데 부모에게 알릴 이유가 없다. 그는 홀리에게 정거장까지 따라가서 웨스트사이드로 가는 버스를 태워줄 수 있겠느냐고 묻는다.

그녀는 알았다고 한다. 그리고 아이들 손에 남은 에너지 바를 쥐여 준다. 족히 열 개는 넘는다.

21

돌아온 홀리의 손에 아이패드가 들려 있다.

"임무 완수예요. 애들, 4번 버스 타고 티베리 가로 출발했어요."

"소버스라는 그 아이는 좀 어때 보였어요?"

"많이 괜찮아졌어요. 버스 기다리는 동안 바브라랑 둘이서 텔레비전에서 배운 댄스 스텝을 연습하더라고요. 나더러도 같이 하자면서."

"그래서 같이 했어요?"

"아뇨. 이 몸은 춤 같은 거 안 추거든요."

정색하고 한 말이지만 그래도 농담을 던진 것일 수 있다. 요즘 들어 가끔 그럴 때가 있는데 구분하기가 쉽지 않다. 홀리 기브니를 이루는 대부분의 측면이 호지스에게는 수수께끼이고 앞으로도 영원히 그렇지 않을까 싶다.

"바브라의 엄마가 눈치 챌 것 같아요? 상당히 예리하잖아요. 게다가 엄청난 비밀을 안고 보내는 주말은 긴 시간일 수도 있고."

"그럴 가능성도 있지만 아닐 거라고 봐요." 홀리가 말한다. "부담을 덜고 나니까 티나가 많이 여유로워졌거든요."

호지스는 미소를 짓는다.

"버스 정거장에서 춤을 출 정도였다니 그랬나 보네요. 그래서 어떻게 생각해요, 홀리?"

"어떤 부분을요?"

"먼저 돈 얘기부터 합시다."

그녀는 아이패드를 두드리며 눈을 덮은 머리칼을 멍하니 쓸어올린다.

"2010년 2월부터 배달되기 시작해서 작년 9월에 멈췄다고 했죠. 그럼 44개월이에요. 그 오빠가……"

"피트요."

"피트가 그 기간 동안 부모님에게 매달 500달러씩 보냈다면 2만 2000달러예요. 대충. 엄청난 거액은 아니지만……"

"그렇지만 아이 기준으로는 많은 돈이죠." 호지스가 대신 말끝을 맺는다. "특히 티나 나이였을 때부터 보내기 시작했다는 걸 감안하면."

그들은 서로 쳐다본다. 가끔 이런 식으로 그의 눈을 똑바로 쳐다본다는 것이 맨 처음 그녀를 만났을 때 보았던 겁에 질린 모습에서 가장 크게 달라진 부분이다. 약 5초 동안 정적이 흘렀을 때 두 사람이 동시에 입을 연다.

"그래서……"

"어떻게……"

"먼저 얘기해요." 호지스는 웃으며 말한다.

홀리는 그의 시선을 피하며(어떤 문제를 해결하는 데 푹 빠져 있더라도 그의 눈을 똑바로 쳐다보는 건 어쩌다 한 번 잠깐 있는 일이다.) 말한다.

"그 아이가 티나랑 묻혀 있는 보물 상자에 대해서 대화를 나누었다고 했잖아요. 금이니 보석이니 금화니 하면서. 나는 그게 중요한 부분이라고 생각해요. 그 아이는 그 돈을 훔치지 않았을 거예요. 어디에선가 찾았을 거예요."

"그렇겠죠. 아무리 절박하더라도 은행을 터는 열세 살짜리가 몇 명이나 되겠어요. 하지만 아이들이 그런 전리품을 획득할 만한 장소가 어디일까요?"

"글쎄요. 시기를 설정해서 컴퓨터로 검색하면 현금 절도 사건이 대거 뜰 거예요. 2010년 2월에 발견했다면 그 이전에 벌어진 사건일 거 아니에요. 2만 2000달러면 신문에도 소개될 만한 금액인데 검색 조건을 뭘로 정해야 할까요? 범위는요? 몇 년 전까지 거슬러 올라가야 할까요? 5년? 10년? 세 군데 주를 다 검색해야 하니까 2005년까지로 설정해도 어마어마하게 많은 정보가 검색될 텐데. 안 그래요?"

"중서부 전체를 검색한다 해도 일부밖에 커버가 안 될 거예요."

호지스는 그동안 수백 명의 사람들과 수십 개의 기관을 상대로 사기를 쳤을 게 분명한 올리버 매든을 생각하고 있다. 그는 허위 은행 계좌 만들기의 귀재였지만, 자기 돈을 맡겨야 할 때는 분명 은행을 별로 믿지 않았을 것이다. 현금을 보관하기 용이한 곳을 찾았을 것이다.

"왜 일부밖에 커버가 안 된다고 생각해요?"

"당신은 은행, 자동화코너, 현금서비스기기만 검색할 테니까요. 어쩌면 골프장이나 그라운드호그스 경기 수익까지 감안할지 모르겠지만 공금이 아닐 수도 있어요. 범인이 거액 포커 게임장을 털거나 두메산골 속 천국이라고도 불리는 예지몬트 가에서 필로폰 업자한테 뺏은 것일 수 있잖아요. 애틀랜타나 샌디에이고나 그 중간 어딘가의 집에 보관되어 있던 현금일 수도 있고요. 그런 현금을 도난당하면 아예 신고를 하지 않았을 가능성도 있어요."

"처음부터 국세청에 신고하지 않은 돈이라면 더욱 그랬겠죠?" 홀리가 말한다. "알았어요, 알았어요, 알았어요. 그럼 어떻게 해야 하는 거예요?"

"피터 소버스를 만나서 얘기를 해봐야 하는데 솔직히 못 참겠어
요. 내가 산전수전 다 겪은 줄 알았더니 이런 사건은 또 처음이네."

"오늘 저녁에 만나도 되잖아요. 수련회는 내일 가니까요. 티나 전
화번호 받아 놨어요. 티나한테 연락해서 오빠 전화번호를 가르쳐달
라고 하면 돼요."

"아니. 주말은 즐기게 내버려 둬요. 뭐, 이미 떠났을 수도 있고요.
그런 데 가면 진정도 되고 생각할 시간도 생기겠죠. 그리고 티나도
주말을 즐겨야 하지 않겠어요? 월요일 오후에 만나도 충분해요."

"티나가 봤다는 까만색 공책은요? 몰스킨이라고 했던 거. 거기에
대해서는 어떻게 생각해요?"

"돈하고 아무 상관없는 공책일 수 있어요. 교실에서 뒷자리에 앉
는 여학생을 주제로 상상의 나래를 편 「유희의 50가지 그림자」 뭐
이런 일기장일지 모르죠."

홀리는 흥이라는 감탄사로 그 발언에 대해서 어떻게 생각하는지
표현하고, 왔다 갔다 걷기 시작한다.

"나는 뭐가 마음에 걸리는지 알아요? 시차예요."

"시차?"

"이게 다라서 미안하다는 쪽지와 함께 돈이 끊긴 건 작년 9월이었
어요. 그런데 우리가 알기로 피터가 이상해지기 시작한 건 올해 4월
아니면 5월부터잖아요. 7개월 동안 멀쩡히 지내다가 수염을 기르고
불안 증상을 보이기 시작했단 말이죠. 무슨 일이 있었던 걸까요? 짚
이는 거 없어요?"

가장 유력한 가설은 하나다.

"동생을 바브라네 학교에 보내고 싶어서 돈이 더 필요하다는 결론을 내렸겠죠. 돈을 마련할 방법이 있다고 생각했는데 뭔가가 잘못된 거예요."

"맞아요! 나도 그렇게 생각해요!" 그녀는 가슴 위로 팔짱을 끼고 팔꿈치를 손으로 감싼다. 호지스도 익히 보았다시피 자기 위안이 필요할 때 하는 행동이다. "그래도 그 공책 안에 뭐가 있었는지 티나가 봤더라면 좋았을 텐데. 그 몰스킨 공책 말이에요."

"느낌상 그렇다는 거예요 아니면 아쉬워할 만한 논리적인 이유가 있는 거예요?"

"그냥 왜 이렇게 기를 쓰고 감추려고 했는지 궁금한 거예요." 그녀는 호지스의 질문을 영리하게 피하고 문을 향해 걸어간다. "2001년부터 2009년 사이에 벌어졌던 절도 사건을 컴퓨터로 검색할게요. 별로 승산이 없다는 건 알지만 그런 식으로라도 시작하면 좋잖아요. 당신은 뭐 할 거예요?"

"집에 갈 거예요. 가서 고민 좀 하게. 내일은 할부금 연체한 차들을 회수하고 새엄마 아니면 전처 신세를 지고 있을 게 거의 분명한 디존 프레지어라는 도주범을 찾아 나설 거고요. 인디언스 경기도 보고 영화도 보러 갈까 생각 중이에요."

홀리의 표정이 밝아진다.

"나도 같이 가도 돼요?"

"그래요."

"영화, 내가 골라도 돼요?"

"제니퍼 애니스톤이 나오는 바보 같은 로맨틱 코미디 보자며 끌고 가지 않겠다고 약속하면요."

"제니퍼 애니스톤은 아주 훌륭한 배우이자 심하게 저평가된 코미디언이에요. 1993년에 개봉한 「레프리콘」 1편에도 출연했던 거 알아요?"

"홀리, 당신이 정보의 샘이라는 건 인정하겠는데 어물쩍 넘어갈 생각은 하지 마요. 로맨틱 코미디는 고르지 않겠다고 약속해요. 안 그러면 나 혼자 갈 테니까."

"우리 둘 다 좋아할 만한 걸 찾을 수 있을 거예요." 홀리는 그의 시선을 피하며 말한다. "티나네 오빠, 괜찮을까요? 정말로 자살하거나 그러는 건 아니겠죠?"

"지금까지 보인 행동으로 판단하건대 아니에요. 가족을 위해서 엄청난 위험부담을 감수했잖아요. 그렇게 감정이입을 할 줄 아는 사람들은 대개 자살 성향이 없어요. 홀리, 어린 여동생은 그 돈을 피터가 보냈다는 걸 알아차렸는데 부모님은 전혀 짐작도 못 하는 눈치라는 게 이상하지 않아요?"

반짝이던 홀리의 눈빛이 어두워지고, 순간 일본에서는 *히키코모리*라고 불리는 신경 과민성 외톨이로 사춘기 내내 자기 방에 틀어박혀 지냈던 예전의 홀리와 비슷해진다.

"부모님들이 아주 바보 같을 때가 있거든요."

그녀는 이렇게 말하고 나간다.

'흠.' 호지스는 생각한다. '당신네 부모님은 그랬죠. 그 점에 대해서는 우리 둘이 서로 의견이 같을 거예요.'

그는 창가로 가서 뒷짐을 지고, 오후 러시아워를 맞아 통행량이 점점 늘어가는 로어 말버러 가를 내려다본다. 티나의 오빠가 불안해하는 이유가 될 만한 또 한 가지 가설이 있는데 홀리는 거기에 대해서 생각해 보았는지 궁금해진다. 그 돈을 숨긴 녀석들이 돌아와서 돈이 없어진 걸 알게 된 건 아닐까.

그리고 누가 그 돈을 가져갔는지 어찌어찌해서 알아낸 건 아닐까.

22

스테이트와이드 오토바이&소형 엔진 수리점은 이름과 다르게 한 주를 대표하기는커녕 한 도시를 대표하지도 못한다. 그라운드호그스 팀의 홈구장인 마이너리그 경기장에서 엎어지면 코가 닿을 만한 사우스사이드에 있고 녹이 슨 골함석으로 된 건물인데, 잘못된 건축 규제가 낳은 졸작이라 금방이라도 무너질 것 같다. 전면에는 축 늘어진 철제 밧줄에 꽂혀서 힘없이 펄럭이는 비닐 펜던트 밑으로 판매 중인 오토바이들이 일렬로 서 있다. 모리스의 눈에는 대부분 어설퍼 보인다. 가죽 조끼를 입은 뚱뚱한 남자가 가게 옆면에 기대고 앉아서 까진 상처를 휴지로 닦고 있다. 그는 모리스를 올려다보며 아무 말도 하지 않는다. 모리스도 아무 말도 하지 않는다. 버스들이 그라운드호그스의 경기가 있을 때만 여기까지 운행하기 때문에 그는 뜨거운 아침 햇볕을 맞으며 에지몬트 가에서 여기까지 1.5킬로미터가 넘는 거리를 걸어온 참이었다.

차고로 들어가 보니 찰리 로버슨이 반쯤 분해한 할리 데이비슨 앞에 기름얼룩이 묻은 자동차 시트를 가져다 놓고 앉아 있다. 그는 모리스가 들어와도 곧바로 알아차리지 못한다. 할리의 배터리를 들고 열심히 살피기만 한다. 그동안 모리스는 그를 살핀다. 나이가 일흔이 넘었을 텐데도 울퉁불퉁한 근육이 달린 소화전 같은 느낌이고, 벗어진 정수리를 희끗희끗해져 가는 머리칼이 감싸고 있다. 소매를 자른 티셔츠를 입고 있어서 감옥에서 한쪽 이두근에 새긴, 점점 희미해져 가는 문신이 보인다. WHITE POWER 4EVER.

'내 성공담 가운데 한 명이지.' 모리스는 생각하며 미소를 짓는다.

로버슨은 브랜슨 파크의 와이랜드 가에서 돈 많은 노파를 곤봉으로 때려 죽인 혐의로 웨인스빌에서 종신형을 살고 있었다. 잠을 자던 노파가 깨어서 자기 집에 침입한 그를 발견했을 거라고 했다. 그는 폭행 이전에 아니면 이후에 2층 복도에서 숨이 끊긴 그녀를 성폭행한 혐의도 받고 있었다. 누가 봐도 빤한 사건이었다. 로버슨은 사건 이전에 몇 번이나 이 일대에서 목격된 바 있었고, 사건 전날 노파의 대문 앞에 달린 보안 카메라에 찍혔고, 그 집에 들어가서 그 노파를 털면 어떻겠느냐고 밑바닥 인생을 사는 친구들(다들 저마다의 법적 고충이 있었으니 검사 측 증인으로 법원에 출두할 이유가 충분했다.)과 의논한 적이 있었고, 강도와 폭행 전적이 화려했다. 배심원단은 유죄 판결을 내렸다. 판사는 가석방 없는 종신형을 선고했다. 로버슨은 오토바이를 수리하는 대신 청바지를 꿰매고 가구에 니스 칠을 했다.

"내가 이거저거 다 했지만 그건 안 했어." 그는 몇 번이고 모리스에게 강조했다. "염병할 비밀번호도 알아냈으니까 하려면 했을 텐데 다른 자식한테 선수를 빼앗겼다고. 나는 범인이 누군지도 알아. 딱 한 명한테 그 번호를 알려 줬거든. 나한테 불리한 증언을 했던 염병할 인간들 중에 한 명인데 여기서 나가면 그 녀석은 죽은 목숨이야. 내 말 믿어도 좋아."

모리스는 그의 말을 믿지도 않았고 안 믿지도 않았지만—웨인스빌에서 2년 동안 지낸 바에 따르면 자기가 아침 이슬처럼 순결하다고 주장하는 인간들로 득시글했다—찰리가 배리 셰크에게 편지를 써달라고 했을 때 군소리 없이 써주었다. 그것이 그가 하는 일이자 그의 본업이었다.

알고 보니 곤봉을 휘두른 강도 겸 성폭행범은 노파의 속옷에 정액을 남겼고 그 속옷이 이 도시의 휑뎅그렁한 증거물 보관실에 남아 있어서 찰리 로버슨의 사건을 수사하게 된 이노센스 프로젝트 소속 변호사가 가서 찾아왔다. 찰리가 유죄 선고를 받았을 당시에는 통용되지 않았던 DNA 검사를 실시해 보니 정액이 그의 것이 아니었다. 변호사는 수사관을 동원해 검사 측 증인들을 추적했다. 그중에서 간암으로 죽어가던 한 명이 증언을 번복한 수준을 넘어 범행을 실토했다. 그러면 천국의 문을 통과할 수 있을지 모른다고 생각했던 걸까.

"안녕, 찰리. 나 누구게?"

로버슨은 고개를 돌려서 실눈을 뜨더니 벌떡 일어난다.

"모리? 모리 벨러미인가?"

"유령 아니고 진짜야."

"이런, 내가 꿈을 꾸는 건 아니겠지?"

'아닐걸?' 모리스는 이렇게 생각한다. 로버슨이 배터리를 할리 좌석에 내려놓고 팔을 벌리며 앞으로 다가오자 그는 등을 두드리며 남자 대 남자로 포옹을 하는 그에게 순순히 몸을 맡긴다. 심지어 그의 능력이 허락하는 한도 내에서 최대한 똑같이 따라한다. 로버슨의 지저분한 티셔츠 아래로 살짝 두려워할 만한 수준의 근육이 느껴진다.

로버슨은 몸을 떼고 몇 개 안 남은 치아를 드러내며 씩 웃는다.

"맙소사! 가석방인가?"

"가석방이야."

"네 목을 조르던 할망구가 손을 뗀 모양이지?"

"응."

"망할, 잘됐네! 사무실로 들어가서 한잔하자! 버번 있어."

모리스는 고개를 젓는다.

"고맙지만 나는 술을 잘 안 받는 체질이라서. 게다가 담당관이 언제 들이닥쳐서 소변 검사를 하겠다고 할지도 모르고. 오늘 아침에 아파서 출근을 못 하겠다고 연락한 것만으로도 충분히 위험해."

"가석방 담당관이 누군데?"

"맥팔랜드."

"덩치 큰 흑인 맞지?"

"흑인이야. 맞아."

"아, 그 작자가 최악의 저질은 아니지만 처음에는 철저하게 감시할 거야. 아무튼 사무실로 들어가자. 술은 네 몫까지 내가 마실게. 그나저나 덕 죽었다는 소식은 들었어?"

모리스도 가석방 허가가 떨어지기 직전에 그 소식을 들었다. 덕 덕워스, 감방 동료와 그 친구들의 성폭행을 막아 주었던 모리스의 첫 번째 보호자. 그는 딱히 슬퍼하지는 않았다. 왔다가도 가는 게 사람들이었다. 개 같은 일은 개무시하는 거다.

로버슨은 공구와 스페어 부품들로 가득한 철제 캐비닛 맨 윗칸에서 술병을 꺼내며 고개를 젓는다.

"정신적인 문제였어. 이런 말도 있잖아. 우라질 인생이 한창일 때 우리는 우라지게 죽어 있다는 말." 그는 옆면에 WORLD'S BEST HUGGER라고 적힌 컵에 버번을 따른다. "이건 옛 친구 더키를 위해서." 그는 술을 마시고 입술을 핥더니 다시 컵을 든다. "그리고 이건 너를 위해서. 다시 세상 밖으로 나와서 길바닥을 구르게 된 모리 벨러미. 어떤 일 받았어? 책상에 앉아서 하는 일이겠지?"

모리가 MAC에서 어떤 일을 하는지 설명하고 잡담을 나누는 동안 로버슨은 버번을 한 잔 더 따른다. 모리는 도수 높은 알코올 덕분에 날린 세월이 워낙 길었기에 자유롭게 술을 즐기는 찰리를 부러워하기보다 살짝 알딸딸해지면 그의 부탁을 선선히 들어줄 가능성이 높아질 거라는 생각을 한다.

그는 이쯤이면 됐다는 판단이 내려지자 말을 꺼낸다.

"밖으로 나왔을 때 필요한 일이 생기면 너를 찾아오라고 했잖아."

"맞아, 맞아……. 하지만 네가 정말로 나올 줄은 몰랐네. 그 예수쟁이가 우라질 진드기처럼 너한테 딱 들러붙어 있었잖아."

"차 한 대만 빌려줘, 찰리. 짧게. 열두 시간도 안 쓸 거야."

"언제?"

"오늘 밤. 아니…… 오늘 저녁에. 쓰는 건 오늘 밤이고. 나중에 돌려줄게."

314

로버슨은 정색을 한다.

"술보다 그게 더 위험한 일인데, 모리."

"너는 괜찮잖아. 깨끗하게 누명을 벗었으니까."

"아니, 나 말고. 나야 가볍게 혼나고 끝나겠지. 하지만 면허 없이 운전하는 건 엄청난 가석방 조건 위반이잖아. 다시 들어가야 할 수도 있어. 오해하지 마. 나는 기꺼이 너를 돕고 싶은 마음이니까. 다만 위험 부담을 네가 제대로 이해하고 있는지 확인하려는 거야."

"제대로 이해하고 있어."

로버슨은 잔을 가득 채워서 홀짝홀짝 마시며 고민에 잠긴다. 모리스는 그들의 잡담이 끝났을 때 찰리가 다시 조립할 오토바이가 자기 것이 아니라서 다행이라는 생각이 든다.

마침내 로버슨이 입을 연다.

"차가 아니라 트럭이라도 괜찮아? 소형 밴을 생각 중인데. 오토야. 옆면에 '존스 꽃집'이라고 적혀 있지만 잘 안 보이고. 뒤에 있어. 괜찮으면 보여 줄게."

모리스는 보여 달라고 하고, 까만색의 소형 밴을 보고 하늘이 내린 선물이라는 결론을 내리지만…… 관건은 잘 굴러가는지 여부다. 폐차 직전으로 보이는 차인데도 로버슨은 아무 문제없다고 장담한다.

"금요일에는 일찍 문을 닫거든. 3시쯤에. 기름 좀 보충하고 오른쪽 앞 타이어 밑에 열쇠 넣어 놓을게."

"완벽해." 모리스는 말한다. MAC에 가서 돼지 새끼 같은 상사에게 배가 아팠는데 나았다고 하고 착실한 일꾼답게 4시까지 근무한 다음 여기로 다시 오면 되겠다. "저기, 오늘 저녁에 그라운드호그스 경기가 있지?"

"응, 데이턴 드래곤스를 상대로. 왜? 보러 가게? 표는 내가 구해 줄 수 있는데."

"나중에. 10시쯤에 밴을 다시 몰고 와서 원래 있었던 자리에 주차한 다음 시내까지 야구장 왕복하는 버스를 타고 가려고."

"여전하네." 로버슨은 자기 관자놀이를 두드리며 말한다. "머리가 잘 돌아간다니까."

"타이어 밑에 열쇠 두는 거 잊어버리지 마."

모리스가 가장 경계하는 것이 있다면 로버슨이 싸구려 버번에 취해서 깜빡하는 것이다.

"알았어. 내가 너한테 신세를 좀 많이 졌냐. *우라지게 많이 졌잖아.*"

울컥해진 로버슨이 다시 남자 대 남자로 포옹을 하자 땀 냄새, 버번 냄새, 싸구려 애프터셰이브 냄새가 전해진다. 하도 세게 끌어안는 바람에 모리스는 숨을 쉬기 힘들 지경이지만 결국에는 놓여난다. 그는 찰리를 따라서 다시 차고로 들어가며 오늘 밤이면 ─ 12시간 또는 그 이내로 ─ 로스스타인의 공책을 다시 입수할 수 있다는 생각을 한다. 그렇게 황홀한 순간이 그를 기다리고 있는데 버번을 마실 필요가 뭐가 있을까?

"여기서 일하는 이유가 뭐냐고 물어봐도 될까, 찰리? 부당 구금으로 떼돈을 받을 줄 알았거든."

"아으, 옛날 혐의를 다 *끄집어내겠다고* 협박을 하잖아." 로버슨은 조립 중이던 할리 앞에 다시 앉는다. 렌치를 집어서 기름얼룩이 묻은 자기 바지를 두드린다. "미주리에서 저지른 큰 건도 있고 해서 평생 그 안에서 썩을 수도 있었어. 삼진제도인가 뭔가 하는 개떡 같은 것 때문에. 그래서 서로 타협 비슷한 걸 했지."

그가 충혈된 눈으로 모리스를 쳐다보자 두툼한 이두근에도 불구하고(교도소에서 운동하던 습관이 여전한 모양이다.) 나이 든 티가 역력하게 느껴지고 조만간 건강에 문제가 생기겠다는 생각이 든다. 이미 문제가 생겼을지도 모를 일이다.

"정부를 상대하다 보면 결국에는 엿을 먹게 되어 있어. 아주 제대로. 시끄럽게 굴면 더 심하게 엿을 먹이지. 그러니까 현실에 만족해야지. 내게 주어진 현실은 이 가게이고 이걸로 충분해."

"개 같은 일은 개무시하는 거야." 모리스가 말한다.

로버슨은 껄껄대며 웃는다.

"네가 늘 했던 말이지! 염병할, 진짜 맞는 말이라니까!"

"열쇠 두는 거나 잊어버리지 마."

"알았어." 로버슨은 시커멓게 기름때가 묻은 손가락으로 모리스를 겨눈다. "잡히지 마. 이 아버님 말씀 새겨들어."

'잡히지 않을 거야.' 모리스는 생각한다. '너무 오랫동안 기다렸거든.'

"하나 더 있는데."

로버슨은 기다린다.

"총은 못 구하겠지?" 모리스는 찰리의 표정을 보고 얼른 덧붙인다. "쓰려는 게 아니라 보험 삼아서."

로버슨은 고개를 젓는다.

"총은 안 돼. 그건 가볍게 혼나고 끝나지 않을 테니까."

"네가 구해 줬다고 절대 얘기하지 않을게."

그는 충혈된 눈으로 모리스를 예리하게 쳐다본다.

"솔직하게 얘기해도 될까? 너는 총을 들고 다니기에는 감옥에 너무 오랫동안 처박혀 있었어. 들고 다니다가 네 불알이라도 날리면 어쩌려고. 트럭 정도는 괜찮아. 내가 너한테 신세진 것도 있으니까. 하지만 총이 필요하면 다른 데 가서 알아봐."

23

바로 그 금요일 오후 3시에 모리스는 1200만 달러 상당의 현대 미술품을 하마터면 버릴 뻔했다.

아니, 좀 더 정확하게 표현하자면 출처와 열댓 명의 부유한 MAC 기증자 소개를 비롯해서 그 작품과 관련된 기록을 삭제할 뻔했다가 정신을 차렸다. 그는 21세기 초부터 미술관에 추가된 작품들을 하나도 남김없이 망라하는 새로운 검색 프로토콜을 몇 주째 만드는 중이었다. 그 프로토콜 자체가 예술 작품이라고 할 수 있는데 오늘 오후에 가장 용량이 큰 서브 파일을 마스터 파일 안에 넣으려다 지워야 할 다른 잡다한 것들과 함께 휴지통으로 이동시켜 버린 것이다. 느릿느릿 돌아가는 MAC의 오래된 컴퓨터에는 이 건물에 있지도 않은 작품들 정보를 비롯해서 쓸데없는 쓰레기들이 너무 많다. 2005년에 뉴욕의 메트로폴리탄 미술관으로 보낸 작품들 정보는 웬 말인가. 모리스는 휴지통을 비워서 쓰레기를 담을 수 있는 공간을 늘리려고 자판에 손을 얹었을 때 아주 중요한 파일을 데이터의 천국으로 날릴 뻔했다는 사실을 깨닫는다.

그는 순간 웨인스빌로 돌아가서 감방을 수색한다는 소문이 돌자 밀반입품을 숨기려고 고심하는 수감자가 된다. 작은 봉지에 든 키블러 쿠키에 불과할지 몰라도 교도관이 저기압이면 감점을 당할 수 있다. 그는 3밀리미터 간격을 두고 그 망할 삭제 버튼 위를 헤매고 있는 자기 손가락을 쳐다보다가 손을 가슴에 갖다 댄다. 빠르게 쿵쾅거리는 심장이 느껴진다. 도대체 무슨 생각을 하고 있었던 걸까?

하필이면 그때 돼지 새끼 같은 상사가 벽장만 한 모리스의 자리로 고개를 들이민다. 다른 일꾼들은 자기가 근무하는 칸막이 자리에 남자친구, 여자친구, 가족, 심지어 빌어먹을 반려견 사진까지 덕지덕지 붙여 놓았지만 모리스의 자리에는 언젠가 꼭 한번 가보고 싶은 파리 엽서 사진밖에 없다. 과연 그럴 날이 올 수는 있을까.

"별일 없지, 모리스?" 돼지 새끼가 묻는다.

"네."

모리스는 상사가 들어와서 그의 모니터를 들여다보지 않길 기도하며 이렇게 대답한다. 들여다본들 뭔지 모를 가능성이 크긴 하다. 이 뚱땡이는 이메일을 보낼 줄 알고 구글이 뭔지도 어렴풋이 아는 눈치지만 그 이상은 까막눈이다. 그런데도 한밤중만 되면 정신병자들이 보이지 않는 적을 향해 고함을 질러 대는 벌레똥 궁궐이 아니라 근교에서 아내와 아이들을 거느리고 산다.

"좋아. 일 계속해."

모리스는 생각한다. '그 뒤룩뒤룩한 엉덩이 들고 꺼져 주시지.'

돼지 새끼는 그의 소원대로 사라진다. 어쩌면 돼지 새끼답게 먹을 거리를 사러 매점으로 가는 것일지도 모를 일이다. 그가 사라지자 모리스는 휴지통을 클릭해서 하마터면 삭제할 뻔했던 파일을 다시 마스터 파일 안에 넣는다. 대단한 작업이랄 것도 없는데, 그는 방금 전에 폭탄을 해체한 사람처럼 한숨을 토한다.

'머리는 뒀다 뭐에 쓰려고 그래?' 모리스는 자책한다. '무슨 생각을 하고 있었던 거냐고!'

하나 마나 한 질문이다. 그는 조만간 입수하게 될 로스스타인의 공책을 생각하고 있었다. 그리고 소형 밴과, 몇십 년 동안 교도소에 갇혀 있다가 다시 운전대를 잡으면 얼마나 무서울지를 생각하고 있었다. 가벼운 접촉사고라도 나면…… 그를 수상하게 여긴 경찰이 한 명이라도 등장하면……

'아직은 긴장을 풀면 안 돼. 정신 바짝 차려야 해.'

하지만 너무 혹사당해서 머리에 과부하가 걸린 느낌이다. 그는 공책만 손에 넣으면(그리고 그에 비하면 훨씬 하찮은 물건이기는 하지만 돈도) 괜찮아질 거라고 생각한다. 이 강아지들만 벌레똥 궁궐 9층의 그의 방 벽장 뒤에 숨겨 놓으면 마음을 놓을 수 있겠지만 지금은 스트레스 때문에 돌아 버릴 지경이다. 회색 제복을 입지는 않았지만 그래도 굽실거려야 하는 상사를 모시고 달라진 세상에서 일다운 일을 하는 것도 미칠 노릇이다. 그중에서도 최고는 오늘 밤에 면허도 없이 미등록 차량을 몰아야 한다는 것이다.

그는 생각한다. '밤 10시면 괜찮아질 거야. 그때까지 긴장 풀지 말고 정신 바짝 차려. 개 같은 일은 개무시하는 거야.'

"맞아."

모리스는 속삭이며 입과 코 사이에 맺힌 따끔한 땀방울을 훔친다.

24

4시가 되자 그는 하던 작업을 저장하고 돌리던 프로그램을 닫고 컴퓨터를 끈다. 그러고 나서 MAC의 으리으리한 로비로 걸어 나가자 악몽이 현실로 이루어지기라도 한 것처럼 엘리스 맥팔랜드가 다리를 떡 벌리고 뒷짐을 지고 서 있다. 미술 애호가도 아니면서 에드워드 호퍼의 작품을 유심히 들여다보고 있다.

맥팔랜드는 고개를 돌리지도 않은 채(그림이 담긴 액자 유리에 모리스의 모습이 비쳤겠지만 그래도 섬뜩하기는 마찬가지다.) 묻는다.

"어이, 모리. 잘 지냈나, 친구?"

'알고 있군.' 모리스는 생각한다. '소형 밴뿐만 아니라 전부 다.'

그럴 리가 없고 모리스도 그럴 리가 없다는 걸 알지만, 교도소 생활에서 벗어나지 못했고 앞으로도 영영 벗어나지 못할 마음 속 한구석에서는 알고 온 거라는 확신이 든다. 맥팔랜드에게 모리스 벨러미의 이마는 창유리와 같다. 그의 눈에는 그 안에 담긴 모든 것이, 움직이는 바퀴와 미친 듯이 돌아가는 톱니가 전부 다 보일 것이다.

"잘 지내고 있죠, 맥팔랜드 경관님."

오늘 맥팔랜드는 넓이가 거실 깔개만 한 격자무늬 스포츠 코트를 입고 있다. 모리스를 위아래로 훑던 그의 시선이 다시 얼굴로 와서 멎자 모리스는 그의 눈을 똑바로 쳐다보는 수밖에 없다.

"잘 지내는 것 같지 않은데? 얼굴에는 핏기가 없고 눈 밑에는 시커먼 주머니가 달렸잖아. 손대면 안 되는 것에 손을 대고 있는 거 아니야, 모리?"

"아닙니다, 경관님."

"하면 안 되는 짓을 하고 있는 것도 아니고?"

"아닙니다."

사우스사이드에서 그를 기다리고 있을, 존스 꽃집이라는 글씨가 옆면에 희미하게 남아 있는 소형 밴이 떠오른다. 타이어 밑에 벌써 열쇠가 있을지 모른다.

"아니라고?"

"네, 경관님."

"흠. 감기 때문인가? 왜냐하면 솔직히 말해서 너 지금 5리터짜리 봉투에 똥을 10리터 담으려다 망한 것처럼 보이거든."

"하마터면 실수를 할 뻔했거든요. 고칠 수 있었겠지만 — 아마도 요 — 외부에서 전문가를 부르고 메인 서버를 껐어야 했을지 몰라요. 그러면 제 입장이 얼마나 난처해졌겠어요."

"직장인의 세계로 들어온 걸 환영한다."

맥팔랜드는 동정이라고는 전혀 느껴지지 않는 목소리로 이렇게 말한다.

"저는 남들하고 다르잖아요!" 모리스는 버럭 소리를 지른다. 안전한 화제 안에서 버럭 소리를 질렀더니 속이 다 후련하다. "경관님이야말로 제 심정을 이해해야 하는 거 아닙니까? 다른 사람이 그랬다면 질책으로 끝났겠지만 저는 아니잖아요. 여기서 잘리면 ─ 고의로 무슨 일을 저지른 게 아니라 잠깐 딴 데 정신 팔았다는 이유로 ─ 다시 들어갈 수도 있잖습니까."

"그럴지 모르지." 맥팔랜드는 이렇게 대구를 하면서 다시 그림 쪽으로 고개를 돌린다. 남자와 여자가 한 방에 앉아 있는데 서로 쳐다보지 않으려고 애를 쓰는 그림이다. "아닐 수도 있고."

"상사는 저를 좋아하지 않아요." 모리스가 말한다. 징징대는 것처럼 들린다는 걸 알고 있지만 어쩌면 *실제로* 징징대는 것일 수도 있다. "여기 컴퓨터가 어떤 식으로 돌아가는지 제가 자기보다 네 배 더 많이 알고 있으니까 짜증이 나는 거예요. 제가 잘리면 좋아할걸요?"

"아주 살짝 피해망상의 기미가 느껴지는데."

맥팔랜드가 정말이지 거대한 엉덩이 위로 다시 손깍지를 끼자 모리스는 문득 그가 찾아온 이유를 알 것 같다는 생각이 든다. 맥팔랜드는 찰리 로버슨의 오토바이 가게까지 그의 뒤를 밟았고 그가 무슨 일을 작당하고 있다는 결론을 내린 것이다. 아니다. 맞다.

"여기 사람들은 무슨 생각으로 저 같은 인간에게 파일을 맡긴 걸까요? 저처럼 가석방된 전과자에게. 오늘 하마터면 그럴 뻔했던 것처럼 제가 뭐 하나라도 실수하면 돈이 어마어마하게 들 텐데 말이죠."

"나오면 무슨 일을 할 생각이었는데?" 맥팔랜드는 제목이 「아파트 16-A」인 호퍼의 작품에서 눈을 떼지 않는다. 그 작품에 넋을 잃은 것처럼 보이지만 모리스는 속지 않는다. 맥팔랜드는 거기 비친 그의 모습을 관찰하고 있다. 그를 판단하고 있다. "창고에서 상자를 나르거나 조경 일을 하기엔 너무 나이가 많고 체력도 떨어지잖아."

그는 고개를 돌린다.

"이런 걸 통합 교정이라고 하는데 내가 만든 제도가 아니야. 거기에 대해서 어쩌고저쩌고 하고 싶으면 관심 있게 들어줄 만한 사람을 찾아보지 그래?"

"죄송합니다."

"죄송합니다, 하고 끝인가?"

"죄송합니다, 맥팔랜드 경관님."

"고마워, 모리스. 한결 낫네. 이제 화장실에 가서 조그만 컵에다 소변을 좀 받아야겠어. 약물 때문에 피해망상이 나타난 건 아닌지 알아보게."

마지막까지 사무실을 지키던 직원들이 퇴근 중이다. 몇 명이 모리스와 요란한 재킷을 입은 거구의 흑인을 흘끗 쳐다보다가 얼른 시선을 돌린다. 모리스는 그래, 내 가석방 담당관이다, 두 눈 똑바로 뜨고 봐라! 하고 고함을 지르고 싶은 충동을 느낀다.

그는 맥팔랜드를 따라서 화장실로 들어가는데 다행히 아무도 없다. 맥팔랜드는 팔짱을 끼고 벽에 기대고 서서 모리스가 나이 지긋한 거시기를 꺼내 소변 샘플을 받는 모습을 지켜본다. 30초가 지난 뒤에도 파래지지 않는 것을 보고 맥팔랜드는 조그만 플라스틱 컵을 모리스에게 돌려준다.

"축하하네, 친구. 그건 버려."

모리스는 시키는 대로 한다. 맥팔랜드는 손목까지 비누칠을 해서 꼼꼼하게 손을 씻는다.

"저, 에이즈 걸리지 않았어요. 그게 걱정돼서 그러는 거라면 출소하기 전에 검사 받았어요."

맥팔랜드는 큼지막한 손을 조심스럽게 닦는다. 그러고는 거울 속에 비친 자기 모습을 잠깐 쳐다보다(빗을 머리가 있었으면 좋겠다고 아쉬워하는지도 모른다.) 모리스 쪽으로 고개를 돌린다.

"약물 검사 결과는 깨끗할지 몰라도 네 표정이 마음에 들지 않아, 모리." 모리스는 아무 말도 하지 않는다. "내가 18년 동안 이 일을 하면서 터득한 걸 한 가지 알려 줄까? 가석방 출소자는 더도 말고 덜도 말고 딱 두 종류야. 늑대 아니면 새끼 양. 너는 늑대가 되기에는 나이가 너무 많은데 본인은 그걸 잘 모르는 것 같아. 정신과 의사들의 표현을 빌자면 그 사실을 아직 *내면화*하지 못한 거겠지. 네가 늑대처럼 무슨 수작을 부리려는 건지 모르겠다만, 비품실에서 종이클립 슬쩍하려는 것에 불과할 수도 있겠지만, 뭔지 몰라도 포기하는 게 좋을 거다. 너는 짖어 대기에는 나이가 너무 많고 도망치기에는 나이가 *너무, 너무* 많거든."

그는 이런 충고를 남기고 떠난다. 모리스는 문 쪽으로 걸음을 옮기지만 다 가지도 못하고 다리에 힘이 풀려 버린다. 그는 몸을 돌려서 쓰러지지 않도록 세면기를 잡고 비틀비틀 화장실로 들어간다. 변기 위에 주저앉아서 무릎에 거의 닿을 때까지 머리를 숙인다. 눈을 감고 깊은 숨을 길게 들이마신다. 머릿속에서 들리던 으르렁거림이 잦아들자 그는 일어나서 화장실을 나선다.

'아직 여기 있겠지.' 모리스는 생각한다. '뒷짐을 지고 그 빌어먹을 그림을 쳐다보고 있겠지.'

하지만 이 시각에 로비를 지키는 사람은 경비뿐이고, 모리스가 지나가자 그는 의심스러운 눈빛으로 쳐다본다.

25

그라운드호그스 대 드래곤스의 경기는 7시가 되어서야 열리지만 차창에 종착역이 '오늘의 야구 경기장'이라고 되어 있는 버스는 5시부터 운행되기 시작한다. 모리스는 이 버스를 타고 경기장까지 갔다가 스테이트와이드 오토바이 수리점까지 되짚어 가면서 차가 한 대 지나갈 때마다 맥팔랜드가 떠난 이후에 남자 화장실에서 벌벌 떨었던 자기 자신을 저주한다. 좀 더 일찍 화장실에서 나왔더라면 그 개자식이 무슨 차를 모는지 볼 수 있었을 것 아닌가. 하지만 그러지 못했던 덕에 차가 지나갈 때마다 맥팔랜드의 차인가 싶어서 가슴을 졸여야 한다. 그의 가석방 담당관은 덩치가 워낙 커서 한눈에 알아볼 수 있겠지만 모리스는 지나가는 차를 한 대도 자세히 들여다보지 않는다. 그러는 데에는 두 가지 이유가 있다. 첫 번째 이유는 켕기는 구석이 있는 사람처럼 보일 수 있기 때문이다. 무슨 수작을 부리려고 자기 주변을 끊임없이 확인하는 늑대처럼 보이지 않겠는가 말이다. 그리고 두 번째 이유는 신경쇠약증에 걸리기 직전이라 맥팔랜드가 없어도 그의 눈에는 맥팔랜드가 보일 수 있기 때문이다. 놀랄 일도 아니다. 그렇게 엄청난 스트레스를 견딜 수 있는 사람이 어디 있겠는가.

"너 지금 몇 살이냐? 스물둘?" 로스스타인은 그렇게 물었었다.

"스물셋?"

관찰력이 뛰어난 사람답게 제대로 짚었다. 모리스는 그때 스물세 살이었다. 지금 그는 육십 대의 초입인데 그 중간의 세월이 산들바람에 날린 연기처럼 사라져 버렸다. 요즘 육십은 예전 사십이라는 소리를 그도 들었지만 헛소리다. 인생의 대부분을 교도소에서 보낸 사람의 육십은 일흔다섯이다. 아니면 여든이다. 맥팔랜드의 말에 따르면 늑대가 되기에는 너무 많은 나이다.

글쎄, 과연 그런지 두고 봐야 알겠지?

그는 스테이트와이드 오토바이 수리점으로 방향을 틀면서 — 셔터가 내려왔고 오늘 아침에 밖에 나와 있던 오토바이들은 안으로 들어갔다 — 사유지에 발을 들여놓자마자 등 뒤에서 차문이 닫히는 소리가 들리지 않을까 생각한다. '어이, 친구, 여기서 뭐하는 거야?'라고 묻는 맥팔랜드의 목소리가 들리지 않을까 생각한다.

하지만 들리는 것이라고는 그를 스쳐서 경기장 쪽으로 향하는 차량 소리뿐이고, 건물을 돌아서 뒷마당으로 들어서자 그의 가슴을 조이고 있었던 보이지 않는 밴드가 살짝 헐거워진다. 골함석으로 만든 높은 담벼락이 이 공간과 나머지 세상을 분리하는데, 모리스는 담이 있으면 마음이 편안해진다. 자연스러운 반응이 아니라는 것을 알기에 마뜩치는 않지만 어쩔 수 없는 사실이다. 인간은 경험의 총집합체다.

그는 밴으로 다가가서 — 작고 먼지를 뒤집어썼고 다행스럽게도 별다른 특징이 없다 — 오른쪽 앞 타이어 아래를 손으로 더듬는다. 열쇠가 있다. 그는 차에 올라타고 한 번만에 시동이 걸리자 기뻐한다. 라디오에서 요란한 록음악이 흘러나온다. 모리스는 얼른 라디오를 끈다.

"할 수 있어." 그는 중얼거리며 먼저 좌석을 조절한 다음 운전대를 움켜쥔다. "할 수 있어."

해 보니 할 수 있다. 자전거하고 비슷하다. 경기장을 향해 가는 차량의 행렬을 거스르는 것이 유일한 난관이지만 그것조차 그럭저럭 처리한다. 1분쯤 기다리자 '오늘의 야구 경기장' 팻말을 단 버스가 멈추고 기사가 모리스에게 지나가라고 손짓한다. 북쪽으로 가는 길은 거의 비어 있다시피 하고, 새로 뚫린 우회도로를 타면 도심을 피할 수 있다. 다시 운전대를 잡았더니 거의 신이 나려고 한다. 맥팔랜드가 뒤에서 쫓아오고 있는 듯한 의구심이 끈질기게 그를 괴롭히지만 않았더라면 진심으로 즐길 수 있었을 것이다. 하지만 맥팔랜드가 아직 그를 덮치지는 않았다. 친구가 무슨 속셈인지 파악이 될 때까지 기다릴 것이다.

모리스는 벨로스 애버뉴 몰에서 차를 세우고 홈디포로 들어간다. 눈부신 형광등 불빛이 비치는 그곳을 어슬렁어슬렁 돌아다니며 시간을 때운다. 어두워진 다음에라야 일을 시작할 수 있는데 6월에는 8시 반이나 9시는 되어야 해가 완전히 떨어진다. 그는 조경 코너에서 삽을 고르고 뿌리를 쳐야 할 경우에 대비해서 도끼도 챙긴다. 둑 위로 튀어나온 나무가 그의 트렁크를 단단히 쥐고 있는 것처럼 보였다. 재고 정리라고 되어 있는 곳에서 한 개에 20달러씩 세일 중인 터프 토트 더플백도 두 개 집는다. 그는 산 물건들을 밴 뒷좌석에 싣고 운전석 쪽으로 돌아간다.

"저기!" 뒤에서 누군가가 외친다.

모리스는 그 자리에 얼어붙은 채 다가오는 발소리를 들으며 맥팔랜드가 그의 어깨를 붙잡을 때까지 기다린다.

"이 쇼핑몰 안에 슈퍼 있어요?"

목소리가 젊다. 그리고 백인이다. 모리스는 그제야 숨이 쉬어진다.

"세이프웨이 있어요."

그는 돌아보지도 않고 대답한다. 이 쇼핑몰 안에 슈퍼가 있는지 없는지 그도 전혀 모른다.

"아. 그렇구나. 고맙습니다."

모리스는 차에 올라타서 시동을 걸며 생각한다.

'할 수 있어.'

'할 수 있어. 그리고 하고 말 거야.'

26

모리스는 예전에 신나게 뛰어다녔던 노스필드의 나무 이름으로 불리는 동네를 천천히 달린다. 사실 말이 그렇지 많이 뛰어다니지는 않았다. 대개는 책에 코를 박고 있었다. 아직도 시간이 너무 일러서 엘름에 잠깐 차를 댄다. 사물함에 먼지를 뒤집어쓴 오래된 지도가 있기에 그걸 들여다보는 척한다. 20분 정도 지나자 메이플로 자리를 옮겨서 똑같이 반복한다. 그런 다음 조니스 고마트로 간다. 어렸을 때 과자를 사러 다녔던 곳이자 아버지에게 담배를 사다드렸던 곳이

기도 하다. 그 시절에는 담배가 한 갑에 40센트였고 담배 심부름이 당연시됐다. 그는 슬러시를 사서 한참 동안 먹는다. 그런 다음 팜 가로 가서 다시 지도를 보는 척한다. 그림자들이 길어지고 있지만 속도가 더디기 짝이 없다.

'책을 들고 올걸 그랬네.' 그는 이렇게 생각했다가 '아니지?' 하고 생각을 바꾼다. 지도를 들여다보는 남자는 왠지 괜찮게 느껴지지만 낡은 밴에서 책을 읽는 남자는 미래의 아동 성추행범처럼 보일 수 있다.

그건 피해망상증일까 아니면 영리한 발상일까? 그는 이제 분간이 되지 않는다. 그가 확실히 알 수 있는 게 있다면 이제 공책이 눈앞에 있다는 사실뿐이다. 그 공책들이 수중 음파 탐지기처럼 삑삑거리고 있다.

6월의 긴 햇살이 어스름 속으로 조금씩 녹아든다. 인도와 앞마당에서 놀던 아이들이 텔레비전을 보거나 비디오 게임을 하거나 아니면 친구들에게 철자도 안 맞는 문자나 바보 같은 이모티콘을 보내며 유익한 저녁시간을 보내려고 집으로 들어간다.

모리스는 맥팔랜드가 근처에 있을 게 분명하다고 생각하며(백 퍼센트 장담할 수는 없지만) 소형 밴의 시동을 걸고 최종 목적지를 향해 천천히 움직인다. 가너 스트리트 도서관이 문을 닫았을 때 애용했던 버치 스트리트 레크리에이션 센터다. 그는 비쩍 말랐고 책을 좋아하며 시끄럽게 떠벌리는 안타까운 습관이 있었기에 야외 게임을 할 때 뽑히는 법이 없었고, 어쩌다 한 번씩 뽑히더라도 욕을 먹기 일쑤였다. 야, 너는 손에 기름칠했냐, 야, 이 멍청아, 야, 너는 공도 제대로

못 잡냐. 그는 빨간 입술 때문에 레브론이라는 별명을 얻었다. 그는 레크리에이션 센터에 가더라도 주로 안에서 책을 읽거나 직소 퍼즐을 맞췄다. 예산이 삭감되자 시에서는 이 낡은 벽돌 건물을 폐쇄하고 매물로 내놓았다.

남자아이 몇 명이 잡초로 덮인 뒤편 농구장에서 마지막으로 공을 몇 개 던지지만, 이제는 야외 조명이 없어서 앞이 안 보일 만큼 어두워지자 서로 고함을 지르고 드리블을 하다가 패스를 주고받으며 자리를 뜬다. 그들이 사라지자 모리스는 시동을 걸고 건물과 나란히 이어지는 진입로로 차를 몰고 간다. 전조등을 켜지 않고 움직이는데 이 조그만 밴은 까만색이라서 이런 일에 제격이다. 그는 희미하게 직원 전용이라고 적힌 팻말이 아직 자리를 지키고 있는 뒤편에 차를 댄다. 시동을 끄고 차에서 내려서 잔디와 클로버 냄새가 나는 6월의 공기를 마신다. 귀뚜라미 울음소리와 차량들이 웅웅거리며 우회도로를 달리는 소리가 들리지만 그뿐, 갓 내린 밤이 그의 것이다.

'엿이나 드시지요, 맥팔랜드 경관님.' 그는 생각한다. '엿이나 쳐드세요.'

그는 뒷좌석에 둔 공구와 터프 토트 가방을 챙기고, 어렸을 때 처리하기 쉬운 뜬공을 수없이 놓쳤던 야구장 너머의 미개발지를 향해 걸음을 옮긴다. 그러다 좋은 생각이 떠오르자 다시 돌아간다. 그는 낮 동안의 열기로 아직 따뜻한 벽돌에 한쪽 손바닥을 얹고 주저앉아서 잡초를 몇 개 뽑고 지하실 창문 너머를 들여다본다. 이 창문은 막아놓지 않았다. 주황색 보름달이 이제 막 고개를 내밀었다. 접이식 의자와 카드 테이블과 쌓여 있는 상자들이 달빛에 비쳐 보인다.

모리스는 원래 공책을 벌레똥 궁궐에 있는 그의 방으로 들고 갈 생각이었지만 위험한 발상이다. 맥팔랜드 경관이 언제든 내킬 때 그의 방을 수색할 수 있다는 것이 가석방 조건이다. 레크리에이션 센터가 공책을 묻어 놓은 지점에서 훨씬 가깝고 각양각색의 쓸데없는 잡동사니들이 이미 쌓여 있으니 은닉처로 완벽할 것이다. 여기 몰래 숨겨 놓고 몇 권씩만 그의 방으로 들고 가서 읽을 수 있을지 모른다. 조금 꼼지락거리기는 해야겠지만 모리스는 창문을 통과할 수 있을 만큼 말랐고, 안쪽에 달린 걸쇠를 부수고 창문을 여는 것쯤이야 어려울 것도 없다. 드라이버만 있으면 될 일이다. 지금 가지고 있는 건 아니지만 홈디포에 가면 많다. 심지어 조니스에서도 공구들이 몇 개 진열돼 있는 것을 보았다.

그는 지저분한 창문 쪽으로 몸을 숙이고 열심히 들여다본다. 경보 테이프를 찾으려는 것인데(주립 교도소는 무단 침입에 관한 한 배울 것이 아주 많은 곳이다.) 보이지 않는다. 특정 지점을 건드리면 경보가 울리는 시스템일까? 그렇다면 보이지도 않을 테고 경보가 울려도 그에게는 들리지 않을지 모른다. 무음인 경우도 있으니까.

모리스는 좀 더 살펴보다가 마지못해 몸을 일으킨다. 이렇게 오래된 건물에 경보장치가 달려 있을 것 같지는 않지만— 값나가는 물건들은 진작 다른 데로 옮겼을 테니 — 도박을 감행할 여력은 없다.

원래 계획대로 하는 편이 낫겠다.

그는 공구와 더플백을 챙기고 야구장을 조심스럽게 빙 돌아서 웃자란 잡초로 뒤덮인 불모지를 향해 다시 한 번 발걸음을 옮긴다. 야구장에는 들어가지 않을 것이다, 절대로. 덤불 속으로 들어서면 달빛이 고마워지겠지만 뻥 뚫린 공간은 환하게 조명을 밝힌 무대처럼 느껴진다.

지난번처럼 감자칩 봉지의 도움을 받을 수가 없기에 오솔길을 찾는 데 시간이 좀 걸린다. 모리스는 우측 외야(어린 시절에 여러 차례 굴욕을 느꼈던 현장이다.) 너머의 덤불을 몇 번 왔다 갔다 한 끝에 길을 찾아서 출발한다. 콸콸거리는 개울 소리가 희미하게 들리자 그는 달리고 싶지만 꾹 참는다.

'요즘 힘든 시절이잖아. 노숙자들이 여기서 잠자리를 해결할 수도 있어. 그중 한명이라도 나를 목격하면……'

그중 한 명이라도 그를 목격하면 그는 도끼를 휘두를 것이다. 일말의 주저함도 없이. 맥팔랜드 경관은 늑대가 되기에는 그의 나이가 너무 많다고 생각할지 몰라도 그 가석방 담당관이 모르는 사실이 한 가지 있다면 모리스가 이미 세 명을 살해한 전적이 있기에 운전과 비슷한 것이 자전거 타기 말고도 또 있다는 것이다.

27

공간과 햇볕을 두고 서로 목을 조르느라 나무들의 발육이 시원치 않지만 달빛을 거를 만큼은 된다. 모리스는 두세 번 길을 잃고 헤매다 다시 찾는다. 그러면서 즐거워한다. 정말로 길을 잃더라도 개울 소리를 나침반 삼으면 될 테고, 오솔길의 흔적이 희미하다는 것은 요즘은 이 길로 다니는 아이들이 예전에 비해 별로 없다는 뜻이다. 모리스는 옻나무 사이로 지나는 일만 없었으면 좋겠다는 생각을 한다.

마지막으로 길을 잃었을 무렵에는 개울 소리가 아주 가까이에서 들리고 그로부터 5분도 지나지 않았을 때 그는 문제의 그 나무 맞은편 개울가에 다다른다. 그는 달빛으로 얼룩이 진 그늘 속에서 잠깐 걸음을 멈추고 인간의 거주 흔적이 보이는지 주변을 살핀다. 담요, 침낭, 쇼핑 카트, 임시 텐트를 만드느라 나뭇가지에 걸어 놓은 비닐 조각. 아무것도 없다. 돌이 깔린 바닥을 졸졸 흐르는 개울물과 그 위로 기울어진 저쪽의 나무뿐이다. 그 긴 시간 동안 그의 보물을 믿음직하게 지킨 나무다.

"아이구, 착해라." 모리스는 속삭이고 개울을 건넌다.

그는 무릎을 꿇고 공구와 더플백을 옆으로 내려놓고서 잠깐 명상에 잠긴다.

"내가 왔어."

그는 속삭이고 심장 박동을 느끼기라도 하려는 듯 땅 위에 손바닥을 올려놓는다.

정말로 심장 박동이 느껴지는 듯하다. 존 로스스타인의 천재성이 두근거리고 있다. 지미 골드를 어이없는 변절자로 만들어 버린 노인네지만 고독한 집필의 세월을 보내는 동안 로스스타인이 지미를 구원했을 수도 있지 않은가. 만약 그랬다면…… *만약 그랬다면……* 모리스가 그동안 겪은 모든 일들이 의미가 있어진다.

"내가 왔어, 지미. 드디어 내가 왔어."

그는 삽을 집어서 땅을 파기 시작한다. 금세 트렁크가 드러나지만 뿌리들이 뒤엉켜 있어서 거의 한 시간 동안 내리치고서야 트렁크를 꺼낼 수 있다. 힘든 육체노동이 오랜만이라 기진맥진하다. 꾸준히 운동하는 재소자 — 예컨대 찰리 로버슨과 같은 — 들을 보며 이 무슨 강박증이냐고 비웃었던(절대 겉으로는 드러나지 않게 속으로만) 기억이 난다. 그런데 지금은 비웃음이 사라졌다. 허벅지가 쑤시고 허리가 쑤시고 가장 심각하게는 충치라도 생긴 것처럼 머리가 욱신거린다. 산들바람이 불어오자 끈적끈적한 땀이 식지만 나뭇가지가 흔들려서 그림자들이 움직이는 바람에 으스스해진다. 다시 맥팔랜드 생각이 난다. 군인 아니면 전직 운동선수들이나 그럴 수 있을 텐데, 그 덩치에 어울리지 않게 섬뜩하게 조용히 움직이는 맥팔랜드가 오솔길을 걸어오는 장면이 그려진다.

가쁜 숨과 두근거리는 심장이 조금 진정되자 모리스는 트렁크 끝에 달려 있을 손잡이를 향해 손을 뻗지만 만져지지 않는다. 그는 벌린 손바닥을 딛고 몸을 앞으로 숙여서 손전등을 챙길걸 그랬다고 아쉬워하며 구멍 안을 들여다본다.

손잡이는 달려 있다. 다만 두 동강이 나서 대롱거릴 뿐이다.

'어째 이상한데. 그렇잖아?'

모리스는 그 오랜 세월을 거슬러 올라가서 트렁크 손잡이가 부러져 있었는지 기억을 더듬는다. 멀쩡했던 것 같다. 거의 장담할 수 있을 정도도. 그러다 차고에서 트렁크를 세웠던 기억이 나자 볼이 부풀어 오를 정도로 크게 안도의 한숨을 내뱉는다. 한쪽 끝을 기울여서 수레에 싣는 와중에 부러진 모양이다. 아니면 여기저기 부딪치고 찢어가며 여기까지 나르는 동안 부러졌을 수도 있다. 그는 허둥지둥 구멍을 파서 트렁크를 최대한 빨리 쑤셔 넣었다. 도망치는 데 급급

해서 부러진 손잡이 같은 사소한 부분은 신경 쓸 겨를이 없었다. 그랬다. 그랬을 게 분명하다. 어쨌거나 처음 샀을 때부터 새 트렁크도 아니었다.

옆면을 잡고 당기자 트렁크가 구멍에서 쑥 빠져나오는 바람에 모리스는 균형을 잃고 엉덩방아를 찧는다. 그는 그렇게 누워서 환한 사발 같은 달을 올려다보며 아무 문제없다고 자기 자신을 설득하려고 한다. 하지만 그는 바보가 아니다. 부러진 손잡이는 어찌어찌 넘어갔을지 몰라도 이번에는 아니다.

트렁크가 너무 가볍다.

모리스는 축축한 살갗에 흙이 들러붙은 채로 끙끙대며 일어나 앉는다. 부들부들 떨리는 손으로 이마에 들러붙은 머리칼을 쓸어넘기자 거기에도 새로 흙 자국이 남는다.

트렁크가 너무 가볍다.

그는 손을 내밀었다가 거둔다.

'안 돼. 안 돼. 트렁크를 열었는데 공책이 없으면 나는 그 길로…… *무너질 거야.*'

하지만 누가 뭐 하러 공책뭉치를 집어갔을까? 돈이야 그렇다 치지만 공책은 왜? 공책엔 쓸 만한 빈페이지도 거의 없었다. 로스스타인이 다 써 버렸기 때문이다.

누가 돈을 들고 가면서 공책들은 *태워* 버렸으면 어쩐다? 돈으로 환산할 수 없는 가치를 알아차리지 못하고 증거가 될 수 있는 걸 없애버릴 생각에 그랬다면?

"아니야." 모리스는 속삭인다. "아무도 그러지 않았을 거야. 공책이 아직 이 안에 들어 있어. 그럴 수밖에 없어."

하지만 트렁크가 너무 가볍다.

그는 묻혀 있다가 발굴이 돼서 달빛이 비치는 둑에 기우뚱하게 놓여 있는 조그만 관을 빤히 쳐다본다. 그 뒤로 방금 전에 뭔가를 토한 입처럼 생긴 구멍이 보인다. 모리스는 트렁크를 향해 손을 내밀고 잠시 망설이다 달려들어서 걸쇠를 벗기며, 하느님은 그 같은 종족에게는 전혀 관심이 없다는 걸 알면서도 기도를 드린다.

안을 들여다본다.

트렁크 안에 아무것도 없지는 않다. 그가 덧대 놓은 비닐은 아직 그대로 있다. 그는 공책이 몇 권이나마 아래에 남아 있길 바라며 ─ 두세 권이라도, 오, 제발 한 권이라도 ─ 바스락거리는 소리와 함께 비닐을 젖히지만 모서리에 갇힌 흙먼지 몇 톨뿐이다.

모리스는 지저분한 손 ─ 한때는 젊었지만 지금은 주름살이 깊게 파인 ─ 을 얼굴에 대고 달빛 밑에서 울음을 터뜨린다.

28

그는 10시까지 차를 돌려주겠다고 했지만 자정이 지난 다음에서야 스테이트와이드 오토바이 수리점 뒤에 주차하고 오른쪽 앞 타이어 밑에 열쇠를 넣는다. 공구와 꽉 채울 작정이었던 터프 토트 더플백은 그냥 둔다. 찰리 로버슨에게 처분을 맡긴다.

네 블록 가면 나오는 마이너리그 야구장의 조명은 한 시간 전에

꺼졌다. 야구장을 오가는 버스는 끊겼지만, 문을 열어 놓은 여러 술집 ─ 이 일대에 술집들이 아주 많다 ─ 에서 라이브 밴드 연주와 주크박스 음악이 쩌렁쩌렁 울려퍼지고 그라운드호그스 티셔츠를 입고 모자를 쓴 남자와 여자들이 길가에 서서 담배를 피우고 플라스틱 컵에 담긴 술을 마신다. 모리스는 맥주와 홈팀의 승리에 취한 야구 팬 몇 명이 술 마시겠느냐고 큰 소리로 다정하게 묻는 소리를 무시해가며 그들을 외면한 채 터벅터벅 걸음을 옮긴다. 술집들이 이내 멀어진다.

그는 맥팔랜드에 대한 집착을 버렸고 벌레똥 궁궐까지 5킬로미터를 걸어가야 한다는 생각은 절대 하지 못한다. 욱신거리는 다리도 전혀 신경 쓰지 않는다. 남의 다리라도 되는 듯이 간주한다. 그는 달빛에 드러난 그 오래된 트렁크처럼 텅 빈 기분이다. 지난 36년 동안 살아온 이유가 홍수에 판잣집 쓸리듯 무너져 버렸다.

거번먼트 광장에 다다랐을 때 마침내 다리에서 힘이 빠진다. 그는 벤치에 앉자마자 쓰러진다. 그는 아무도 없는 광활한 콘크리트 광장을 멍하니 두리번거리다 순찰차를 타고 지나가던 경찰의 눈에 띄면 수상한 인물로 보일 수 있겠다는 생각을 한다. 원래 그는 이렇게 늦은 시각에 돌아다니면 안 된다(십 대 청소년처럼 그에게는 통금시간이 있다.). 하지만 무슨 상관일까? 개 같은 일은 개무시하는 거다. 웨인스빌로 돌려보낼 테면 돌려보내라지. 안 될 것도 없다. 돌아가면 다른 건 몰라도 돼지 새끼 상사를 더 이상 상대하지 않아도 된다. 엘리스 맥팔랜드가 보는 앞에서 오줌을 누지 않아도 된다.

앤드루 홀리데이와 책을 주제로 수도 없이 즐거운 대화를 나누었던 해피 컵이 길 맞은편이다. 두말하면 잔소리지만 즐거움과는 거리가 멀었던 *마지막* 대화를 나눈 곳도 거기다. "*나를 찾아오지 마.*" 앤디는 그렇게 말했다. 그들의 마지막 대화는 그렇게 끝났다.

기어 중립 상태로 공회전을 하고 있던 모리스의 머리가 갑자기 다시 활기를 띠고 멍했던 눈빛이 또렷해진다. "*나를 찾아오지 마. 안그러면 내 쪽에서 경찰에 연락할 거야.*" 앤디가 그렇게 말을 하기는 했지만…… 그게 전부가 아니었다. 그의 옛 친구는 충고도 했다.

"*다른 데 숨겨. 땅을 파고 묻어.*"

앤디 홀리데이가 정말로 그렇게 얘기했을까 아니면 그가 상상을 하는 걸까?

"정말로 그렇게 얘기했어." 모리스는 속삭인다. 그가 손을 쳐다보자 어느새 주먹이 불끈 쥐어져 있다. "분명히 그렇게 말했어. 숨기라고. 땅을 파고 묻으라고."

여기서 몇 가지 질문이 생긴다.

예를 들면 그에게 로스스타인의 공책이 있다는 사실을 아는 유일한 인물이 누구였을까.

예를 들면 로스스타인의 공책을 실제로 본 유일한 인물이 누구였을까.

예를 들면 예전에 그가 어디 살았는지 아는 사람이 누구였을까.

그리고 — 이것이야말로 가장 결정적이다 — 끝없는 법적 분쟁에 휘말린 미개간지, 버치 스트리트 레크리에이션 센터로 가는 아이들만 이용하는 잡초로 덮인 그 땅의 존재를 아는 사람이 누구였을까.

모든 질문의 답이 똑같았다.

"10년 뒤에 다시 얘기하든지 하자." 그의 옛 친구는 이렇게 말했다. *"어쩌면 20년 뒤에."*

10년 아니면 20년보다 우라지게 많은 시간이 지났다. 시간이 쏜살같이 흘렀다. 옛 친구가 그 귀한 공책에 대해서 고민할 시간은 충분했을 것이다. 모리스가 성폭행범으로 체포됐을 때도, 나중에 그의 집이 팔렸을 때도 등장하지 않은 그 공책에 대해서 말이다.

옛 친구가 중간에 모리스가 살던 동네를 찾아가 보기로 마음먹었던 적이 있었을까? 시커모어 가와 버치 가 사이를 몇 번이고 어슬렁거려 보기로 했던 적이? 그때 트렁크의 금속 성분이 감지되면 삑삑 울리는 금속 탐지기를 들고 왔을까?

모리스가 그날 트렁크에 대해서 언급을 했던가?

안 했을지 모르지만 트렁크가 아니면 뭐가 동원됐겠는가. 달리 무슨 대안이 있을 수 있었겠는가. 금고는 가장 큰 걸로도 부족했을 것이다. 종이나 캔버스 가방은 썩을 것이다. 모리스는 앤디가 구멍을 몇 개나 팠을 때 마침내 광맥을 찾았을지 궁금해진다. 열 몇 개? 마흔 몇 개? 마흔 몇 개면 상당히 많은 숫자지만 1970년대에 앤디는 제법 날씬했다. 지금처럼 뒤뚱뒤뚱 걷는 돼지 새끼가 아니었다. 게다가 동기가 확실했을 것이다. 어쩌면 구멍을 팔 필요도 없었을지 모른다. 봄에 홍수가 나거나 해서 나무 밑동이 얼기설기 얽힌 뿌리까지 드러났을지 모른다. 가능성이 없는 이야기도 아니었다.

모리스는 일어나서 걷는다. 이제는 다시 맥팔랜드를 염두에 두고 그가 근처에 없는지 확인하느라 주기적으로 주변을 흘끗거린다. 살아야 할 이유가 다시 생겼기에, 목표가 생겼기에 다시 신경이 쓰인다. 『러너, 속도를 늦추다』에서 지미 골드가 했던 일이 영업이었던 것처럼 그의 옛 친구가 하는 일도 영업이기에 공책들을 이미 팔아넘겼을지 모르지만, 몇 권 아니면 전부 다 아직 쥐고 있을 수도 있다. 알아낼 방법은 딱 한 가지, 늙은 늑대에게 이빨이 남아 있는지 알아낼 방법은 딱 한 가지뿐이다. 그의 친구를 찾아가야 한다.

그의 옛 친구를.

3부

피터와 늑대

1

도시의 토요일 오후이고 호지스는 홀리와 영화관에 있다. ABC 시티 센터 7의 로비에서 영화 상영 시각을 확인하며 열띤 협상을 벌이고 있다. 그가 제안한 「더 퍼지: 거리의 반란」은 너무 무섭다는 이유로 퇴짜를 맞는다. 홀리는 자기도 무서운 영화를 좋아하지만 잠깐 멈춤을 눌러 놓고 몇 분 동안 걸어다니며 긴장을 풀어야 하기 때문에 컴퓨터로만 볼 수 있다고 한다. 그녀가 대안으로 제시한 「안녕, 헤이즐」은 너무 감상적일 거라는 이유로 호지스에게 거부당한다. 그러니까 감정을 너무 자극할 거라는 얘기다. 어린 나이에 세상을 떠난 주인공을 보면 그를 노린 폭탄에 목숨을 잃은 제이니 패터슨이 떠오르지 않겠는가. 그들은 조나 힐과 채닝 테이텀 주연의 「점프 스트리트」라는 코미디 영화로 합의를 본다. 제법 재밌다. 둘이서 큼지막한 통에 담긴 팝콘을 같이 먹으며 무지하게 웃지만 호지스는 그 돈 덕분에 부모님이 힘든 시절을 버틸 수 있었다고 했던 티나의 이야기가 자꾸 생각난다. 피터 소버스는 2만 달러도 넘는 돈이 도대체 어디에서 났을까?

크레디트가 올라가는 동안 홀리가 호지스의 손에 자기 손을 얹는데, 그는 그녀의 눈에 고인 눈물을 보고 조금 놀란다. 그는 왜 그러느냐고 묻는다.

"아무것도 아니에요. 누구랑 같이 영화를 보니까 좋아서요. 당신이 내 친구라서 기뻐요, 빌."

호지스는 감동, 그 이상을 느낀다.

"나도 당신이 내 친구라서 기뻐요. 오늘 남은 시간 동안 뭐 할 거예요?"

"저녁에는 중국 음식 시켜 놓고「오렌지 이즈 뉴 블랙」몰아서 볼 거예요. 하지만 오후에는 컴퓨터로 강도 사건 검색할 거예요. 지금까지 찾아 놓은 사건들이 제법 돼요."

"그럴듯한 건은 있고요?"

그녀는 고개를 젓는다.

"계속 찾아는 보겠지만 종류가 다른 것 같아요. 그게 뭔지 모르겠지만. 티나의 오빠가 당신한테 털어놓을까요?"

그는 대답을 하지 않는다. 그들은 통로를 걸어가고 있고, 조만간 가상으로 이루어진 이 오아시스에서 벗어나 현실세계로 돌아갈 것이다.

"빌? 빌, 응답하라."

"제발 그래 줬으면 좋겠네요." 그는 마침내 대답한다. "그 친구를 위해서. 난데없이 생긴 돈은 거의 항상 화근이 되니까요."

2

티나와 바브라와 바브라의 어머니는 토요일 오후 동안 로빈슨네
집 부엌에서 팝콘 볼을 만든다. 난잡하면서도 유쾌한 작업이다. 그
들은 이렇게 신나는 시간을 보내고, 티나는 그 집으로 놀러온 이래
처음으로 얼굴에서 구름이 걷힌 듯한 기색을 보인다. 타냐 로빈슨은
다행이라는 생각을 한다. 그게 뭔지는 모르겠지만 여러 가지 사소한
정황들—바람이 불어서 2층 문이 쾅 하고 닫히는 소리에 펄쩍 뛴다
든지, 울고 난 것처럼 눈이 충혈돼 있다든지—로 판단하건대 티나
에게 걱정거리가 생긴 모양이다. 엄청난 문제인지 사소한 문제인지
는 알 수 없지만 한 가지만큼은 분명하다. 티나 소버스가 지금 이 순
간은 인생의 재미를 살짝 느낄 수 있다는 것만큼은 말이다.

뒷마무리를 하는데—시럽이 끈끈하게 묻은 손으로 서로 위협해
가며— 누군가가 재미있어하는 목소리로 중얼거린다.

"부엌을 질주하는 이 여인네들을 보라. 오, 놀랍지 않은가."

빙그르르 몸을 돌린 바브라가 부엌문에 기대고 서 있는 오빠를 보
고 비명을 지른다.

"오빠!"

그녀는 달려가서 깡충 안긴다. 그는 그녀를 안아서 두 바퀴 돌리
고 내려놓는다.

"코티용 간다고 하지 않았어?"

제롬은 미소를 짓는다.

"아아, 턱시도는 입어보지도 못하고 대여점으로 반납하고 말았느니. 프리실라하고 충분한 의견 교환 끝에 헤어지기로 했어. 길고 별로 재미없는 이야기야. 아무튼 그래서 집에 와서 어무니가 만들어주는 음식을 좀 먹기로 했지."

"어무니라고 부르지 마라." 타냐가 말한다. "천박하게 들려."

하지만 그녀도 제롬을 보고 어마무지하게 기뻐하는 눈치다.

그는 타냐 쪽을 돌아보며 살짝 고개를 숙인다.

"만나서 반갑습니다, 꼬마 숙녀 아가씨. 바브라의 친구, 기타 등등은 모두 다 환영이에요."

"제 이름은 티나예요."

그녀는 거의 정상에 가까운 말투로 간신히 대답하지만 이렇게 대답하는 것조차 쉽지가 않다. 제롬은 키가 크고, 제롬은 어깨가 넓고, 제롬은 엄청나게 잘생겨서 티나 소버스는 한눈에 반해 버린다. 조만간 그녀는 몇 살이 되면 팝콘 볼을 만드느라 끈끈해진 손으로 너무 큰 앞치마를 두르고 있었던 꼬마 숙녀가 아니라 다른 존재로 그의 눈에 보일 수 있을지 따져보게 될 것이다. 하지만 지금 당장은 그의 준수한 외모에 넋이 나가서 아무 계산도 하지 못한다. 그리고 그날 저녁에는 바브라가 별로 다그치지 않아도 그에게 모든 걸 털어놓는다. 하지만 그의 까만 눈이 그녀의 눈을 쳐다보고 있으니 이야기의 맥락을 잡고 있기가 쉽지 않다.

3

피트의 토요일 오후는 그렇게 훌륭하지 않다. 사실 개떡 같다.

세 군데 고등학교의 임원과 임원 당선자들은 2시에 리버 벤드 리조트의 가장 큰 회의실에 모여서 그 주에서 선출된 두 상원의원 중한 명의 길고 지루한 강연을 듣는다. 제목은 '고등학교 관리: 정치와사회봉사로의 입문'이다. 스리피스를 입고 숱 많은 백발을 올백으로 넘긴(피트가 보기에는 '연속극 악당 스타일'인데) 이자는 저녁까지 내처달릴 기세다. 어쩌면 그 이후까지 달릴 기세다. 그가 말하고자 하는바는 **차세대**인 그들이 학교 임원 활동을 통해 환경, 지구 온난화, 자원 감소 그리고 만에 하나 켄타우루스 자리 프록시마성(태양에서 가장 가까운 항성 — 옮긴이)의 외계인을 처음으로 접촉하게 되었을 때대처하는 능력을 어떤 식으로 배양할 수 있는가 하는 것이다. 그가계속 웅얼거리는 동안 끝없는 토요일 오후의 1분, 1초가 더디고 처참한 죽음을 맞는다.

피트는 돌아오는 9월부터 시작되는 노스필드 고등학교 부회장직에 아무 관심이 없다. 돌아오는 9월이 켄타우루스 자리의 프로시마성에 사는 외계인들처럼 멀게만 느껴진다. 지금 그에게 의미 있는미래라면 아는 사이가 된 것을 뼈저리게 후회하는 앤드루 홀리데이와 만나야 하는 다음 주 월요일 오후뿐이다.

'하지만 빠져나갈 방법을 찾을 수 있을 거야. 침착하게 대처하면돼. 그리고 지미 골드의 나이 많은 숙모가 『러너, 깃발을 들다』에서한 말을 기억하면 돼.'

피트는 그 구절을 인용하면서 홀리데이와 대화를 시작하기로 마음을 먹은 참이다. *지미야, 사람들은 빵 반 덩어리라도 없는 것보다는 낫다고 하지만, 결핍의 세계에서는 빵 한 조각이라도 없는 것보다는 나은 법이야.*

피트는 홀리데이가 무엇을 원하는지 알고 있고 한 조각 이상 나누어 줄 의향이 있지만 전부 다는 물론이고 절반도 안 될 말씀이다. 공책들을 버치 스트리트 레크리에이션 센터에 안전하게 숨겨 놓았으니 이제 그에게도 협상의 여력이 생겼고, 뭐라도 얻고 싶으면 홀리데이도 협상에 응해야 할 것이다.

최후통첩은 이제 사양이다.

'공책을 서른 대여섯 권 넘길게요.' 피트는 이렇게 얘기하면 어떨지 상상해 본다. '시, 에세이, 완성된 단편 아홉 편이 든 걸로요. 아저씨하고의 관계를 정리할 수만 있다면 50대50도 수락할게요.'

돈은 반드시 챙겨야겠지만, 홀리데이가 얼마를 받고 공책을 매수인에게 넘길지 알아낼 방법이 없으니 아마 그의 몫을 제대로 받지는 못하고 심하게 떼일 것이다. 그래도 상관없다. 중요한 건 홀리데이에게 그가 만만치 않은 상대임을 알리는 것이다. 지미 골드의 신랄한 표현을 빌자면 그가 호구가 아님을 알리는 것이다. 그보다 더 중요한 게 있다면 그가 얼마나 겁에 질렸는지 홀리데이에게 들키지 않는 것이다.

얼마나 두려워하는지 들키지 않는 것이다.

상원의원은 차세대의 필수 임무가 어떤 식으로 미국의 고등학교에서 시작되며 그들, 그러니까 선택받은 소수는 어떤 식으로 민주주

의의 횃불을 봉송해야 하는지 호소력 넘치는 문구로 마무리를 짓는다. 열렬한 박수갈채가 터지는 이유는 드디어 강연이 끝나서 일어날 수 있게 되었기 때문일 것이다. 피트는 어서 빨리 나가서 한참 동안 산책을 하며 빠뜨린 부분이나 장애물이 없는지 그의 계획을 몇 번 더 점검하고 싶어서 좀이 쑤실 지경이다.

그런데 이게 끝이 아니다. 위인과 이렇게 끝없이 담소를 나누는 자리를 마련한 고등학교 교장이 앞으로 나오더니 상원의원의 배려로 한 시간 동안 질의응답 시간을 갖기로 했다고 선언한다.

"학생 여러분들, 질문이 얼마나 많겠어요."

그녀의 말이 끝나기가 무섭게 아첨꾼과 성적 지상주의자들─이런 녀석들이 대거 포진한 눈치다─이 여기저기서 손을 든다.

피트는 생각한다. '이런 개 같은 일은 개무시하는 거야.'

그는 문을 쳐다보며 들키지 않고 빠져나갈 수 있는 확률을 계산하다가 의자에 몸을 묻는다. '앞으로 1주일만 있으면 전부 다 끝날 거야.' 그는 속으로 중얼거린다.

그런 생각이 들자 조금 안심이 된다.

4

호지스와 홀리가 영화관을 나서고 티나가 바브라의 오빠에게 한눈에 반했을 때 어떤 가석방 출소자는 잠에서 깨어난다. 모리스는 밤새도록 이리저리 뒤척이며 잠을 설치다가 토요일 아침 첫 햇살이 그의 방으로 슬금슬금 스며들었을 무렵에서야 잠이 들어서 오전을 거쳐 오후 나절이 되어서야 눈을 뜬다. 그는 악몽보다 더 끔찍한 꿈들을 꾸었다. 방금 전에 꾼 꿈에서는 트렁크를 열어 보니 수천 마리의 검은 독거미들이 득시글거리는데 독을 품고 죄다 엉켜서 달빛을 받으며 꾸물거렸다. 쏟아져 나온 거미들이 그의 손을 지나서 달가닥거리며 팔을 타고 올라갔다.

모리스는 헉 하고 참았던 숨을 터뜨리며 현실로 돌아오는데, 자기 가슴을 으스러져라 끌어안고 있어서 거의 숨을 쉴 수 없을 지경이다.

그는 침대 밖으로 다리를 내리고 일어나 앉아서 그 전날 오후에 맥팔랜드가 나간 뒤에 MAC의 남자화장실에서 그랬던 것처럼 고개를 숙인다. 그가 괴로운 이유는 확실히 알 수 없기 때문이고, 이 불확실한 상황을 이내 해결할 수 없기 때문이다.

'분명 앤디가 가져갔을 거야. 그게 아닌 이상 말이 안 되잖아. 아직 그 공책들을 가지고 있는 게 좋을 거야, 친구. 이미 처분했다면 신의 가호를 빌어야 할걸?'

그는 빨아 놓은 청바지로 갈아입고 도시를 가로지르는 버스를 타고 사우스사이드로 건너간다. 아무래도 공구가 있어야겠다는 결론을 내렸기 때문이다. 그리고 터프 토트 가방도 회수해야겠다. 좋은 쪽으로 생각해야 하지 않겠는가.

찰리 로버슨은 오늘도 할리 앞에 앉아 있는데 이제는 조각조각 분해가 돼서 오토바이처럼 보이지도 않는다. 그는 다시 등장한 구세주가 별로 반갑지 않은 눈치다.

"어젯밤에는 어떻게 됐어? 계획대로 잘 됐어?"

"다 잘됐어." 모리스는 대답하고 미소를 짓지만, 너무 어설픈 함박미소라 설득력이 떨어질 것 같다. "완벽하게 끝났어."

로버슨은 미소로 화답하지 않는다.

"*짭새*하고 엮이지만 않으면 좋은 거지. 그런데 얼굴이 왜 그래, 모리?"

"뭐, 알잖아. 한 방에 깨끗하게 끝나는 일은 거의 없는 거. 정리해야 할 자질구레한 부분이 몇 군데 남았어."

"차 다시 쓸 거면……"

"아냐, 아냐. 안에 몇 가지를 두고 내려서. 챙겨가도 되지?"

"내가 뒤탈을 걱정해야 하는 물건은 아니겠지?"

"당연하지. 그냥 가방 몇 개야."

그리고 손도끼도 있지만 그건 굳이 얘기하지 않는다. 칼을 살 수도 있었지만 손도끼라고 하면 왠지 섬뜩한 느낌이 있다. 모리스는 도끼를 더플백에 넣고 찰리에게 작별 인사를 한 뒤 다시 버스 정거장으로 발걸음을 옮긴다. 그가 팔을 흔들 때마다 도끼가 가방 안에서 왔다 갔다 한다.

'*나 이거 쓰게 만들지 마.*' 그는 앤디에게 그렇게 얘기할 것이다. '*널 해치기는 싫으니까.*'

하지만 그의 마음속 한구석에서는 그걸 쓰고 싶은 생각이 *당연히* 있다. 그의 옛 친구를 해치고 싶은 생각이 *당연히* 있다. 그에게는―공책은 그렇다 치더라도― 갚아야 할 빛이 있고 빛은 개 같은 것이기 때문이다.

5

레이스메이커 레인과 차량 통행이 금지된 주변의 쇼핑몰은 그 주 토요일 오후에 북적거린다. 뎁 앤 버클이나 포에버 21처럼 이름도 유치찬란한 가게들이 수백 군데에 달한다. 모자만 파는 리즈라는 가게도 있다. 모리스는 거기 들어가서 챙이 아주 긴 그라운드호그스 모자를 산다. 앤드루 홀리데이 레어 에디션스 쪽으로 좀 더 걸어가 이번에는 선글라스 헛이라는 가판대에서 선글라스를 산다.

금박의 소용돌이 서체로 꾸민 옛 친구의 가게 간판을 보았을 때 떠오른 생각 때문에 그는 불안해진다. 앤디가 토요일에는 일찍 문을 닫으면 어쩐다? 다른 가게들은 전부 다 영업 중인 것 같지만 늦게 열고 일찍 닫는 희귀 도서점도 있으니 재수가 없으려면 그럴 수도 있지 않을까?

하지만 새로 산 선글라스로 무장하고 어깨에 짊어진 가방을 흔들며(손도끼가 툭탁거린다.) 그 앞을 지나가 보니 문에 OPEN 팻말이 걸려 있다. 그리고 또 다른 것도 보인다. 카메라가 인도의 왼쪽과 오른쪽을 비추고 있다. 안에도 달려 있겠지만 상관없다. 모리스가 절도범들과 박사 학위 공부를 한 세월이 수십 년이다.

그는 길거리를 어슬렁어슬렁 돌아다니며 빵집 쇼윈도를 들여다보고 기념품 노점에서 파는 물건들도 둘러본다(이 지저분하고 보잘것없는 호반 도시의 기념품을 누가 사갈까 싶다.). 심지어 여러 색상의 공으로 저글링을 하며 보이지 않는 계단을 올라가는 흉내를 내는 팬터마임도 구경한다. 모리스는 마임꾼의 모자에 25센트짜리 동전을 몇 개 던져 준다. 행운을 비는 뜻에서. 그는 속으로 중얼거린다. 길모퉁이의 스피커에서 대중가요가 흘러나온다. 바람을 타고 초콜릿 냄새가 풍긴다.

그는 왔던 길을 되짚어간다. 젊은 남자 두엇이 앤디의 가게를 나와서 길거리를 걸어간다. 모리스는 이번에는 걸음을 멈추고 쇼윈도를 들여다본다. 핀 조명이 비추는 진열대 위에 세 권의 책이 펼쳐져 있다. 『앵무새 죽이기』, 『호밀밭의 파수꾼』 그리고 — 일종의 계시이겠지만 — 『러너, 전쟁에 나서다』이다. 쇼윈도 너머의 가게는 좁고 천장이 높다. 다른 손님은 보이지 않지만, 중간쯤에 놓인 카운터에서 페이퍼백을 읽고 있는 그의 옛 친구, 그 유명한 앤디 홀리데이가 보인다.

모리스는 신발 끈을 매는 척하면서 손도끼가 든 터프 토트 가방의 지퍼를 연다. 그런 다음 일어나서 주저 없이 앤드루 홀리데이 레어에디션스의 문을 연다.

그의 옛 친구는 고개를 들고 선글라스와 챙이 긴 모자와 가방을 살핀다. 미간을 찌푸리지만 아주 살짝이다. 이 동네에서는 *너나할 것 없이* 가방을 들고 다니는데다 날이 워낙 따뜻하고 화창하기 때문이다. 모리스가 보기에 경계는 할지 몰라도 바짝 긴장하지는 않는 눈치다. 다행이다.

"가방은 코트 걸이 밑에 놓아 주시겠습니까?" 앤디가 물으며 미소를 짓는다. "저희 가게 규정이라서요."

"그러죠."

모리스는 터프 토트 가방을 내려놓고 선글라스를 벗어서 다리를 접어 셔츠 주머니에 꽂는다. 새로 산 모자를 벗고 짧게 친 백발을 손으로 훑는다. 그러면서 생각한다. '자, 봐. 더위를 피해서 책이나 좀 둘러볼까 하고 들어온 평범한 노인네야. 걱정할 것 하나 없어.'

"휴! 오늘따라 날이 덥네요."

그는 다시 모자를 쓴다.

"그러게요. 내일은 더 더울 거라던데요. 뭐 찾으시는 거라도 있으세요?"

"그냥 둘러보려고 들어왔어요. 하지만……『사형 집행인들』이라는 좀 구하기 힘든 책을 찾고 있긴 한데요. 존 D. 맥도널드라는 미스터리 작가의 작품이에요."

맥도널드의 작품은 교도소 도서관에서 아주 인기가 많았다.

"존 D. 맥도널드야 잘 알죠!" 앤디는 명랑하게 얘기한다. "트래비스 맥기 시리즈를 쓴 작가 아닙니까. 제목에 색깔이 들어가는 시리즈요. 그런데 대부분 페이퍼백으로 나오지 않았나요? 제가 원칙적으로 페이퍼백은 다루지 않습니다. 소장가치가 거의 없어서요."

'공책은?' 모리스는 생각한다. '좀 더 구체적으로 묻자면 몰스킨 공책은? 그건 다루지 않나, 이 뒤룩뒤룩한 도둑 새끼야?'

"『사형 집행인들』은 하드커버로 출간됐어요." 그는 문 앞의 서가에 꽂힌 책들을 훑어보며 말한다. 일단은 문 근처에 있을 생각이다. 손도끼가 든 가방 근처에 있을 생각이다. "「케이프 피어」라는 영화의 원작이고요. 상태가 괜찮은 그 책이 있으면 사고 싶은데요. 이 업계에서는 그런 걸 거의 새 책이나 다름없는 최상급이라고 하죠? 물론 가격대도 맞아야겠지만요."

앤디는 이제 적극적으로 관심을 보인다. 입질이 왔는데 왜 아니겠는가.

"저희 가게에는 없지만 북파인더에서 찾아봐 드릴 수는 있어요. 그 검색 사이트에서요. 재고가 있다면, 맥도널드 하드커버에 영화로 만들어진 작품인 데다…… *거기다* 초판본이라면 아마 있을 텐데요…… 화요일까지 구해 드릴 수 있습니다. 아무리 늦어도 수요일까지요. 찾아봐 드릴까요?"

"그럽시다. 하지만 가격대가 맞아야 해요."

"그럼요, 그럼요."

앤디의 미소는 그의 내장만큼이나 기름지다. 그는 노트북 화면으로 시선을 떨군다. 그가 시선을 떨구자마자 모리스는 문 앞에 걸린 팻말을 OPEN에서 CLOSED로 바꾼다. 그런 다음 허리를 숙여서 열어놓은 더플백에서 손도끼를 꺼낸다. 그는 도끼를 다리 옆으로 늘어뜨리고 중앙의 좁은 통로를 걸어간다. 서두르지 않는다. 서두를 필요가 없다. 앤디는 노트북 화면에 정신이 팔려서 클릭을 하느라 여념이 없다.

"찾았어요!" 그의 옛 친구가 외친다. "제임스 그레이엄에 있네요. 새 책이나 다름없는 최상급이고 단돈 300달……"

그는 곁눈으로 보이던 손도끼 날이 시야 한가운데로 이동하자 하던 말을 멈춘다. 고개를 드는데 충격으로 얼굴이 축 늘어졌다.

"내가 볼 수 있는 곳에 손을 얹어." 모리스가 말한다. "카운터 밑에 경보 버튼이 달려 있겠지? 손가락 잘리고 싶지 않으면 거기에 손댈 생각은 하지도 마."

"원하는 게 뭡니까? 어째서……"

"나를 못 알아보는 모양이네?" 모리스는 그 사실에 재미있어 해야 할지 화를 내야 할지 잘 모르겠다. "이렇게 가까이서 봐도 말이야."

"모르겠는데요. 나는…… 나는……"

"당연히 그렇겠지. 해피 컵에서 만난 뒤로 엄청 오랜 세월이 흘렀으니까."

홀리데이는 겁에 질려서 넋을 잃은 표정으로 쭈글쭈글하고 초췌한 모리스의 얼굴을 빤히 쳐다본다. 모리스는 생각한다. '뱀을 쳐다보는 새 같네.' 이런 생각이 들자 기분이 좋아져서 미소가 지어진다.

"맙소사." 앤디는 중얼거린다. 안색이 묵은 치즈 색으로 변한다. "그럴 리가. 감옥에 있을 텐데."

모리스는 여전히 미소를 머금은 표정으로 고개를 젓는다.

"구하기 힘든 책처럼 가석방 출소자도 검색할 수 있는 사이트가 있을 텐데 확인을 해 본 적이 없는 모양이로군. 나로서는 다행이야, 너한테는 안된 일이지만."

앤디의 한쪽 손이 노트북 키보드 밖으로 슬금슬금 움직인다. 모리스는 손도끼를 흔든다.

"그러지 마, 앤디. 양손 모두 손바닥 보이게 뒤집어서 노트북 양옆에 올려놔. 무릎으로 버튼 누를 생각도 하지 말고. 무릎으로 누르려고 하면 나한테 들킬 수밖에 없을 테고 그러면 아주 불쾌한 결과를 맞이하게 될 거야."

"원하는 게 뭐냐?"

그 질문에 그는 화가 나지만 더욱 활짝 미소를 짓는다.

"몰라서 묻는 거냐?"

"모르니까 묻지. 모리, 왜 이래!"

앤디의 입은 거짓말을 하고 있지만 그의 눈은 오로지 진실만을 얘기하고 있다.

"사무실로 들어가자. 뒤에 있을 거 아냐."

"안 돼!"

모리스는 손도끼를 다시 흔든다.

"멀쩡하게 얘기를 끝낼 수도 있지만 손가락 몇 개가 카운터 위에 나뒹굴 수도 있어. 내 말 믿어도 좋아, 앤디. 나는 네가 알던 예전의 그 친구가 아니거든."

앤디는 모리스의 얼굴에 시선을 고정한 채 자리에서 일어나지만, 모리스로서는 옛 친구가 정말로 그를 쳐다보고 있는 건지 확신할 수가 없다. 들리지 않는 음악에 맞춰서 몸을 흔드는 사람처럼 휘청거리는 것이, 금방이라도 기절할 것처럼 보인다. 만약 기절해 버리면 다시 정신을 차릴 때까지 기다렸다가 대답을 들어야 한다. 게다가 사무실까지 모리스가 끌고 가야 한다. 그는 그럴 수 있을지 자신이 없다. 앤디의 몸무게가 150킬로그램은 안 될지 몰라도 그 근처에 육박할 것이다.

"심호흡해. 진정하고. 난 그냥 몇 가지 물어보러 온 거야. 대답 들으면 갈 거야."

"약속할 수 있어?"

앤디는 침으로 번들거리는 아랫입술을 앞으로 내민다. 아버지한테 혼이 난 뚱보 어린애 같아 보인다.

"응. 그러니까 심호흡해." 앤디는 심호흡을 한다. "한 번 더." 앤디의 육중한 가슴이 셔츠 단추를 위협하며 올라갔다가 내려온다. 얼굴에 다시 핏기가 살짝 돈다. "사무실로. 자. 안내해."

앤디는 몸을 돌려서 상자와 책 더미를 헤치며 가게 뒤편을 향해 느릿느릿 걸어간다. 일부 뚱뚱하고 까다로운 남자들에게서 풍겨 나오는 품위가 느껴진다. 모리스는 그 뒤를 따라가는데 점점 더 화가 난다. 회색 개버딘 바지를 입고서 계집애처럼 한들한들 실룩거리는 앤디의 엉덩이가 불난 데 부채질을 한다.

문 옆에 키패드가 달려 있다. 앤디가 네 자리 숫자를 입력하자—9118이다— 초록 불이 깜빡인다. 모리스는 안으로 들어가는 그의 민머리 뒤통수를 뚫고 속마음을 읽는다.

"설마 잽싸게 움직이면 내가 들어오기 전에 문을 닫을 수 있겠다고 생각하는 건 아니겠지? 그러려고 했다가는 영영 되찾을 수 없는 뭔가를 잃을 줄 알아. 내 말 믿어도 돼."

그럴 생각으로 잔뜩 긴장하고 있었던 앤디의 어깨가 다시 내려앉는다. 그는 안으로 들어간다. 모리스는 뒤따라 들어가서 문을 닫는다.

사무실은 조그마한데 빽빽한 서가가 벽면을 가득 메웠고 천장에 대롱대롱 매달린 전구들이 불을 밝히고 있다. 바닥에는 터키산 카펫이 깔려 있다. 여기 책상은 훨씬 근사하다. 마호가니 아니면 티크 아니면 기타 비싼 나무다. 그 위에 놓인 스탠드는 갓이 진짜 티파니 유리 같다. 문 왼쪽으로 보이는 사이드보드에는 묵직한 크리스털 디캔터가 네 개 놓여 있다. 그중에서 투명한 두 개는 뭔지 모르겠지만 나머지 두 개는 스카치와 버번인 게 분명하다. 그도 옛 친구를 알다시피 좋은 술일 것이다. 큰 건을 터뜨렸을 때 건배하는 용도겠지.

감방에서는 구할 수 있는 술이 자두술과 건포도술밖에 없었고 그마저도 그의 생일 같은 때나 어쩌다 한 번씩 마실 수 있었던 게 생각이 나면서(존 로스스타인의 생일 때도 늘 한 모금씩 마셨다.) 모리스는 점점 더 부아가 치민다. 좋은 술을 마시고 좋은 음식을 쩝쩝거리고, 모리스가 청바지를 염색하고 니스 냄새를 맡으며 관보다 별로 크지도 않은 감방에서 사는 동안 앤디 홀리데이는 그렇게 지냈다. 그가 성폭행으로 징역살이를 한 건 맞지만 이 남자가 그를 거부하며 쫓아내지 않았더라면 홧김에 마신 술로 필름이 끊긴 채 그 골목길에서 서성일 일도 없었을 것이다. *"나, 너랑 같이 있는 거 아무한테도 들키면 안 돼."* 그날 그는 그렇게 얘기했다. 그러고는 모리스더러 개또라이라고 했다.

"오, 으리으리한데?"

앤디는 이 으리으리한 공간을 처음 보는 사람처럼 두리번거린다.

"보기에는 그렇겠지." 그는 시인한다. "하지만 겉모습은 거짓일 수 있어, 모리스. 사실 나는 파산하기 일보 직전이야. 경기 불황과 어떤…… 의혹으로 입은 타격을 극복하지 못했거든. 진짜야."

모리스는 커티스 로저스가 그날 밤에 로스스타인의 금고에서 공책들과 함께 찾은 돈 봉투에 대해서 생각한 적이 거의 없었는데 이제 생각이 난다. 그의 옛 친구는 공책뿐 아니라 그 돈까지 입수했을 것이다. 그 돈으로 책상과 카펫과 근사한 크리스털 디캔터를 샀을 것이다.

이 생각에 분노가 폭발한 모리스가 옆으로 낮은 포물선을 그리며 손도끼를 휘두르자 그의 머리에서 모자가 벗겨진다. 도끼는 회색 개

버딘을 찢고 턱 하는 소리와 함께 투실투실한 엉덩이에 들어가 박힌다. 앤디는 비명을 지르며 앞으로 휘청한다. 그는 팔뚝으로 책상 모서리를 짚어서 쓰러지는 충격을 줄이고 무릎을 꿇는다. 15센티미터 찢긴 바지 틈새로 피가 쏟아져 나온다. 그가 손으로 틈새를 누르자 손가락 사이로 피가 쏟아진다. 그는 옆으로 쓰러져서 터키산 카펫 위로 몸을 굴린다. 모리스는 뿌듯해하며 이런 생각을 한다. '그 얼룩은 절대 없어지지 않을 거다, 친구.'

앤디는 울부짖는다.

"해치지 않겠다고 해놓고서 왜 이래!"

모리스는 잠깐 생각하고 나서 고개를 젓는다.

"그렇게 여러 단어를 써 가며 분명하게 얘기한 기억은 없는데. 그런 뉘앙스를 풍겼다면 모를까." 그는 앤디의 일그러진 얼굴을 심각한 표정으로 쳐다본다. "DIY 지방흡입술이라고 생각해. 그래도 생명에는 지장이 없잖아. 나한테 공책만 돌려주면 돼. 어디다 뒀어?"

이번에 앤디는 모리스가 무슨 말을 하는지 모르는 척하지 않는다. 발등에 불이 떨어졌고 한쪽 엉덩이에서 피가 나는데 그럴 수가 없다.

"내가 안 가져갔어!"

모리스는 점점 커져 가는 핏물 웅덩이를 피해서 조심스럽게 한쪽 무릎을 꿇고 앉는다.

"못 믿겠는데. 그걸 넣었던 트렁크만 남고 공책들은 없어졌는데 나한테 그 공책이 있다는 걸 아는 사람이 너밖에 없었잖아. 그러니까 다시 한 번 묻겠다. 네 내장과 점심에 먹은 걸 바로 앞에서 구경하고 싶지 않으면 신중하게 대답하는 게 좋을 거야. 공책 어디 있어?"

"어떤 아이가 찾았어! 내가 아니라 그 아이가 가져갔다고! 네가 살던 집에 사는 아이야, 모리! 지하실이나 그런 데 묻혀 있는 걸 찾았나 봐!"

모리스는 옛 친구의 얼굴을 빤히 쳐다본다. 거짓말의 증거를 찾는 것이기도 하지만 느닷없이 밝혀진 뜻밖의 사실에 적응하려는 것이기도 하다. 차를 타고 시속 100킬로미터로 달리다 급하게 좌회전을 하는 것과 같다.

"진짜야, 모리, 진짜야! 아이 이름은 피터 소버스야!"

이야말로 확실한 증거다. 모리스는 그가 살았던 집에 지금 살고 있는 가족의 이름을 안다. 게다가 엉덩이를 깊게 베인 남자가 즉석에서 그렇게 구체적인 거짓말을 만들어낼 수 있겠는가.

"네가 그걸 어떻게 알아?"

"*아이가 그걸 나한테 팔려고 하고 있거든!* 모리, 병원에 가야겠어! 도살장의 돼지처럼 피가 나고 있잖아!"

'너, 돼지 *맞잖아.*' 모리스는 생각한다. '하지만 걱정 마, 옛 친구야, 조만간 고통이 끝날 테니까. 하늘에 있는 그 큼지막한 서점으로 보내줄게.' 하지만 한 줄기 희망의 빛을 보았기에 아직은 보낼 수가 없다.

앤디는 그 아이가 팔려고 하고 있다고 말했다. 팔았다가 아니라.

"어떻게 된 건지 전부 다 얘기해 봐. 그럼 떠나 줄게. 구급차는 네가 직접 불러야 하겠지만 그 정도는 할 수 있겠지."

"정말 그럴 거라고 무슨 수로 믿어?"

"공책이 그 아이한테 있다면 너한테는 더 이상 관심이 없거든. 물론 네가 누구한테 당했는지 얘기하지 않겠다고 약속해야 해. 복면을 쓴 남자였잖아, 그렇지? 약물 중독자 같았고. 돈을 내놓으라고 했고, 맞지?"

앤디는 열심히 고개를 끄덕인다.

"공책하고는 전혀 연관이 없고, 그렇지?"

"그럼, 전혀 없지! 내가 이런 일에 말려들고 싶을 거라고 생각해?"

"아니겠지. 하지만 이야기를 지어내려고 하면─그것도 내 이름을 넣어서─내가 다시 찾아올 거야."

"안 그럴게, 모리. 안 그럴게!" 앞으로 비죽 내민, 침으로 번들거리는 아랫입술만큼이나 유치한 맹세가 그 뒤로 이어진다. "하늘땅, 별 땅 찍어도 좋아!"

"그럼 어떻게 된 건지 전부 다 얘기해 봐."

앤디는 이야기를 시작한다. 처음에 소버스는 공책 복사본과 대조용으로 『올림포스에서 보낸 편지』를 들고 왔다. 그는 『올림포스에서 보낸 편지』책등에 붙은 도서관 딱지를 보고 자칭 제임스 호킨스라고 한 아이의 정체를 밝혀냈다. 그래서 아이가 두 번째로 찾아왔을 때 압력을 가했다. 아이는 주말에 리버 벤드 리조트로 임원 수련회를 가게 돼서 앞으로 이틀 뒤인 월요일 오후에 오겠다는 메시지를 자동 응답기에 남겼다.

"월요일 오후 몇 시에?"

"그건…… 그건 얘기하지 않았어. 학교 끝난 다음이겠지. 노스필드 고등학교에 다녀. 모리, 계속 피가 나는데."

"응." 모리스는 멍하니 대답한다. "그렇겠지."

그는 씩씩대며 생각하는 중이다. 그 아이는 공책을 전부 다 가지고 있다고 주장한다. 거짓말일 가능성도 있지만 아마 사실일 것이다. 아이가 앤디에게 밝혔다는 권수가 대충 맞는다. *게다가 그걸 다 읽었다지 않은가.* 모리스 벨러미의 머릿속에서 독약과도 같은 질투의 불꽃이 일고 불길이 금세 심장으로 번진다. 소버스라는 아이가 모리스만을 위해 탄생된 원고를 읽었다. 이렇게 심각한 범죄는 처단해야 한다.

그는 앤디 쪽으로 몸을 숙이고 묻는다.

"너, 게이지? 맞지?"

앤디는 눈을 실룩인다.

"내가…… 그게 지금 무슨 상관이야? 모리, *구급차*를 불러야 한다니까!"

"애인 있어?"

그의 옛 친구는 다치기는 했어도 바보는 아니다. 그런 질문의 의도가 뭔지 알아차린다.

"있어!"

'없네.' 모리스는 생각하고 손도끼를 휘두른다. *턱.*

앤디는 비명을 지르고 피투성이 카펫 위에서 몸부림을 치기 시작한다. 모리스가 도끼를 다시 휘두르자 앤디는 다시 비명을 지른다. '사방에 책이 꽂혀 있어서 다행이네.' 모리스는 생각한다. 책은 방음 효과가 뛰어나다.

"가만히 있어, 이 염병할 인간아." 그는 이야기하지만 앤디는 말을 듣지 않는다. 전부 합쳐서 네 방이 소요된다. 마지막 한 방이 앤디의 콧날 위쪽에 꽂혀서 양쪽 눈이 포도 알처럼 터지자 그제야 몸부림을 멈춘다. 모리스는 끼이익 하는 나지막한 쇳소리와 함께 뼈에 박힌 도끼를 빼서 밖으로 뻗은 앤디의 한쪽 손 옆에 떨어뜨린다. "자. 이제 다 끝났네."

카펫이 핏물로 흠뻑 젖었다. 책상 앞면에도 핏방울이 튀었다. 한쪽 벽도 그렇고 모리스의 몸도 마찬가지다. 내실이 도살장으로 변했다. 그래도 모리스는 별로 흥분하지 않는다. 상당히 침착하다. 충격적인 반응일지 모르겠지만 그렇다 한들 어쩔 것인가. 그는 침착해야 한다. 흥분한 사람들은 이런저런 것들을 잊어버린다.

책상 뒤로 문이 두 개 있다. 하나는 옛 친구 전용 화장실 문이고 다른 하나는 벽장문이다. 벽장에는 비싸 보이는 양복 두 벌을 비롯해서 옷이 아주 많다. 하지만 모리스에게는 아무 쓸모가 없다. 안에서 헤엄칠 수도 있겠다.

화장실에 샤워시설도 있으면 좋겠지만 원한다고 다 되면 거지도 부자 되고 어쩌고 하는 말도 있지 않은가. 아쉬운 대로 세면대를 쓰면 된다. 그는 피가 묻은 셔츠를 벗고 씻으면서 가게에 들어온 이후에 어디어디를 만졌는지 열심히 기억을 더듬는다. 많지는 않은 것 같다. 하지만 출입문에 걸린 팻말도 잊지 말고 닦아야 한다. 벽장 손잡이와 이 화장실도.

그는 물기를 닦고 다시 사무실로 돌아가서 수건과 피가 묻은 셔츠를 시신 옆에 떨어뜨린다. 청바지에도 피가 튀었지만 벽장 선반에서 본 물건으로 쉽게 해결할 수 있다. 깔끔하게 접어서 사이에 얇은 종이를 끼운 티셔츠가 아무리 못해도 스무 벌은 되어 보였다. 그는 얼룩이 가장 심하게 남은 허벅지를 반쯤 덮어 줄 XL 사이즈를 찾아서 펼친다. 앞면에 앤드루 홀리데이 레어 에디션스라는 상호와 함께 가게 전화번호, 홈페이지 주소, 펼친 책의 그림이 찍혀 있다. 모리스는 생각한다. '돈 많은 고객들에게 선물하는 티셔츠인 모양이네. 다들 고맙다면서 받아 놓고 절대 입지 않겠지.'

그는 티셔츠를 입으려다 가장 최근에 저지른 살인의 현장을 가슴팍에 홍보하고 다닐 수는 없다는 생각에 티셔츠를 뒤집는다. 글씨가 살짝 비치기는 하지만 읽을 수 있을 정도는 아니고 책은 정사각형의 뭔지 모를 물체로 보인다.

하지만 신발이 문제다. 발등에는 핏방울이 튀었고 밑창에는 얼룩이 남았다. 모리스는 옛 친구의 발을 들여다보다 신중하게 고개를 끄덕이고 다시 벽장 앞으로 간다. 앤디의 허리둘레는 모리스의 두 배에 가까울지 몰라도 신발 치수는 거의 비슷해 보인다. 그는 단화를 골라서 신어본다. 살짝 껴서 물집이 한두 개 생길 수도 있겠지만 얻은 정보와 오랫동안 기다렸던 복수에 비하면 사소한 대가다.

게다가 우라지게 고급스러워 보인다.

그는 카펫 위에 던져놓은 끈적거리는 폐기물 더미에 신었던 신발을 추가하고 모자를 살핀다. 여기에는 피가 한 방울도 튀지 않았다. 모자에서만큼은 운이 좋았다. 그는 모자를 쓰고 사무실을 한 바퀴 돌며 그가 건드렸을 게 분명한 부분과 건드렸을지 모르는 부분들을 닦는다.

그는 시신 옆에 마지막으로 무릎을 꿇고 앉아서 주머니를 뒤지며 손에 다시 피가 묻어서 나중에 씻어야겠다는 생각을 한다. '아, 뭐,

어쩔 수 없지.'

그건 로스스타인이 아니라 보니것이 쓴 표현인데. 그는 이런 생각을 하며 웃음을 터뜨린다. 문학 작품 인용은 언제 해도 재미있다.

앤디의 열쇠는 앞주머니에, 지갑은 모리스가 도끼로 찍지 않은 쪽 엉덩이 주머니에 들어 있다. 또 운이 따라준다. 현금 면에서는 운이 덜 따라줘서 30달러도 안 되지만 티끌 모아 태산이라는 말도 있지 않은가. 모리스는 열쇠와 함께 지폐를 챙긴다. 그런 다음 손을 다시 씻고 수도꼭지 손잡이를 다시 닦는다.

그는 앤디의 사무실을 나서기 전에 손도끼를 흘긋 쳐다본다. 날에 핏덩이와 머리칼이 묻었다. 고무 손잡이에 그의 손자국이 선명하게 찍혀 있다. 셔츠와 신발과 함께 가방에 챙겨야 할 텐데 적어도 지금 당장은 그냥 두는 게 좋을 듯한 예감—말로 표현할 수 없을 만큼 심오하고 아주 강력한 예감—이 든다.

모리스는 도끼를 집어서 날과 손잡이에 묻은 지문을 닦은 뒤 근사한 책상 위에 조심스럽게 내려놓는다. 경고처럼. 아니면 명함처럼.

"누가 나더러 늑대가 아니래요, 맥팔랜드 경관님?" 그는 빈 사무실에 대고 묻는다. "누가 그래요?"

그는 핏자국이 남은 수건으로 문손잡이를 잡고 돌려서 그곳을 빠져나온다.

6

다시 가게로 나온 모리스는 피가 묻은 물건들을 가방에 넣고 지퍼를 잠근다. 그런 다음 앉아서 앤디의 노트북을 살핀다.

맥이고 교도소 도서관에 있는 컴퓨터보다 훨씬 고급이지만 기본적으로는 동일하다. 바탕화면에 업무용 파일들이 수없이 많고 하단의 막대에 보안이라고 적힌 앱도 있다. 그쪽을 자세히 들여다보고 싶지만 먼저 제임스 호킨스 파일부터 열어 보니 과연 그가 원하는 정보가 들어 있다. 피터 소버스의 주소(이미 알지만)뿐 아니라 피터 소버스의 휴대전화 번호도 있다. 옛 친구가 자동 응답기 메시지를 운운하더니 거기서 알아낸 모양이다. 그의 아버지는 토머스다. 어머니는 린다다. 여동생은 티나다. 심지어 제임스 호킨스를 자칭하는 풋풋한 소버스 군이, 모리스도 잘 아는 가너 스트리트 도서관의 사서들과 함께 찍은 사진까지 있다. 이런 정보―나중에 쓸모가 있을지 아무도 모를 일이다, 아무도― 밑에 존 로스스타인의 작품 목록이 적혀 있지만 모리스는 흘끗 쳐다보고 그만이다. 로스스타인의 작품들이야 외우고 있다.

물론 풋풋한 소버스 군이 깔고 앉아 있는 원고는 예외다. 그가 합법적인 주인에게서 훔친 그 원고는.

컴퓨터 옆에 메모지가 있다. 모리스는 아이의 휴대전화 번호를 적어서 주머니에 넣는다. 그런 다음 보안 앱을 열어서 카메라를 클릭한다. 여섯 개의 창이 뜬다. 두 개는 손님들이 가장 많을 시각인 레이스메이커 레인을 비추고 있다. 두 대는 가게의 좁은 내부를 비추고 있다. 한 대는 모리스가 새 티셔츠를 입고 앉아 있는 바로 이 카운터를 비추고 있다. 여섯 번째 카메라는 앤디의 내실을 비추는데 터키산 카펫 위에 시신이 대자로 누워 있다. 흑백이라 여기저기 튄 핏자국이 잉크처럼 보인다.

모리스가 이 화면을 클릭하자 모니터 전면으로 확대된다. 하단에 화살표 모양의 버튼들이 등장한다. 그는 화살표 두 개로 된 되감기 버튼을 클릭하고 잠깐 기다렸다가 재생 버튼을 클릭한다. 넋을 잃고 쳐다보는 그의 앞에서 옛 친구가 그의 손에 다시 죽는다. 끝내준다. 하지만 아무한테도 보여주고 싶지 않은 홈비디오이기에 노트북을 들고 가야 한다.

그는 비질런트 경비업체라고 적힌 반짝이는 상자와 연결된 코드를 비롯해서 여러 코드를 뽑는다. 카메라 화면들이 노트북의 하드 드라이브에 곧바로 저장되기 때문에 자동적으로 DVD가 생성되지 않는다. 이해가 된다. 그런 시스템은 앤드루 홀리데이 레어 에디션스와 같은 소규모 사업장에서 쓰기에 가격 부담이 있다. 하지만 그가 뽑은 코드 중에 CD를 굽는 부가 장치에 연결된 코드가 있었으니 그의 옛 친구가 마음만 먹었다면 카메라에 찍힌 화면을 얼마든지 DVD로 만들 수 있었을 것이다.

모리스는 DVD를 찾아서 체계적으로 카운터를 뒤진다. 서랍이 전부 합해서 다섯 개다. 처음 네 군데에는 별 게 없는데 무릎 위쪽 서랍이 잠겨 있다. 의미심장하다. 모리스가 앤디의 열쇠 뭉치에서 가장 작은 열쇠로 서랍을 열자 노다지가 나온다. 그의 옛 친구가 문신으로 뒤덮인 땅딸막한 젊은 남자에게 입으로 해주는 예닐곱 장의 적

나라한 사진에는 관심이 없지만 총도 있다. 지나치게 얌전하고 장식이 과한 P238 지크 자우어인데 빨간색과 검은색으로 되어 있고 총신을 따라서 금박으로 소용돌이 모양의 꽃무늬가 새겨져 있다. 탄창을 꺼내 보니 꽉 차 있다. 그는 탄창을 다시 끼우고 권총을 카운터에 올려놓는다. 이런 건 챙겨야 한다. 서랍 깊숙이 뒤져 보니 저 뒤편에 아무 글씨도 적히지 않은 하얀색 봉투가 있는데 덮개를 밀봉하지 않고 그냥 안으로 접어서 넣었다. 그는 지저분한 사진들이 들어 있겠거니 하고 봉투를 열었다가 돈이 보이자 기뻐한다. 적어도 500달러는 됨직하다. 그의 운이 아직 다하지 않은 것이다. 그는 봉투를 권총 옆에 놓는다.

그게 전부라서 그는 DVD가 있더라도 앤디가 다른 데 있는 금고에 넣었나 보다고 결론을 내리려고 한다. 그런데 행운의 여신이 아직 모리스 벨러미의 곁을 떠나지 않았다. 그가 자리에서 일어나다 뭐가 잔뜩 쌓여 있는 카운터 왼쪽의 책꽂이에 어깨를 부딪친 것이다. 오래 된 책들이 바닥으로 와르르 쏟아지는데 그 뒤에 고무줄로 묶은 플라스틱 DVD 케이스 몇 개가 있다.

"안녕, 얘들아." 모리스는 나지막이 중얼거린다. "안녕, 얘들아."

그는 다시 앉아서 카드를 섞는 사람처럼 DVD 케이스를 잽싸게 뒤진다. 앤디가 까만색 매직으로 일일이 제목을 적어 놓았다. 그가 찾는 DVD는 딱 하나, 맨 마지막 것이고 반짝이는 겉면에 '호킨스'라고 적혀 있다.

(억장이 무너졌던 어젯밤을 벌충이라도 하려는 듯) 오늘 운수 대통이기는 하지만 무리할 필요는 없다. 모리스는 컴퓨터, 총, 돈 봉투, 호킨

스라고 적힌 DVD를 챙겨서 가게 앞쪽으로 간다. 가게 앞을 지나가는 사람들은 못 본 척하고 가방에 물건들을 쑤셔 넣는다. 어느 곳에 가든 거기가 내 자리인 양 태연하게 굴면 대부분의 사람들도 그런가 보다고 받아들인다. 그는 당당하게 빠져나와서 등 뒤로 문을 잠근다. CLOSED 팻말이 잠깐 흔들렸다가 잠잠해진다. 모리스는 그라운드 호그스 모자 챙을 내리고 걸음을 옮긴다.

벌레똥 궁궐로 돌아가기 전에 바이츠 앤드 바이츠라는 컴퓨터 카페에 들른다. 앤디 홀리데이의 12달러로 맛은 개떡 같으면서 더럽게 비싸기만 한 커피와, 컴퓨터에 DVD 플레이어가 달린 칸막이 자리 20분 이용권을 결제한다. 그가 들고 나온 DVD를 확인하는 데 5분도 안 걸린다. 그의 옛 친구가 가짜 안경을 쓰고 아버지에게 콧수염을 빌린 듯한 남자아이와 대화를 나누고 있다. 첫 번째 화면에서는 소버스가 『올림포스에서 보낸 편지』일 수밖에 없는 책과 앤디가 말한 복사본일 수밖에 없는 종이 몇 장이 든 봉투를 들고 있다. 두 번째 화면에서 소버스와 앤디가 옥신각신하는 것처럼 보인다. 미니 영화 같은 이 흑백 화면에서 소리는 들리지 않지만 그래도 괜찮다. 남자아이가 뭐라고 했건 무슨 상관인가. 둘이서 옥신각신한 두 번째 화면에서는 다음번에는 손도끼를 들고 오겠어, 이 돼지 새끼야, 라고 했을지도 모를 일이다.

모리스는 웃는 얼굴로 바이츠 앤드 바이츠를 나선다. 카운터 직원이 따라서 미소를 지으며 말한다.

"즐거운 시간 보내셨나 봐요."

"네." 인생의 3분의 2가 넘는 시간을 감옥에서 보낸 남자는 이렇게 대답한다. "그런데 커피 맛은 개떡 같네. 네 대가리에다 확 부어 버릴까 보다."

카운터 직원의 얼굴에서 미소가 사라진다. 이곳을 드나드는 손님들 중에는 정신병자들이 많다. 그들 앞에서는 아무 소리도 하지 말고 두 번 다시 발걸음을 하지 말아주길 바라는 게 상책이다.

7

호지스는 홀리에게 주말에 몇 시간 동안만큼은 레이지보이에 널브러져서 야구경기를 볼 거라고 얘기했던 것처럼 일요일 오후에 인디언스 경기를 3회까지 시청하지만 왠지 모르게 좀이 쑤셔서 외출을 하기로 한다. 옛 친구는 아니지만 옛 지인을 찾아갈 생각이다. 갈 때마다 그는 이번이 마지막이라고, 이래 봐야 무슨 소용이냐고 속으로 중얼거린다. 그냥 하는 말이 아니라 진심으로 그렇게 다짐한다. 그러다―4주 아니면 8주 아니면 10주 뒤에― 다시 그곳을 찾아간다. 뭔가가 그의 등을 그쪽으로 떠민다. 게다가 아직 3회밖에 안 됐는데 인디언스가 레인저스에게 5점 차로 지고 있다.

그는 텔레비전을 끄고 낡은 경찰 체육 리그 티셔츠를 걸치고 (몸집이 육중했던 시절에는 티셔츠를 피했는데 지금은 허리춤 위로 볼록 나온 부분 거의 없이 일자로 떨어져서 좋다.) 문단속을 한다. 일요일이라 차가 별로 없어서 20분 만에 거대한 수준을 넘어서 콘크리트 건물이 여기저기로 얼기설기 뻗어 나간 존 M. 카이너 병원 방문객 주차장의 세 번째 줄에 프리우스를 주차할 수 있다. 그는 주차장 엘리베이터로 걸어가면서 환자가 아니라 문병객으로 이 병원을 찾은 데 습관처럼 감사 기도를 드린다. 이렇게 제대로 고마움을 표현하는 와중에도 뼈저리게 실감하다시피 인간은 누구나 이 병원 아니면 나름대로 괜찮지만 훌륭하지는 않은 다른 세 군데 병원의 환자가 될 수밖에 없는 운명이다. 인생에 무임승차는 없어서 아무리 튼튼한 배라도 꾸룩꾸룩꾸룩 침몰하게 되어 있다. 그걸 상쇄할 수 있는 유일한 방법은 물에 떠 있는 동안 하루하루를 최대한 보람차게 보내는 것밖에 없다.

그런데 그렇게 믿는 사람이 여길 찾아온 이유가 뭘까?

이런 생각이 들자 오래전에 듣거나 읽었는데 워낙 간단해서 뇌리에 박힌 싯구가 떠오른다. *아, 이게 뭐냐고 묻지 말고 우리 그냥 찾아갑시다*(T. S. 엘리엇의 「J. 알프리드 프루프록의 연가」의 일부분이다 — 옮긴이).

8

대형 시립 병원에서는 길을 잃기 십상이지만 호지스는 워낙 자주 왔던 곳이라 요즘은 길을 묻기보다 가르쳐 주는 쪽이다. 주차장 엘리베이터에서 내리면 지붕으로 덮인 인도가 나온다. 인도를 따라가면 열차 터미널만 한 로비가 나온다. A구역 엘리베이터를 타고 3층에서 내려 고가도로로 카이너 대로를 건너면 벽은 차분한 분홍색이고 전반적으로 조용한 최종 목적지에 도착한다. 안내 데스크 위에 이런 안내문이 걸려 있다.

레이크 리전 외상성 뇌손상 병동에
오신 것을 환영합니다.
휴대전화나 기타 통신기기의 사용은
자제해 주시기 바랍니다.
조용한 환경을 유지할 수 있도록
협조해 주셔서 감사합니다.

호지스는 방문객 배지가 기다리고 있는 안내 데스크로 다가간다. 수간호사는 그를 안다. 4년 동안 만났으니 오랜 친구나 다름없다.

"가족들은 다 잘 지내요, 베키?"

그녀는 다 잘 지낸다고 대답한다.

"아드님 팔 부러진 건 나았고요?"

그녀는 나았다고 대답한다. 깁스를 풀었고 1주, 길어야 2주 지나면 팔걸이도 뺄 거라고 한다.

"잘됐네요. 이 친구는 병실에 있어요 아니면 물리치료 받고 있어요?"

그녀는 병실에 있다고 대답한다.

호지스는 어떤 환자가 주 정부의 보조금으로 입원 중인 217호를 향해 느긋하게 걸어간다. 중간에 간호사들이 도서관 앨이라고 부르는 잡역부를 만난다. 육십 대 남자인데 — 늘 그렇듯 — 페이퍼백과 신문이 가득 든 카트를 밀고 있다. 요즘에는 그의 오락거리 창고에 새로운 물건이 추가됐다. 소형 게임기가 가득 든 조그만 플라스틱 통이다.

"안녕하세요, 앨." 호지스가 말한다. "잘 지내죠?"

앨은 평소에는 말이 많은데 오늘 오후는 비몽사몽인 듯하고 눈 밑이 붉으죽죽하다. '힘든 밤을 보낸 모양이로군.' 호지스는 이렇게 생각하며 재미있어 한다. 그도 힘든 밤을 몇 번 보낸 적이 있기에 어떤 증상들이 나타나는지 안다. 그는 무대에 오른 최면술사처럼 앨의 눈앞에 대고 손가락을 퉁길까 하다가 그런 못된 짓은 하지 않기로 한다. 숙취의 끝자락 속에서 평화롭게 몸부림치도록 내버려 두자. 오후인데 이 정도면 오늘 아침에는 어땠을지 상상조차 하기 싫다.

하지만 앨은 정신을 차리더니 지나가려는 호지스를 향해 미소를 짓는다.

"안녕하세요, 형사님! 오랜만에 오셨네요."

"이제는 그냥 일반인이 됐어요. 앨, 괜찮은 거예요?"

"그럼요. 그냥 뭘 좀 생각하느라……" 앨은 어깨를 으쓱한다. "아이고, 뭘 생각하고 있었는지도 모르겠네." 그는 웃음을 터뜨린다. "빙충이는 나이를 먹는 것도 힘드네요."

"나이를 먹기는요. 그런 말 못 들었어요? 요즘 육십은 예전 사십이래요."

앨은 코웃음을 친다.

"그거야 개나 소나 하는 헛소리 아니에요?"

호지스도 전적으로 동의하는 바다. 그는 카트를 가리킨다.

"우리 친구가 책을 빌려달라거나 그런 적 없겠죠?"

앨은 또 코웃음을 친다.

"하츠필드요? 베렌스타인 베어스 책도 못 읽는데요?" 그는 심각한 표정으로 자기 이마를 두드린다. "여기가 아예 곤죽이 됐어요. 그런데 가끔 이건 빌리려고 할 때가 있더라고요." 그는 재핏 게임기를 들어 보인다. 여자애들이 좋아할 만한 밝은 분홍색이다. "안에 게임이 들었거든요."

"게임을 해요?" 호지스는 놀라워한다.

"에이, 아니에요. 운동 능력이 맛이 갔는걸요. 하지만 내가 바비 패션쇼나 피싱 홀 같은 게임 데모를 틀어 주면 몇 시간씩 보고 있어요. 똑같은 게 계속 반복되는데 그 친구가 그걸 알겠어요?"

"모르겠죠."

"정답입니다. 삑, 붑, 오잉, 이런 소리도 좋아하는 것 같아요. 두 시간 뒤에 다시 들어가 보면 배터리가 다 나가서 화면이 꺼진 단말기가 침대나 창턱에 놓여 있더라고요. 뭐 어때요. 단말기야 세 시간만 충전하면 다시 쓸 수 있는데. 하지만 그 친구는 재충전이 안 되죠. 어쩌면 다행스러운 일일지 모르겠지만."

앨은 고약한 냄새라도 맡은 것처럼 콧잔등을 찡그린다.

'그럴 수도 있고 아닐 수도 있죠.' 호지스는 생각한다. 그는 상태가 호전되지 않는 이상 여기 이곳의 쾌적한 병실에서 지내게 된다. 전망은 그저 그렇지만 에어컨과 컬러 텔레비전이 있고 가끔 밝은 분홍색의 재핏 단말기를 들여다볼 수 있다. 만약 그가 심신 실신 상태에서 벗어나면─법적으로 보장이 된 자기변호를 할 수 있게 되면─아홉 명의 살인을 비롯해서 십여 건의 범행으로 재판을 받아야 한다. 검찰 측에서 음독으로 사망한 이 개자식의 어머니까지 포함하기로 하면 숫자가 열 명으로 늘어난다. 재판을 받으면 평생 웨인스빌 주립 교도소에서 썩어야 할 것이다.

에어컨도 없는 그곳에서.

"쉬엄쉬엄 해요, 앨. 피곤해 보이는데."

"아니에요, 괜찮아요, 허친슨 형사님. 문병 잘하고 가세요."

앨은 카트를 밀며 움직이고 호지스는 미간을 찌푸린 채 그의 뒷모습을 바라본다. 허친슨? 그건 어디서 나온 이름이지? 호지스는 몇 년째 이 병원을 드나드는 중이고 앨은 그의 이름을 정확하게 안다. 적어도 예전에는 그랬다. 맙소사, 치매가 시작된 건 아니어야 할 텐데.

처음 넉 달인가 동안은 경비 두 명이 217호 문 앞을 지켰다. 그 이후에는 한 명으로 줄었다. 지금은 아무도 없다. 브래디를 감시하는 것은 시간 낭비, 돈 낭비이기 때문이다. 혼자서는 화장실도 제대로 못 가는 범인이라 도주의 위험이 별로 없다. 외곽의 좀 더 저렴한 시설로 옮기자는 이야기가 해마다 나오지만 검찰 측에서 뇌손상을 입었건 안 입었건 엄밀히 따지면 이 양반은 재판을 기다리는 상태라고 매번 강조한다. 병원 측에서 부담하는 비용이 많기 때문에 여기에 두면 신경을 덜 써도 된다. 이 병원 신경과에서―특히 펠릭스 배비노 과장이― 브래디 하츠필드를 아주 흥미로운 사례로 여기고 있다.

오늘 오후에 그는 청바지와 체크 무늬 셔츠를 입고 창가에 앉아 있다. 머리가 길어서 잘라야겠지만 햇빛을 받고 금빛으로 반짝인다. '미용하는 여자가 저 머리를 보면 손으로 훑고 싶겠네.' 호지스는 생각한다. '저자가 어떤 괴물인지 알면 얘기가 달라지겠지만.'

"안녕, 브래디."

하츠필드는 아무 반응이 없다. 창밖을 내다보고 있지만 보이는 거라고는 벽돌로 된 주차장 벽뿐일 텐데 그걸 보는 걸까? 호지스가 병실 안으로 들어왔다는 걸 알고는 있는 걸까? 어떤 사람이 병실 안으로 들어왔다는 걸 알고는 있는 걸까? 신경과에서도 궁금해할 만한 부분들이다. 이 녀석이 괴물이었던 시절은 끝난 걸까 아니면 여전히 현재 진행형일까 생각하며 침대 끝에 걸터앉은 호지스도 궁금하긴 마찬가지다.

"오랜만이야. 육지에 내린 선원이 코러스 걸을 보면 이렇게 말하겠지?"

하츠필드는 아무 대답이 없다.

"케케묵은 농담이라는 거 나도 알아. 우리 딸아이한테 물어보면 알겠지만 내가 아는 이런 농담이 수백 가지는 되거든. 몸은 좀 어때?"

하츠필드는 아무 대답이 없다. 길고 하얀 손가락으로 느슨하게 깍지 낀 두 손은 무릎 위에 얹어놓았다.

2009년 4월에 브래디 하츠필드는 홀리의 이모가 몰던 메르세데스 벤츠를 훔쳐 타고 시티 센터에 모인 구직자들을 향해 계획적으로 고속 돌진했다. 이 사건으로 여덟 명이 사망했고, 피터와 티나의 아버지인 토머스 소버스를 비롯해서 열두 명이 중상을 입었다. 그는 잡히지 않았다. 그런데 이때 하츠필드가 저지른 실수가 있다면 당시 퇴직 형사였던 호지스에게 도발성 편지를 보냈다는 것이었다.

이듬해에 브래디는 홀리의 사촌이자 호지스와의 사이에서 사랑이 싹터 가던 여인을 살해했다. 인과응보이겠지만 브래디 하츠필드가 보이밴드 콘서트장에서 폭탄을 터뜨려 수천 명의 아이들을 살해하려던 찰나, 호지스의 해피 슬래퍼를 휘둘러서 말 그대로 그의 머리를 뭉개고 그의 시계를 멈춘 주인공이 홀리였다.

1차 강타로 하츠필드의 두개골에 금이 갔지만 돌이킬 수 없다는 진단을 받은 손상의 원인은 2차 강타였다. 그는 혼수상태로 외상성 뇌손상 병동에 입원했고 깨어날 가망성이 없어 보였다. 배비노 박사의 진단에 따르면 그랬다. 그런데 천둥이 치고 어두컴컴했던 2011년 11월의 어느 날 밤에 하츠필드는 깨어나서 링거 병을 교환하러 들어온 간호사에게 말을 걸었다. (그 순간에 대해 생각할 때마다 "살아 있어! 살아 있어!"라고 외치는 프랑켄슈타인 박사가 호지스의 머릿속에 떠오른다.) 하츠필드는 머리가 아프다며 자기 어머니의 안부를 물었다. 호출을 받고 달려온 배비노 박사가 외안 운동이 되는지 확인하기 위해 자기 손가락을 따라서 눈을 움직여보라고 했을 때 하츠필드는 시키는 대로 할 수 있었다.

그 뒤로 30여 개월 동안 브래디 하츠필드는 여러 번 입을 열었다 (호지스에게 말을 건넨 적은 한 번도 없었다.). 대개는 어머니의 안부를 확인했다. 죽었다는 얘기를 들으면 알겠다는 듯이 고개를 끄덕였다가도…… 하루나 1주일 뒤에 다시 물었다. 이제 그는 물리 치료실에서 간단한 지시를 따를 수 있고 잡역부의 부축 아래 어기적거리는 수준이기는 해도 걸음 비슷한 것을 걸을 수 있다. 컨디션이 좋은 날에는 혼자 식사를 할 수 있지만 옷은 혼자 갈아입지 못한다. 분류상으로는 반긴장증 환자로 거의 하루 종일 병실에 앉아서 창밖으로 주차장을 내다보거나 벽에 걸린 꽃 그림을 쳐다본다.

그런데 지난해인가부터 브래디 하츠필드 주변에서 특이한 사건들이 발생했고 덕분에 그는 외상성 뇌손상 클리닉에서 전설 비슷한 존재가 되었다. 들리는 소문과 추측이 한두 가지가 아니다. 배비노 박사는 코웃음을 치며 노코멘트로 일관하지만…… 몇몇 잡역부와 간호사들은 언제든 대화에 응할 자세가 되어 있고 어떤 전직 경찰관은 몇 년째 그들의 이야기를 열심히 귀담아 듣고 있다.

호지스는 무릎 사이로 두 손을 늘어뜨리고 몸을 앞으로 내밀어서 하츠필드를 보며 미소를 짓는다.

"이게 다 연기야, 브래디?"

브래디는 아무 대답이 없다.

"뭐 하러 그래? 여기가 됐건 다른 데가 됐건 평생 어딘가에 갇혀서 지내야 할 텐데."

브래디는 아무 대답이 없지만 무릎에 얹었던 한쪽 손을 천천히 든다. 하마터면 그 손으로 눈을 찌를 뻔하지만 이내 조준점을 제대로 맞춰서 이마를 덮은 머리칼을 쓸어넘긴다.

"너희 어머니에 대해서 묻고 싶나?"

브래디는 아무 대답이 없다.

"죽었어. 관 속에서 썩고 있지. 네가 넣은 쥐약을 먹는 바람에. 분명 괴로웠을 텐데. 괴로워하면서 죽어 가던가? 네가 옆에 있었어? 옆에서 보고 있었어?"

대답이 없다.

"듣고 있나, 브래디? 똑, 똑. 여보세요?"

대답이 없다.

"듣고 있을 거라고 봐. 듣고 있길 바라고. 아, 내가 뭐 하나 얘기해 줄까? 내가 예전에는 술을 엄청 마셨거든. 그 시절을 생각하면 가장 생생하게 기억나는 게 뭔지 알아?"

무응답이다.

"숙취. 모루를 때리는 망치처럼 울리는 머리를 부여잡고 일어나려 고 애를 썼던 거. 볼일을 보면서 간밤에 내가 무슨 짓을 했을지 궁금 해했던 거. 가끔은 내가 무슨 수로 집에 들어왔는지 기억이 안 날 때 도 있었거든. 그리고 움푹 들어간 데는 없는지 차를 훑어봤던 거. 우 라질 내 머릿속에서 길을 잃어서 빠져나갈 문을 찾는데 모든 게 드 디어 정상으로 돌아가기 시작하는 정오 무렵은 돼야 찾을 수가 있 었지."

이 말을 하고 나니 도서관 앨이 잠깐 생각난다.

"네가 지금 그런 상태이길 바란다, 브래디. 반쯤 망가진 머릿속을 헤매며 나갈 길을 찾는 상태이길. 그런데 지금 너는 나갈 길이 없어. 숙취가 계속되는 거지. 내 짐작이 맞는 거냐? 맞았으면 좋겠는데."

그의 손이 아프다. 내려다보니 손톱이 손바닥을 파고들고 있다. 그 는 깍지를 풀고 빨간색으로 차오르기 시작하는 초승달 모양의 하얀 상처를 쳐다본다. 그는 다시 미소를 짓는다.

"그냥 해본 소리야, 친구. 그냥 해본 소리. 너는 뭐 할 말 없나?"

하츠필드는 아무 말도 하지 않는다.

호지스는 자리에서 일어난다.

"알았다. 창가에 앉아서 나갈 방법을 계속 고민해 봐. 있지도 않은 방법을. 네가 그러는 동안 나는 나가서 시원한 바람이나 쏘여야겠어. 날이 좋거든."

의자와 침대 사이의 테이블에 하츠필드가 어머니와 함께 살았던 엘름 가에서 호지스가 맨 처음 본 사진이 놓여 있다. 그보다 크기가 작고 단순한 은색 액자에 들어 있다. 브래디와 그의 어머니가 어딘지 모를 바닷가에서 서로 어깨동무를 하고 뺨을 맞댄 사진인데 모자 지간이라기보다 남자친구, 여자친구에 가까워 보인다. 호지스가 나가려고 몸을 돌리자 사진이 탁 하는 무미건조한 소리와 함께 쓰러진다.

그는 사진을 쳐다보다 하츠필드를 쳐다보다 다시 엎어진 사진을 쳐다본다.

"브래디?"

대답이 없다. 그는 대답을 하는 법이 없다. 적어도 그에게는 그렇다.

"브래디, 네가 한 짓이냐?"

무응답이다. 브래디는 다시 느슨하게 깍지 낀 손을 얹어놓은 자기 무릎을 물끄러미 내려다보고 있다.

"간호사들이 그러는데……" 호지스는 말끝을 흐린다. 그는 사진을 조그만 스탠드에 다시 세운다. "네가 한 거라면 다시 해봐."

하츠필드는 아무 반응도 보이지 않고 사진도 아무 변화가 없다. 행복했던 시절의 어머니와 아들. 드보라 앤 하츠필드와 그녀의 허니 보이.

"알았어, 브래디. 나중에 또 만나자. 간다."

그는 이렇게 말하면서 등 뒤로 문을 닫는다. 그러는 동안 브래디 하츠필드는 잠깐 고개를 든다. 그리고 미소를 짓는다.

테이블 위에서 사진이 또다시 쓰러진다.

탁.

9

엘런 브랜, 노스필드 고등학교에서 판타지와 호러 문학 수업을 들은 학생들 사이에서는 브랜 스토커라고 불리는(『드라큘라』의 작가 브램 스토커를 차용한 별명이다—옮긴이) 그녀가 리버 벤드 리조트 앞에 주차된 스쿨버스 문 앞에 서 있다. 손에는 휴대전화를 쥐고 있다. 일요일 오후 4시이고 학생이 한 명 없어졌다고 911에 연락하려는 참이다. 바로 그때 피터 소버스가 식당이 있는 쪽 모퉁이를 돌아 나오는데 어찌나 전속력으로 달리는지 앞머리가 뒤로 날려서 이마가 다 드러날 지경이다.

엘런은 학생들이 잘못을 저지르면 반드시 바로잡고 늘 교사의 선을 지키며 친구처럼 굴지 않는데, 이번만큼은 체면이고 뭐고 내던지고 숨이 거의 막힐 지경으로 피트를 으스러져라 끌어안는다. 버스 안에서 기다리고 있던 노스필드 고등학교의 다른 임원들과 임원 내정자들이 성의 없게 야유의 박수를 친다.

엘런은 포옹을 풀고 그의 어깨를 잡더니 또다시 지금까지 학생들을 상대로 한 번도 한 적 없는 행동을 보인다. 어깨를 잡고 세게 흔든 것이다.

"어디 갔었니? 오전에 세미나 세 개도 건너뛰고 점심도 거르고 경찰에 연락할 뻔했잖아!"

"죄송해요, 브랜 선생님. 속이 안 좋아서 시원한 공기를 마시면 괜찮을 줄 알았어요."

브랜 선생님—미국 역사뿐 아니라 미국 정치까지 가르치기 때문에 감독관 겸 지도교사로 이번 주말 행사에 따라온—은 그의 말을 믿기로 한다. 피트가 지금까지 한 번도 말썽을 일으킨 적 없는 모범생인 데다 정말로 아파 *보이기* 때문이다.

"그럼…… 미리 얘기를 했어야지." 그녀가 말한다. "차를 얻어 타고 돌아가거나 뭐 그런 줄 알았잖니. 너한테 무슨 일이 생기면 내가 욕을 먹는다고. 현장학습 나오면 너희들이 내 책임인 거 몰라?"

"시간이 이렇게 된 줄 몰랐어요. 구역질이 나는데 안에서 하기 싫어서요. 뭘 잘못 먹었나봐요. 아니면 위장염이던지."

뭘 잘못 먹어서 그런 것도 아니고 위장염도 아니지만 구역질이 난 건 사실이다. 신경성이다. 좀 더 정확히 말하자면 순도 백 퍼센트의 공포 때문이다. 내일 앤드루 홀리데이를 만날 생각을 하면 겁이 난다. 잘 될 수도 있고 잘 될 가능성이 있다는 걸 그도 알지만 움직이는 바늘에 실 꿰기나 다름없다. 잘못 되면 그는 부모님과 마찰이 생길 테고 경찰하고도 마찰이 생길 것이다. 사회 배려자건 뭐건 대학 장학금도 물 건너간 얘기가 된다. 심지어 감옥에 갈 수도 있다. 그래서 그는 4000제곱미터에 달하는 리조트 부지를 열십자로 교차하는 오솔길을 하루 종일 걸으며 고민에 고민을 거듭했다. 뭐라고 말을 할 것인지, 홀리데이는 뭐라고 말을 할 것 같은지, 그 말을 듣고 그는 뭐라고 대꾸할 것인지. 그러다 보니 시간이 가는 줄 몰랐다.

그 염병할 트렁크를 보지 못했더라면 얼마나 좋았을까 싶다.

그는 생각한다. '하지만 나는 도리를 다하려고 했을 뿐이야. 망할, 그랬을 뿐이라고!'

엘런은 아이의 눈에 고인 눈물을 보고 그의 얼굴이 얼마나 야위었는지 처음으로 — 어쩌면 헌팅족이나 기르고 다님직한 그 한심한 수염을 깎아서 그랬을지 모른다 — 알아차린다. 이제 보니 해골이 되기 직전이다. 그녀는 핸드백에 휴대전화를 넣고 티슈를 꺼낸다.

"얼굴 닦아." 그녀가 말한다.

버스 안에서 누군가가 외친다.

"야, 소버스! 좀 괜찮아졌냐?"

"시끄러워, 제러미." 엘런은 뒤를 돌아보지도 않고 말한다. 그런 다음 이번에는 피트에게 말한다. "오늘 벌인 이 깜찍한 사고를 감안하면 1주일 동안 방과 후에 남는 벌을 내려야 마땅하겠지만 봐주마."

그도 그럴 것이 1주일 동안 방과 후에 남게 하려면 노스필드 고등학교의 학생주임이기도 한 워터스 교감에게 구두로 보고를 해야 한다. 그러면 워터스는 그녀의 행적을 따지고 들 테고, 그녀가 그 전날 저녁 식당에서부터 피트 소버스를 보지 못했노라고 마지못해 실토하면 왜 일찌감치 경보를 울리지 않았느냐고 캐물을 것이다. 그는 거의 24시간 동안 그녀의 시야와 감독에서 벗어나 있었던 셈인데 학교가 주관한 현장학습에서 그 지경이었다니 너무 심한 거였다.

"고맙습니다, 브랜 선생님."

"구역질은 멎었니?"

"네. 이제 빈 속이에요."

386

"그럼 버스 타. 집에 가자."

피트가 계단을 올라가서 통로를 걸어가자 또다시 야유의 박수가 터진다. 그는 아무렇지도 않은 척 애써 미소를 짓는다. 시커모어 가에 있는 그의 방에 숨어서 이 악몽이 끝나는 내일이 찾아올 때까지 기다리고 싶은 마음뿐이다.

10

병원에 갔던 호지스가 집에 돌아와 보니 하버드 티셔츠를 입은 잘생긴 청년이 두툼한 페이퍼백을 읽고 있다. 표지에 그리스 아니면 로마 전사들이 잔뜩 그려진 책이다. 그의 옆에는 아이리시 세터가 앉아 있는데 화목한 가정에서 자라는 개들의 기본 표정이라 할 수 있는 태평한 미소를 짓고 있다. 호지스가 차고로 쓰는 조그만 달개집에 들어서자 청년과 개, 양쪽 모두 일어선다.

청년은 한쪽 주먹을 내밀고 잔디밭 중간까지 마중을 나온다. 호지스는 흑인인 제롬의 정체성을 인정하는 뜻에서 그와 주먹을 부딪치고, 앵글로색슨계 백인 신교도인 그 자신의 정체성을 인정하는 뜻에서 그와 악수를 한다.

제롬은 호지스의 팔뚝을 잡고 뒤로 물러나서 그를 위아래로 훑어본다.

"우와!" 그는 탄성을 지른다. "이렇게 날씬해지실 수가!"

"걷기 운동을 하고 있거든. 그리고 비 오는 날에 대비해서 러닝머신도 샀지."

"잘하셨어요! 만수무강하시겠네요!"

"그랬으면 좋겠네." 호지스는 말하고 허리를 숙인다. 개가 앞발을
내밀자 호지스는 개하고도 악수를 한다. "잘 지냈니, 오델?"

오델은 짖는다. 아마 잘 지냈다는 뜻일 것이다.

"들어가자. 콜라 있어. 맥주 마시고 싶으면 맥주도 있고."

"콜라 좋아요. 오델한테는 물 좀 주세요. 걸어왔거든요. 오델이 예
전처럼 빨리 걷질 못하네요."

"오델 밥그릇을 싱크대 밑에 보관하고 있지."

그들은 안으로 들어가서 얼음을 넣은 코카콜라로 건배를 한다. 오
델은 물을 핥아 먹고 습관처럼 텔레비전 옆자리로 가서 대자로 뻗는
다. 호지스는 퇴직하고 처음 몇 개월 동안은 텔레비전 중독자처럼 지
냈지만 지금은 스코트 펠리가 진행하는 「CBS 이브닝 뉴스」나 가끔
인디언스 경기를 볼 때가 아니면 텔레비전을 켜는 일이 거의 없다.

"심박 조율기는 어때요, 빌?"

"있는지도 모르겠어. 그래서 좋아. 이름이 뭐라더라 하는 여자친
구랑 피츠버그에 있는 무슨 성대한 컨트리클럽 댄스파티에 간다더
니 어떻게 된 거야?"

"잘 안 됐어요. 우리 부모님 표현을 빌자면 이름이 뭐라더라 하는
그 여자친구랑 저는 학문적인 관심사와 개인적인 관심사가 양립이
되지 않는다는 사실을 깨달은 거죠."

호지스는 눈썹을 추켜세운다.

"전공은 철학이고 부전공은 고대 문화인 학생이 너무 변호사처럼

얘기하는 거 아니냐?"

제롬은 콜라를 한 모금 마시고 긴 다리를 대자로 뻗으며 씩 웃는다.

"진실을 알려드려요? 이름이 뭐라더라 하는 여자친구—일명 프리실라—가 고등학교 때 사귀었던 남자친구의 질투심을 자극하려고 저를 이용한 거였어요. 속이고 거기까지 끌고 가서 미안하다며 그래도 친구처럼 지냈으면 좋겠다는 둥 어쩌고저쩌고 하더라고요. 조금 당황스럽기는 했지만 모두를 위해서 이게 최선인 것 같아요." 그는 하던 말을 잠깐 멈춘다. "자기 방 책꽂이에 바비랑 브래츠 인형들을 아직까지 모셔 놓고 있는 걸 보고 솔직히 흠칫했어요. 그녀가 저를 사랑의 수프를 끓이는 단지를 젓는 막대기로 이용했다는 사실을 우리 부모님은 아셔도 별로 상관없는데 아저씨가 얘기해서 바브스터가 알게 되면 죽을 때까지 그 얘길 할 거예요."

"입 꾹 다물게. 그래서 이제 뭐할 건데? 매사추세츠로 돌아가는 거냐?"

"아뇨. 여름방학 동안 여기서 지내려고요. 부두에서 컨테이너 나르는 아르바이트도 하고."

"하버드 학생한테 어울리는 일이 아니잖아, 제롬."

"저한테는 어울리는 일이죠. 작년 겨울에 중장비 면허도 땄겠다, 보수도 훌륭하겠다, 그리고 부분 장학금을 받아도 하버드 학비가 만만치 않아요." 타이론 필굿 딜라이트가 고맙게도 아주 잠깐 동안 찬조 출연한다. "이 깜둥이는 바지선을 끌고 짐짝을 옮길 겁니다요, 호지스 나리!" 그러고는 눈 깜빡할 새 다시 제롬으로 돌아온다. "잔디누가 깎고 있어요? 제법 잘 깎았는데요? 제롬 로빈슨 수준은 아니지만 제법 괜찮아요."

"이 블록 끝에 사는 아이가. 그냥 인사하러 들른 거니, 아니면……?"

"바브라하고 그 친구 티나한테 엄청난 이야기를 들었어요. 티나가 처음에는 머뭇거렸는데 바브라의 설득에 넘어갔죠. 바브라가 그런 걸 잘하거든요. 저기, 티나의 아버지가 시티 센터에서 그때 다쳤던 거 아시죠?"

"응."

"만약 그 아이 오빠가 보낸 돈으로 그 가족이 버틸 수 있었던 거라면 고마운 일인데…… 그 돈이 어디서 났을까요? 아무리 열심히 생각해 봐도 모르겠어요."

"나도 마찬가지다."

"티나가 그러는데 아저씨께서 그 오빠한테 물어보실 거라면서요."

"내일 방과 후에 만날 생각이야."

"홀리도 알아요?"

"어느 정도는. 지금 뒷조사를 하고 있어."

"멋진데요?" 제롬은 활짝 웃는다. "저도 내일 같이 가면 어때요? 왕년의 밴드 멤버끼리 다시 뭉치는 거예요! 히트곡을 전부 다 연주해 보자고요!"

호지스는 고민해 본다.

"글쎄다, 제롬. 나처럼 나이를 먹을 만큼 먹은 사람이 혼자 찾아가면 소버스 군이 별로 당황하지 않을지 몰라. 하지만 둘이 찾아가면, 게다가 그중 하나는 키 190센티미터의 거친 흑인이라면……"

"15라운드를 뛰었는데도 나 아직 멀쩡해요!" 제롬은 깍지 낀 손을 머리 위로 들고 흔들며 이렇게 외친다. 오델이 귀를 눕힌다. "아직 멀쩡하다고요! 흉측한 곰처럼 생긴 소니 리스턴은 나를 건드리지도 못했어요! 나는 나비처럼 날아서 벌처럼……(무하마드 알리가 소니 리스턴을 꺾고 헤비급 세계챔피언 벨트를 차지했을 때 했던 말이다 — 옮긴이)" 그는 호지스의 차분한 표정을 살핀다. "알았어요, 죄송해요, 제가 가끔 헛소리를 할 때가 있어요. 어디서 그 아이를 기다리실 거예요?"

"교문 앞에서 기다릴 생각이었는데. 애들이 학교 끝나면 나오는 거기 말이다."

"애들이 전부 다 그 길로 나오지는 않아요. 티나가 아저씨한테 얘기했다고 실토하면 그 아이는 특히 그 길로 나오지 않겠죠." 그는 뭐라고 말을 하려는 호지스를 보고 손을 든다. "티나는 얘기하지 않겠다고 하지만 오빠들 눈에는 여동생의 속이 훤히 들여다보여요. 여동생을 둔 사람으로서 장담할 수 있어요. 누군가가 자기한테 뭘 물어볼 거라는 걸 알면 그 아이는 뒤편의 미식축구 경기장을 가로질러서 웨스트필드 가로 나갈 거예요. 제가 거기다 차를 대놓고 기다리다가 그 아이가 보이면 아저씨한테 전화할게요."

"그 아이 얼굴을 아니?"

"네. 티나가 지갑에 사진을 들고 다니더라고요. 저도 끼워 주세요, 빌. 바비가 그 친구를 좋아해요. 저도 그렇고요. 그리고 우리 여동생이 옆에서 채찍질을 하긴 했겠지만 아저씨를 찾아간 용기가 가상하잖아요."

"그야 알지."

"그리고 저도 궁금해서 미치겠거든요. 티나 말로는 자기 오빠가 열세 살밖에 안 됐을 때부터 돈이 배달되기 시작했다던데. 그 어린 나이에 그렇게 많은 돈이 수중에 들어오다니……" 제롬은 고개를 젓는다. "난처한 상황에 빠질 만도 하죠."

"그렇지. 끼고 싶으면 끼워 주마."

"역시!"

이렇게 외치고 나면 주먹끼리 서로 부딪쳐야 한다.

"네가 노스필드를 졸업했잖아, 제롬. 정문이랑 웨스트필드 가 말고 다른 데로 빠져나갈 길이 있니?"

제롬은 기억을 더듬어 본다.

"지하로 내려가면 예전에 흡연 구역으로 쓰였던 옆쪽으로 나가는 문이 있거든요. 거길 지나서 강당을 통과하면 가너 가가 나와요."

"홀리를 거기다 세워놔야겠군."

호지스는 생각에 잠긴 목소리로 중얼거린다.

"좋은 생각이에요!" 제롬이 외친다. "멤버들끼리 다시 뭉치자고요! 제가 얘기했던 대로!"

"하지만 그 아이가 보이더라도 접근은 하지 마. 전화만 해. 접근은 내가 할 테니까. 홀리한테도 똑같이 얘기해 봐야겠다. 홀리가 접근할 가능성은 없지만."

"우리도 진상을 들을 수 있으면 상관없어요."

"내가 알아내면 너도 알게 되는 거지." 호지스는 이렇게 말하면서 경솔한 약속을 한 것이 아니길 바란다. "2시쯤에 터너 빌딩에 있는 내 사무실로 와라. 2시 15분쯤에 같이 이동하자. 2시 45분까지 자기 위치에 가 있을 수 있게."

"홀리도 괜찮을까요?"

"응. 보고 있는 건 괜찮아. 상대하는 걸 힘들어해서 그렇지."

"늘 그런 건 아니죠."

"맞아. 늘 그런 건 아니지."

그들은 홀리가 제대로 실력을 발휘했던 순간—MAC에서 브래디 하츠필드를 상대했던 순간—을 떠올린다.

제롬이 손목시계를 흘끗 확인한다.

"가야겠어요. 바브스터 데리고 쇼핑몰 가기로 했거든요. 스와치 시계를 사고 싶으시다네요."

그는 눈을 부라린다.

호지스는 씩 웃는다.

"나는 네 여동생을 사랑한다, 제롬."

제롬도 씩 웃는다.

"사실 저도 그래요. 가자, 오델. 움직이자."

오델이 일어나서 문 쪽으로 걸어간다. 제롬은 문손잡이를 잡았다가 뒤를 돌아본다. 웃음기가 사라진 얼굴이다.

"제가 짐작한 거기 다녀오시는 길이에요?"

"아마도."

"그 사람 만나러 가는 거 홀리도 알아요?"

"아니. 너도 아무 소리하지 마라. 아주 심란해할 테니까."

"네. 그렇겠죠. 그 사람은 어때요?"

"똑같아. 그런데……"

호지스는 사진이 어떤 식으로 엎어졌는지 생각한다. 탁 하는 그

소리도.

"그런데 뭐요?"

"아냐. 똑같아. 내 부탁 하나만 들어줄래? 바브라한테 전해 줘. 티나가 연락해서 자기들 둘이 금요일에 나한테 얘기했다는 걸 오빠가 알게 됐다고 하면 나한테 알려 달라고."

"그럴게요. 내일 뵈어요."

제롬은 떠난다. 호지스는 텔레비전을 켜고 인디언스 경기가 아직 끝나지 않은 것을 보고 좋아한다. 인디언스가 동점을 만들었다. 연장전에 돌입할 예정이다.

11

홀리는 일요일 저녁에 자기 아파트에서 컴퓨터로 「대부 2」를 보려고 한다. 그녀가 최고로 꼽는 두세 편의 작품 가운데 한 편이고 「시민 케인」과 「영광의 길」만큼 훌륭한 영화라고 생각하기 때문에 보통은 아주 즐겁게 보는데, 오늘 저녁은 불안한 마음에 계속 잠시 멈춤 버튼을 누르고 거실을 뱅뱅 돈다. 왔다 갔다 할 수 있을 만큼 공간이 넉넉하다. 맨 처음 여기로 이사 왔을 때 잠깐 살았던 호숫가 아파트만큼 으리으리하지는 않지만 동네가 훌륭하고 충분히 넓다. 월세도 감당할 수 있다. 사촌 제이니의 유언에 따라 50만 달러를 유산으로 받았기 때문이다. 물론 세금을 떼고 나니 액수는 줄었지만 그래도 비상금으로 아주 훌륭하다. 그리고 빌 호지스와 함께 하는 일 덕분에 비상금을 계속 불릴 수 있다.

그녀는 왔다 갔다 하며 좋아하는 영화 속 대사들을 중얼거린다.

"전부 다 청소할 필요는 없어. 적들만 없애면 되지."

"바나나 다이키리를 뭐라고 하지?"

"네 나라가 네 피야. 그걸 명심하라고."

그리고 두말하면 잔소리지만 모두가 기억하는 대사까지.

"형이 그랬다는 거 알아, 프레도. 가슴이 아프네."

그녀는 다른 영화를 보고 있었다면 다른 대사를 중얼거리고 있었을 것이다. 일곱 살 때 「사운드 오브 뮤직」을 본 이후부터 인이 박힌 자기 최면이다. (그 영화에서 좋아하는 대사: "풀은 무슨 맛일지 궁금해요.")

그녀는 티나의 오빠가 잽싸게 베개 밑으로 숨겼다는 몰스킨 공책에 대해 생각하는 중이다. 빌은 그 공책이 피트가 부모님에게 보냈다는 돈과 아무 상관이 없다고 생각하지만 홀리는 그렇게 단정지을 수가 없다.

그녀는 거의 평생 관람한 영화와 읽은 책, 이야기를 나눈 사람들, 일어난 시각, 잠자리에 든 시각을 일기에 적어 왔다. *화장실에 감을 줄인 '화감'이라는 암호로*(그녀가 죽은 뒤에 누군가 일기장을 볼 수도 있기에) 배변 시간까지 적는다. 강박적인 행동이라는 걸 알지만—그녀와 심리 치료사는 토론을 거쳐서 강박적인 기록이 사실은 일종의 미신이라고 결론을 내린 바 있다— 아무에게도 해로울 게 없고 몰스킨 공책에다가만 적어 놓는다면 그녀가 아닌 다른 사람은 신경 쓸 필요가 없다. 여기에서 관건은 뭔가 하면 그녀가 몰스킨을 *써봤기에*

그 공책이 저렴하지 않다는 사실을 안다는 것이다. 2달러 50센트면 월그린스에서 스프링이 달린 공책을 살 수 있지만 같은 면수의 몰스킨 공책을 사려면 10달러는 주어야 한다. 돈에 쪼들리는 집안의 아이가 뭐 하러 그렇게 비싼 공책을 쓰겠는가?

"말이 안 돼." 홀리는 중얼거린다. 그러고 나서 생각의 흐름을 그냥 따라가듯 이렇게 중얼거린다. "총은 그냥 둬. 카놀리는 챙기고."

「대부」 1편에 나오는 거지만 그래도 명대사다. 손에 꼽힐 만한 대사다.

돈은 보내. 공책은 그냥 두고.

여동생이 뜻밖에 들이닥치자 베개 밑으로 숨긴 *값비싼* 공책. 홀리는 생각하면 할수록 뭔가가 있을지 모른다는 생각이 든다.

그녀는 영화 재생 버튼을 누르지만 머릿속을 계속 맴도는 이 공책 때문에 사랑해마지 않아서 마르고 닳도록 보았던 이야기의 흐름을 따라갈 수 없게 되자 깨어 있는 동안에는 거의 전례가 없었던 결단을 내린다. 컴퓨터를 끈 것이다. 그녀는 깍지 낀 손을 뒤통수에 대고 다시 왔다 갔다 걷기 시작한다.

돈은 보내. 공책은 그냥 두고.

"그리고 시간차!" 그녀는 아무도 없는 거실에 대고 외친다. "그것도 잊으면 안 돼!"

그렇다. 돈이 끊기고 7개월 동안 잠잠하다가 소버스라는 아이가 안절부절못하기 시작했다. 그 7개월 동안 돈을 좀 더 마련할 방법을 고민한 걸까? 홀리가 보기에는 그랬던 것 같다. 그리고 결국 방법을 생각해 냈는데 좋은 방법이 아니었다. 그래서 난처한 지경에 놓이게 된 것이다.

"사람들이 어떤 방법으로 돈을 마련하려다가 난처해지지?" 홀리는 아무도 없는 거실에 대고 물으며 걷는 속도를 점점 높인다. "절도가 그렇지. 협박도 그렇고."

그거였을까? 피트 소버스가 몰스킨 공책에 적힌 무언가로 누군가를 협박하려고 했을까? 훔친 돈에 대해서 뭔가가 적혀 있었을까? 그런데 피트는 어떻게 자기가 훔친 돈으로 누군가를 협박할 수 있었을까?

홀리는 전화기 쪽으로 다가가서 손을 뻗었다가 거둔다. 거의 1분 동안 그 앞에 서서 입술을 씹는다. 그녀는 무슨 일을 주도하는 데 익숙하지가 않다. 먼저 빌에게 전화해서 그래도 괜찮겠느냐고 물어봐야 하지 않을까?

"그런데 빌은 공책을 중요하게 여기지 않잖아." 그녀는 거실에 대고 말한다. "나는 다르게 생각하고. 나도 다르게 생각하고 싶으면 그래도 돼."

그녀는 커피 테이블에 놓여 있는 휴대전화를 낚아채서 기가 죽기 전에 티나 소버스에게 전화한다.

"여보세요?" 티나가 조심스럽게 전화를 받는다. 거의 속삭이는 수준이다. "누구세요?"

"홀리 기브니. 전화번호부에 등록하지 않아서 내 번호가 뜨지 않았을 거야. 내가 아무한테나 번호를 공개하지 않거든. 네가 물어보면 기꺼이 알려 주겠지만. 우리는 아무 때나 통화해도 돼. 왜냐하면 우리는 친구고 친구들은 원래 그러니까. 너희 오빠, 주말 잘 보내고 돌아왔니?"

"네. 6시쯤에 왔어요. 우리가 저녁을 다 먹었을 때쯤이라서 엄마
가 고기 찜이랑 감자 많이 남았으니까 먹으려면 데워 주겠다고 했는
데 오빠는 오는 길에 데니스에 들렀다고 하더라고요. 그러더니 자기
방으로 올라갔어요. 그렇게 좋아하는 딸기 쇼트케이크도 안 먹겠다
고 하고요. 저 정말 걱정돼요, 미즈 홀리."

"그냥 홀리라고 불러도 돼, 티나."

그녀는 미즈라는 호칭을 질색한다. 머리 주변을 날아다니는 모기
소리 같다.

"알았어요."

"오빠가 너한테 무슨 말을 했어?"

"그냥 안녕, 하고 끝이었어요." 티나는 조그맣게 대답한다.

"너는 금요일에 바브라하고 우리 사무실로 찾아온 얘기 안 했지?"

"그럼요!"

"오빠는 지금 어디 있니?"

"계속 자기 방에 있어요. 블랙 키스 들으면서. 나는 블랙 키스 싫
은데."

"응, 나도 싫어."

홀리는 블랙 키스가 누군지 모르지만 「파고」의 출연진 이름은 전
부 다 읊을 수 있다.(그 작품의 명대사는 스티브 부세미가 한 말이다. "빌
어먹을 평화의 담뱃대나 빨아.")

"티나, 피트가 뭣 때문에 괴로워하는지 얘기했을 만한 특별한 친
구가 있을까?"

티나는 고민하는 눈치다. 홀리는 그 틈을 타서 뚜껑을 열고 컴퓨터 뒤편에 놓아둔 통에서 니코레트 한 알을 꺼내 입안에 넣는다.

"없는 것 같아요." 잠시 후에 티나가 대답한다. "학교 친구들도 있고 인기가 많은 편이지만 정말 가깝게 지냈던 친구는 같은 블록에 살았던 밥 피어슨밖에 없었거든요. 그런데 작년에 덴버로 이사를 갔어요."

"여자친구는?"

"예전에 글로리아 무어하고 자주 만났는데 크리스마스 이후에 헤어졌어요. 오빠 말로는 글로리아가 책을 좋아하지 않는다고, 책을 좋아하지 않는 여자는 매력이 없대요." 티나는 아쉬워하며 덧붙인다. "나는 글로리아 좋았는데. 눈 화장 하는 법을 가르쳐 줬거든요."

"눈 화장은 서른 살 이후에나 하는 거야."

홀리는 권위적인 말투로 이렇게 말하지만 사실 그녀는 한 번도 눈 화장을 한 적이 없다. 그녀의 어머니는 날라리들이나 눈 화장을 하는 거라고 한다.

"*진짜예요?*" 티나는 놀란 목소리다.

"선생님은? 좋아하는 선생님한테는 얘기했을 수도 있지 않을까?"

하지만 오빠가 여동생에게 좋아하는 선생님에 대해서 얘기했을지, 얘기했더라도 여동생이 귀 담아 듣기나 했을지 의심스럽기는 하다. 그녀가 이렇게 물은 이유는 딱히 물어볼 만한 게 없기 때문이다.

하지만 티나는 일말의 망설임도 없다.

"히피 리키요." 그녀는 이렇게 대답하고 키득거린다.

홀리는 걷다 말고 멈춘다.

"누구라고?"

"본명은 리커 선생님이에요. 오빠 말로는 그 옛날 꽃무늬 셔츠에 꽃무늬 넥타이를 하고 다녀서 일부 학생들이 히피 리키라고 부른데요. 오빠는 1학년 때 그 선생님한테 수업을 받았어요. 아니면 2학년 때였나? 잘 모르겠네. 오빠가 말하길 리커 선생님은 좋은 책의 조건을 안다고 했어요. 미즈…… 아니, 홀리, 호지스 아저씨가 내일 오빠를 만나는 거 맞죠?"

"응. 그 부분에 대해서는 걱정 마."

하지만 티나는 걱정이 한 짐이다. 사실상 울음을 터뜨리기 직전의 목소리라 홀리의 뱃속이 공처럼 단단하게 뭉친다.

"아, 오빠가 나를 미워하지 않았으면 좋겠는데."

"안 미워할 거야." 홀리는 니코레트를 빛보다 빠른 속도로 씹고 있다. "뭐가 문제인지 빌이 알아내서 해결해 줄 거야. 그러면 오빠는 전보다 더 너를 사랑하겠지."

"약속할 수 있어요?"

"그럼! 아야!"

"왜 그러세요?"

"아무것도 아니야." 홀리는 입을 닦고 손가락에 묻은 핏자국을 쳐다본다. "입술을 씹었어. 이제 그만 끊어야겠다, 티나. 오빠가 돈 문제로 의논했음직한 사람이 생각나면 나한테 전화해 줄래?"

"아무도 없어요."

티나는 풀 죽은 목소리로 대답하고 울음을 터뜨린다.

"그래…… 알았어." 이러고 나서 그녀는 뭔가 다른 말을 해야 할 것 같은 생각에 이렇게 덧붙인다. "눈 화장 굳이 안 해도 돼. 네 눈은 지금 그대로도 정말 예쁘거든. 안녕."

그녀는 티나가 뭐라고 대꾸할 틈도 없이 전화를 끊고 다시 집 안을 걷기 시작한다. 씹던 니코레트 뭉치를 책상 옆 휴지통에 뱉고 휴지로 입술을 닦지만 피는 이미 멈추었다.

가까운 친구도 없고 꾸준히 만나는 여자도 없고. 그 선생님 말고는 나온 이름이 없다.

홀리는 앉아서 다시 컴퓨터를 켠다. 파이어폭스를 띄워서 노스필드 고등학교 홈페이지에 접속한 뒤 교직원 명단을 클릭해 보니 티나가 말한 대로 하늘하늘한 소매가 달린 꽃무늬 셔츠를 입은 하워드 리커가 있다. 여기에 아주 우스꽝스러운 넥타이까지 매고 있다. 쓰고 있던(아니면 읽고 있던) 몰스킨 공책의 글과 관련해서 피트 소버스가 좋아하는 영어 선생님에게 뭐라고 말을 했을 가능성도 있지 않을까?

몇 번 클릭한 결과 하워드 리커의 전화번호가 그녀의 컴퓨터 화면에 뜬다. 아직 이른 시각이지만 전혀 모르는 사람에게 전화를 걸 만한 용기가 나지 않는다. 티나에게 전화를 하는 것도 충분히 힘들었는데 결국에는 울음바다로 끝나지 않았던가.

내일 빌한테 얘기하자. 그녀는 이렇게 결론을 내린다. 필요하다 싶으면 빌이 히피 리키한테 전화하겠지.

그녀는 방대한 분량의 영화 폴더로 돌아가고 이내 「대부 2」 속으로 다시금 빠져든다.

12

모리스는 일요일 저녁에 다른 컴퓨터 카페에 가서 얼른 검색을 한다. 찾던 정보가 나오자 피터 소버스의 휴대전화 번호가 적힌 종이를 꺼내서 앤드루 홀리데이의 주소를 적는다. 콜리지 가면 웨스트사이드다. 70년대에는 그곳이 대부분 백인으로 이루어진 중산층의 거주지였는데 집들마다 실제 가격보다 좀 더 비싸게 보이려고 애를 쓴 결과 전부 다 비슷한 모양새가 되고 말았다.

그 일대 부동산 홈페이지를 몇 군데 둘러보니 그동안 달라진 게 거의 없고 밸리 플라자라는 고급 쇼핑센터만 추가된 모양이다. 앤디의 차가 그의 집에 계속 주차되어 있을 것이다. 가게 뒤편에도 주차 공간이 있을 수 있지만 모리스가 확인해 보지는 않았어도('젠장, 전부 다 *빠짐없이* 확인할 수는 없잖아.' 그는 이런 생각이 든다.) 그럴 가능성은 없어 보인다. 10달러면 30일 버스 이용권을, 50달러면 6개월 이용권을 살 수 있는데 출퇴근 시간에 뭐 하러 시내까지 왕복 5킬로미터를 차를 몰고 왔다 갔다 하겠는가. 모리스는 옛 친구의 집 열쇠를 가지고 있지만 그걸 쓸 일은 없을 것이다. 버치 스트리트 레크리에이션 센터와는 다르게 그 집에는 경보 장치가 설치되어 있을 가능성이 크다.

하지만 그에게는 앤디의 차 열쇠도 있고 차는 여러 모로 쓸모가 있을지 모른다.

그는 벌레똥 궁궐로 다시 걸음을 옮기지만, 맥팔랜드가 거기서 그를 기다리고 있을 테고 조그만 컵에다 소변을 받는 데 그치지 않을 거라는 확신이 든다. 아니다, 이번에는 아니다. 이번에는 그의 방을 뒤지겠다고 할 테고, 방을 뒤지면 훔친 컴퓨터와 피 묻은 셔츠와 신발이 안에 든 터프 토트 가방이 나올 것이다. 옛 친구의 카운터에서 들고 나온 돈 봉투는 말할 것도 없고 말이다.

'죽여버려야겠어.' (적어도 그가 느끼기에) 이제 늑대로 변신한 모리스는 이렇게 생각한다.

그런데 그의 옛 친구가 쓰던 계집애 같은 P238은 조신하게 *피웅* 하는 소리를 내더라도 벌레똥 궁궐에 사는 사람들은 그게 총소리라는 것을 알아들을 테니 총은 쓸 수가 없고, 손도끼는 앤디의 사무실에 두고 왔다. 손도끼가 있더라도 소용이 없을지 모른다. 맥팔랜드도 앤디처럼 덩치가 크긴 하지만 앤디처럼 비곗덩어리가 아니다. 맥팔랜드는 힘이 *세* 보인다.

'그래도 괜찮아.' 모리스는 속으로 중얼거린다. '그 개 같은 녀석은 개무시하는 거야. 늙은 늑대는 약은 늑대고 나는 이제 그렇게 되어야 하거든. 약아져야 하거든.'

맥팔랜드가 현관에서 기다리고 있지 않은 걸 보고 모리스는 안도의 한숨을 내쉬기 전에 이번에는 가석방 담당관이 위에서 그를 기다리고 있을 거라고 단정 짓는다. 하지만 그는 복도에도 없다. 이 지린내 나는 우라질 건물의 모든 방을 드나들 수 있는 마스터키를 가지고 있을지 모를 일이다.

'덤벼. 덤벼라, 이 개새끼야.'

하지만 문은 잠겨 있고 방 안에는 아무도 없고 수색을 당한 기미도 보이지 않는다. 물론 맥팔랜드가 조심스럽게…… 약게 움직였다면……

모리스는 바보라고 자신을 나무란다. 만약 맥팔랜드가 그의 방을 수색했다면 두어 명의 경찰과 기다리고 있었을 테고 그 경찰들은 수갑을 들고 있었을 것이다.

그래도 그는 벽장 문을 홱 열어젖혀서 터프 토트 가방들이 그대로 있는지 확인한다. 그대로 있다. 그는 돈을 꺼내서 세어 본다. 640달러. 많지는 않지만, 로스스타인의 금고에 있던 금액과는 비교도 안 되지만 그래도 나쁘지 않다. 그는 돈을 다시 넣고 가방 지퍼를 잠근 뒤 침대에 앉아서 손을 들어본다. 부들부들 떨리고 있다.

'저걸 집 밖으로 옮겨야 해. 내일 아침에 당장. 하지만 어디로 옮긴다?'

모리스는 침대에 누워서 천장을 올려다보며 고민한다. 그러다 마침내 잠이 든다.

13

월요일 새벽은 맑고 따뜻하다. 시티 센터 앞에 걸린 온도계는 해가 지평선 위로 완전히 떠오르기 전부터 21도를 찍고 있다. 앞으로 2주 뒤에나 방학이 시작할 테지만 오늘은 지글거리는 진짜 여름의 첫날이 될 것이다. 사람들이 목덜미를 훔치고 실눈으로 태양을 쳐다보며 지구 온난화를 운운하는 그런 날 말이다.

호지스가 8시 30분에 사무실에 도착해 보니 홀리가 벌써 출근해 있다. 그녀는 전날 저녁에 티나와 통화한 이야기를 전하며 히피 리키라고도 불리는 하워드 리커에게 전화해서 피트에게 돈에 대해 들은 바가 있는지 물어볼 의향이 있느냐고 호지스에게 묻는다. 호지스는 알았다고 하고 홀리에게 생각 잘했다고 말하지만(그녀는 얼굴을 붉힌다.) 속으로는 리커와 통화할 필요는 없을 거라고 생각한다. 만약 열일곱 살짜리 —마음속 짐을 누군가에게 털어놓고 싶어서 안달이 났을지 모르는 아이 —의 입을 열지 못하면 그는 일을 그만두고 퇴직 형사들의 고향인 플로리다로 내려가야 할 것이다.

그는 홀리에게 오늘 오후에 학교가 끝나면 소버스가 그쪽으로 나오지 않는지 가너 가에서 망을 봐주겠느냐고 묻는다. 그녀는 자기가 직접 상대하지만 않으면 괜찮다고 한다.

"그럴 일은 없어요." 호지스는 안심시킨다. "그 아이가 보이거든 나한테 전화만 해주면 돼요. 그러면 내가 모퉁이를 돌아가서 그 아이 앞을 막아설게요. 그 아이 사진 있죠?"

"내 컴퓨터에 여섯 장 다운받아 놨어요. 다섯 장은 연감에서, 한 장은 학생 보조인가 뭔가로 일하는 가너 스트리트 도서관에서. 와서 봐요."

가장 잘 나온 사진 —피트 소버스가 짙은 색 스포츠 코트를 입고 넥타이를 매고 찍은 증명사진이다 —에 따르면 그는 2015년 학생회 부회장이다. 머리는 까만색이고 잘생겼다. 여동생과 닮은 구석이 많지 않지만 그래도 닮긴 닮았다. 지적인 파란 눈이 호지스를 차분하게 쳐다보고 있다. 눈빛에서 아주 살짝 장난기가 느껴진다.

"이 사진을 제롬한테 이메일로 보내 줄래요?"

"이미 보냈어요." 홀리가 미소를 짓자 호지스는—늘 그렇듯—좀 더 자주 그래 주었으면 좋겠다는 생각을 한다. 미소를 지으면 홀리는 미녀에 가까워진다. 마스카라까지 살짝 바르면 미녀라는 평가를 받을 것이다. "와, 제롬을 다시 만나면 얼마나 반가울까요?"

"오늘 아침에 내 스케줄은 어떻게 돼요, 홀리? 뭐 있어요?"

"10시에 법원 출두요. 그 폭행 건으로요."

"아, 맞다. 자기 처남을 손본 그 남자 말이죠? 대머리 주먹 벨슨."

"사람들 별명 부르는 건 나쁜 짓이에요."

그럴지 모르지만 법원 출두는 늘 짜증나는 일이고 특히 오늘은 더 신경이 쓰인다. 호지스가 은퇴한 뒤로 위긴스 판사가 느긋해지지 않은 이상 한 시간을 넘기지 않을 텐데도 그렇다. 판결 시한을 넘기는 법이 없다고 해서 피트 헌틀리는 브렌다 위긴스를 페덱스라고 불렀다.

대머리 주먹의 이름은 제임스 벨슨으로, 사전에서 *가난뱅이 훤둥이*라는 낱말 옆에 사진이 실리면 딱 어울릴 인물이다. 그는 두메산골 속 천국이라고도 불리는 에지몬트 가에 산다. 호지스는 이 도시의 어느 자동차 영업소와 맺은 계약의 일환으로 몇 달 전부터 할부금을 내지 않은 벨슨의 아큐라 MDX를 수거하러 출동한 적이 있었다. 그가 금방이라도 쓰러질 것 같은 벨슨의 집으로 찾아가 보니 집주인은 없었다. 차도 없었다. 벨슨 부인—단물 다 빨아먹히고 내팽개쳐진 몰골이었다— 말로는 자기 남동생 하위가 차를 훔쳐갔다고 했다. 그녀가 알려 준 주소지 역시 두메산골 속 천국이었다.

"나는 하위한테 전혀 애정이 없어요." 그녀는 호지스에게 말했다.

"하지만 지미 손에 죽기 전에 얼른 가보는 게 좋을 거예요. 지미는 폭발하면 말을 안 믿거든요. 당장 주먹을 휘두르지."

호지스가 도착해 보니 제임스 벨슨이 정말로 하위를 패고 있었다. 갈퀴 손잡이로 두들기는데 민머리가 햇볕을 받고 땀으로 번들거렸다. 벨슨의 처남은 잡초로 뒤덮인 집 앞 진입로에 세워둔 아큐라의 뒷범퍼 근처에 누워서 벨슨에게 헛발질을 하며 피가 나는 얼굴과 부러진 코를 손으로 막으려고 하고 있었다. 호지스가 벨슨의 뒤로 다가가서 해피 슬래퍼로 그를 잠재웠다. 아큐라는 정오 무렵에 자동차 영업소의 주차장으로 복귀했고 대머리 주먹 벨슨은 폭행죄로 재판을 받게 되었다.

"그의 변호사가 당신을 악당으로 포장하려고 할 거예요." 홀리가 말한다. "어떤 식으로 벨슨 씨를 진압했느냐고 묻겠죠. 그 질문에 대비해야 해요, 빌."

"이런 젠장." 호지스가 말한다. "처남을 죽이지 못하게 딱 한 방 날렸을 뿐인데. 적당히 힘을 실어서 자제력을 발휘해 가며."

"하지만 무기를 동원했잖아요. 정확히 말하면 볼 베어링을 잔뜩 넣은 양말을요."

"맞아요. 하지만 벨슨은 그걸 몰라요. 나를 등지고 있었거든. 그리고 나머지 한 녀석은 거의 혼수상태였고."

"알았어요……." 하지만 그녀는 걱정하는 표정으로 티나와 통화하면서 씹었던 바로 그 부분을 씹고 있다. "당신한테 문제가 생기는 게 싫어서 이러는 거예요. 화를 못 참아서 고함을 지르거나 팔을 흔들지 않겠다고 약속……."

"홀리." 그는 그녀의 어깨를 잡는다. 부드럽게. "나가요. 나가서 담배 한 대 피워요. 긴장 풀어요. 오늘 아침에 법원에서는 아무 일 없을 테고 오후에 피트 소버스하고도 아무 일 없을 거예요."

그녀는 눈을 휘둥그레 뜨고 그를 올려다본다.

"약속하는 거예요?"

"약속해요."

"좋아요. 담배 *반* 대만 피울게요." 그녀는 핸드백을 뒤지며 문 쪽으로 걸어간다. "오늘 정말 정신없겠네요."

"맞아요. 나가기 전에 한 가지 더." 그녀는 묻는 표정으로 고개를 돌린다. "웃는 얼굴을 좀 더 자주 보여줘요. 당신, 웃으면 예쁘거든."

홀리는 머리카락이 시작되는 곳까지 벌게진 얼굴로 허둥지둥 나간다. 하지만 다시 웃고 있어서 그걸 보고 호지스는 행복해진다.

14

모리스도 바쁜 하루를 보내고 있는데 바쁜 건 좋은 거다. 움직이고 있는 한 의구심과 두려움이 끼어들 틈이 없다. 아침에 눈을 떴을 때 한 가지 확신을 느낀 덕분이다. 오늘이 그가 진짜 늑대로 변신하는 날이 될 거라는 확신이다. 돼지 새끼 같은 상사가 그의 상사에게 잘 보일 수 있도록 문화 및 예술 센터의 묵은 컴퓨터 파일 시스템을 땜질하던 날들도 이제는 안녕이고, 엘리스 맥팔랜드의 새끼 양으로 지내던 날들도 이제는 안녕이다. 맥팔랜드가 등장할 때마다 더 이상 네, 경관님과 아니요, 경관님과 세 자루 가득 있습죠, 경관님("음매, 음매, 검은 양아, 너 양털 있니"로 시작되는 동요 가사다 — 옮긴이) 하며 음매애거릴 필요가 없다. 가석방은 끝났다. 그는 로스스타인의 공책을 입수하는 대로 이 똥통 같은 도시에서 도망칠 거다. 북쪽의 캐나다로 넘어갈 생각은 없고 그렇다면 미국 본토 48개 주가 남는다. 아마 뉴잉글랜드를 선택할 것 같다. 뉴햄프셔가 될지도 모를 일이다. 로스스타인이 글을 쓰는 동안 내다보았을 산들이 보이는 그곳에서 공책을 읽는 거다. 그러면 소설의 둥근 맛이 느껴지지 않겠는가. 맞다, 그리고 소설의 위대한 점이 그것이다. 둥글다는 것. 결국에는 모든 게 균형을 찾는다는 것. 로스스타인이 지미를 그 빌어먹을 광고 회사에서 일하도록 내버려 둘 리 없다는 사실을 그도 알았어야 하는 거였다. 그런 결말에는 추악함만 한 숟가락 가득 들어 있을 뿐 둥근 맛이 전혀 없지 않은가. 어쩌면 모리스도 속으로는 알고 있었을지 모른다. 그래서 그 오랜 세월 동안 미치지 않고 버틸 수 있었을지 모른다.

그는 평생 지금보다 더 정신이 멀쩡했던 적이 없었다.

그가 오늘 아침에 출근을 하지 않으면 돼지 새끼 같은 상사가 맥팔랜드에게 연락할 것이다. 그가 아는 한 이유 없이 결근을 하면 그렇게 하기로 되어 있다. 그러니까 모리스는 사라져야 한다. 레이더 밑으로 숨어야 한다. 자취를 감추어야 한다.

좋다.

사실 환상적이다.

오늘 아침 8시에 그는 메인 가로 가는 버스를 타고 로어 메인 가가 끝나는 반환점까지 가서 레이스메이커 레인으로 어슬렁어슬렁 걸어간다. 모리스는 딱 한 벌뿐인 재킷에 딱 하나뿐인 넥타이를 매고 있는데 제법 고급이라, 고상한 척하는 가게들이 문을 열기에는 아직 이른 시각이기는 해도 이 동네에서 어색해 보이지 않는다. 그는 앤드루 홀리데이 레어 에디션스와 그 옆 라 벨라 플로라 칠드런스 부티크 사이 골목길로 들어간다. 건물 뒤편의 조그만 공터에 세 대의 주차 공간이 있는데, 두 대는 아동복점용이고 한 대는 서점용이다. 라 벨라 플로라 자리에 볼보가 주차되어 있다. 나머지 한 자리는 비어 있다. 앤드루 홀리데이에게 할당된 자리도 마찬가지다.

이것 역시 좋다.

모리스는 들어왔을 때처럼 씩씩하게 골목길 밖으로 나가서 서점 문 안쪽에 걸려 있는 CLOSED 팻말을 잠깐 쳐다보며 기운을 북돋은 다음 다시 로어 메인으로 걸어가서 북쪽으로 가는 버스를 탄다. 버스를 두 번 갈아타고 이제는 고인이 된 앤드루 홀리데이의 집에서 겨우 두 블록 거리에 있는 밸리 플라자 쇼핑센터에서 내린다.

그는 이제 어슬렁거리지 않고 씩씩하게 걷는다. 여기가 어디이고 어디로 가면 되는지 아는 사람처럼, 여기에 있는 것이 당연한 사람처럼 걷는다. 콜리지 가에는 사람이 거의 없다시피 한데, 예상했던 바다. 지금 시각이 9시 15분이다(돼지 새끼 같은 상사가 지금쯤 모리스의 빈 자리를 보며 씩씩대고 있을 것이다.). 아이들은 학교에 갔다. 일을 하는 아빠와 일을 하는 엄마들은 카드 값을 메우느라 똥줄 빠지게 일을 하고 있다. 배달업과 서비스업 종사자들은 10시는 되어야 이 동네를 돌아다니기 시작할 것이다. 지금보다 더 나은 시간대가 있다면 온 동네가 꾸벅꾸벅 조는 한낮이겠지만 그는 그때까지 기다릴 수가 없다. 가야 할 데가 너무 많고 해야 할 일도 너무 많다. 오늘은 모리스 벨러미에게 역사적인 날이다. 그는 평생 아주, 아주 긴 우회로를 헤매다 이제 거의 본선으로 돌아왔다.

15

모리스가 이제는 고인이 된 드루 홀리데이의 집 앞길을 걸어가서 차고 안에 주차되어 있는 옛 친구의 차를 확인할 무렵부터 티나는 속이 메슥거리기 시작한다. 티나는 자기한테 배신당했다는 걸 알면 피트가 어떤 반응을 보일지 걱정이 돼서 간밤을 거의 뜬눈으로 지새웠다. 아침이 돌덩이처럼 가슴에 얹혀 있다가 슬론 선생님이 「애너벨 리」 공연을 펼치려는 순간(슬론 선생님은 그냥 읽는 법이 없다.) 얹혀 있던 아침이 목구멍으로 기어 올라와서 탈출하려고 한다.

그녀는 손을 든다. 무게가 5킬로그램은 될 것처럼 느껴지지만 그래도 슬론 선생님이 눈썹을 추켜세울 때까지 내리지 않는다.

"그래, 티나, 왜?"

선생님은 짜증난 목소리지만 티나는 신경 쓰지 않는다. 신경 쓸 상황이 아니다.

"속이 안 좋아서요. 화장실에 다녀올게요."

"그럼 가야지. 하지만 얼른 다녀와야 한다."

티나는 황급히 교실 밖으로 달려 나간다. 몇몇 아이들이 키득거리지만―열세 살짜리들은 예정에 없이 화장실을 찾는 친구가 있으면 늘 즐거워한다― 티나는 점점 치받는 돌덩이가 너무 걱정스러워서 창피한 줄도 모른다. 밖으로 나서자마자 복도 중간쯤에 있는 화장실을 향해 최대한 빨리 달려가지만 돌덩이의 속도가 더 빨라서 그녀는 화장실에 도착하기 전에 허리를 숙이고 아침에 먹은 음식을 운동화 위로 전부 다 게운다.

수위실장인 해거티 씨가 막 계단을 올라오던 참이다. 그는 김이 모락모락 나는 토사물을 피해서 뒤로 휘청거리는 그녀를 보고 공구벨트를 댕그랑거리며 빠른 걸음으로 다가간다.

"어이, 학생, 괜찮아?"

티나는 플라스틱으로 만들어진 것처럼 느껴지는 한쪽 팔로 벽을 찾느라 허우적거린다. 사방이 뱅글뱅글 돈다. 눈물이 날 정도로 심하게 구토를 해서 그런 것도 있지만 그게 전부는 아니다. 무슨 문제인지 몰라도 피트 혼자 해결하도록 내버려 뒀어야 하는 건데, 바브라의 설득에 넘어가서 호지스 씨에게 털어놓은 것이 진심으로 후회가 된다. 오빠가 두 번 다시 그녀에게 말을 걸지 않으면 어쩔 것인가.

"괜찮아요. 여기 더럽혀서 죄송……"

하지만 말을 끝마치기도 전에 어지럼증이 더 심해진다. 기절한 건 아니지만 세상이 점점 멀어져서 그녀가 그 안에 있다기보다 얼룩이 진 유리창을 통해 바라보고 있는 듯한 느낌이다. 그녀는 벽을 따라서 스르르 주저앉고 초록색 타이츠를 신은 무릎이 자신을 향해 다가오는 것을 보고 놀라워한다. 바로 그때 해거티 씨가 그녀를 안아서 아래층에 있는 양호실로 옮긴다.

16

모리스가 보기에 앤디의 초록색 소형 스바루는 완벽하다. 누구라
도 두 번은커녕 한 번조차 흘끗 쳐다보지 않을 만한 차다. 그는 후진
으로 진입로를 빠져나와서 경찰이 보이지 않는지 예의 주시하고 제
한속도를 철저하게 지켜 가며 노스사이드로 달린다.

처음에는 금요일 저녁의 재연에 가깝다. 그는 또다시 벨로스 애버
뉴 몰에 차를 대고 또다시 홈디포에 들어간다. 공구 코너로 가서 날
이 긴 스크루드라이버와 끌을 고른다. 그런 다음 예전에는 버치 스
트리트 레크리에이션 센터였던 정사각형의 거대한 벽돌 건물로 가
서 또다시 직원 전용이라고 된 곳에 차를 댄다.

지저분한 일을 저지르기에 알맞은 곳이다. 한쪽에는 하역장이, 다
른 쪽에는 높은 산울타리가 있다. 뒤―야구장과 무너져 가는 농구
코트가 있는 곳―에서만 그를 볼 수가 있는데 학기 중이라 아무도
없다. 모리스는 전에 눈여겨 봐둔 지하실 창문 쪽으로 가서 쭈그려
앉고 스크루드라이버를 위쪽 틈새로 쑤셔 넣는다. 나무가 썩어서 쉽
게 들어간다. 그는 끌을 동원해 틈새를 넓힌다. 유리가 창틀 안에서
덜컹거리지만 깨지지는 않는다. 퍼티가 오래돼서 움직일 공간이 많
기 때문이다. 시간이 지날수록 이 건물에 경보 장치가 설치되어 있
을 가능성이 점점 줄어든다.

모리스는 끌을 다시 스크루드라이버로 바꾼다. 벌려 놓은 틈새로
드라이버를 억지로 끼워 넣어서 잠금장치에 닿자 민다. 여전히 아무
도 없는지 확인하느라 주위를 둘러보지만―입지가 훌륭하긴 해도

백주대낮의 무단침입은 여전히 겁이 나는 일이다— 전신주에 앉아 있는 까마귀 한 마리뿐이다. 그는 창문 아래쪽으로 끌을 집어넣고 손바닥의 두툼한 부분으로 쳐서 최대한 밀어넣은 다음 누른다. 잠깐 동안 아무 일도 벌어지지 않는다. 그러다 나무가 악을 쓰는 소리와 함께 먼지를 쏟아내며 창문이 위로 올라간다. 빙고. 그는 보관된 의자와 카드 테이블, 필요 없는 물건들이 담긴 상자를 쳐다보며 얼굴에서 땀을 닦고, 짐작했던 대로 아무 문제없이 안으로 들어가서 바닥으로 뛰어내릴 수 있겠다는 생각을 한다.

하지만 아직은 아니다. 어딘가에서 무음 경보가 울릴 가능성이 손톱만큼이라도 있을 때는 안 된다.

모리스는 공구들을 다시 초록색의 소형 스바루에 싣고 떠난다.

17

린다 소버스가 노스필드 초등학교에서 오전 활동 시간을 감독하고 있을 때 페기 모런이 들어오더니 그녀의 딸이 5킬로미터 정도 떨어져 있는 도턴 중학교에서 쓰러졌다고 알린다.

"양호실에 있대." 페기가 나지막이 속삭인다. "먹은 걸 토하고 잠깐 기절 비슷한 걸 했나 봐."

"어머나." 린다가 말한다. "아침 먹을 때 얼굴이 하얗기에 괜찮으냐고 물었더니 괜찮다고 하더니만."

"애들이 그렇지, 뭐." 페기는 이렇게 말하면서 눈을 부라린다. "신

414

파극을 찍든지 *엄마, 괜찮으니까 신경 끄세요*, 둘 중 하나잖아. 가서 애 집으로 데려가. 이 시간은 내가 맡아 줄게. 그리고 야블론스키 선생님이 벌써 대체교사한테 연락했어."

"자기는 천사야." 린다는 책을 챙겨서 서류가방에 넣는다.

"배탈이 난 거겠지." 페기는 방금 전까지 린다가 앉아 있었던 자리에 앉으며 말한다. "가까운 병원에 데려가도 되지만 뭐 하러 그런 데 30달러씩 써? 툭하면 나는 게 배탈인데."

"그러게."

린다는 이렇게 대꾸하지만…… 과연 그럴까 싶다.

그녀와 톰은 두 가지 위기상황에서 서서히 하지만 확실하게 벗어나고 있는 중이다. 경제적인 위기와 결혼생활의 위기에서 말이다. 톰이 사고를 당하고 이듬해에는 거의 이혼 직전까지 갔다. 그때 기적처럼 뭔지 모를 돈이 들어오면서 상황이 달라지기 시작했다. 아직 양쪽 모두 완전히 끝난 건 아니지만 린다는 언젠가는 벗어날 수 있을 거라고 믿게 되었다.

엄마아빠가 잔인한 생존에 매달려 있는 동안(그리고 톰에게는 부상 회복이라는 과제가 하나 더 추가됐다.) 아이들이 자기들끼리 알아서 지낸 시간이 너무 길었다. 이제야 숨 돌릴 틈과 여유가 생겨서 주위를 둘러보니 피트와 티나가 어딘지 모르게 이상하다. 둘 다 착하고 똑똑한 아이들이라 십대들 사이에서 흔한 덫―술, 마약, 좀도둑질, 성관계―에 걸려들지는 않았을 테지만 *뭔가*가 있고, 그녀는 그게 뭔지 알 것 같다. 그리고 톰도 아는 눈치다.

이스라엘 민족이 굶주리고 있었을 때는 하느님이 하늘에서 만나를 내려주었지만 돈은 출처가 좀 더 평범하다. 은행 아니면 친구 아니면 상속 아니면 도와줄 상황이 되는 친척이다. 뭔지 모를 돈의 출처는 이 가운데 어디에도 없었다. 친척은 분명 아니었다. 2010년 당시에는 모든 친척들이 톰과 린다만큼 쪼들려 지냈다. 그런데 친척의 범주에는 아이들도 들어가지 않는가. 워낙 가까운 사이라 모르고 지나가기 십상이지만 맞다. 봉투가 배달되기 시작했을 때 아홉 살에 불과했던 티나가 그 돈을 보냈을 거라고 생각하는 데에는 무리가 있다. 게다가 그녀는 그렇게 엄청난 비밀을 간직할 수 있는 성격도 못 된다.

하지만 피트는…… 입이 무거운 아이다. 린다는 피트가 겨우 다섯 살밖에 안 됐을 때 그녀의 어머니가 했던 말을 기억한다.

"저 아이는 입에 자물쇠가 달렸어."

하지만 열세 살짜리가 어디서 그만 한 돈을 마련했을까?

린다는 아픈 딸을 태우러 도턴 중학교로 향하면서 생각한다. '우리는 겁이 나서 *아무것도* 묻지 않았지. 톰이 사고를 당한 이후에 끔찍했던 그 몇 개월을 겪어보지 않은 사람들은 이해하지 못할 테고 나도 양해를 구할 생각은 없어. 우리는 비겁해질 만한 이유가 있었다고. 그것도 한두 가지가 아니었지. 가장 큰 이유는 한 지붕 밑에 살았던 두 아이였어. 우리가 먹여 살려야 했던 두 아이. 그런데 이제는 누가 누굴 먹여 살렸는지 따져볼 때가 됐어. 만약 그게 피트였다면, 티나가 그걸 알게 돼서 괴로워하는 거라면 더 이상 겁쟁이처럼 지내면 안 되겠어. 눈을 떠야겠어.'

'대답을 들어야겠어.'

18

아침나절.

호지스는 법원에 출두했고 진중하게 처신하고 있다. 홀리가 보았더라면 뿌듯해했을 것이다. 그는 대머리 주먹의 변호사가 묻는 말에 간단명료하게 대답한다. 변호사는 그에게 따지고 들 만한 기회를 숱하게 제공하고 호지스도 형사 시절에는 그런 함정에 종종 걸려들었지만 지금은 잘 피한다.

린다 소버스는 새하얗게 질린 얼굴로 아무 말도 하지 않는 딸아이를 태우고 집으로 가는 중이다. 집에 가서 진저에일 한 잔으로 아이의 속을 가라앉힌 뒤에 침대에 눕힐 생각이다. 그녀는 뭔지 모를 돈에 대해서 아는 게 있느냐고 드디어 티나에게 물어볼 결심을 했지만 아이 컨디션이 좋아진 다음이다. 오후 내내 시간은 충분할 테고 학교에서 돌아오면 피트도 대화에 동참시켜야 한다. 셋이서만 나누는 대화가 될 텐데 어쩌면 그게 나을지 모른다. 톰은 고객들과 함께 얼마 전까지 IBM이 입주해 있다가 나간 80킬로미터 북쪽의 사무 단지를 둘러보러 갔기 때문에 7시는 되어야 퇴근할 거다. 돌아오는 길에 저녁까지 먹으면 그보다 더 늦을 수도 있다.

피트는 3교시 고급 물리학 수업을 듣고 있고 그의 시선은 힉스 입자와 유럽입자물리학연구소가 스위스에 건설한 대형 강입자 충돌기에 대해 열변을 토하는 노턴 선생님에게 향해 있지만, 머릿속으로는 훨씬 중요한 생각을 하고 있다. 오늘 오후의 만남을 위해 준비한 대본을 다시 한 번 점검하며, 그가 대본을 *준비*했다고 한들 홀리데이가 그대로 따라와주지 않을 수도 있다고 속으로 되뇌고 있다. 홀리데이는 오래전부터 이 일을 하고 있었고 그러는 거의 내내 교묘하게 불법을 자행했을지 모른다. 피트는 학생에 불과하다는 사실을 절대 잊으면 안 된다. 그는 경험이 부족하다는 점을 감안해서 신중하게 접근해야 한다. 항상 먼저 고민을 한 다음에 말을 해야 한다.

그리고 무엇보다 과감해야 한다.

그는 홀리데이에게 이렇게 말할 것이다. '빵 반 덩어리라도 없는 것보다는 낫고, 결핍의 세계에서는 빵 한 조각이라도 없는 것보다는 낫다고 하잖아요. 나는 아저씨한테 서른 몇 조각을 주겠다고 하고 있어요. 그걸 생각하셔야죠.'

그는 홀리데이에게 또 이렇게 말할 것이다. '나는 호구가 되지 않을 거예요. 그것도 생각해 보세요.'

그는 홀리데이에게 또 이렇게 말할 것이다. '내가 뻥치는 것 같으면 어디 아저씨 마음대로 해보세요. 하지만 그러면 우리 둘 다 얻는 게 아무것도 없겠죠.'

그는 생각한다. '정신만 바짝 차리면 빠져나올 수 있어. 정신 바짝 차릴 거야. 그럴 거야. 그래야 해.'

모리스 벨러미는 벌레똥 궁궐에서 두 블록 떨어진 곳에 훔친 스바루를 주차하고 거기서 집까지 걸어간다. 엘리스 맥팔랜드가 없는지 확인하느라 중고용품점 앞에서 잠깐 어슬렁거리다 한심한 건물로 종종걸음 쳐서 아홉 개의 계단을 터벅터벅 올라간다. 오늘따라 양쪽 엘리베이터가 모두 고장이 나서 그런 건데, 흔히 있는 일이다. 그는 옷들을 닥치는 대로 한쪽 터프 토트 가방에 쑤셔 넣고 쓰레기 같

은 방을 영영 떠난다. 첫 번째 길모퉁이로 가는 내내 등은 뜨끈뜨끈
하고 목은 다리미판처럼 뻣뻣하다. 가방을 한 손에 하나씩 들고 있
는데 각자 50킬로그램은 되는 것처럼 느껴진다. 당장이라도 맥팔랜
드가 그의 이름을 부를 것 같다. 그늘이 진 차양 밑에서 걸어 나오며
왜 출근을 하지 않았느냐고 물을 것 같다. 어디 가려는 거냐고 물을
것 같다. 그 가방 안에는 뭐가 들었느냐고 물을 것 같다. 그런 다음
감옥으로 다시 들어가라고 할 것 같다. 출발점을 지나면 받는 200달
러도 없이(모노폴리 게임에서 감옥에 들어가는 벌칙을 받으면 출발점을 지
날 경우 월급 200달러를 받는다 — 옮긴이). 모리스는 벌레똥 궁궐이 시
야에서 영영 사라질 때까지 마음을 놓지 못한다.

톰 소버스는 몇 명 안 되는 부동산 중개업자들과 함께 텅 빈 IBM
부지를 돌아보는 동안 이런저런 특징들을 가리키며 사진을 찍으라
고 부추기고 있다. 그들은 새로운 가능성에 하나같이 흥분한 상태
다. 하루가 저물면 수술로 고친 다리와 고관절이 미친 듯이 쑤시겠
지만 아직까지는 괜찮다. 이 버려진 사무실과 생산시설이 그에게는
엄청난 기회가 될 수 있다. 인생이 드디어 전환점을 맞이했다.

제롬은 홀리를 놀라게 하려고 호지스의 사무실로 불쑥 찾아간다.
그녀는 그를 보고 좋아서 비명을 지르고, 그가 여동생에게 하듯 그
녀의 허리를 잡고 돌리자 이번에는 불안해서 비명을 지른다. 그들은
한 시간 동안 서로의 근황을 이야기하고 그녀 쪽에서 소버스 사건에
대해 어떻게 생각하는지 의견을 밝힌다. 그녀는 자기가 몰스킨 공책
에 대해 신경 쓰는 부분들을 제롬이 진지하게 받아들이자 좋아하고
그가 「22 점프 스트리트」를 봤다고 하자 더 좋아한다. 그들은 피트

소버스 이야기는 접고, 조나 힐의 다른 작품들과 비교해 가며 「22 점프 스트리트」를 주제로 한참 동안 토론을 벌인다. 그런 다음 다양한 컴퓨터 앱으로 화제를 전환한다.

앤드루 홀리데이만 아무 할 일이 없다. 초판본도, 검은색의 타이트한 바지를 입은 젊은 웨이터도 더 이상 아무 의미가 없다. 지금 그에게는 물과 기름이 바람과 공기와 다를 바 없다. 그는 파리들을 꾀어가며 엉겨 붙은 핏물 속에서 큰 잠을 자고 있다.

19

11시. 지금 이 도시는 26.6도이고 라디오에 따르면 32도를 찍은 다음에서야 수은주가 내려갈 것 같다고 한다. 지구 온난화 때문인 게 분명하다고 사람들은 서로 이야기한다.

모리스는 버치 스트리트 레크리에이션 센터 앞을 두 번 지나고, 아무도 없다는 데 기뻐한다(뜻밖의 일은 아니지만). 텅 빈 벽돌 건물만 햇볕을 쪼이며 익어가고 있다. 경찰은 없다. 경비업체에서 출동한 차량도 없다. 심지어 까마귀마저 더 시원한 곳을 찾아서 떠났다. 그 블록을 한 바퀴 돌아보니 예전에 그가 살았던 집 앞 진입로에 이제는 손질이 잘된 소형 포드 포커스가 주차되어 있다. 소버스 씨 아니면 소버스 부인이 일찍 퇴근한 모양이다. 어쩌면 둘 다 일찍 퇴근했을 수도 있다. 어쨌든 상관없는 일이다. 그는 다시 레크리에이션 센터로 돌아가서 이번에는 안으로 진입한다. 건물 뒤편으로 돌아가서 이제는 그의 지정석처럼 느껴지는 곳에 주차한다.

보는 사람이 아무도 없는 것이 확실하긴 해도 얼른 해치우는 편이 좋다. 그가 열어 놓은 창문 쪽으로 가방을 들고 가서 지하실 바닥으로 던지자 털썩 하는 소리와 함께 쌍둥이 먼지 구름이 인다. 그는 잽싸게 주변을 둘러보고 엎드려서 발부터 창문 안으로 밀어넣는다.

서늘하고 퀴퀴한 냄새가 나는 공기를 처음으로 깊이 들이마시자 머리가 아찔하다. 그는 살짝 비틀거리다가 중심을 잡으려고 팔을 뻗는다. '더위를 먹어서 그래.' 그는 생각한다. '너무 정신없어서 모르고 있었을 뿐 땀을 뚝뚝 흘리고 있잖아. 게다가 아침도 건너뛰었고.'

둘 다 맞는 말이지만 가장 큰 이유는 그보다 더 단순하고 누가 봐도 빤하다. 그는 예전처럼 젊지 않고 염색공장에서 육체노동을 한 지도 몇 년이 지났다. 페이스를 조절해야 한다. 옆면에 주방용품이라고 적힌 큼지막한 상자가 보일러 옆에 두세 개 놓여 있다. 모리스는 상자 위에 앉아서 두근거리는 심장이 가라앉고 현기증이 가시길 기다린다. 그런 다음 앤디의 자동 권총이 든 가방의 지퍼를 열어서 총을 뒤 허리춤에 차고 셔츠를 내려서 덮는다. 뜻밖의 지출이 생길 경우에 대비해서 앤디의 돈 100달러를 꺼내고 나머지는 나중을 위해서 남겨둔다. 오늘 저녁이면 여기로 돌아와서 어쩌면 하룻밤을 지낼 수도 있다. 그의 공책을 훔친 아이가 어떤 반응을 보이는지, 어떤 방식으로 공책을 회수했는지에 따라 달라진다.

'수단과 방법을 가리지 않을 거다, 개새끼야.' 그는 생각한다. '수단과 방법을 가리지 않을 거야.'

지금 당장은 장소를 이동해야 한다. 젊은 시절 같았으면 지하실 창문쯤이야 식은 죽 먹기로 빠져나올 수 있었겠지만 지금은 아니다. 그는 주방용품 상자 하나를 끌고 와서─고장 난 가전제품이 들어 있는지 엄청나게 무겁다─ 디딤대로 삼는다. 5분 뒤에 그는 앤드루 홀리데이 레어 에디션으로 출발한다. 옛 친구의 자리에 옛 친구의 차를 주차하고 에어컨 바람을 쏘이며 공책을 훔쳐간 젊은 녀석이 올 때까지 기다릴 것이다.

'제임스 호킨스라고 했겠다.'

20

2시 15분.

호지스, 홀리, 제롬은 노스필드 고등학교 주변의 자기 위치로 이동한다. 호지스는 정문, 제롬은 웨스트필드 가 쪽 모퉁이, 홀리는 강당 너머의 가너 가 쪽이다. 각자 도착하자 호지스에게 연락해서 알린다.

레이스메이커 레인의 서점에서는 모리스가 넥타이를 바로 매고 CLOSED 팻말을 OPEN으로 바꾸고 문을 연다. 구경하러 손님이 들어오면─지금처럼 한가한 시각에 그럴 가능성이 낮기는 하지만 아예 없지는 않다─ 그가 기꺼이 맞이할 것이다. 손님이 있을 때 아이가 찾아오면 다른 방법을 생각해 낼 것이다. 즉석에서 만들어낼 것이다. 심장이 쿵쾅거리지만 손은 떨리지 않는다. 떨림은 가셨다. '나는 늑대야.' 그는 속으로 중얼거린다. '물어야 하는 상황이면 물 거야.'

피트는 문예 창작 수업을 듣고 있다. 교재는 스트렁크와 화이트가 쓴 『글쓰기의 기본』이고 오늘의 주제는 그 유명한 열세 번째 원칙, '불필요한 단어는 삭제하라'다. 헤밍웨이의 단편 「살인자들」을 놓고 열띤 토론이 벌어지고 있다. 헤밍웨이가 어떤 식으로 불필요한 단어들을 삭제했는지 많은 대화가 오간다. 피트의 귀에는 거의 들리지 않는다. 그는 분침과 시침이 앤드루 홀리데이와의 약속 시간을 향해 부단히 움직이고 있는 시계만 계속 쳐다본다. 그러면서 계속 대본만 점검한다.

2시 25분에 다리로 휴대전화 진동이 느껴진다. 그는 전화기를 꺼내서 화면을 쳐다본다.

엄마: 학교 끝나자마자 집으로 와. 얘기 좀 하자.

그의 위장이 뭉치고 심장이 더 빠르게 두근거리기 시작한다. 부탁할 심부름이 있는 것에 불과할 수도 있지만 피트가 보기에는 아니다. 엄마의 '얘기 좀 하자'는 '휴스턴, 문제가 생겼다'(아폴로 13호에 문제가 생겼을 때 휴스턴 기지로 보낸 무선 내용 — 옮긴이)에 해당한다. 돈 얘기를 꺼내려는 걸지 모르고 사실 그럴 가능성이 크다. 설상가상이라는 말도 있지 않은가. 만약 그런 거라면 티나가 입단속을 하지 못한 거다.

상관없다. 그렇게 된 거래도 상관없다. 집에 가서 대화를 하겠지만 먼저 홀리데이 건부터 해결해야 한다. 그가 이렇게 난처한 상황에 놓이게 된 것은 부모님 잘못이 아니기에 부모님에게 책임을 *떠넘기지* 않을 것이다. 그의 잘못도 아니다. 그는 해야 할 일을 했을 뿐이다. 홀리데이가 협상을 거부하고, 피트가 제시한 여러 가지 이유에도 불구하고 경찰을 부르면 부모님이 아는 게 적으면 적을수록 좋다. 부모님이 방조죄나 뭐 그런 걸로 기소되는 건 싫다.

그는 휴대전화를 끌까 하다가 끄지 않기로 한다. 어머니가 다시 문자를 보내면—아니면 티나가 문자를 보내면— 확인하는 편이 좋기 때문이다. 시계를 보니 2시 40분이다. 조만간 종이 칠 테고 그러면 그는 학교를 나설 것이다.

피트는 과연 학교로 다시 돌아올 수 있을까 궁금해진다.

21

호지스는 고등학교 정문과 15미터 정도 거리를 두고 프리우스를 주차한다. 노란색 갓돌을 타고 있지만 이런 경우에 대비해서 예전에 쓰던 업무 수행중이라고 적힌 카드를 사물함 안에 넣어 두었다. 그걸 꺼내서 계기반 위에 올려놓는다. 종이 울리자 그는 차에서 내리고 팔짱을 낀 채 보닛에 기대고 서서 줄줄이 늘어선 문들을 바라본다. 정문 위에 학교 교훈이 새겨져 있다. 교육은 인생의 등불이다. 호지스는 아이가 나오느냐 나오지 않느냐에 따라 전화를 걸거나 받아야할 경우에 대비해서 전화기를 손에 들고 있다.

기다림은 길지 않다. 6월의 한낮 속으로 뛰쳐나와 널따란 대리석 계단을 맨 먼저 달려 내려오는 학생들 속에 피트 소버스가 있다. 다른 아이들은 대부분 친구들과 함께 있다. 소버스는 혼자다. 물론 혼자 내려오는 다른 학생들도 있지만 그는 지금 여기가 아니라 미래에 사는 아이처럼 결연한 표정을 짓고 있다. 호지스는 시력이 예나 지금이나 훌륭한데, 전투에 나서는 병사의 얼굴이 저렇지 않을까 하는 생각이 든다.

아니면 단순히 기말고사를 걱정하는 얼굴일 수도 있지만.

그는 노란색 버스들이 기다리고 있는 왼쪽이 아니라 호지스가 차를 세워 놓은 오른쪽으로 걸음을 옮긴다. 호지스는 그를 맞으러 느긋하게 걸어가며 홀리의 단축번호를 누른다.

"잡았어요. 제롬한테 알려 줘요."

그는 그녀의 대꾸를 기다리지 않고 전화를 끊는다.

아이는 호지스를 피하려고 차도 쪽으로 비스듬히 방향을 튼다. 호지스는 그의 앞으로 다가간다.

"안녕, 피트. 잠깐 시간 좀 내줄래?"

아이는 얼른 정면으로 시선을 옮긴다. 잘 생겼지만 얼굴이 너무 야위었고 이마에 군데군데 여드름이 돋았다. 입을 하도 꾹 다물고 있어서 입술이 거의 보이지 않을 지경이다.

"누구세요?"

아, 네, 아니면 무슨 일인데요가 아니다. 그냥 누구세요다. 표정처럼 팽팽하게 긴장한 말투다.

"내 이름은 빌 호지스야. 너랑 얘기 좀 하고 싶어서."

아이들이 종알거리고 서로 팔꿈치로 찌르고 웃고 헛소리를 지껄이고 배낭을 바로 메며 지나간다. 몇 명이 피트와 점점 숱이 적어져 가는 은발의 사나이를 흘끗 쳐다보지만 아무도 관심을 보이지 않는다. 그들에게는 가야 할 곳과 해야 할 일들이 있다.

"무슨 얘기를요?"

"내 차로 가는 게 좋지 않을까? 좀 조용히 얘기할 수 있게."

그가 프리우스를 가리키자 아이는 했던 말을 반복한다.

"무슨 얘기를요?" 그러면서 꼼짝하지 않는다.

"그게 말이다, 피트. 네 여동생 티나가 바브라 로빈슨이랑 친구야. 나는 오래전부터 로빈슨네 가족하고 알던 사이인데 바브가 티나를 설득해서 나한테 데리고 왔어. 여동생이 너 때문에 걱정이 아주 많더구나."

"왜요?"

"바브가 나를 소개한 이유를 묻는 거라면 내가 왕년에 형사였거든." 아이가 불안해하는 눈빛으로 바뀐다. "티나가 걱정하는 이유를 묻는 거라면 그건 길거리에서 할 만한 얘기가 아닌 것 같은데."

불안해하는 눈빛이 사라지고 아이의 얼굴은 다시 무표정하게 바뀐다. 훌륭한 포커 선수의 표정이다. 호지스는 그런 식으로 표정을 지을 줄 아는 용의자를 몇 명 신문한 적이 있었는데 대개 그런 부류에게서 자백을 받아내기가 가장 힘들다. 그나마 자백을 하면 다행이다.

"티나가 무슨 얘기를 했는지 모르겠지만 걱정할 만한 일이 전혀 없는데요."

"티나가 한 얘기가 사실이라면 걱정할 만한 일이 있겠던데." 호지스는 가장 그럴 듯한 미소를 지어 보인다. "가자, 피트. 너 납치하려는 거 아니야. 하늘에 대고 맹세할 수 있어."

피트는 마지못한 듯 고개를 끄덕인다. 프리우스 앞에 다다르자 아이가 걸음을 멈춘다. 계기반에 놓인 노란색 카드에 뭐라고 적혔는지 읽고 있다.

"왕년에 형사였어요, 아니면 지금도 형사예요?"

"왕년에. 저건…… 기념품이라고 해두자. 가끔 유용할 때가 있거든. 은퇴해서 5년째 연금을 받고 있어. 차에 타서 얘기하면 안 될까? 난 친구로 찾아온 거야. 여기 계속 서 있다가는 내가 녹아 버리겠어."

"제가 싫다면요?"

호지스는 어깨를 으쓱한다.

"그럼 하는 수 없지."

"좋아요. 하지만 1분만이에요. 오늘은 중간에 약국에 들러서 아버지 약을 사는 날이라 집까지 걸어가야 하거든요. 아버지는 비옥스를 드세요. 몇 년 전에 다치셔서요."

호지스는 고개를 끄덕인다.

"안다. 시티 센터에서. 그 사건, 내가 해결한 거야."

"그래요?"

"응."

피트는 조수석 문을 열고 프리우스에 올라탄다. 모르는 사람의 차를 타는 데 불안해하는 기미가 없다. 조심스럽고 신중하다면 모를까, 불안해하지는 않는다. 오랜 세월 동안 대략 1만 명의 용의자와 증인을 신문했던 호지스가 보기에 아이는 결정을 내린 눈치다. 입을 열 생각인지 다물 생각인지, 그건 알 수 없지만 이내 밝혀질 것이다.

그는 빙 돌아서 운전석에 올라탄다. 피트는 거기까지는 아무 반응도 보이지 않지만, 호지스가 시동을 걸자 긴장하며 문손잡이를 잡는다.

"긴장 풀어. 에어컨 켜려는 거니까. 너는 잘 못 느끼나 본데 더 워도 너무 덥다. 아직 6월밖에 안 됐는데. 지구 온난화 때문이겠지 만……"

"아빠 처방약 챙겨서 집에 가야 하니까 얼른 얘기 끝내죠. 제 여동 생이 뭐라고 했는데요? 걔 아직 열세 살밖에 안 된 거 아시죠? 제가 금쪽같이 아끼는 동생이긴 하지만 엄마는 티나를 호들갑 마마라고 불러요." 그러고는 이 한마디면 모든 게 설명이 된다는 듯이 이렇게 덧붙인다. "걔 친구 엘런이랑 같이「프리티 리틀 라이어스」도 빠짐 없이 챙겨 보고요."

좋다, 그러니까 말을 하지 않기로 마음을 먹은 모양이다. 놀랄 일 은 아니다. 그의 생각을 바꾸는 것이 관건이다.

"우편으로 배달된 돈이 있었다던데, 피트."

아이는 움찔하지 않는다. *이런* 하는 표정이 얼굴을 스쳐 지나가지 도 않는다. '그 문제일 줄 예상했나 보군.' 호지스는 생각한다. '여동 생 이름이 나온 순간 알아차린 거야. 사전에 경고를 들었을 수도 있 어. 티나가 생각이 바뀌어서 문자를 보냈을지 모르지.'

"뭔지 모를 그 돈 말씀이로군요. 우리 가족은 그렇게 불러요."

"그래. 그 돈 말이다."

"4년 전인가, 그때부터 들어오기 시작했어요. 제가 지금 티나의 나이 정도 됐을 때요. 거의 매달 아빠 이름으로 봉투가 배달됐어요. 편지는 없이 돈만."

"500달러였다고."

"한두 번 그보다 더 적거나 많은 적도 있었을 거예요. 제가 없는

428

동안 배달된 적도 있었고, 몇 번 반복되니까 엄마아빠도 더 이상 별말씀을 안 하셨어요."

"자꾸 얘기하면 부정 탈 수도 있으니까?"

"네, 뭐 그런 거죠. 그러다 어느 순간부터 티나가 그 돈을 제가 보내는 거라고 생각하더라고요. 말도 안 되게. 저는 그때 용돈도 못 받았는데."

"네가 아니면 누가 보낸 걸까?"

"모르겠는데요."

그는 그쯤에서 멈추려는 눈치를 보이다 말을 잇는다. 호지스는 피트가 말을 많이 해주길 바라며 조용히 귀를 기울인다. 영리한 아이지만 영리한 사람들도 가끔 말을 너무 많이 할 때가 있다. 옆에서 그런 분위기를 조성하면 말이다.

"크리스마스 때마다 월마트나 뭐 그런 데서 100달러짜리 지폐를 나눠주는 사람이 뉴스에 소개되고 그러잖아요."

"그렇지."

"저는 그 비슷한 거였다고 생각해요. 어떤 돈 많은 사람이 그날 시티 센터에서 다친 사람들 중에서 한 명에게 비밀 산타가 되어 주기로 결심했는데 우리 아빠가 뽑힌 거죠." 그는 차에 탄 이래 처음으로 고개를 돌려서 호지스를 마주 보는데, 열띤 표정을 짓고 있는 토끼 눈이 그보다 더 못 미더울 수가 없다. "어쩌면 지금도 다른 사람한테 돈을 보내고 있을지 몰라요. 가장 심하게 다쳐서 일을 할 수 없는 사람한테요."

호지스는 생각한다. '자식, 훌륭한데. 설득력이 아주 없지 않아.'

"크리스마스 때 쇼핑객들에게 무작위로 10달러나 20달러씩 1000달러를 나눠주는 거랑 4년이 넘는 기간 동안 한 가족에게 2만 달러 넘게 보내는 건 차원이 다른 문제지. 한 가족이 아니라 여러 가족이라면 상당한 거금이 되는데."

"헤지 펀드를 하는 사람일 수 있잖아요. 남들이 가난해지는 동안 돈을 벌어서 죄책감을 느끼는 그런 사람이요."

그는 이제 호지스가 아니라 앞 유리창 너머를 똑바로 쳐다보고 있다. 호지스는 그에게서 어떤 향기가 느껴지는 것 같다는 생각을 한다. 땀 냄새가 아니라 체념의 냄새다. 죽거나 부상당할 가능성이 최소 50퍼센트는 된다는 것을 알면서 전투에 나설 준비를 하는 병사들의 이미지가 다시 떠오른다.

"내 말 잘 들어라, 피트. 나는 그 돈에 대해서 관심이 없어."

"제가 보낸 게 아니라니까요!"

호지스는 밀어붙인다. 예전부터 밀어붙이는 게 그의 주특기였다.

"뜻밖의 횡재였고 너는 부모님이 힘든 시기를 극복할 수 있도록 돕는 데 그 돈을 썼어. 그건 나쁜 짓이 아니라 존경받을 만한 행동이지."

"그렇게 생각하는 사람이 별로 없을걸요? 설령 진짜 그랬다고 하더라도 말이에요."

"그건 네 착각이야. 많은 사람들이 그렇게 생각할 거다. 내가 40년 동안 경찰 생활을 하면서 쌓은 경험을 바탕으로 백 퍼센트 확실한 사실을 하나 알려 줄까? 이 도시를 통틀어서, 아니 이 *나라*를 통틀어서, 회사에서 잘리고 어떤 정신병자 때문에 다리까지 다친 아버지를 대신해서 가족을 돕는 데 자기가 우연히 주운 돈을 쓴 아이를 기소하려는 검사는 없을 거다. 그렇게 말도 안 되는 공소를 제기하면 언론에서 가만두지 않을걸?"

피트는 아무 말도 없지만 울음을 참기라도 하는 것처럼 침을 꿀꺽 삼킨다. 솔직히 털어놓고 싶은데 뭔가 걸리는 게 있는 것이다. 돈이 아니라 돈과 관련된 뭔가가 말이다. 그럴 수밖에 없다. 호지스는 매달 날아든 돈이 어디서 났는지 궁금하지만—누구라도 그럴 것이다—이제는 이 아이가 왜 이러는지가 그보다 더 궁금해진다.

"너는 부모님께 돈을 보냈고……"

"마지막으로 말씀드리지만 *아니라니까요!*"

"……한동안 아무 문제 없었는데 엄청난 사건이 터진 거야. 그게 뭔지 말해 봐, 피트. 내가 도와줄게. 내가 해결할 수 있게 도와줄게."

아이는 순간 털어놓으려는 듯이 몸을 떤다. 그러다 그의 시선이 왼쪽으로 움직인다. 호지스가 그 시선을 따라가보니 계기반 위에 올려놓은 카드가 눈에 들어온다. 경고를 의미하는 노란색이다. 위험을 의미하는 노란색이다. 업무 수행중. 호지스는 그 카드를 그냥 사물함에 넣어두고 차를 100미터쯤 멀리 세워둘걸 그랬다고 땅을 치며 후회한다. 맙소사, 날마다 운동 삼아 걷기도 하는데. 100미터 정도는 우습지도 않았을 텐데.

"아무 문제 없어요." 피트는 이제 호지스의 계기판에 달린 네비게이션처럼 기계적으로 웅얼거리지만, 관자놀이가 펄떡이고 두 손은 무릎 위에서 으스러져라 깍지를 꼈고 에어컨을 켰는데도 불구하고 얼굴에서 땀이 비친다. "저는 그 돈 보내지 않았어요. 이제 아빠 약 챙기러 가야겠어요."

"피트, 내 말 좀 들어 봐. 내가 만약 경찰이라도 지금 나눈 대화는 법정에서 증거로 채택되지 않을 거야. 너는 미성년자인데 조언을 구할 만한 성인 보호자가 지금 옆에 없잖아. 게다가 내가 그것도 미리 얘기하지 않았잖니. 미란다 원칙 말이……"

호지스가 보는 앞에서 아이의 얼굴이 은행 금고문처럼 닫힌다. *미란다 원칙*, 이 두 마디가 결정타였다.

"걱정해 주셔서 감사합니다." 피트는 예의 그 깍듯한 로봇 같은 말투로 이렇게 말한다. 그러고는 차문을 연다. "하지만 아무 문제없어요. 정말로요."

"분명 있을 텐데." 호지스는 가슴 주머니에서 명함을 꺼내 건넨다. "이거 받아라. 생각이 바뀌면 연락해. 무슨 일이든 내가 도울……"

문이 닫힌다. 호지스는 명함을 주머니에 넣고 잽싸게 멀어져 가는 피트 소버스를 바라보며 생각한다. '젠장, 망했네. 6년 전, 아니 2년 전만 됐어도 성공할 수 있었을 텐데.'

하지만 나이 탓으로 돌리는 건 너무 안일한 변명이다. 마음속 깊은 곳에서는, 좀 더 분석적이고 이성적인 그곳에서는 그가 근처에도 가지 못했다는 걸 안다. 잘하면 성공할 수 있었다고 생각한다면 착각이다. 피트는 전투 준비를 워낙 철저하게 해놓은 상태였기 때문에 경계 태세를 해제하기가 심리적으로 불가능했다.

시티 약국에 도착하자 아이는 뒷주머니에서 아버지의 처방전을 꺼내며 안으로 들어간다. 호지스는 제롬의 단축번호를 누른다.

"빌! 어떻게 됐어요?"

"좋지 않아. 시티 약국 아니?"

"당연하죠."

"처방약 받으러 거기 들어갔어. 최대한 빨리 달려와라. 아이는 집에 갈 거라고 했고 정말 그럴 수도 있지만 그게 아니라면 어디 가는지 알고 싶어서. 뒤를 밟을 수 있겠니? 아이가 내 차는 알거든. 네 차는 모를 거 아냐."

"염려 놓으세요. 출발했어요."

3분도 안 돼서 제롬이 모퉁이를 돌아 나온다. 어떤 엄마가 고등학생이라고 하기에는 너무 작아 보이는 아이 두어 명을 태우고 방금 전에 떠난 자리에 차를 댄다. 호지스는 차를 빼서 제롬에게 손을 흔들고 그녀의 번호를 누르며 가너 가에서 기다리고 있는 홀리를 향해 출발한다. 제롬이 보고할 때까지 같이 기다릴 심산이다.

22

피트의 아버지는 마침내 옥시콘틴을 끊은 이후부터 실제로 비옥스를 복용했지만 남은 약이 많다. 그가 시티 약국으로 들어서면서 뒷주머니에서 꺼내 흘끗 쳐다본 종이는 2학년 결석의 날이 있다는 소문은 헛소문이라고, 그날은 모든 결석생을 철저하게 관리하겠다고 단호하게 통보한 교감선생님의 공문이다.

피트는 공문을 펼치지 않는다. 빌 호지스가 경찰 일선에서는 은퇴했을지 몰라도 두뇌 게임까지 중단한 것처럼 보이지는 않았다. 절대 아니었다. 그래서 피트는 제대로 꺼냈는지 확인하는 것처럼 공문을 흘끗 쳐다보고 안으로 들어간다. 뒤편의 처방약 코너로 잽싸게 걸어가자 펠키 씨가 다정하게 거수경례를 한다.

"요, 피트. 오늘은 무슨 약이 필요하니?"

"아니에요, 펠키 씨, 아픈 사람 없어요. 집에서 풀어 오는 역사 시험 답안지를 안 보여 줬더니 아이들이 쫓아와서요. 아저씨 도움 좀 받을 수 있을까요?"

펠키 씨는 눈살을 찌푸리며 여닫이 문 쪽으로 걸어간다. 그는 온 가족이 엄청난 시련을 겪었는데도 늘 명랑한 피트를 좋아한다.

"어떤 녀석들이냐? 내가 꺼지라고 얘기해 줄게."

"아뇨, 제가 처리할 수 있어요. 내일요. 애들이 지금은 좀 흥분을 했거든요. 그래서 말인데요, 혹시 뒷문으로 저를 내보내 주실 수 있을지……"

펠키 씨는 한때 자기도 소년이었다고 증명이라도 하듯 공범처럼 그를 보며 윙크를 한다.

"당연하지. 그 문으로 나가면 되겠구만."

그는 연고와 알약들로 가득한 선반 사이로 앞장서더니 뒤편의 조그만 사무실로 들어간다. 문에 경보 발령 주의라고 적힌 빨간색의 큼지막한 경고문이 달려 있다. 펠키 씨는 그 옆에 달린 키패드를 한손으로 가리고 다른 손으로 숫자를 몇 개 누른다. 버저 소리가 난다.

"이제 나가면 돼."

피트는 고맙다고 인사하고 약국 뒤편의 하역장으로 잽싸게 빠져나가서 금이 간 시멘트 바닥으로 뛰어내린다. 골목길을 지나자 프레더릭 가가 나온다. 그는 퇴직 형사의 프리우스가 보이지 않는지 양옆을 확인한 뒤 달리기 시작한다. 20분에 걸쳐 로어 메인 가까지 이동하는 동안 파란색 프리우스는 눈에 띄지 않지만 만일의 경우에 대비해서 두세 번 갑작스럽게 방향을 바꾼다. 레이스메이커 레인으로 막 접어들었을 때 또다시 휴대전화 진동이 울린다. 이번에는 여동생이 보낸 문자다.

티나: 호지스 씨한테 얘기했어? 얘기했으면 좋겠는데. 엄마도 아셔. 나는 아무 말 안 했는데 벌써 알고 계시더라. 제발 화내지 마. ☹

'내가 화를 낼 수나 있겠냐.' 피트는 생각한다. 그들이 두 살 차이밖에 안 났더라면 남매간의 경쟁 관계가 성립됐을지 모르지만 그것도 별반 가능성이 없는 얘기다. 그는 가끔 짜증을 낼 때는 있지만 아무리 그녀가 제멋대로 굴어도 화를 낸 적은 한 번도 없었다.

돈의 진실은 밝혀졌지만 돈밖에 없었다고 시치미를 뗄 수 있을지 모른다. 혼자서 샤워할 수 있는 학교, 바보 같은 친구 엘런은 과거지사가 될 수 있는 학교에 여동생을 보내려고 살해당한 남자의 가장 은밀한 자산을 팔려고 했다는 사실은 감출 수 있을지 모른다.

그는 이 상황에서 깨끗하게 탈출할 수 있는 가능성이 거의 0에 가깝다는 것을 알지만 어느 순간부터—아마도 시계 바늘이 3시를 향해 천천히 움직이는 것을 바라보던 오늘 오후부터— 그건 부수적인 문제가 되었다. 이제는 공책들을, 특히 지미 골드 시리즈의 마지막 두 편을 뉴욕 대학교로 넘기고 싶은 마음뿐이다. 아니면 1950년대에 로스스타인의 단편을 거의 다 소개했던 《뉴요커》도 좋겠다. 그리고 앤드루 홀리데이를 엿 먹이고 싶은 마음뿐이다. 그것도 아주 심하게. 목구멍까지 차오르도록. 홀리데이가 로스스타인의 후기 작품들을 단 한 편이라도 돈 많은 또라이 소장가에게 팔아넘겨서 르누아르나 피카소나 애지중지하는 15세기 성서와 함께 냉난방 시설이 갖추어진 비밀 공간에 보관하도록 내버려둘 수는 없다.

어린 시절에는 피트도 공책을 매장된 보물로 여겼다. 그의 보물로 여겼다. 이제는 그게 아니라는 것을 깨달았는데, 거칠고 유쾌하며 가끔은 미치도록 감동적인 존 로스스타인의 산문 때문만은 아니다. 그 공책들은 처음부터 그의 것이 아니었다. 로스스타인은 뉴햄프셔의 농가에 숨어 지내면서 어떻게 생각했을지 몰라도 로스스타인의 것도 아니었다. 모든 이가 읽고 감상해야 할 보물이다. 그해 겨울에 토사가 살짝 무너지면서 트렁크가 보이게 된 것이 우연한 사건에 불과했을지 몰라도 피트는 그렇게 생각하지 않는다. 아벨의 피처럼 공책들이 땅 속에서 부르짖었다고 생각한다. 낭만주의자의 개 같은 소리처럼 들린대도 상관없다. 가끔 개 같은 일이라도 개무시하지 말아야 할 때도 있는 법이다.

레이스메이커 레인의 중간쯤에 다다르자 고풍스러운 소용돌이 서체로 꾸민 서점의 간판이 보인다. 영국식 선술집에나 어울림직한 간판이지만 플라우맨스 레스트나 뭐 그런 게 아니라 앤드루 홀리데이 레어 에디션스라고 적혀 있다. 그 간판을 보는 순간, 피트의 머릿속에서 일말의 의구심마저 연기처럼 사라진다.

그는 생각한다. '존 로스스타인도 당신의 호구가 아니야, 홀리데이 씨. 지금만 그런 게 아니라 예전에도 그런 적 없었어. 당신은 공책을 한 권도 가질 수 없어. 지미 골드의 표현을 빌자면 뭣도 못 가지는 거지. 경찰에 연락하면 내가 전부 다 불어 버릴 거야. 제임스 에이지 사건도 있었던 마당에 경찰에서 누구 말을 믿어 줄지 어디 두고 보자고.'

그의 어깨에 얹혀 있었던 짐 — 보이지는 않지만 아주 무거웠던 — 이 스르르 내려온다. 그의 가슴속 무언가가 오랜만에 제자리를 찾았다. 피트는 자기가 주먹을 쥐고 있다는 것도 의식하지 못한 채 빠른 걸음으로 홀리데이의 서점을 향해 다가간다.

23

3시하고 몇 분이 지났을 때 — 피트가 호지스의 프리우스가 올라탔을 무렵에 — 손님이 서점으로 들어선다. 두툼한 안경을 쓰고 희끗희끗한 염소수염을 길러도 엘머 퍼드(루니 툰 만화에 등장하는 캐릭터 — 옮긴이)를 닮은 외모가 가려지지 않는 땅딸막한 남자다.

"도움이 필요하시면 언제든 말씀하세요."

모리스는 에, 어쩐 일이에요, 선생님? 이 대사가 떠오르지만(루니 툰 만화에서 벅스 버니가 입버릇처럼 말하는 유명한 대사다 — 옮긴이) 이렇게 얘기한다.

"글쎄요." 엘머는 미심쩍은 투로 중얼거린다. "드루는 어디 갔나요?"

"미시간에 급한 집안일이 생겨서요." 모리스는 앤디가 미시간 출신이라는 걸 알기에 이 정도 선까지는 상관없지만 그 이상은 말조심을 해야 한다. 앤디가 친척들 얘기를 한 적 있을지 몰라도 다 잊어버렸다. "저는 오래전부터 알고 지낸 친구인데, 오늘 오후에 가게를 좀 봐줄 수 있겠냐고 부탁을 받았어요."

엘머는 고민하는 눈치다. 그 사이 모리스는 왼손을 등 뒤로 옮겨서 든든한 소형 자동권총을 건드린다. 소음의 위험을 감수하면서까지 이 자를 쏘고 싶지는 않지만 어쩔 수 없는 경우라면 방아쇠를 당길 것이다. 앤디의 내실에 엘머가 누울 만한 자리는 많다.

"내가 선금을 지불한 책을 그 친구가 맡아 놓고 있어요. 『그들은 말을 쏘았다』 초판이에요. 저자는……"

"호레이스 매코이죠." 모리스가 대신 말끝을 맺는다. 중간에 종잇조각이 꽂힌 책들이 카운터 왼쪽 책꽂이 — 뒤편에 보안 카메라 DVD가 숨겨져 있었던 곳 — 에 놓여 있는데 모리스는 오늘 서점에 들어온 이후에 전부 다 훑어보았다. 고객들이 주문한 책들이고 매코이의 이름도 그 중에 들어 있었다. "상태가 훌륭한 서명본. 헌사 없이 서명만. 책등이 약간 변색."

엘머는 미소를 짓는다.

"맞습니다."

모리스는 책꽂이에서 책을 꺼내며 손목시계를 흘끗 확인한다. 3시 13분이다. 노스필드 고등학교의 수업은 3시에 끝나니까 아이는 아무리 늦어도 3시 30분면 여기 도착할 것이다.

그가 종잇조각을 꺼내 보니 어빙 얀코빅, $750이라고 적혀 있다. 그는 미소를 지으며 엘머에게 책을 건넨다.

"이 책은 특히 기억이 나네요. 앤디 — 요즘은 드루라고 불리는 걸 좋아하는 눈치입니다만—가 500달러만 받겠다고 했거든요. 생각했던 것보다 좋은 가격에 구해서 손님께 그만큼 혜택을 돌려드리고 싶다면서요."

엘머는 늘 드루가 있던 자리에 처음 보는 사람이 앉아 있으니 의구심이 생겼을지 몰라도 그 의구심은 250달러를 아낄 수 있다는 소리에 연기처럼 사라져 버린다. 그는 수첩을 꺼낸다.

"그러니까…… 선금을 제하면……"

모리스는 선심을 쓰듯 손사래를 친다.

"그 친구가 선금이 얼마인지는 얘기를 하지 않았네요. 그냥 제하고 주세요. 그 친구가 손님을 어련히 믿겠습니까."

"거래한 세월이 몇 년인데 당연히 그렇겠죠." 엘머는 카운터 위로 고개를 숙이고 수표를 쓰기 시작한다. 속도가 고통스러울 정도로 더디다. 모리스는 시계를 확인한다. 3시 16분이다. "『그들은 말을 쏘았다』를 읽어 보셨나요?"

"아뇨. 그 작품은 미처 못 읽었네요."

염소수염을 기른 이 희떠운 밥맛이 수표책 앞에서 머무적거리는 동안 그 아이가 들어오면 어쩐다? 엘머 퍼드에게 앤디가 미시간에 갔다고 얘기한 마당에 소버스에게는 내실에 있다고 할 수 없지 않은가. 헤어라인에서 시작된 땀이 뺨을 타고 흘러내린다. 흐르는 땀이 느껴진다. 그는 교도소에서 성폭행을 앞둔 순간에 그런 식으로 땀을 흘리곤 했다.

"엄청난 작품이죠." 엘머는 반쯤 쓰다 만 수표 위로 펜을 들고 이렇게 말한다. "엄청난 누아르이자 『분노의 포도』에 견줄 만한 사회

고발 소설이죠." 그는 수표를 써야 할 시간에 생각을 하느라 다시 펜을 멈추는데 이제는 3시 18분이다. "음……『분노의 포도』에 비교하는 건 너무할지 모르지만『의심스러운 싸움』하고는 견줄 만해요. 그 작품은 소설이라기보다 사회당 선전 책자에 더 가깝지 않은가요?"

모리스는 그렇다고 대답한다. 손에 감각이 없다. 총을 꺼내려고 해도 떨어뜨리기 십상이겠다. 아니면 그의 엉덩이 틈새로 총알이 박히든지. 그런 생각이 들자 갑작스럽게 웃음이 터지는데 책들이 줄줄이 꽂힌 좁은 공간이라 쩌렁쩌렁 울린다.

엘머가 미간을 찌푸리며 고개를 든다.

"뭐가 그렇게 재미있어요? 스타인벡에 얽힌 무슨 일화라도 있나보죠?"

"그럴 리가요. 제가…… 앓고 있는 병이 있는데요." 모리스는 축축한 한쪽 뺨을 손으로 훑어내린다. "땀이 나다가 웃음이 터지는 병이에요." 엘머 퍼드의 표정에 그는 다시 웃음보가 터진다. 앤디와 엘머가 같이 잔 적이 있을지 궁금해지면서 살들이 출렁이며 철썩대는 장면이 그려지자 웃음소리가 더 커진다. "죄송합니다, 얀코빅 씨. 손님 때문에 웃는 게 아니에요. 그나저나…… 익살꾼으로 유명한 가수 위어드 알 얀코빅이랑 친척은 아니시죠?"

"아뇨, 전혀 아무 관계없습니다."

얀코빅이 황급하게 서명을 하고 수표를 찢어서 건네자 모리스는 웃는 얼굴로 건네받으며 존 로스스타인의 작품에 어울릴 법한 장면이라는 생각을 한다. 얀코빅은 수표를 주고받는 동안 그의 손에 자기 손이 닿지 않도록 만전을 기한다.

"웃어서 죄송합니다." 모리스는 더 크게 웃으며 말한다. 예전에 익살꾼으로 유명한 그 가수를 위어드 알 야코-빅이라고 불렀던 기억이 난다. "이게 자제가 안 되는 거라서요."

이제 시계가 3시 21분을 찍고 있는데 그것마저 재미있게 느껴진다.

"이해해요." 엘머는 책을 가슴에 끌어안고 뒷걸음질을 친다. "고맙습니다."

그는 허둥지둥 입구 쪽으로 달려간다. 모리스는 그의 뒤통수에 대고 외친다.

"저한테 할인받았다고 앤디한테 꼭 전해 주세요. 그 친구를 만나시거든요."

모리스는 이렇게 얘기하고 나서 기발하다는 생각에 배꼽을 잡고 웃는다. 그 친구를 만나시거든요! 아셨죠?

발작이 마침내 잦아들 무렵에는 3시 25분이고, 어빙 '엘머 퍼드' 얀코빅 씨를 괜히 서둘러서 내쫓았다는 생각이 처음으로 모리스의 머리를 스치고 지나간다. 어쩌면 아이가 생각을 바꿨을지 모른다. 어쩌면 아이는 오지 않을지 모르고 그러면 재미있을 일이 하나도 없다.

'괜찮아.' 모리스는 생각한다. '안 나타나면 집으로 찾아가면 되지. 그러면 당하는 쪽은 그 아이가 될 거야. 그렇지 않겠어?'

24

3시 40분.

이제는 노란색 갓길에 차를 댈 필요가 없다. 아이들을 태우느라 학교 주변을 가득 메웠던 학부모들이 전부 다 사라졌다. 스쿨버스들도 출발했다. 호지스, 홀리, 제롬은 한때 홀리의 사촌 올리비아의 것이었던 메르세데스 세단에 앉아 있다. 시티 센터에서 살인 무기로 쓰였던 차이지만 지금 당장은 세 사람 모두 신경 쓰지 않는다. 다른 생각들을 하고 있기 때문인데, 주로 토머스 소버스의 아들에 대한 생각이다.

"그 아이가 난처한 지경에 놓였을지 몰라도 머리 회전이 빠른 건 인정해야겠네요." 제롬이 말한다. 그는 시티 약국 앞에 차를 세워 놓고 10분을 기다리다가 안으로 들어가서 뒤를 밟아야 할 아이가 이미 사라졌다는 것을 확인한 참이다. "프로도 이보다 더 솜씨가 좋을 수는 없었겠어요."

"그러게." 호지스가 말한다.

아이가 비행기를 훔친 매든보다 더 어려운 과제가 되어 버렸다. 호지스는 약사에게 직접 물어보지 않았지만 그럴 필요도 없었다. 피트는 거기서 몇 년 동안 약을 지어 왔기에 그는 약사를 알고 약사는 그를 안다. 아이가 그럴듯한 거짓말을 지어내자 약사가 뒷문을 열어 주었고 족제비는 휙 하고 그길로 도망쳐 버렸다. 그들은 그럴 필요가 없어 보였기에 프레더릭 가는 지키지 않았다.

"이제 어쩌죠?" 제롬이 묻는다.

"소버스네 집으로 가야 하지 않을까. 티나가 부탁한 대로 그 아이의 부모님 모르게 사건을 해결할 수 있는 일말의 가능성이 있었는데 이제는 물 건너간 얘기가 되어 버린 것 같군."

"그 아이가 보낸 돈이었다는 걸 어느 정도 눈치 채셨을 거예요."
제롬이 말한다. "이러니저러니 해도 부모님이잖아요."

호지스는 *보지 않으려는* 사람들만큼 눈이 먼 사람들도 없다고 말할까 하다가 어깨만 으쓱한다.

홀리는 지금까지 아무 말도 하지 않고, 팔짱을 낀 채 손끝으로 어깨를 가볍게 두드리며 보트만 한 자기 차의 운전대 앞에 앉아 있을 뿐이다. 그러다 뒷좌석에 널브러져 있는 호지스를 돌아본다.

"피트한테 공책에 대해서 물어봤어요?"

"그럴 겨를이 없었어요." 홀리가 그 공책에 워낙 집착하고 있으니 그녀를 생각해서라도 물어봤어야 하는 건데, 솔직히 까맣게 잊어버렸다. "이제 그만 가겠다고 하더니 뛰쳐나가 버렸거든요. 심지어 명함도 받지 않고."

홀리는 학교 쪽을 가리킨다.

"히피 리키를 만나고 가는 게 좋겠어요." 그녀는 두 사람이 아무 대꾸도 하지 않자 이렇게 덧붙인다. "피터네 *집은 계속* 그 자리에 있을 거잖아요. 날아가거나 뭐 그러지 않잖아요."

"밑져야 본전이겠죠." 제롬이 말한다.

호지스는 한숨을 쉰다.

"그 선생한테 뭐라고 할 건데요? 학생 중 한 명이 돈더미를 줍거나 훔쳐서 부모님한테 용돈처럼 주었다고 할 거예요? 쥐뿔도 모르는 선생보다 부모님이 먼저 알아야 하는 거 아니에요? 그리고 피트가 직접 말씀드려야 하고요. 그러면 다른 건 몰라도 여동생만큼은 책임을 면할 수 있잖아요."

"하지만 그 아이가 부모님한테는 비밀로 하고 싶은 난처한 상황에 놓였는데 그래도 누군가에게 털어놓고 싶다면…… 그럴 만한 어른이……"

호지스를 도와서 브래디 하츠필드 사건을 해결한 뒤로 4년이 지난 지금, 제롬은 투표도 하고 합법적으로 술도 살 수 있는 나이가 됐지만 그래도 문득 감당할 수 없는 일이 벌어졌다는 것을 깨달은 열일곱 살의 심정을 아직은 이해할 수 있다. 그런 사태가 벌어지면 인생 경험이 많은 사람에게 이야기를 하고 싶어진다.

"제롬 말이 맞아요." 홀리가 말한다. 그녀는 호지스를 돌아본다. "선생님을 찾아가서 피트가 아무 조언을 구한 적이 없는지 알아봐요. 왜 그러냐고 물으면……"

"당연히 왜 그러냐고 묻겠죠." 호지스가 말한다. "그리고 난 기밀 사항이라고 주장할 입장도 못 돼요. 변호사가 아니니까."

"성직자도 아니고요."

제롬이 옆에서 거들지만 별 도움은 되지 않는다.

"그 가족이랑 친구라고 하면 되잖아요." 홀리는 딱 잘라서 말한다. "그건 사실이잖아요." 그녀는 문을 연다.

"어떤 예감 같은 게 느껴지는 모양이로군." 호지스가 말한다. "그렇죠?"

"맞아요." 그녀는 말한다. "홀리의 예감이에요. 이제 가요."

그들이 정문 쪽의 널찍한 계단을 올라가서 교육은 인생의 등불이라는 교훈 아래를 통과했을 때 앤드루 홀리데이 레어 에디션스의 문이 다시 열리면서 피트 소버스가 들어온다. 그는 중앙의 통로를 걸어오다가 미간을 찡그리며 걸음을 멈춘다. 카운터 앞에 앉아 있는 사람이 홀리데이가 아니었던 것이다. 여러모로 홀리데이와 *정반대*에 가까워서 얼굴이 발그스름하다기보다 창백하고(섬뜩하게 시뻘건 입술만 예외다.), 대머리가 아니라 백발이고, 뚱뚱하지 않고 호리호리하다. 비쩍 말랐다고 할 수 있을 정도다. 맙소사. 피트는 대본이 쓸모없어질 줄 알았지만 이렇게 금세 그렇게 될 줄은 몰랐다.

"홀리데이 씨는 어디 계신가요? 만나기로 약속이 되어 있는데요."

낯선 남자는 미소를 짓는다.

"아, 알아요. 그 친구가 그쪽 이름은 얘기하지 않고 그냥 젊은 남자가 올 거라고만 했지만. 가게 뒤편의 사무실에서 기다리고 있어요." 거짓말은 아니다. 어떻게 보면. "노크하고 들어가면 돼요."

피트는 살짝 긴장을 푼다. 『앵무새 죽이기』 중고책을 찾는 사람이 아무 때라도 들어와서 훼방을 놓을 수 있는데 홀리데이가 이렇게 중요한 일을 여기서 처리할 리 없다. 앞일을 미리 생각하는 신중한 성격 아닌가. 피트도 신중하게 접근하지 않으면 이 사태에서 무사히 빠져나갈 수 있는 일말의 가능성마저 날아가 버릴 것이다.

"고맙습니다."

그는 이렇게 말하고 높은 책장 사이를 지나서 가게 뒤편으로 걸어간다.

그가 카운터 앞을 지나자마자 모리스는 자리에서 일어나 가게 앞쪽으로 잽싸게 하지만 조용히 달려간다. 문에 달린 팻말을 OPEN에서 CLOSED로 바꾼다.

그런 다음 빗장을 지른다.

26

노스필드 고등학교 본관의 행정실 직원은 방과 후에 찾아온 3인의 방문객을 호기심 어린 눈빛으로 쳐다보기만 할 뿐 아무것도 묻지 않는다. 낙제생을 구제하러 나선 가족인가 보다고 생각하는 눈치다. 그들의 정체가 뭐가 됐건 하위 리커가 상대할 손님이다.

그녀는 여러 색의 단추들로 가득 덮인 자석 보드를 확인한다.

"담임반 교실에 계시겠네요. 3층 309호인데 남아 있는 학생이 없는지 창문으로 미리 확인해 주세요. 오늘 4시까지 상담 시간인데 학기가 2~3주밖에 안 남아서 기말 보고서 문제로 도움을 받고 싶어 하는 학생들이 많거든요. 아니면 시간을 좀 더 달라고 하든지."

호지스가 고맙다고 인사하고 그들은 구두 뒤축 소리로 사방을 울려 가며 다 같이 계단을 올라간다. 아래층 어딘가에서 4중주단의 「그린슬리브스」 연주 소리가 들린다. 위층 어딘가에서 원기 왕성한 남학생이 명랑하게 외친다.

"너는 밥맛이야, 멀론!"

309호는 3층 중간쯤에 있는 교실인데 눈이 화끈거릴 정도로 화려한 페이즐리 무늬 셔츠의 맨 위 단추를 풀고 넥타이를 느슨하게 맨리커 선생님이 양손을 요란하게 흔드는 어떤 여학생과 얘기하는 중이다. 리커는 흘끗 시선을 들어서 손님들이 온 것을 확인한 뒤 다시 여학생 쪽으로 관심을 돌린다.

손님들은 여름 학기, 여름 워크숍, 여름 휴양지, 연말 댄스파티를 홍보하는 포스터들이 붙어 있는 벽을 등지고 선다. 여학생 두 명이 복도를 춤추며 걸어오는데 둘 다 소프트볼 운동복에 모자를 쓰고 있다. 한 명은 뜨거운 포수 글러브를 이 손에서 저 손으로 던지며 그걸로 수건돌리기 게임을 한다.

홀리의 휴대전화에서 「조스」의 음산한 주제가가 울린다. 한 여학생이 그들 앞을 그대로 지나가면서 "좀 더 큰 보트가 있어야겠어." (「조스」의 유명한 대사다 — 옮긴이)라고 하고, 둘이 같이 웃음을 터뜨린다.

홀리는 전화기를 들여다보고 다시 집어넣는다.

"티나가 문자 메시지를 보냈어요." 그 말에 호지스는 눈썹을 추켜세운다. "어머니가 돈에 대해서 아셨대요. 아버지도 퇴근하자마자 아시게 될 거라고 하고요." 그녀는 리커 선생님의 닫힌 교실 문을 턱으로 가리킨다. "이제는 비밀로 할 필요가 없어요."

어두컴컴한 내실의 문을 열었을 때 피트가 가장 먼저 느낀 것은 파도처럼 들이닥친 악취다. 쇳가루와 썩은 양배추를 섞어 놓은 것처럼 금속성이면서도 생물적인 냄새다. 그 다음으로 느낀 것은 나지막이 윙윙거리는 소리다. 파리 소리인 것 같다는 생각이 들고, 안에 뭐가 있는지 보이지 않지만 무거운 가구가 쿵 하고 쓰러지듯 그 냄새와 소리가 그의 머리를 강타한다. 그는 도망치려고 몸을 돌린다.

입술이 빨간 점원이 가게 뒤편을 밝히는 전구 밑에 서 있는데 금색의 소용돌이 무늬가 새겨진 검은색과 빨간색의 섬뜩하게 깜찍한 총을 들고 있다. 피트의 머릿속에 맨 처음 떠오른 생각은 그 총이 가짜처럼 보인다는 것이다. 영화에 나오는 총들은 가짜처럼 보인 적이 없는데.

"흥분하지 마, 피터." 점원이 말한다. "바보 같은 짓만 하지 않으면 네가 다칠 일은 없을 거야. 그냥 얘기 좀 하자는 거니까."

피트의 머릿속에 두 번째로 떠오른 생각은 '거짓말'이다. '당신 눈을 보면 거짓말이라는 걸 알 수 있어.'

"몸을 돌리고 한 발짝 앞으로 걸어가서 불을 켜라. 스위치는 문 왼쪽에 있어. 그런 다음 안으로 들어가는데 등에 총알 박히고 싶지 않으면 문 닫을 생각은 하지도 마."

피트는 한 걸음 내딛는다. 가슴 아래쪽 뱃속이 전부 다 요동을 치는 느낌이다. 어린애처럼 바지에다 오줌을 싸는 일만은 없길 바랄 따름이다. 그게 그렇게 중요한 문제는 아닐 텐데 ─ 겨누어진 총을 보고 팬티를 적시는 사람이 어디 한두 명일까 — 중요한 일처럼 느껴진다. 그는 왼손으로 더듬더듬 스위치를 찾아서 누른다. 축축한 카펫 위에 누워 있는 무언가를 보았을 때 그는 비명을 지르려고 하지만 횡격막의 근육이 말을 듣지 않아서 희미한 신음소리를 내고 그만이다. 파리들이 홀리데이 씨의 얼굴 주변을 날아다니거나 그 위에 앉아 있는데 얼굴에는 남은 부분이랄 게 별로 없다.

"나도 알아." 점원이 이해한다는 듯이 말한다. "별로 보기 좋지가 않지? 시범 케이스는 원래 보기 좋을 수가 없거든. 나를 열 받게 해서 저렇게 된 거야, 피트. 너도 나를 열 받게 할 거니?"

"아뇨." 피트는 떨리는 고음으로 대답한다. 그의 목소리가 아니라 티나의 목소리 같다. "안 그럴게요."

"교훈을 제대로 배운 모양이로군. 들어가. 아주 천천히, 하지만 난장판은 피해서 가도 좋아."

피트는 거의 아무 감각이 없는 다리를 움직여서 카펫의 피로 물든 부분을 피해 가며 한 책장을 따라서 왼쪽으로 조금씩 움직인다. 발로 디딜 수 있는 부분이 많지 않다. 처음에 느꼈던 충격이 멍한 공포로 바뀌었다. 빨간 입술이 계속 생각난다. 빨간 망토에게 "너한테 뽀뽀를 더 잘해 주려고 그러지."라고 했던 크고 못된 늑대가 계속 생각난다.

'머리를 써야 해.' 그는 속으로 중얼거린다. '머리를 쓰지 않으면 나도 여기서 죽을 거야. 이러나저러나 죽을지 모르지만 머리를 쓰지 않으면 백 퍼센트야.'

그는 거무스름한 핏자국을 피해서 걸어가다가 체리목 사이드보드에 앞을 가로막히자 걸음을 멈춘다. 반대편으로 넘어가려면 카펫의 피로 물든 부분을 밟아야 하는데 아직 마르지 않아서 찍 하는 소리가 날지 모른다. 사이드보드에는 술이 담긴 크리스털 디캔터와 납작한 잔들이 여러 개 놓여 있다. 책상 위에 놓인 도끼는 위에 달린 조명의 불빛을 받고 날을 번뜩인다. '빨간 입술이 저걸로 홀리데이 씨를 죽였군.' 피트는 한층 더 겁에 질려야 했겠지만 도끼를 보고 오히려 뺨을 한 대 세게 얻어맞은 것처럼 정신을 번쩍 차린다.

피트의 등 뒤에서 딸깍 소리와 함께 문이 닫힌다. 점원이 아닌 게 분명한 점원이 그 문에 기대고 서서 조그맣고 깜찍한 총으로 피트를 겨눈다.

"좋아." 그는 말하고 미소를 짓는다. "이제 얘기를 좀 할 수 있겠군."

"뭐…… 뭐……" 피트는 헛기침을 하고 이번에는 좀 더 자기다운 목소리로 다시 묻는다. "뭘요? 무슨 얘기를요?"

"모르는 척하지 마. 공책. 네가 훔친 공책 말이다."

피트의 머릿속에서 퍼즐 조각이 전부 다 맞추어진다. 그의 입이 떡 벌어진다.

점원이 아닌 점원은 미소를 짓는다.

"아. 마침내 알아차린 모양이로군. 어디 뒀는지 얘기해. 그러면 여기서 살아 나갈 수 있을지도 몰라."

피트는 아닐 거라고 생각한다.

그러기엔 그가 아는 게 이미 너무 많다고 생각한다.

28

교실 밖으로 나온 여학생의 웃는 얼굴을 보니 상담이 잘 끝난 모양이다. 그녀는 심지어 복도 저편으로 달려가면서 손가락을 살짝 흔들기까지 한다. 세 사람 모두에게 흔든 것일 수도 있지만 제롬에게 흔든 것일 가능성이 더 크다.

문 앞까지 학생을 따라 나온 리커 선생님은 호지스와 일행을 쳐다본다.

"제 도움이 필요해서 찾아오셨나요, 신사 숙녀 여러분?"

"도움이 될 것 같지는 않습니다만." 호지스가 대답한다. "그래도 한번 여쭤봐서 나쁠 건 없겠죠. 들어가도 되겠습니까?"

"물론입니다."

그들은 모범생처럼 맨 앞줄 책상에 앉는다. 리커는 자기 책상에 걸터앉는데 학생 면담을 할 때는 자제하는 스스럼없는 태도다.

"학부모는 아니신 것 같은데 무슨 일이죠?"

"선생님께서 가르쳤던 학생 문제로 찾아왔어요." 호지스가 말한다. "피터 소버스라는 학생인데요. 그 아이가 난처한 상황에 놓인 것 같아서요."

리커는 미간을 찌푸린다.

"피트가요? 그럴 리가요. 제가 지금까지 가르친 학생들 중에서 가장 손꼽히는 모범생인데요. 문학, 특히 미국 문학을 진심으로 사랑하는 아이예요. 매 학기마다 우등생 명단에 들고요. 어떤 난처한 상황에 놓였다고 생각하시는 건가요?"

"그걸 모르겠다는 게 문제입니다. 제가 물어봤는데 대답을 완강하게 거부하네요."

리커의 미간에 잡힌 주름살이 더 깊어진다.

"제가 아는 피트 소버스는 그럴 아이가 아닌데요."

"그 아이가 몇 년 전에 입수한 돈과 연관이 있는 문제인 듯합니다. 저희가 아는 선까지 말씀드릴게요. 잠깐이면 됩니다."

"설마 약물에 연루된 건 아니겠죠?"

"아닙니다."

리커는 안심한 눈치다.

"다행이네요. 그런 경우를 하도 많이 봐서요. 똑똑한 아이들도 멍청한 아이들 못지않게 위험에 노출돼 있죠. 더 심한 경우도 있고요. 말씀해 주세요. 제가 도울 일이 있다면 돕겠습니다."

호지스는 소버스 가족이 말 그대로 가장 암울했던 시기에 그 집으로 돈이 배달되기 시작했다는 이야기로 포문을 연다. 뭔지 모를 돈이 끊기고 7개월이 지났을 때부터 피트는 스트레스에 시달리며 불안해하는 모습을 보이기 시작했다. 여동생 티나는 오빠가 뭔지 모를 돈과 같은 출처를 통해 돈을 좀 더 마련하려고 했다가 난처한 상황에 놓이게 된 게 분명하다고 생각했다.

"수염을 길렀죠." 호지스의 이야기가 끝나자 리커는 생각에 잠긴 투로 중얼거린다. "지금은 데이비스 선생님의 문예 창작 수업을 듣지만 한번 복도에서 만났을 때 그 수염을 보고 제가 놀린 적이 있어요."

"선생님의 농담에 어떤 반응을 보이던가요?" 제롬이 묻는다.

"내 농담이 들리기는 했나 싶었어요. 다른 별에 있는 듯한 표정이었거든요. 하지만 다들 아시다시피 중고등학생들이 대개 그렇잖아요. 여름방학이 코앞으로 다가오면 더욱 심해지고요."

홀리가 묻는다.

"그 아이가 선생님께 공책 얘기를 꺼낸 적은 없나요? 몰스킨 공책 얘기를요."

리커는 곰곰이 기억을 더듬고, 홀리는 기대하는 눈빛으로 그런 그를 쳐다본다.

"아뇨." 마침내 그가 대답한다. "없는 것 같은데요."

그녀는 풀이 죽는다.

"무슨 일로 선생님을 찾아온 적은 없습니까?" 호지스가 묻는다. "아무리 사소한 일이라도 좋아요. 저도 딸을 키워 봐서 아이들이 어떤 식으로 암호를 동원해서 고민을 털어놓는지 알거든요. 선생님도 아실 거라고 봅니다만."

리커는 미소를 짓는다.

"친구 누구누구 수법 말인가요?"

"네?"

"'제 친구 누구누구의 여자친구가 임신을 했다는데요.' 아니면 '제 친구 누구누구가 남학생 탈의실 벽에 스프레이로 동성애자 혐오 낙서를 한 범인을 안다는데요.' 이런 거 말입니다. 2~3년 동안 교직생활을 하고 나면 모든 교사들이 친구 누구누구 수법에 대해서 알아차리죠."

"피트도 그런 식으로 친구를 운운한 적이 있었나요?"

제롬이 묻는다.

"내가 기억하는 한 없어요. 정말 죄송합니다. 어떻게든 도움을 드릴 수 있으면 좋겠는데."

홀리가 별로 기대하지 않는 투로 조그맣게 묻는다.

"비밀 일기장을 간직하고 있다든지 어떤 공책에서 귀한 정보를 발견했다든지 그런 친구도 없었겠죠?"

리커는 고개를 젓는다.

"네. 정말 죄송합니다. 아, 피트가 난처한 상황에 놓였다는 상상조차 하기 싫네요. 제가 지금까지 채점한 기말 보고서 중에서 손꼽히는 보고서를 그 녀석이 제출했었거든요. 지미 골드 삼부작을 주제로요."

"존 로스스타인." 제롬이 웃는 얼굴로 중얼거린다. "예전에 저도 그 작품 속의 유명한 문구가 적힌 티셔츠를 입고 다녔는데……"

"뭔지 알겠어요." 리커가 말한다. "개 같은 일은 개무시하는 거다."

"아뇨. 그게 아니라 어느 누구의 음…… 호구도 될 생각이 없다고 적힌 티셔츠였어요."

"아." 리커가 웃으며 말한다. "그거요."

호지스는 자리에서 일어난다.

"제 취향은 마이클 코널리 쪽입니다만. 어쨌든 시간 내주셔서 감사합니다."

그는 손을 내민다. 리커가 악수를 한다. 제롬도 자리에서 일어나지만 홀리는 그대로 앉아 있다.

"존 로스스타인이라면." 그녀가 말한다. "자기 부모한테 신물이 나서 뉴욕으로 도망친 아이 이야기를 쓴 작가 맞죠?"

"네, 그게 골드 삼부작의 첫 작품이었죠. 피트가 로스스타인이라면 사족을 못 썼어요. 아마 지금도 그럴 겁니다. 대학생이 되면 새로운 영웅을 만나겠지만 제 수업을 들었을 때에는 로스스타인을 신처럼 떠받들었죠. 그 작가의 작품을 읽어보셨나요?"

"아뇨." 홀리도 자리에서 일어나며 대답한다. "하지만 영화를 워낙 좋아해서 데드라인이라는 웹사이트에 수시로 접속하거든요. 할리우드의 최근 소식을 읽으려고요. 예전에 제작자마다 『러너』를 영화로 만들고 싶어 한다는 기사가 실린 적이 있어요. 문제는 아무리 거액을 제시해도 작가가 꺼지라고 했다는 거라면서."

"로스스타인답네요. 괴팍한 성격으로 유명했거든요. 영화라면 질색했고요. 바보들을 위한 예술이라고 주장했죠. *시네마*라는 단어를 비웃으면서. 그걸 주제로 에세이도 쓴 적 있을 거예요."

홀리의 얼굴이 환해진다.

"그러다 살해를 당했는데 유언장이 없었기 때문에 온갖 법적인 문제들로 인해 계속 영화로 만들 수가 없게 된 거죠."

"홀리, 이제 가야 해요." 호지스가 말한다.

그는 소버스의 집으로 찾아가고 싶은 마음이 굴뚝같다. 피트가 지금 어디 있을지 몰라도 결국에는 집으로 돌아올 게 아닌가.

"네…… 그럼……"

그녀는 한숨을 쉰다. 40대 후반으로 접어들었고 신경 안정제를 먹는데도 홀리는 여전히 감정의 기복이 심하다. 이제는 반짝이던 눈빛이 사그라지고 처참하게 풀이 죽은 모습이다. 호지스는 그런 그녀가 안쓰러워서 예감이 맞아떨어지는 경우가 별로 없더라도 포기하면 안 된다고 얘기해 주고 싶어진다. 맞아떨어지면 대박이 터지는 거라고 얘기해 주고 싶어진다. 하지만 주옥같은 명언이라고 할 수는 없으니 나중에 단둘이 있는 자리에서 얘기할 생각이다. 쓰린 속을 조금이나마 달랠 수 있게 말이다.

"시간 내주셔서 감사합니다. 리커 선생님."

호지스는 문을 연다. 저 멀리서 꿈결처럼 「그린슬리브스」 연주가 희미하게 들려온다.

"맙소사." 리커가 말한다. "잠깐만요."

그들은 그를 돌아본다.

"피트가 얼마 전에 저를 찾아온 적이 있었어요. 하지만 제가 워낙 많은 학생들을 만나다 보니……"

호지스는 이해한다는 뜻에서 고개를 끄덕인다.

"그리고 사춘기 특유의 질풍노도 문제로 온 게 아니라 아주 즐거운 대화를 나누었거든요. 홀리 씨가 말씀하신 책 이야기를 듣고 방금 전에서야 기억이 났네요. 『러너』가 주제였거든요." 리커가 살짝 미소를 짓는다. "그런데 피트는 친구 누구누구라고 하지 않았어요. 삼촌 누구누구라고 했지."

호지스는 불붙은 도화선처럼 환하고 뜨거운 무언가에서 불꽃이 이는 것을 느낀다.

"피트의 삼촌이 뭘 어쨌기에 의논을 하러 왔던가요?"

"피트 말로는 자기 삼촌에게 『러너』 초판본이 있다고 했어요. 그런데 자기가 로스스타인 팬인 걸 알고 피트에게 주겠다고 했대요. 아무튼 그 아이 말로는 그랬어요. 그러면서 그걸 팔고 싶다고 하더군요. 우상처럼 떠받드는 작가의 서명본을 정말로 팔고 싶으냐고 제가 물었더니 심각하게 고민 중이라고 했어요. 여동생을 무슨 사립학교에 보내는 데 보태고 싶다면서요. 학교 이름은 기억이 안 나는데……"

"채플 리지요." 홀리가 말한다. 눈빛이 다시 반짝이고 있다.

"맞는 것 같아요."

호지스는 천천히 책상 쪽으로 돌아간다.

"어떤 대화를 나누었는지 기억이 나는 대로 전부 다 저한테…… 아니, *저희*한테…… 얘기해 주셨으면 합니다만."

"그게 전부였는데 딱 한 가지 미심쩍은 부분이 있었어요. 자기 삼촌이 그 책을 포커 게임에서 땄다는 거예요. 소설이나 영화라면 모를까, 실제로는 그런 일이 거의 없지 않을까 생각했던 기억이 나요. 물론 현실이 예술을 모방하는 경우도 가끔 있기는 하지만요."

호지스가 어떤 식으로 물어보면 좋을지 고민하는 동안 제롬이 선수를 친다.

"선생님께 서점에 대해서 물어보던가요?"

"네, 그걸 물어보려고 찾아온 거였어요. 인터넷에서 알아본 이 동네 서점 명단을 들고 왔더라고요. 그중 한 군데는 가지 말라고 했어요. 미심쩍은 구석이 있는 업자라."

제롬은 홀리를 쳐다본다. 홀리는 호지스를 쳐다본다. 호지스는 하워드 리커를 쳐다보며 누가 봐도 빤한 다음 질문을 한다. 그는 이제 관심 충만이다. 머릿속에서 도화선이 이글거리고 있다.

"미심쩍은 구석이 있는 그 업자 이름이 뭡니까?"

29

피트가 보기에 목숨을 부지할 수 있는 방법은 딱 한 가지뿐이다. 로스스타인의 공책이 어디 있는지 알아내지 못하는 한, 빨간 입술과 밀가루 반죽 같은 안색의 소유자는 보면 볼수록 깜찍함이 덜해 가는 총으로 그를 쏠 수 없게 된다.

"당신은 홀리데이 씨의 파트너죠, 그렇죠?" 그는 시신을 외면한 채―너무 끔찍해서 차마 쳐다볼 수가 없다― 그쪽을 턱으로 가리키며 묻는다. "홀리데이 씨의 공범이죠?"

빨간 입술은 잠깐 빙그레 웃더니 충격을 완전히 극복했다고 생각하고 있던 피터에게 새로운 충격을 선사한다. 시신을 향해 침을 뱉은 것이다.

"이 친구는 내 파트너였던 적이 한 번도 없었어. 아주 오래전에 기회가 한 번 있기는 했지. 피터, 네가 태어나기도 훨씬 전에. 시간을 벌려는 네 노력은 가상하다만 본론으로 돌아가자. 공책들은 어디 있지? 네 집에 있나? 그나저나 예전에 내가 그 집에서 살았어. 우연의 일치치고는 참 희한하지?"

또 한 방의 충격이다.

"그 집이……"

"그것도 오래전 얘기야. 신경 쓸 것 없어. 그 공책들, 거기 있는 거냐?"

"아뇨. 한동안 거기 두었다가 다른 데로 옮겼어요."

"나더러 그 소릴 믿으라고? 못 믿겠는데."

"저 사람 때문에 그렇게 됐어요." 피트는 다시 턱으로 시신을 가리킨다. "공책을 몇 권 팔려고 했더니 경찰에 알리겠다고 협박을 하잖아요. 그래서 옮기는 수밖에 없었어요."

빨간 입술은 잠깐 고민하다 고개를 끄덕인다.

"좋아, 믿어 주지. 저 친구한테 들은 얘기하고 맞아떨어지네. 그래서 어디로 옮겼지? 얘기해, 피터. 털어놓으라고. 그러고 나면 우리둘 다 속이 후련해질 거야. 특히 나보다 네가 더 그렇겠지. 해치워야할 일이라면 얼른 해치우는 편이 좋다.「맥베스」1막."

피트는 털어놓지 않는다. 털어놓으면 그는 바로 죽는다. 이 자가애초에 공책을 훔친 범인이었다는 것을 이제는 알겠다. 이 자가 30여년 전에 공책을 훔치고 존 로스스타인을 살해했다. 그리고 홀리데이씨마저 죽였다. 그런 작자가 그 명단에 피트 소버스의 이름이 추가된다고 양심의 가책을 느낄까?

빨간 입술은 쉽사리 그의 생각을 간파한다.

"너를 죽일 필요도 없어. 적어도 지금 당장은 말이다. 네 다리에총알을 박으면 그만이야. 그래도 입을 열지 않으면 불알을 쏠 테다.그게 없어지면 너같이 젊은 애가 무슨 낙으로 살겠니. 안 그래?"

궁지에 몰리자 피트에게 남은 것은 사춘기 청소년들만 느낄 수 있는, 감당할 수 없을 정도로 이글거리는 분노뿐이다.

"당신이 죽였어! 당신이 존 로스스타인을 죽였어!" 두 눈에 고인 눈물이 뺨을 타고 뜨끈하게 흘러내린다. "20세기가 낳은 가장 위대한 작가였는데 당신이 그 집으로 쳐들어가서 죽였어! 돈 때문에! 오로지 돈 때문에!"

"돈 때문에 그런 게 아니었어!" 빨간 입술이 되받아친다. "*그자가 변절을 해서 그런 거였지!*"

그는 총구를 살짝 내리고 한 발짝 앞으로 걸어나온다.

"지미 골드를 골로 보내 놓고 그걸 광고업체라고 포장했잖아! 그리고 네가 무슨 권리로 잘난 척하는 거냐? 너야말로 그 공책들을 팔려고 했잖아! 나는 그걸 팔려고 한 적 없었어. 젊고 어리석었던 시절에는 한 번쯤 그런 생각을 했을지 몰라도 지금은 아니야. 그냥 읽고 싶을 뿐이지. 그 공책들은 내 것이야. 잉크를 손끝으로 더듬으며 그가 자기 손으로 직접 적어 놓은 단어들을 느끼고 싶다. 지난 36년 동안 내가 미치지 않고 버틸 수 있었던 이유는 그것뿐이었어!"

그는 한 발짝 더 앞으로 걸어나온다.

"그래, 그리고 트렁크에 들어 있었던 돈은 어떻게 됐지? 네가 그것도 가져갔냐? 당연히 그랬겠지! 도둑은 내가 아니라 너야! *너라고!*"

그 순간 피트는 폭발하는 바람에 도망쳐야 한다는 생각을 잊는다. 그가 마지막으로 내뱉은 비난이 부당할지는 몰라도 맞는 말이기 때문이다. 피트는 디캔터를 집어서 자신을 괴롭히는 자를 향해 힘껏 던진다. 빨간 입술이 예상하지 못했던 공격이다. 그가 움찔하며 몸을 살짝 오른쪽으로 틀자 병이 어깨에 부딪친다. 병이 카펫 위로 떨어지면서 유리 마개가 빠져나온다. 코를 톡 쏘는 자극적인 위스키 냄새가 묵은 피 냄새와 섞인다. 식사를 방해당한 파리 떼가 짜증난 듯 구름 떼처럼 모여서 윙윙거린다.

피트는 총의 존재를 까맣게 잊은 채 다른 디캔터를 집어서 곤봉처럼 들고 빨간 입술을 향해 달려든다. 그러다 대자로 뻗은 홀리데이의 다리에 걸려서 한쪽 무릎을 꿇으며 넘어지는데, 순간 빨간 입술이 방아쇠를 당기자—밀폐된 공간이라 힘없이 박수를 치는 소리가 난다—총알이 가르마를 탈 수 있을 만큼 가깝게 머리 위로 날아간다. 그는 비명을 지르며 뒤로 휘청하다가 벽에 부딪친다.

등 뒤로 디캔터가 두 개 남아 있지만 몸을 돌려서 집을 시간이 없다. 피트는 일어나서 책상에 놓인 손도끼를 집는데 고무로 덮인 손잡이가 아니라 윗부분을 잡는다. 날이 손바닥을 파고들자 따끔거리지만 다른 나라에 사는 다른 사람의 아픔처럼 멀게 느껴진다. 빨간 입술은 총을 꽉 붙잡고 다시 쏠 준비를 하고 있다. 피트는 이성적인 판단이 불가능하지만, 지금까지 한 번도 닿은 적 없는 머릿속 깊숙한 지점에서 빨간 입술과 몸싸움을 벌이면 총을 빼앗을 수 있을 것 같은 느낌이 든다. 그것도 쉽게 빼앗을 수 있을 것 같은 느낌이 든다. 그가 더 젊고 힘이 세지 않은가. 하지만 책상이 둘 사이를 가르고 있기에 그는 대신 손도끼를 던진다. 손도끼는 토마호크(북아메리카 원주민들이 쓰던 커다란 도끼—옮긴이)처럼 빨간 입술을 향해 빙글빙글 날아간다.

빨간 입술은 비명을 지르며 총을 잡은 쪽 손을 들어서 얼굴을 가리며 몸을 움츠린다. 손도끼의 뭉툭한 쪽이 그의 팔뚝을 강타한다. 날아간 총이 책장을 때리고 바닥으로 덜거덕 떨어진다. 총알이 발사

되면서 또다시 박수 소리가 들린다. 두 번째 총알이 어디로 날아갔는지 피트로서는 알 길이 없지만 그를 맞히지 않았으니 그러면 된 거다.

빨간 입술이 숱이 없는 백발로 눈을 덮고 턱에서 피를 뚝뚝 흘리며 총을 향해 기어간다. 기어가는 속도가 도마뱀처럼 섬뜩하게 빠르다. 피트는 여전히 이성적인 판단이 불가능한 머리로 계산한 결과, 같이 총을 향해 달려들었다가는 늦겠다는 결론을 내린다. 근소한 차이겠지만 그럴 것이다. 빨간 입술이 총을 돌려서 쏘기 전에 팔을 붙잡을 가능성도 있긴 하지만 확률이 높지는 않다.

그래서 그는 대신 문을 향해 달린다.

"돌아와, 이 새끼야!" 빨간 입술이 고함을 지른다. "우리 얘기 아직 안 끝났어!"

논리적인 사고가 잠깐 다시 고개를 내민다. '무슨 소리, 진작 끝났지.' 피트는 이렇게 생각한다.

그는 문을 열고 허리를 숙인 채 빠져나온다. 왼손으로 쾅 소리가 나게 문을 닫은 뒤 레이스메이커 레인과 살아 있는 사람들이라는 축복이 기다리는 가게 앞쪽을 향해 질주한다. 또다시 총성이 들리자—희미하게 들린다— 피트는 허리를 한층 숙이지만 아무 충격도, 아무 통증도 느껴지지 않는다.

그는 출입문을 잡아당긴다. 문이 열리지 않는다. 어깨 너머를 황망하게 돌아보니 빨간 입술이 핏자국을 염소수염처럼 턱에 달고 홀리데이의 사무실에서 비틀비틀 걸어나오고 있다. 손에 쥔 총을 겨누려고 하고 있다. 피트는 아무 감각이 없는 손가락으로 잠금장치를 잡아서 돌린다. 잠시 후에 그는 햇살이 내리쬐는 인도로 나선다. 그를 쳐다보는 사람이 아무도 없다. 심지어 근처에 사람이 아무도 없다. 차량 통행이 금지된 레이스메이커 레인의 쇼핑몰은 이 뜨거운 주중 오후에 거의 인적이 없다시피 하다.

피트는 어디로 가는지도 알지 못한 채 무작정 달린다.

30

홀리의 메르세데스 운전석에 호지스가 앉아 있다. 그는 차로를 미친 듯이 넘나들지 않고 교통신호를 준수하며 최선을 다하고 있다. 노스사이드에서 레이스메이커 레인에 있는 홀리데이의 서점까지 가는 동안 이 차를 타고 훨씬 험하게 달렸던 예전의 기억이 되살아나는 것도 놀랄 일은 아니다.

"티나의 오빠가 이 홀리데이라는 남자를 만나러 갔을 거라고 무슨 수로 확신하세요?"

제롬이 묻는다. 오늘 오후에는 그가 뒷좌석에 앉아 있다.

"확실해." 홀리가 벤츠의 널찍한 사물함에서 꺼낸 아이패드에 코를 박고서 말한다. "그 사람을 만나러 간 게 분명하고 만나러 간 이유도 알 것 같아. 서명본 같은 건 있지도 않았어." 그녀는 화면을 두드리며 중얼거린다. "나와라 나와라 나와라. 뜨라고, 이놈아!"

"뭐 찾는 거예요, 홀리베리?"

제롬이 좌석 사이로 고개를 내밀며 묻는다.

홀리는 고개를 돌려서 그를 노려본다.

"나 그렇게 부르지 마. 싫어하는 거 알면서."

"미안해요, 미안해요." 제롬은 눈을 부라린다.

"좀 이따가 알려 줄게." 그녀가 말한다. "거의 찾았어. 이 빌어먹을 핫스팟이 아니라 와이파이가 잡히면 얼마나 좋을까. 띨빵하고 느려 터져서 살 수가 없네."

호지스는 웃음을 터뜨린다. 어쩔 수가 없다. 이번에는 홀리가 고개를 돌려서 그를 노려보는데 그러는 와중에도 화면을 계속 두드리고 있다.

호지스는 램프를 타고 올라가서 크로스타운 커넥터로 합류한다.

"이제 아귀가 맞기 시작했어." 그는 제롬에게 말한다. "피트가 리커에게 이야기한 게 사실은 어떤 작가의 공책이었다면 — 티나가 본 그 공책 말이다. 피트가 얼른 베개 밑에 감추었다고 한."

"아, 맞다니까요." 홀리가 아이패드에 코를 박고서 말한다. "두말하면 잔소리라고 전해라, 오버." 그녀는 다른 검색어를 입력하고 화면을 마구 두드리며 절망의 고함을 질러서 동행들을 깜짝 놀라게 만든다. "아아악! 이 빌어먹을 팝업 광고들 때문에 돌아 *버리겠네!*"

"진정해요."

호지스의 말을 그녀는 못 들은 척한다.

"두고 봐요. 두고 보면 알아요."

"돈이랑 공책이 한 묶음이었다." 제롬이 말한다. "소버스 군이 그걸 같이 발견했다. 그렇게 생각하시는 거죠, 맞죠?"

"응." 호지스가 말한다.

"그리고 공책에 뭐가 들었을지 몰라도 돈보다 더 값이 나가는 거였다. 하지만 번듯한 희귀도서 매매업자라면 절대 건드리지 않을 만한 물건인데……"

"찾았다!"

홀리의 외침에 두 사람은 화들짝 놀란다. 메르세데스가 휘청거린다. 옆 차로를 달리던 운전자가 짜증스럽게 경적을 울리며 누가 봐도 알 만한 손동작을 보인다.

"뭘요?" 제롬이 묻는다. .

"*뭐가 아니라 누구야, 제롬! 존 로스스타인!* 1978년에 살해당한 작가! 최소 세 명이 그가 살던 농가─뉴햄프셔였대─에 잠입해서 그를 죽였대. 그의 서재까지 털었다는데. 들어봐. 그가 살해당하고 3일 뒤에 《맨체스터 유니언 리더》에 실린 기사야."

그녀가 기사를 읽는 동안 호지스는 크로스타운을 빠져나와서 로어 메인으로 진입한다.

"범인들이 노린 것이 돈이 아니었다는 심증이 점점 굳어져 가고 있다. 조사팀과 가까운 측근에 따르면 로스스타인 씨가 은퇴 이후에 집필한 다양한 작품들이 담긴 다수의 공책까지 범인들이 가져갔을 수도 있다고 한다. 존 로스스타인의 가정부의 증언으로 어젯밤 늦은 시각에 그 공책의 존재가 세간에 공개되었는데 측근의 추측에 따르면 암시장에서는 상당한 금액에 거래될 수 있다고 한다."

홀리의 눈이 이글거린다. 자기 자신을 완전히 잊어버리는 접신의 단계에 접어든 것이다.

"범인들이 그걸 숨긴 거예요." 그녀가 말한다.

"돈을 말이죠." 제롬이 말한다. "2만 달러를."

"그리고 공책도. 피트가 그중 일부를, 어쩌면 전부를 찾은 거야. 돈은 부모님을 돕느라 다 썼지. 공책을 팔아서 동생을 도우려다 일이 터진 거야. 홀리데이가 알아차리는 바람에. 어쩌면 지금쯤 공책이 그의 손에 넘어갔을지 몰라. 얼른 가요, 빌. 얼른 얼른 얼른!"

31

모리스는 두근거리는 심장과 지끈거리는 관자놀이를 달래며 가게 앞쪽으로 휘청휘청 걸어간다. 앤디의 총은 스포츠 코트 주머니에 넣고 진열대에 놓인 책을 집어서 펼친 다음 턱에 대고 탁 닫아서 지혈을 한다. 코트 소매로 닦을 수도 있었지만 이제는 이성적인 판단이 다시 가능해졌기 때문에 그러면 안 된다는 것을 안다. 사람들이 있는 곳으로 나가야 할 텐데 핏자국을 묻힌 채로 나갈 수는 없다. 그 녀석 때문에 바지에 핏자국이 좀 남기는 했지만 그건 괜찮다. 사실 아무 상관도 없다.

'내가 정신을 차렸으니까 그 녀석도 정신을 차렸겠지. 녀석이 정신을 차리면 그래도 이 상황을 수습할 수 있어.'

그는 문을 열고 양쪽을 쳐다본다. 소버스는 흔적조차 보이지 않는다. 그럴 줄 알았다. 십 대들은 빠르다. 그런 점에서 바퀴벌레하고 비슷하다.

모리스는 주머니에 손을 넣고 피트의 휴대전화 번호가 적힌 쪽지를 찾다가 찾지 못하고 잠깐 공포에 질린다. 마침내 한쪽 구석 깊숙이 뭉쳐져 있던 무언가가 손끝에 닿자 그는 안도의 한숨을 내쉰다. 심장이 자꾸 쿵쾅거려서 뼈만 앙상한 가슴을 손으로 두드린다.

'이제 와서 나를 배신할 생각은 하지 마.' 그는 생각한다. '꿈도 꾸지 마.'

그는 가게 유선전화로 소버스에게 연락한다. 그래야 그가 생각해낸 이야기와 앞뒤가 맞기 때문이다. 모리스가 보기에는 아주 그럴 듯한 이야기다. 존 로스스타인이라도 그보다 더 훌륭한 이야기를 쓸 수 있었을까 싶다.

32

피트가 마침내 정신을 차리고 보니 모리스 벨러미도 익히 아는 곳에 와 있다. 해피 컵 카페 맞은편의 거번먼트 광장이다. 그는 벤치에 앉아서 그가 달려온 길을 불안한 눈빛으로 살피며 숨을 고른다. 빨간 입술은 흔적조차 보이지 않지만 예상치 못했던 일은 아니다. 피트도 다시 이성적인 판단이 가능해졌기 때문에 그를 죽이려고 했던 남자가 밖으로 나서면 이목이 집중되리라는 것을 안다. '내가 제대로 한 방 먹였지.' 피트는 냉정하게 결론을 내린다. '빨간 입술이 이제는 피 묻은 턱이 됐잖아.'

지금까지는 잘됐다지만 이제는 어쩐다?

대답이라도 하는 것처럼 휴대전화가 진동으로 울린다. 피트는 주머니에 넣어 둔 전화기를 꺼내서 화면에 뜬 번호를 확인한다. 마지막 네 자리 숫자인 8877이 낯이 익다. 그 번호로 홀리데이에게 전화해서 주말에 리버 벤드 리조트로 수련회를 간다고 메시지를 남겼던 기억이 난다. 빨간 입술일 것이다. 분명 홀리데이 씨일 리는 없다. 이렇게 생각을 하고 나니 하도 끔찍해서 웃음이 나는데 막상 터져나온 소리는 흐느낌에 가깝다.

처음에 그는 받지 않으려고 했다. 그러다 생각을 바꾼 것은 빨간 입술이 했던 말 때문이다. *예전에 내가 그 집에서 살았어. 우연의 일치치고는 참 희한하지?*

그의 어머니는 학교가 끝나자마자 집으로 오라는 문자를 보냈다. 티나의 문자에 따르면 어머니가 돈의 정체를 안다고 했다. 그러니까 둘이 지금 집에서 그를 기다리고 있다는 뜻이다. 피트는 쓸데없이 그들을 걱정시키고 싶지 않지만—특히 *그가* 걱정의 원인 제공자인 경우— 이 미친놈이 시커모어 가로 찾아가면 두 사람을 지켜 줄 아빠가 없으니 무슨 일로 전화를 했는지 알아내야 한다. 아빠는 지금 빅터 카운티에서 부동산 투어를 진행하고 있다.

'경찰에 연락할 테다. 내가 그럴 거라고 얘기하면 이자는 걸음아 나 살려라 도망치겠지. 그럴 수밖에 없겠지.' 이런 생각이 들자 손톱만큼이나마 마음이 편안해져서 그는 통화 버튼을 누른다.

"안녕, 피터." 빨간 입술이 말한다.

"당신하고 할 얘기 없어요. 얼른 도망치는 게 좋을 거예요. 경찰에 연락할 거니까."

"네가 그렇게 바보 같은 짓을 하기 전에 연락이 돼서 다행이다. 너는 이 말을 안 믿겠지만 친구로서 하는 얘기야."

"맞아요. 안 믿어요. 나를 죽이려고 했잖아요."

"너는 이 말도 안 믿겠지만 내가 널 죽이지 않아서 다행이야. 그랬다면 네가 로스스타인의 공책들을 어디에다 숨겼는지 알아내지 못했을 거잖아."

"앞으로도 절대 알아낼 수 없을 거예요." 피터는 이렇게 말하고 덧붙인다. "친구로서 하는 얘기예요."

그는 이제 조금 진정이 된다. 빨간 입술은 그를 쫓아 나오지 않았고 시커모어 가로 달려가지도 않았다. 서점에 숨어서 유선전화로 그와 통화를 하고 있다.

"지금이야 그렇게 생각하겠지. 장기적인 관점에서 생각을 하지 않았으니. 나는 생각을 좀 해봤거든. 사건은 이렇게 된 거야. 너는 공책을 팔려고 앤디를 찾아갔어. 그런데 앤디가 협박을 하기에 그를 죽여 버린 거지."

피트는 아무 말도 하지 않는다. 소스라치게 놀라서 할 수가 없다.

"피터? 듣고 있는 거지? 리버뷰 소년원에서 1년을 보내고 그 뒤로 웨인스빌에서 20년이나 뭐 그쯤 썩고 싶지 않으면 내 말 잘 듣는 게 좋을 거야. 나는 양쪽 모두 있어 봤는데 똥꼬의 순결을 간직한 젊은 남자들은 있을 곳이 못 돼. 그보다는 대학이 훨씬 낫지, 안 그래?"

"나는 지난 주말에 여기 있지도 않았는걸요. 학교 수련회 다녀왔어요. 증거를 댈 수 있어요."

빨간 입술은 망설임이 없다.

"그럼 떠나기 전에 저지른 거지. 아니면 다녀와서 일요일 밤에 저질렀든지. 경찰에서 네가 자동응답기에 남긴 메시지를 발견할 거야. 내가 확실하게 저장해 놨거든. 네가 그 친구랑 옥신각신하는 장면이 찍힌 보안 카메라 영상을 저장한 DVD도 있어. 내가 챙겨 놨는데 우리가 서로 합의점을 찾지 못하면 경찰 눈에 띌 만한 곳에 둘 거야. 그리고 지문도 있지. 그 친구의 내실 문손잡이에 네 지문이 남았겠지? 그보다 살인 무기에도 남았을 테고. 지난 주말 너의 행적을 낱낱이 입증할 수 있다 치더라도 이쯤 되면 궁지에 몰린 것 같은데."

피트는 심지어 지난 주말의 행적을 입증할 방법조차 없다는 사실을 깨닫고 경악한다. 그는 일요일에 모든 행사를 *빼먹었다.* 불과 24시간 전에 학생이 하나 없어졌다고 911에 신고하려고 휴대전화를 손에 든 채 버스 문 앞에 서 있었던 브랜 선생님—브랜 스토커라고도 불리는—의 모습이 떠오른다.

"죄송해요." 그는 그녀에게 이렇게 말했다. *"속이 안 좋아서 시원한 공기를 마시면 괜찮을 줄 알았어요. 구역질이 나서요."*

법정에서 그렇다고, 그날 오후에 피터가 속이 안 좋아 보였다고 증언하는 그녀의 모습이 그려지는 듯하다. 그리고 십 대 청소년이 나이 많은 도서 매매업자를 도끼로 토막 내면 속이 안 좋아 보일 수밖에 없지 않겠느냐고 배심원단에게 묻는 지방 검사의 말소리도 들리는 듯하다.

배심원 여러분, 저는 피트 소버스가 일요일 아침에 차를 얻어 타고 약속한 대로 홀리데이 씨를 만나러 갔을 거라고 생각합니다. 홀리데이 씨는 소버스 군이 드디어 자신의 협박에 굴복하려는 줄 알았겠죠. 하지만 소버스 군은 굴복할 생각이 없었습니다.

'이건 악몽이야.' 피트는 생각한다. '홀리데이와 처음부터 다시 상대하는데 이번에는 전보다 상황이 1000배 더 끔찍해진 악몽.'

"피터? 내 말 듣고 있는 거냐?"

"아무도 그 말을 믿지 않을 거예요. 단 1초도. 당신의 정체를 알고 나면."

"내 정체가 정확하게 뭔데?"

'늑대지.' 피트는 생각한다. '크고 못된 늑대.'

일요일에 리조트 주변을 돌아다니는 그를 본 사람이 있을 것이다. 주로 오솔길을 걸어 다녔으니 본 사람이 많을 것이다. 하지만 빨간 입술도 얘기했다시피 수련회 전과 후는 공백으로 남는다. 특히 일요일 저녁에는 그가 방으로 직행해서 문을 닫고 있었다. 「CSI」와 「크리미널 마인드」에서는 과학 수사관들이 피해자의 사망 시각을 정확하게 예측하지만 실생활에서도 과연 어떨까? 피트로서는 알 수 없는 일이다. 게다가 살인 무기에 지문을 남긴 유력한 용의자가 있으면 살해당한 시각에 협상의 여지가 생길지 모른다.

'하지만 나는 손도끼를 던질 수밖에 없었어!' 그는 생각한다. '방법이 그거 하나였으니까!'

상황이 이보다 더 나빠질 수는 없겠다고 생각하며 시선을 떨군 피트의 눈에 무릎에 묻은 핏자국이 보인다.

홀리데이 씨의 핏자국이다.

"내가 해결해 줄 수 있어." 빨간 입술이 사근사근하게 얘기한다. "합의점을 찾으면 내가 해결해 줄게. 네가 남긴 지문을 닦아 줄게. 자동응답기에 네가 남긴 메시지도 지우고. 보안 카메라 영상을 저장한

DVD도 파기할게. 너는 공책이 어디 있는지 알려 주기만 하면 돼."

"내가 당신을 믿을 줄 알고?"

"믿어야지." 빨간 입술은 나지막이 속삭인다. 논리적으로 살살 구슬린다. "잘 생각해 봐, 피터. 이 그림에서 네가 빠지면 앤디의 살인 사건은 서점을 털려다 삐끗한 사건으로 보일 거야. 코카인이나 필로폰 중독자의 소행이 되겠지. 그럼 우리 둘 다 좋지 않겠어? 네가 이 그림 안에 있으면 공책의 존재가 밝혀지겠지. 내가 그걸 바랄 이유가 없잖아?"

'당신이야 그러거나 말거나 상관없겠지.' 피트는 생각한다. '상관할 필요가 없겠지. 사무실에서 홀리데이의 시신이 발견될 때 당신은 이 근처에 있지도 않을 테니까. 웨인스빌에 있었다고 하니 그럼 전과자라는 뜻이고 홀리데이 씨와 아는 사이였지. 이런 정보를 종합하면 당신도 용의자가 될 거야. 당신 지문도 내 지문과 섞여 있을 테니까. 그걸 다 지울 수는 없을 테니까. 당신이 할 수 있는 일이라고는 — 내가 협조하면 — 공책을 챙겨서 사라지는 것뿐이야. 그런데 그런 식으로 당신을 보내면 보안 카메라 영상이 저장된 DVD를 경찰서로 보내지 않을 거라고 어느 누가 장담할 수 있겠어? 그 술병으로 치고 달아난 나한테 그런 식으로 복수하지 않겠어? 당신이 하는 이야기에 협조하면……'

그는 속으로 하던 생각을 입 밖으로 끄집어낸다.

"나는 더 의심스러워 보이겠지. 당신이 아니라고 하겠지만."

"그럴 일은 절대 없을 거야."

그는 그럴듯한 헤어스타일을 하고 늦은 밤 케이블 채널에 나와서 광고를 하는 천박한 변호사처럼 이야기한다. 분노가 되살아나자 피트는 감전이라도 당한 것처럼 벤치에서 허리를 꼿꼿하게 편다.

"염병하시네. 공책은 절대 구경도 못할 줄 알아라."

그는 전화를 끊는다. 곧바로 전화기가 그의 손 안에서 웅웅거린다. 빨간 입술이 다시 전화한 거라 같은 번호가 뜬다. 피트는 거절 버튼을 누르고 전화기를 꺼 버린다. 지금은 그 어느 때보다 열심히, 영리하게 머리를 굴려야 할 때다.

엄마와 티나, 이 두 사람이 가장 관건이다. 엄마에게 전화해서 티나를 데리고 지금 당장 나오라고 해야 한다. 모텔이나 뭐 그런 데 가 있으라고 해야 한다. 둘이서······

아니다. 엄마가 아니다. 우선은 동생과 통화해야 한다.

그는 호지스 씨의 명함을 받지 않았지만 티나가 그와 연락할 방법을 알고 있을 것이다. 이 방법이 실패하면 경찰에 연락해서 운에 맡겨야 한다. 무슨 일이 있어도 가족을 위험에 빠뜨릴 수는 없다.

피트는 동생의 단축번호를 누른다.

33

"여보세요? 피터? 여보세요? 여보세요?"

응답이 없다. 좀도둑 새끼가 전화를 끊은 것이다. 모리스는 벽에 걸린 전화기를 뜯어내서 책장으로 집어 던지려다가 막판에 참는다. 지금은 분노로 이성을 잃을 때가 아니다.

이제 어쩐다? 앞으로 어쩌면 좋을까? 정황이 이렇게 불리한데도 소버스가 경찰에 연락할까?

모리스는 차마 그럴 거라고 결론을 내리지 못한다. 소버스가 경찰에 연락한다면 공책은 영영 그의 품을 떠날 것이기 때문이다. 그리고 감안해야 할 부분이 한 가지 있다. 그 아이가 그런 식으로 돌아올 수 없는 강을 건너기 전에 부모님에게 먼저 의논하지 않을까 하는 것이다. 그들에게 조언을 구하지 않을까? 그들에게 알리지 않을까?

'잽싸게 움직여야겠어.'

모리스는 전화기에 묻은 그의 지문을 닦으며 생각한다.

"해치워야 할 일이라면 얼른 해치우는 편이 좋지."

그뿐 아니라 얼굴을 씻고 뒷문으로 나가는 편이 좋을 것이다. 총소리가 밖으로 새어나가지는 않았겠지만—책들로 덮여 있어서 내실에 방음장치를 한 거나 다름없다— 무리수를 둘 필요는 없다.

그는 홀리데이의 화장실에서 염소수염처럼 생긴 핏자국을 씻고, 들이닥친 경찰이 발견할 수 있도록 벌겋게 물든 수건을 세면대에 일부러 방치한다. 그런 다음 좁은 통로를 따라서 비상구 팻말이 달린 문 쪽으로 걸어가는데 앞에 책 상자들이 쌓여 있다. 그는 비상구를 그런 식으로 막아 놓다니 이 얼마나 바보 같은 짓이냐고 생각하며 상자들을 치운다. 이 얼마나 바보 같고 근시안적인 짓인가 말이다.

'옛 친구의 묘비에 그렇게 적으면 되겠군.' 모리스는 생각한다. '뚱뚱하고 바보 같았고 근시안적이었던 호모 앤드루 홀리데이가 여기서 잠들다.' 그를 그리워할 사람은 없을 것이다.

늦은 오후의 열기가 망치처럼 그를 강타하자 그는 휘청한다. 그 빌어먹을 디캔터에 맞아서 머리가 지끈거리지만 지적 능력에는 아무 문제가 없다. 그는 바깥 기온보다 더 뜨끈한 스바루에 올라타고 시동을 걸자마자 에어컨을 최대로 튼다. 백미러에 비친 자기 모습을 살핀다. 초승달 모양으로 찢긴 턱 주변에 흉측한 보라색 멍이 생겼지만 피는 멈추었고 대체로 그리 나빠 보이지 않는다. 아스피린을 먹으면 좋겠지만 그건 나중으로 미뤄도 될 일이다.

그는 후진으로 주차장을 빠져나와서 그랜트 가로 향하는 골목길을 달린다. 그랜트 가는 고급 상점들이 즐비한 레이스메이커 레인에 비하면 대중적이지만 그래도 차량 통행이 허용된다.

모리스가 골목길 입구에서 멈추었을 때 건물 반대편에 도착한 호지스와 두 명의 파트너는 앤드루 홀리데이 레어 에디션의 앞에 서서 문에 걸린 CLOSED 팻말을 쳐다본다. 호지스가 손잡이를 돌려보고 문이 잠기지 않았음을 확인했을 때 그랜트 가를 오가던 차량의 흐름이 끊긴다. 모리스는 잽싸게 좌회전을 해서 크로스타운 커넥터로 향한다. 러시아워가 이제 막 시작된 시점이라 15분이면 노스사이드에 도착할 수 있을 것이다. 어쩌면 12분 만에 도착할 수도 있다. 소버스가 아직 경찰에 연락하지 않았다는 가정 아래 그를 막을 수 있는 확실한 방법이 한 가지 있다.

공책을 훔친 좀도둑보다 먼저 그 녀석의 여동생에게 달려가면 된다.

34

소버스의 집 뒷마당과 미개발지를 가르는 울타리 근처에는 낡아서 녹이 슨 그네가 있다. 톰 소버스가 아이들도 다 컸으니 치운다, 치운다 하면서 그대로 방치한 그네다. 이날 오후에 티나는 거기 앉아서 앞뒤로 천천히 그네를 흔들고 있다.『다이버전트』가 펼쳐진 채 무릎에 놓여 있지만 그녀는 5분 동안 책장을 한 장도 넘기지 않았다. 엄마가 책을 다 읽는 대로 영화를 보여 주겠다고 약속했지만, 오늘 티나는 폐허가 된 시카고에서 살아가는 십 대들의 이야기를 읽고 싶은 생각이 없다. 오늘은 그런 생활이 낭만적이라기보다 끔찍하게 느껴진다. 그녀는 계속 그네를 앞뒤로 천천히 흔들며 책을 덮고 눈을 감는다.

'하느님.' 그녀는 기도를 한다. '오빠가 정말 안 좋은 상황은 아니게 해주세요. 그리고 저를 미워하지 않게 해 주세요. 오빠가 미워하면 저는 죽어 버릴지 몰라요. 그러니까 제가 왜 얘기를 할 수밖에 없었는지 이해하게 해 주세요. *제발요.*'

하느님은 바로 응답을 주신다. 엄마 혼자서 알아냈으니 피트가 그녀를 나무라지 않을 거라고 한다. 하지만 티나는 하느님을 믿어도 될지 자신이 없다. 그녀는 다시 책을 펼치지만 읽을 수가 없다. 뭔가 끔찍한 일이 벌어지길 기다리는 것처럼 하루가 허공에 걸려 있는 느낌이다.

그녀가 열한 살에 생일선물로 받은 휴대전화는 2층 그녀의 방에 있다. 온갖 부가기능으로 도배가 돼서 가지고 싶었던 아이폰이 아니라 싸구려지만, 그래도 가장 아끼는 소지품이라 항상 들고 다닌다. 그런데 오늘 오후만 예외다. 피트에게 문자를 보내자마자 방에 두고 뒷마당으로 나가 버렸다. 오빠를 무방비 상태로 내보낼 수는 없어서 문자를 보내기는 했지만 화가 난 오빠가 전화를 해서 퍼부을지 모른다는 생각만으로도 감당이 되지 않는다. 잠시 후에는 오빠를 상대해야겠지만, 그건 피할 수 없겠지만, 그때는 엄마가 같이 있을 것이다. 엄마는 티나의 잘못이 아니라고 얘기할 테고 그러면 오빠는 그 말을 믿을 것이다.

어쩌면.

휴대전화가 진동으로 울리느라 그녀의 책상 위에서 움찔거린다. 원래 티나는 스노 패트롤의 근사한 노래를 벨소리로 쓰는데 어머니와 함께 집으로 돌아왔을 때 속이 메슥거리는 데다 피트 걱정을 하느라 정신이 없어서 깜빡하고 수업 모드에서 바꾸어 놓지 않았기 때문에 1층에 있던 린다 소버스는 그 소리를 듣지 못한다. 화면에 오빠의 사진이 뜬다. 이내 전화기가 잠잠해진다. 하지만 30초쯤 뒤에 다시 진동으로 울리기 시작한다. 잠시 후에 세 번째로 울린다. 그러다 영영 끊긴다.

피트의 사진이 화면에서 사라진다.

35

거번민트 광장에서 피트는 못 믿겠다는 눈빛으로 자기 전화기를 빤히 쳐다본다. 수업시간도 아닌데 티나가 그의 전화를 받지 않은 것은 그가 기억하기로 이번이 처음이다.

그럼 엄마한테…… 아니다. 아직은 아니다. 엄마는 질문을 수십 억 개 퍼부을 텐데 시간이 없다.

게다가 (절대 인정하고 싶지 않은 사실이지만) 불가피한 시점에 다다를 때까지 대화를 피하고 싶다.

그는 인터넷에서 호지스 씨의 연락처를 찾는다. 이 도시에 사는 윌리엄 호지스가 아홉 명 검색되지만 그가 찾는 사람은 파인더스 키퍼스를 운영하는 K. 윌리엄이라야 한다. 피트가 전화를 걸자 자동응답기가 받는다. 메시지 말미에 — 적어도 한 시간은 지난 것처럼 느껴진다 — 홀리가 말한다.

"즉각적인 도움이 필요하신 분은 555-1890으로 연락주시기 바랍니다."

피트는 어머니에게 전화할까 다시 한 번 고민하다가 자동응답기를 통해 알아낸 번호로 먼저 연락해 보기로 한다. 그를 설득한 것은 *즉각적인 도움*이라는 두 단어다.

36

"으웩." 앤드루 홀리데이의 좁은 가게 중간에 놓인 카운터를 향해 걸어가는 동안 홀리가 말한다. "이게 무슨 냄새예요?"

"피 냄새요." 호지스는 대답한다. 살이 썩어 가는 냄새이기도 하지만 그 말은 하지 않는다. "두 사람은 여기 있어요."

"무기 가지고 오셨어요?" 제롬이 묻는다.

"슬래퍼 있어."

"그게 다예요?" 호지스는 어깨를 으쓱한다. "그럼 제가 같이 갈게요."

"나도요."

홀리는 이렇게 말하면서 『북아메리카의 야생식물과 꽃이 피는 약초들』이라고 된 묵직한 책을 집는다. 그 책으로 벌레를 찰싹 때리기라도 할 것처럼 높이 든다.

"아니." 호지스는 짜증을 참으며 말한다. "여기 있어요. 둘 다. 그리고 내가 911 부르라고 소리를 지르면 누가 먼저 연락하는지 시합해요."

"빌……" 제롬이 말문을 연다.

"제롬, 왈가왈부하면서 시간낭비하지 말자. 시간이 부족할지 모르겠다는 생각이 들거든."

"예감이 느껴져요?" 홀리가 묻는다.

"예감보다 조금 더 강한 게요."

호지스는 코트 주머니에서 해피 슬래퍼를 꺼내서(요즘은 늘 해피 슬래퍼를 챙기고 예전에 썼던 권총은 거의 들고 다니지 않는다.) 매듭 바로 윗부분을 잡는다. 그러고는 앤드루 홀리데이의 사무실이 아닐까 싶은 곳으로 잽싸게, 하지만 조용히 다가간다. 문이 살짝 열려 있다. 장전된 슬래퍼가 그의 오른손에서 흔들거린다. 그는 한쪽 옆으로 살짝 비켜서서 왼손으로 문을 두드린다. 엄격한 진실에 연연할 필요가 없는 순간처럼 느껴지기에 "경찰입니다, 홀리데이 씨."라고 말한다.

아무 대답이 없다. 그는 좀 더 세게 문을 두드리고 여전히 대답이 없자 문을 열어 젖힌다. 강렬한 냄새가 곧바로 그를 덮친다. 피, 부패한 시체, 엎질러진 술 냄새다. 그리고 또 다른 것도 섞여 있다. 그도 잘 아는 화약 냄새다. 파리 떼가 나른하게 윙윙거린다. 켜진 조명이 바닥에 쓰러진 시신을 집중적으로 비추는 느낌이다.

"으악, 얼굴 절반이 날아갔잖아요!"

제롬이 소리를 지른다. 하도 가까이서 외치는 바람에 호지스는 놀라서 움찔하며 슬래퍼를 들었다가 내린다. '심박 조율기에 과부하가 걸렸겠네.' 그는 생각한다. 고개를 돌려 보니 두 사람 모두 그의 바로 뒤에 서 있다. 제롬은 손으로 입을 가리고 있다. 눈이 불룩하게 튀어나왔다.

반면에 홀리는 침착해 보인다. 『북아메리카의 야생식물과 꽃이 피는 약초들』을 가슴에 꼭 끌어안고 카펫 위의 핏빛 난장판을 살피는 눈치다. 그녀가 제롬에게 말한다.

"토하면 안 돼. 여긴 범죄 현장이야."

"토하지 않을 거예요."

손으로 얼굴 하단을 꼭 막고 있기 때문에 제롬의 말은 웅얼거리는 것처럼 들린다.

"둘 다 천하에 쓸모가 없구만." 호지스가 말한다. "내가 만약 선생이었다면 당장 교장실로 보냈을 거야. 나만 들어갈게요. 두 사람은 그 자리에 가만히 있어요."

그는 두 발짝 안으로 들어간다. 제롬과 홀리가 당장 나란히 뒤따라 들어온다. '이런 빌어먹을 밥시 쌍둥이(낸과 버트 쌍둥이 남매의 모험담을 그린 시리즈 소설 주인공—옮긴이) 같으니라고.' 호지스는 생각한다.

"티나의 오빠가 범인일까요?" 제롬이 묻는다. "맙소사, 빌, 그 아이가 범인일까요?"

"그 아이가 범인이라 하더라도 오늘 저지른 범행은 아니야. 피가 거의 말랐잖아. 그리고 파리들도 날아다니고. 구더기는 아직 보이지 않지만……"

제롬이 구역질을 하려는 소리를 낸다.

"제롬, 안 돼." 홀리가 험상궂게 딱 자른다. 그러고 나서 호지스에게 말한다. "조그만 도끼가 보이네요. 손도끼라고 해야 하나? 아무튼. 그게 무기로 쓰였겠네요."

호지스는 아무 대꾸도 하지 않는다. 그는 현장을 조사하는 중이다. 홀리데이는—만약 홀리데이라면—죽은 지 최소 24시간, 어쩌면 그보다 더 오래됐다. 그보다 더 오래됐을 가능성이 크다. 하지만 쏟아진 술과 화약 냄새는 새롭고 강렬한 것을 보면 그 뒤로 여기서 무슨 일인가가 벌어졌다.

"저거 총알구멍이에요, 빌?" 제롬이 묻는다.

문의 왼쪽, 조그만 체리목 테이블 근처에 놓인 책장을 가리키며 묻는 말이다. 『캐치-22』에 작고 동그란 구멍이 뚫려 있다. 호지스는 건너가서 자세히 들여다보며 생각한다. '덕분에 상품성이 떨어지겠는데.' 그러고 나서 테이블을 살핀다. 워터퍼드 제품인 듯한 크리스털 디캔터가 두 개 놓여 있다. 테이블에 살짝 먼지가 앉아서 다른 두 개의 자국이 남아 있다. 책상 너머로 사무실 저쪽을 쳐다보니 과연 디캔터 두 개가 바닥에서 나뒹굴고 있다.

"당연히 총알구멍이지." 홀리가 말한다. "화약 냄새가 나잖아."

"싸움이 벌어졌나 봐요." 제롬이 시선을 외면한 채 손으로 시신을 가리키며 말한다. "하지만 저 사람은 끼지 않았고요."

"맞아." 호지스가 말한다. "끼지 않았지. 싸움을 벌인 주인공들은 그 뒤로 현장을 떠났고."

"그중 한 명이 피터 소버스였을까요?"

호지스는 무거운 한숨을 쉰다.

"아무래도 그랬을 것 같다. 약국에서 우리를 따돌리고 여기로 왔나봐."

"누군가가 홀리데이 씨의 컴퓨터를 들고 갔어요." 홀리가 말한다. "금전 등록기 옆에 DVD 코드하고 무선 마우스는 남아 있는데—USB가 몇 개 들어 있는 조그만 상자도— 컴퓨터는 없어요. 카운터 저쪽으로 널찍하게 빈 자리가 있더라고요. 아마 노트북이었을 거예요."

"이제 어쩌죠?" 제롬이 묻는다.

"경찰에 연락하자."

경찰에 연락하면 피트 소버스의 입장이 적어도 초반에는 더욱 난처해지겠지만, 호지스는 메르세데스 킬러 사건 때 론 레인저 흉내를 내다가 하마터면 수천 명의 아이들을 죽일 뻔했다.

그는 휴대전화를 꺼내지만 화면을 켜기도 전에 전화기가 그의 손 안에서 반짝이며 벨이 울린다.

"피터예요." 홀리가 말한다. 눈을 반짝이며 딱 잘라서 단정 짓는다. "6000달러 내기해도 좋아요. 이제 당신이랑 얘기할 마음이 생긴 거예요. 빌, 가만히 서 있지 말고 얼른 빌어먹을 전화 받아요."

그는 전화를 받는다.

"도와주세요." 피트 소버스가 황급하게 얘기한다. "부탁드릴게요, 호지스 씨. 저 좀 도와주세요."

"잠깐. 내 동료들도 들을 수 있게 스피커폰으로 바꿀게."

"동료들이요?" 피트는 화들짝 놀란 목소리로 되묻는다. "무슨 동료들이요?"

"홀리 기브니. 네 여동생도 아는 사람이야. 그리고 제롬 로빈슨. 바브라 로빈슨의 오빠지."

"아. 그럼…… 그럼 괜찮을 것 같아요." 그러고는 혼잣말처럼 덧붙인다. "어차피 지금보다 더 나빠질 수도 없을 테니까요."

"피터, 우리는 지금 앤드루 홀리데이의 가게에 있어. 그의 사무실에 죽은 남자가 있는데. 홀리데이가 아닐까 싶고, 너도 이 사태에 대해서 알지 않을까 싶은데. 내 짐작이 맞니?"

잠깐 정적이 흐른다. 피트가 어디 있는지 몰라도 그 주변을 지나가는 차량들의 희미한 소리가 없었다면 호지스는 그가 끊은 줄 알았을 것이다. 잠시 후에 아이가 다시 말문을 열자 봇물 터지듯 이야기가 쏟아져 나온다.

"제가 찾아갔을 때 그 사람이 있었어요. 입술이 빨간 남자가요. 홀리데이 씨가 뒤에 있다기에 사무실로 들어갔더니 그 남자가 따라 들어왔고, 공책이 어디 있는지 얘기하지 않으니까 들고 온 총으로 저를 죽이려고 했어요. 공책이 어디 있는지 얘기하지 않은 이유는……
그 남자는 공책을 가질 자격이 없고 *어쨌거나* 저를 죽일 게 뻔했기
때문이에요. 눈빛을 보면 알 수 있었어요. 그 남자는…… 저는……”

“네가 그 남자한테 디캔터를 던졌지, 그렇지?”

“네! 그 술병을 던졌어요! 그랬더니 저를 쐈어요! 빗나갔지만 총
알이 날아가는 소리가 들릴 만큼 아슬아슬했어요. 도망쳤더니 전화
를 해서 경찰이 저를 범인으로 지목할 거래요. 왜냐하면 제가 그 남
자한테 도끼도 던졌거든요…… 도끼 보셨죠?”

“그래.”호지스가 말한다.“지금도 보고 있다.”

“그래서…… 제 지문이…… 거기 남아 있을 거잖아요. 제가 그 남
자한테 도끼를 던졌으니까…… 그리고 저랑 홀리데이 씨가 옥신각
신하는 장면을 녹화한 DVD도 있다고 하고…… 저를 협박하려고 했
거든요! 그러니까 입술이 빨간 그 남자가 아니라 홀리데이 씨가요.
그런데 지금은 그 남자*까지* 저를 협박하고 있어요!”

“이 입술 빨간 남자가 가게 보안 카메라 영상을 가지고 있다는 거
니?”홀리가 전화기 쪽으로 고개를 숙이고 묻는다.“그렇다는 거야?”

“*네!* 그 남자 말로는 경찰이 저를 체포할 거랬는데 맞을 거예요.
왜냐하면 제가 리버 벤드에서 일요일 하루 종일 일정에 참여하지 않
았거든요. 그 남자는 자동응답기 메시지까지 가지고 있다는데 뭘 *어
쩌면 좋을지 모르겠어요!*”

“거기가 어디니, 피터?”호지스가 묻는다.“지금 어디 있는 거야?”

다시 정적이 흐르고 호지스는 피트가 뭘 하는지 정확하게 파악
한다. 랜드마크를 찾고 있는 것이다. 그는 평생 이 도시에 살았을지

484

몰라도 지금은 혼비백산해서 동쪽과 서쪽을 구분하지 못하는 지경이다.

"거번먼트 광장이요." 마침내 그가 말한다. "해피 컵이라는 식당 건너편이요."

"너를 쏜 남자가 보이니?"

"아, 아뇨. 제가 달려서 도망쳤기 때문에 많이 못 쫓아왔을 거예요. 나이가 좀 많았거든요. 그리고 레이스메이커 레인에서는 차로 다닐 수가 없잖아요."

"거기 가만히 있어라. 우리가 데리러 갈게."

"제발 경찰에는 연락하지 말아 주세요. 그러면 지금까지 산전수전 겪으신 우리 부모님이 쓰러질 거예요. 공책은 드릴게요. 처음부터 가지고 있으면 안 되는 거였는데, 팔려고 하지 말았어야 하는 건데. 그 돈으로 끝냈어야 하는 건데." 감정을 주체하지 못해서 목소리가 뭉개진다. "우리 부모님이…… 얼마나 고생을 하셨는지 몰라요. *하나도 쉬운 게 없었어요. 저는 두 분을 돕고 싶었을 뿐이에요!*"

"나도 네 말을 믿지만 경찰에는 연락을 *해야* 한다. 네가 홀리데이를 죽인 게 아니라면 아니라는 증거가 나올 거야. 너는 아무 문제 없을 거야. 가서 너를 태우고 너희 집으로 가야겠다. 부모님이 집에 계실까?"

"아빠는 출장 가셨지만 엄마랑 여동생은 있을 거예요." 피트는 숨을 한 번 삼키고 말을 잇는다. "저 감옥에 가겠죠? 입술 빨간 남자 이야기를 경찰에서 믿어 주지 않을 거예요. 제가 지어낸 거라고 할 거예요."

"너는 진실만 얘기하면 돼." 홀리가 말한다. "너한테 나쁜 일이 생기지 않도록 빌이 막아 줄 거야." 그녀는 호지스의 손을 잡고 우악스럽게 힘을 준다. "그래 줄 거죠?"

호지스는 했던 말을 반복한다.

"네가 그 사람을 죽인 게 아니라면 아무 문제없을 거다."

"안 죽였어요! 하늘에 대고 맹세할 수 있어요!"

"그 남자가 죽였지? 입술 빨간 남자가."

"네. 존 로스스타인도 그 남자가 죽였대요. 로스스타인이 변절을 해서 그랬대요."

호지스는 피트에게 묻고 싶은 게 수백 만 가지지만 지금은 그럴 때가 아니다.

"이렇게 하자, 피트. 내 말 잘 들어. 일단은 거기 가만히 있어라. 15분 있으면 우리가 거번먼트 광장에 도착할 거야."

"제가 운전하면 10분 만에 갈 수 있는데요." 제롬이 말한다.

호지스는 못 들은 척한다.

"넷이서 너희 집으로 가자. 네가 거기서 나, 내 동료, 너희 어머니한테 사건의 전말을 밝히는 거야. 너희 어머니가 아버지한테 연락해서 법정 대리인 선임 문제를 의논할 수도 있겠지. 그런 *다음* 경찰에 연락하자. 나로서는 이 방법이 최선이야."

'그 정도면 월권이기도 하지.' 그는 난도질당한 시신을 보며 하마터면 철창신세를 질 뻔했던 4년 전을 생각한다. 그때도 똑같았다. 우라질 론 레인저 흉내를 내다가 그렇게 됐다. 하지만 30분이나 45분 정도는 괜찮을 것이다. 게다가 아이에게 들은 부모님 이야기가 심금을 울렸다. 호지스도 그날 시티 센터에 있었다. 그 여파를 목격했다.

"아, 알겠어요. 최대한 빨리 와 주세요."

"그래." 그는 전화를 끊는다.

"우리 지문은 어떻게 해요?" 홀리가 묻는다.

"그냥 둬요. 아이를 데리러 갑시다. 얘기를 듣고 싶어서 좀이 쑤시
네."

그는 제롬에게 메르세데스 열쇠를 던진다.

"감사합니다, 호지스 나리!" 타이런 필굿이 외친다. "이 깜둥이,
안전 운전수입니다요. 목적지까지 안전하게 모시⋯⋯"

"입 다물어, 제롬."

호지스와 홀리가 한 목소리로 얘기한다.

37

피트는 부들부들 떨며 숨을 깊게 들이마시고 휴대전화 덮개를 닫
는다. 악몽 같은 놀이기구를 타고 있는 것처럼 머릿속이 빙글빙글
돌아서 그가 바보처럼 들렸을 것이다. 체포될까 두려워서 황당한 이
야기를 마구 지어내는 살인범처럼 들렸을 것이다. 빨간 입술이 예전
에 피트네 집에 살았다는 이야기를 호지스 씨에게 했어야 하는데
깜빡하고 하지 못했다. 그는 다시 전화할까 고민하다가 호지스와 다
른 두 명이 곧 태우러 올 텐데 번거롭게 그럴 필요 없다는 결론을 내
린다.

'게다가 그 남자는 우리 집으로 찾아가지 않을 거야.' 피트는 속으로 중얼거린다. '갈 수가 없어. 보이지 않게 숨어 있어야 하니까.'

'하지만 갈 수도 있어. 내가 공책을 다른 데로 옮겼다고 한 게 거짓말이라고 생각하면 찾아갈 수도 있어. 정신병자니까. 완전 또라이니까.'

그는 티나에게 다시 전화해 보지만 이번에도 음성 사서함으로 넘어간다.

"안녕, 티나야. 전화 못 받아서 미안. 메시지 남겨 줘." 삑.

좋다, 그럼.

엄마다.

하지만 전화를 걸기 전에 버스 한 대가 다가오는데 하늘에서 내린 선물이라도 되는 양 목적지를 알리는 창문에 노스사이드라는 단어가 적혀 있다. 피트는 문득 여기 앉아서 호지스 씨를 기다리지 않기로 한다. 버스를 타고 가면 더 빨리 도착할 텐데 지금 당장 집에 가고 싶다. 버스에 탄 다음 집에서 만나자고 호지스 씨에게 연락하면 되지만 먼저 어머니에게 전화해서 문을 모두 잠그라고 해야 한다.

버스에는 승객이 거의 없다시피 하지만 그래도 그는 뒷자리로 간다. 어머니에게 전화를 걸 필요도 없다. 자리에 앉아마자 그의 손에서 전화벨이 울린다. 화면에 엄마라고 뜬다. 그는 심호흡을 하고 통화 버튼을 누른다. 그가 여보세요, 라고 하기도 전에 엄마가 묻는다.

"피터, 너 지금 어디니?" 피트가 아니라 피터라고 한다. 출발이 좋지 않다. "한 시간 전에 올 줄 알았는데."

"가고 있어요. 버스 탔어요."

"우리 솔직해지자, 응? 버스가 왔다가 그냥 가던데. 내가 봤어."

"스쿨버스 말고 노스사이드로 가는 버스요. 그게……" 뭐라고 할까? 심부름을 했다고 할까? 어이가 없어서 웃음이 나려고 한다. 하지만 이건 웃을 일이 아니다. 절대 아니다. "할 일이 있어서요. 티나 집에 있어요? 엘런네 집에 가거나 그러지 않았죠?"

"뒷마당에서 책 읽고 있어."

버스가 도로 공사 현장을 지나느라 어찌나 느릿느릿 움직이는지 괴로울 지경이다.

"엄마, 제 얘기 잘 들으세요. 지금……"

"아니, *내* 얘기부터 먼저 들어. 그 돈, 네가 보낸 거니?"

그는 눈을 감는다.

"네가 보낸 거니? 간단하게 네, 아니요로 대답해. 자세한 이야기는 나중에 해도 되니까."

그는 눈을 감은 채로 대답한다.

"네. 제가 보냈어요. 하지만……"

"돈이 어디서 났어?"

"얘기하자면 길고 지금 중요한 건 그게 아니에요. 중요한 건 돈이 아니에요. 어떤 남자가 있는데……"

"그게 무슨 소리야, 중요한 건 그게 아니라니? 자그마치 *2만 달러*가 넘는데!"

그는 '그걸 이제야 계산해 보셨어요?'라는 말이 튀어나오려는 것을 참는다.

버스는 계속 공사 현장을 느릿느릿 힘겹게 지나간다. 피트의 얼굴을 타고 땀방울이 흘러내린다. 그의 무릎에 묻은 핏자국이 보인다. 빨간색이 아니라 짙은 갈색이지만 그래도 고함 소리처럼 요란하다. *유죄요!* 핏자국이 소리를 지른다. *유죄요, 유죄요!*

"엄마, 제발 입 다물고 제 이야기 좀 들어 주세요."

수화기 저편에서 충격으로 인한 정적이 흐른다. 그는 아장아장 걸어 다니던 시절에 짜증을 부릴 때 이후로 어머니에게 입 다물라고 한 적이 없었다.

"어떤 남자가 있는데 위험한 남자예요." *얼마나 위험한지도 설명할 수 있지만, 엄마가 경계 태세를 갖추면 그만이지 히스테리까지 일으킬 필요는 없다.* "그 남자가 우리 집으로 찾아가지는 않을 것 같지만 찾아갈 수도 있어요. 티나한테 들어오라고 하고 문단속하세요. 몇 분 있으면 제가 도착할 거예요. 다른 사람들도요. 도움이 될 만한 사람들이에요."

'부디 그랬으면 좋겠는데.' 그는 생각한다.

'제발 그랬으면 좋겠는데.'

38

모리스 벨러미는 시커모어 가로 들어선다. 그의 인생이 한 점으로 급속히 수렴되고 있는 것이 느껴진다. 그에게 남은 것이라고는 훔친 돈 몇백 달러와 훔친 차, 로스스타인의 공책을 입수하고 싶은 욕망뿐이다. 아, 또 하나 더 있긴 하다. 지미 골드가 더지-두 광고로 똥

덩어리 같은 광고회사의 정점에 오르고 누런 돈을 두 배로 받게 된 이후로 어떻게 되었는지 공책을 읽으며 확인하는 동안 잠깐 숨어 지낼 은신처. 모리스도 알다시피 정신 나간 목표이기에 그도 정신 나간 인간이 되어야 하는데 그 목표야말로 그가 가진 전부이고 그것이면 충분하다.

이제는 공책을 훔친 좀도둑이 사는 그의 예전 집이 보인다. 진입로에 빨간색의 소형차가 세워져 있다.

"정신병자 소리를 들은들 개무시하면 돼." 모리스 벨러미는 중얼거린다. "정신병자 소리를 들은들 개무시하면 돼. *전부 다* 개무시하는 거야."

삶의 신조로 삼을 만한 명언이다.

39

"빌." 제롬이 말한다. "이런 소리하기 싫지만 새가 날아가 버린 것 같은데요."

제롬이 메르세데스를 몰고 거번먼트 광장으로 가로지르자 생각에 잠겨 있던 호지스는 고개를 든다. 벤치에 제법 많은 사람들이 앉아 있지만—신문을 보고, 커피를 마시며 수다를 떨고, 비둘기 모이를 주며— 십 대는 남녀 모두 한 명도 없다.

"카페 쪽 테이블에도 없어요." 홀리가 보고한다. "커피 사러 안으로 들어갔나?"

"지금 그 아이가 커피 생각이 나겠어요?" 호지스가 말한다.

그는 주먹으로 허벅지를 때린다.

"노스사이드와 사우스사이드로 가는 버스가 15분마다 한 대씩 여길 지나가요." 제롬이 말한다. "만약 저라면 가만히 앉아서 누군가가 데리러 오길 기다리는 게 고문처럼 느껴졌을 거예요. 뭐라도 하고 싶겠죠."

바로 그때 호지스의 전화벨이 울린다.

"버스가 오길래 기다리지 말자 싶었어요." 피트가 말한다. 좀 전보다 목소리가 침착하다. "집에서 기다릴게요. 좀 전까지 어머니랑 통화하고 끊었어요. 어머니하고 티나는 별일 없대요."

호지스는 왠지 그 소리가 마음에 들지 않는다.

"두 사람한테 별일이 생길 이유가 없잖니, 피터?"

"입술 빨간 남자가 우리 집을 알거든요. 예전에 자기가 거기서 살았대요. 말씀드리는 걸 깜빡했어요."

호지스는 그들의 위치를 파악한다.

"시커모어 가까지 얼마나 걸릴까, 제롬?"

"20분이면 돼요. 어쩌면 그보다 더 일찍 도착할 수도 있고요. 그 아이가 버스를 탄 줄 알았더라면 크로스타운으로 갈걸 그랬네요."

"호지스 씨?" 피트다.

"그래."

"그 남자가 우리 집으로 찾아가는 바보 같은 짓을 저지르지는 않겠죠? 그러면 제가 누명을 벗을 테니까요."

일리가 있는 말이다.

"문단속하고 집 밖으로 나오지 말라고 어머니에게 말씀드렸니?"

"네."

"그 남자의 인상착의도 알려드렸고?"

"네."

호지스도 알다시피 이 시점에서 경찰에 연락하면 빨간 입술은 바람과 함께 사라질 테고 피트는 법의학적인 증거를 동원해 덫에서 빠져나와야 한다. 게다가 그들이 경찰보다 더 빨리 도착할지 모른다.

"그 남자한테 전화하라고 해요." 홀리가 말한다. 그녀는 호지스 쪽으로 고개를 숙이고 고함을 지른다. "*전화해서 생각이 바뀌었다고, 공책 주겠다고 해!*"

"피트, 들었니?"

"네, 그런데 연락할 방법이 없어요. 휴대전화가 있는지 없는지도 몰라요. 좀 전에는 서점에서 전화를 걸었거든요. 아시다시피 서로 신상정보를 주고받고 그럴 겨를이 없었어요."

"이런 썩을." 홀리는 누구에게랄 것도 없이 중얼거린다.

"좋아. 집에 도착해서 모든 게 아무 이상 없는 걸로 확인되면 곧바로 나한테 전화해라. 너한테 아무 연락이 없으면 내 쪽에서 경찰에 연락하는 수밖에 없어."

"아무 일 없을……"

하지만 그건 그가 판단할 일이 아니다. 호지스는 전화를 끊고 앞으로 몸을 숙인다.

"밟아라, 제롬."

"밟을 수 있게 되면요." 그는 크롬 도금을 반짝이며 각기 다른 방향으로 향하는 세 개의 차로를 달리는 차량 행렬을 손으로 가리킨다. "저 로터리만 지나면 쌩하니 달릴 수 있을 거예요."

'20분.' 호지스는 생각한다. '기껏해야 20분. 20분 동안 어떤 일이 벌어질 수 있을까?'

그도 쓱쓸한 경험을 통해 알다시피 상당히 많은 일이 벌어질 수 있다. 생과 사가 나뉠 수 있다. 지금으로서는 이 20분의 기억이 자꾸만 되살아나서 그를 괴롭히는 일이 없기만을 바랄 따름이다.

40

린다 소버스는 남편의 손바닥만 한 재택 사무실에서 피트를 기다리기로 한다. 책상에 남편이 쓰는 노트북이 있어서 솔리테어 게임을 할 수 있기 때문이다. 너무 심란해서 책은 읽을 수가 없다.

피트와 통화를 마치고 났더니 그보다 더 심란할 수가 없다. 걱정도 되지만 시커모어 가에 숨어 있다는 사악한 악당이 걱정스러운 건 아니다. 사악한 악당이 있다고 믿는 아들이 걱정스러운 것이다. 이제 드디어 사태 파악이 되기 시작한다. 얼굴에서 핏기가 가시고 살이 빠졌던 것…… 수염을 기르려고 했던 것…… 여드름이 다시 나고 한참 동안 입을 다물고 지냈던 것들이…… 이제는 전부 다 이해가 된다. 신경쇠약증에 걸렸거나 걸리기 직전인 것이다.

그녀는 일어나서 창밖으로 딸을 쳐다본다. 티나는 오늘 풍성한 노란색 블라우스를 입고 있는데, 제일 비싼 그 블라우스를 입고 오래전에 치웠어야 하는 낡고 지저분한 그네를 타다니 안 될 말이다. 책을 펼쳐놓고 있지만 읽지는 않는 눈치다. 우울하고 슬퍼 보인다.

'무슨 이런 악몽이 다 있을까.' 린다는 생각한다. '처음에는 톰이 평생 절뚝거리고 다녀야 할 만큼 심하게 다치더니 이제는 우리 아들이 그림자 속에 괴물이 있다고 하다니. 그 돈은 하늘에서 떨어진 만나가 아니라 산성비였어. 실토하면 괜찮아질지 몰라. 돈이 어디서 났는지 우리한테 전부 다 털어놓으면. 그러고 나면 나을 수 있겠지.'

우선은 그가 부탁한 대로 할 것이다. 티나를 안으로 불러들이고 문단속을 할 것이다. 조심해서 나쁠 건 없다.

뒤에서 마루널이 삐걱거리는 소리가 들린다. 그녀는 아들이 내는 소리겠거니 하고 고개를 돌리지만 피트가 아니다. 얼굴은 창백하고 백발은 듬성듬성하며 입술이 빨간 남자다. 아들이 얘기한 사악한 악당과 인상착의가 일치하는데 그녀가 맨 처음으로 느낀 감정은 공포가 아니라 어처구니없을 정도로 어마어마한 안도감이다. 결국 그녀의 아들은 신경쇠약증에 걸린 게 아니었다.

그러다 남자의 손에 들린 총이 눈에 들어오자 선명하고 뜨거운 공포가 밀려온다.

"엄마인 모양이로군." 침입자가 얘기한다. "가족끼리 서로 많이 닮았네."

"누구세요?" 린다 소버스는 묻는다. "무슨 일이시죠?"

침입자―아들의 머릿속이 아니라 남편의 서재 문 앞에 등장한―가 창밖을 흘끗 쳐다보자 린다는 *우리 딸아이는 쳐다보지 마요* 하고 말하고 싶은 것을 참는다.

"저 아이가 딸인가? 오, 예쁜데? 나는 예전부터 노란 옷 입은 여자를 좋아했지."

"원하는 게 뭐예요?"

"내 것."

모리스는 그렇게 말하고 린다의 머리를 쏜다. 피가 사방으로 튀고 빨간 방울이 유리창을 후두둑 때린다. 빗소리 같다.

41

티나는 집 안에서 난 탕 하는 소리를 듣고 부엌으로 달려간다. '압력솥일 거야.' 그녀는 생각한다. '엄마가 그 망할 압력솥을 올려놓고 또 깜빡한 거야.' 전에도 엄마가 잼을 만들다가 그런 적이 한 번 있었다. 스토브에 올려놓고 쓰는 구식 압력솥이라 피트가 토요일 오후 내내 접사다리를 타고 올라가서 천장에 들러붙은 딸기 찌꺼기를 떼어내야 했다. 그 사달이 벌어졌을 때 엄마는 다행히 거실에서 청소기를 돌리고 있었다. 티나는 이번에도 엄마가 부엌이 아닌 다른 곳에 있었길 하느님에게 기도한다.

"엄마?" 그녀는 안으로 달려 들어간다. 스토브 위에 아무것도 없다. "엄……"

누군가가 팔로 그녀의 허리를 세게 끌어안는다. 티나의 입에서 헉 하고 숨이 터져나온다. 그녀의 발이 버둥거리며 공중으로 솟는다. 그녀의 뺨에 닿는 수염이 느껴진다. 시큼하고 뜨끈한 땀 냄새도 느꺼진다.

"조용히 있으면 해치지 않을 거야." 남자가 귀에 대고 속삭이자 그녀의 살갗에 소름이 돋는다. "알겠어?"

티나는 간신히 고개를 끄덕이지만 심장이 쿵쾅거리고 눈앞이 캄캄해진다.

"숨이…… 막혀요."

그녀가 헐떡이자 팔이 느슨해진다. 발이 다시 바닥에 닿는다. 그녀가 고개를 돌리자 얼굴이 창백하고 입술이 빨간 남자가 보인다. 턱을 베었는데 심하게 베인 모양이다. 주변이 거무죽죽하니 퍼렇게 부풀어 올랐다.

"조용히 있어." 그는 했던 말을 반복하며 경고를 하듯 한 손가락을 든다. "소리 지르지 말고."

그는 그녀를 안심시키려는 듯이 미소를 짓지만 효과가 없다. 이가 누런색이다. 사람의 이가 아니라 맹수의 송곳니에 가까워 보인다.

"우리 엄마를 어떻게 한 거예요?"

"너희 엄마는 걱정할 것 없어." 입술이 빨간 남자는 말한다. "휴대전화 어디 있니? 너처럼 예쁘고 깜찍한 아가씨한테 휴대전화가 없을 리 없는데. 수다 떨고 문자 보낼 친구들이 많을 거 아냐. 주머니에 있니?"

"아, 아, 아뇨. 방에 있어요."

"그럼 가지러 가자. 전화를 걸 데가 있거든."

42

피트가 내릴 정류장이자, 집에서 두 블록 거리인 엘름 가에 이제 거의 도착했다. 앞문을 향해 걸어갈 때 휴대전화가 진동으로 울린 다. 조그만 화면에 뜬 여동생의 웃는 얼굴을 보고 어찌나 안심이 되 는지 다리의 힘이 풀려서 손잡이를 잡아야 한다.

"티나! 조금 있으면 나 도……"

"여기 어떤 남자가 있어!" 하도 심하게 울먹여서 티나가 뭐라 고 하는지 잘 알아들을 수가 없다. "집 안으로 들어왔어! 들어와서 는……"

그 말을 끝으로 그녀는 사라지고 그가 아는 목소리가 등장한다. 이 목소리를 몰랐던 시절로 돌아갈 수 있다면 얼마나 좋을까.

"안녕, 피터." 빨간 입술이 말한다. "집으로 오는 길이냐?"

그는 아무 말도 하지 못한다. 혀가 입천장에 들러붙었다. 버스가 엘름과 브레큰리지 테라스가 만나는 모퉁이에 멈추어 선다. 그가 내 려야 할 정거장이지만 피트는 그 자리에 우뚝 서 있을 뿐이다.

"굳이 대답할 필요 없어. 굳이 집으로 올 필요도 없고. 집으로 와 봐야 여기 아무도 없을 테니까."

"거짓말이야!" 티나가 외친다. "엄마가……"

이 말을 끝으로 그녀는 울부짖는다.

"그 아이는 건드리지 마." 피트가 말한다. 신문이나 게임기를 들여 다보던 다른 승객들은 이 소리에도 고개를 들지 않는다. 그의 목소 리가 속삭이는 수준이기 때문이다. "동생은 건드리지 마."

"조용히 있으면 건드리지 않을 거야. 입을 좀 다물어줘야 하는데 말이지. 너도 입 다물고 내 말을 들어야 하고. 하지만 먼저 두 가지 질문에 대답을 해줘야겠다. 경찰에 연락했니?"

"아니."

"*아무*한테라도 연락했니?"

"아니." 피트는 일말의 망설임도 없이 거짓말을 한다.

"좋아. 훌륭해. 이제 내 말을 들어야 할 차렌데. 잘 듣고 있지?"

체구가 큰 아주머니가 쇼핑백을 들고 씩씩대며 버스에 오른다. 피트는 그녀가 지나가자마자 내려서 전화기를 귀에 딱 붙이고 꿈을 꾸는 아이처럼 걷는다.

"네 여동생을 안전한 곳으로 데려가겠다. 네가 공책을 들고 오면 만날 수 있는 곳으로."

피트는 그럴 필요 없다고, 공책이 어디 있는지 그냥 알려 주겠다고 얘기하려다 그게 얼마나 엄청난 오판인지 깨닫는다. 공책이 레크리에이션 센터 지하실에 있다는 걸 알고 나면 빨간 입술이 티나를 살려 둘 이유가 없어지지 않겠는가.

"듣고 있나, 피터?"

"으음."

"잘 듣고 있는 게 좋을 거야. 잘 듣고 있는 게 좋고말고. 공책을 챙겨라. 공책을 챙긴 후에—그 이전이 아니라— 네 여동생 휴대전화로 연락해. 다른 이유로 연락하면 네 동생이 다칠 줄 알아."

"우리 어머니는 괜찮은 거지?"

"괜찮아. 그냥 묶여 있을 뿐이야. 어머니 걱정은 하지 마. 굳이 집으로 오지도 말고. 공책 챙겨서 나한테 연락만 하면 돼."

이 말을 끝으로 빨간 입술은 전화를 끊는다. 피트는 겨를이 없어서 집으로 가야 한다고, 티나의 왜건이 있어야 상자를 옮길 수 있다고 얘기하지 못한다. 그리고 레크리에이션 센터 열쇠도 챙겨야 한다. 아버지의 사무실에 다시 걸어 놓은 열쇠를 챙겨야 한다.

43

모리스는 티나의 분홍색 휴대전화를 주머니에 넣고 그녀의 컴퓨터 코드를 뽑는다.

"뒤로 돌아. 뒷짐 지고."

"우리 엄마 쐈어요?" 티나의 뺨을 타고 눈물이 흐르고 있다. "내가 들은 그 소리 뭐예요? 우리 엄마를 쏜……"

모리스가 그녀의 뺨을 힘껏 때린다. 티나의 코와 입가에서 피가 튄다. 충격으로 그녀의 눈이 휘둥그레진다.

"아가리 닥치고 뒤로 돌아. 뒷짐 지고."

티나는 흐느끼며 그가 시킨 대로 한다. 모리스는 그녀의 손목을 등허리에 모아서 묶고 매듭을 잔인하게 당긴다.

"아야! 아파요, 아저씨! 너무 꽉 묶였어요!"

"참아." 그는 옛 친구의 총에 총알이 몇 발 남았을지 어렴풋이 따져본다. 두 발이면 충분할 것이다. 한 발은 좀도둑 몫이고, 또 한 발은 좀도둑의 여동생 몫이다. "걸어가. 1층으로. 내려가서 부엌 문 밖으로 나가. 얼른. 헛, 둘, 셋, 넷."

그녀는 눈물이 그렁그렁 맺힌 충혈된 눈을 동그랗게 뜨고 그를 돌아본다.

"나를 성폭행할 거예요?"

"아니." 모리스는 대답하고, 그녀로서는 무슨 뜻인지 알 수가 없기에 더 공포스러운 말을 덧붙인다. "똑같은 실수를 반복하지는 않을 거다."

44

린다가 정신을 차려 보니 천장이 보인다. 여기가 톰의 사무실이라는 건 알겠는데 무슨 일이 벌어졌는지는 모르겠다. 머리 오른쪽이 불에 덴 듯 화끈거려서 손을 갖다 대 보니 피가 묻어 나온다. 페기 모런에게 티나가 학교에서 탈이 났다는 소리를 들은 게 마지막으로 기억이 난다.

"가서 애 집으로 데려가." 페기는 그렇게 말했다. "이 시간은 내가 맡아 줄게."

아니다, 다른 것도 기억이 난다. 뭔지 모를 돈에 얽힌 것이다.

피트한테 그 돈에 대해서 물어보려고 했었지. 그녀는 기억을 더듬는다. 대답을 들으려고. 피트가 올 때까지 시간이나 때우려고 톰의 컴퓨터로 솔리테어를 하고 있었는데……

그 이후부터 깜깜하다.

계속 문을 두드리는 것처럼 머리가 끔찍하게 아프다. 가끔 나타나는 편두통보다 더 심하다. 심지어 산통보다 더 심하다. 그녀는 간신히 고개를 들지만 심장이 뛸 때마다 눈앞의 세상이 쑥 들어왔다가 *활짝* 펼쳐지고, 그럴 때마다 머리가 깨질 듯이 아프다.

고개를 숙여 보니 회색 원피스 앞면이 칙칙한 자주색으로 변했다. 그녀는 생각한다. '맙소사, 피를 대체 얼마나 흘린 거야. 내가 뇌졸중에 걸렸나? 뇌출혈이라도 일으켰나?'

그런 거였다면 내출혈만 생겼을 테니 그런 병일 리 없지만 뭐가 됐건 도움이 필요한 것만큼은 분명하다. 구급차를 불러야 하는데 전화기 쪽으로 손을 뻗을 수가 없다. 손이 올라갔다가도 부들거리며 바닥으로 다시 떨어진다.

이렇게 죽어 가는 와중에도 (그녀가 생각하기에는 죽어 가는 게 분명하다.) 어딘가 가까운 데서 아파하는 비명에 이어 그녀가 아는 울음소리가 들린다. 티나의 음성이다.

그녀는 피로 범벅이 된 한손을 딛고 간신히 몸을 일으켜서 창밖을 내다본다. 어떤 남자가 티나를 거칠게 떠밀며 뒷마당으로 계단을 내려가고 있다. 티나의 손은 등 뒤로 묶여 있다.

린다는 그녀의 아픔을 잊고 구급차를 불러야 한다는 것도 잊는다. 어떤 남자가 들어와서 그녀의 딸을 납치해 가고 있다. 그를 막아야 한다. 경찰을 불러야 한다. 그녀는 책상 뒤에 놓인 회전의자에 앉으려고 하지만, 처음에는 앉는 부분을 손으로 건드리는 게 전부다. 힘을 줘서 벌떡 윗몸을 일으키자 순간 눈앞이 하얘질 정도로 엄청난 고통이 밀려들지만 그녀는 아득해져 가는 정신을 붙잡고 의자 팔걸이를 움켜쥔다. 다시 시야가 밝아졌을 때 남자가 뒷문을 열고 티나를 그 사이로 밀치는 광경이 눈에 들어온다. 도살장으로 가축을 끌고 가듯 그녀를 몰고 가고 있다.

다시 데려와! 린다는 비명을 지른다. *내 딸 건드리지 마!*

하지만 그녀의 머릿속에서만 들리는 소리다. 일어서려고 할 때 의자가 돌아가는 바람에 그녀는 잡았던 팔걸이를 놓친다. 세상이 컴컴해진다. 그녀는 의식을 잃기 전에 끔찍하게 캑캑거리는 소리를 듣고 잠깐 생각한다. 내가 내는 소리일까?

45

로터리를 지난 다음에도 상황은 나아지지 않는다. 뻥 뚫린 도로 대신 꽉 막힌 도로와 두 개의 주황색 표지판이 그들을 맞는다. 한 표지판에는 전면에 신호수 배치라고 적혀 있다. 또 다른 표지판에는 도로 공사중이라고 적혀 있다. 신호수가 도심으로 진입하는 차량들을 통과시키는 동안 반대편 차로의 차량들은 줄줄이 서서 기다린다. 1분이 한 시간처럼 느껴지는 3분이 그런 식으로 흐르자 호지스가 제롬에게 골목길로 가자고 한다.

"저도 그러고 싶은데 빠져나갈 방법이 없어요."

그는 엄지손가락으로 어깨 너머를 가리킨다. 그들 뒤로 거의 로터리까지 차량들이 꼬리에 꼬리를 물고 이어진다.

아이패드를 들여다보며 자판을 두드리고 있던 홀리가 고개를 든다.

"인도로 가." 그러고는 다시 마법의 태블릿 위로 코를 박는다.

"우체통이 있잖아요, 홀리베리." 제롬이 말한다. "저 앞에는 철책도 있고. 좁아서 안 될 것 같은데요."

그녀는 다시 한 번 잠깐 고개를 든다.

"안 좁아. 살짝 긁힐지 몰라도 그거야 전에도 있었던 일이잖아. 인도로 가."

"내가 흑인 운전자라는 이유로 체포되면 그 벌금은 누가 내고요?"

홀리는 눈을 부라린다. 제롬이 호지스를 돌아보자 그는 한숨을 쉬며 고개를 끄덕인다.

"홀리 말이 맞아. 안 좁아. 우라질 벌금은 내가 내마."

제롬은 오른쪽으로 핸들을 꺾는다. 메르세데스가 앞차의 펜더를 긁고 덜컹거리며 인도로 올라간다. 첫 번째 우체통이 등장한다. 제롬은 한층 오른쪽으로 핸들을 꺾어서 이제 도로에서 완전히 벗어난다. 우체통을 쳐서 쓰러뜨리자 운전석 쪽에서 쿵 소리가 나고 조수석 문이 철책을 어루만지자 끼이익 하는 비명 소리가 한참 동안 이어진다. 반바지에 홀터넥 상의를 걸친 여자가 잔디를 깎고 있다. 홀리의 독일군 U 보트가 무단출입 금지 잡상인 사절 방판 영업사원 사절이라고 적힌 팻말을 조수석 문으로 긁고 지나가자 그녀가 그들을 향해 고함을 지른다. 여자는 계속 고함을 지르며 집 앞 진입로로 달려온다. 그러더니 손으로 햇볕을 가린 채 실눈을 뜨고 유심히 내다본다. 달싹이는 그녀의 입술이 호지스의 눈에 들어온다.

"아이고 신나라." 제롬이 말한다. "이 차 번호판을 외우고 있어요."

"계속 달려." 홀리가 말한다. "달려 달려 달려." 그러고는 곧바로

504

연결해서 말한다. "빨간 입술은 모리스 벨러미예요. 그게 그 남자 이름이에요."

이제는 신호수가 그들을 향해서 고함을 지르고 있다. 도로 지하에 매설한 하수관을 파내고 있던 인부들은 그들을 빤히 쳐다본다. 몇 명은 웃고 있다. 그중 한 명이 제롬에게 윙크하며 술을 따라 주는 흉내를 낸다. 잠시 후에 그들은 지나간 일이 된다. 메르데세스가 쿵 소리와 함께 도로로 복귀한다. 노스사이드로 가는 차량들이 뒤에서 병목현상을 빚고 있는 가운데 다행히 뻥 뚫린 도로가 그들을 맞이한다.

"이 도시의 납세 기록을 조회했거든요." 홀리가 말한다. "1978년에 존 로스스타인이 살해됐을 당시, 시커모어 가 23번지에 부과된 세금은 애니타 일레인 벨러미가 납부했더라고요. 구글에 그녀의 이름을 입력했더니 유명한 학자라 50여 건이 뜨는데 도움이 될 만한 기사는 딱 한 건뿐이었어요. 아들이 그해 연말에 가중 성폭행으로 기소돼서 유죄판결을 받았다는 거. 여기 이 도시에서 그랬대요. 종신형을 선고받았고, 어느 기사에 사진도 실렸던데. 봐요."

그녀는 아이패드를 호지스에게 건넨다.

모리스 벨러미가 호지스도 잘 아는 법원의 계단을 내려오다가 찍힌 사진인데, 그 법원은 15년 전에 거번먼트 광장의 흉물스러운 콘크리트 건물로 이주했다. 벨러미의 양옆에 형사가 한 명씩 붙어 있다. 그중 한 명은 호지스도 아는 폴 에머슨이다. 훌륭한 경찰이었고 오래전에 퇴직했다. 그는 양복을 입고 있다. 다른 한 명도 마찬가지인데, 이쪽은 외투로 벨러미의 손을 덮어서 수갑을 가렸다. 벨러미도 양복을 입고 있는 것을 보면 재판이 진행되는 도중이나 판결이 내려진 직후에 찍은 사진인 모양이다. 흑백 사진이라 벨러미의 창백한 얼굴과 짙은 색 입술이 더욱 선명하게 대조된다. 거의 립스틱을 바른 것처럼 보일 정도다.

"그 사람인 게 분명해요." 홀리가 말한다. "주립 교도소에 문의해 보면 출소했을 거라는 데 6000달러 걸게요."

"베팅은 사양할게요." 호지스가 말한다. "제롬, 시커모어 가까지 얼마나 걸리겠니?"

"10분이요."

"넉넉히 아니면 빠듯하게?"

제롬은 마지못한 듯 대답한다.

"음…… 조금 빠듯하게요."

"너무 무리하지는 마라. 사람을 치거나 그러면 안……"

호지스의 휴대전화가 울린다. 피트다. 숨을 헉헉댄다.

"경찰에 연락하셨어요, 호지스 씨?"

"아니."

지금쯤 홀리의 차량 번호로 경찰서에 신고가 들어갔을 수는 있지만 피트에게 그 이야기를 할 필요는 없다. 아이는 불안해서 어쩔 줄 몰라 하는 목소리다. 거의 정신이 나간 수준이다.

"하면 안 돼요. 무슨 일이 있어도요. 그 남자가 여동생을 끌고 갔어요. 공책을 안 주면 죽여 버린대요. 공책을 줘야겠어요."

"피트, 그러지 말고……"

하지만 공허한 메아리다. 피트가 전화를 끊어 버린 것이다.

46

모리스는 티나를 다그치며 오솔길을 걸어간다. 중간에 튀어나온 가지에 얇은 블라우스가 찢겨서 그녀의 팔이 긁히자 피가 난다.

"너무 급하게 밀지 마요, 아저씨! 이러다 넘어지겠어요!"

모리스는 포니테일 위로 그녀의 뒤통수를 후려친다.

"입 다물어, 잡년아. 뛰라고 하지 않는 게 다행인 줄 알아라."

그는 개울을 건널 때는 빠지지 않도록 그녀의 어깨를 잡아 주고, 관목과 제대로 자라지 못한 나무들이 사라지고 레크리에이션 부지가 시작되는 지점에 이르자 그녀에게 멈추라고 한다.

야구장에는 아무도 없지만 금이 간 아스팔트로 덮인 농구 코트에 남자아이들이 몇 명 있다. 웃통을 벗었는데 어깨가 번들거린다. 모리스는 밖에서 경기를 하기에는 너무 더운 날씨라 그나마 몇 명밖에 없는가 보다고 생각한다.

그는 티나의 손을 풀어 준다. 그녀는 살짝 훌쩍이며 안도의 한숨을 내쉬고 십자 모양으로 벌겋게 깊은 자국이 남은 손목을 주무른다.

"나무들이 심어진 가장자리를 따라서 걸어갈 거다." 그는 그녀에게 말한다. "저 아이들 눈에 우리 모습이 확실하게 보이는 때는 건물 앞에 다다라서 그늘 밖으로 나갈 때뿐이야. 아이들이 너한테 인사를 하거나 저 중에 네가 아는 아이가 있으면 웃는 얼굴로 그냥 손만 흔들고 계속 걸어. 알아들었지?"

"아, 알았어요."

"비명을 지르거나 도와달라고 외치면 네 머리에 총알을 박아 줄 거야. 그것도 알아들었지?"

"알았어요. 우리 엄마 쐈어요? 쐈죠, 그렇죠?"

"무슨 소리. 진정시키느라 천장에 대고 쏜 거야. 너희 엄마는 아무 문제없고 너도 시키는 대로만 하면 아무 문제 없을 거다. 이제 얼른 걸어."

그늘 속으로 걸어가자 우측 외야를 덮은 기다란 잡초가 모리스의 바지와 티나의 청바지에 쏠려서 나지막이 바스락거린다. 티나의 밝은 노란색 블라우스가 초록색 나무와 대조를 이루면서 경고의 깃발처럼 눈에 확 들어왔을 텐데 남자아이들은 경기에 정신이 팔려서 돌아보지도 않는다.

레크리에이션 센터 뒤편에 다다르자 모리스는 남자아이들을 예의 주시하며 티나를 옛 친구의 스바루 너머로 데려간다. 벽돌 건물 측면으로 시야가 가려지자 그는 티나의 손을 뒤로 다시 묶는다. 버치 가를 코앞에 두고 모험을 감행할 필요가 없다. 버치 가에는 집들이 많다.

그는 티나가 숨을 깊게 들이쉬는 것을 보고 그녀의 어깨를 붙잡는다.

"소리 지르지 마, 아가씨. 입을 여는 순간 주먹으로 막아 버릴 테니까."

"때리지 마세요." 티나는 속삭인다. "시키는 대로 할게요."

모리스는 만족스러워하며 고개를 끄덕인다. 듣던 중 반가운 소리다.

"저기 저 지하실 창문 보이지? 열려 있는 거. 엎드려서 그 안으로 들어가."

티나는 쪼그리고 앉아서 어두컴컴한 안을 들여다본다. 그러더니 핏자국이 남은 통통 부은 얼굴로 그를 올려다본다.

"너무 높아요! 떨어지겠어요!"

짜증이 치민 모리스는 그녀의 어깨를 발로 찬다. 그녀는 비명을 지른다. 그는 허리를 숙이고 자동권총의 총구를 그녀의 관자놀이에 갖다 댄다.

"시키는 대로 하겠다며? 지금 당장 저 창문 안으로 들어가. 안 그러면 싸가지 없는 그 쥐새끼만 한 대가리에다 구멍을 내줄 테다."

모리스는 정말 그럴 생각이 있는지 고민해 보고 그렇다는 결론을 내린다. 계집애들도 개무시해도 된다.

티나는 훌쩍이며 창문 사이로 꿈틀꿈틀 몸을 밀어넣는다. 반쯤 들어갔을 때 망설이며 애원하는 눈빛으로 모리스를 쳐다본다. 그는 발을 뒤로 젖혔다가 그녀의 얼굴을 향해 날려서 거들어 준다. 그녀는 바닥으로 떨어지고 모리스가 그러지 말라고 분명히 경고했는데도 비명을 지른다.

"발목! 발목이 부러진 것 같아요!"

모리스는 그녀의 발목에 코딱지만큼도 관심이 없다. 그는 보는 사람이 없는지 주변을 잽싸게 확인한 다음 창문을 통해 버치 스트리트 레크리에이션 센터 지하실 안으로 들어가서 지난번에 디딤대로 썼던 상자에 착지한다. 좀도둑의 여동생은 그 위로 잘못 떨어져서 바닥으로 구른 모양이다. 발이 옆으로 꺾여서 벌써부터 붓기 시작했다. 모리스 벨러미에게는 그것 역시 개무시해도 되는 일이다.

47

호지스 씨는 궁금한 게 한두 가지가 아니겠지만 피트는 대답할 겨를이 없다. 그는 전화를 끊고 집을 향해 시커모어 가를 전력 질주한다. 그는 티나가 쓰던 왜건까지 챙기려면 시간이 너무 많이 걸리겠다는 결론을 내린 참이다. 일단 레크리에이션 센터로 가서 공책을 옮길 다른 방법을 연구할 것이다. 센터 열쇠만 있으면 된다.

그는 열쇠를 챙기려고 아버지의 사무실로 달려 들어갔다가 그 자리에서 얼어붙는다. 어머니가 책상 옆 바닥에 쓰러져 있는데 파란 눈이 피로 덮여서 번들거린다. 켜놓은 아버지의 노트북에도, 어머니의 원피스 앞섶에도, 책상 의자에도, 어머니의 뒤편 창문에도 피가 튀었다. 노트북에서 음악소리가 들리는데 이렇게 괴로운 상황에서도 무슨 음악인지 알겠다. 어머니는 솔리테어 게임을 하고 있었다. 아들이 돌아오길 기다리며 그냥 혼자서 솔리테어를 하고 있었다.

"엄마!" 그는 울부짖으며 달려간다.

"내 머리." 그녀가 말한다. "내 머리 좀 봐줘."

그가 허리를 숙이고 피로 뭉친 머리칼을 조심스럽게 헤치고 보니 관자놀이에서 뒤통수까지 홈이 파여 있다. 홈 중간쯤에 희끄무레한 회색의 무언가가 있다. 머리뼈인가 보다. 그는 생각한다. 처참하긴 하지만 그래도 뇌가 아니라 다행이다. 뇌는 말랑말랑해서 뇌였다면 줄줄 흘러나왔을 것이다. 이건 그냥 뼈다.

"어떤 남자가 들어왔어." 그녀는 힘겹게 말을 잇는다. "그 남자가…… 티나를…… 데려갔어. 티나의 비명 소리를 들었어. 네가 가서…… 아, 머리가 윙윙 울린다."

피트는 영원처럼 느껴지는 찰나의 순간 동안 어머니를 구할 것인지, 여동생을 되찾아올 것인지 고민한다. '이게 악몽이라면 얼마나 좋을까.' 그는 생각한다. '그럼 눈을 뜨면 그만일 텐데.'

엄마가 먼저다. 당장 엄마부터 구해야 한다.

그는 아버지의 책상에 놓인 수화기를 든다.

"가만히 계세요, 엄마. 아무 말도 하지 말고 움직이지 마요."

그녀는 지친 듯이 눈을 감는다.

"그 남자, 돈을 받으러 온 거니? 네가 찾은 그 돈을 받으러 온 거야?"

"아뇨, 그 돈이랑 같이 있었던 물건을요."

피트는 그렇게 말하고 초등학교 때 배운 세 자리 숫자를 누른다.

"911입니다." 어떤 여자가 전화를 받는다. "어떤 응급상황인가요?"

"엄마가 총에 맞았어요. 시커모어 가 23번지요. 당장 구급차를 보내 주세요. 피가 미친 듯이 나요."

"신고하신 분 성함은……"

피트는 전화를 끊는다.

"엄마, 저는 가 봐야 해요. 티나를 구하러 가야 해요."

"다치면…… 안 된다." 그녀는 이제 웅얼거린다. 눈을 계속 감고 있는데 그는 속눈썹에도 핏방울이 맺힌 것을 보고 경악한다. 그 때문에 생긴 일이다, 전부 다 그 때문에 생긴 일이다. "티나도…… 다치지…… 않게……"

그녀는 입을 다물었지만 숨은 쉬고 있다. 하느님, 제발 저 숨이 끊기지 않게 해 주세요.

피트는 아버지가 부동산 매물을 관리하는 코르크판에서 버치 스트리트 레크리에이션 센터 앞문 열쇠를 챙긴다.

"괜찮을 거예요, 엄마. 구급차가 올 거예요. 그리고 친구들 몇 명도요." 그는 문을 향해 걸어가다가 좋은 수가 떠오르자 뒤를 돌아본다. "엄마?"

"응……"

"아빠 요즘도 담배 피워요?"

그녀는 눈을 감은 채 대답한다.

"글쎄…… 나도 잘…… 모르겠는데."

피트는 잽싸게 — 호지스가 들이닥쳐서 말리기 전에 나가야 한다 — 아버지의 책상 서랍을 뒤진다.

'혹시 모르니까.' 그는 생각한다.

'혹시 모르니까.'

48

뒷문이 열려 있다. 피트는 알아차리지 못한다. 그는 오솔길을 질주한다. 개울 근처에서 길 쪽으로 튀어나온 나뭇가지에 노란색의 얇은 천 조각이 걸려 있다. 개울에 다다르자 그는 거의 무의식적으로 트렁크가 묻혀 있었던 지점을 돌아본다. 그 트렁크가 이 모든 끔찍한 사태의 원흉이었다.

둑 기슭에 놓인 징검다리 앞에 다다랐을 때 피트는 문득 걸음을 멈춘다. 그의 눈이 휘둥그레진다. 다리에서 힘이 풀린다. 그는 털썩 주저앉아서 거품이 인 얕은 개울을 물끄러미 바라본다. 그 개울을 둘이서 숱하게 지날 때마다 여동생은 종종 당시 관심사를 쉴 새 없이 종알거렸다. 비즐리 부인. 스펀지밥. 친구 엘런. 가장 좋아하는 도시락 통.

가장 좋아하는 옷.

이를테면 하늘거리는 소매가 달린 노란색의 얇은 블라우스. 엄마가 드라이클리닝을 맡겨야 하기 때문에 너무 자주 입으면 안 된다고 했던 그 옷. 티나가 오늘 아침에 학교에 그 옷을 입고 갔던가? 100년 전의 일처럼 느껴지지만 기억을 더듬어 보면······.

그랬던 것 같다.

"네 여동생을 안전한 곳으로 데려가겠다." 빨간 입술은 그렇게 말했다. "네가 공책을 들고 오면 만날 수 있는 곳으로."

설마 그럴 리 있을까?

물론이다. 빨간 입술이 예전에 피트의 집에서 살았다면 레크리에이션 센터를 드나들었을 것이다. 문을 닫기 전에 이 동네 아이들은 전부 다 거기서 놀았다. 게다가 트렁크가 징검다리에서 스무 발자국도 안 되는 곳에 묻혀 있었으니 그는 오솔길에 대해서도 분명 알았을 것이다.

'하지만 공책에 대해서는 모르지.' 피트는 생각한다. '아직은.'

물론 피트와 마지막으로 통화한 이후에 공책을 찾았다면 얘기가 달라진다. 그랬다면 이미 가져갔을 것이다. 챙겨서 사라졌을 것이다. 티나만 죽이지 않았다면 그래도 상관없다. 티나는 죽이지 않았을 것이다. 원하던 것을 손에 넣었는데 그럴 이유가 뭐가 있을까.

'복수라는 이유가 있잖아.' 피트는 냉정하게 생각한다. '나한테 앙갚음을 하고 싶을 거 아냐. 내가 공책을 가져갔고, 서점에서 술병으로 그를 맞히고 도망쳤으니까 벌을 받아 마땅하다고 생각하겠지.'

피트는 일어나다가 어지럼증이 파도처럼 덮치는 바람에 휘청한다. 어지럼증이 가라앉자 개울을 건넌다. 개울을 건넌 뒤에는 다시 달리기 시작한다.

49

시커모어 가 23번지는 앞문이 열려 있다. 호지스는 제롬이 차를 완전히 세우기도 전에 메르세데스에서 내린다. 한 손을 주머니에 넣어서 해피 슬래퍼를 움켜쥐고 안으로 달려 들어간다. 딸랑거리는 음악소리가 들린다. 그도 몇 시간이고 컴퓨터 솔리테어에 매달린 경험이 있기에 익히 아는 음악이다.

소리를 따라가 보니 어떤 여자가 사무실로 꾸민 벽감의 책상 옆에 ─ 대자로 ─ 앉아 있다. 얼굴 한쪽이 퉁퉁 부었고 피에 흠뻑 젖었다. 그녀는 그를 쳐다보며 눈의 초점을 맞추려고 애를 쓴다.

"피트." 그녀는 이렇게 말하고 다시 덧붙인다. "티나를 데려갔어요."

호지스는 무릎을 꿇고 앉아서 조심스럽게 여자의 머리칼을 헤친다. 상태가 심각하지만 절망적이지는 않다. 이 여자는 생사가 걸린 딱 한 번의 복권에서 당첨의 행운을 누렸다. 총에 맞아서 두피에

15센티미터 길이의 홈이 파였고 어느 지점에서는 머리뼈가 드러났지만, 두피가 찢어졌다고 죽지는 않는다. 그래도 출혈이 심하고 충격과 뇌진탕의 여파를 앓고 있다. 그녀를 신문할 계제가 아니지만 어쩔 수 없다. 모리스 벨러미가 범행의 흔적을 계속 남기고 있는데 호지스는 여전히 갈피를 못 잡고 있다.

"홀리. 구급차 불러요."

"피트가…… 불렀어요." 린다가 말을 하자 그녀의 함없는 목소리가 요술이라도 부린 것처럼 사이렌 소리가 들린다. 아직 멀긴 하지만 빠른 속도로 다가오고 있다. "나가기…… 전에요."

"소버스 부인, 피트가 티나를 데려갔나요? 아까 그런 뜻에서 말씀하신 겁니까?"

"아뇨, 그 남자가요."

"입술이 빨갛던가요. 소버스 부인?" 홀리가 묻는다. "티나를 데려간 남자 입술이 빨갛던가요?"

"아일랜드…… 입술이었어요. 하지만…… 빨간 머리는 아니에요. 백발이었어요. 나이가 많았고. 저, 죽는 건가요?"

"아뇨." 호지스가 대답한다. "구급차가 오고 있어요. 하지만 부인께서 저희를 좀 도와주셔야겠습니다. 피터가 어디로 갔는지 아시나요?"

"뒤로…… 나갔어요. 뒷문으로. 봤어요."

제롬이 창밖을 내다보니 문이 살짝 열려 있다.

"저 뒤에는 뭐가 있어요?"

"오솔길이요." 린다는 힘없이 대답한다. "예전에 레크리에이션 센터를…… 그 길로 다녔어요. 문 닫기 전에. 열쇠를…… 챙기는 것 같왔어요."

"피트가요?"

"네······"

그녀의 시선이 수많은 열쇠들이 매달려 있는 코르크판으로 향한다. 고리 하나가 비어 있다. 그 밑의 셀로판테이프에 버치 레. 센이라고 적혀 있다.

호지스는 결단을 내린다.

"제롬, 나랑 같이 가자. 홀리는 소버스 부인 옆에 있어요. 머리 옆쪽으로 차가운 수건을 대주고." 그는 숨을 들이마신다. "하지만 그 전에 경찰에 연락해요. 내 예전 파트너를 바꿔 달라고 해요. 헌틀리를."

그는 반발을 예상했지만 뜻밖에도 홀리는 고개를 끄덕이고 전화기를 든다.

"제 아버지 라이터도 들고 갔어요." 린다가 말한다. 이제는 조금 정신을 차린 눈치다. "왜 그랬는지 모르겠지만. 그리고 론슨 캔도요."

제롬이 묻는 듯한 눈빛으로 쳐다보자 호지스가 알려준다.

"라이터에 넣는 기름이야."

50

피트는 모리스와 티나가 그랬던 것처럼 나무 그늘로만 다닌다. 하지만 농구를 하던 아이들이 저녁을 먹으러 집으로 돌아가서 농구장에는 바닥에 떨어진 감자 칩을 쪼아 먹는 까마귀 몇 마리뿐이다. 하역장에 주차된 소형차가 보인다. 사실상 거기 숨어 있다시피 한 그 차의 특이한 번호판을 본 순간, 피트가 품었을지 모를 일말의 의구심마저 사라진다. 빨간 입술이 여기 있는 게 분명한데 앞문으로 티나를 데리고 들어갔을 리는 없다. 앞문 앞길은 이 무렵에 지나가는 사람이 제법 많을 뿐 아니라 그에게는 열쇠가 없다.

피트는 차를 지나서 건물 모퉁이로 다가가 무릎을 꿇고 주위를 둘러본다. 지하실 창문 하나가 열려 있다. 그 앞을 덮은 잔디와 잡초에 밟힌 자국이 있다. 남자의 목소리가 들린다. 두 사람이 저 밑에 있는 것이다. 공책도 저 밑에 있다. 유일한 관건은 빨간 입술이 공책을 발견했는지 여부다.

후퇴한 피트는 햇볕에 달구어진 벽돌에 기대고 앉아서 이제 어떻게 하면 좋을지 고민한다. '머리를 굴려 봐.' 그는 속으로 중얼거린다. '너 때문에 티나가 이 지경이 됐으니까 네가 구해내야지. 그러니까 머리를 좀 굴려 봐, 이 빌어먹을 놈아!'

그런데 아무 생각도 나지 않는다. 그의 머릿속은 온통 백색 소음뿐이다.

몇 번 안 되는 인터뷰마다 짜증을 냈던 존 로스스타인이 한번은 어디서 영감을 얻느냐고 묻는 사람들이 얼마나 넌더리나는지 모른다고 한 적이 있었다. 그의 주장에 따르면 작품의 아이디어는 뜬금없이 떠오르는 것이었다. 저자의 지적 능력이라는 오염의 원흉과는 전혀 무관했다. 지금 피트의 머릿속에서 떠오른 아이디어도 출처를 알 수가 없다. 끔찍한 동시에 끔찍하리만치 매력적인 아이디어다. 빨간 입술이 이미 공책을 발견했다면 소용이 없겠지만, 만약 그런 상황이라면 어떤 방법도 소용이 없을 것이다.

피트는 일어나서 벽돌로 이루어진 큼지막한 정육면체를 저쪽으로 빙 돈다. 누구라도 운전자의 정체를 알 수 있는 번호판이 달린 초록색 차를 다시 한 번 지나서 버려진 건물의 오른쪽 모서리에 다다르자 걸음을 멈추고 집으로 돌아가는 버치 가의 차량 행렬을 바라본다. 모든 게 정상적인, 전혀 다른 세상을 창문 너머로 쳐다보는 듯한 느낌이다. 그는 잽싸게 소지품 목록을 파악한다. 휴대전화, 라이터, 라이터 기름. 라이터 기름은 아버지의 지포 라이터와 함께 책상 아래 서랍에 들어 있었다. 흔들었을 때 난 소리로 짐작컨대 반밖에 안 남았지만 반이면 충분하고도 남는다.

그는 모퉁이를 돌아서 버치 가가 훤히 보이는 곳으로 나서고, 그를 부르는 사람—예컨대 예전에 리틀 리그 코치였던 에번스 씨 같은 사람—이 아무도 없길 바라며 가능한 한 아무렇지도 않은 척 걷는다.

다행히 부르는 사람이 아무도 없다. 이번에는 두 열쇠 중에서 어느 쪽인지 알고 있고 구멍에 넣을 때도 별 어려움이 없다. 그는 천천히 문을 열고 안으로 들어가서 살그머니 문을 닫는다. 안은 퀴퀴한 냄새가 나고 잔인하리만치 덥다. 티나가 있는 지하실은 여기보다 시원하길 바랄 따름이다. 지금 얼마나 무서울까, 그런 생각이 든다.

살아 있어야 그런 감정도 느낄 수 있을 텐데 말이지. 악마의 목소리가 속삭인다. 지금쯤 빨간 입술이 그녀의 시신을 내려다보며 혼잣말을 중얼거리고 있을지도 모른다. 그는 제정신이라고 볼 수가 없는데 정신병자들이 그러지 않는가.

피트의 왼쪽으로 보이는 계단을 따라 2층으로 올라가면 이 건물의 이쪽 끝에서 저쪽 끝까지 하나로 연결된 널찍한 방이 나온다. 정식 이름은 노스사이드 커뮤니티 룸이지만 아이들은 다른 이름으로 부르고 아마 빨간 입술도 그 이름을 기억할 것이다.

피트는 계단에 앉아서 신발을 벗으며(덜거덕거리는 소리가 사방에 울리면 안 되기에) 다시 생각한다. '나 때문에 티나가 이 지경이 됐으니까 내가 구해내야 해. 다른 사람에게 맡길 수는 없어.'

그는 여동생에게 전화를 건다. 밑에서 티나의 스노 패트롤 벨소리가 희미하지만 분명하게 들린다.

빨간 입술이 당장 전화를 받는다.

"안녕, 피터." 그는 좀 전보다 목소리가 차분해졌다. 침착해졌다. 그의 계획을 실행하기에 좋은 징조일까, 나쁜 징조일까. 피트로서는 어느 쪽인지 알 수가 없다. "공책 챙겼냐?"

"그래. 내 여동생은 별일 없겠지?"

"무사해. 지금 어디냐?"

"이것 참 재미있단 말이지." 피트도 말해 놓고 보니…… 정말 그렇다. "지미 골드도 재미있어 할 만한 상황이야."

"나 지금 알쏭달쏭한 말장난에 장단 맞춰 줄 기분이 아닌데. 얼른 볼일 마치고 서로 바이바이하는 게 좋지 않겠어? 지금 어디냐?"

"토요일 영화의 전당이라고 기억해?"

"너 지금……" 빨간 입술이 말을 하다 말고 멈춘다. 기억을 더듬는다. "커뮤니티 룸? 예전에 온갖 시시껄렁한 영화 틀어 줬던……" 그는 마침내 알아차리고 또다시 말을 멈춘다. "지금 여기 있다는 거야?"

"응. 당신은 지금 지하실에 있지. 뒤에 세워 놓은 차 봤어. 공책과 당신 사이의 거리가 27미터쯤 될까?" '아니면 그보다 좀 더 가까울 수도 있고.' 피트는 생각한다. "와서 찾아가."

그는 빨간 입술이 자기한테 좀 더 유리한 쪽으로 토를 달기 전에 전화를 끊어 버린다. 그런 다음 신발을 손에 들고 까치발로 부엌을 향해 달린다. 빨간 입술이 지하실 계단에서 올라오기 전에 자취를 감추어야 한다. 그럴 수만 있다면 모든 게 다 잘 될지 모른다. 그러지 못하면 여동생과 함께 죽음을 맞이해야 할 것이다.

밑에서 티나가 벨소리보다 크게 ―훨씬 크게― 비명을 지르는 소리가 들린다.

'아직 살아 있구나.' 피트는 생각한다. '저 새끼 때문에 다친 모양인데.' 하지만 그 말은 틀렸다.

'내가 그런 거야. 전부 다 나 때문이야. 나, 나, 나 때문이야.'

51

모리스는 주방용품이라고 적힌 상자에 앉아서 티나의 휴대전화 덮개를 닫고 처음에는 전화기를 쳐다보기만 한다. 관건은 딱 하나다. 고민할 문제는 딱 하나뿐이다. 이 녀석이 한 이야기가 진짜일까, 거짓말일까?

모리스가 생각하기에는 진짜인 것 같다. 그들은 둘 다 시커모어 가에서 자랐고 토요일이면 걸스카우트 단에서 파는 팝콘을 먹으며

2층에서 영화를 봤다. 따라서 두 사람 모두 그들의 집과 땅에 묻힌 트렁크에서 가까운 이 버려진 건물을 은신처로 선택한 것도 일리가 있는 얘기다. 결정적인 단서는 모리스가 맨 처음 정찰에 나섰을 때 앞쪽에서 본 토머스 소버스 중개업소로 연락 바람 팻말이다. 피터의 아버지가 중개업자라면 열쇠를 슬쩍하는 것쯤 식은 죽 먹기였을 것이다.

그는 티나의 팔을 잡고, 유물처럼 먼지를 뒤집어쓰고 한쪽 귀퉁이에 쭈그리고 있는 큼지막한 보일러 앞으로 끌고 간다. 발목이 퉁퉁 부은 쪽에 체중을 실으려다 휘청거리자 그녀는 또다시 짜증나는 비명을 지른다. 그는 다시 한 번 그녀의 뺨을 때린다.

"입 다물어. 그만 좀 칭얼거리란 말이다, 이 잡년아."

컴퓨터 코드만으로는 그녀를 묶어 놓기에 부족한데 벽에 걸린 케이스 전등에 몇 미터짜리 주황색 코드가 둘둘 감겨 있다. 전등은 필요 없지만 코드는 하늘에서 내린 선물이다. 좀도둑에게 화를 낼 만큼 냈다고 생각했던 건 그의 착각이었다. *지미 골드도 재미있어 할 만한 상황이야.* 좀도둑은 이렇게 말했다. 녀석이 무슨 권리로 존 로스스타인의 작품을 들먹인단 말인가. 로스스타인의 작품은 그의 것이었다.

"뒤로 돌아."

티나가 잽싸게 움직이지 않고 꾸물거린다. 그녀의 오빠 때문에 부아가 치민 모리스는 그녀의 어깨를 잡고 돌린다. 이번에는 티나가 비명을 지르지 않지만 꾹 다문 입술 사이로 신음 소리가 새어나온다. 그녀가 애지중지하는 노란색 블라우스에 이제는 지하실 먼지가 여기저기 묻었다.

그는 그녀의 손목을 묶은 코드에 주황색 코드를 연결하고 케이스 전등을 보일러 배관 너머로 던진다. 그가 코드를 팽팽하게 잡아당겨서 묶인 손이 거의 어깨뼈에 닿을 정도로 올라가자 그녀는 또다시 신음 소리를 낸다.

모리스는 전등 코드를 이중매듭으로 묶으며 생각한다. 공책들이 처음부터 여기 있었던 게 *재미있단* 말이지? 재미있는 게 그렇게 좋으면 내가 실컷 웃겨 주마. 웃으면서 죽을 수 있게.

그는 허리를 숙여서 무릎 위에 손을 얹고 좀도둑의 여동생과 눈높이를 맞춘다.

"나는 지금 내 물건을 찾으러 2층으로 올라갈 거야, 아가씨. 눈엣가시 같은 네 오빠도 죽이고. 그런 다음 내려와서 널 죽여 줄게." 그는 그녀의 코끝에 입을 맞춘다. "네 인생은 이제 끝났어. 내가 가 있는 동안 끝나 버린 네 인생에 대해 생각하고 있어라."

그는 계단을 향해 뛰다시피 걸어간다.

52

피트는 식료품 저장실에 있다. 문을 손톱만큼 열어 놓았지만 그걸로 충분해서 빨간색과 까만색으로 된 조그만 권총을 한 손에 들고 다른 손에는 티나의 전화기를 들고 바삐 지나가는 빨간 입술이 보인다. 피트는 1층의 텅 빈 방들을 울리며 지나던 그의 발소리가 한때 토요일 영화의 전당으로 불렸던 공간을 향해 *터벅 터벅 터벅* 계단을 올라가는 소리로 바뀌자마자 지하실 계단을 향해 달린다. 도중에 신발을 떨어뜨린다. 두 손을 자유롭게 쓰기 위해서다. 빨간 입술에게 그의 행선지를 정확히 알리려는 목적도 있다. 덕분에 그가 멈칫할지도 모른다.

티나는 그를 보고 눈을 휘둥그레 뜬다.

"*오빠! 나 좀 여기서 꺼내 줘!*"

그는 다가가서 뒷짐을 진 그녀의 손과 보일러를 연결한 매듭 뭉치—하얀색 코드와 주황색 코드가 섞여 있다—를 들여다본다. 어찌나 단단하게 묶여 있는지, 보기만 해도 절망감이 물밀듯 밀려온다. 그가 주황색 매듭을 하나 풀자 그녀의 손이 살짝 내려와서 어깨의 부담이 덜어진다. 다른 매듭을 하나 더 풀기 시작하는데 휴대전화 진동이 울린다. 늑대가 2층에 아무것도 없다는 걸 알아차리고 전화를 한 것이다. 피트는 전화를 받지 않고 창문 밑에 놓인 상자 쪽으로 달려간다. 옆면에 그가 쓴 글씨가 있다. 주방용품. 그는 윗면에 찍힌 발자국을 보고 누구 발자국인지 알아차린다.

"*오빠, 뭐하는 거야?*" 티나가 묻는다. "*나를 풀어 줘야지!*"

하지만 그녀를 풀어 주기만 하면 되는 게 아니다. 그녀를 여기서 탈출시키는 것이 더 큰 숙제인데 피트가 보기에는 빨간 입술이 돌아오기 전에 양쪽 모두를 해결할 만한 겨를이 없다. 여동생의 발목을 보았는데 하도 부어서 발목이 맞나 싶을 정도였다.

빨간 입술은 이제 굳이 티나의 전화기를 쓰지 않는다. 2층에서 고함을 지른다. 2층에서 악을 쓴다.

"어디 있냐, 이 찢어 죽여도 시원찮을 새끼야!"

'지하실에는 조그만 돼지 두 마리, 2층에는 크고 못된 늑대 한 마리.' 피트는 생각한다. '그리고 우리에게는 벽돌로 만든 집은커녕 지푸라기로 만든 집도 없지.'

그는 빨간 입술이 디딤대로 썼던 상자를 지하실 한가운데로 옮겨서 덮개를 연다. 머리 위에서 주방 바닥을 가로지르는 발소리가 들리는데, 어찌나 요란하게 쿵쾅거리는지 낡아서 들보와 들보 사이에서 대롱거리는 단열재가 살짝 흔들릴 정도다. 티나의 얼굴 가득 공포가 번진다. 피트는 상자를 뒤집어서 몰스킨 공책들을 와르르 쏟는다.

"오빠! 뭐하는 거야? 그 사람이 오고 있는데!"

'내가 몰라서 이러겠니?' 피트는 생각하며 두 번째 상자의 덮개를 연다. 그가 나머지 공책까지 지하실 바닥에 쏟고 있을 때 위에서 들리던 발소리가 멈춘다. 그가 신발을 본 것이다. 빨간 입술이 지하실 문을 연다. 이제는 몸을 사린다. 무슨 속셈인지 간파하려고 한다.

"피터? 네 동생 만나러 온 거냐?"

"맞아." 피터는 대꾸한다. "총을 들고 동생을 만나러 왔지."

"그런데 어쩌지?" 늑대가 말한다. "그 말 못 믿겠는데."

피트는 캔의 뚜껑을 열고 라이터 기름을 공책 위로 부어서 단편, 시, 취중에 쏟아낸 거라 중간에 끊기기 다반사인 분노의 문장들을 흠뻑 적신다. 1960년대를 비틀비틀 관통하며 일종의 보상을 찾아 헤매는, 그의 표현을 빌자면 개무시하면 안 되는 개 같은 일을 찾아 헤매는, 지미 골드라는 신세 조진 미국인 시리즈를 완결하는 두 편의 소설도 적신다. 피트는 더듬더듬 라이터를 꺼내다 손가락 사이로 떨어뜨린다. 이제 저 위에서 그자의 그림자가 보인다. 총의 그림자도 보인다.

코와 입술이 피범벅인 채로 꼼짝없이 묶인 티나는 공포로 눈이 접시만 해진다. '저 자식이 때린 모양이로군.' 피트는 생각한다. '도대체 왜 그런 거야? 아직 어린애를.'

하지만 그는 이유를 안다. 빨간 입술이 *실제로* 패고 싶은 상대를 어느 정도 대체할 수 있는 인물이 여동생이었기 때문이다.

"믿는 게 좋을 거야." 피트는 말한다. "네 것보다 훨씬 큰 45구경이거든. 우리 아버지의 책상 서랍에 들어 있었어. 조용히 떠나는 게 좋을걸? 그게 현명한 선택이 될 거다."

제발요, 하느님. *제발.*

하지만 마지막 단어에서 피트의 목소리가 떨리면서 맨 처음 이 공책을 발견한 열세 살의 그때처럼 불안한 고음으로 변한다. 빨간 입술은 그걸 간파하고 웃으며 계단을 내려오기 시작한다. 피트는 라이터를 다시 쥐고 ─ 이번에는 세게 움켜쥔다 ─ 빨간 입술이 완전히 시야에 들어오자 엄지손가락으로 뚜껑을 연다. 피트는 부싯돌을 튕기며 라이터에 기름이 남아 있는지 확인하지 않았다는 생각을 한다. 앞으로 10초 만에 그와 여동생의 목숨 줄을 끊을 수도 있는 실수였다. 하지만 노란색 불꽃이 기세 좋게 타오른다.

피터는 공책 더미와 30센티미터 간격을 두고 그 위로 라이터를 갖다 댄다.

"맞아. 총은 없어. 하지만 아버지의 책상 서랍 안에서 이걸 발견했지."

53

호지스와 제롬은 야구장을 가로질러서 달린다. 제롬이 앞장서고 있지만 호지스도 많이 뒤처지지는 않는다. 제롬은 허접한 야구장이 끝나는 근처에서 달리기를 멈추더니 하역장 근처에 주차된 초록색 스바루를 가리킨다. 호지스는 글자로 꾸민 번호판—BOOKS4U—을 보고 고개를 끄덕인다.

그들이 다시 걸음을 옮기려는 찰나, 안에서 성난 고함이 들린다.

"어디 있냐, 이 찢어 죽여도 시원찮을 새끼야!"

벨러미일 것이다. 찢어 죽여도 시원찮을 새끼는 누가 봐도 피터 소버스다. 아이가 아버지의 열쇠로 문을 따고 들어갔을 테니 앞문이 열려 있을 것이다. 호지스가 먼저 자기를 가리킨 다음 레크리에이션 센터를 가리킨다. 제롬은 고개를 끄덕이지만 나지막이 얘기한다.

"총 안 들고 오셨잖아요."

"그렇긴 하지만 나는 사상이 순수해서 남들보다 힘이 열 배 세거든(앨프레드 테니슨 경이 쓴 시 「갤러해드 경」의 일부 구절을 패러디한 것이다—옮긴이)."

"네?"

"여기 있어라, 제롬. 내 말 들어."

"괜찮으시겠어요?"

"응. 혹시 칼 없지? 주머니칼이라도."

"네. 죄송해요."

"좋아, 그럼 주위를 둘러봐. 병이라도 없는지. 해가 지면 아이들이 여기 다시 모여서 맥주를 마시고 그럴 테니까 어디 있을 거야. 병을 깨서 그걸로 타이어를 찢어. 일이 틀어지더라도 저자가 홀리데이의 차를 몰고 도망치지 못하게."

제롬은 이 명령에 담긴 속뜻이 마음에 들지 않는다는 표정을 짓는다. 그는 호지스의 팔을 잡는다.

"가미가제식 공격은 안 돼요, 빌. 알았죠? 이번에는 뭘 만회하고 그럴 것도 없잖아요."

"알아."

하지만 사실 그는 아무것도 알지 못한다. 4년 전에 그가 사랑했던 여인이 그를 노린 폭탄에 목숨을 잃었다. 그 뒤로 제이니를 떠올리지 않은 날이 단 하루도 없었다. 밤이면 침대에 누워서 내가 조금만 더 빨랐더라면, 내가 조금만 더 영리했더라면 하고 생각하지 않은 날이 단 하루도 없었다.

그는 이번에도 충분히 빠르고 영리하지 못했고, 상황이 너무 급속도로 전개됐다고 자기변명을 한들 생사의 위기에 놓인 두 아이의 상황은 달라지지 않는다. 딱 한 가지 분명한 게 있다면 티나도 그렇고 그녀의 오빠도 그렇고, 오늘 그가 보는 앞에서 죽을 일은 없다는 것이다. 그런 사태를 막을 수만 있다면 그는 무슨 짓이든 마다하지 않을 것이다.

그는 제롬의 옆얼굴을 토닥인다.

"날 믿어라. 내게 주어진 임무를 다할 테니까. 너는 그 타이어만 처리해 주면 돼. 하는 김에 플러그도 몇 개 빼놓든지."

호지스는 걸음을 옮기고 건물 모퉁이에 다다랐을 때 딱 한 번 뒤를 돌아본다. 제롬은 불안한 표정으로 그를 바라볼 뿐, 이번에는 끼어들지 않는다. 다행이다. 벨러미의 손에 피터와 티나가 죽는 것보다 더 끔찍한 일이 딱 한 가지 있다면 그의 손에 제롬까지 죽는 것이다.

그는 모퉁이를 돌아서 건물 앞쪽으로 달려간다.

이 건물의 앞문도 시커모어 가 23번지의 그 집처럼 열려 있다.

54

빨간 입술은 최면에 걸린 사람처럼 몰스킨 공책 더미를 쳐다본다. 그러다 피트에게로 시선을 든다. 총도 같이 든다.

"쏠 테면 쏴 봐." 피트가 말한다. "마음대로 하고, 내가 라이터를 떨어뜨리면 어떻게 될지 두 눈으로 직접 확인하는 것도 나쁘지 않겠네. 좀 전에 맨 윗부분밖에 못 적셨지만 지금쯤 아래로 스며들었을 거야. 공책들이 오래됐잖아. 금세 잿더미로 변하겠지. 여기 있는 나머지 잡동사니들도 이내 그렇게 될 테고."

"이른바 교착상태로군." 빨간 입술이 말한다. "그런데 유일한 문제점이 뭔가 하면 말이다, 피터─지금 너의 관점에서 하는 얘기야─ 내 총이 네 라이터보다 오래 버틴다는 거야. 기름이 다 떨어지면 어떻게 할래?"

그는 애써 차분하고 침착한 목소리로 얘기하지만 시선은 계속 지포 라이터와 공책 더미를 왔다 갔다 한다. 맨 위에 놓인 공책 표지들이 물개 가죽처럼 축축하게 번들거린다.

"그러면 어떻게 될지 나는 알아." 피트가 말한다. "불꽃이 약해지면서 색깔이 노란색에서 파란색으로 바뀌는 순간, 라이터를 떨어뜨릴 거거든. 그러면 화르륵, 끝나지."

"너는 못 그래."

늑대가 윗입술을 들어서 누런 이빨을 드러낸다. 그 송곳니를 드러낸다.

"왜? 그냥 글인데? 내 동생에 비하면 개무시해도 되는 거야."

"그래?" 빨간 입술은 티나 쪽으로 총구를 돌린다. "그럼 라이터 꺼라. 안 그러면 네가 보는 앞에서 네 동생을 죽여 버릴 테니까."

피트는 여동생의 복부를 겨눈 총구를 보기만 해도 심장이 옥죄어 들지만 그래도 지포 라이터 뚜껑을 닫지 않는다. 허리를 숙이고 공책 더미 쪽으로 아주 천천히 라이터를 갖다 댄다.

"이 안에는 지미 골드 후속작이 두 편 들어 있어. 당신도 알고 있었는지 모르겠지만."

"거짓말." 빨간 입술은 계속 티나를 겨누고 있지만 그의 시선은—그도 어쩌지 못하는 눈치다— 다시 몰스킨 공책 쪽으로 돌아와 있다. "하나잖아. 지미가 서부로 가는 거."

"두 편이야." 피트는 했던 말을 반복한다. "『러너, 서부로 가다』도 좋지만 『러너, 깃발을 들다』야말로 최고의 걸작이지. 분량도 엄청나. 대서사극이야. 그걸 영영 못 읽는다니 안타까워서 어쩌나."

핏기가 없었던 남자의 얼굴이 벌겋게 달아오른다.

"이게 어디서 감히 사람 약을 올려? 나는 그 시리즈에 목숨을 바친 사람이야! 그 시리즈를 위해서 살인까지 저지른 사람이라고!"

"알아. 그렇게 엄청난 팬이라고 하니까 조그만 선물을 하나 줄게. 마지막 권에서 지미가 앤드리아 스톤을 다시 만나거든. 환상이지?"

늑대의 눈이 휘둥그레진다.

"앤드리아를? 그래? 어떻게? 어쩌다?"

이런 상황에서 엽기적인 질문이지만 진정성 있는 질문이기도 하다. 솔직한 질문이기도 하다. 피트도 깨달았다시피 이 남자에게 현실 속의 인물은 그의 여동생이 아니라 소설 속에서 지미의 첫사랑이었던 앤드리아다. 빨간 입술에게 지미 골드, 앤드리아 스톤, 미커 씨, (비운의 자동차 영업사원이라고도 불리는) 피에르 르톤, 기타 등등보다 더 현실적인 인간은 *없다*. 이자가 돌아도 단단히 돌았다는 확실한 증거인데 그렇다면 피트도 미친놈이 된다. 그는 이 정신병자의 심정을 이해한다. 정확하게 이해한다. 그도 지미가 1968년 시카고 사태 때 그랜트 파크에서 앤드리아를 언뜻 보았을 때 똑같이 흥분하고 똑같이 *놀라워*했다. 실제로 눈물이 났다. 피트는 그런 눈물이 허구의 진정한 힘이라는 생각을 한다(그렇다. 심지어 이 와중에, 그들의 목숨이 달렸기 때문에 특히 이 와중에 그런 생각을 한다.). 찰스 디킨스가 뇌졸중으로 사망했다는 부고를 접하고 수천 명이 눈물을 흘린 것도 그 때문이다. 생판 모르는 남이 몇 년 동안 에드거 앨런 포의 생일인 1월 19일마다 그의 무덤에 장미꽃을 한 송이씩 바친 것도 그 때문이다. 이 남자가 부들부들 떨고 있는 가녀린 여동생의 복부를 겨누고 있지 않다 하더라도 피트가 이 남자를 증오할 수밖에 없는 것도 그 때문이다. 빨간 입술이 위대한 작가의 목숨을 앗아간 이유가 무엇이었나. 빨간 입술이 원치 않는 방향으로 움직이는 등장인물을 감히 쫓아갔다는 거였다. 그거였다. 작품이 작가보다 더 중요하다는 자기만의 굳은 신념에서 그런 짓을 저질렀다.

피트는 천천히, 신중하게 고개를 젓는다.

"전부 다 이 공책 안에 들어 있어. 『러너, 깃발을 들다』가 열여섯 권이지. 거기 앉아서 읽는다면 모를까, 어떤 내용인지 나한테 들을 일은 없을 거야." 피트는 미소를 짓는다. "스포일러는 싫거든."

"그 공책들은 내 것이야, 이 새끼야! 내 것이라고!"

"내 동생을 풀어주지 않으면 잿더미가 될 거야."

"오빠, 나 지금 걷지도 못해!" 티나가 울부짖는다.

피트는 그녀를 돌아볼 여력이 없기에 빨간 입술만 쳐다본다. 늑대만 쳐다본다.

"이름이 뭐지? 내가 당신 이름 정도는 알 자격이 있지 않을까?"

빨간 입술은 더 이상 무슨 상관이냐는 듯이 어깨를 으쓱한다.

"모리스 벨러미."

"총 버리세요, 벨러미 씨. 발로 차서 보일러 밑으로 보내세요. 그러면 라이터 뚜껑을 닫을게요. 묶여 있는 우리 동생 데리고 집으로 갈게요. 공책 가지고 도망칠 수 있을 만큼 시간을 넉넉히 줄게요. 나는 티나를 집에 데려가고 엄마를 병원으로 옮기면 그걸로 충분해요."

"그 말을 믿으라고?" 빨간 입술은 비웃는다.

피트는 라이터를 좀 더 내린다.

"내 말을 믿을래 아니면 공책이 타는 걸 구경할래? 얼른 선택하시지. 아빠가 마지막으로 여기다 기름을 넣은 게 언젠지 나도 모르니까."

무언가가 피트의 곁눈으로 보인다. 무언가가 계단에서 움직이고 있다. 그는 절대 시선을 돌리지 않는다. 그러면 빨간 입술의 시선도 따라서 움직일 것이기 때문이다. '그리고 내 설득에 거의 넘어왔잖아.' 피트는 생각한다.

그렇게 보인다. 빨간 입술이 총을 조금씩 내린다. 순간 그가 단 한 살의 에누리도 없이 제 나이로 보인다. 아니, 그보다 더 들어 보인다. 잠시 후에 그가 다시 총을 들어서 티나를 겨눈다.

"네 동생을 죽이지는 않겠어." 그는 방금 전에 중대한 결단을 내린 장군처럼 단호하게 얘기한다. "처음에는 그냥 다리를 쏠 거야. 동생이 지르는 비명을 네가 들을 수 있게. 그 이후에 네가 공책에 불을 지르면 네 동생의 다른 쪽 다리를 쏠 거야. 그럼 다음 배를 쏠 거야. 네 동생은 결국 죽겠지만 그 전에 한참동안 너를 원망하겠지. 이미 원망하고 있을지……"

모리스의 왼쪽에서 탁 하는 소리가 두 번 들린다. 피트의 신발이 계단 밑으로 떨어진다. 잔뜩 긴장하고 있던 모리스는 그쪽 방향으로 휙 몸을 틀어서 방아쇠를 당긴다. 총은 작지만 지하실이 밀폐된 공간이라 총성이 어마어마하다. 피트가 자기도 모르게 움찔하는 바람에 라이터가 손에서 떨어진다. 탁 하는 소리와 함께 맨 위에 놓인 공책에서 순식간에 반지 모양의 불길이 인다.

"안 돼!"

호지스가 몸을 제대로 가눌 수 없을 만큼 빠른 속도로 계단을 달려 내려오는데도 모리스는 비명을 지르며 그에게서 고개를 돌린다. 피트는 무방비 상태다. 모리스가 기회를 놓치지 않고 총을 들지만 묶여 있던 티나가 다치지 않은 쪽 발로 그의 뒷다리를 걷어찬다. 총알은 피트의 목과 어깨 사이로 날아간다.

그러는 동안에도 공책들 사이로 불길이 번진다.

호지스는 지체 없이 모리스에게 달려들어서 총을 쥔 쪽 손을 붙잡는다. 호지스가 체구도 더 크고 체력도 더 좋지만 모리스 벨러미에게는 광기의 괴력이 있다. 호지스는 소형 자동권총이 천장을 향하도록 모리스의 오른손목을 잡고, 모리스는 왼손을 들어 눈동자를 할퀼 기세로 호지스의 얼굴을 쥐어뜯으며 두 사람은 이리 비틀, 저리 비틀 왈츠를 춘다.

피트가 공책 더미 ─라이터 기름이 깊숙이 스며들었는지 이제는 활활 타오르고 있다─를 피해 달려가서 모리스를 뒤에서 덮친다. 모리스는 고개를 돌리더니 으르렁거리며 그를 물려고 한다. 눈동자가 희번덕거린다.

"손! 손을 잡아!" 호지스가 외친다. 그들은 비틀거리며 계단 근처까지 다다랐다. 호지스의 얼굴은 피범벅이고 뺨 여기저기서 살점이 덜렁거린다. "이러다 산 채로 껍질이 벗겨지겠어. 얼른 잡아!"

피트가 벨러미의 왼손을 잡는다. 티나가 비명을 지르고 있다. 호지스가 벨러미의 얼굴을 주먹으로 두 번 내리친다. 체중을 실어서 세게 때린다. 이게 결정타다. 그의 얼굴에서 힘이 빠지고 무릎이 꺾인다. 티나는 계속 비명을 지르고 지하실 안은 점점 환해진다.

"오빠, 천장! 천장에 불이 붙었어!"

모리스는 턱과 입술과 부러진 코에서 피를 콸콸 쏟으며 무릎을 꿇은 채 고개를 숙인다. 호지스가 그의 오른손목을 잡고 비튼다. 뚝 하는 소리와 함께 손목이 부러지고 소형 자동권총이 바닥으로 떨어진다. 호지스가 이제 끝났다고 생각한 순간, 이 치사한 녀석이 왼손을 위로 날려서 그의 사타구니를 정통으로 강타하자 그의 뱃속으로 고통이 물결처럼 퍼진다. 모리스는 그의 가랑이 사이로 허둥지둥 달아난다. 호지스는 욱신거리는 사타구니를 양손으로 누르며 숨을 헐떡인다.

"오빠, 오빠, 천장!"

피트는 벨러미가 총을 집으러 가는가 보다고 생각하지만 그는 총은 안중에도 없다. 그의 목표는 공책 더미다. 공책 더미는 이제 모닥불로 발전해서 표지는 오그라들고 책장은 갈색으로 변했고, 사방으로 불똥이 튀어서 천장에서 대롱거리던 단열재에 불이 옮겨붙었다. 불길이 머리 위로 번지면서 길쭉한 불덩이들이 뚝뚝 떨어진다. 그중 하나가 티나의 머리 위로 떨어지자 종이와 단열재가 타는 냄새에 머리카락이 튀겨지는 냄새가 더해진다. 그녀는 아파서 비명을 지르며 고개를 저어서 털어낸다.

피트는 소형 자동권총을 발로 차서 지하실 저 끝으로 날리고 그녀에게 달려간다. 김이 모락모락 나는 머리칼을 쳐서 불을 끄고 매듭을 풀기 시작한다.

"안 돼!" 모리스가 비명을 지르지만 피트를 보고 하는 말이 아니다. 그는 불길에 휩싸인 제단 앞에 선 광신도처럼 공책 더미 앞에 무릎을 꿇는다. 불길 속으로 손을 넣어서 공책 더미를 헤친다. 그러자 새로운 불길이 소용돌이 모양으로 솟구친다. "안 돼 안 돼 안 돼 안 돼!"

호지스는 피터와 여동생에게 달려가고 싶지만 취객처럼 어기적어기적 다가가는 게 고작이다. 사타구니에서 시작된 통증이 다리로까지 번져서 열심히 키워 놓은 근육들이 풀려 버렸다. 그래도 주황색 매듭을 하나 붙잡고 매달린다. 칼을 들고 왔더라면 얼마나 좋았을까 하는 생각이 다시금 들지만 이걸 자르려면 큰 식칼이 있어야겠다. 얼토당토않게 두껍다.

이글거리는 단열재가 사방에서 점점 더 후두둑 떨어진다. 호지스는 티나의 얇은 블라우스에 불이 붙을까봐 손으로 쳐낸다. 매듭이 풀리지만, 드디어 풀리지만, 아이가 계속 꿈틀거려서······

"가만히 있어, 틴스." 피트가 말한다. 그의 얼굴 위로 땀이 쏟아지고 있다. 지하실이 점점 뜨거워지고 있다. "잡아당기면 풀어지는 매듭인데 너 때문에 자꾸 조여지잖아. 가만히 있어."

모리스의 비명이 고통의 울부짖음으로 바뀐다. 호지스는 그쪽을 쳐다볼 겨를이 없다. 그가 풀고 있던 매듭이 갑자기 느슨해진다. 그는 손이 묶인 채로 티나를 보일러에서 떼어낸다.

계단 말고는 탈출구가 없다. 하지만 아래쪽 계단은 이미 불바다고 위쪽 계단으로까지 불이 번지고 있다. 테이블, 의자, 서류를 담은 상자 할 것 없이 전부 다 불길에 휩싸였다. 모리스 벨러미도 불길에 휩싸였다. 재킷과 그 밑에 입은 셔츠가 활활 타오르고 있다. 그런데도 아직 멀쩡한 공책이 바닥 쪽에 남아 있으면 꺼내려고 모닥불을 계속 헤집고 있다. 고통이 어마어마할 텐데도 그러고 있다. 호지스는 굴뚝으로 들어온 늑대가 물이 펄펄 끓는 냄비 속으로 빠지는 옛날이야기를 떠올린다. 그의 딸 앨리슨은 그 이야기를 듣지 않으려고 했다. 너무 무서워서······

"빌! 빌! 여기요!"

지하실 창문 너머로 제롬이 보인다. 호지스는 "둘 다 천하에 쓸모가 없구만."이라고 말했던 것을 떠올리며 자신의 착각이었다는 데 기뻐한다. 제롬은 바닥에 엎드려서 두 팔을 아래로 뻗는다.

"여동생부터 올려요! 들어서 올려요! 얼른요, 다들 익기 전에!"

피트가 티나를 안고 떨어지는 불똥과 불길에 휩싸인 단열재 조각을 피해서 지하실을 가로지른다. 불덩이 하나가 그의 등으로 떨어지자 호지스가 손으로 털어낸다. 피트가 티나를 위로 들어 올린다. 제롬이 겨드랑이 아래를 잡고 끌어올리자 모리스가 그녀의 손을 묶는 데 쓴 컴퓨터 코드의 플러그가 뒤에서 대롱거리며 이리저리 부딪친다.

"다음은 네 차례다." 호지스가 숨을 헐떡이며 말한다.

피트는 고개를 젓는다.

"먼저 가세요." 그는 제롬을 올려다본다. "위에서 당기세요. 내가 밑에서 밀게요."

"알았어." 제롬이 말한다. "팔을 들어요, 빌."

옥신각신할 시간이 없다. 호지스가 팔을 들자 제롬이 그 팔을 붙잡는 것이 느껴진다. 꼭 수갑을 찬 느낌이라는 생각이 드는 순간, 그의 몸이 허공으로 들어 올려진다. 처음에는 속도가 느리지만—그가 여자아이보다 훨씬 무겁기에— 피트가 양손으로 그의 엉덩이를 단단히 잡고 밀어 준다. 그는 상쾌하고 깨끗한 공기 속으로 올라가서 티나 소버스의 옆으로 착지한다. 제롬은 다시 안으로 팔을 내민다.

"자! 얼른!"

피트가 팔을 들자 제롬이 그의 손목을 붙잡는다. 지하실 안이 연

536

기로 자욱해서 피트는 발을 페달 삼아 벽을 딛고 올라가는 동안 구역질에 가까운 기침을 한다. 그는 창문으로 빠져나가자마자 고개를 돌려서 지하실 안을 들여다본다.

시커먼 허수아비가 무릎을 꿇고 앉아서 불이 옮겨붙은 팔로 불길에 휩싸인 공책 더미를 뒤지고 있다. 얼굴이 녹아내린다. 그는 비명을 지르며 이글이글 잿더미로 변해 가는 로스스타인의 작품을 가슴에 끌어안는다.

"보지 마라." 호지스는 이렇게 말하면서 그의 어깨에 손을 얹는다. "보지 마."

하지만 피트는 보고 싶다. 보아야 한다.

그는 생각한다. '내가 저렇게 불길에 휩싸일 수 있었어.'

그는 생각한다. '아니야. 나는 판단력이 있잖아. 뭐가 중요한지 알잖아.'

그는 생각한다. '오, 하느님, 만약 하느님이 계시다면…… 제 생각이 맞는 것이게 해 주세요.'

55

피트는 티나를 제롬에게 맡겼다가 야구장이 나오자 그에게 말한다.

"이제 내가 안고 갈게요."

제롬은 그의 상태를 살핀다. 얼굴은 충격을 받아서 하얗게 질렸고, 한쪽 귀에는 물집이 잡혔고, 셔츠에는 여기저기 구멍이 뚫렸다.

"괜찮겠어?"

"네."

티나는 벌써부터 팔을 내밀고 있다. 그녀는 불이 난 지하실에서 구출된 이후부터 아무 말도 하지 않다가 피트에게 안기자 그의 목을 끌어안고 어깨에 얼굴을 묻더니 요란하게 울음을 터뜨린다.

홀리가 오솔길을 달려온다.

"하느님 감사합니다!" 그녀가 외친다. "다들 무사하네요! 벨러미는요?"

"저기 저 지하실에요." 호지스가 말한다. "아직 숨이 붙어 있을지 몰라도 차라리 죽어 버리고 싶을 거예요. 휴대전화 들고 왔어요? 소방서에 연락해요."

"우리 어머니는 괜찮으세요?" 피트가 묻는다.

"별 탈 없으실 것 같아." 홀리는 말하고 허리춤에서 전화기를 꺼낸다. "구급차를 타고 키너 기념 병원으로 가셨어. 정신도 멀쩡하고 말씀도 하시더라. 구급대원들 말로는 바이탈 사인도 좋대."

"다행이네요." 피트가 말한다. 이제는 그도 울음이 터져서 눈물을 흘리자 검댕이 묻은 뺨 위로 깨끗한 금이 생긴다. "어머니가 돌아가셨다면 저도 죽어 버렸을 거예요. 전부 다 제 잘못이니까요."

"그건 아니지." 호지스가 말한다.

피트가 그를 쳐다본다. 티나도 오빠의 목을 끌어안은 채 그에게로 고개를 돌린다.

"네가 공책이랑 돈을 주운 거지?"

"네. 우연히요. 개울가에 묻힌 트렁크 안에 들어 있었어요."

"누구라도 너처럼 했을 거야." 제롬이 말한다. "안 그래요, 빌?"

"그럼. 너는 너희 가족을 위해서 최선을 다한 거야. 벨러미가 티나를 끌고 갔을 때 찾아 나선 걸 봐."

"차라리 트렁크를 보지 못했더라면 좋았을 텐데." 피트가 말한다. 공책이 없어져서 가슴이 얼마나 아픈지 모른다는 고백은, 그런 식으로 타 버려서 얼마나 가슴이 아픈지 모른다는 고백은 죽을 때까지 하지 못할 것이다. 모리스의 심정이 이해가 되는 것도 속이 쓰리다. "트렁크가 땅속에 그대로 묻혀 있었더라면 좋았을 텐데."

"이제 와서 후회한들 무슨 소용 있겠니." 호지스가 말한다. "가자. 너무 심하게 붓기 전에 얼음주머니를 좀 대야겠어."

"붓다니, 어디가요?" 홀리가 묻는다. "내 눈에는 멀쩡해 보이는데요?"

호지스는 그녀의 어깨를 감싸 안는다. 그가 이러면 가끔 홀리의 몸이 뻣뻣해질 때가 있는데 오늘은 괜찮기에 내친김에 그녀의 뺨에 입을 맞춘다. 홀리는 미심쩍어하며 미소를 짓는다.

"남자들만 아는 거기 맞았어요?"

"맞아요. 쉿."

그들은 호지스를 위해서, 그리고 피트를 위해서 천천히 걷는다. 여동생이 점점 무겁게 느껴지지만 그래도 그는 내려놓을 생각이 없다. 집까지 안고 갈 참이다.

그후

소풍

노동절 주말이 시작되는 금요일, 지프 랭글러—나이를 먹어가고 있지만 여전히 주인의 사랑을 듬뿍 받는—가 맥기니스 야구장 리틀그 경기장 위편의 주차장으로 진입하더니 역시 나이를 먹어가는 파란색의 메르세데스 옆에서 멈추어 선다. 제롬 로빈슨은 음식이 이미 차려진 피크닉 테이블을 향해 잔디로 덮인 비탈길을 내려간다. 한쪽 손에 들린 종이봉투가 앞뒤로 흔들린다.

"요, 홀리베리!"

그녀는 돌아본다.

"그렇게 부르지 말라고 내가 지금까지 몇 번을 얘기했니? 100번? 1000번?" 하지만 말은 그렇게 해도 웃는 얼굴이고, 그가 끌어안자 같이 안아 준다. 제롬은 과욕을 부리지 않는다. 한 번 으스러져라 부둥켜안는 것을 끝으로 점심 메뉴를 묻는다. "치킨 샐러드, 참치 샐러드 그리고 콜슬로 있어. 로스트비프 샌드위치도 들고 왔고. 그건 너 먹으라고 챙긴 거야. 나는 붉은 고기 끊었거든. 먹으면 생체리듬이 망가져서."

"그럼 유혹이 느껴지지 않게 내가 확실하게 먹어 치울게요."

그들은 자리에 앉는다. 홀리가 딕시 컵에 스네이플을 따른다. 그들은 여름의 끝을 건배로 자축하고 우적우적 열심히 먹어 치우며 영화와 텔레비전 프로그램 이야기를 한다. 두 사람이 여기서 만난 이유에 대해서는 잠시 함구한다. 그들은 잠깐 동안이긴 해도 작별을 앞두고 만난 참이다.

"빌이 못 와서 아쉽네요." 홀리가 그에게 초콜릿 크림 파이를 한 조각 건네자 제롬이 말한다. "빌의 공판이 끝나고 여기로 다 같이 소풍 나왔던 거 기억나요? 빌의 불구속 판결을 자축하러 모였던 거?"

"생생하게 기억하지." 홀리가 말한다. "너는 그때 버스 타고 싶어 했잖아."

"공짜니깝쇼!" 타이런 필굿이 외친다. "지금도 공짜로 탈 수 있습죠, 홀리 씨!"

"이제 그건 졸업할 나이가 되지 않았니?"

그는 한숨을 쉰다.

"그런 것 같긴 해요."

"피터 소버스가 전화를 했어. 그래서 빌이 오지 못한 거야. 안부 전해 달라면서 네가 케임브리지로 돌아가기 전에 한번 보자고 하더라. 코 닦아. 초콜릿 묻었다."

제롬은 '초콜릿은 지가 젤로 좋아하는 색깔이구먼요!' 하고 외치고 싶지만 꾹 참는다.

"피트는 괜찮아요?"

"응. 빌하고 단둘이 얘기하고 싶은 좋은 소식이 있대. 파이 다 못 먹겠다. 남은 거 먹을래? 남이 먹던 거 싫으면 관두고. 기분 나빠하지 않을게. 그래도 내가 감기나 뭐 그런 거 안 걸리기는 했어."

"아주머니 칫솔도 쓴 적 있는걸요, 뭐. 그런데 배가 불러요."

"으웩. 나는 남이 쓰던 칫솔은 쓴 적 없는데."

그녀는 종이컵과 접시를 모아서 가까운 쓰레기통으로 들고 간다.

"내일 몇 시 출발이에요?" 제롬이 묻는다.

"동이 트는 시각이 6시 45분이거든. 아무리 늦어도 7시 30분 전에 출발할 생각이야."

홀리는 어머니를 만나러 신시내티에 간다. 혼자 차를 몰고 간다. 제롬은 믿기지가 않는다. 잘됐다 싶으면서도 걱정이 된다. 뭐 하나라도 잘못돼서 이성이 마비되면 어쩔 것인가.

"걱정 마." 그녀는 돌아와서 자리에 앉는다. "괜찮을 거야. 고속도로로만 달릴 거고 야간 운전도 아니고 일기예보 상으로 날도 화창하다잖아. 그리고 내가 좋아하는 영화 사운드트랙 CD도 세 장 준비해 놨어.「로드 투 퍼디션」,「쇼생크 탈출」,「대부 2」. 내가 보기에는「대부 2」가 최고야. 전반적으로는 토머스 뉴먼이 니노 로타보다 훨씬 출중하긴 하지만. 토머스 뉴먼의 음악은 신비롭거든."

"존 윌리엄스가 작곡한「쉰들러 리스트」. 그게 최고죠."

"제롬, 너한테 허세덩어리라고 말하고 싶진 않지만…… 사실이 그래."

그는 기분 좋게 웃는다.

"백 퍼센트 충전한 휴대전화도 있고 아이패드도 있어. 메르세데스는 얼마 전에 전체 점검을 받았고. 그리고 거리도 650킬로미터밖에 안 되잖아."

"훌륭해요. 하지만 필요하면 연락해요. 나한테든 빌한테든."

"당연하지. 케임브리지로는 언제 돌아가?"

"다음 주에요."

"부두 아르바이트는 끝났어?"

"다 끝났어요, 다행히. 육체노동이 몸에는 좋을지 몰라도 정신적인 품격을 높이는 데에는 별 효과가 없는 것 같아요."

홀리는 지금도 가까운 친구들의 눈조차 똑바로 쳐다보는 걸 힘들어하지만, 용기를 내서 제롬의 눈을 쳐다본다.

"피트도 괜찮고, 티나도 괜찮고, 그 아이들 어머니도 회복됐고. 다 좋은데, 빌도 괜찮은 거니? 솔직하게 얘기해 줘."

"그게 무슨 소리예요?"

이번에는 제롬이 그녀의 눈을 똑바로 쳐다보지 못한다.

"우선 살이 너무 많이 빠졌잖아. 운동과 식이요법을 너무 무리하게 하고 있어. 하지만 내가 정말로 걱정이 되는 부분은 그게 아니야."

"그럼 뭔데요?"

하지만 제롬은 그게 뭔지 알고 있고 그녀도 안다 한들 놀라지 않을 것이다. 빌은 잘 감추고 있다고 생각하지만 홀리에게는 특유의 직감이 있다.

그녀는 반경 100미터 안에 아무도 없는데도 누가 들을까 걱정이 되는 사람처럼 언성을 낮춘다.

"그 사람을 얼마나 자주 만나러 가니?"

제롬은 누구 얘기냐고 물을 필요도 없다.

"저도 잘 모르겠어요."

"한 달에 한 번 이상이야?"

"네, 그런 것 같아요."

"1주일에 한 번?"

"그 정도로 자주는 아닐 거예요." 하지만 아무도 모를 일이다.

"*왜? 그 사람은……*" 홀리의 입술이 떨린다. "브래디 하츠필드는 *식물인간이나 다름없는데!*"

"그 일로 자책하면 안 돼요, 홀리. 절대 안 돼요. 그 사람이 수천 명의 아이들을 날려 버리려고 하니까 친 거였잖아요."

그가 손을 잡아주려고 하자 그녀는 홱 하니 손을 치운다.

"자책 안 해! 그때로 돌아가면 또 그렇게 할 거야! 하지만 빌이 그 사람한테 집착하는 건 생각만 해도 싫어. 나도 집착해 봐서 아는데 *좋은 게 아니라고!*"

그녀는 가슴 위로 팔짱을 낀다. 거의 없어졌는데, 불안할 때 나오는 예전 습관이 다시 등장한 것이다.

"집착은 아닌 것 같아요." 제롬은 조심스럽게 얘기한다. "과거의 일 때문에 그러는 게 아닌 것 같아요."

"그게 아니면 뭐겠니? 그 괴물한테 미래는 없는데!"

빌은 반신반의하는데요. 제롬은 이렇게 생각하지만 이 생각을 입 밖으로 낼 일은 없다. 홀리가 나아지긴 했어도 여전히 불안하다. 그

리고 그녀도 얘기했다시피 집착에 대해서라면 그녀가 잘 안다. 게다가 그도 빌이 계속 브래디에게 관심을 기울이는 이유가 뭔지 전혀 모른다. 느낌뿐이다. 직감뿐이다.

"그 얘긴 그만해요." 이번에는 제롬이 손을 얹어도 그녀가 손을 치우지 않는다. 그들은 잠깐 다른 얘기를 나눈다. 이윽고 그가 손목시계를 확인한다. "이제 그만 일어나야겠어요. 롤러스케이트장으로 바브라하고 티나를 데리러 가기로 했거든요."

"티나가 너한테 푹 빠졌더라."

주차장을 향해 비탈길을 올라가는 동안 홀리가 무덤덤한 투로 이렇게 말한다.

"그렇다 한들 금세 지나갈 거예요. 저는 동부로 떠날 테고 조만간 다른 귀여운 남자아이가 등장하겠죠. 책 표지에 그 아이의 이름을 적게 될 거예요."

"그렇겠지. 대개 그러니까. 그 아이를 놀리지 말라고 한 얘기야. 네가 못된 남자라는 생각이 들면 얼마나 속상하겠니."

"안 그럴게요." 제롬이 말한다.

차에 도착하자 홀리가 다시 한 번 용기를 내서 그를 똑바로 쳐다본다.

"나는 그 애처럼 너한테 푹 빠지지는 않았지만 그래도 너를 많이 사랑해. 그러니까 건강 조심해, 제롬. 멍청한 짓을 하는 대학생들도 있는데 너는 그러지 말고."

이번에는 그녀가 먼저 그를 끌어안는다.

"아, 맞다. 깜빡할 뻔했네. 조그만 선물 하나 들고 왔어요. 티셔츠인데 어머니 만나러 갈 때 입을 만한 건 아니에요."

그는 종이봉투를 건넨다. 그녀는 밝은 빨간색 티를 꺼내서 펼쳐 본다. 앞면에 까만색으로 대문짝만 하게 이렇게 적혀 있다.

개 같은 일은 개무시하는 거다
지미 골드

"시티 대학 서점에서 팔더라고요. 잠옷으로 입을 경우에 대비해서 XL로 샀어요." 그는 앞면에 적힌 문구를 들여다보는 그녀의 표정을 유심히 관찰한다. "물론 마음에 안 들면 다른 걸로 바꿔도 돼요."

"아주 마음에 들어." 그녀는 이렇게 말하면서 미소를 짓는다. 호지스가 사랑하는, 그녀를 미녀로 둔갑시키는 그 미소다. "그리고 어머니 만나러 갈 때 입을 거야. 어머니 열 받게."

화들짝 놀라는 제롬의 표정을 보고 그녀는 웃음을 터뜨린다.

"너는 어머니 열 받게 만들고 싶은 적 없어?"

"가끔 있긴 하죠. 그리고 홀리…… 나도 사랑해요. 알고 있죠?"

"그럼." 그녀는 이렇게 대답하고 셔츠를 가슴에 대어 본다. "그리고 기뻐. 그 개 같은 일이 나한테는 엄청난 의미거든."

트렁크

호지스가 버치 가의 끝에서 미개발지로 이어지는 오솔길을 따라 걸어가 보니 피트가 무릎을 끌어안고 개울가에 앉아 있다. 길고 무더웠던 여름을 보내고 거의 바닥을 드러낸 개울 위로 볼품없는 나무가 고개를 내밀고 있다. 디스코가 최고의 인기를 구가하던 시대에서 건너온 시간 여행자처럼 늙고 피곤하고 다소 불길해 보이는 나무다. 사진작가들이 쓰는 삼각대가 그 옆에 세워져 있다. 프로 작가들이 출장길에 들고 다니는 그런 종류의 가방도 두세 개 놓여 있다.

"그 유명한 트렁크로구나."

호지스는 이렇게 말하면서 피트의 곁에 앉는다.

피트는 고개를 끄덕인다.

"네. 그 유명한 트렁크예요. 사진기자랑 조수는 점심 먹으러 갔는데 조만간 다시 올 거예요. 이 동네 음식점을 마뜩잖아 하는 눈치였거든요. 뉴욕에서 온 사람들이라." 그는 그 말 한마디면 설명 끝이라는 듯이 어깨를 으쓱한다. "처음에는 저더러 주먹 위에 턱을 얹고 그 위에 앉으라고 하지 뭐예요. 그 유명한 조각상처럼 말이에요. 제가 간신히 설득하기는 했지만 쉽지 않았어요."

"지역 신문사 기자니?"

피트는 슬그머니 웃으며 고개를 젓는다.

"희소식이라는 게 그거예요, 호지스 씨.《뉴요커》 기자거든요. 그 사건을 기사로 다루고 싶대요. 조그맣게 내는 것도 아니에요. 그 사람들 표현을 빌자면 '골', 그러니까 잡지 중간에 싣겠대요. 대문짝만 하게, 어쩌면 지금까지 본 적 없을 만큼 대문짝만 하게요."

"잘됐구나!"

"제가 망치지 않아야 말이죠."

호지스는 그를 빤히 쳐다본다.

"잠깐. 네가 그 기사를 쓴다는 거냐?"

"네. 처음에는 기자를 보내서—조지 패커라고 아주 훌륭한 기자예요— 저를 인터뷰하고 기사를 쓰려고 했어요. 존 로스스타인이 예전에 그 잡지의 스타 소설가였잖아요. 존 업다이크, 셜리 잭슨, 기타 등등과 어깨를 나란히 하는. 어떤 작가들인지 아시죠?"

호지스는 모르지만 그래도 고개를 끄덕인다.

"로스스타인은 십 대의 불안, 그 다음에는 중산층의 불안을 대변하는 대표 주자였죠. 존 치버 비슷하게. 제가 요즘 치버를 읽고 있거든요. 「수영하러 나선 사람」이라는 단편 아세요?"

호지스는 고개를 젓는다.

"꼭 읽어 보세요. 끝내주는 작품이에요. 아무튼 잡지사에서 공책 이야기를 듣고 싶어 해요. 처음부터 끝까지 전부 다요. 잡지사 측에서 감정을 의뢰한 서너 명의 필체 분석 전문가들이 제가 만들어 놓은 복사본이랑 남은 파편이 진품이라는 결론을 내리니까 그 뒤로 관심을 보이더라고요."

파편이라면 호지스도 안다. 불에 그슬린 조각들이 소실된 지하실에 워낙 많이 남아서 사라진 공책에 로스스타인의 작품이 들어 있었다는 피트의 주장을 입증하기에 충분했다. 경찰 측에서 모리스 벨러미의 과거 행적을 조사한 결과도 피트의 이야기를 한층 공고하게 뒷받침했다. 호지스는 처음부터 진위를 의심한 적이 없었지만 말이다.

"네가 패커한테 퇴짜를 놓은 모양이로구나."

"아무도 안 된다고 했어요. 기사화할 거면 제가 써야 한다고요. 제가 직접 겪은 일이기도 하지만 존 로스스타인을 읽고 나서 제……"

그는 말을 멈추고 고개를 젓는다.

"아니다. 그의 작품으로 인해 제 인생이 달라졌다고 말하려고 했는데 그건 아니네요. 고등학생한테 달라질 인생이 뭐 그리 많겠어요. 지난달에서야 겨우 열여덟 살이 됐는걸요. 그의 작품으로 인해 제 감성이 달라졌다고 하는 게 맞겠어요."

호지스는 미소를 짓는다.

"그렇구나."

"담당 편집자가 저더러 너무 어리다고 하길래— 그래도 재능이 없다는 소리보다는 낫죠, 안 그래요?— 샘플 원고를 보냈거든요. 그게 도움이 됐어요. 그리고 제가 완강하게 나가기도 했고요. 별로 어렵

552

지도 않았어요. 벨러미를 상대하고 났더니 뉴욕의 잡지 기자를 상대로 협상하는 것쯤이야 별것 아니게 느껴지더라고요. 협상이라고 하면 그 정도는 돼야죠."

피트는 어깨를 으쓱한다.

"물론 자기들 입맛에 맞게 편집하겠지만, 어떤 과정을 거치는지 알아봤는데 괜찮겠더라고요. 하지만 제 이야기를 잡지에 싣고 싶으면 제 이름으로 소개해야 할 거예요."

"만만찮은데, 피트?"

그가 트렁크를 물끄러미 바라보자 순간, 열여덟 살보다 훨씬 나이가 많게 보인다.

"이 세상이 워낙 만만치 않잖아요. 아빠가 시티 센터에서 차에 치인 뒤로 알게 됐어요."

호지스는 적절한 대답을 찾을 수가 없어서 아무 말도 하지 않는다.

"《뉴요커》에서 가장 원하는 게 뭔지 아시죠?"

호지스는 거의 30년에 달하는 형사 생활을 거저 한 게 아니다.

"마지막 두 권의 요약본이겠지. 지미 골드와 여동생과 친구들 이야기. 누가 누구한테 무슨 짓을, 언제, 어떻게 저질렀고 막판에는 어떻게 되었는지."

"맞아요. 그리고 그걸 아는 사람이 저뿐이죠. 그래서 사과를 드리려는 거예요."

그는 진지한 표정으로 호지스를 쳐다본다.

"피트, 그럴 필요 없다. 너는 법적으로 아무 책임이 없고, 나는 뭐에 대해서건 서운한 마음이 전혀 없어. 홀리하고 제롬도 마찬가지고. 너희 어머니랑 여동생이 무사해서 다행스러울 뿐이지."

"하마터면 큰일 날 뻔했잖아요. 제가 그날 차 안에서 아저씨의 호의를 그렇게 매몰차게 거절하고 약국으로 도망친 게 화근이었어요. 그러지 않았더라면 벨러미가 집까지 찾아올 일이 없었을 텐데. 티나는 아직도 악몽을 꿔요."

"티나가 너를 원망하니?"

"사실…… 그렇지는 않아요."

"그것 봐라. 너는 쫓기고 있었잖아. 실질적으로도, 상징적으로도. 홀리데이에게 협박을 당해서 정신이 하나도 없었고, 그날 그의 가게로 찾아갔을 때 그가 죽었다는 걸 알 도리가 없었잖니. 벨러미로 말할 것 같으면 출소는커녕 살아 있는지조차 알 수가 없는 상황이었고."

"다 맞는 말이지만 오로지 홀리데이한테 협박을 당한 것 때문에 아저씨 앞에서 입을 다문 건 아니에요. 그 공책에 미련이 있었거든요. 그래서 아저씨한테 얘기하지 않았던 거예요. 그래서 도망친 거예요. 그 공책을 넘기고 싶지 않아서. 그게 가장 큰 이유는 아니지만 무의식 속에는 분명 그런 생각이 있었어요. 그 공책들이…… 음…… 《뉴요커》 기사에 이 말을 써야겠다…… 그 공책들이 저한테 주문을 걸었다고요. 그래서 사과를 해야 하는 거예요. 저도 모리스 벨러미와 별반 다를 게 없었으니까요."

호지스는 피트의 어깨를 잡고 그의 눈을 똑바로 쳐다본다.

"네가 만약 그랬다면 공책을 태울 생각을 하고 레크리에이션 센터로 갔을 리 있겠니."

"라이터를 떨어뜨린 건 실수였어요." 피트는 조용히 얘기한다.

554

"총소리 때문에 놀라서. 결국에는 태웠을 것 같긴 하지만─만약 그 자가 티나를 쐈다면요─ 장담은 못 하겠어요."

"*나는* 장담할 수 있다. 네 몫까지 장담할 수 있어."

"그래요?"

"응. 원고료로 얼마를 주겠다던?"

"1만 5000달러요."

호지스는 휘파람을 분다.

"채택될 경우이긴 하지만 채택될 거예요. 리커 선생님께서 도와 주고 계신데, 착착 진행이 되고 있거든요. 초고를 이미 절반 완성했 어요. 제가 소설에는 재주가 없지만 이런 건 괜찮게 써요. 나중에 이 길로 나갈까 봐요."

"그 돈은 어디에 쓸 생각이야? 대학 등록금으로 저금해 둘 거니?"

그는 고개를 젓는다.

"저는 이렇든 저렇든 대학에 갈 거예요. 제 걱정은 하지 않아요. 그 돈은 채플 리지 등록금으로 쓸 거예요. 티나가 올해 거기 입학하 거든요. 얼마나 신나하는지 아세요?"

"잘됐다. 정말 잘됐다."

그들은 잠깐 동안 아무 말 없이 앉아서 트렁크를 바라본다. 오솔 길을 걸어오는 발소리와 함께 남자들의 목소리가 들린다. 잠시 후에 등장한 두 남자는 거의 똑같은 격자무늬 셔츠에 칼 주름이 고스란히 살아 있는 청바지를 입고 있다. 중부지방 사람들은 이렇게 입겠거니 하고 고른 모양이다. 한 명은 목에 카메라를 걸었고 다른 한 명은 보 조 조명을 짊어지고 있다.

"점심 잘 드셨어요?"

그들이 징검다리를 딛고 비틀비틀 개울을 건너자 피트가 큰 소리로 묻는다.

"응." 카메라를 멘 남자가 대답한다. "데니스에서 먹었어. 문스 오버 마이 해미. 해시 브라운만큼은 예술이더라. 자, 피트. 네가 트렁크 옆에 무릎 꿇고 앉아 있는 장면부터 몇 장 찍자. 안을 들여다보는 장면도 몇 장 찍어야겠고."

"안에 아무것도 없는데요." 피트가 딴죽을 건다.

사진기자는 자기 눈 사이를 톡톡 두드린다.

"사람들이 상상을 할 거 아니니. '트렁크를 열었는데 보물 같은 원고가 보였을 때 어떤 기분이 들었을까?' 이렇게. 안 그래?"

피트는 일어나서 훨씬 물이 많이 빠졌고 훨씬 자연스러워 보이는 청바지의 엉덩이 부분을 턴다.

"사진 찍는 거 구경하실래요, 호지스 씨? 자기가 쓴 《뉴요커》 기사 옆에 전면 사진이 실린 열여덟 살짜리는 많지 않겠죠?"

"나도 그러고 싶다만 할 일이 있어서."

"알았어요. 와서 얘기 들어주셔서 감사해요."

"기사에 다른 대목도 하나 넣어 줄래?"

"어떤 걸요?"

"네가 트렁크를 찾은 순간 시작된 이야기가 아니라는 거." 호지스는 여기저기 쏠린 트렁크를 쳐다본다. 부품에는 흠집이 났고 뚜껑에는 곰팡이가 핀 유물이다. "트렁크를 저기다 묻은 남자로부터 시작된 이야기라는 거. 그리고 일이 그렇게 된 데 너를 자책하고 싶은 기분이 들면 지미 골드가 계속 중얼거린 말을 떠올리는 것도 좋을 거야. 개 같은 일은 개무시하자고."

피트는 웃으며 손을 내민다.

"아저씨는 좋은 분이에요, 호지스 씨."

호지스는 그와 악수를 한다.

"그냥 빌이라고 불러라. 이제 사진 찍게 웃어."

그는 개울을 건넌 뒤에 잠깐 걸음을 멈추고 뒤를 돌아본다. 사진 기사의 지시에 따라서 피트는 한 손을 여기저기 쓸린 트렁크 뚜껑에 얹고 무릎을 꿇고 앉아 있다. 전형적인 '내 것이오' 포즈라, 자기가 잡은 사자 옆에 그런 식으로 무릎을 꿇고 앉아 있었던 어니스트 헤밍웨이의 사진이 생각난다. 하지만 피트는 헤밍웨이처럼 흐뭇하게 웃는 얼굴로 어리석은 자신감을 표출하지 않는다. 자기는 이 트렁크의 주인이 아니라는 표정을 짓고 있다.

'지금은 그런 생각을 하지 않아도 돼.' 호지스는 이렇게 생각하며 차를 세워 둔 곳으로 다시 걸음을 옮긴다.

'지금은 그런 생각을 하지 않아도 돼.'

딸깍

그는 피트에게 할 일이 있다고 했지만 할 일은 아니다. 해결해야 할 사건이 있다고 얘기할 수도 있었겠지만 해결해야 할 사건도 아니다. 하지만 그쪽이 더 사실에 가깝긴 하다.

그는 피트를 만나러 출발하기 직전에 뇌손상 병동에서 근무하는 베키 헬밍턴의 전화를 받았다. 그는 그녀에게 매달 소액의 대가를 지불하고, 그가 '우리 친구'라고 부르는 브래디 하츠필드에 대해서 보고를 듣고 있다. 병동에서 벌어진 희한한 사건과 가장 최근에 떠도는 유언비어에 대해서도 듣는다. 호지스도 이성적으로는 그런 유언비어가 아무 짝에도 쓸모가 없고 희한해 보이는 사건일지라도 이면에는 논리적인 인과관계가 있다는 걸 알지만 그의 머릿속은 이성으로만 이루어진 게 아니다. 그 아래 깊숙한 곳에는 희한한 생물들이 헤엄쳐 다니는 땅속 바다가—모든 이의 머릿속에 그런 바다가 있을 거라고 그는 믿는다— 있다.

"아드님 잘 지내죠?" 그는 베키에게 이렇게 물었다. "요즘은 나무에서 떨어지거나 그러지 않았어야 할 텐데."

"네, 아주 건강해요. 오늘자 신문 읽으셨어요, 호지스 씨?"

"아직 봉지에서 꺼내지도 못했는데요."

요즘은 클릭 몇 번이면 인터넷에서 모든 걸 알아낼 수 있는 새로운 시대이다 보니 신문을 봉지에서 아예 꺼내지 않는 날도 있다. 지금도 버려진 아이처럼 레이지보이 옆에 신문이 그냥 방치되어 있다.

"메트로 섹션 읽어 보세요. 2면. 그러고 나서 전화 주세요."

5분 뒤에 그는 전화를 걸었다.

"맙소사."

"저도 똑같은 생각을 했어요. 착한 아이였는데."

"오늘 근무하는 날이에요?"

"아뇨. 저 지금 시골 동생네 집에 와 있어요. 주말 동안 놀러 왔어요." 베키는 잠시 말을 끊었다가 다시 이었다. "사실 돌아가면 본원의 집중치료실로 옮길까 생각중이에요. 자리가 났는데 배비노 과장님이라면 이제 지긋지긋해서요. 가끔 환자들보다 신경과의사들이 더 심한 정신병자일 때도 있다더니 그 말이 맞네요." 그녀는 망설이다가 다시 덧붙였다. "하츠필드도 지긋지긋하다고 말하고 싶지만 지긋지긋한 건 아니에요. 실은 살짝 무섭거든요. 어렸을 때 동네 흉가를 무서워했던 것처럼 말이에요."

"그래요?"

"네. 유령이 없다는 건 알았지만 한편으로는 이런 생각이 들었거든요. 있으면 어떡해?"

호지스는 오후 2시 직후에 병원에 도착하는데 휴일을 앞둔 그날 오후에 뇌손상 병동은 그 어느 때보다 인적이 드물다. 적어도 낮 시간에는 그렇다.

당직 간호사—이름표를 보니 노머 윌머다—가 그에게 방문객 출입증을 준다. 호지스는 출입증을 셔츠에 꼽으며 지나가는 투로 운을 뗀다.

"어제 병동에서 끔찍한 일이 있었다면서요."

"그 일에 대해서는 아무 말씀도 드릴 수가 없습니다."

윌머 간호사는 이렇게 대답한다.

"그때 근무 중이셨나요?"

"아뇨."

그녀는 다시 서류와 모니터 쪽으로 시선을 돌린다.

상관없다. 베키가 돌아와서 이야기보따리를 풀 만한 여유가 생기거든 그때 들으면 된다. 그녀가 보직 변경을 강행하면(호지스가 생각하기에는 그것이야말로 이 병동이 죽지 않았다는 가장 확실한 증거다.) 도와줄 만한 다른 사람을 찾으면 된다. 간호사들 중에도 얼마나 안 좋은 습관인지 알면서도 어쩌지 못하는 골초가 있고, 그들은 담뱃값을 벌수 있는 기회라면 언제든 환영한다.

호지스는 평소보다 세게 그리고 빠르게 뛰는 심장 박동을 느끼며 217호실로 느릿느릿 걸어간다. 달라진 심장 박동이야말로 그가 이 사태를 심각하게 받아들이기 시작했다는 또 다른 증거다. 그는 오늘 아침에 신문 기사를 읽고 적잖이 충격을 받았다.

가는 길에 조그만 카트를 밀고 다니는 도서관 앨이 보이자 그는 평소처럼 인사를 건넨다.

"안녕하세요. 잘 지내시죠?"

앨은 아무 대답이 없다. 심지어 그가 보이지도 않는 눈치다. 눈 밑에 멍처럼 달린 다크 서클이 그 어느 때보다 도드라져 보이고 머리는—평소에는 단정하게 빗고 다녔는데— 산발이다. 게다가 빌어먹을 배지를 거꾸로 달고 있다. 앨의 판단력이 마비되기 시작한 게 아닌지 호지스는 다시금 궁금해진다.

"별일 없는 거죠, 앨?"

"그럼요." 앨은 멍하니 대답한다. "보이지 않는 것만큼 좋은 것도 없잖아요, 안 그래요?"

호지스는 이 어불성설에 뭐라고 대답하면 좋을지 알 길이 없고, 그가 고민하는 동안 앨은 가던 길을 재촉한다. 호지스는 어리둥절한 표정으로 그의 뒷모습을 바라보다 걸음을 옮긴다.

브래디는 평소처럼 청바지에 체크무늬 셔츠를 입고 평소처럼 창가에 앉아 있다. 그새 이발을 했다. 어찌나 대충 잘랐는지 보기가 흉하다. 상관이나 있을까 싶긴 하다. 그가 당장 나가서 댄스 플로어를 누빌 것도 아니지 않은가.

"안녕, 브래디. 오랜만이야. 선상 신부가 수녀원장을 보면 이렇게 말하겠지?"

브래디는 계속 창밖을 바라보고, 해묵은 궁금증들이 서로 손에 손을 잡고 호지스의 머릿속에서 뱅글뱅글 돈다. 브래디가 창밖으로 뭔가를 바라보고 있는 걸까? 손님이 왔다는 걸 알기는 할까? 안다면 그게 호지스라는 걸 알기는 할까? 뭔가를 생각하기는 할까? 그는 가끔 생각을 하긴 하고—몇 가지 간단한 문장을 얘기할 정도는 되니까— 물리치료실에서 환자들이 고문의 길이라고 부르는 곳을 20미터쯤 어기적어기적 걸을 수 있긴 하지만 그게 다 무슨 의미일까? 물고기들이 수족관에서 헤엄을 친다고 해서 뭔가를 생각한다고 볼 수는 없지 않은가.

호지스는 생각한다. '보이지 않는 것만큼 좋은 것도 없잖아요.'

그게 도대체 무슨 뜻일까.

그는 서로 끌어안고 환하게 웃고 있는 브래디와 어머니의 사진이 담긴 은색 액자를 집는다. 이 자식이 누군가를 사랑한 적이 있다면 자기 엄마였을 것이다. 호지스는 손님이 드보라 앤의 사진을 손에 쥔 것을 보고 그가 무슨 반응을 보이는지 살핀다. 아무 반응도 보이지 않는 듯하다.

"엄마가 화끈해 보여, 브래디. 정말 화끈했나? 밝히는 엄마였어?"

아무 대꾸가 없다.

"왜 이런 질문을 하느냐면 네 컴퓨터에 들어가 보니까 너희 엄마를 찍은 야한 사진이 몇 장 있었거든. 네글리제, 나일론 브라와 팬티, 그런 걸 입고 찍은 사진 말이지. 그렇게 입으니까 화끈해 보이던데. 그 사진들을 보여 주니까 다른 경찰들도 그렇다고 하고."

그는 평소처럼 천연덕스럽게 이런 거짓말을 늘어놓지만 그는 여전히 아무 반응이 없다. 전혀 없다.

"엄마랑 잤나, 브래디? 분명 자고 싶었을 텐데."

눈썹이 아주 살짝 꿈틀거린 게 맞을까? 입꼬리가 아주 조금 밑으로 실룩인 게 맞을까?

그럴지도 모르지만 호지스도 알다시피 브래디의 귀에 전달되길 *바라는* 마음에 그가 상상한 것에 불과할 수도 있다. 미국 전역을 통틀어서 상처에 대고 소금을 북북 문질러도 싼 인간을 한 명 꼽으라면 바로 이 찢어 죽여도 시원찮을 살인마다.

"어쩌면 네가 엄마를 죽이고 *그런 다음*에 따먹었을 수도 있겠지. 그럼 예의 차리고 자시고 할 필요가 없으니까. 그렇잖아?"

아무 대꾸가 없다.

호지스는 손님용 의자에 앉아서 앨이 원하는 환자들에게 빌려주는 재핏 게임기 옆에다가 사진을 내려놓는다. 그는 깍지를 끼고, 혼수상태에서 깨어나지 말았어야 했는데 깨어나 버린 브래디를 쳐다본다.

뭐.

제대로 깨어난 건 아니지만.

"이게 다 연기야, 브래디?"

그는 항상 이 질문을 하지만 대답을 들은 적은 한 번도 없다. 오늘도 마찬가지다.

"어젯밤에 간호사가 자살을 했어. 화장실 안에서. 알고 있었나? 이름은 아직 공개되지 않았지만 신문 기사에 따르면 사인이 과다출혈이었다고 하더군. 그렇다면 손목을 그었다는 말인데 글쎄. 너한테 이 얘기를 들려주면 좋아할 것 같아서. 너는 그럴듯한 자살을 좋아했잖아, 안 그래?"

그는 기다린다. 아무 반응이 없다.

호지스는 몸을 앞으로 숙이고 브래디의 멍한 얼굴을 들여다보며 진지하게 얘기한다.

"문제는 뭔가 하면 — 내가 이해가 안 되는 부분이 뭔가 하면 — 간호사가 무슨 수로 그랬느냐는 거야. 화장실 거울은 유리가 아니라 광택을 낸 금속이거든. 콤팩트에 달린 거울이나 뭐 그런 걸 썼을 수도 있겠지만 그 코딱지만 한 걸로 그게 가능할까 싶은데. 총싸움에 칼을 들이대는 격이지." 그는 의자에 다시 몸을 묻는다. "뭐, 칼을 들고 *다녔을* 수도 있겠지. 스위스 아미 나이프나 뭐 그런 걸 핸드백에 넣고 다녔을 수도. 너는 그런 칼을 들고 다닌 적 있나?"

아무 반응이 없다.

하지만 정말 아무 반응이 없다고 할 수 있을까? 그 멍한 얼굴 뒤에서 브래디가 그를 관찰하고 있는 듯한 느낌이 아주 강렬하게 전해진다.

"브래디, 몇몇 간호사들은 네가 여기서 화장실 수도를 틀었다 잠갔다 할 수 있다고 믿던데. 공포 분위기를 조성하려고 그러는 거라고 생각하더군. 그런 거야?"

아무 반응이 없다. 하지만 관찰을 당하는 듯한 강렬한 느낌은 여전하다. 브래디가 정말로 자살을 좋아했다는 것, 그게 핵심이다. 자살이 그의 전매특허라고 할 수 있을 정도였다. 그는 홀리에게 해피 슬래퍼로 혼쭐이 나기 전에 호지스를 자살하게 만들려고 했다. 그의 시도는 실패로 돌아갔지만…… 홀리 기브니가 이번에 신시내티까지 타고 가려는 메르세데스의 원래 주인이었던 올리비아 트릴로니에게는 성공을 거두었다.

"정말 그런 거라면 어디 한번 해봐. 얼른, 얼른. 좀 보여 줘. 솜씨를 뽐내 보라고. 응?"

아무 반응이 없다.

몇몇 간호사들은 하츠필드가 밍고 대강당을 폭파하려고 했던 날에 머리를 몇 번 세게 얻어맞으면서 뇌의 구조가 달라진 거라고 믿는다. 머리를 몇 번 세게 얻어맞은 뒤로…… 어떤 능력이 생겼다고 말이다. 배비노 박사는 말도 안 되는 소리라고, 병원판 도시의 전설 같은 거라고 한다. 호지스도 그의 말이 맞을 거라고 확신하지만 관찰을 당하는 듯한 느낌을 부인할 수가 없다.

브래디 하츠필드가 속으로 그를 비웃고 있는 듯한 느낌을 부인할 수가 없다.

그는 게임기를 집는다. 이번에는 밝은 파란색이다. 지난번에 면회 왔을 때 도서관 앨이 말하길 브래디가 게임 데모를 좋아한다고 했다. *몇 시간씩 보고 있어요*라고 했다.

"이거 좋아한다면서?"

아무 반응이 없다.

"이걸로 뭘 할 수 있는 건 아니지?"

전혀, 일절, 절대 아닐 것이다.

호지스는 단말기를 사진 옆에 내려놓고 일어선다.

"그 간호사에 대해서 조사해 볼게, 알았지? 내가 찾지 못하는 건 조수한테 부탁하면 돼. 정보원들이 있거든. 간호사가 죽어서 좋아? 그 간호사가 너한테 못되게 굴었나 보지? 그 간호사의 친구나 친척이 시티 센터에서 네 차에 치여 죽었다고 코를 꼬집었든지, 아무 짝에도 쓸모없는 번데기만 한 고추를 비틀었든지."

아무 반응이 없다.

아무 반응이 없다.

아무 반응이……

브래디가 눈을 희번덕거린다. 그가 호지스를 쳐다보자 호지스는 순간 아무 이유 없이 극심한 공포를 느낀다. 껍데기는 죽었지만 그 밑에는 인간이 아닌 다른 무언가의 눈빛이 도사리고 있다. 파주주(고대 메소포타미아의 바람 악마 — 옮긴이)에 빙의된 여자아이가 등장하는 영화(「엑소시스트 2」— 옮긴이)를 생각나게 하는 눈빛이다. 잠시 후 그 눈은 다시 창밖으로 향하고 호지스는 바보 같은 생각하지 말자고 속으로 중얼거린다. 배비노 과장이 말하길 브래디의 지적 능력이 회복되는 것은 여기까지가 한계라는데 그 한계라는 것도 얼마 되지가 않는다. 그는 기본적으로 백지 상태이고, 그 위에 적힌 것은 경찰관으로 근무하면서 만난 사람들 중에서 가장 가증스러운 존재에게 호지스가 느끼는 감정뿐이다.

'내가 이 녀석이 멀쩡하길 바라는 이유는 상처를 주고 싶기 때문이지.' 호지스는 생각한다. '그뿐이야. 간호사는 남편이 도망을 쳤든지, 약물 중독으로 병원에서 잘리게 생겼든지 아니면 둘 다였던 것으로 밝혀지겠지.'

"좋아, 브래디. 나는 이만 가 볼게. 쌩하니 사라져 주겠어. 그런데 친구 대 친구로서 얘기하는데 그 머리 누가 잘랐는지 몰라도 정말 *후지다.*"

아무 반응이 없다.

"안녕. 바이바이."

그는 나가서 등 뒤로 살그머니 문을 닫는다. 만약 브래디가 멀쩡하다면 쾅 하고 문을 닫는 소리를 듣고 자기가 호지스를 열 받게 만들었다며 좋아할 것이기 때문이다.

물론 사실이긴 하지만 말이다.

호지스가 사라지자 브래디는 고개를 든다. 그의 어머니의 사진 옆에서 파란색 게임기가 갑자기 켜진다. 물고기들이 사방으로 돌진하고 명랑하고 유쾌한 음악이 흘러나온다. 화면이 앵그리 버드 데모에서 바비 패션 위크로, 거기서 다시 갤럭시 전사로 바뀐다. 그런 다음 다시 까매진다.

화장실에서는 세면대 위로 물이 콸콸 쏟아졌다가 멈춘다.

브래디는 그와 그의 어머니가 뺨을 맞대고 웃고 있는 사진을 쳐다본다. 뚫어져라 쳐다본다. 뚫어져라 쳐다본다.

사진이 쓰러진다.

탁.

2014년 7월 26일

작가의 말

　책은 방 안에 혼자 틀어박혀서 쓰는 거다. 원래 그런 거다. 이 작품의 초고는 플로리다에서 야자수를 내다보며 완성했다. 퇴고는 메인에서, 해 질 녘이면 아비새들이 서로 대화를 나누는 아름다운 호숫가로 이어지는 언덕의 소나무들을 내다보며 했다. 하지만 두 번 다 나는 혼자가 아니었다. 도움이 필요하면 늘 누군가가 있었다.

　편집을 맡은 낸 그레이엄. 그리고 스크리브너 출판사에서 같이 근무하는 수전 몰도와 로즈 리펠. 그들이 없었더라면 나는 이 작품을 완성할 수 없었을 것이다. 소중한 인연이다.

　에이전트 척 베릴. 그는 30년이 된 나의 해결사이자 똑똑하고 재미있고 배짱이 두둑한 친구다. 그는 절대 예스맨이 아니다. 내 개떡이 이상하다 싶으면 주저 없이 내게 이야기한다.

　자료 조사를 담당한 러스 도어는 실력이 일취월장이다. 수술실의 유능한 수석 간호사처럼 내가 일일이 얘기하지 않아도 필요한 자료를 미리 준비해 놓는다. 이 작품의 거의 모든 페이지에 그의 노고가 깃들어 있다고 보면 된다. 그도 그럴 것이, 내가 제목 때문에 골머리를 앓고 있었을 때 아이디어를 준 사람이 러스였다.

탁월한 소설가인 오언 킹과 켈리 브래피트가 이 작품의 초고를 읽고 상당히 다듬어 주었다. 그들의 노고 또한 이 작품의 모든 페이지에 깃들어 있다.

메인에서 내 사무실의 운영을 맡고 있는 마셔 드필리포와 줄리 유글리는 나의 현실 감각을 일깨워 주는 역할을 한다. 플로리다에서 사무실 운영을 맡고 있는 바브라 매킨타이어도 마찬가지다. 셜리 손더리거는 명예직원이다.

내 작품을 가장 잘 아는 평론가이자 단 하나뿐인 진정한 사랑 태비사 킹.

그리고 변함없는 독자 여러분. 그 많은 시간이 흐른 뒤에도 여러분들이 있어서 다행이다. 여러분들이 재미있었다면 나는 그것으로 충분하다.

옮긴이 | 이은선

연세대학교 중문과와 같은 학교 국제학대학원 동아시아학과를 졸업했다. 편집자와 저작권 담당자로 일했으며, 현재는 전문 번역가로 활동 중이다. 옮긴 책으로는 『미스터 메르세데스』, 『탐정 아리스토텔레스』, 『통역사』, 『포의 그림자』, 『몬스터』, 『딸에게 보낸 편지』, 『노 임팩트 맨』, 『셜록 홈즈 실크하우스의 비밀』, 『11/22/63』, 『닥터 슬립』, 『셜록 홈즈 모리어티의 죽음』 등이 있다.

파인더스 키퍼스

1판 1쇄 펴냄 2016년 6월 27일
1판 3쇄 펴냄 2021년 7월 29일

지은이 | 스티븐 킹
옮긴이 | 이은선
발행인 | 박근섭
편집인 | 김준혁
펴낸곳 | 황금가지

출판등록 | 2009. 10. 8 (제2009-000273호)
주소 | 06027 서울 강남구 도산대로 1길 62 강남출판문화센터 5층
전화 | 영업부 515-2000 편집부 3446-8774 팩시밀리 515-2007
홈페이지 | www.goldenbough.co.kr

도서 파본 등의 이유로 반송이 필요할 경우에는 구매처에서 교환하시고
출판사 교환이 필요할 경우에는 아래 주소로 반송 사유를 적어 도서와 함께 보내주세요.
06027 서울 강남구 도산대로 1길 62 강남출판문화센터 6층 민음인 마케팅부

한국어판 ⓒ ㈜민음인, 2016. Printed in Seoul, Korea
ISBN 979-11-5888-134-4 04840
ISBN 979-11-5888-135-1 04840(set)

㈜민음인은 민음사 출판 그룹의 자회사입니다.
황금가지는 ㈜민음인의 픽션 전문 출간 브랜드입니다.